KB273843

문학이라는 파르마콘

문학연구에서 문화연구까지

pharmakon called literature
from literary studies to cultural studies

윤 호 병

새미

초판 서문

　다시 또 해럴드 블룸의 말을 생각해 본다. "대학교수로 출발하려던 한 젊은이로서 나는 나 자신이 쓸모없을 수도 있다는 생각과 정확하지는 않지만 자신이 선택한 직업이 골동품수집광이나 문화소매상으로 축소될 수도 있다는 생생한 두려움에 얼마나 괴로워했는지를 기억하고 있다. 나는 또 문학교수, 학자가 좋은 일을 할 수는 없지만 적어도 해로운 일은 하지 않으리라는 생각, 또는 자신에게는 해롭게 하더라도 어쨌든 남에게는 해롭게 하지 않으리라는 생각으로 스스로를 위로했음을 기억하고 있다." 블룸의 자조 섞인 이러한 언급처럼 어떻게 보면 문학의 길을 가는 것은 플라톤이 강조했던 '파르마콘'의 길을 가는 것인지도 모른다는 생각이 든다. 약의 조제기술을 의미하는 이 어휘는 동일한 약이라 하더라도 어떻게 조제하느냐에 따라서 명약도 되고 극약도 되는 미세한 차이, 그러나 그 차이는 엄청나게 다른 결과를 야기하게 되는 차이를 강조한다. 문학의 길을 걷는 사람들에게 있어서 그것은 정말로 알게 모르게 빠져들어 이제는 어찌할 수 없이 숙명적으로 가야만 하는 길에 해당할 것이다.

　이 책에 수록된 글들은 이상과 같은 블룸의 생각과 플라톤의 '파르마콘' 개념 및 문학의 길을 걷는 사람들의 현실을 마음속에 되새기면서 썼던 것들이다. 대부분 문학지에 발표했던 것들과 국내외 학회에서 발표했던 것들을 모아 가능한 한 엇비슷한 주제끼리 모아 전3부로 나누어서 정리했다. 제1부에서는 한국현대문학 속에 자리 잡고 있는 외국문예사조, 문학이론 및 외국시론의 영향과 수용 관계를 주로 비교문학적 시각과 관점에서 파악하고자 노력했다. 상징주의, 초현실주의, 모더니즘, 포스트모더니즘 및 해체주의의 영향과 수용을 비롯하여 R. M. 릴케, T. S. 엘리엇, 딜런 토머스 및 W. H. 오든과의 관계를 살펴보았다. 제2부에서는 한국현대시의 구심점에 해당하는 서정주의 시세계와 김남조의 시세계에 역점을 두었다. 이 두 시인의 세계는 서로 다른 시세계를 보이면서도 자신들의 '시의 길'에 있어서 추호도 흐트러짐 없는 자세로 인해서 한국 현대시인들의 귀감이 되고 있기 때문이다. 아울러 김종길, 김영태, 오탁번의 시세계를 비롯하여 이만식과 신현림의 시세계를 포함시켰다. 제3부에서는 역사, 죽음, 사랑을 비롯하여 문학의 이름으로 빛나게 되는 문화의 영역 및 문화에 대한 정부차원의 정책과 현실적인 문제점을 짚어보았다.

한 권의 책이 나오기까지는 감사해야 될 분들이 언제나 많이 있다. 그러나 우선은 IMF의 한파 속에서 여러 가지 어려움에도 불구하고 선뜻 출판을 허락해준 '국학자료원'의 정찬용 사장님께 감사드린다. 아울러 수정과 교정의 번거로움에도 불구하고 기일 내에 책이 출판되도록 애써준 편집부원 여러분께도 고마운 뜻을 전한다. 그리고 지난 몇 년 동안 어럽고 힘든 생활을 한 마디 불평 없이 견디어 주었을 뿐만 아니라 항상 용기와 신념을 북돋아 준 아내에게 '사랑한다'는 말을 전한다. "아빠, 또 책 냈어요, 축하해요."라고 말할 정도로 어른스러워졌으며 바로 오늘 여덟 번째 생일을 맞이하는 초등학교 3학년이 되는 외동딸 지현이에게도 부끄럽지 않은 아빠가 되겠다고 다짐해 본다. "자신에게는 해롭게 하더라도 어쨌든 남에게는 해롭게 하지 않으리라는" 블룸의 말을 다시 또 되새기면서.

1998. 1. 8. 한강이 내려다보이는
온지헌(溫知軒)에서 윤 호 병

개정판 서문

『문학의 파르마콘』(1998)이 초판 된지 8년이 지난 지금 이 책을 다시 읽으면서 부족했던 부분을 수정·보완하여 개정판을 내게 된 까닭은 여러 가지 이유가 있을 수 있지만, 우선은 필자가 이 책을 처음 집필했을 때의 원래의 제목인 『문학이라는 파르마콘』으로 출판하고 싶었기 때문이다. 또한 '문학'이라는 이름을 지키기 위해 지난 기간동안에 필자가 겪었던 말 못할 사정들이 많았을 뿐만 아니라 그동안 문학연구 방향이 많이 변화되었기 때문이다. 이 책이 처음 출판되던 그 당시 필자의 마음은 허허벌판에 내버려진 어린양처럼 참으로 막막했으며, 문학에 대한 연구를 체념하지 않기 위해서 나름대로 무척 안간힘을 쓰고 있었다. 필자만의 남모르는 그런 안간힘 때문이었을까? 아니면 문학연구의 길을 가는 대부분의 사람들도 그런 과정을 거치는 것일까? 이제야 비로소 문학연구를 마음 편하게 할 수 있는 안정된 자리에 정착한 느낌이 든다.

이 책은 원래 '문예사조'를 중심으로 하는 비교문학 연구로 집필되었다. 이 책에서 필자는 한국 현대문학에 끼친 외국문학의 영향과 수용관계를 살펴보는 데 역점을 두었으며, 문학연구에서 문화연구로의 이행과정을 강조하고자 했다. 이번 개정판에서는 초판에서 구상했던 이러한 점을 심도 있게 보완하고자 노력했다. 우선, 전부 18장으로 되어 있던 것을 유사한 부분을 통합하여 전부 14장으로 축소했다. 따라서 10장, 11장, 12장, 13장, 14장으로 세분되었던 부분을 성찬경, 정진규, 김신용, 박유라 등의 시에 대한 분석을 첨가하여 제10장에 종합하여 '완결의 세계'와 '실험의 세계'로 나누어 살펴보았다. 또한 산만하게 되어 있던 부분을 도표화하여 일목요연하게 정리했으며, 불필요한 원문을 모두 생략하여 문장의 흐름을 용이하게 했다. 제10장 '완결의 세계'에서 취급한 김종길, 성찬경, 김영태, 정진규, 오탁번 등의 시에 대한 분석에서 '평어체'가 아닌 '경어체'를 사용한 까닭은 이들 시인들에 대한 필자의 마음가짐에서 그렇게 한 것이기에 독자들의 이해를 바란다.

한 권의 책을 출판하기까지는 감사의 말씀을 드려야 할 분들이 언제나 많이 있지만, 주님과 성모님께 감사들의 말씀을 올린다. 햇빛 밝은 쾌적한 연구실에서 연구에 매진할 수 있도록 배려해주시는 추계예술대학교 임형빈 이상장님과 임상혁 총장님께 감사의 말씀을 드린다. 아울러 '새미'의 정찬용 사장님과 편집부 여러분께도 고마운 마음을 전한다. 이 책이 처음 출판되었을 당시, 여러 가지로 침체될 수밖에 없었고 세상살이와는 무관하게 그저 책이나 읽고 쓰는 필자를 말없는 시선으로 뒷바라지 해준 아내에게 '사랑한다'는 말을 다시 한 번 전한다. 처음 이 책이 출판되었을 때에 "아빠, 또 책 냈어요. 축하해요."라고 재잘거리던 외동딸 지현이는 어느새 여고생이 되었다. '꿈 많은 여고시절을 보람차게 보내야 한다.'는 말을 전한다.

베란다 밖으로 보이는 한강물이 더욱 차갑게 반짝거리는 겨울이지만 동면(冬眠)하지 않기 위해서 또 다른 출발을 하고자 한다.

2006. 1. 8. 한강이 내려다보이는
온지헌(溫知軒)에서　윤　호　병

제2부 한국 현대시의 지향성

제3부 문화주의 시대의 문학연구

제14장 21세기를 위한 한국문화의 비전
양보와 겸양의 정신문화와 조화의 아름다움————465

제1부 외국문학의 영향과 수용

제1장
비교문학과 세계문학
자국문학의 발전을 위하여

1.1 비교문학과 세계문학

대부분의 비교문학 연구자가 처음부터 비교문학에서부터 출발하는 것은 아니다. 자국문학자이든 외국문학자이든 비교문학자는 언제나 한 나라의 문학에서부터 출발하여 그것에 대한 어느 정도의 성취를 이룩한 후에 비교문학의 영역으로 나아가게 된다. 여기서 말하는 '비교문학'에서는 '비교' 가능한 영역보다는 '문학'의 영역을 더 강조한다. 말하자면, 문학의 영역을 벗어나지 않는 범위 내에서 연구자가 선정한 하나의 문학적 주제가 다른 문학적 주제에 대해서 가지게 되는 유사성이나 자신이 선정한 작가의 사상적 배경이 무엇인지를 모색하는 과정에서 비교문학의 영역으로 나아가게 된다. 따라서 비교문학은 상위개념이자 종합개념으로서의 문학연구라고 볼 수 있다. '상위개념'이라고 말할 수 있는 것은 비교문학이 적어도 두 나라 이상의 문학, 두 개 이상의 주제, 두 명 이상의 작가에게 관계되기 때문이고, '종합개념'이라고 말할 수 있는 것은 비교문학이 문학에 관련될 수 있는 모든 가능한 영역을 문학의 영역에 유입할 수 있기 때문이다. 이러한 점에서 아널드가 옥스퍼드대학교 취임강연에 해당하는 〈문학에서의 현대적인 요소론〉(1857. 11. 14)에서 언급한 다음과 같은 말을 주목할 필요가 있다. "어느 곳에나 관련성이 있고 어느 곳에나 선례가 있다. 다른 사건이나 다른 문학에 관련짓지 않고서는 타당하게 이해할 수 있는 그 어떤 단일한 사건이나 단일한 문학이란 있을 수 없다."

아널드가 강조하는 관련성과 선례는 문학적 상호연관성에 관련된다. 그러한 경우에 해당하는 몇 가지 예를 들면 다음과 같다. 스타알 부인의 『독일론』과 괴테의 세계문학, 하이네의 서정시와 프랑스문학, S. T. 콜리지의 낭만주의 시론과 칸트의 비판론, 워즈워스의 시세계와 프랑스혁명, 보들레르의 상징주의와 스베덴베리의 신비주의 및 E. A. 포의 순수시론, T. S. 엘리엇의 「황무지」와 제시 J. 웨스턴의 『의식(儀式)에서 로망스까지』, 제임스 조이스의 소설세계와 이탈로 스베보의 소설세계, 에즈라 파운드의 『캔토스』와 한자의 표상성 등이 있다. 스베보(1864~1924)는 이탈리아 사업가이자 소설가로서 그의 본명은 에토레 슈미츠이다. 제임스 조이스에 의해서 발견될 때까지 그의 소설은 서유럽세계에 전혀 알려지지 않았었다. 재치와 유머를 기본문체로 하는 그의 소설세계는 심리적이고 성찰적이며, 주인공은 자기도취적이고 확신과 신념에 차 있으며 인간적이다. 그의 소설로는 『제노의 고백』(1923)을 들 수 있다.

이러한 경우를 한국 현대문학의 형성과정에서 찾아본다면 그 자체가 바로 비교문학의 산실임을 알 수 있다. 그러한 몇 가지 예를 들어보면 다음과 같다. 베를렌 시와 김억, 김소월, 김영랑 시, 김소월 시 「먼 후일」과 메테를링크 시 「시」, 김영랑 시 「두견」과 키츠 시 「나이팅게일 송가」, 보들레르 시와 서정주 초기 시, 말라르메 시론과 윤곤강 시론, 릴케의 시론과 박용철 및 김춘수의 시론, 릴케 시와 박용철, 김춘수, 김수영, 전봉건, 박양균 시 및 한용운 시집 『님의 침묵』에 반영된 릴케의 시세계, 박목월 시 「윤사월」과 메테를링크 시 「군맹(群盲)」 및 전자의 시 「나그네」와 예이츠 시 「이니스프리 섬」, 랭보의 '나는 또 다른 나다'라는 명제 및 '시인-불도둑'의 정신세계와 윤동주의 '낯선 타자(他者)로서의 나'라는 명제 및 '프로메테우스' 정신세계, T. S. 엘리엇 시와 김기림, 박인환, 민재식, 송욱 시, 딜런 토머스 시와 성찬경 시, W. H. 오든 시와 황동규 시, 실비아 플라스의 시세계와 강은교의 초기 시세계 등을 들 수 있다.

시인과 시인의 관련성 외에 문예사조와 시세계에 관계되는 몇 가지 예를 제시하면, 초현실주의와 이시우 시, 모더니즘과 김기림, 김광균, 김경린, 김규동, 조향 시, 해체주의와 이승훈, 최승호, 오탁번 시, 포스트모더니즘과 황지우, 장정일 시, 페미니즘과 고정희, 최승자, 김승희 시 등을 들 수 있다. 최근의 이러한 경향의 시들은 해체시, 광고시, 소재시, 도시시, 병치시, 실험시, 형태시, 언어시, 철학시 등으로 명명되기도 한다.

어떤 작가를 연구하기 시작할 때나 어떤 문학작품을 읽기 시작할 때에, 연구자-독자는 의식적으로나 무의식적으로 해당 작가와 해당 작품의 경계를 뛰어 넘어 그것을 다른 작가와 다른 작품에 관련짓게 마련이다. 말하자면 필연적이든 우연적이든 앞에서 살펴본 바와 같이 아널드가 강조하는 선례가 되는 것에 관련짓게 된다고 볼 수 있다. 그리고 이와 같은 선례가 되는 관련성, 즉 문학적 상호연관성은 문학이라는 거대한 개방 공간 속에 자리 잡고 있다. 그것이 바로 여기서 살펴보고자 하는 세계문학의 개념이다. 괴테에 의해서 비롯된 세계문학은 오늘날 모든 나라와 민족의 문학, 르네 웰렉의 말과 같이 공간적으로 볼 때에 상반되는 위치에 있는 아이슬란드의 문학에서부터 뉴질랜드의 문학까지, 시간적으로 볼 때에 고대 원시인의 문학에서부터 '바로 이 순간'을 살고 있는 현대인의 문학까지를 포함하는 개념이다. 그것은 또 직접적이든 간접적이든, 의식적이든 무의식적이든 아이디어의 교환에 의해서 각 나라의 문학을 연관짓고 인간의 정신세계를 풍요롭게 하고 고양시키는 문학을 의미한다.

괴테는 자신의 『토르쿠아토 타소』(1789)가 프랑스어로 번역된 점을 강조하면서 '세계문학'이라는 말을 사용했다. "이제 전반적인 의미에서의 세계문학이 형성되게 되었으며 우리 독일인은 그 영광된 역할을 담당하게 되었다." 아울러 그는 자신의 친구 술피츠 브와제리에게 보낸 편지(1827. 10. 12)에서 "내가 일찍이 말한 바와 같이 세계문학은 한 나라에서 횡행하는 수많은 차이점이 다른 나라의 견해와 판단에 의해서 협상하게 될 때에 발생하는 것 같다."라고 말했다. 세계문학을 논의할 때에 우선적으로 괴테를 언급하게 되는 것은 그가 자신의 독일문학은 물론 프랑스문학, 영국문학, 이탈리아문학에 익숙했으며 자신의 관심을 동양문학에까지 확장시킴으로써 "동양과 서양은 더 이상 분리될 수 없다."라고 결론지었기 때문이다 18세기 말 독일작가로서 동양에 관심을 보인 예로는 슐레겔의 인도에 대한 관심 및 헤르더의 세계인의 개념과 철학 등을 들 수 있다.

그러나 괴테의 이러한 세계문학 개념은 그의 동년배들이 당시에 관심을 기울였던 유럽문학의 배타적 결합성에 대응되었다. 당시의 시대정신을 반영하고 또 자신의 연구 분야를 문학에서 정치로 전환시키고자 했던 이탈리아의 마치니는 『하나의 유럽문학』(1829)에서 "유럽 각국의 개별적인 역사는 종결되었으며 유럽의 종합적인 역사가 시작되었다. 이탈리아도 이와 같은 보편적인 경향으로부터 고립될 수 없다."라는 점을 강조했다. 워털루 전쟁 이후 러시아의 알렉산드르 1세가 주도했던 '신성동맹'에 의해서 유럽 전역은 하나의 동맹국, 말하자면 신대륙의 합중국이 아닌 구대륙의 합중국으로 자리 잡게 되었으며 그 결과 문학적 전통의 공통점을 모색함으로써 하나의 유럽문학을 강조하게 되었다. 이러한 점을 프랑스와 조스트는 자신의 『비교문학론』(1974)에서 이렇게 요약했다. "유럽을 중심으로 하는 서구의 모든 자국문학이 다양한 수준에도 불구하고 공통적으로 그리스와 로마라는 고전적 특성을 바탕으로 하고 있을 뿐만 아니라 그 발전과정에 있어서 상호침투작용을 받았기 때문이다.”

문학에서의 이와 같은 상호침투작용을 정리하면 다음과 같다. 문예부흥기의 스페인과 이탈리아문학, 17세기의 프랑스문학, 18세기의 영국문학, 18세기 후반의 독일문학, 나폴레옹 전쟁 이후의 러시아문학 및 북유럽문학의 등장 등을 들 수 있다. 이러한 의미의 유럽문학은 엄격한 의미에서 동유럽을 제외한 서유럽에서의 문학, 반 티겜이 말하는 ‘일반문학’ 개념으로 보면 지역문학에 해당하는 문학으로 일방적인 침투가 아닌 상호침투를 특징으로 한다. 그러나 그것은 어디까지나 서유럽 내에서의 상호침투작용으로 제한되어 있다.

자신의 친구이자 비서인 에케르만과의 대화에서 괴테가 세계문학 개념을 언급했을 때에(1827. 1. 31), 그는 프레드리히 매티선의 배타적 지역주의를 정면으로 거부했다. 매티선의 문학적 고고성이나 유일성에 대해서 괴테는 문학인은 절대로 지구상의 한 부분에만 집착해서는 안 된다는 점을 강조하면서, 독일인이 여전히 숲 속에서 야만인의 생활을 하던 시기에 중국인은 놀랍게도 이미 소설을 쓰기 시작했다는 점을 강조했다. “다른 나라의 문학을 살펴볼 필요가 있으며 누구나 그렇게 해야만 한다. 오늘날 자국문학만으로는 아무 의미가 없으며 세계문학의 시대가 도래하게 되었다. 누구나 세계문학의 실천에 동참해야만 한다.” 그의 이러한 설명에는 문학을 자국적인 현상으로가 아니라 세계적인 현상으로 설명하려는 의도가 암시되어 있다. 여기서 말하는 ‘세계적인 현상’이란 하나의 문학작품이 가지는 가치의 문제에 관련되고, 이러한 가치의 문제가 바로 ‘세계문학’의 첫 번째 기준이 된다. 그것은 애국주의적이거나 국수주의적인 입장에서가 아니라 미학적인 입장, 다시 말하면 하나의 문학작품이 가지는 명성, 영향, 수용, 변형, 발전 등에 의거하여 작품의 가치를 결정하는 것을 의미한다. 말하자면 세계문학은 세계적으로 잘 알려진 걸작이나 명작을 우선적으로 고려한다고 볼 수 있으며, 대부분의 미국 대학에서 제공되는 '세계문학' 강의 과목은 괴테의 이와 같은 기준을 바탕으로 하고 있다.

세계문학의 또 다른 기준은 자신의 소설 『빌헬름 마이스터』(1795~1796)가 토머스 칼라일에 의해서 1826년에 영역(英譯)되었을 때에 에케르만에게(1827.7.15) 설명한 괴테의 다음과 같은 언급에 나타나 있다. "프랑스인, 영국인, 독일인들이 활기차게 상호교류할 수 있기 때문에 이제 서로가 서로를 상호교정할 수 있게 되었다는 것은 좋은 일이다. 이러한 점은 세계문학에서 비롯된 결과이며 그러한 결과는 지속되어야만 할 것이다." 여기서 강조되는 상호교류와 상호교정은 '문화세계주의'에 관계된다. "자국만의 예술이나 자국만의 학문이란 있을 수 없다. 예술과 학문은 모두 전 세계의 숭고미에 관련되며 동시대에 살고 있는 전 인류, 다시 말하면 과거로부터 남겨진 것과 과거에서부터 이미 알고 있었던 것을 고려하면서 살고 있는 전 인류의 상호작용에 의해서 발전되는 것이다."

괴테의 이러한 언급에는 외국으로부터의 인정과 평가가 자국으로부터의 인정과 평가보다 더 가치 있다는 점을 전제로 한다. 다시 말하면 국제적인 인정과 평가가 자국문학의 가치에 대한 기준이 되어야 한다고 볼 수 있다. 그의 이러한 견해에 따르면 실러의 해석과 평가에는 독일인보다는 1825년 실러의 전기를 출판했던 영국인 칼라일이 더 적합하며 셰익스피어나 바이런의 해석과 평가에는 영국인보다는 독일인이 더 적합하다고 볼 수 있다.

"각 나라의 자국문학은 그것이 외국문학의 관심과 기여에 의해서 재충전되지 않는다면 소멸되고 말 것"이라는 괴테의 태도는 당시 영국에서 창간되었던 《외국논평》과 《계간 외국논평》을 접함으로써 다음과 같이 수정되었다. "반복하거니와 세계문학이라는 개념은 각 나라가 똑같이 생각하는 것을 의미하는 것이 아니라 서로 어떻게 이해할 것인가를 배워야 한다는 것을 의미한다." 괴테의 이러한 발상, 즉 자국문학의 특성을 완화시키는 한편, 다른 한편으로는 국제적인 협력과 문학 상호간의 역할을 강조하는 세계문학 개념을 바탕으로 하여 적어도 독일을 비롯한 프랑스 등의 비교문학자들은 "문학작품의 국제화에 기여하는 번역가, 여행가, 이민자, 정치적 망명자, 살롱 및 저널의 활동에 많은 관심을 기울이게 되었다."고 바이스슈타인은 자신의 『비교문학』(1973)에서 결론지었다. 그 결과 괴테의 세계문학 개념은 모든 나라의 문학을 한 나라의 문학, 궁극적으로는 독일문학으로 수렴하는 것이며 하나로 통합된 문학세계에서 각 나라의 문학은 자국문학이 외국문학에 대해서 가지게 되는 차별성보다는 유사성을, 특수성보다는 보편성을, 거부보다는 순응을 강조하게 되었다.

정치적이고 사회적인 발전과 과학기술의 발전에서 비롯되는 역사적 현상으로 파악할 수 있는 괴테의 세계문학 개념은 또 "극도의 혼동을 야기하는 현재와 그 이전보다 더욱 발전되는 커뮤니케이션"에 의해서 결정된다. 괴테가 강조하는 '극도로 혼동된 현재'는 전쟁에서 비롯되는 현상으로 자국민은 자국의 문화유산이 적군에 의해서 혹은 아군에 의해서 철저하게 파괴되는 현장을 목격하게 되고 종전(終戰) 후에는 복구 활동을 전개하게 되고 그러는 과정에서 이제까지 익숙했던 것과는 전혀 다른 낯선 현상을 경험함으로써 자국민은 그 이전에는 미처 인식하지 못했던 어떤 정서적인 필요성을 느끼게 된다. 이러한 예로는 군대가 자국의 문화유산을 마구잡이로 파괴하는 것을 주제로 하는 W. B. 예이츠 시 「내전기(內戰期)의 명상」을 들 수 있다.

따라서 국가와 국가, 정부와 정부, 국민과 국민은 상호이해와 협력을 바탕으로 하여 지속적인 커뮤니케이션을 유지하게 된다. 그러나 웰렉이 지적한 바와 같이 괴테의 "이러한 세계문학은 아이디어와 문학형식의 부단한 교환에 의해서 이루어지기는 하지만 이러한 교환이 곧 세계문학을 형성하는 것은 아니다." 미학적 가치를 지니고 있고 문화적으로 인정되고 평가될 수 있는 문학작품을 생산하는 것, 그것이 바로 세계문학의 우선적인 과제에 해당한다. 말하자면 세계문학은 자국문학 중심의 지배문학이자 통일된 문학이라고 할 수 있으며, 그러한 예를 우리는 괴테의 『파우스트』에서 찾아 볼 수 있다. 그 외에도 단테, 페트라르카, 보카치오, 셰익스피어, 밀턴, 세르반테스, 보들레르 등의 작품을 들 수 있다. 문예사조의 경우는 "상징주의에 의해서 프랑스문학은 비로소 피레네 산맥과 알프스 산맥을 뛰어 넘었다."라는 발레리의 말을 음미할 필요가 있다.

1.2 비교문학, 세계문학, 문학세계주의, 세계시

샤프츠베리, 볼테르 및 레싱 등은 자신들의 비평 활동에서 상이한 외국어와 외국문학을 포함시킴으로써 세계문학의 기틀을 마련했으며, 괴테는 그것을 구체적으로 '세계문학'이라고 정의했다. 이러한 괴테에게서는 물론 헤르더의 영향을 받은 A. W. 슐레겔은 문학세계주의를 지향하기 위해서 세계문학에 몰두했다. 단테를 번역하기 시작했던 1791년경부터 그는 외국을 있는 그대로 이해할 수 있어야 하고, 그것이 어떻게 형성되어 왔는가를 알기 위해서는 외국이라는 하나의 구조물 속에 자리 잡을 수 있어야 한다는 태도를 취했다. 그의 이러한 태도는 『극예술과 문학 강의』에서 강조한 바 있는 '영혼의 보편성'에 잘 나타나 있다. 그가 말하는 영혼의 보편성이란 "개인적인 편견과 맹목적인 심취를 떨쳐버림으로써 우리 스스로가 다른 나라와 시대의 특이성을 그 나라와 그 시대의 입장에서 있는 그대로 이해할 수 있도록 하기 위해서 스스로를 전환시킬 수 있는 융통성"을 의미한다. 이러한 융통성을 강조함으로써 슐레겔은 당시 유럽을 휩쓸고 있던 프랑스문학의 패권을 지양하고 독일을 비롯한 영국, 이탈리아, 스페인의 문학적 위상을 정립하고자 노력했다.

괴테의 세계문학 개념은 프랑스에서 스타알 부인과 필라레트 샤슬레에 의해 활성화 되었다. 1803년 처음으로 독일을 여행했을 때에 바이마르에서 괴테와 실러를 만났던 스타알 부인은 슐레겔의 도움으로 독일문학에 입문하게 되었으며, 1807년 두 번째로 독일을 여행했을 때에 거기에서 얻은 지식을 바탕으로 『독일론』(1810)을 완성했다. 자신의 이 책에서 그녀는 독일과 프랑스의 철학, 문학, 종교 등을 비교하되 독일에 우선권을 두어 비교했다.

> 독일은 일상생활에서는 말할 것도 없고 정신세계, 문학 및 철학에 있어서 상당히 많은 세계적 보편성을 지니고 있다. 독일은 이러한 점을 언제나 특별하게 여기고 있으며 거의 기계적이라고 할 수 있는 방법까지도 지니고 있다. 그러나 프랑스는 이와 대조적이다. 프랑스에서 일상생활의 정신세계는 상당히 해이한 상태이며 문학이나 철학에서도 세계적 보편성을 지니고 있지 않다.

아울러 그녀는 모든 나라는 다른 나라의 길잡이로서의 역할을 해야 한다는 점과 다른 나라의 아이디어와 사상을 수용해야 한다는 점을 강조했다. 왜냐하면 그녀가 보기에 이러한 외국문화의 수용은 자국문화를 풍요롭게 하는 지름길이기 때문이었다. 그녀는 자신의 『문학론』에서 문학과 그 밖의 문화현상, 즉 종교, 관습, 전통 사이에 존재하는 다양한 관계를 연구했다. 민족과 인종의 특성을 분석하는데 있어서 그녀가 활용한 '상관성' 개념은 후에 비교문학의 발전에 이바지하게 되었다.

외국문학에 대한 샤슬레의 기본입장은 배척보다는 수긍에 있었다. "우리가 마음에 두고 있는 다양한 문학작품의 총체적 조화, 그것이 곧 괴테가 말하는 세계문학이며 그것은 상반되는 견해와 입장이 화합을 이루게 되는 영역이다." 독일문학은 물론, 고전문학, 르네상스 이후의 영국문학, 미국문학과 일상생활 및 스페인문학과 이탈리아문학에 상당한 조예를 가지고 있었던 샤슬레는 외국문학이 지니고 있는 아이디어의 전파는 물론 그 수용과 변형의 핵심적인 역할이 프랑스문학에 있다는 점을 강조하는 한편, 다른 한편으로는 독일비평의 역할과 영국 낭만주의 비평가들의 활동까지도 강조했다.

이탈리아에서는 니콜로 토마세오가 세계문학에 관심을 기울였다. 그는 외국작가를 연구했으며 특히 영국의 바이런에게 심취했다. 그가 괴테보다는 바이런에게 심취한 이유는 전자가 냉철하고 명석하며 냉소적인 면을 지니고 있는 반면, 후자는 우울하고 엄격하며 열정적인 면을 지니고 있기 때문이었다. 그의 표현을 빌리면 "배우로서의 괴테보다는 인간으로서의 바이런"을 더 좋아했던 것이다. 그는 또 지노 카포니와의 서신교환에서 시어의 중요성에 대해서도 논의했으며 이러한 논의는 후에 '세계시'의 바탕을 형성했다. 한 편의 시는 계산에 의해서 이루어진다는 점, 그러한 계산법은 노래이고 또 우리로 하여금 노래하게 한다는 점, 수학은 시를 강화시킨다는 점, 계산하지 않은 시는 공허하고 허황하다는 점을 토마세오는 강조했다. 그 결과 그는 "시는 행동이고 시는 언어다."라고 결론지었다. 그의 이러한 결론은 E. A. 포와 발레리의 견해를 예견한 것이었다.

문학세계주의에 관심을 기울인 또 다른 사람으로는 앞에서 살펴 본 바 있는 문학자이자 애국자이고 정치가인 마치니를 들 수 있다. 이탈리아의 세계문학에서 마치니가 중요한 이유는 그가 누구보다도 먼저 영국의 칼라일을 만났기 때문이다. 괴테가 세계문학을 제안했다면 칼라일은 이를 구체적으로 설명했다. 마치니는 "전지전능한 신의 섭리를 따르는 교육계획에 의거하여 위대한 종교사상과 인간성을 지속적으로 발전시키려는 종합적인 노력"을 중요시했으며 그것을 자신이 강조하는 '세계문학'의 기본입장으로 삼았다. 그에 의하면 모든 나라의 문학은 이러한 거대한 교육계획에 의거해야 하고 또 모든 시인과 작가는 그것의 실천에 기여해야만 했다. 그는 그러한 대표적인 예를 러시아

문학에서 발견했으며 푸시킨을 "생존하는 가장 위대한 작가"라고 찬양하기도 했다.

영국의 칼라일은 자국문학이 외국문학을 혐오한 나머지 스스로 고립된 문학이 되기보다는 외국문학과의 자유로운 교류에 의해서 괴테가 제안한 바 있는 세계문학을 이룩하고 또 그것을 실천할 것을 강조했다. 그는 이상적인 세계문학을 형성하기 위해서는 자국문학을 폐지하는 것이 아니라 그것이 외국문학과 조화롭게 협조하도록 하는 것, 즉 인간성에 바탕을 두어 국가간의 특성을 조화롭게 융합하여 새로운 문학형태를 창출할 수 있도록 해야 한다고 주장했다. 왜냐하면 그에게 있어서 문학은 "한 나라의 국가정신을 가늠하는 가장 훌륭한 지표이며 삶의 방법이자 삶 자체이고 숨겨진 내적 구조"이기 때문이었다. 그는 각 나라의 문학은 '세계문학'을 지향하되 어디까지나 자국문학을 중심으로 해야 한다는 점을 강조했다. 이처럼 자국문학의 강조를 바탕으로 하는 문학사에 대한 그의 새로운 아이디어는 가장 심도 있고 설득력 있는 것으로 평가되어 왔다. 다음과 같은 칼라일의 말에는 당시를 풍미하던 독일의 역사주의, 다시 말하면 개인적 특성, 국가적 특성과 발전, 국가정신, 시대정신, 내적 형식과 구조 및 지속성에 관련되는 거의 모든 개념이 포함되어 있다.

> 한 나라의 시문학사는 그 나라 역사의 본질을 형성한다. 한 나라의 시문학사에 능통한 역사가는 그 나라의 정치, 경제, 과학, 종교적인 면에 능통하게 될 것이다. 이러한 역사가는 한 나라의 가장 훌륭한 치적과 연속적인 성장단계를 통해서 그 나라의 특성이 무엇인지를 분명하게 파악하게 될 것이다. 그는 또 각 시대 마다의 위대한 정신적인 경향이 무엇인지를 구별하게 될 것이고, 각 시대마다 인간이 추구했던 지고의 목적과 열정이 무엇인지를 파악하게 될 것이며, 각 시대가 그 이전 시대로부터 어떻게 발전하게 되었는지를 밝힐 수 있게 될 것이다. 그리고 한 나라가 표방하는 최고의 목

적을 그것의 일련의 행방과 발전과정에 의해서 기록해야만 할 것이다. 왜냐하면 이러한 기록에 의해서 한 나라의 시는 시 자체를 형성했고 형성해 왔으며 형성해 갈 것이기 때문이다.

카를 F. 구츠코우는 칼라일에 의해서 확장된 괴테의 '세계문학' 개념을 재정립했다. 그는 괴테가 제안한 세계문학 개념을 인정하는 한편, 다른 한편으로는 그것이 한 나라의 국가적 특성을 대신하기보다는 그것의 정당성을 입증할 수 있어야 한다는 점을 강조했다. "외국어로 번역될 수 있는 것은 그것이 무엇이든 세계문학의 영역에 속한다." 세계문학에 대한 구츠코우의 이러한 태도는 세계문학의 영역을 확장하는데 기여했다. 그 외에도 데오도르 문트는 괴테의 세계문학에 대해서 이렇게 언급했다. "세계문학은 각 나라의 국가적 특성에 반대되는 것이 아니다. 국가적 특성이란 문학을 형성하는 진정한 핵심이며 가장 고귀한 매력이기 때문에 각 나라는 자국문학이 세계문학의 일부분을 형성할 수 있도록 하기 위해서 자국문학이 지니고 있는 국가적 특성을 최대한도로 발전시켜야만 할 것이다."

마르크스는 자신의 『공산당 선언』에서 괴테의 '세계문학' 개념을 활용했다. 마르크스가 괴테의 '세계문학' 개념을 원용하여 강조하는 것은 문학의 세계화뿐만 아니라 문화의 세계화 혹은 세계 공통의 문화현상이다. 그는 당시에 막 출현하기 시작한 '세계문학'이라는 괴테의 아이디어를 차용하여 현대 부르주아 사회가 어떻게 세계문화를 유도해야 하는지를 설명했다.

국가의 생산에 만족하여 우리는 오래된 낡아빠진 요구를 하는 대신에 새로운 요구, 즉 그들의 만족을 위해서 먼 지역과 먼 나라의 생산품에 대한 요구를 발견하게 되었다. 낡아빠진 지역적이고 국가적인 자급자족을 대신하여 우리는 모든 방향에서 합류하게 되었고 세계적으로 의존하게 되었다. 그리고 물질적인 생산에서와 같이 정신적인 생산에서도 마찬가지가 되었다. 개별 국가의 정신적인 창조는 공동재산이 되었다. 국가적인 편파성과 옹졸한 마음가짐은 점점 더 불가능하게 되었으며, 수많은 나라의 문학과 지역 문학에서부터 세계문학이 발생하게 되었다.

괴테의 세계문학 개념과 마르크스의 『공산당 선언』에 나타나는 '현대성'의 개념에 대해서는 필자가 번역한 마셜 버만의 『현대성의 견험』(1994, 재개정판 2004)과 남상일이 번역한 마르크스의 『공산당 선언』(1989)을 참고하면 될 것이다. 이러한 인용문에서 마르크스가 강조하는 것은 폭넓고 다면적이고 현대적인 욕망을 범세계적인 영역으로 확장하는 것, 물질적인 유산뿐만 아니라 정신적인 유산까지도 포함하는 인류 공통의 문화유산을 공유하는 것, 소위 일컫는 선진문화와 후진문화의 경계선을 파괴하는 것 등이 포함되어 있다. 그에 의하면 그렇게 하는 가장 좋은 방법 중의 하나가 바로 괴테의 '세계문학' 개념이다. 이렇게 볼 때에 세계문학은 문학의 영역에서부터 출발하여 문화의 영역으로까지 그 활동범위가 확장되었다고 볼 수 있다.

1.3 비교문학, 세계문학, 일반문학

괴테가 구체화했고 독일을 비롯한 프랑스, 이탈리아, 영국 등에서 실천된 세계문학은 국제문학, 보편문학, 일반문학 등과 함께 혼용되게 되었다. 여기서 분명히 할 수 있는 점은 동유럽에서는 비교문학이라는 용어보다는 세계문학이라는 용어를 선호한다는 점이다. 반 티겜이 제안한 일반문학은 비교문학을 말할 때에 세계문학 다음으로 가장 많이 언급되는 용어이다. 그는 이 용어 대신에 종합문학이라는 용어를 사용하기도 했으며, 자신이 구분하여 사용하는 자국문학, 비교문학, 일반문학 중에서 '일반문학'을 가장 포괄적인 개념으로 파악했다. 한 나라의 문학만을 취급하는 것이 자국문학이고 두 나라의 문학을 취급하는 것이 비교문학이라면, 일반문학은 공동체를 형성하고 있는 특정 지역의 문학에 해당한다. 말하자면 아시아문학, 서유럽문학, 동유럽문학, 북미문학, 남미문학, 아프리카문학, 오세아니아문학 등으로 크게 분류할 수도 있고, 아시아문학을 다시 극동아시아문학, 동남아시아문학, 인도문학, 중동문학 등으로 분류할 수도 있다.

문학에서의 세계주의에 힘입어 반 티겜은 서유럽문학의 발전단계를 ① 서구인들이 자신들은 신들의 도시와 인간의 도시를 동시에 왕래하는 것으로 간주했던 중세시대, ② 의식주를 포함하여 모든 면에서 각 나라의 생활이 대동소이했을 뿐만 아니라 어느 작가라도 고전시대 작가들에게 필적될 만큼 왕성한 작품 활동을 전개했던 문예부흥시대, ③ 프랑스문학이 패권을 장악하게 되었으며 '문학세계주의'에 의해서 다른 나라의 문학을 계몽시키게 되었던 18세기, ④ 빈번한 혁명과 전쟁 및 이민자들에 의해서 서유럽 각 나라가 상호영향을 끼치고 그러한 영향을 수용하게 되었던 19세기 등 4단계로 분류했다. 따라서 작가들은 유럽문학을 동질성과 이질성이 동시에 융합된 특수한 문학으로 간주하게 되었다. 반 티겜은 일반문학을 다음과 같이 정의했다.

> 일반문학은 각 나라의 자국문학과는 다르다. 그것은 문학 자체가 지니고 있는 미학적인 측면 혹은 심리적인 측면에 대한 연구이다. 따라서 일반문학사가 곧 세계문학사인 것은 아니다. 일반문학은 가장 폭넓고 깊은 일종의 구체적인 안목에 의해서 가장 짧은 기간에 가장 제한된 명제를 연구해야만 한다. 일반문학의 이러한 연구는 공간적인 확대이자 지역적인 확장이라고 말할 수 있다. 이것이 바로 일반문학의 특징이다.

그가 강조하는 '일반문학'의 장점은 다음과 같다. 첫째, 한 나라 문학의 역사가는 지역문학을 바탕으로 하는 일반문학에 의해서 자국문학의 위치를 분명하게 파악할 수 있다. 그 결과 개별적인 작가와 작품을 보다 분명하게 이해할 수 있다. 둘째, 일반문학은 그 자체가 바로 가장 심도 있고 효과적인 역사연구에 해당한다. 이러한 연구에서는 한 나라의 문학이 다른 나라의 문학에 어떠한 영향을 끼쳤으며 또 그러한 문학을 어떻게 수용하게 되었는지를 살펴보게 된다. 여기서 말하는 영향은 일대일로 대응되는 영향이 아니라 '방사선적 영향'을 의미한다. 이러한 영향은 세계문학에서 강조하는 명작이 다른 나라의 문학을 형성하는 데 있어서 어떻게 영향을 끼쳤는지를 유형별로 정리하는 것에 관계된다. 다시 말하면 자국문학이 외국문학에 끼친 영향이나 또는 그 반대의 경우를 연구하되 역사적인 예를 가능한 한 많이 수집하여 그 영향관계를 추적하는 것을 의미한다. 따라서 일반문학에서의 방사선적 영향은 비교문학이 강조하는 실증적 영향과는 다르다. 후자의 경우는 두 나라의 문학, 작가, 작품을 관련짓는 영향과 수용에 있어서 실증적인 자료가 뒷받침되어야 하지만 전자의 경우는 그러한 실증적인 자료를 반드시 전제하는 것은 아니다. 일반문학에서는 자국문학과 외국문학이 공유하고 있는 현상을 가능한 한 모두 발굴하여 거기에 작용하고 있는 공통요인을 파악함으로써 그러한 현상을 설명하고자 한다. 따라서 '실제로 영향을 받았느냐? 받지 않았느냐?'라는 문제보다는 '어떠한 점이 유사하냐?'라는 점에 더 치중하게 된다. 다시 말하면 일반문학에서는 여러 나라의 문학 사이에 있을 수 있는 비-영향적인 유사성을 전제로 하여 그것에 내포되어 있는 가능한 공통요인이 무엇인지를 밝혀내는 작업을 최우선적으로 수행한다. 이러한 연구를 성공적으로 완수하기 위해서는 첫째, 연구문제 또는 연구범위를 정확하게 선정하고, 둘째, 검토시기 또는 연구의 출발점과 귀결점을 확정해야만 한다. 왜냐하면 일반문학의 영역은 거의 무한하기 때문에 산만하거나 지리멸렬한 연구 결과를 초래할 수 있기 때문이다. 예를 들면 프랑스 상징주의가 동양에 끼친 영향과 수용의 관계를 살펴보되 그 기간을 1850년대부터 1920년대까지로 한정시킬 수 있을 것이다.

반 티겜이 제안한 일반문학에 대해서 귀야르는 이렇게 말했다. 반 티겜의 일반문학은 "두 나라의 관계라는 차원을 넘어서 사상의 움직임 또는 감수성의 흐름에 관해서 정말로 국제적인 또는 어쨌든 서구적인 견지를 취하는 보다 높은 형태의 비교문학"을 의미한다. 아울러 그는 반 티겜이 문학적 사실을 바탕으로 하는 장르, 형식, 주제의 연구를 일반문학의 영역에 포함시켰다는 점을 강조했다. 그러나 귀야르는 "만약에 일반문학이라는 말에 의미가 있다고 한다면, 그것은 바로 비교문학적 연구에 적용된다는 점"과 비교문학이 "흔히 사상사나 일반문학에 속하는 사실들을 다루고 있다 하더라도, 우리가 이미 접해보았던 다른 연구들로부터 고립될 수도 있는 것이거나 도덕적, 종교적, 감정적 주제에 대한 연구가 사상의 연구와 뒤섞이는 일이 종종 있을 수도 있다."는 점을 들어 반 티겜의 일반문학을 비교문학에 포함시켰다.

폴 아자르가 일반문학을 고양시키는데 기여한 공로를 높게 평가한 귀야르는 자신의 저서 『비교문학』에서 「폴 아자르의 업적」이라는 항목을 할애했다. 아자르는 소르본대학교 교수를 거쳐 파리대학교 총장을 역임했으며 비교문학 연구에 심혈을 기울였다. 그는 발당스페르제와 함께 《비교문학 평론》을 창간하기도 했다. 이 잡지는 아자르가 세상을 떠난 후 정간되었다가 1947년 1월 카레에 의해서 복간되었다. 아자르는 『레오파르디』(1913), 『스탕달』(1927), 『돈키호테』(1931) 등을 연구하기도 했다. 특히 요셉 베디에와 공저한 『프랑스 문학사』(1923~1924)는 가장 훌륭한 문학사라는 평가를 받고 있다. 귀야르는 아자르의 업적 중에서 『유럽의식의 급변』(1935)과 그가 세상을 떠난 후에 간행된 『18세기 유럽에 대한 성찰』(1946)에 대해서 구체적으로 논의했다. 아자르는 전자에서 실제적인 상황이나 상상적인 여행으로 인한 안정에서 변화로의 이행, 고대에서 근대로의 이행, 남방에서 북방으로의 이행을 연구했다. 아자르의 이러한 업적을 인정한 귀야르는 다음과 같이 결론지었다. "그토록 많은 사실과 이름을 총괄하고 종합하기 위해서는 범상치 않는 명석한 정신과 광범위한 정보를 필요로 한다. 아자르의 예는 일반문학의 시도가 훌륭한 성과를 올릴 수 있다는 점을 입증하고 또 그것이 필요하다는 점을 증명한다." 반 티겜의 일반문학 개념은 서유럽의 문학적 전통의 통일을 전제로 하는 개념으로 당시의 비교문학자들이 종종 시도했던 고립적인 영향연구 혹은 영향과 수용만을 분리하여 연구하는 것과는 다른 연구방법에 해당한다.

미국의 비교문학을 이끈 르네 웰렉은 일반문학의 개념에 내포되어 있는 편협성, 즉 이 어휘가 표방하고 있는 포괄성과는 무관한 의미의 제약을 비판하면서 그 한계를 다음과 같이 지적했다. "그러나 반 티겜 자신이 실천한 일반문학에는 실망스럽게도 관례적인 측면이 있을 뿐이다. 왜냐하면 그는 유럽전역에 퍼져있는 '오시아니즘'과 같은 문학적 유형만을 추적했기 때문이다" 웰렉이 언급했던 '오시아니즘'은 고대 아일랜드의 전설적인 시인 오시안 또는 오이신에 얽힌 이야기로 오시안은 핀 맥 쿰헤일의 아들로 추정된다. 핀은 반복되는 이야기와 시의 영웅으로 그의 용맹스러운 행적은 A. D. 3세기에 정착되었다. 핀과 핀의 무리를 찬양하는 음유시인 오시안에 대한 이러한 이야기가 아일랜드와 스코틀랜드에 퍼져 있다. 오시안의 시는 또 다른 영웅인 쿠출레인의 이야기의 핵심을 형성하고 있으며 시간이 지남에 따라서 반복되는 다양한 이야기가 혼합되게 되었다. 보편적으로 오시안은 호메로스의 시에 나오는 인물, 즉, 자신의 아버지나 아들보다도 더 오래 살았던 장님을 대표하기도 한다. 이러한 논리를 근간으로 하여 웰렉은 자신의 「비교문학의 위기」에서 비교문학과 일반문학을 구분하는 것은 불가능하다는 입장을 취했다.

반 티겜의 시도대로 비교문학과 일반문학을 구분하는 것이 가능한지에 대해서는 의심의 여지가 많다. 그에 의하면 비교문학은 두 개의 문학 사이의 상호 연관성을 연구하는 것이고, 일반문학은 두 개 이상의 문학에 퍼져 있는 어떤 과정과 양상을 연구하는 것이다. 분명히 말하면 이러한 구분을 지지할 수도 없고 이와 같은 구분을 하는 것 자체가 비현실적인 것이다. 말하자면 프랑스 문학에 끼친 월터 스콧의 영향은 어떤 이유로 인하여 비교문학이 되고, 낭만주의 시대 역사소설에 대한 연구는 왜 일반문학이 되어야 하는가? 하이네에게 끼친 바이런의 영향연구와 독일에서의 바이런주의에 대한 연구를 왜 구분해야만 하는가?

르네 웰렉이 일반문학과 비교문학의 구분 불가능성을 제안하기 이전까지 논의되어 온 이 두 분야의 차이점을 요약하면 다음과 같다. 전자는 우선 둘 이상의 몇 나라의 문학에 공통적으로 나타나는 문학현상을 대상으로 하며 그러한 현상은 필연적일 수도 있고 잠정적일 수도 있다. 따라서 언어권을 근간으로 하는 지역문학을 연구대상으로 삼는다. 예를 들면 로망스어계의 문학, 인도유럽어계의 문학, 우랄알타이어계의 문학 등으로 분류하여 연구하는 것이 가능하다. 둘째, 문학현상의 국제화를 전제하기 때문에 국제문학사의 비교를 가능하게 한다. 말하자면 왕조중심의 문학사, 지배와 피지배 중심의 문학사, 지배적인 언어중심의 문학사, 예를 들면 라틴어의 영향을 중심으로 하는 서양문학사나 한자의 영향을 중심으로 하는 동양문학사를 기술함으로써 각국에서의 문학사 비교를 가능하게 한다. 셋째, 자국문학의 특징보다는 문학의 국제적인 현상을 더 강조한다. 이와 같은 연구의 예로는 설화의 원형연구, 신화의 유형연구 등이 포함된다. 이에 비하여 비교문학은 영향과 수용의 관계에 있는 두 나라의 문학에 나타나는 문학현상을 대상으로 삼는다. 둘째, 문학현상의 국제화보다는 두 나라 사이의 혹은 두 작가 사이의 문학적 조응에 치중한다. 셋째, 자국문학의 형성과 그것의 특징을 중심으로 한다.

1.4 비교문학, 세계문학, 자국문학

이상에서의 논의를 정리하면 세계문학, 일반문학, 비교문학에서 세계문학이 가장 포괄적인 개념이라는 점에는 의심의 여지가 없다. 그러나 이 어휘에 내포되어 있는 지나친 포괄성으로 인해서 그것이 자칫 공허한 문학으로 이해될 수도 있다. 그렇다고 해서 세계문학이라는 말이 자국문학이나 자국문화가 어떤 특정문학이나 특정문화에 동화됨으로써 그것의 고유한 특징을 상쇄시켜버리는 것을 의미하는 것은 아니다. 나아가 세계문학이라는 말이 자국문학과 문화의 우월주의에 바탕을 두어 외국문학과 문화에 대한 침략주의를 정당화시키는 것은 더욱 아니다.

헨리 H. H. 레마크가 구별하는 세계문학과 비교문학의 관계는 다음과 같다. 세계문학은 주로 공간, 시간, 문학작품의 형성 및 긴밀성을 그 핵심요소로 삼고 있다. 여기서 말하는 공간이란 전 세계를 포함하는 광의의 공간을 의미한다. 세계문학은 또 시간경과에 의해서 위대한 문학으로 판명된 작품만을 연구대상으로 하기 때문에 오늘날의 문학작품을 배제하는 경향이 있다. 따라서 오랜 시간의 경과에 의해서 그 명성을 얻게 된 작품, 예를 들면 단테의 『신곡』, 셀반테스의 『돈키호테』, 밀턴의 『실낙원』, 괴테의 『파우스트』처럼 영향력을 행사하는 작품을 그 대상으로 삼는 경우가 많다. 아울러 분명히 해야 할 점은 그 명칭이 세계문학이든 일반문학이든 그 개념이 비교문학과는 다르다는 점이다. 비교문학은 그것의 공간설정에 있어서 두 나라의 문학관계(한국 현대문학과 일본 현대문학과의 관계), 각기 다른 두 나라의 작가(프랑스의 베를렌 시와 한국의 김소월이나 김영랑 시), 또는 어느 한 작가가 외국문학에 끼친 영향(한국 현대문학의 형성과정에 끼친 베를렌 시의 영향) 등으로 한정한다. 비교문학은 시간 설정에 있어서 고대와 현대, 고전작품과 현대작품을 구분하지 않는다. 따라서 굳이 명성 있는 작가나 작품만을 강조하지는 않는다.

그렇다면 비교문학과 세계문학에는 공통요소가 없는 것인가? 이에 대한 가장 설득력 있는 대답은 자국문학을 중심으로 하는 문화의 확장일 것이다. 문화의 확장—그것은 이미 마르크스가 괴테의 세계문학 개념을 원용하여 제안했을 뿐만 아니라 최근에는 수잔 바스네트가 자신의 『비교문학』(1993)에서 제안하고 있는 가장 바람직한 의미에서의 비교문학 영역이기도 하다. "가장 자명한 대답은 비교문학이 문화를 총괄하는 텍스트에 대한 연구를 포함한다는 것이다. 그것은 다-학문적 혹은 학제간의 연구이며 시간과 공간을 초월하는 문학에 있어서의 연관성 패턴에 관계된다." 프랑스와 조스트는 바스네트의 이러한 견해를 예견하기도 했다. 이와 같은 의미의 세계문학이 문학을 포함하는 문화세계주의를 지향한다는 점에서 조스트는 그것을 비교문학의 영역에 포함시키고 있다. 레마크의 말처럼 "자국문학 연구자들은 자신들의 연구영역을 확장할 수 있어야 하고 때때로 외국문학이나 문학 이 외의 영역을 고려할 수 있어야만 한다. 비교문학자들은 적어도 어느 한 분야에는 확고부동한 자리를 잡기 위해서 종종 자국문학을 돌아볼 수 있어야만 할 것이다."

세계문학이든 비교문학이든(이제 일반문학이라는 말은 더 이상 사용되지 않는다) 그것의 연구는 언제나 자국문학과 문화가 중심이 되어야 한다는 점을 들 수 있다. 이러한 말이 곧 문학적이거나 문화적인 쇄국주의를 의미하는 것은 아니다. 그것은 타문화와의 교류 및 상호이해를 바탕으로 한다. 이러한 점은 1997년도 8월에 네덜란드 라이덴대학교에서 개최된 제15차 '국제비교문학회'의 대회주제에 해당하는 '문화적 회상으로서의 문학'에서도 찾아 볼 수 있다. 이러한 주제를 바탕으로 하여 총8개 분과로 나뉘어져 있는 이 대회의 분과별 관심사항을 일별하면 다음과 같다.

① '국가의 형성'을 소주제로 하는 제1분과에서는 민족성과 정체성의 형성에 기여해 온 문화적 요소로서의 문학과 그 제도적 장치에 대한

연구를 강조했다. ② '식민지화와 피-식민지화'를 소주제로 하는 제2분과에서는 개인적이든 집단적이든 식민지 이전의 시대, 식민지 시대 및 탈식민지 시대에 있어서의 문학의 역할을 강조했다. ③ '인간의 양심'을 소주제로 하는 제3분과에서는 인간의 역사에서 자행된 인간의 비인간성과 그러한 사건에 대한 논리적이고 형식적이며 비판적인 문학을 모색했다. ④ '성차별의 회상'을 소주제로 하는 제4분과에서는 민족, 종족, 종교 및 계층간의 갈등 내에서 인간으로서의 정체성을 모색하고자 했던 문학의 위대성을 취급했다. ⑤ '문화적 회상으로서의 문학 장르'를 소주제로 하는 제5분과에서는 과거와 현재의 시간에 근거하여 사회적이고 문화적인 특정한 말하기가 문학 장르에 끼친 영향을 연구했다. ⑥ '문화적 회상으로서의 문학연구의 방법론'을 소주제로 하는 제6분과에서는 문화적 회상으로서의 특정한 텍스트와 그것의 유형 및 문학 자체를 설명하기 위한 가장 적합한 방법론을 모색했다. 이러한 방법론에는 해석학, 인지 심리학, 경험론, 기호학, 문학, 사회학 등이 포함된다. ⑦ '문화적 회상의 재구성'을 소주제로 하는 제7분과에서는 자국문학에 나타난 외국문학의 번역과 문화적 변화의 관계를 모색했다. ⑧ '상호문화사의 연구'를 소주제로 하는 제8분과에서는 동아시아 문학사 연구 및 서사시와 로망스에 나타난 영웅담을 강조했다.

이렇게 볼 때에 최근의 국제비교문학계의 동향은 문학과 문학의 비교로만 한정하지 않는다는 것을 알 수 있다. 따라서 비교문학은 자국문학을 구심점으로 하여 그것의 가능한 범위 내에서의 '비교'를 강조한다고 볼 수 있다. 비교문학이 문학을 중심으로 한다는 점에는 이의의 여지가 없지만, 그것의 비교영역은 문학만의 비교를 뛰어넘어 예술을 포함하는 문화전반으로까지 확장되고 있다. 그것을 우리는 레인 쿠퍼가 자신의 『교육의 실험』(1942)에서 "What is comparative literature? Is it comparative potato?"라고 '비교문학'을 신랄하게 비판한 데에도 찾아볼 수 있다. 쿠퍼는 '비교문학'보다는 '문학의 비교연구'가 더 적합하다는 의미에서 그리고 무엇이든지 비교할 수 있다는 마구잡이식의 비교보다는 언제나 문학을 중심으로 비교해야 된다는 점을 강조하기 위해서 이렇게 말했던 것이다.

비교문학이든 세계문학이든 그것의 연구영역은 이제 예술을 포함하는 문화현상을 중심으로 하여 확장되었다. 그러한 비교영역을 한국 현대시와 그림과의 관계에서 모색한다면 다음과 같다. 반 고호의 사이프러스나무를 중심으로 하는 인상주의 그림과 이승훈 시 「고호의 사이프러스 나무」, 김승희 시 「나는 타오른다」와 「귀가 없는 자화상」, 안혜경 시 「고호: 실편백나무」와 「고호. 까마귀떼가 나르는 밀밭-불행이 끝날 날은 없을 것이다」, 이향아 시 「측백나무와 별이 있는 길」, 이제하 시 「여름-노란 밀밭과 사이프러스 나무, 고호 1889년」, 피카소 그림 「게르니카」와 함성호 시 「게르니카」, 이중섭의 소 그림과 그 자신의 시 「소의 말」, 허영자 시 「뼈가 보이는 그림」 및 최승호 시 「흰 소」, 김환기 그림 「작품 16-IX-70, #166」과 김광섭 시 「저녁에」 및 보컬그룹 '유심초'의 「어디서 무엇이 되어 다시 만나랴」라는 대중가요 등을 비교할 수 있다. 그리고 그것은 마르크스가 괴테의 세계문학을 원용하여 지향하고자 했고 오늘날의 비교문학이 지향하고자 하는 문화현상에 대한 연구영역의 확장으로 귀결된다.

문화와 예술의 비교연구 이외에도 세계문학을 포함하는 비교문학에서는 문학과 문화이론의 창안과 기존 이론의 비교에 역점을 두고 있다. 예를 들면, 식민지이론과 후기식민지이론, 마르크스주의와 포스트마르크스주의, 역사주의와 신역사주의, 신비평과 형식주의, 실존주의와 현상학, 독자지향주의 비평과 수용미학, 구조주의와 후기구조주의, 해체주의와 기호학, 자크 데리다의 사상과 노자(老子)의 사상, 프로이드의 심리학과 자크 라캉의 신-프로이드주의, 모더니즘과 포스트모더니즘, 문화주의와 가치주의, 대화중심주의와 상호텍스트성, 알레고리와 해체알레고리 등 '국제비교문학회' 산하 '문학이론 위원회'에서는 거의 모든 문학이론과 비평에 관심을 기울이고 있다.

이렇게 볼 때에 세계문학을 포함하는 비교문학은 한 나라의 문학과 문화를 선도하는 중심적인 역할을 자신 있게 수행해야만 한다. 그렇게 하기 위해서는 비교문학자와 비교문학에 관심을 가진 학생들은 많지만 학부과정에 비교문학 전공과정이 없다는 점은 비교문학자들에게 많은 점을 시사해 주며 한국 비교문학의 발전을 위해서 그러한 점을 극복하는 것이 최우선 과제일 것이다. 현재로서는 대학원과정에 비교문학 전공과 프로그람이 개설되어 있을 뿐이다. 비교문학을 연구하는 것은 편의위주의 문학연구가 아니다. 왜냐하면 비교문학은 비교의 문학이자 문화의 산실이며 모든 인문과학의 상위개념이자 종합개념으로서의 학문이기 때문이다.

제 2 장

상징주의의 영향과 수용
베를렌과 메테를링크의 경우

2.1 베를렌의 영향과 김억 및 김영랑 시

2.1.1 베를렌 시 「가을의 노래」의 번역과 수용

한국 현대시의 형성과정을 언급할 때에 대부분의 경우 김억의 《태서문예신보》에서부터 출발하고는 한다. 김억에 의해서 1918년 9월 26일에 창간되어 통권 16호로 종간된 《태서문예신보》는 서구문예 중심의 주간 문예지라고 볼 수 있다. 김억은 이 문예지 제10호(1918. 12. 7)와 제11호(1918. 12. 14)에 「프랑스 시단 1」과 「프랑스 시단 2」를 차례로 발표함으로써 프랑스 상징주의 시론과 시운동을 소개했다. 이러한 소개에 의해서 김억은 보들레르의 『악의 꽃』(1857)이 출판된지 61년 후에, 그리고 장 모레아스가 《르 피가로》(1886. 9. 18)에 「상징주의 선언」을 게재한지 32년 만에 한국 현대시단에 프랑스 상징주의를 소개하는 데 있어서 핵심적인 역할을 했다. 김억의 이러한 활동은 종종 일본의 우에다 빈(上田敏)의 활동과 비교되기도 한다.

《태서문예신보》에 수록된 「프랑스 시단 2」에서 김억이 가장 많이

관심을 보인 것은 시의 음악성과 표현의 모호성이라고 볼 수 있다. "상
징파 시가의 특색은 의미에 있지 아니라고 언어에 있다. 다시 말하면
음악과 같이 신성에 미치는 음향의 자극―그것이 시가이다. 찰나 찰나
의 자극, 감동되는 정조의 음율은 그것이 상징파의 시가이기 때문에 자
연 '몽롱' 안 될 수 없다. 베를렌의 유명한 「작시법」의 주장이 다 그것
이다." 베를렌의 「작시법」 중에서 김억은 물론 그 첫 구절에 해당하는
'무엇보다도 먼저 음악을'에서 많은 감동을 받았으며, 이러한 예는 그
가 베를렌의 시론이라고 할 수 있는 「작시법」을 완역하여 《태서문예신
보》 제11호(1918. 12. 14)에 수록한 점에서도 찾아 볼 수 있다. 시의 음
악성에 대한 그의 이러한 전념은 한국 현대시 형성의 초기단계에 많은
영향을 끼쳤다고 볼 수 있다. 이처럼 시의 음악성에 심취했던 김억은
베를렌 시 「가을의 노래」와 「은색(銀色)의 달」을 "가장 잘 음악적 방면
을 표현한 것"이라고 결론짓기도 했다.

　김억은 《학지광》 제10호(1916. 9. 4)에 발표한 자신의 「요구와 회한」이
라는 글에서 베를렌 시집 『말없는 로망스』와 『예지』를 언급한 후에 베를
렌 시 「거리에 나리는 비」와 「나무 그림자」 같은 시를 소개했다. 그리고
그는 이 시를 「검은 끝없는 잠은」과 함께 《태서문예신보》 제6호(1918. 11.
9)에 수록하기도 했다. 그러나 그의 주된 관심은 베를렌 시 「가을의 노래」
에 있었다. 이렇게 말할 수 있는 것은 그가 이 시를 《태서문예신보》 제7
호(1918. 11. 16)를 통해서 한국 시단에 맨 처음 소개했을 뿐만 아니라 끊
임없이 수정·번역하고 있기 때문이고, 그 이 후에도 「가을의 노래」는 이
하윤, 박귀송, 이원조 등에 의해서 새롭게 번역될 수 있는 바탕을 마련했
기 때문이다. 김억이 끊임없이 번역하고 개작하여 한국 시단에 소개했던
베를렌 시 「가을의 노래」는 1866년에 출판된 그의 시집 『우울한 시』에 수
록되어 있다. 이 시에서 베를렌은 "설명 불가능한 감정을 설명하고자 했
고 투명하고 꿈과 같으며 암시적인 마음의 상태가 지속되도록 했다."

Les sanglots longs	가을의
Des violons	바올링의 우는
De l'automne	긴 오열
Blessent mon coeur	단조한 사뇌(思惱)에
D'une languer	내 가슴 아퍼라
Monotone.	
Tout suffocant	종소리 울릴 때
Et blême, quand	가슴은 막히어
Sonne l'heure,	낯빛은 희멀금
Je me souviens	지나간 그날
Des jours anciens	눈앞에 보임에
Et je pleure.	아, 아, 나는 우노라
Et je m'en vais	내 영(靈)은 부는
Au vent mauvais	모진 바람에
Qui m'emporte	끌리어 떠돌아
Deçà, delà,	여기에 저기
Pareil à la	날아 흩어지는
Feuille morte.	낙엽이어라

위의 인용시에서 왼쪽은 베를렌 시이고 오른쪽은 그것을 바탕으로 하는 김억의 번역시이다

베를렌은 불안한 자신의 영혼을 음악성에 의해서 실험해보고자 했다. 불안한 영혼에 대한 그의 이러한 실험정신은 「가을의 노래」에서 더욱 구체화되었다. 이 시에서는 과거에 대한 회상, 격렬한 감정의 표출, 대처 불가능한 바람의 횡포 등이 잘 반영되어 있다. 3음절과 4음절이 주류를 이루는 운율은 시적 자아의 복잡한 감정을 드러내는 한편, 다른 한편으로 시적 자아로 하여금 번민과 스스로 버려졌다는 생각에 사로

<table>
<tr><td>

가을의 날
비오롱의
느린 오열(嗚咽)의
단조(單調)로운
애달픔에
내 가슴 아퍼라.

종(鐘)소리를 들으면
가슴은 막히며
얼굴은 핼끔하여
지나간 옛날이
눈앞에 떠돌아
아아 나는 우노라.

슬퍼라, 나의 영(靈)은
모진 바람결에
붙잡혀 떠도는
여기에 저기에
갈 길도 모르는
낙엽(落葉)같아라.

</td><td>

가을의 날
비오론의
느린 오열(嗚咽)의
단조(單調)로운
애달픔에
내 가슴 아퍼라.

우는 종(鐘)소리에
가슴은 막히며
낯빛은 희멀금,
지나간 옛날은
눈앞에 떠돌아
아아 나는 우노라.

슬퍼라, 내 영(靈)은
모진 바람결에
흩어져 떠도는
여기에 저기에
갈 길도 모르는
낙엽(落葉)이어라.

</td></tr>
</table>

잡히게 한다.

김억은 베를렌의 이러한 시적 정조를 올바르게 옮기기 위해서 서너 번에 걸쳐서 수정과 보완을 했다. 그와 같은 예를 그의 번역시집 『오뇌의 무도』(1921)에 수록된 「가을의 노래」와 《개벽》 제52호(1924.10)에 수록된 「가을」에서 찾아 볼 수 있다. 위의 인용에서 오른쪽은 『오뇌의 무도』에 수록된 「가을의 노래」 전문이고 왼쪽은 《개벽》에 수록된 「가을」 전문이다.

오른쪽의 「가을의 노래」는 《태서문예신보》에 수록된 것과 별반 차이가 없으나 그것이 왼쪽의 「가을」로 이어지는 교량적 역할을 했다는 점에서 그 의의를 찾을 수 있다. 아울러 김억은 베를렌의 이 시를 가을을 주제로 한 일련의 시, 예를 들면 예이츠의 「낙엽」, 구르몽의 「낙엽」, 시몬스의 「가을의 황혼」 및 「가을」과 함께 번역하여 수록했다. 베를렌 시가 《태서문예신보》에 번역되어 수록된 것과 만 6년이 지나 재 번역되어 《개벽》에 수록된 것 사이에는 다음과 같은 차이점이 있다. 우선 제목이 「가을의 노래」에서 「가을」로 축소되었다는 점을 들 수 있다. 이것은 원래의 제목과는 차이 나는 부분이기도 하다. 다음은 시행과 연의 구분에 있어서 오른쪽의 번역시가 왼쪽의 번역시보다 좀더 철저했다고 볼 수 있다. 왼쪽의 번역시에서는 제1연이 5행으로 이루어졌지만 오른쪽의 번역시에서는 6행으로 되어 있어서 원래의 시와 대등한 관계를 유지하고 있다. 그 다음의 차이점은 왼쪽의 번역시에서 시어의 배열에 좀더 세심한 주의를 기울였음을 파악할 수 있다. 그러한 점은 제2연에서 '지나간 옛날이/ 눈앞에 떠돌아'라고 한 점이나 제3연에서 '모진 바람결에/ 붙잡혀 떠도는'이라고 한 점에 나타나 있다.

《개벽》 제52호(1925. 10)에 수록된 김억의 이러한 번역시 바로 뒤에 이어지는 「가을의 노래」라는 산문을 읽어보면 그것이 마치 베를렌 시의 시적 정조를 그대로 옮겨놓은 듯한 느낌을 받게 된다. 가을에 느끼는 감정을 설명하고 있는 이 글은 우선 바이올린 소리를 따라 전개된다. "잠간 지나서 흐느끼며 느껴 우는 듯한 슬픈 바이올린의 아름다운 소리가 연약하게 가느스름하니 어디서 들리어 왔다," "그치지 않는 바이올린의 소리에 맞추어 가면서," "잠간 지나서, 바이올린 소리는 또다시 고요하게 들리어 온다," "바이올린의 슬픈 흐느낌은, 아직도 들리어 온다," "그의 귀에는 아직도 그 바이올린의 소리가 들리어 온다. 아아— 그 바이올린의 흐느끼는 구슬픈 노래는 어느 때 까지던지, 그의 귀와 가슴에 울리어 그치지 않으리라." 아울러 이 산문은 또 서술적 자아의 심정을 종소리에 비유하여 설명하고 있다. "어디로부터 만종의 소리가 울리어 오는 것을 들었다. 그것은 촌의 다 낡은 교회당에서 저녁의 기도를 알리는 종소리였다," "실로 가을의 만종 소리와 같이 적막하고 슬프고 무한하게 들리는 것은 없다." 사실 「가을의 노래」라는 이 산문은 베를렌의 시제목과 동일한 것은 물론 그 내용 역시 '바이올린의 소리'나 '종소리'를 중심으로 전개되고 있다는 점에서 베를렌 시의 영향을 받은 것이라고 볼 수 있다.

베를렌 시 「가을의 노래」를 번역한 이하윤의 경우도 위에서 설명한 「가을의 노래」라는 산문처럼 시적 내용에 충실한 번역이라기보다는 그 정조만을 차용하여 번역한 번안시라고 볼 수 있다. 이하윤은 베를렌의 이 시를 「가을노래」라고 번역하여 《해외문학》 창간호(1927. 1)에 수록했다. 그것을 번안시라고 파악할 수 있는 점은 '옛 기억 새로워…'와 같이 말없음으로 처리한 제2연의 마지막 행이나 '떠돌고 있다'라고 직설법으로 끝맺음한 제3연의 마지막 행 등에서 찾아 볼 수 있다. 그는 「가을노래」 외에도 「내 가슴 속에는 눈물이 퍼붓네」, 「끝이 없는 검은 잠은」 및 「흰 달」과 같은 베를렌 시를 번역하여 함께 수록하기도 했다. 이하윤은 《해외문학》 창간호에서 베를렌 시를 다음과 같이 설명했다.

> 그의 시구는 형체가 아니고 그림자였다. 그가 원하는 것은 음악과 몽상과 진동으로 된 시 그것이었다. 그의 마음속에 있는 음악이 아름다운 시에 비치었다. 그는 또 그의 특유한 시학이 있었다. 이에 번역하는 Chanson d'automne(가을노래)는 가장 유명한 것으로 베를렌을 읽는 자 「가을노래」를 모르는 이가 없다.

여기서 그가 강조하는 베를렌 시의 음악성은 김억이 《태서문예신보》에서 처음으로 베를렌 시를 소개했을 때에 강조했던 시의 음악성에 상응하는 것이라고 볼 수 있다.

이처럼 널리 알려진 베를렌 시 「가을의 노래」는 그것을 번역하여 소개한 김억이 이미 《학지광》 제5호(1915. 5. 2)에 발표한 「야반(夜反)」에서 "야반의 울림 종소리에/ 내 가슴은 울리며 반향(反響)나도다."처럼 전용하고 있다는 점도 알 수 있다. 그 외에도 김억은 같은 호 《학지광》에 「밤과 나」 및 「나의 적은 새야」와 같은 시를 발표하고 있으며, 이들 시편은 보들레르의 산문시를 전용한 것이라고 볼 수 있다. 아울러 김억의 창작시집 『해파리의 노래』를 살펴보면 김억이 곳곳에서 베를렌 시의 시적 정조를 원용하고 있음을 알 수 있다. 그 대표적인 경우 몇 가지를 인용하면 다음과 같다.

① 빈 들을 휩쓸어 돌으며/ 때도 아닌 낙엽을 재촉하는/ 부는 바람에 쫓기어/ 내 청춘은 내 희망을 버리고 갔어라. ― 「피리」 중에서
② 낙엽인 나의 슬픔에 섞이어. ― 「내 슬픔」 중에서
③ 어디선지 저녁종이 빗겨 들리어. ― 「풀밭위」 중에서
④ 오늘은/ 쓸쓸하게도 지는 가을의 낙엽이/ 너의 떨며 아득이는 가슴의 위에/ 어린 꿈을 깨치며, 비인듯 흩어지어라. ― 「가을」 중에서
⑤ 나의 영혼은 혼자 울고 있어라. ― 「새빨간 피빛의 진달래꽃이 질 때」 중에서
⑥ 내 가슴의 곡조에 울어줄 반향은 바이 없어라. ― 「북방의 소녀」 중에서
⑦ 아아 애달퍼라, 그대의 곳은. ― 「나의 이상」 중에서

베를렌 시 「가을의 노래」에 나타나는 시적 정조를 원용한 경우로는 김억의 이상과 같은 부분 외에도 김학동이 지적한 바와 같이 김동명의 「나는 보고 섰노라」와 박종화의 「눈물은 흘러서」를 들 수 있다. 김동명의 경우는 그 자신이 「당신이 내게 문을 열어 주시면」이라는 시의 부제를 '보들레르에게'라고 할 정도로 일찍이 상징주의에 심취했다. 따라서 그가 「가을의 노래」를 모방하여 시를 쓴 것은 자연스러운 현상이라고 볼 수 있다. 김학동의 지적과 같이 김동명 시 「나는 보고 섰노라」의

"이리로 저리로/ 늦은 가을에 흩어지는/ 잎과 같이"라든가 박종화 시 「눈물은 흘러서」의 "가슴쓰린 비오론의/ 어지러운 곡조여"같은 표현은 다분히 「가을의 노래」를 모방한 결과에 해당한다.

2.1.2 김억 시 「악성(樂聲)」에 반영된 「가을의 노래」

지금까지의 논의로 볼 때 베를렌 시 「가을의 노래」는 한국 현대시의 형성과정에 많은 영향을 끼쳤다. 아울러 한국 현대시인들 역시 이 시를 기꺼이 수용하여 자신들의 시에 그것이 지니고 있는 시적 정조를 변형시켜 활용했다는 점도 알 수 있다. 여기서는 그 구체적인 예로 김억 시 「악성」에 반영된 베를렌 시 「가을의 노래」의 여러 가지 요소를 파악해 보고자 한다. 다음에 인용된 시에서 왼쪽은 《태서문예신보》(1919.2.17)에 수록된 「악군(樂群)」이고 오른쪽은 이를 개작하여 『해파리의 노래』(1923.6.30)에 수록한 「악성(樂聲)」이다.

다음 시에서 『해파리의 노래』 목차에는 「악성」으로 되어 있지만 157쪽의 실제 제목은 「성악(聲樂)」으로 되어 있다. 6행 1연으로 구성되어 있으며 4연으로 이루어진 「악성」에 사용된 이러한 구성법은 베를렌 시 「가을의 노래」에서도 사용된 바 있다. 차이점이 있다면 전자가 4연으로 구성된 데 반해서 후자는 3연으로 이루어졌다는 점이다. 이와 같은 형식상의 유사점을 바탕으로 하는 이 두 편의 시에서 김억 시는 물론 베를렌 시를 그 모태로 하고 있다. 시적 요소에 대한 구체적인 논의 이전에 이렇게 말할 수 있는 근거는 다음과 같은 몇 가지 사실에 있다. 그가 프랑스 상징주의 시를 한국 현대시단에 소개했다는 점, 특히 베를렌 시 「가을의 노래」를 몇 차례에 걸쳐 번역하고 개작했다는 점, 베를렌 시 「시론」의 '무엇보다도 먼저 음악을'이라는 첫 구절에 심취하여 시의 음악성을 강조했다는 점 외에도 그의 시 「낙엽」에 나오는 '오오, 내 사람아, 가까이 오렴'과 같은 구절은 그가 번역한 구르몽 시 「가을의 노

행	「악군(樂群)」	「악성(樂聲)」
L1-1	울리어 나는 악군(樂群)의	울리어 나는 악성(樂聲)의
L1-2	느리고도 짧은	느리고도 짧은
L1-3	애달픈 곡조에	애달픈 곡조에
L1-4	나의 죽었던 옛꿈은	나의 스러진 옛꿈은
L1-5	그윽하게 살아	그윽하게 살아
L1-6	내 가슴 아파라.	내 가슴 아파라.
L2-1	우수 가득한 악군의	설움 가득한 악성의
L2-2	빠르고도 더딘	빠르고도 더딘
L2-3	애달픈 곡조에	애달픈 곡조에
L2-4	뒤숭숭한 그 생각은	뒤숭숭한 그 생각은
L2-5	고요하게 뜨며	고요하게 와서
L2-6	내 눈물 흘러라.	내 눈물 흘러라.
L3-1	숨어 흐르는 악군의	가슴 울리는 악성의
L3-2	썩높고도 낮은	넓달코도 좁은
L3-3	애달픈 곡조에	애달픈 곡조에
L3-4	말없는 밤의 공기는	스러져 가는 내 영(靈)은
L3-5	희미히 울어	새롭게 눈뜨며
L3-6	거리를 돌아라.	그윽히 웃어라.
L4-1	가슴 울리는 악군의	숨어 흐르는 악성의
L4-2	썩넓고도 좁은	높달코도 낮은
L4-3	애달픈 곡조에	애달픈 곡조에
L4-4	슬어져가는 사랑은	푸른 위한의 바람이
L4-5	새롭게 깨어	한가롭게 불며
L4-6	감은 눈 열어라.	거리를 돌아라.

래」의 첫 구절에 해당하는 '가까이 오렴, 내 사람아, 가까이 오렴, 지금
은 가을이다'와 동일하기 때문이다. 특히 김억 시 「낙엽」과 구르몽 시
「가을의 노래」의 관계로 볼 때에 김억이 자신의 시 「악성」에서 의식적
으로 혹은 무의식적으로 베를렌 시 「가을의 노래」를 모방했을 가능성
이 높다고 볼 수 있다.

　우선 제1연과 제2연을 살펴보면 다음과 같다. L1-1의 '울리어 나는
악군'은 베를렌 시 제2행의 '바이올린'에 대응된다. L1-2의 '느리고도
짧은/ 애달픈 곡조'는 제1행의 '길고 긴 흐느낌'과 일치한다. 김억 시에
서 '애달픈 곡조'는 나머지 연에서 반복적으로 활용되고 있다. 아울러
L1-6의 '내 가슴 아퍼라'라는 끝 행은 제3행의 '내 가슴에 상처주네'와
동일한 표현이다. 베를렌 시에서의 이 부분은 또 김억 시 L4-1에서 '가
슴 울리는 악군'으로 변형되어 나타나 있다. 차이점이 있다면 김억 시
에서는 그 소리가 옛 기억을 '그윽하게' 되살려 주는 반면, 베를렌 시에
서는 지루한 권태만을 반복하게 한다는 점이다.

　그러나 L1-4의 '나의 죽었던 옛꿈'은 L2-4의 '뒤숭숭한 그 생각'으로
이어지며 이 두 부분은 베를렌 시 제2연 제4행의 '지나간 옛날을'에 관
계된다. 아울러 L1-5의 '그윽하게 살아'나 L2-5의 '고요하게 뜨며'는 동
일한 상황을 다르게 표현한 것으로 이 부분 역시 베를렌 시 제2연 제4
행의 '나는 기억하네'와 일치한다. 또한 '그윽하게'나 '고요하게'같은 분
위기는 제2연 전반부의 '첨탑이 울릴 때에'에서 그와 같은 시적 정조를
변형한 것으로 볼 수 있다. 특히 제2연의 마지막 행인 L2-6의 '내 눈물
흘러라'에서는 그것이 베를렌 시 제2연의 마지막 행인 '나는 우노라'를
그대로 옮겨놓은 표현임을 알 수 있다.

　다음으로 제3연과 제4연을 살펴보면 다음과 같다. 우선 제4연 L4-1의
'가슴 울리는 악성'은 베를렌 시 제1연 제3행의 '내 가슴에 상처주네'와
유사하다. 아울러 L4-4의 '슬어져 가는 사랑은'이라는 표현은 김억 자
신이 번역한 「가을의 노래」에 나타나는 '내 영은/ 부는 바람에'와 유사

하며 이 부분은 베를렌 시 제3연 제1행인 '나는 떠나가네'가 지니고 있는 시적 정조를 의역한 부분이다. 아울러 「악성」 제4연 L4-4의 '푸른 위안의 바람' 역시 베를렌 시 제3연 제2행의 '몹쓸 바람에'를 변형시킨 것으로 볼 수 있다. 이러한 변형방법은 맨 마지막 행에 해당하는 L4-6의 '거리를 돌아라'에도 나타나 있다. 이 부분은 또 베를렌 시 제3연 제4행의 '날 데려가네/ 여기 저기로'에도 관계된다. 김억 시 「악군」혹은 「악성」에 반영된 베를렌 시 「가을의 노래」의 시어와 구절에 대한 이상과 같은 설명을 정리해 보면 아래 도표와 같다. 여기서는 후자의 시구를 중심으로 하여 전자가 그것을 어떻게 수용했는지를 요약했다.

위의 요약과 정리에서 알 수 있는 바와 같이 김억 시 「악성」은 거의 대부분이 베를렌 시 「가을의 노래」를 그대로 수용하고 있다. 그러한 점은 L1-1, L1-3, L1-4, L1-5, L1-6, L2-1, L2-3, L2-4, L2-5, L2-6, L3-1, L3-3, L3-4, L4-1, L4-3, L4-4, L4-6처럼 수용이 정확하게 드러난 열일곱 개 시행은 물론 「가을의 노래」에서 시적 정조를 차용하여 원용한 부분에서도 찾아 볼 수 있다. 사실 한 편의 창작시가 이처럼 많은 부분을 다른 시와 공유하고 있는 경우는 희귀한 경우에 해당한다.

다음은 김억 시 「악성」에 나타난 음악성과 베를렌 시 「가을의 노래」에 나타난 음악성의 유사성을 들 수 있다. 베를렌이 시의 음악성을 체계적으로 설명한 것은 그 자신의 「시론」에서 찾아볼 수 있다. 그는 자신의 「시론」에 대해서 "나의 「시론」을 문학적으로 생각하지 말라, 그것은 노래다."라고 강조했다. '무엇보다도 먼저 음악을'에 대한 그의 이러한 평소의 생각이 「시론」으로 구체화되기 이전에 그것을 잘 반영하고 있는 시가 바로 「가을의 노래」이다. 이 시는 바이올린의 G선과도 같은 저음과 프랑스어가 지니고 있는 비음(鼻音)의 효과에 의해서 시적 자아의 우울한 감정을 표현하고 있다. 따라서 이 시는 강렬한 "주제를 드러내기보다는 포착불가능한 음악성을 드러내고 있다."

가을의 노래	성 악	시 행
Les sangolot longs	애달픈 곡조	L1-3
	(느리고 짧은, 빠르고도 더	L2-3
	딘, 넓고도 좁은, 높고도 낮	L3-3
	은)	L4-3
Des violons	울리어 나는 악성	L1-1
	설움 가득한 악성	L2-1
	가슴 울리는 악성	L3-1
	숨어 흐르는 악성	L4-1
Blessent mon coeur	내 가슴 아퍼라	L1-6
Et blême, quand Sonne l'heure,	그윽하게 살아	L1-5
Je me souviens	고요하게 와서	L2-5
Des jours anciens	나의 스러진 옛꿈	L1-4
	뒤숭숭한 그 생각	L2-4
Et je pleure	내 눈물 흘러라	L2-6
Et je m'en vais	스러져 가는 내 영(靈)은	L3-4
Au vent mauvai	푸른 위안의 바람	L4-4
Qui m'emporte Deçà, delà	거리를 돌아라	L4-6

　　김억 시 「악성」에서는 「가을의 노래」가 지니고 있는 이러한 음악성
을 위해서 우선 음악과 관련 있는 제목을 선정했음은 물론 각 연에서
도 악성이라든가 곡조처럼 음악과 관련 있는 어휘를 반복해서 활용하
고 있다. 우선 성악이란 무엇인가? 그것은 사람의 목소리에 의해서 가
사를 전달하는 음악이지만 전주, 간주, 후주, 반주 등 기악의 부분도 흔
히 포함하며 악곡의 종류에 의하여 창가, 민요, 가요, 가곡 및 칸타타
등으로 구별하기도 한다. 이러한 의미로 볼 때에 김억 시 「악성」에서의
악성은 이 시의 내용으로 볼 때에 사람의 목소리에 의한 노래라기보다
는 기악에 의한 노래라고 보는 편이 타당하다.

다음은 시구의 반복을 들 수 있다. 그것은 악성이나 애달픈 곡조처럼 정확하게 반복되는 경우와 그러한 구절을 수식하는 수식어구의 유사한 반복을 들 수 있다. 먼저 전자의 경우 악성이나 애달픈 곡조는 각 연의 제1행과 제3행에 반복되어 나타나 있다. 그리고 그것은 각 연의 후반부에 나타나는 시적 자아의 정조, 즉 가을의 분위기에 휩싸인 우울하고 서글픈 정조를 자아내기 위한 전주곡으로 작용한다. 후자의 경우, 수식어구의 유사한 반복의 경우는 악성을 수식하는 '울리어 나는', '설움 가득한', '가슴 울리는', '숨어 흐르는'과 같은 구절에서 찾아 볼 수 있다. 그리고 이러한 구절은 계절의 감각에 대한 외적 지향보다는 내적 수용을 의미한다. '애달픈 곡조'를 수식하는 경우는 시간적이면서도 공간적인 특성을 갖는다. 그것은 '느리고도 짧은'이나 '빠르고도 더딘'처럼 시간에 관계되는 한편, 다른 한편으로는 '썩넓고도 좁은'이나 '썩높고도 낮은'처럼 공간에 관계되기도 한다. 말하자면 「악성」에서의 모든 '악성'은 모든 공간과 시간에 걸쳐서 작용한다고 볼 수 있다.

셋째는 각 연의 후반부에 나타나는 시적 자아의 마음가짐과 행위의 반복을 들 수 있다. 앞에서 설명한 바 있는 애달픈 곡조는 시적 자아의 마음을 동요시키는 원인이 된다. 그 곡조는 시적 자아에게 지나간 옛 꿈을 되살려 주며 그것으로 인해서 시적 자아는 가슴이 아프기도 하고 눈물이 흐르기도 하고 웃기도 하고 거리를 떠돌기도 한다.

김억 시 「악성」에 나타나는 곡조와 시적 자아의 이러한 관계는 베를렌 시 「가을의 노래」에 나타나는 바이올린의 소리와 시적 자아와의 관계와 유사하다. 후자에서 시적 자아는 바이올린 소리를 듣고 가슴이 아프기도 하고 울기도 하고 거리를 떠돌기도 한다. 특히 김억이 「악성」에서 "푸른 위안의 바람이/ 한가롭게 불며/ 거리를 돌아라."라고 표현한 마지막 부분은 베를렌 시의 마지막 부분을 그대로 옮겨놓은 것이나 다름없다고 할 수 있다.

김억 시 「악성」의 각 연에 나타나는 애달픈 곡조로 대표되는 전반부

와 시적 자아의 정감으로 대표되는 후반부의 관계를 정리하면 다음과
같다.

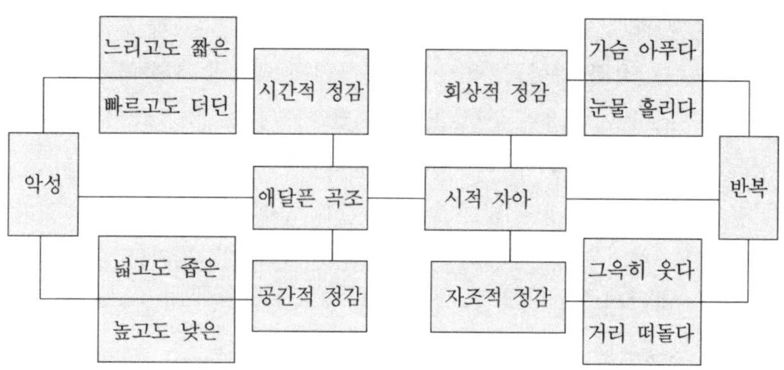

 "어리석은 시인은 모방하고 훌륭한 시인은 훔친다."라는 T. S. 엘리
엇의 말처럼 모방하는 시인은 어리석고 훔치는 시인은 현명한 것일까?
김억 시 「악성」은 이러한 의문점을 제기해 주는 시이다. 그것은 김억이
한국 현대시의 역사에서 빼놓을 수 없는 중요한 기여를 했다는 점 이
외에도 그에 대한 평가가 한 번도 부정적으로 이루어진 적이 없기 때
문이다. 김억은 왜 자신의 창작 시집 『해파리의 노래』의 맨 마지막에
해당하는 '북방의 소녀' 부분에 이 시를 수록했을까? 그것은 이 부분을
'부록'이라고 명시한 것에서도 짐작할 수 있는 바와 같이 이 부분에 수
록된 대부분의 시가 모작의 흔적을 지니고 있기 때문일 것이다.

 모방이란 비교문학에서 말하는 가장 원시적인 변형방법으로 의도성
이 강하며 피사체를 찍은 사진이나 복제품처럼 완전한 일치를 특징으로
한다. 이 때의 모방은 플라톤적인 참여과정으로서의 모방이 아니라 아
리스토텔레스적인 합성과정으로서의 모방을 의미하며, 김억 시 「악성」
에서는 후자적인 측면을 강하게 드러내고 있다. 말하자면 「악성」은 베
를렌 시 「가을의 노래」를 모태로 하여 이를 변형·발전시킨 시라고 볼

수 있다. 그것은 해럴드 블룸이 말하는 바와 같이 시인으로 막 출발한 약한 시인은 자신의 시세계 형성에 영향을 끼친 강한 시인의 작품을 모방하게 된다는 점과도 일치한다. 『해파리의 노래』 이후에 김억은 베를렌 계열의 음악성을 바탕으로 하여 한국 민요에 담겨져 있는 가락을 현대시로 형상화하는 데 노력하게 되었다.

  이렇게 볼 때에 베를렌 시 「가을의 노래」를 반영한 김억 시 「악성」에는 다음과 같은 몇 가지 특징이 있다. 첫째, 어휘의 전사(轉寫)를 들 수 있다. 이 두 편의 시에 사용된 시어는 앞의 도표에서 비교한 것처럼 동일한 요소가 많이 있다. 둘째, 음악성의 강조를 들 수 있다. 베를렌 시가 지니고 있는 비음효과와 저음효과가 김억 시에서는 음절수의 배치와 감탄형 종결어미로 나타나 있다. 셋째, 시상의 전개과정을 들 수 있다. 베를렌 시에서와 같이 김억 시에서도 시상의 전개과정은 각 연별로 이루어져 있다. 각 연은 전반부와 후반부로 나뉘어졌으며 전자에서는 원인제공이 되는 ‘악성’과 ‘곡조’를, 후반부에서는 거기에서 비롯되는 시적 자아의 정감을 표현했다. 넷째, 시적 구조에 있어서도 두 편의 시 모두 시간적이고 공간적이다. 바이올린 소리에 의해서 과거를 회상하는 「가을의 노래」나 악성과 곡조에 의해서 지난날을 떠올리는 「악성」의 경우 시간적이고 공간적인 시적 구조를 지니고 있으며 이러한 구조는 궁극적으로 각 연의 후반부에서 시적 자아에게 회상적이고 자조적인 정감을 유발시켜 준다. 다섯째, 시형식의 유사성을 들 수 있다. 각 연의 구성이 6행으로 이루어진 점은 김억 시와 베를렌 시가 동일하다. 김억 시가 4연으로 형성되기는 했지만 1연과 2연은 동일한 시상을 반복한 것으로 볼 수 있다. 결과적으로 말해서 「악성」에는 「가을의 노래」의 시어와 구절은 물론 시상의 전개 및 시간과 공간의 구조까지 그대로 반영되어 있다. 김억은 베를렌 시 「가을의 노래」에 대한 자신의 번역과정에서 얻어진 지식을 활용하여 「악성」을 모방적으로 창조해 냈던 것이다.

2.1.3 김영랑 시에 끼친 베를렌의 영향과 수용

시적 음악성과 언어의 뉘앙스를 특징으로 하는 베를렌의 시학을 송욱은 '뉘앙스의 시학'으로 파악했다. 그의 이러한 파악은 우선은 베를렌 시가 지니고 있는 음악성을 강조한 것이라고 볼 수 있다. 이경해가 번역한 도미니크 린스의 『19세기 프랑스 문학』(1984)에 보면, 이러한 음악성은 다음과 같다. "베를렌의 시론은 사실 여러 면에서 우선 운율 면에서 혁신적이다. 위고에 뒤이어 '어리석은 12음절 시형'을 시에서 완전히 제거하는 데 만족하지 않고 베를렌은 가장 어렵고 아주 놀라울 정도로 음악적인 기수음(奇數音)에 해당하는 5음절, 7음절, 11음절과 완벽한 불균형의 기교를 능란하게 다루고 과감하게 리듬을 조작하며 청각의 즐거움을 위해 모음, 압운이나 각운을 자유롭게 사용하고는 한다." 베를렌 시의 언어의 뉘앙스는 몽롱한 환영과 환상의 세계 및 암담하고 우울한 마음가짐 등에 관계된다.

김영랑이 베를렌의 이러한 시적 분위기에서 많은 영향을 받았다는 점은 여러 곳에서 확인될 수 있다. ①《시학》제5집에서 실시한 한 조사에서 김영랑이 "베를렌을 사숙한 시절이 있었다."라고 응답한 점, ② 그의 첫 시집 『영랑시집』의 30번째 시에서 베를렌을 구체적으로 언급하고 있다는 점, ③『영랑시집』 발간을 앞두고 박용철이 김영랑에게 보낸 편지에는 다음과 같은 구절이 나타나 있다는 점 등을 들 수 있다. "「제야(除夜)」, 「두견(杜鵑)」 두 편에는 제명(題名)이 붙고 「불지암(佛地庵)」에는 문학 때대로 꼬리를 부치려네. 시에 번호를 붙일 뿐 페이지도 매기지 않을 생각이네 시 넘버와 혈(頁)이 거의 맞먹는 데서 착상이네 세계에서 유례가 없으리." ①과 ②에서 우리는 김영랑이 베를렌에게 심취했었다는 점을 쉽게 이해할 수 있으며 ③에서의 이러한 언급도 실제로는 베를렌에게서 비롯된 것이라고 볼 수 있다. 베를렌은 『아름다운 노래』(1970), 『말없는 로망스』(1974), 『예지』(1881)와 같은 시집에서 시의 제목을 붙이지 않고 시의 번호만을 붙였기 때문이다. 따라서 박용철이 김영랑 시를 "세계에서 유례가 없으리."라고 언급한 것은 올바른 파악이 될 수 없다.

이상과 같은 외형적인 영향을 바탕으로 하여 김영랑 시에 나타나는 베를렌의 영향은 크게 두 가지로 나뉘어 진다. 하나는 시의 방법적인 영향이고 다른 하나는 시의 소재에서의 영향이다. 방법적인 영향은 다시 어법의 영향과 이미지의 영향으로 분류된다. 우선 어법의 영향은 동일어의 반복에서 찾아 볼 수 있다. 하나의 예를 들면 베를렌 시 「말없는 로망스 1」에 나오는 '…이오'(C'est)가 김영랑 시 「끝없는 강물이 흐르네」에서는 '…네'로 전환되어 있음을 알 수 있다. 유사하거나 동일한 어휘를 이와 같이 반복함으로써 지속적인 이미지를 형성하는 것은 읽는 이에게 시인의 정조와 유사한 동조적인 정조를 환기시켜 주고 나아가 내적 주제의 반복을 바탕으로 하는 외적인 상징을 구체화시키기 위한 것이다.

이미지의 영향으로는 소리, 색채, 향기가 뒤섞여 감각적인 측면을 강조한 시에서 찾아볼 수 있다. 예를 들면 베를렌 시 「클리멘에게」에서 찾아볼 수 있다.

신비로운 뱃노래
말없는 로망스
그리운 이여 하늘의 빛과 같은
그대의 눈이기에.

그대의 음성 나의 이성의
수평 어지럽히고
혼란케 하는
야릇한 환상 같기에.

> 백조와 같은 파리함의
> 그지없는 향훈이기에
> 또한 그대 향기
> 순결하기에,
>
> 아아! 깊숙이 스며드는 음악,
> 사라진 천사의 윤광,
> 색조와 기
> 이 온갖 존재가
> 은은한 율동을 따라
> 내 말의 대응 안에
> 나의 가냘픈 마음 사로잡았으니
> 아 아 뜻대로 이루소서!

사랑을 강조하기 위해서 베를렌이 사용하고 있는 시어의 이러한 점을 서준섭은 『국어교육』 제33집(1978)에 수록된 자신의 글 「영랑시에 나타난 비교문학적 고찰」에서 "신비로운 뱃노래, 별과 같은 환상, 백조와 같은 파리함, 향훈, 스며드는 음악, 천사의 윤광"처럼 아득하고 은은하고 모호하고 포착 불가능한 이미지를 활용하고 있는 것으로 파악했다. 베를렌 시에 포함되어 있는 이러한 이미지를 김영랑 시에서도 쉽게 찾아 볼 수 있다. 말하자면, 신동욱이 『우리시의 역사적 고찰』(1981)에서 지적한 바와 같이 '은은함과 어둠의 시학'을 바탕으로 하는 김영랑 시에는 모호하고 환상적인 세계가 잘 드러나 있다고 할 수 있다. 그러한 예를 우리는 「허리띠 매는 시악시 마음실 같이」, 「님두시고 가는 길의 애끈한 마음이여」, 「내마음 아실이」, 「물보면 흐르고」, 「저녁때 외로운 마음」, 「눈물 속에 빛나는 보람과」, 「내 옛날 온 꿈이」, 「가늘한 내음」 등에서 발견할 수 있다.

김영랑 시에 나타나는 베를렌 시의 소재의 유사성은 다음과 같다. 베를렌 시에 자주 등장하는 안개, 비, 꿈, 음악, 향기, 가을, 호수, 숲, 우수, 사랑 등이 김영랑 시에서는 구름, 마음, 꿈, 하늘, 노래, 눈물, 시름, 내음, 바다 등으로 전환되어 나타난다. 시적 소재 면에서 이러한 유사성을 가장 잘 함축하고 있는 시가 바로 김영랑 시 「황홀한 달빛」이다. 이 시의 처음 두 연은 베를렌 시 「희미한 달빛」과 여러 가지 점에서 유사한 면을 지니고 있다. 베를렌의 이 시는 김억의 번역으로《태서문예신보》와《폐허》에 수록되어 있다. 이 두 작품의 공통적인 소재는 ‘달빛’이다. 김영랑 시는 베를렌 시를 바탕으로 하여 그 시의 시적 소재인 달빛을 활용하고 있음을 알 수 있다. 나아가 김영랑 시 제1연과 제2연은 베를렌 시를 그대로 전사한 듯한 느낌까지 들게 한다. 그것은 이 두 시인의 기질상의 유사성은 물론이고 시적 자아의 유사성까지도 가능하게 한다. 더구나 김영랑 시에는 시적 음악성을 표현하기 위해서 자수율에 대한 치밀한 계산까지도 나타나 있다.

다음의 도표에 나타나는 김영랑 시 「황홀한 달빛」은 달빛을 반사하는 물결을 생생하게 시각화한 작품으로 그가 얼마나 집요하고 치밀하게 시어를 선정하여 배치했는지를 보여주며, 필자는 『영랑시집』 원본대로 인용했다. 시어를 치밀하게 계산하여 선정하고 다시 조합하되 가능한 한 여러 가지 방법에 의해서 결합한 김영랑의 언어정신을 바탕으로 하는 아래 인용시에서, 음절수가 합해지기도 하고 분할되기도 하고 또다시 합해지기도 하는 외형적인 형태는 달빛에 반사되는 물결의 반짝임을 나타낸다고 볼 수 있다.

음보에 있어서도 2음보에서 비롯되어 2음보와 1음보, 1음보와 3음보가 교환되다가 다시 본래의 2음보를 반복함으로써 전체적으로 통일되고 조화된 시형식을 보여준다. 특히 동일한 8음절인 “저달/ 어서/ 떠러져 라”를 “아름다운/ 턴동/ 지동”으로 변화시켜 2+2+4라는 음절수를 4+2+2라는 음절수로 교환시킨 점은 수학적으로 계산된 일면을 보여주기도 한다.

「황홀한 달빛」에 나타나는 바와 같이 김영랑 시에는 베를렌적인 여러 가지 요소들이 잠재되어 있다. 그리고 그러한 잠재적인 요소에는 방

법적인 전용이나 이미지의 차용을 뛰어 넘어 베를렌이 강조했던 기수
율의 활용처럼 김영랑도 자신의 시에서 음절수 혹은 음보에 대한 철저

시	음절의 시각화	음절의 합	음보	의미
황홀한 달빛	■■■ ■■	3 + 2 = 5	2	음절 : 반복
바다는 銀장	■■■ ■■	3 + 2 = 5	2	음보 : 균형
천지는 꿈인양	■■■ ■■■	3 + 3 = 6	2	반복미/균형미
이리 고요하다	■■ ■■■■	2 + 4 = 6	2	
불르면 내려올듯	■■■ ■■■	3 + 4 = 7	2	음절 : 교차
정뜬 달은	■■ ■■	2 + 2 = 4	2	음보 : 변화
맑고 은은한노래	■■ ■■■■■	2 + 5 = 7	2	교차미/변화
을려날듯	■■■■	4 = 4	1	
저 銀장위에	■ ■■■■	1 + 4 = 5	2	음절 : 균형
떨어진단들	■■■■■	5 = 5	1	음보 : 교차
달이야 설마	■■■ ■■	3 + 2 = 5	2	균형미/교차미
깨여질라고	■■■■■	5 = 5	1	
떨어져보라	■■■■■	5 = 5	1	음절 : 교차
저달 어서 떨어져라	■■ ■■ ■■■■	2+2+4 = 8	3	음보 : 교차
그홀란스런	■■■■■	5 = 5	1	교차미
아름다운 텬동 지동	■■■■ ■■ ■■	4+2+2 = 8	3	
후젓한 三更	■■■ ■■	3 + 2 = 5	2	음절 : 균형
산위에 홀히	■■■ ■■	3 + 2 = 5	2	음보 : 균형
꿈꾸는 바다	■■■ ■■	3 + 2 = 5	2	균형미
깨울수 없다	■■■ ■■	3 + 2 = 5	2	

한 배려를 하고 있음을 알 수 있다. 그렇게 함으로써 이 두 시인은 '달
빛'이라는 정경에 대한 묘사, 시적 운율에 대한 관심, 그리고 시적 자아
혹은 시인 자신의 기질 등에 있어서 서로 유사한 면을 공유하고 있다
고 볼 수 있다.

이 외에도 황석우 시 「벽모(碧毛)의 묘(猫)」는 보들레르의 일련의 「고양이」라는 시와 베를렌 시 「여인과 고양이」를 연상시키기 기도 한다. 아울러 그는 자신의 「태양의 침몰」에서 "이 전편의 시안에 특히 '저녁'이라는 말이 많이 쓰여 있으며, 이는 한 세기말적 기분에 붙잡힌 나의 최근의 사상의 경향을 가장 솔직히 나타낸 것이다."라고 강조하고 있다. 특히 '태양의 침몰'이라는 말은 베를렌 시 「지는 해」에서 반복되는 '지는 해' (Soleils couchants)와 유사한 면을 지니고 있다. 베를렌 시의 이러한 영향은 박목월 시에서도 찾아볼 수 있다. 김은전은 장사선이 편한 『문예사조』(1986)에 수록된 자신의 「상징주의 문학」에서 박목월 시 「불국사」에 나오는 '흰 달빛, 자하문, 달, 안개, 물소리'같은 구절이 베를렌의 영향을 받은 것이라고 파악했다.

2.2 메테를링크의 영향과 김소월 시

2.2.1 메테를링크의 한국적 수용

모리스 메테를링크(1862~1949)는 벨기에 태생의 극작가로 상징주의 후계자임을 자처했으며 자연주의에 대해서 강력하게 대응했다. 그는 자신의 연극의 주제를 중세와 순수 환상에서 파악했으며 주로 삶과 죽음의 신비를 취급했다. 삶과 죽음의 불가피성을 표출시키되 불분명한 중얼거림, 더듬거림, 동일어의 반복, 침묵 등에 의해서 표출시키고자 했다. 그의 작품으로는 전쟁과 비전투자들의 이야기를 다룬 『죄 없는 자의 죽음』(1886), 단막극에 해당하는 『침입자들』(1890)과 『군맹』(1890), 동물학 연구에 해당하는 『꿀벌의 생활』(1901), 가장 위대한 상징주의 희곡으로 간주되는 『페레아스와 멜리상드』(1892)와 『모나 바나』(1902) 및 형이상학적이고 신비적인 주제를 다루어 어린이들의 전형적인 동화가 된 『파랑새』(1909) 등이 있다. 그는 1911년 노벨문학상을 수상했다.

이와 같은 메테를링크 시 「시」와 김소월 시 「먼 후일」의 관계에 대해서는 전규태 편 『비교문학―이론, 방법, 전망』(1973)에 수록된 「영, 불시가 한국시가에 끼친 영향고」에서 이재호는 다음과 같이 간략하게 언급한 바 있다. 이 두 시인의 시의 전개방법과 주제가 유사하다는 점, '노벨문학상'(1911)을 수상한 메테를링크가 인기 있었을 뿐만 아니라 우에다 빈의 역시집 『목양신』(1902)에도 메테를링크 시 7편이 수록되어 있다는 점 및 김소월이 자신의 스승인 김억을 통해서 '틀림없이' 메테를링크 시 「시」에 접했을 가능성이 있다는 점 등을 제시했다.

김소월 외에도 박목월은 『청록집』(1986)에 수록된 「구강산의 청록」에서 자신의 시 「윤사월」과 메테를링크 희곡 『군맹』과의 관계에 대해서 이렇게 언급했다. "이 작품을 쓸 무렵, 나는 메테를링크의 작품을 탐독했다. 특히 그의 『군맹』같은 작품들을, 눈 먼 처녀는, 고도에서 죽음을 예감하고 죽음의 발자국 소리를 듣는 장님 떼서리의 『군맹』에서 영향 받은 이미지일 수도 있다." 박목월의 이러한 언급에서 우리가 주목할 부분 중의 하나는 '이 작품을 쓸 무렵'일 것이다. 그것은 물론 그의 시 「윤사월」이 《상아탑》 제6호(1946. 8)에 수록되었다는 점에서 그 구체적인 연대를 추정할 수 있다. 그리고 정치적 명암이 교차되는 이 시기의 시대적 분위기 속에서 박목월은 "윤사월의 너그럽고 밝은 정서와 조화되지 않는 나 자신의 내면적인 어두운 그늘을 노래한 것"이라고 볼 수 있다. 따라서 그는 자신의 시 「윤사월」에 대해서 장만영이 『현대시의 감상』에서 "어린이의 동화를 읽는 것 같은 느낌을 주는 작품입니다."라고 언급한 것은 "'눈 먼 처녀'에 대한 상징의 심각성을 깊이 참작하지 않은" 까닭이라고 결론지었다. "그러므로, '문설주에 귀를 대이고 엿듣고 있는 눈 먼 처녀'는 장만영 씨의 해설처럼 '무슨 행운이라도 찾아오나'하고 기다리는 포즈가 아니라, 보다 불길하고 어두운 것으로 잦아진 이미지로서의 눈 먼 처녀요, 문설주에 귀를 대는 포즈다. 그와 같은 영상을 '송화 가루 날리는 산봉우리'의 자연 풍경에 오버랩 시킨 것이다."

그 외에도 박목월은 자신의 시 「윤사월」에 등장하는 ‘눈 먼 처녀’는 김동리 소설 『바위』의 여주인공이자 문둥이인 ‘술이 엄마’와 같은 입장에 있다는 점을 강조했다. 『바위』의 일부분은 다음과 같다. “처음 떡을 받아 든 아내는 고맙다는 듯이 영감을 쳐다보며 또 한 번 비죽이 웃어 보였다. 그러나 비상 빛을 짐작할 줄 아는 그녀는 떡 속에 섞인 그 거무스레하고 불그스레한 것을 발견한 다음 순간, 무서운 얼굴로 한참 동안 영감의 낯을 노려보고 있었다. 먼 영에서 뻐꾸기 우는 소리가 들렸다. 이윽고 여인은 모든 것을 이해하고 얼굴을 수그렸다.” 이러한 『바위』와 자신의 「윤사월」에 대해서 박목월은 이렇게 연관지었다.

> 이것은 김동리 씨의 초기 작품 『바위』의 한 대목이다. 그 소설의 주인공 술이 엄마는 문둥이였다. 남편은 그녀가 측은하고 불쌍하기 때문에 그녀에게 비상 섞인 떡을 가져다준다. 위의 대문은 그 장면이다. 그러나 문둥이인 그녀는 그것이 비상 섞인 떡임을 알게 되고, 자기를 죽이려는 남편의 심중을 짐작하게 된다. 이 인간의 비극적인 운명의 절정에서 김동리 씨는 먼 영에서 뻐꾸기 소리가 들려오는 자연의 한 코머를 보여주는 것이다. 인간의 비극적인 운명을 평화스러운 자연과 대비시킴으로 무한히 복잡한 암시적인 진폭을 가지게 된다. 「윤사월」도 어느 면에서는 『바위』의 이 장면과 서로 통하는 면이 있을 수 있다.

박목월 시 「윤사월」에 영향을 끼친 메테를링크 희곡 『군맹』의 주제는 메테를링크가 즐겨 활용하는 여러 가지 방법 중의 하나에 해당하는 일군의 장님들의 감각세계이다. 이들 장님들에게 있어서 심안(心眼)은 가장 중요한 역할을 한다. 박목월 시 「윤사월」에 영향을 끼친 메테를링크 희곡 『군맹』에서의 장님들의 역할에 대해서 안나 발라키안은 『상징주의 운동』(1977)에서 이렇게 언급했다. “가장 감감적인 것은 장님들이다. 메테를링크는 종종 이들 장님들의 위대한 인지능력을 볼 수 없는 사람들에게 적용했으며, 이들에게 있어서 심안은 좀더 고도로 발전되었다. 모든 기호를 구체적인 개념에 일체화시키지 않으면서도 의미심장한 모든 기호의 인식을 가능하게 하는 사람들이 바로 이들 장님들인 것이다."

다음은 조지훈과 메테를링크의 경우를 들 수 있다. 이들의 관계는 직접적이라기보다는 간접적인 것으로서 조지훈은 앞에서 언급한 『청록집』에 수록된 자신의 「나의 문학여정―시주(詩酒) 반생 자서」에서 다음과 같이 회상했다. "열세 살 무렵에 처음으로 메테를링크의 『파랑새』, 배리의 『피터 팬』, 와일드의 『행복한 왕자』와 같은 동화를 읽고 가슴이 흐뭇해져서 문학이란 이런 것이다, 라고 속짐작을 시작한 것이 그 무렵의 나의 생리였다."

이상에서 살펴 본 바와 같이 메테를링크가 한국 현대시의 형성에 있어서 직·간접적으로 끼친 영향관계는 김소월 시 「먼 후일」에서부터 박목월 시 「윤사월」을 거쳐 조지훈의 문학적 감수성의 형성까지 다양한 것이었다. 또한 시에서부터 희곡은 물론 동화에 이르기까지 한국 현대시의 형성에 끼친 메테를링크의 영향을 여러 가지 측면에서 고려할 수 있을 것이다. 이 글에서는 이와 같은 다양성을 고려하여 우선 김소월 시 「먼 후일」의 개작과정과 김억의 역할을 살펴본 후에 그의 시와 메테를링크 시 「시」와의 영향과 수용관계를 시어와 시어, 행과 행, 연과 연, 이미지와 이미지, 주제와 주제, 어법과 어법을 비교해보고자 한다.

2.2.2 김소월 시 「먼 후일」의 개작과정

김소월 시 「먼 후일」이 가지는 중요성은 우선 그것이 그의 시집 『진달래 꽃』의 맨 처음을 장식하고 있다는 점, "전체로 보아 소월이의 작품에는 원한으로 애수가 있으니 그 서정시집 중의 하나인… 「먼 훗일」이라든가… 「진달래꽃」이라든가 모두 이러한 원한과 애수로 읊어지지

않은 것이 없습니다.”라는 김억의 회고, 즉 『초혼 : 소월시전집』(1958)
에 수록된 그의 「기억에 남는 소월—후기에 대신하여」에서 찾아 볼 수
있다. 이처럼 김소월 시를 대표하는 「먼 후일」이 《학생계》(1920. 7)에
처음으로 발표되었을 때에는 다음과 같았다.

먼 後日

먼後日당신이차즈시면 그째에내말이
　　　　　　니젓노라
당신말에 나물어 하시면 무척그리다가
　　　　　　니젓노라
그래도 그냥 나물어하면 밋기지안아서
　　　　　　니젓노라
오늘도 어제도 못닛는 당신 먼後日그째엔
　　　　　　니젓노라

그러나 《개벽》(1922. 10)에 수록된 이 시는 다음과 같이 개작되었다.

먼 後日

먼 훗날에 당신이 차즈시면
그째에 내 말이 「니젓노라」

맘으로 당신이 나무려 하시면
그째에 내 말이 「무척 그리다가 니젓노라」
당신이 그래도 나무러 하시면
그째에 이 말이 「밋기지 않아서 니젓노라」

오늘도 어제도 못잊는 당신을
먼훗날 그째에는 「니젓노라」

《학지광》에 발표된 1920년의 것과 개작하여 《개벽》(1922)에 발표한 것 사이에는 대략 2년간의 시간 차이가 있다. 《개벽》에 발표된 「먼 후일」은 「꿈자리」, 「진달래꽃」, 「님의 노래」와 더불어 김억의 추천으로 김소월이 시인으로 등단하는 계기를 마련한 시이기 때문에 그 의미는 더욱 크다고 할 수 있다. 위에 인용된 두 편의 시를 비교할 때에 가장 눈에 띠는 것은 《학지광》의 것은 연 구분이 없는 데 반해서 《개벽》의 것은 연 구분이 있다는 점, 각 연의 제2행이 '니젓노라'라는 단순한 언급에서 여러 가지 상황을 전제로 하여 '「 」'로 강조되어 있다는 점 등을 들 수 있다. 또한 《학지광》의 것에는 '그때'라는 말이 두 번 사용되었지만 《개벽》의 것에는 그것이 매 연마다 사용되어 전부 네 번 사용되었음을 알 수 있다.

다음에 인용하는 시는 《개벽》의 것을 바탕으로 하여 김소월 시집 『진달래꽃』 맨 처음에 수록된 「먼 後日」 전문이다.

먼 後日

먼훗날 당신이 찾즈시면
그때에 내말이 「니젓노라」

당신이 속으로나무리면
「뭇척그리다가 니젓노라」
그래도 당신이 나무리면
「밋기지안아서 니젓노라」

오늘도어제도 아니닛고
먼훗날 그때에 「니젓노라」

시집 『진달래꽃』의 서두를 장식하고 있는 위 인용시는 어법에 있어서는 《학지광》의 것에 유사하고 연과 행의 구분에 있어서는 《개벽》의 것과 유사하다. 특히 '그째'라는 어휘를 두 번 사용한 점과 강조를 위해서 「 」'을 사용한 점 등에서 각각 그러한 유사점을 찾을 수 있다. 그리고 맨 마지막에 인용한 시를 바탕으로 하여 다음과 같은 현재의 「먼 후일」이 있게 된 것이다.

먼 후일

먼 훗날 당신이 찾으시면
그 때에 내 말이 「잊었노라.」

당신이 속으로 나무리면
「무척 그리다가 잊었노라.」

그래도 당신이 나무리면
「믿기지 않아서 잊었노라.」

오늘도 어제도 아니 잊고
먼 훗날 그 때에 「잊었노라.」

2.2.3 김소월 시 「먼 후일」과 메테를링크 시 「시」의 관계

김소월과 메테를링크의 관계는 김소월이 직접적으로 메테를링크 시를 당시의 일본에서 접촉했을 가능성, 자신의 스승인 김억을 통해서 간접적으로 알게 되었을 가능성 등이 있다. 그것이 어느 유형에 속하든 그의 시 「먼 후일」에는 메테를링크 시 「시」의 정감이 짙게 배어 있다. 이러한 가능성을 암시해 주는 메테를링크 시 「시」는 그의 시집 『열다섯의 노래』(1839)에 수록되어 있으며 이 때 그의 나이 27세였다. 우선 메테를링크 시 「시」 전문을 필자의 번역으로 옮겨 보면 다음과 같다.

어느 날 그이가 돌아온다면,
무슨 말을 해야만 하나?
―전해주세요 기다렸다고,
죽는 그 순간까지…

다시 또 그이가 물어 본다면,
나를 몰라 본 채?
―전해주세요 여동생처럼,
그이가 아마도 괴로워 할테니…

그이가 당신 있는 곳을 묻는다면,
무슨 말을 해야만 하나?
―전해주세요 제 금반지를,
그이에게 아무 말도 하지 말고…

그이가 방이 왜 쓸쓸한지,
그 까닭을 알고 싶어 한다면?
―보여 주세요 꺼진 램프를,
열려진 문을…
그이가 그 때 물어본다면,
저의 마지막 임종 순간을?
―전해주세요 미소 지었다고,
그이가 눈물지을까봐…

김소월 시 「먼 후일」과 메테를링크 시 「시」의 유사성을 살펴보면 다음과 같다. 우선 시적 주제의 일치를 들 수 있을 것이다. 그것은 다름아닌 진솔한 사랑, 상대방의 입장을 세심하게 배려하는 아름다운 사랑이라고 볼 수 있다. 떠나가 버린 '당신' 혹은 '그이'가 돌아왔을 때에, 돌아온 사람의 감정을 다치지 않도록 노력하는 시적 자아의 아름다운 모습은 '잊었노라'라는 반복 어귀나 '미소 지었다'고 전해달라는 어구에 잘 드러나 있다. 다음은 이 두 편의 시의 전개방법의 유사성을 들수 있다. 그것은 '…한다면'이라는 조건을 전제로 한다는 점이다. 그리고 그것은 다름 아닌 떠나가 버렸던 '당신'이나 '그이'가 돌아오는 것을 전제로 하며, 그러한 순간이 왔을 때에 시적 자아인 '나'는 원망이나 한탄이나 불만을 늘어놓기보다는 돌아온 사람의 마음을 상하지 않도록 하기 위해서 '잊었노라'라고 역설적으로 설명하든가 또는 '미소 지었다'고 승화시켜 언급하고 있다. 이러한 점은 이 두 편의 시의 전체적인 분위기를 형성하고 있다. 강조구문을 사용하는 것도 이들 시의 유사성에 기여하고 있다. 「먼 후일」의 '「 」'나 「시」의 '―'는 시적 자아가 하고자 하는 말을 집약적으로 강조하는 역할을 한다.

　이 두 편의 시에 사용된 시간은 '먼 후일'과 '어느 날'이며 그것은 기약 없는 미확정된 시간에 해당한다. '지금 이 순간'의 시적 자아는 이러한 미확정된 시간에 발생하게 될 어떤 상황, 그것은 구체적으로 반갑고 즐거운 만남을 마련하게 되는 상황을 전제하고 있다. 그러한 상황이 실제로 발생했을 경우에 시적 자아는 찾아온 사람의 태도에 대해서 역설적으로 답하고 있다. 가령 「먼 후일」에 나타나는 '찾는다'나 '나무라다'와 같은 태도에 대해서 '잊었노라,' '무척 그리다가 잊었노라,' '믿기지 않아서 잊었노라'와 같이 역설적으로 대답하는 점이라든가, 「시」에 나타나는 '돌아온다면,' '물어 본다면,' '묻는다면,' '알고 싶어 한다면,' '물어본다면'에 대해서 '기다렸다'나 '미소지었다'와 같이 대답하라고 일러주는 점에서 그러한 면을 파악할 수 있을 것이다.

　다음은 「먼 후일」과 「시」에 나타나는 '만남과 못 만남의 방법'의 유사성을 들 수 있다. 간절하게 만나고 싶은 쪽은 시적 자아이고 그 사랑의 대상은 먼 훗날이나 어느 날 우연히 찾아오게 되지만 이들 시에서는 그것이 반전되어 나타나 있다. 말하자면 사랑의 대상이 만나러 왔을 때에 시적 자아가 외면하든가 죽고 없는 상태로 되어 있다. 이러한 상황설정의 유사성이 가능해지는 것은 전자의 '먼 훗날'이 '죽음'에 관계되고 후자에서는 시적 자아의 죽음으로 그것이 구체적으로 언급되어 있기 때문이다. 다시 말하면 전자의 시적 자아가 언제가 될지는 모르지만 '먼 훗날' 그 때에 만날 때 까지 '살아 있는 것'을 전제로 하지만 그것은 죽을 때까지에 관계되고 후자의 시적 자아도 구체적으로 '죽음'을 전제로 한다고 볼 수 있다.

마지막으로 사랑의 대상의 행위의 유사성을 들 수 있다. 「먼 후일」에서의 그는 '찾아 와서 나무라고 또 나무라는 것'으로 되어 있다. 「시」에서의 그도 '찾아 와서 묻고 또 묻는 것'으로 되어 있다. 이들 사랑의 대상의 이러한 행위는 시적 자아가 자신의 마음을 이미 단호하게 결심한 이 후에 발생하게 되기 때문에 사실은 시의 전개에 있어서 아무런 역할도 못하게 된다. 이러한 몇 가지 유사성에도 불구하고 하나의 차이점을 찾는다면 전자의 진술방법이 직접적인 데 반해서 후자의 그것은 간접적이라는 점을 들 수 있다. 이러한 차이점은 후자의 시적 자아가 자신이 죽고 난 이후를 전제로 하기 때문에 어쩔 수 없이 자신의 심정을 전달해 줄 매개체에 의존할 수밖에 없기 때문이다.

2.2.4 영향과 수용 그리고 변용과 창조

비교문학 연구에 있어서 시적 영향이란 반드시 일대일의 대응관계만을 강조하지는 않는다. 그러한 강조는 정확한 원천과 자료의 고증을 바탕으로 하기 때문이다. 현재의 비교문학 연구의 경향은 유사한 이미지, 어법, 주제, 형식 등을 바탕으로 하여 연구하는 경향이 성행하고 있다. 그러한 연구를 그 전에는 '일반문학'이나 '세계문학'의 영역으로 한정하기도 했다. 그러나 과학기술과 정보산업의 발전 및 급속한 대내외 교류에 의해서 한 나라의 문학은 더 이상 국경선을 경계로 하여 한정되지 않고 국경선을 능가하여 인접국의 문학은 물론 먼 거리에 있는 국가의 문학에 까지 영향을 끼치고 있다. 이러한 의미의 영향과 수용관계는 언제나 문화 연구를 바탕으로 한다. 국제비교문학계에서 문화연구의 중요성을 강조하고 또 관심을 기울이고 있는 점에 대해서는《교수신문》13면(1997. 9. 19)에 수록된 필자의 「학술대회참관기 : 제15차 국제 비교문학회 네덜란드 라이덴 대회를 다녀와서」를 참고하면 될 것이다.

비교문학 연구의 이러한 경향을 바탕으로 하여 김소월 시 「먼 후일」에 반영된 메테를링크 시 「시」의 직·간접적인 영향을 요약 정리하면 다음과 같다. ① 시적 주제의 유사성을 들 수 있다. 그것은 시적 자아의 절실한 기다림과 그 대상이 찾아오기를 바탕으로 한다. ② 시간 설정의 유사성을 들 수 있으며, 그것은 곧바로 이루어질 수 없는 시간대, 미확정된 시간대에 해당하는 '먼 훗날'이나 '어느 날'이다. 그리고 그러한 시간대는 살아 있음을 전제로 하는 '어제나 오늘'이 아니라 '먼 훗날 그 때' 혹은 '죽은 그 다음'에 해당한다. ③ 시적 자아의 세심한 배려의 유사성을 들 수 있다. 그것은 사랑의 대상을 원망하거나 배척하기보다는 '그가 얼마나 상심해 할 것인가'를 염려하여 '나는 아무렇지도 않다'라는 점을 애써 강조하는 데에서도 찾아 볼 수 있다. 말하자면 '잊었노라'라는 역설적인 표현이나 '괴로워할 테니'나 '눈물지을까봐'와 같은 표현에서 시적 자아의 세심한 배려를 엿볼 수 있다. ④ 시 형식의 구성의 유사성을 들 수 있다. 「먼 후일」은 2행 1연을 바탕으로 하는 총4연의 시이고 「시」는 4행 1연을 바탕으로 하는 총5연의 시이다. 그러나 그것은 외적인 차이점에 해당하고 내적 긴밀성을 보면 '…한다면' '…하겠다'라는 상황설정을 취하고 있음을 알 수 있다. 「먼 후일」의 이러한 상황설정은 필자의 『한국 현대시의 구조와 의미』(1995)에 상세하게 언급되어 있다. 그리고 매 연마다 강조구문을 사용하고 있는 점 역시 유사하다고 볼 수 있다.

신학문의 초기나 개화기 시대 혹은 그 이후의 현대문학 형성에 있어서 상징주의 시나 문학론이 끼친 영향은 여러 면에서 연구되어 왔다.

그러나 메테를링크의 영향에 대해서는 본격적인 연구가 이루어지지 않고 있다. 이상에서의 연구를 바탕으로 하여 앞으로 필자는 박목월 시 「윤사월」에 반영된 메테를링크 희곡 『군맹』의 영향이라든가 조지훈 시에 반영된 메테를링크 문학의 영향 및 일본에서 번역된 메테를링크 문학작품과 당시 한국 현대시인의 작품과의 관계를 지속적으로 비교·연구하고자 한다.

제3장

초현실주의 시론의 영향과 수용

3.1 초현실주의의 출현과 특징

다다이즘에 그 뿌리를 두고 있는 초현실주의는 1920년대 프랑스에서 시작되어 전 세계적으로 확산된 문학운동의 한 양상이다. 초현실주의자들은 그 어원을 기욤 아폴리네르의 '초현실주의'(super-realism)에서 찾고 있지만, 그것이 실제로 구체화된 것은 1924년 앙드레 브르통의 제1차 「초현실주의 선언」이다. 그 외에도 그는 1930년에 제2차 「초현실주의 선언」을 작성했고, 1942년에 제3차 「초현실주의 선언」을 시도한 바 있다. 프로이드의 심리분석에서 영향을 받아 자동기술을 강조하는 한편, 다른 한편으로는 그 철학에 있어서 백과사전과도 같은 절대지식을 강조하는 브르통은 1차 선언에서 인간의 마음이 논리와 이성으로부터 해방되어야 한다는 점을 제안했다. 질서 정연한 논리와 합리적인 이성으로부터 인간의 마음을 해방시킴으로써 초현실주의자들은 꿈과 허상의 효과에 대해서 관심을 가지는 것은 물론 의식적인 마음의 몽롱한 순간에 해당하는 잠든 상태와 깨어 있는 상태의 상호침투현상에 대해서도 깊은 관심을 나타내었다. 여기서 브르통이 강조하는 것은 마음의 심연에서 구체화되는 낯선 형상들, 말하자면 일상적인 의미에서는 파악되지 않는 형상들이다. 그는 현실을 초월할 때에 우리들의 마음속에는 전혀 다른 새로운 지식을 성취하게 되는 어떤 지점이 존재한다는 점을 굳게 믿고 있었다. 그 결과 그는 제2차 선언에서 초현실주의자들이 영적인 힘을 활력 있게 할 수 있는 방법을 제시했다. 그 방법이 바로 그가 강조하는 자아 속으로 무한히 침입해 들어가는 '선회적인 하강'으로, 그것에 의해서 초현실주의자들은 일상생활에서는 분명히 대립적인 모든 것이 똑같이 되는 비밀스럽게 숨겨진 영역을 탐구하여 그 영역을 적나라하게 드러내게 되었다.

브르통의 선언에 의해서 또 그것을 자신들에게 적합한 방법으로 전환함으로써 작품 활동을 전개하는 초현실주의자들은 우선적으로 무의식적인 마음의 작용을 작품으로 표현하고자 했고 또 그러한 작용을 의식적인 마음으로 종합하고자 했다. 무의식을 강조하는 이들의 논리는 비논리적이라기보다는 무-논리적이며 그렇게 함으로써 무의식의 작용을 효과적으로 표현할 수 있다고 믿고 있었다. 초현실주의 방법을 자신들의 작품에 적용한 작가로는 앙드레 브르통을 비롯하여 루이 아라공, 폴 엘뤼아르, 벤야민 페레, 필립 수포 등이 있고, 화가로는 피카소, 막스 에른스트, 살바도르 달리 등이 있으며, 극작가로는 앙토냉 아르토, 유진 이오네스코, 장 주네, 사무엘 베케트 등이 있다. 이들은 자신들의 예술 장르에 관계없이 창조적인 활동을 훼방하는 모든 구속으로부터의 해방을 강조함으로써, 논리적인 이성, 기존의 윤리, 사회·역사적인 관례와 규범 및 미리 이루어지는 예견과 의도 등에 의한 통제와 제약을 거부했다. 그렇게 함으로써 이들 모두는 자동기술, 꿈의 세계—반은 의식적이고 반은 무의식적인 세계—및 심오한 마음 상태의 제약 없는 표현을 가장 가치 있는 것으로 수용했다.

3.2 김기림의 경우 : 초현실주의의 긍정적 이해와 수용

이러한 방법을 바탕으로 하는 초현실주의는 다른 문예사조에 비하여 꽤 빠른 속도로 한국 현대문학에 등장하게 되었다고 본다. 여기서 말하는 '꽤 빠른 속도'라는 말은 1924년 프랑스에서 시작된 초현실주의가 1930년 후반기에 한국문학계에 등장하기까지는 그렇게 오랜 시간상의 공백이 없었음을 의미한다. 초현실주의에 대한 구체적인 언급은 《조선일보》(1930. 9. 30)에 발표된 김기림 시 「슈-르레알리스트」에서 찾아 볼 수 있다. 이 후 인용되는 김기림의 글은 『김기림전집 1』(1988)을 참고했다. 이 시에서 김기림은 초현실주의자를 '1천구백오십년 최후의 시민,' '불란서 혁명의 말예(末裔)의 최후의 사람,' '절름바리,' '혼자서 그의 춤을 추기를 조와'하는 사람, '슬퍼하는 인형,' '생활이 없는' 사람 등으로 표현하고 있다. 그의 표현에 의하면 초현실주의자의 시간대는 1789년 프랑스 혁명에서부터 1950년까지 꽤 오랜 기간, 말하자면 오랜 과거에서부터 다가 올 미래까지 걸쳐 있으며 세상과 화합하지 못하는 고독한 인물이다. 김기림, 「슈-르레알리스트」 일부분을 인용하면 다음과 같다.

> 그의 눈은 '푸리즘'처럼 다각입니다.
> 세계는 꺽구로 채광되여 그의 백색의 '카메라'에 잡버집니다
> 새벽의 땅을 울리는 발자국 소리에 그의 귀는 기우러지나
> 그는 그 뒤를 딸흘 수 업는 가엽슨 절름바리외다.
> 자본주의 제3기의 '메리.꼬-라운드'로
> 출발의 전야(前夜)의 반려들이 손목을 잇그나
> 그는 차라리 여기서 호올로 서서
> 남들이 모르는 수상한 노래에 마추어
> 혼자서 그의 춤을 춤추기를 조와합니다.

초현실주의자에 대한 김기림의 이러한 다소 부정적인 견해는 《조선

일보》(1931. 2. 11~2. 14)에 발표된 자신의 「감상에의 반역」에서 어느 정도 수정된다. 이 글에서 그는 리얼리즘을 사실주의로 해석해서는 안 된다는 점과 초현실주의의 중요성을 강조하고 있다. 그에 의하면 리얼리즘을 사실주의로 해석할 때, 그것은 우리들이 일상적으로 만나는 현실과 다를 바 없으며 따라서 번잡한 것 이외에는 아무것도 아니기 때문에 그러한 의미의 리얼리즘 예술을 무의미하다고 생각하게 된다. 아울러 그는 시를 새로운 현실의 창조이자 구성이라고 전제한다면, 그것은 새로운 의미의 통일이며 조직이라는 점을 강조하면서 초현실주의자를 이렇게 설명한다. "슈르리얼리스트는 주관을 강조하는 표현주의나 이마지스트에서 한걸음 더 나가서 그 자신의 주관의 소리에 귀를 기울이며 언제까지든지 그 속에 탐닉하려고 한다." 초현실주의에 대한 이러한 설명에서 더 나아가 《조선일보》(1935. 2. 10~2. 14)에서 김기림은 초현실파는 "주제는 시에 있어서 비본질적인 까닭에 차라리 방기"했다는 점을 강조했을 뿐만 아니라 다시 《조선일보》(1936. 1. 1~1. 5)에서 "현실을 추악한 것으로 인정하고 그것을 초월한 곳에 아름다운 시의 세계를 상정하려" 한다는 점을 강조했다. 아울러 그는 《예술》(1935. 5)에서 브르통의 초현실주의는 근대시의 역사에서 객관주의에 이르기 위한 모색의 시대, 곧 과도기라고 정의하기도 했다.

초현실주의에 대한 그의 이러한 산발적인 설명이 일목요연하면서도 체계적으로 자리 잡은 것은 《조선일보》에 수록된 '하기예술강좌—문예편'(1934. 7. 12~7. 22)에 연재된 「현대시의 발전」이다. '난해라는 비난에 대하여,' '초현실주의 방법론,' '일 스타일리스트,' '아름다운 음악성,' '감성과 지성과 조소성' 및 '속도의 시,' '문명비판' 등으로 나뉘어 진 이 글에서 김기림은 초현실주의를 꿈, 미와 추, 초현실, 자동기술, 언어, 형태미, 형이상학 등으로 세분하여 설명하는 한편, 다른 한편으로는 이상을 초현실주의자로 규정짓고 있다.

이 글에서 김기림은 우선 초현실주의와 다다이즘을 구별하고 있다.

그에 의하면 전자와 후자의 큰 차이점은 후자가 아무것도 의미하지 않고 아무것도 바라지 않는 반면, 전자는 질서에의 의욕을 강조한다는 점이다. 아울러 그는 초현실주의가 질서를 강조하게 된 것을 이해하기 위해서는 당시 전후 유럽의 상황, 정신계의 곤혹과 불안성에 대한 이해가 선행되어야 한다고 강조했다. 무질서의 질서화, 불안한 현실로부터의 초월을 위해서 초현실주의자들은 "꿈만이 사람에게 자유를 주고 모든 권리를 준다고 생각했다. 꿈을 통해서는 죽음조차 애매한 것이 아니고, 삶의 의미라고 하는 것도 냉담해진다고 생각했다." 다다이즘이 허무에 침잠했다면 초현실주의는 꿈속에서 한줄기 혈로(血路)를 찾았다는 것이 김기림의 주장이다.

　김기림은 이어서 낭만주의자는 아름다운 꿈만을 추구하고 그것에 한없이 파묻히려고 하지만 초현실주의자는 꿈 그 자체의 본질을 가차 없이 분석하고자 한다고 파악했다. 초현실주의자들은 꿈의 아름다움을 추구하는 것이 아니라 그것의 진실을 추구한다고 파악한 김기림은 자신의 논지의 뒷받침을 위해서 폴 엘뤼아르의 다음과 같은 말을 활용했다. "미추는 벌써 우리에게는 필요치 않은 것 같다. 우리는 항상 그 밖의 것, 억양 또는 우아에 대하여, 유연 또는 잔인에 대하여, 단순 또는 수량에 대하여만 걱정한다. 사람으로 하여금 이것이 미다 혹은 추다 하고 공언하게 하며 결심시키기를 강요하는 허영은 문학의 여러 시대를 지나면서 세련되어온 오류, 그들의 감상적 흥분, 그 결과로 생기는 무질서에서 기인하는 것이다. 어려운 일이나 절대로 분쇄하도록 힘쓰자."

　초현실주의가 지향하는 꿈과 미추를 이렇게 파악한 김기림은 '초현실'이란 "의식적 활동과 꿈의 활동이라는 두 가지 모순 된 활동을 초월하고 해결 짓는 종합의 세계"이며 "실재와 꿈의 상태를 통일하는 절대적 실재"라고 정의했다. 아울러 그는 초현실주의의 한 방법에 해당하는 자동기술을 강조하고 있다. 그것은 꿈을 기술할 뿐만 아니라 꿈의 상태를 고의적으로 불러오는 방법으로 "사람이 가진 최대의 비밀이라고 할 무의식 세계를 속 깊이 탐구해 들어가서 이것을 분석하여 밝혀 주는 방법”이라고 정의했다. 따라서 상징주의가 불가사의한 신비의 세계를 전제로 하여 그것을 암시하고 표현하려고 했다면 초현실주의는 그러한 세계를 되도록이면 분석하여 분명하게 밝히고자 했다는 것이 김기림의 주장이다. 그의 이러한 파악과 주장은 초현실주의의 선언과 대체로 일치한다고 볼 수 있다. 나아가 그는 브르통이 강조하는 ‘영상의 광선’이라는 작시법을 바탕으로 하여 초현실주의 언어는 꿈을 표현하기 위해서 전통적인 문맥을 무시하고 그것을 기호로서 표시한다는 점과 무관한 관계에 있는 단어와 기호를 사용함으로써 새로운 의미를 창출한다는 점을 지적했다.

그 외에도 그는 초현실주의 시가 우선은 언어의 형태미, 즉 문자형태의 음영과 수효와 변화에 의존하며 다음으로는 기존의 의미에서 해방되어 인간의 자유로운 정신활동을 가장 효과적으로 나타낸다는 점을 강조함으로써 그 특징을 그는 형이상학적이라고 압축했다. 궁극적으로 활자화되어야 하는 현대시는 언어, 즉 청각적 가치와 시각적 가치를 지니고 있는 언어로부터 자유로울 수 없는 까닭에 현대시에서는 활자의 인위적인 배열이 중요하다는 점을 들어 김기림은 “슈르리얼리즘은…언어의 형태 자체가 가치의 내용이요, 그것은 형태 그것 외에 아무런 대상도 미리부터 부여되어 있지 않다.”라고 결론짓고 있다. 그의 이러한 파악은 초현실주의자들의 언어에 대한 감각을 정확하게 지적한 것이다. 특히 “불가해한 것은 아무것도 없다.”라는 로트레몽의 말을 들어서 초현실주의 시를 형이상학의 시라고 결론지은 점도 초현실주의 정신세계와 유사한 것이다. 이렇게 볼 때에 김기림은 1930년대 초반부터 중반까지 초현실주의 이론을 비교적 무리 없이 그리고 정확하게 한국 현대시단에 소개했다고 볼 수 있다. 아울러 그는 그 구체적인 예로서 이상을 가장 뛰어난 초현실주의 이해자이자 그의 시 역시 초현실주의 시라고 규정하고 있다.

3.3 이헌구의 경우 : 초현실주의의 부정적 이해와 거부

김기림이 초현실주의의 수용에 대해서 어느 정도 긍정적인 수용의 자세를 취했다면 이헌구는 그것에 대해서 자못 부정적인 측면을 드러내고 있다. 그는 《문예월간》(1931. 12)에 수록된 자신의 글 「불란서문단 종횡관」에서 초현실주의 시론을 이렇게 요약했다. "질서 있는 세계는 더 높고 더 넓은 현실세계다. 순수한 상징주의가 그러하다. 정신에 관계없는 세계는 영원한 현실세계다. 물리적 메커니즘이 그러하다. 이성급 현실이 제한하는 현실은 절대의 현실이 아니다. 따라서 현실의 파괴는 초현실주의의 정신과 일치한다."

그러나 이헌구는 초현실주의의 이러한 적극적인 주장은 결국 '한낱 이론의 유희에 불과하다'라는 점을 강조했다. 말하자면 이헌구는 앙드레 브르통, 필립 수포, 루이 아라공 등과 함께 초현실주의 운동에 참여했던 일군의 시인들이 행동주의로 혹은 민중주의로 전향하게 된 데에는 초현실주의의 다음과 같은 취약점에 근거한다고 보았다.

다다이즘에서 일보를 전진했다는 이 주장은 다만 인생을 무목적적 환영세계로 유도함에 불과하다, 따라서 그네들의 현실부정은 실천에 있어서 하등 위력과 전율을 느끼게 하지 못한다. 그러므로 그들은 현실도피를 결과할 뿐이다. 그네들이 아모리 명쾌한 이지로 현대 메커니즘을 이해하고 그곳에서 현대적 문명의 정화를 호흡하며 비행기로 대양과 백운과의 몽환세계를 자유자재로 왕래한다기로서 어디 영원한 현실세계를 발견할 수 있으랴? 그네들이 낭만주의가 현실도피적 피난소를 문학에 구한다는 것을 부정하고 있으나 그네들의 도피소는 역시 말초적 첨단적 기계문명의 몽환세계가 아닌가? 그네들이 아모리 '균형'의 세계를 구가한다 하여도 자체의 생명이 나날이 비말(飛沫)과 같이 분산하며 그 전 심신이 전자와 같이 대기 속에 환멸 되는 것 이외의 하등 결과를 얻지 못하고 마는 것이 아닐까?

초현실주의의 수용에 대한 이헌구의 이러한 부정적인 견해는 《조선일보》(1933. 5. 2)에 수록된 자신의 「불시단의 세 경향」에서 더욱 구체화되었다. '구미현문단총관' 중에서 '불국편'에 해당하는 이헌구의 이 글은 그의 세 편의 글 중 마지막 편에 해당한다. 여기에서 이헌구는 당시 프랑스시단을 순수시파, 초현실파, 프로시파로 분류하는 한편, 다른 한편으로 초현실주의를 인간의 행동을 저지하는 모든 정신적 압박에서 해방되어 새로운 정신혁명을 고조시키는 문예사조라고 파악했다.

그러나 그는 초현실주의자들이 부르주아 문화에 반기를 드는 극좌적이고 정신적인 반역아들이이라는 점, 그들의 이론에는 그 진실을 밝힐 만한 과학적이고 논리적인 점이 부족하다는 점을 들어 다음과 같이 결론지었다. "그들은 보들레르와 랭보의 정신을 계승하여 더 적극적으로 현실을 유리하여 또 모든 정신적 압박의 축적인 잠재의식을 해방하려는 과도기의 반역적 인텔리겐자의 단말마적 정신행동이요 그 전신적 규합이다."

초현실주의 시론 및 그 수용에 대해서 철저하게 부정적인 입장을 취했던 이헌구는 그 대안으로서 대중주의를 제안했다. 그의 이러한 주장은 그의 문학적 역정과 무관하지 않다. 김치수가 지적한 바와 같이 그는 "민족의 독립에 대한 신념을 잃지 않으면서, 문학의 보편성에 대한 확신도 포기하지 않은 문학을 이상적인 문학"이라고 파악했기 때문이다. 그 결과 이헌구는 《동아일보》(1934. 1. 1)에 수록된 「조선 문학은 어디로」에서 문학인은 '조선말'을 중요시할 줄 알아야 하고 자신의 고민과 불안을 자신의 작품에 반영할 줄 알아야 한다고 강조했다. 이처럼 이헌구에게 있어서 초현실주의보다는 민중주의가 더 설득력 있는 문학사조였던 것이다.

이헌구에 의하면 초현실주의가 질식의 도탄에 빠져간다면 민중주의는 인간을 개인적 정열의 기준으로만 간과하지 않고 사회법칙의 관계하에서 관찰하려고 한다. 따라서 그는 말초적 현실도피에서 벗어나 여

실한 현실주의적 경향, 즉 대중주의의 출현을 기다린다고 결론짓고 있
다. 이헌구에게 있어서 문학은 "작가 자신이 체험하는 무한정한 고민과
불안을, 또는 그의 절망적 오열을 여실히 반영하는 문학"에 힘써야 한
다. 그는 그러한 문학만이 당시 한국사회가 처한 현실을 절실하게 표현
할 수 있다고 믿고 있었다. 그에게 있어서 문학은 몽환의 세계나 무의
식의 세계 혹은 현실초월의 세계보다는 현실 그 자체를 직시하고 이를
적나라하게 드러낼 수 있어야 했다.

> 행복을 잃어버린 사람으로서, 생의 권리를 박탈당한 사람으로서,
> 애써 찾으려는 미지의 암흑 속에 감겨진 그 세계가, 아니 영원히
> 폐쇄된 그 문호가, 우리의 힘으로, 우리의 지성으로, 또 우리의 눈
> 물과 피로써 획득할 수 있다면, 우리는 우리 서로의 얼굴을 쳐다보
> 기 전에 우리 손이 어둠 속에서 더듬어 잡히는 그 손길을 놓치지
> 말고 굳세게, 굳세게 꽉 붙잡아야 한다. 물러서거나, 나가거나, 일어
> 서고 앉을 때에도 놓치지 말아야 할 그 손, 그 손에서 우리는 문학
> 이라는 작은 등불을 켜 들려는 것이다.

초현실주의에 대한 이헌구의 부정적인 견해는 초현실주의 경향을 띠
고 창간된 《삼사문학》 제3호에서 실시한 '《삼사문학》에 대하여'라는 설
문조사에 대한 답변에서 '현실생활의 구현상의 파악에 노력'할 것을 당
부한 점에서도 찾아 볼 수 있다.

3.4 이시우의 경우 : 《삼사문학》과 초현실주의 실험

《삼사문학》 창간호(1934. 9. 1)의 '34의 선언'에는 이 잡지의 목적이
분명하게 제시되어 있다. 그 목적은 새로운 예술로의 힘찬 추구로서 끓
는 의지와 섞임의 사랑과 상호비판을 바탕으로 한다. 그리고 "34는

1934년과 하나 둘 셋 넷의 34"를 의미한다는 점을 덧붙이고 있다. 여기서 그 동인들에 해당하는 김영기, 김원호, 신백수, 유인옥, 이시우, 이종화, 정현웅, 정희순, 조풍연, 한상직, 한석근 등이 강조하는 새로운 예술의 추구는 초현실주의의 맥락에서 이해할 필요가 있으며, 그것을 우리는 《삼사문학》에 수록된 이시우의 몇 편의 시와 그의 두 편의 시론에서 확인할 수 있다.

우선 이시우 시의 특징으로는 띄어쓰기를 하지 않았다는 점을 들 수 있다. 그의 시 「아라의 비극」, 「제1인칭 시」, 「속(續)」 등에서 찾아 볼 수 있다. 《삼사문학》 창간호와 제2호에 수록된 이러한 시에서 그의 초현실주의적인 시의 실험은 제3호에 수록된 시 「방」에서 절정을 이룬다고 할 수 있으며, 그 전문을 옮겨보면 다음과 같다.

세월같은벽에일이의키가나날이자랄적에.일이의부서진장난감은꽃과같이나날이늘어갔다.일이의부서진장난감이꽃과같이늘어가던날일이의아버지는부서진장난감처럼길위에서절명한것을일이는모른다.약병밑에세월같이쌓여있는부서진일이이의장난감들.일이는공일날같이따뜻한미다지밖으로자꾸만나가겠다고하고일이의어머니는자꾸만나가지말라고한다.아아방처럼슬픈일이의장난감들.이럴때마다일이는이야기하지않는이야기같은아름다운이야기를방처럼담뿍지니고있었고,일이의어머니는일이의얼굴을방처럼물끄러미바라다보고있기만하는것이었다.일이는어찌하여장난감을부수는게제일좋으냐.겨울에서부터봄으로.날마다오른편책상설합에는가위와고무공과오색가지색종이가왼편책상설합에도만년필과편지와약이다말러붙은옥도정기의약병들이넣어있었으니까가위와고무공과오색가지색종이도넣어있었던것이었다.겨울에서부터봄으로.결국달은뜨지않고밤마다벽에서는별의소리가벌레소리같이들리어왔다.이러는동안에세월같은방이철이의방으로바꾸어지는날은과연어는날일런지. 화원과같은일이의향수등.

'이야기하지않는이야기같은아름다운이야기,' '방처럼슬픈일이의장난감

들,’ ‘밤마다벽에서는별의소리가벌레소리같이’ 등과 같은 표현에서 찾아
볼 수 있는 바와 같이 위 시는 동일어에 의한 수식과 피수식에 의해서
시적 대상에 해당하는 ‘일이’의 심리상태를 표현했다고 볼 수 있다. 그
러한 표현의 효과적인 방법이 바로 단절 없는 복수 이미지의 형성이다.
브르통의 견해를 참고하여 김기림이 이미 강조한 바 있는 ‘영상의 광
선’과 유사한 이러한 방법을 이시우는 《삼사문학》 제3호에 수록된 자신
의 「절연하는 논리」에서 분명하게 했다. 그는 초현실주의의 실체를 이
렇게 설명했다. “정신에 관계없는 세계, 환언하면 허무의 세계의 가설,
정신의 기호인 개념으로써 인식하는 세계는 상대적인 세계에 지나지
않는다. 자연 그 자신의 절대의 세계, 완전의 세계의 가설이야말로 완
전의 자연, 절대의 자연이라는 ‘쉬르리얼리즘’의 본체설”이다.

　「절연하는 논리」에서 이시우는 첫째, 프롤레타리아적인 시와 민중시
를 거부했다. 그에 의하면 그러한 시가 사상의 현실성으로 나아가는 것
은 문학의 현실성인 초현실주의를 부정하고 자유시를 거절하고 발생적
인 노래를 부를 수 있는 시로까지 퇴화하는 운동이기 때문이다. 둘째,
이미지의 복수성을 강조했다. 그는 절연하는 어휘, 절연하는 문장, 절연
하는 단수적인 이미지보다는 그러한 이미지를 제곱시킨 복수적인 이미
지를 제안했다. 이시우에 의하면 절연체와 절연체와의 질서 있는 제곱
은 절연하지 않는 우수한 약수를 만들어내기 때문이다. 셋째, 시형식의
파괴와 발전의 한 방법으로 산문시의 실험을 제안했다. 그는 이렇게 개
탄했다. “시인은 어찌하여 안이한 운문으로 시를 쓰는 것일까.” 그것은
운문이 최후의 성질과 가치에 도달했음으로 더 이상 어떻게 할 수 없
기 때문이라는 점을 들어 이시우는 “그래서 산문으로 쓰지 않으면 안
된다.”라고 결론지었다. 여기서 이시우가 강조하는 산문은 운율로부터
독립하여 순수한 의미가 불가피한 시로서, 그의 말대로 진정한 의미의
산문시는 ‘정서와 이론’이 일치하는 시를 의미한다.

3.5 이상의 경우 : 초현실주의 시의 실천

이상을 가리켜 초현실주의자라고 할 때, 이에 대해서 이의를 제기할 사람은 아마 거의 없을 것이다. 특히 그의 시에 대해서 대부분의 연구자들은 그가 초현실주의 시의 방법을 적용하여 그러한 시적 실험에 철저했다는 데에 의견을 일치를 보이고 있다.

우선 이상 시에 드러나는 특징으로는 초현실주의 특징이라고 할 수 있는 '자동기술법'을 들 수 있다. 자동기술법은 스스로를 유사최면상태에 두고 모든 방해요인을 차단한 상황에서 의식보다도 연필이 먼저 말과 이미지의 유사성을 무의식적으로 써나가도록 하는 방법이다. 이러한 예는 이상 시 「꽃나무」에서 찾아볼 수 있다. 《가톨릭청년》(1933. 7)에 수록된 이 시의 전문은 다음과 같다.

> 벌판한복판에나무하나가있오.근처에는꽃나무가하나도없오.꽃나
> 무는제가생각하는꽃나무를열심으로생각하는것처럼열심으로꽃을피
> 워가지고섰오.꽃나무는제가생각하는꽃나무에게갈수없오.나는막달아
> 났오.한꽃나무를위하여그러는것처럼나는참그런이상스러운숭내를내
> 었오.

위 시에의 특징으로는 꽃나무를 의인화하여 그것을 유정물로 취급함으로써 마치 인식작용을 하는 것처럼 이해한 점을 들 수 있다. 이처럼 무정물을 유인화하여 그것이 행동하는 것처럼 이해는 수법은 「이런시」에서도 잘 드러나 있다. 특히 유정화된 대상이 그 대상을 다시 설명하는 반복수사법은 앞에서 언급한 바 있는 '영상의 광선'이나 '영상의 이미지'와 관련된다고 볼 수 있다. 말하자면 위 시에서 "꽃나무는제가생각하는꽃나무를열심으로생각하는것처럼열심으로꽃을피워가지고섰오"라든가 「이런시」에 나타나는 "어떤돌이와서그돌을업어갔을까"와 같은 표현방법은 시적대상을 다시 대상화시킴으로써 이미지의 중

첩성을 강조한 것이다.

다음의 특징으로는 동일어나 어구의 반복을 들 수 있다. 반복은 무의식의 상태에서 무의식적으로 행해지든가 또는 같은 생각의 범주에서 벗어나지 못하는 집착상태를 나타낸다. 그러한 예를 우리는 이상 시 「오감도」에서 찾아 볼 수 있다. 이 시의 '시1호'는 총 13명의 아이가 등장하지만 그들은 다같이 무섭다는 점만을 말한다. 말하자면 "제…의 아해가무섭다고그리오"라는 문장구조를 바탕으로 생략된 부분에 대하여 1부터 13까지의 숫자를 기입한 셈이다. 이러한 방법은 의미의 중첩적인 효과나 반복적인 효과에 의해서 '무섭다'라는 감정을 강조한다고 볼 수 있다.

이상 시에 나타나는 숫자의 활용은 시가 언어를 매개로 한다는 전통적인 방법을 거부하고 생각을 대담하게 기호화하는 방법이다. 그러한 예를 우리는 그의 시 「선에 관한 각서」에서 찾아 볼 수 있다. 이 시는 균형 있는 상하 대칭구조를 지니고 있으며 괄호 속의 부수적인 설명으로 미루어 볼 때 인간의 머리의 작용, 곧 두뇌의 활동을 시각화한 것으로 볼 수 있다. 말하자면 분절화 된 언어나 말에 의해서 구체적으로 표현되기 이전의 두뇌활동을 숫자로 시각화한 것이 아닐까 하는 의구심을 가지게 한다.

당시의 상황으로 볼 때 다분히 실험적인 자신의 이러한 시적 작업을 몰이해하는 데 대해서 이상은 이렇게 반문했다. "왜 미쳤다고들 그러는지 대체 우리는 남보다 수십 년씩 떨어져도 마음 놓고 지낼 작정이냐. 모르는 것은 내 재주도 모자랐겠지만 게을러 빠지게 놀고만 지내던 일도 좀 뉘우쳐 보아야 아니하느냐." 그의 이러한 항변은 1934년 7월부터 《중앙일보》에 연재되기 시작한 자신의 시 「오감도」에 대한 독자들의 거센 항의에 대한 답변이었다고 볼 수 있다. 당시 《조선중앙일보》문예부장이었던 상허(尙虛) 이태준이 사직서를 주머니에 넣고 다닐 정도로 문단에 심각한 충격과 거부반응을 불러 일으켰던 이 작품에 대해서 이상은 자신의 작품을 스스로 이렇게 평했다. "나의 궐작을 읽어봤소? 참 이제야말로 점입가경이라. 바야흐로 광채를 발산할 단계에 이르게 됐지? 참 이제 유상무상들이 모조리 무색해질 게야. 하하"(그는 자신의 작품을 일부러 '궐작'이라고 발음하고는 했다). 그의 이러한 비웃음 뒤에는 자신의 초현실주의적 시작법을 이해하지 못하는 당시의 문단과 독자들에 대한 경멸과 비웃음이 자리 잡고 있었던 것이다.

마지막으로 비정상적인 상태에 대한 의도적인 충동을 들 수 있다. 이러한 방법은 현실에서의 일상생활에서는 경험 불가능한 것에 대한 가상체험을 의미한다. 그러한 방법의 매개체로 이상 시에서는 거울이 활용되고 있다. 그이 시 「거울」에서는 주체로서의 '나'와 개체로서의 '나'가 철저하게 양분되어 있으며 거울은 나를 반영하는 동시에 반영된 나를 포착하지 못하게 하는 장애물로 표현되어 있다. "거울때문에나는거울속의나를만져보지못하는구료마는/ 거울이아니었던들어찌거울속의나를만나보기만이라도했겠소." 이처럼 자신을 반영하는 매개체이면서도 그 반영 체를 포착하지 못하도록 방해하는 거울의 이중적인 역할은 이 시의 서술자인 시적 자아, 즉 실체로서의 '나'와 반영체로서의 '나'가 서로 반대이면서도 유사한 점을 "근심하고진찰할수없는…나"의 심리상태와 유사하다고 볼 수 있다.

자동기술법, 수식과 피수식을 위한 동일어의 반복, 숫자의 활용을 바탕으로 하는 기존의 언어체계의 거부 및 비정상적인 상태에 대한 의도적인 충동 등 이상 시에 나타나는 이러한 여러 가지 특징은 다분히 초현실주의적이라고 할 수 있다. 그리고 이렇게 말 할 수 있는 근거는 김기림의 다음과 같은 말에 의거한다.

> 이상은 사실 우리들 중에서 누구보다도 가장 뛰어난 '쉬르리얼리즘'의 이해자다. 이 시도 역시 '쉬르리얼리즘'의 시라고 규정해도 좋을 것 같다. 그러나 이 시인은 '쉬르리얼리즘'의 가장 현저한 방

법상의 특색인 형태 '폼'에 대한 추구—즉 가시적인 그리고 오히려 언어 자체의 내면적인 '에너지'를 포착하여 그곳에서 내면적 운동의 율동을 발견하려고 한 점에 그 독창성이 있는가 한다. 그러한 점에서 이상은 '스타일리스트'다.

3.6 초현실주의와 한국 현대시의 관계

이와 같이 간략하게 살펴 본 것처럼 한국에서의 초현실주의는 김기림에 의해서 시작되어 이상의 시에서 절정을 이루었다고 볼 수 있다. 김기림을 선두로 하여 이헌구와 이시우로 이어지는 이러한 초현실주의에 대한 일련의 소개와 그 방법에 의한 이상의 시는 프랑스의 그것과 비교해 볼 때 비교적 정확한 것이었다고 볼 수 있다. 여기서 정확하다는 말은 그 방법이나 실천에 있어서 오해된 부분이 적다는 점을 의미한다. 그리고 그러한 정확성은 당시의 문단상황에서 힘입은 바가 크다고 볼 수 있다. 말하자면 계몽주의, 낭만주의, 상징주의, 리얼리즘, 예술지상주의 및 다다이즘 등으로 이어지는 일련의 영향과 수용과정에서 비롯된 초현실주의의 이입과정은 필연적으로 그 이전의 거의 모든 문예사조의 섭렵을 바탕으로 하여 당시의 문학인들이 되도록이면 오류를 적게 하고 정확하게 소개하려는 노력의 결과였다고 볼 수 있기 때문이다.

그럼에도 초현실주의의 수용과 실천은 첨단의식을 지닌 문단의 몇몇 소수인들 사이에서만 논의되었다는 아쉬움을 남기고 있다. 그것은 당시의 시대상황과는 무관하게 무의식이라든가 꿈이라든가 자동기술이라든가 하는 초현실주의의 여러 가지 기법들이 마치 당시의 시대상황을 무시하는 것처럼 이해되었기 때문일 것이다. 그래서 이헌구는 지속적으로 현실인식에 철저할 것을 당부했던 것이다. 말하자면 식민지 현실을 인식하고 이를 극복할 수 있는 방법으로서의 문학을 실천해야할 시기에 몽환의 세계나 무의식의 세계를 모색하는 것은 현실의 절박한 상황을 회피하는 비겁한 행위로 인식되었던 것이다. 따라서 현실에 적응하지 못하는 혹은 현실을 직시하지 못하는 환상에 사로잡힌 소시민 계층의 문학쯤으로 초현실주의를 이해했다고 볼 수 있다. 그래서 초현실주의라는 독립된 양상으로 이해되기보다는 모더니즘이나 주지주의의 한 경향으로 이해되었던 것 같다. 초현실주의에 대한 이러한 부족한 이해에 대해서 그 누구도 이의를 제기하든가 재정립하지 못한 채 식민지시대의 말기와 해방공간으로 접어들게 됨으로써 초현실주의의 영향과 수용은 소멸하게 되었다고 본다.

제 4 장
외국 시와 시론의 영향과 수용

4.1 릴케의 영향과 수용

4.1.1 김춘수의 경우

해방 이후 릴케의 시와 시론에서 가장 강한 영향을 받은 시인은 누구나 지적하는 바와 같이 김춘수일 것이다. 《현대시학》(1976. 1)에 수록된 「두 번의 만남과 한 번의 헤어짐」에서 김춘수는 자신과 릴케와의 조응을 구체적으로 언급하고 있다. 그가 릴케를 처음 접하게 된 것은 그의 나이 18세 때인 1940년 늦가을에 동경 고서점에서 구입한 일역(日譯)된 릴케 시집에서 「사랑은 어떻게」라는 시를 읽었을 때이다. 이 때의 감동을 그는 이렇게 적고 있다. "이 시는 나에게 하나의 계시처럼 왔다. 이 세상에 시가 참으로 있구나! 하는 그런 느낌이었다. 릴케를 통하여 나는 시를(그 존재를) 알게 되었고, 마침내 시를 써보고 싶은 충동까지 일게 되었다. 이것이 릴케와의 첫 번째 만남이다." 김춘수에게 그토록 강렬한 감동을 전해 주었던 릴케 「사랑은 어떻게」 전문은 다음과 같다.

　　　사랑은 어떻게 너에게로 왔던가

> 햇살이 빛나듯이
> 혹은 꽃눈보라처럼 왔던가
> 기도처럼 왔던가
> ―말하렴!
>
> 사랑이 커다랗게 날개를 접고
> 내 꽃피어 있는 영혼에 걸렸습니다.

김춘수가 두 번째로 릴케를 접하게 된 것은 해방 이후 1946년에 다시 릴케의 초기시와 「말테의 수기」를 읽었을 때이다. "8·15해방을 맞았다. 그 흥분으로 해방의 한 해를 보내고, 46년경에 비로소 나는 또 마음의 여유를 얻어 릴케를 다시 읽게 되었다. 릴케의 초기시와 『말테의 수기』는 새로운 감동을 다시 불러일으켜 주었다. 나는 또 시를 쓰게 되었다." 릴케의 『말테의 수기』에는 「한 편의 시를 위하여」와 함께 「얼굴」, 「공포」, 「새 사육자」, 「입센」, 「성자의 유혹」, 「방탕한 아들」과 같은 글들이 포함되어 있다. 그러나 김춘수는 자신의 나이 40이 가까워졌을 때인 1962년경부터 릴케를 멀리하기 시작했다. 그 이유를 그는 이렇게 적고 있다.

> 나는 릴케와 같은 기질이 아니라는 것을 깨닫게 되었고, 특히 그의 관념과잉의 후기시는 납득이 잘 안 가기도 했지만, 나는 너무나 신비스러워서 접근하기조차 두려워졌다. 나는 일단 그로부터 헤어질 결심을 하고, 지금까지 그를 늘 먼발치에 둔 채로 있다.

이 때의 '지금'은 물론 이러한 언급을 했던 1976년 1월에 해당한다. 김춘수의 이러한 언급을 요약하면 그의 초기시는 다분히 릴케적이라고 할 수 있다. 그리고 그의 시에서 우리는 '릴케'라는 말이 간접적으로 언급되는 경우와 직접적으로 제시되는 경우로 나누어 볼 수 있다. 릴케라는 말이 간접적으로 언급되는 한 가지 예로는 그의 시 「꽃을 위한 서시」

를 들 수 있다. "이 시를 탈고했을 때 마침 마산에 들른 평계 이정호에게 보였더니 무릎을 탁 쳐주었다. 비로소 자네의 시가 나왔다는 치하의 말을 해주었다. 그러나 끝의 한 행은 너무도 릴케의 수사를 닮고 있어 불안하다는 첨언을 잊지 않았다. 시인이 되는 것이 참 어렵기도 하구나, 하는 것이 그 때의 내 감회였다."라고 김춘수는 자신의 「시인이 된다는 것」 말미에서 이와 같이 언급했다. 「꽃을 위한 서시」에는 그의 초기시의 특징이라고 할 수 있는 릴케류의 관념시, 시인이라는 소명의식의 모색, 존재의 탐구, 성숙한 시세계의 모색이 나타나 있다. 이렇게 말할 수 있는 근거는 그 자신이 아류의 티를 벗고 자기 나름의 길을 열게 된 것, 그것이 바로 릴케류의 관념시라는 점, 꽃을 소재로 하는 10여 편의 시로 인해서 스스로 습작기를 벗어났다는 시원한 감회를 가지게 되었다는 점, 50년대 초에 자신이 애착을 갖는 시가 바로 이러한 시라는 점 등을 강조하고 있기 때문이다.

평계 이정호가 말하는 마지막 구절 "……얼굴을 가리운 나의 신부여."는 왜 릴케의 수사를 닮고 있는 것인가? 릴케는 우리가 산에 가서 가져오게 되는 것은 꽃이나 돌이나 새나 산 그 자체가 아니라 '꽃', '새', '돌', '산'이라는 말 뿐이라고 강조했다. 말하자면 대상에 대한 명칭은 명칭일 뿐이지 실체는 아니라는 점이다. 그것은 명명행위와 그것의 지칭대상이 일치하지 않기 때문이다. 그 자체만으로도 신비스러운 존재이지만 얼굴을 가리고 있어서 더욱 신비스러운 존재인 신부는 하나의 대상으로 그것은 명명되자마자 혹은 발견되자마자 다시 미지의 대상으로 전환되어 버리게 된다. 언어로서 포착 불가능한 대상, 그렇다고 해서 부르지 않을 수도 없는 대상은 명명되어지는 순간 언어의 영역을 벗어나 버리고 만다. 언어의 영역에서 벗어난 곳이 바로 김춘수의 시론에 해당하는 그의 시 「나목과 시」의 제2연의 "존재의 흔들리는 가지 끝"에 해당한다. 대상을 정확하게 포착할 수 없는 언어능력의 한계를 제시하고 있는 김춘수 시 「꽃을 위한 서시」는 릴케가 말하는 고독의 정신에 관계된다. 「두이노 연가」의 '첫 번째 연가'에서 릴케는 이렇게 외치고 있다.

> 내가 지상에서 소리친다 하더라도 천사의 계열 중에서 어느 전사가 나의 외침을 들을 수 있을 것인가? 그 중에서 한 천사가 나를 갑자기 껴안는다 하더라도 나는 이미 그 놀라운 존재에 말문이 막혀 버릴 것이다. 아름다움은 두려움의 시작일 뿐이다. 그러한 두려움을 우리들은 여전히 그저 견디어 낼 수 있을 뿐이다. 그것은 우리들을 솔직하게 경멸하고 우리들을 전멸시키기 때문에 우리들은 그저 놀라게 될 뿐이다. 모든 천사는 두려운 존재이다.

릴케에게 있어서 '나의 외침'을 들어 줄 수 있는 천사의 존재가 두려운 존재인 것처럼, 김춘수에게 있어서 대상을 발견하는 행위와 발견되어지는 대상은 모두 두려운 존재가 된다. 왜냐하면 이 두 가지는 모두 명명행위에 의해서 연관되며 명명행위 그 자체가 이미 두려운 존재이기 때문이다. 지상에서 릴케가 고독한 외침을 계속하면 할수록 천사는 그만큼 더 멀어지는 것처럼, 김춘수 시에서의 명명대상은 명명행위가 계속되면 될수록 그만큼 더 멀어질 뿐이다.

김춘수 시에서 '릴케'라는 말이 직접적으로 등장하는 경우는 그의 시 「기(旗)」와 「릴케의 장(章)」을 들 수 있다. 전자에서는 전쟁에서의 죽음의 순간에 쓰러져 가는 무명용사들의 이름과 릴케를 병치시켰으며 후자에서는 신과 죽음과 부활의 문제를 제시했다. 전쟁과 죽음의 문제를 언급한 「기」의 후반부는 다음과 같다.

> 기를 위하여 훈장도 없이 용맹하던 사람들은 쓰러져 갔다.
> 쓰러진 사람들을 불러 보아라.
> 가슴같이 부풀은 하늘의 저기,
> 그들 무명의 전사들의 아름다운 이름을 불러 보아라.

지금은
저마다 가슴에 인(印)찍어야 할 때,
아! 1926년, 노을빛으로 저물어 가는
알프스의 산령에서 외로이 쓰러져 간 라이너·마리아·릴케의
기여.

전반부와 후반부로 이루어진 「기」에서 후반부는 개인적이고 방어적이며, 피동적이고 좌절적이며, 성찰의지와 종전(終戰)에 관계된다. 위에 인용된 시의 전반부는 집단적이고 공격적이며, 능동적이고 희망적이며, 상승의지와 개전(開戰)에 관계된다. 전쟁에서 쓰러져 간 무명용사와 릴케 사이에는 어떤 상관성이 있으며, 이 시에서의 '1926년'은 릴케에게 있어서 어떤 의미를 지니고 있는가? 릴케는 1926년 12월 29일 백혈병으로 세상을 떠났다. 릴케의 죽음에 대해서는 인게보그 슈나크의 『라이너 마리아 릴케 : 사진에 나타난 생애와 작품』(1975)에 상세하게 언급되어 있다. 특히 슈나크는 릴케의 죽음이 백혈병에 의한 것이라는 점을 강조하고 있다. 신과 인간과의 합일을 위하여, 종교와 구원의 일체화를 위하여 "알프스의 산령에서 외로이 쓰러져 간…릴케의 기"는 고독한 개인의 죽음에 관계된다. 그리고 전쟁에서의 싸움은 '죽음의 불가피성'을 전제로 한다. 로버트 F. 와이어는 자신이 편저한 『문학 속의 죽음』(1980)에서 죽음의 불가피성을 이렇게 설명했다. "죽음을 성찰할 수 있는 장치로서 문학을 활용함으로써, 시인이나 극작가나 소설가는 우리 모두가 그렇게도 무시하고자 하는 '죽음의 불가피성'을 적나라하게 드러내게 된다. 그렇게 함으로써 우리로 하여금 인간의 존재 의미와 개인적인 삶의 단명성 및 우리 모두를 기다리고 있는 불가피한 사건, 곧 죽음을 대비하여 바람직한 준비를 하게 한다."

자신의 초기시에서 신과 죽음의 문제에 부딪칠 때에 김춘수 자신은 거의 언제나 릴케를 찾아 나선다. 그 대표적인 예가 「릴케의 장」이다.

이 시에 대한 시인의 애착은 상당한 것이어서 『김춘수 전집 : 시』(1986)
158쪽을 참고하면 알 수 있듯이 그는 이 시를 세 번씩이나 개작하게
된다. 이 시는 크게 두 부분으로 나뉘어 진다. 하나는 제1행부터 제12
행까지 신의 문제를 취급한 부분이고 다른 하나는 제13행부터 마지막
제23행까지 죽음과 부활의 문제를 취급한 부분이다. 그리고 두 번에 걸
쳐 사용된 "라이너·마리아·릴케, / 당신의 눈은 보고 있다."라는 구절
은 그 각각의 부분을 목격하고 증언하는 역할을 한다. 「릴케의 장」 전
문은 다음과 같다.

> 세계의 무슨 화염에도 데이지 않는
> 천사들의 순금의 팔에 이끌리어
> 자라가는 신들,
> 어떤 신은
> 입에서 코에서 눈에서
> 돋쳐나는 암흑의 밤의 손톱으로
> 제 살을 핥아서 피를 내지만
> 살점에서 흐르는 피의 한 방울이
> 다른 신에 있어서는
> 다시없는 의미의 향료가 되는 것을,
> 라이너 마리아 릴케,
> 당신의 눈은 보고 있다.
> 천사들이 겨울에도 얼지 않는 손으로
> 나무에 꽃을 피우고 있는 것을,
> 죽어간 소년의 등 뒤에서
> 또 하나의 작은 심장이 살아나는 것을,
> 라이너 마리아 릴케,
> 당신의 눈은 보고 있다.
> 하늘에서
> 죽음의 재는 떨어지는데,
> 이제사 열리는 채롱의 문으로

> 믿음이 없는 새는
> 어떤 몸짓의 날개를 치며 날아야 하는가를,

첫 부분에 등장하는 무수한 신은 유일신론에 관계되는 것이 아니라 범신론에 관계된다. 그것은 두 번의 러시아 여행에서 릴케가 파악한 바 있는 러시아인들의 신앙심과도 같은 것이다. 릴케는 신과 인간 및 종교와 구원의 문제를 중요하게 생각했고 또 강조했던 시인이다. 박찬기는 『독일문학사』(1978)에서 신과 인간의 관계에 대한 릴케의 입장을 다음과 같이 파악했다.

> 신과 종교에 대한 릴케의 사상은 특히 두 번의 러시아 여행에서 그 기초가 이루어진 것이었다. 톨스토이의 영향이 컸으며 자신의 내부적인 고독감과 지성인의 고민이 순박한 러시아아적 신앙과 신에 대한 친밀감으로 변전될 수 있었다. 소박과 겸허, 그것이 그들 러시아인들의 특색이었으며 그로 인하여 오히려 무례할 만큼 인간의 신과의 거리가 단축되는 것이다. 릴케는 그 경험을 다음과 같이 말했다. '각자는 어두움에 차서 마치 산과 같았고 머리끝까지 겸허하여 자신을 비하하는 데 티끌만큼도 두려움이 없었다. 따라서 경건했다.' 신은 높이 군림하는 초월적인 신이 아니고, 작자 앞에 있는, 개개의 물건 속에 내재하는, 그리하여 함께 생성 유전하는 신인 것이었다.

유일신을 바탕으로 하는 기독교적 세계관에 젖어 있던 릴케에게 있어서 러시아인들의 범신론은 상당히 충격적이었던 것만큼이나 신비로우면서도 경건하게 보였던 것이다. 누구나의 마음속에 내재하는 신—그것은 물상화 된 신 혹은 각각의 개인만큼이나 수다한 개인적인 신이라고 볼 수 있다. 위에 제시된 김춘수 시의 첫 번째 부분은 바로 릴케의 이와 같은 범신론의 문제를 취급하고 있다. 두 번째 부분에 나타나는 죽음과 부활의 문제도 앞에서 인용한 바 있는 생성유전으로서의 신의 역할에 의존한다. 겨울나무에 피우는 꽃과 죽은 소년에게서 되살아나는 심장은 죽음이 그 자체로 끝나는 것이 아니라 또 다른 삶의 시작이라는 점을 강조한다.

이상에서 살펴본 바와 같이 김춘수의 초기시에 끼친 릴케의 영향은 절대적인 것이었다. 그 자신의 말과 같이 릴케의 「사랑은 어떻게」와 「말테의 수기」는 대략 6년 정도를 사이에 두고 두 번에 걸쳐서 김춘수에게 시작활동에 대한 어떤 영감을 제시해 주었다. 이러한 영감을 바탕으로 하여 김춘수는 존재의 의미를 탐구하는 일련의 관념시를 발표했던 것이다. 그리고 그러한 존재탐구에서 그는 신, 죽음, 부활의 문제를 객관성 있게 취급했다.

4.1.2 김수영의 경우

릴케와 김수영의 관계는 김수영의 「반시론」에 잘 나타나 있다. 김수영은 이 글에서 자신의 시 「미인」과 릴케의 「올페우스에 바치는 송가」를 연관짓고 있다. 김수영 시 「미인」 전문은 다음과 같다.

> 미인을 보고 좋다고들 하지만
> 미인은 자기 얼굴이 싫을 거야
> 그렇지 않고야 미인일까
>
> 미인이면 미인일수록 그럴 것이니
> 미인과 앉은 방에선
> 무심코
> 따놓은 방문이나 창문이
> 담배연기만 내보내려는 것은
> 아니렷다.

김수영에 따르면 위 시의 부제 'Y여사에게'에서 Y여사는 자기 부인의 친구로서 그녀에 대한 인상이 너무 좋아서 "집에 와서 그날 밤에 나는 그 들창문을 열던 생각이 문득 나고 그것이 실마리가 돼서 7행의 단시(短詩)를 단숨에 썼다."라고 술회하고 있다. Y여사에 대한 좋은 인상으로 김수영은 그녀가 미인이었다는 점, 자신이 피운 자욱한 담배연기가 나갈 수 있도록 창문을 조심스럽게 열어주었다는 점, 마음의 여유가 있었다는 점 등을 들고 있다. 「미인」을 쓴 후에 '창문, 담배, 연기, 바람'을 연관지은 김수영은 릴케 시 「올페우스에 바치는 송가」 제3장을 떠올리게 되었으며, 이 시의 일부분을 소개하면 다음과 같다.

> 노래는 욕망이 아니라는 것을 곧 알게 될 것이다.
> 그것은 급기야는 손에 넣을 수 있는 사물에 대한 애걸이 아니라
> 는 것을 알게 될 것이다.
> 노래는 존재다. 신으로서는 손쉬운 일이다.
> 하지만 우리들은 언제 존재할 수 있겠는가? 그리고 우리들은
> 언제
> 신의 명령으로 대지와 성좌로 다시 돌아갈 수 있게 되겠는가?
> 젊은이들이여, 그것은 뜨거운 첫사랑을 하면서 그대의 다문 입에
> 정열적인 목소리가 복받쳐 오를 때가 아니다. 배워라
>
> 그대의 격한 노래를 잊어버리는 법을. 그것은 아무짝에도 소용없
> 는 것이다.
> 참다운 노래가 오는 것은 다른 입김이다.
> 아무것도 바라지 않는 입김. 신의 안을 불고 가는 입김.
> 바람.

위의 릴케 시에서 김수영이 가장 감동을 받은 부분은 마지막 연으로 그것은 이 부분에 나오는 '바람' 때문이다. 이 바람은 시인 자신이 내뿜은 담배연기를 내보내는 역할을 할 뿐만 아니라 그 자신이 미인에게서 느낀 훈기를 내보내는 역할까지도 한다. 김수영이 릴케 시에서 느낀

‘바람’의 역할과 의미는 하이데거의 「릴케론」에 잘 요약되어 있다. 이 글에서 하이데거는 헤르더의 「인류의 역사철학적 고찰」을 참고하여 ‘바람’을 다음과 같이 ‘신의 입김’에 비유했다.

> 우리들의 입김은 다른 사람들의 영혼 속에서 세계의 회화가 되고, 우리들의 사상과 감정의 기본형이 된다. 인간이 일찍이 지상에서 생각하고, 바라고, 행한 인간적인 일, 또한 앞으로 행하게 될 인간적인 일, 이러한 모든 일은 한줄기의 나풀거리는 산들바람에 달려 있다. 왜냐하면 만약에 이런 신적인 입김이 우리들의 신변에서 일지 않고 마법의 음색처럼 우리들의 입술 위에 감돌지 않는다면 우리들은 필경 모두가 아직도 숲 속을 뛰어다니는 동물에 지나지 않을 것이기 때문이다.

김수영은 자신의 시를 릴케 시에 비추어 설명하면서 “내가 읊은 「미인」은 릴케의 천사만큼은 되지 못했을망정, 그다지 천한 미인은 아니 되었다.”라고 생각한다고 회고했다. 그러나 앞에서 언급한 다른 시인들과는 달리 김수영에게 있어서 릴케는 직선적인 시간의 흐름을 따르는 것이 아니라 역행적인, 그의 말을 빌리면 반어적인 것이다. “나의 릴케는 내려오면서 만난 릴케가 아니라 셰익스피어의 부근을 향해 더듬어 올라가는 릴케다. 그러니까 상당히 반어적인 릴케가 된 셈이다. 그 증거로 나의 「미인」의, 검정 미니스커트에 까만 망사 나이롱 양말을 신은 스타일이 얼마나 반어적인가.” 릴케 시는 김수영에게 일종의 반어적인 영향을 끼쳤고, 김수영은 그것을 자신의 「반시론」으로 발전시켰다. “이 시의 맨 끝의 ‘—아니렷다’가 반어이고, 동시에 이 시 전체가 반어가 돼야 한다. Y여사가 미인이 아니라는 의미의 반어가 아니라, 천사같이 아름답다는 것을 강조하기 위한 반어이고, 담배연기가 ‘신적’인 ‘미풍’이라는 것을 위한 반어이다. 그리고 나의 이런 일련의 배부른 시는 도봉산 밑의 돈사 옆의 날카롭게 닳은 부삽 날의 반어가 돼야 할 것이다.

그럴 때 우리의 시에서는 남과 북이 서로 통일된다." 말하자면 김수영의 반시론은 시론의 조화로운 활성화를 위한 반시론이다. 김수영은 「반시론」의 결론 부분에서 '반시론의 반어'는 두 개의 상반되는 세계의 대립에 근거한다고 강조했다. 귀납법과 연역법, 내포와 외연, 비호와 무비호, 유심론과 유물론, 과거와 미래, 남과 북, 시와 반시, 릴케와 브레히트 사이의 싸움이 반시론의 언어가 되어야 한다고 파악했다. 따라서 그의 반시론은 그의 시적 모티브와 관련된다. 부단한 자기 변신, 말하자면 자유추구와 소시민적 비애의 세계, 사랑과 혁명의 세계, 적에 대한 증오와 자기 탄식의 세계로의 변화 등을 통해서, 김수영은 한국시의 현대성을 모색했다고 볼 수 있다. 그리고 그의 이러한 현대성의 추구는 다음과 같은 그의 언어론에 바탕을 둔다.

> 모든 언어는 과오다. 나는 시 속의 모든 과오인 언어를 사랑한다. 언어는 최고의 상상이다. 그리고 시간의 언어는 언어가 아니다. 그것은 잠정적인 과오다. 수정될 과오. 이 수정의 작업을 시인이 해야 하는 것이다. 그래서 최고의 상상인 언어가 일시적인 언어가 되어서 만족할 수 있게 해야 한다.

4.1.3 박양균과 전봉건의 경우

박양균 시 「꽃」에 대해서 전봉건은 그의 서정성이 자연발생적인 서정이라기보다는 객관적 현실의 의미의 서정, 곧 비평의 서정이라고 파악했다. 전봉건은 또 박양균의 비평의 서정이 언어에 대한 두 가지 인식에서 비롯된다고 파악한 후, "하나는 서정이 본래 지니는 농도 짙은 감수성의 작용으로 되는 감각적 인식에 의한 사물의 본질 발굴이고, 또 하나는 그 비평성의 작용으로 되는 논리적 인식에 의한 사물의 객관적 파악이다."라고 결론지었다.

전봉건의 이러한 평가를 받고 있는 박양균 시 「꽃」에는 "그 신은 나

에게 침묵으로 답하리라.”라는 릴케의 시구가 인용되어 있다. 릴케에게
있어서 ‘나’는 궁극적으로 러시아 수도사이자 릴케 자신에게 해당하며
이러한 ‘나’의 기도와 신의 침묵의 관계는 그의 『기도시집』에 잘 나타
나 있다. 제1부 「수도사 생활의 서」, 제2부 「순례의 서」, 제3부 「가난과
죽음의 서」로 이루어진 이 시집에서의 시적 주체는 러시아 수도사이다.
이 수도사는 예술적이고 종교적인 릴케의 삶의 태도와 과제를 대변해
주는 존재로서 “단순한 성직행위에 머물기보다는, 골방에 칩거하면서
비잔틴 양식에 따라서 성화를 그리는 종교화가로서의 예술가이기도 하
다.” 김재혁이 번역한 『기도시집』(1992)에 수록된 「예술과 사랑, 그리고
구도자적 삶」에는 러시아 수도사와 릴케와의 관계가 상세하게 언급되
어 있다. 박양균 시 「꽃」의 서두에 인용된 릴케의 구절, “그 신은 나에
게 침묵으로 답하리라.”에서의 ‘침묵’은 바로 릴케 시의 다음 구절에 대
응된다.

> 밤이면 밤마다 나는 기도합니다.
> 신이여, 그저 몸짓으로 커가며 존재하는
> 벙어리가 되어주소서.
> 꿈속의 정신이 독려하여
> 침묵의 무거운 총합을
> 이마와 산에다 새겨놓는
> 벙어리가 되어주소서.

　릴케에게서 혹은 릴케 시에서 침묵의 중요성을 차용한 듯한 박양균
시 「꽃」 전문은 다음과 같다.

> 사람이 사람과 더불어 망한
> 이 황량한 전장에서
> 이름도 모를 꽃 한 송이

뉘의 위촉으로 피어났기에
상냥함을 발돋움하여 하늘과 맞섬이뇨

이 무지한 포성과 폭음과
고함과 마지막 살육의 피에 젖어
그렇게 육중한 지축이 흔들리었거늘

너는 오히려 정밀 속 끝없는
부드러움으로 자랐기에
가늘은 모가지를 하고
푸르른 천심에의 길 위에서
한점 웃음으로 지우려는가

　위 시의 특징은 전쟁의 비극적 참혹성과 그러한 참혹성을 바탕으로 하여 피어난 한 송이 꽃의 순수성을 대비시키는 데 있다. 이 두 가지 관계는 시인 자신이 「육교를 위한 시론」에서 강조하는 '육교'에 의해서 가능해진다. "육교다…나는 분명 그것이 하나의 관념으로서가 아니라 목전에 실존하는 교량을 찾는데 그 많은 아우성을 갈라놓고 차가운 옛 빙하의 흐름에서처럼 오들오들 떨며 열병에서 살았다. 그것은 마치 전통과 비약과의 갈등이기도 한 것이다." 박양균 시에서의 이중 이미지 혹은 관념의 이중성은 서로 상반되는 대립관계에 있는 것이 아니라 서로 보충되는 보완관계에 있다고 볼 수 있다. 위 시에서 '꽃'은 "상냥함을 발돋움하여 하늘과 맞섬이뇨."에서처럼 지상과 천상을 연관짓는 대행체로서 작용한다. 마치 "어느 겁쟁이가 당신에게 물었을 때／ 당신은 침묵 속으로 깊이 빠져들었습니다."라는 릴케의 시구처럼 '꽃'은 지상과 천상을 말없이 연관지어 주는 매개체가 된다.

　전쟁으로 폐허화된 공간에서 피어난 한 송이 꽃이 반드시 '장미꽃'일 필요는 없지만 적어도 그 의미로 볼 때에 그것은 장미꽃이어야만 한다. 릴케 시에서의 '장미꽃'이 김재혁의 언급처럼 "일상의 삶과는 다른 삶에 대한 동경을 표현하는 이미지를 지닌 예술가적 자기실현의 상징"인 것처럼, 박양균 시에서의 '꽃'도 "시인 자신의 완전한 변용을 통한 익명성에 대한 추구"와 합치되고 있기 때문이다. 릴케 시에 나타나는 익명성은 "장미여, 오 순수한 모순이여/ 그 많은 눈꺼풀 아래/ 이름 모를 잠이 고픈 마음이여."라는 묘비명에서 파악할 수 있는 바와 같이 '장미'는 "이름 모를 잠이 고픈 마음"과 등가관계에 있으며, 박양균 시에서의 익명성은 "이름도 모를 꽃 한 송이/ 뉘의 위촉으로 피어났기에"처럼 '꽃'은 '뉘의 위촉'과 등가관계를 형성한다. 이와 같은 릴케적인 익명성은 박양균 시의 한 가지 특징으로 볼 수 있다. 그의 시 「창」에서의 "누구의 구원으로도 어쩔 수 없는 이 암흑에서…나는 당신을 부정하면서도 당신의 구원을 기다리고 있는 것입니다."와 「다리 위에서 I」에서의 "나는 시간의 위촉에서 벗어나 무한을 향해 손을 들어본다."처럼, 당신이나 무한은 구체적인 대상이나 명칭이라고 볼 수 없기 때문이다. 그러나 그러한 것들이 지니고 있는 의미는 물론 신이나 구원자 또는 영원한 안식처 등으로 파악될 수 있다. 이러한 대상을 추구하는 자신의 시적 태도를 박양균은 『한국전후문제시집』에 수록된 「작가는 말한다」에서 이렇게 설명했다.

> 회한의 눈물을 목 가득히 삼키고 있노라면 뜨거움이 뭉클하여짐을 우리는 가끔 느끼게 된다. 언어 이전의 포효 같은 절실함이 하나의 소리로서 발할 때 그것을 일러 절규라고도 한다. 인간에의 신뢰로서 이 절규를 말할 때 그것은 애정으로서 서로를 찾는 소박한 인간의 생태다. 서로 미워하기 까지 하는 인간들이 또한 서로 사랑하지 아니치 못함은 얼마나 큰 배반(모순)이겠는가. 이 배반을 디디고 그제야 스스로의 위치를 다짐하여 보기도 한다. 자아의 실존을 의식하는 것이다.

전봉건은 자신의 연작시 「은하를 주제로 한 봐리아시옹」 두 번째 시에서 라이너·마리아·릴케를 직접적으로 언급하고 있다. 「라이너·마리아·릴케에 대하여, 전쟁과」라는 제목에 나타나 있는 바와 같이 전봉건에게 있어서 릴케는 곧 전쟁이라는 등식이 성립한다. 그에게 있어서 전쟁의 극한상황과 인간적인 서정성은 구도의 시인, 기도의 시인, 장미의 시인, 고독의 시인으로 일컬어지는 릴케에 의해서만 정신적인 교감을 성취하게 된다. 이 시에서 릴케는 두 번 언급된다. 한 번은 전반부에 나타나는 바와 같이 시적 자아의 현실적 존재에 대한 물음이고, 다른 한 번은 후반부에 나타나는 바와 같이 시적 자아의 시적 존재에 대한 물음이다. 전반부에서 시적 자아는 "무수한 실의와 실념이 가시/ 돋친 철조망을 드리운 이 거리"에 암시되어 있는 절망의 늪에서 바라보는 밤하늘의 별은 바로 자기 자신, 곧 '허위의 나'라고 결론지은 후 다음과 같이 묻고 있다. "그러면/ 라이너·마리아·릴케/ 당신은 누구인가/ 그러면 나는 누구인가."

　시적 자아의 현실적 존재는 릴케가 어떠한 존재인가에 따라서 결정된다. 그런 다음 그는 전쟁의 철저한 파멸성과 그것으로 인한 무의미성 및 인간이 갖게 되는 공포와 전율 그리고 인간성의 상실을 가슴 아파한다. 그것이 바로 후반부에 나타나는 "포탄은 나리고, 쏟아지고, 나는 외인부대라는 필립하사와 껌을 씹으며 장난을 치며/ 찢어 헤쳐진 사월의 파편 속에 인간을 사냥하고 그러나 포연이/ 걷히었다 뭉키는, 걷히는 바위틈에 꿈처럼 은하처럼 하나 핀 진달래로 하여"라는 부분이다. 인간성이 상실될 수밖에 없었던 시대에 릴케는 시적 자아로 하여금 인간답게 살 수 있도록, 말하자면 태양을 느끼게 해주었고 휘파람을 불게 해주었다.

　　…하나 핀 진달래로 하여 더 가까이 태양을 느낀
　　새처럼
　　내가 휘파람을 불게 한

> 라이너 · 마리아 · 릴케
> 단 한사람 장미의 가시에 찔리어서 죽은 수목과 같이
> 자라나는 목소리의 당신은 누구일까
> 오늘 시를 쓰는 나는 무엇일까

릴케의 죽음은 장미와 무슨 관계를 지니는 것일까? 그것은 1926년 10월 초순경에 스위스 뮈조트 성에서 발생한 사건에 관계된다. 자신을 찾아 온 베이 부인과 산책을 하던 중에 그 부인에게 주기 위해서 장미를 꺾던 릴케는 그 가시에 찔리고 그로 인해서는 그는 백혈병에 걸리고 급기야는 죽음에 까지 이르게 된다. 위 시에서의 릴케는 죽음 그 자체라기보다는 죽음을 딛고 일어서는 새로운 삶의 표상을 의미한다. "죽은 수목과 같이 자라나는 목소리의 당신"에서의 '당신'은 물론 릴케이고 '죽은 수목'은 시인이 시를 쓰는 이유가 된다. 그러한 릴케에 대해서 전봉건은 「당선소감」에서 "존경하는 라이너 · 마리아 · 릴케의 '익으라 나무와 같이'라는 구절만은 잊지 않을 것입니다."라고 강조했다. 아울러 자신이 시를 쓰는 이유에 대해서 전봉건은 「시작 노트」에서 다음과 같이 설명했다. "시인이 시를 쓰는 것은 무엇보다도 먼저 자기 자신에게 이유와 가치를 주려는 일이다. 돌멩이가 공기 속에서 생명을 얻어 지니듯이, 그러니까, 시인은 항상 이유와 가치를 지니려는 돌멩이다."

위에서 살펴본 바와 같이 릴케 시와 시론은 1930년대에 한국 현대시에 소개된 이래 1950년대에 이르러 상당히 많은 영향을 끼쳤다고 볼 수 있다. 특히 한국전쟁이라는 동족상잔의 비극과 극한상황 및 철저한 파괴를 거치면서 인간성이 말살되어 가던 시기에 릴케 시와 시론은 한국 현대시인들에게 하나의 생명수로 작용했다고 볼 수 있다. 그것이 때로는 존재의 문제로, 때로는 구원의 문제로, 때로는 인간성 회복의 문제로 나뉘어 지기는 했지만, 이 모든 문제는 실존주의라는 커다란 범주 속에 종합될 수 있다. 전쟁과 실존과 시의 문제를 언급할 때에 독일에

서는 제2차 세계대전의 여파가 거론되듯이, 우리들에게는 그것이 언제나 한국전쟁과 관련지어 거론된다. 따라서 1930년대에 서정시론을 중심으로 소개된 릴케 시와 시론은 1950년대에는 실존주의 시론 혹은 인간주의 시론으로 전환되었다고 요약할 수 있다. 아울러 김수영에게 있어서는 릴케 시와 시론이 이러한 계열과는 다르게 반시론으로 나아가는 촉진제 역할을 했다.

4.2 T. S. 엘리엇 시와 시론의 영향과 수용

4.2.1 박인환의 경우

박인환과 T. S. 엘리엇과의 관계는 그의 시 「살아 있는 것이 있다면」에서 찾아 볼 수 있다. 이 시의 서두에서 박인환은 "현재의 시간과 과거의 시간은/ 거의 모두가 미래의 시간 속에 나타난다."라는 구절을 엘리엇 시 『네 개의 사중주』에서 인용하고 있다. 박인환이 인용한 이 구절은 네 편으로 된 엘리엇 시 『네 개의 사중주』의 첫 번째 시 「번트 노턴」에 나오는 처음 두 구절이다. 이 첫 번째 시의 주제는 공기이며, 나머지 세 편의 시의 주제는 차례로 흙, 물, 불이다. 이 첫 번째 시의 요소인 공기는 이 시에서 인간의 생각의 전개 과정, 즉 기억에 대한 인간의 회상능력, 인간의 지성적인 성찰능력 및 정신적인 명상능력에 관계된다. 박인환이 부분적으로 인용하고 있는 시간에 관계되는 이 두 구절은 엘리엇 시에서는 실제로 세 구절까지이다. 그 부분을 옮겨 보면 다음과 같다. "현재의 시간과 과거의 시간은/ 아마도 모두 다 미래의 시간 속에 나타나며/ 미래의 시간은 과거의 시간 속에 포함되어 있다."

이 부분에서 엘리엇은 과거, 현재, 미래라는 시간의 경험의 본질에 대해서 사려 깊은 언급을 하고 있다. 이들 세 가지 시간 범주는 진행으로서의 시간의 개념 및 원인과 결과로서의 사건에 관계된다. 엘리엇이

강조하는 이러한 시간의 의미를 자신의 시「살아 있는 것이 있다면」에
적용한 박인환이 우선적으로 강조하는 것은 회상과 체험이다. 이 두 요
소는 과거적인 시간의 개념으로 그것은 그의 시에서 고뇌와 저항에 관
계된다. 박인환이 자신의 시에서 가장 강조하는 시간은 '오늘'로 대표
되는 현재이다. 박인환 시「살아 있는 것이 있다면」의 제3연은 다음과
같다.

> 한 걸음 한 걸음 나는 허물어지는
> 정적과 초연의 도시 그 암흑 속으로…
> 명상과 또다시 오지 않을 영원한 내일로…
> 살아 있는 것이 있다면
> 유형의 애인처럼 손잡기 위하여
> 이미 소멸된 청춘의 반역을 회상하면서
> 회의와 불안만이 다정스러운
> 모멸의 오늘을 살아 나간다.

위 시에서의 오늘은 엘리엇 시에서의 현재에 해당한다. "있을 수도
있었던 일과 있었던 일은/ 한 쪽의 끝을 향하며, 그것은 언제나 현재이
다."라는 엘리엇 시구에서는 우선적으로 미묘한 언어의 모호성을 찾아
볼 수 있다. 즉, 한 쪽과 끝과 현재가 지니고 있는 이중적인 의미가 그
것이다. 진행적인 시간의 종합으로써 '있었던 일'로서의 과거와 '있을
수도 있었던 일'로서의 과거의 잠재성은 그 결과로서 현재를 지칭한다.
그리고 그러한 현재는 바로 이와 같은 이중적인 과거에서 비롯되는 것
이다. 하나의 끝으로서의 영원한 현재라는 두 번째 아이디어를 종합함
으로써 지향하고 있는 것은 현재의 순간만이 유일한 현실이라는 점과
현재의 순간에 할 수 있는 것은 언제나 우리들에게 제시되는 목적이나
의도라는 점이다.

위에 인용한 박인환 시에서도 '오늘'은 두 가지 의미를 지니고 있다.

하나는 소멸된 청춘을 회상하는 오늘이고 다른 하나는 회의와 불안으로 가득 찬 오늘이다. 이러한 오늘을 살아가면서 시적 자아는 '철없는 시인'이 된다. 박인환 시 「살아 있는 것이 있다면」의 마지막 부분은 다음과 같다.

> …아 최후로 이 성자의 세계에
> 살아 있는 것이 있다면 분명히
> 그것은 속죄의 회화 속의 나녀(裸女)와
> 회상도 고뇌도 이제는 망령에게 팔은
> 철없는 시인
> 나의 눈감지 못한
> 단순한 상태의 시체일 것이다…

그리고 그러한 시인은 "속죄의 회화 속의 나녀(裸女)와/ 회상도 고뇌도 이제는 망령에게 팔은" 채 모든 것을 망각한 순수한 상태의 시인이 된다. 그러한 순수한 순간이 바로 현재이자 오늘인 것이다. 그렇다면 이 시에서의 오늘은 어떤 의미를 지니는가? 그것은 한국전쟁 이후 폐허화된 사회에서 각 개인이 가지는 존재의 의미와 관계된다. 그러한 존재는 엘리엇 시에서 강조하는 시간의 세 요소 중에서 바로 현재의 중요성을 의미한다고 볼 수 있다.

4.2.2 민재식의 경우

박인환 외에 엘리엇의 시풍을 띤 시인으로는 민재식의 경우를 들 수 있다. 민재식과 엘리엇의 관계는 그가 대학에서 영문학을 전공했으며 자신의 졸업논문으로 다룬 '객관적 상관물'의 기법을 자신의 「속죄양」에서 실험했다는 점에서 찾아 볼 수 있다. 우선 엘리엇이 말하는 객관적 상관물이란 무엇인가? 그것에 대해 엘리엇은 「햄릿과 그의 문제점」

에서 다음과 같이 설명했다. "예술형식에서 정서를 표현하는 유일한 방법은 객관적 상관물을 발견하는 것이다. 달리 말하면 그와 같은 특별한 정서의 조건이 될 수 있는 일련의 대상, 상황, 연쇄적인 사건을 발견하는 것이다. 감각적인 경험에서 종결되어야만 하는 이와 같은 외적 사실들이 부여되었을 때에, 정서는 즉각적으로 환기되는 것이다." 이상과 같은 객관적 상관물 이론을 바탕으로 하여 쓰인 4부작 연작시에 해당하는 「속죄양」에서 민재식은 정확한 상황묘사, 대화체 기법과 주지주의적인 태도 및 극적 효과를 실험했다. 민재식 시 「속죄양·1」의 일부분을 인용하면 다음과 같다.

지껄여도 따져도 결론 없는 이야기
문서는 미결함 속에 차곡 쌓여 있고
잘난 나라의 잘난 백성끼리
우리의 결론을 흥정하고 있다.

자랑 많은 나라에 태어났어도
우리가 이룩한 자랑은 무엇이냐
가슴은 열대인데 결론이 없고
아 아 화제가 다해버린 날의 슬픈 청년들.
조국은 개펑거리냐
조국은 속죄양이냐
창을 젖치고
모두 다 바라보는 하늘가에는
훨훨 날아가는 구름이 한 폭
저 무게도 없는 구름이 한 폭만 떠 있다.

극시적인 측면이 강하게 나타나는 이 시는 한국전쟁을 배경으로 하며 강대국의 흥정과 협상의 와중에서 무참하게 죽어간 한국 젊은이들의 죽음을 일상적인 대화체와 적나라한 상황묘사에 의해서 설명하고 있다. 그의 이러한 시작 기법은 마치 무대위의 연극을 보는 듯한 착각을 불러일으킨다. 말하자면 배우의 행동과 대화 및 무대설정에 의해서 독자는 시를 읽는 것이 아니라 연극을 관람하는 듯한 착각에 빠지게 된다. 이러한 극적인 효과는 「속죄양·2」의 첫 번째 시의 후반부에도 나타나 있다.

> 끄슬린 무덤을 돌아
> 화약 냄새 자욱한 골짜기를 뛰어
> 전우가 디딘 발자욱을 되밟고
> 신호탄이 넘어간 비탈을 탄다
> 묽은 쏘루체 두골 안 뇌수가 불이 붙어
> 지지지 인광으로 탄다
> 오리온과 마주친 눈망울에 인광이 탄다.

민재식 시에 나타나는 대화기법은 엘리엇 시에서도 자주 등장하는 기법이며, 이러한 대화기법은 독자로 하여금 시를 감상의 대상으로서가 아니라 참여의 대상으로 파악할 수 있게 하는 효과를 지닌다. 물론 여기서 말하는 '참여'라는 말은 독자가 자신이 읽고 있는 시의 현장에 뛰어드는 것을 의미한다. "독자를 관객으로 인식 한다."라는 민재식 자신의 말과 같이 그의 시에는 무대, 등장인물, 짧은 대화 등이 주축을 이루고 있다. 그러나 이러한 장치는 결국 '나는 누구인가'라는 물음을 전제로 한다. 위에 인용된 시에서도 알 수 있는 바와 같이 시인 자신은 한국전쟁 이후 한반도라는 정치무대를 중심으로 펼쳐지는 미국과 구소련으로 대표되는 세계열강의 세력다툼에서 '우리'와 '조국'은 무엇인가를 묻고 있다.

4.2.3 송욱의 경우

박인환이 단편적으로, 민재식이 체계적으로 T. S. 엘리엇의 영향을 받은 바와 같이, 엘리엇이 한국 현대시에 끼친 영향은 1930년대의 모더니즘이나 주지주의로까지 거슬러 올라간다. 그리고 그러한 영향은 해방 이후 김춘수에게로 이어진다. 그는 존재와 언어의 관계에 대해서 이렇게 파악했다.

> 말의 피안에 있는 것을 나는 알고 싶었다. 그 앞에서는 말이 하나의 물체로 얼어붙는다. 이 쓸모없게 된 말을 부수어 보면 의미는 분말이 되어 흩어지고, 말은 아무것도 없는 거기서 제 무능에 운다. 그것은 있는 것(존재)의 덧없음의 소리요, 그것이 또한 내가 발견한 말의 새로운 모습이다. 말은 의미를 넘어서려고 할 때 스스로 부숴진다. 그러나 부숴져보지 못한 말은 어떤 한계 안에 가둬진 말이다. 모험의 그 설레임을 모른다.

'부숴져 버린 말'—그것은 바로 김춘수가 릴케적인 관념시에서 벗어나 T. S. 엘리엇류의 서술적인 세계로 나아가게 되는 원동력으로 되었으며 그 결과가 그의 '타령조'이다. 이 시기의 김춘수가 릴케로부터 벗어나 엘리엇의 이론을 자신의 '타령조'에 접목시킴으로써 서술적인 시세계를 구축하고자 했듯이, 김수영도 자신의 새로운 언어관을 바탕으로 하여 서술적인 진술의 시세계를 이룩하고자 했다. 여기서의 새로운 언어관은 김수영 특유의 배어법에 근거한다. 말하자면 그의 시어는 '어머니한테서 배운 말과 신문에서 배운 시사어의 범위' 내에서 사용되었지만, 그의 배어법에서는 이러한 일상어에 대한 특이한 어순의 배열, 명령형과 의문형의 종결어미의 활용 및 동일어 반복의 리듬효과가 우선적으로 고려되었다. 그리고 그것은 언제나 정치적 현실과 무관한 것이 아니었다.

김수영의 특이한 배열법은 송욱의 동음이의어의 배열법과 그 궤를 같이한다고 볼 수 있다. 그리고 그것은 두 시인에게 있어서 때로는 시인이 처한 사회에 대한 풍자로, 때로는 시인 자신의 모국어에 대한 애착과 그것의 무한한 실험으로 이어진다. 그리고 그러한 풍자와 모국어 실험은 이들로 하여금 당시의 시정신을 표현하는 데 있어서 적합한 진술의 방법으로 산문적인 진술을 선택하게 했다. 이러한 방법이 가장 효과적으로 드러난 시가 바로 송욱의 『하여지향』이다. 산문적인 진술을 시적인 진술에 적용한 이 시를 유종호는 자신의 『비순수의 선언』에서 '송욱나이즈'된 엘리엇의 「황무지」라고 설명했다.

> 『하여지향』을 얘기하다 보면 결국 송욱론이 됩니다. 그 연작시만 따로 떼어서 얘기할 수는 없으니까요. 하니까 『하여지향』을 중심으로 한 송욱론—그런 방향으로 얘기해 봅시다. 오늘날 한국의 시를 얘기하는데 가장 풍부한 화제를 제공해 주고 있는 분이 바로 송욱 씨입니다. 그 분의 시는 그대로 한국 현대시를 비평하고 있는 '비평적 시'이기도 합니다. 말하자면 한국 현대시의 고민이 상징되어 있어요…한마디로 말하면 '산문적'인 것의 대담한 도입입니다. 그 분이 사사하고 가장 많은 영향을 받은 시인은 엘리어트입니다. 좀더 정확히 말씀드리면 「황무지」 시대의 엘리어트이지요. 『하여지향』이란 시제도 '송욱나이즈'된 Waste Land의 국어역이라 해도 과언이 아니예요.

아울러 그는 송욱의 『하여지향』이 음악성과 심미감 및 아름다움과 예술의 문제를 제기하고 있다는 점에서 비평적인 시이자 '비순수의 선언'이라고 파악했다. 송욱과 엘리엇의 관계에 대한 유종호의 이러한 지적 이전에도, 송욱은 자신의 「당선소감」에서 이렇게 언급했다. "전통을 풍부하게 지닌 시인이 황무지를 노래했는데 그것이 시가 된 것을 알고, 나도 전기를 찾아보았어요."

때로는 지나칠 정도로 느껴지는 과다한 비판정신과 풍자정신, 불균형한 시적 내용과 구조에도 불구하고 송욱 시가 이 시기에 확고부동한 위치를 차지하고 있는 까닭은 그의 날카로운 지성과 남다른 언어관에서 비롯된다. 모국어에 대한 그의 신념은 거의 신앙과도 같은 것이었다. "한국어는 나의 또 하나 다른 육체이다. 나는 이 육체로서 보고 듣고 생각하고 웃고 울려고 한다. 나의 모국어는 나의 법신(法身)이다. 한국어는 나의 조국이다." 그에게 있어서 한국어는 그 자신의 말과 같이 자신을 지배하는 법칙이자 몸뚱이인 것이다. 언어에 대한 그의 이러한 집념의 밑바탕에는 엘리엇이 자리 잡고 있다. 엘리엇의 시세계를 비순수의 세계라고 정의한 송욱은 그를 가리켜 언어의 순수성에 의해서 비순수의 주제를 정확하게 다루고 있다고 평가했다. 말하자면 엘리엇은 아름다운 언어에 의해서가 아니라 정확하게 사용된 언어에 의해서 아름다움을 느낀다는 점을 강조했고, 송욱도 자신의 시에서 이러한 점을 실천했다고 볼 수 있다.

그렇다면 엘리엇의 「황무지」와 송욱의 『하여지향』은 어떤 관계를 지니고 있는가? 엘리엇은 「황무지」에 대한 자신의 주석에서 이 시가 제시 L. 웨스턴의 『의식(儀式)에서 로망스까지』와 제임스 G. 프레이저의 『황금의 가지』를 참고했음을 밝히고 있다.

이 시의 제목뿐만 아니라 이 시의 계획과 상당량의 부수적인 상징은 제시 L. 웨스턴의 그레일 전설에 관한 책 『의식에서 로망스까지』에서 암시받은 것들이다. 나는 정말로 너무 많은 신세를 졌으며, 웨스턴의 이 책은 나의 주석이 할 수 있는 것보다 훨씬 더 훌륭하게 이 시의 난해한 점을 분명하게 해 줄 것이다. 따라서 이 시의 이와 같은 명증성에 대해서 수고할 만한 가치가 있다고 생각하는 독자들에게 나는 웨스턴의 책을 추천하고 싶다. 내가 일반적으로 신세지고 있고 또 우리 세대에게 심오한 영향을 끼쳤던 또 다른 인류학 책은 『황금의 가지』이다. 나는 특히 아도니스, 아티스, 오시리스에 관계되

는 부분을 활용했다. 이러한 부분에 익숙한 독자라면 누구나 이 시
가 식물 의식을 포함하고 있다는 점을 금방 인식할 것이다.

「죽은 자의 매장」, 「체스 게임」, 「불의 설교」, 「물에 의한 죽음」 및
「천둥이 전해 준 것」 등 다섯 편의 시로 이루어진 총 434행의 「황무지」
에서 엘리엇은 50개의 주석을 달고 있다. 이러한 주석은 주로 그가 고
전과 현대의 다른 작품에서 많은 부분을 인용하고 있음을 분명히 하고
있다. 「황무지」의 이러한 특징은 송욱 시 『하여지향』에도 나타나 있으
며, 송욱 시 「하여지향·5」는 다음과 같다.

> 고독이 매독처럼
> 여박한 8자라면
> 청계천변 작부를
> 한 아름 안아 보듯
> 치정 같은 정치가
> 상식이 병인 양하여
> 포주나 아내나
> 빚과 살붙이와
> 현금이 실현하는 현실 앞에서
> 다달은 낭떨어지!

위 인용시에서 우리는 '상식이 병인 양하여'에 나타나는 인유를 파악
할 수 있다. 이러한 인유의 방법은 엘리엇이 이미 자신의 「황무지」에서
활용한 방법으로 이에 대해서 유종호는 다음과 같이 언급했다. 이러한
구절은 "'다정도 병인양'하는 고시조나 어떤 현대시인의 귀절과 대조가
되어 인유를 이루고 있다고 하겠습니다. '다정도 병인 양하여 잠 못이
뤄 하노라'던 옛 사람의 행복스런 다한(多恨)이나 '다정도 병인 양하여
달빛아래 고요히 흔들리며 가노니'하는 근대인의 풍류적 감정과 비교
해 볼 때, 비상식이 횡행하는 현실 앞에서 오히려 상식을 개탄해 마지

않는 현대의 생활인의 이미지가 떠오르지 않습니까.”

역설과 기지 혹은 재치에 의해서 자신이 처한 현실에 대한 불안을 극복·지양하고자 하는 송욱의 노력은 다분히 엘리엇에 접맥되어 있다. 이렇게 말할 수 있는 것은 「황무지」가 현대사회의 황폐와 현대인의 불안을 나타낸 것처럼, 『하여지향』도 불합리한 현실을 절실하게 제시하는 것을 목적으로 하고 있기 때문이다. 「외래문학 수용상의 제문제점」에서 송욱은 자신과 엘리엇과의 관계에 대해서 이렇게 언급했다. “영문과에 다니는 동안 가장 영향을 받고 좋아했던 사람은 T. S. 엘리엇, D. S. 로렌스였습니다.” 엘리엇의 이러한 영향은 박인환, 민재식, 송욱으로 이어지면서 시의 영역에 대한 모험적인 확장, 정치현실에 대한 솔직한 비판과 참여, 언어에 대한 지성적인 성찰과 내면의식의 표출 등으로 나타나게 되었다. 그 외에도 고은 시 「내 풍금은」과 엘리엇 시 「황무지」의 관계를 살펴보는 것도 의미 있다는 점을 제안하고자 한다.

4.3 딜런 토머스의 영향과 수용 : 성찬경의 경우

딜런 토머스와 성찬경의 관계는 성찬경이 영문학을 공부했다는 점 외에도 그가 「딜런 토머스 시의 본질」과 같은 평론을 썼을 뿐만 아니라 토머스의 다음과 같은 작시법을 활용하고 있다는 점에서 찾아 볼 수 있다. “나는 한 개의 이미지를 만든다. 그것이 다른 이미지를 낳게 하고 그로 하여금 첫 번째의 이미지에 맞서게 한다. 다른 두 개의 이미지로부터 자라난 세 번째의 이미지로부터 네 번째의 반대 이미지를 만든다. 그리고 이러한 이미지들 모두가 부연된 형식의 테두리 안에서 갈등하도록 한다.” 그의 이러한 작시법을 보여 주는 시가 「런던에서 불타 죽은 어린이의 죽음에 대한 애도의 거부」이다. 총4연, 24행으로 된 이 시에 대해서 시인 에디스 시트웰은 다음과 같이 언급했다.

이 위대한 시 「런던에서 불타 죽은 어린이의 죽음에 대한 애도의 거부」에서, 우리들은 이 시의 암울한 장엄함 및 자랑찬 진행과 더불어 죽음이 그 자체의 현실로 되돌아오는 것을 볼 수 있다. 말하자면 사물의 시작으로 되돌아오는 것, 시간의 시작 이래 우리들의 친구였던 사람들에게서의 법복에 해당하는 신성한 의상으로 되돌아오는 것—"그녀의 어머니의 어두운 정맥, 시대를 뛰어 넘는 입자들"—을 볼 수 있다. '그녀의 어머니'에 해당하는 대지에서 새, 짐승 및 꽃은 인간을 형성하는 데 있어서 그것들 나름대로의 역할을 지니고 있다. "그리고 나는 다시 물방울로 된 둥근 천국과/ 옥수수 귀로 된 예배당으로/ 들어가야만 한다." 물방울은 신성한 것이고 곡식의 귀는 기도자의 집회소이다. "아버지가 되는 것과 겸허한 모든 어둠" 그 자체는 힘을 얻는 것이다. 슬픔까지도, 눈물까지도 일종의 시작이다. '호흡하는 장소'는 십자가가 있는 장소이다.

토머스에게는 죽음에 대한 또 다른 시 「그 아름다운 밤으로 조용히 들어가지 말라」가 있다. 이 시에서 그는 아버지의 죽음에 대한 자신의 태도를 분명하게 하고 있다. 즉, '불타다', '날뛰다', '분노하다', '강력하다' 같은 시어와 '빛도 없다', '날아오르는 태양에 사로 잡혀 노래하다', '시야를 차단당하다', '유성처럼 불타다'와 같은 구절에 의해서 죽음의 잔혹성을 제시하고 있다. 그러나 우리들이 살펴 본 바와 같이 위에서 언급한 시 「런던에서 불타 죽은 어린이의 죽음에 대한 애도의 거부」에서는 죽음이 "사물의 시작으로 되돌아오는 것"으로 되어 있고 그것은 다시 삶과 긴밀한 관계를 유지하게 된다. 이를 파악하기 위해서는 성찬경 시 「화형둔주곡」을 살펴볼 필요가 있다. 성찬경 시 「화형둔주곡」 일부분은 다음과 같다.

포근한 흙 방석, 늙은 솔을 어루만지며
바위와 바위 사이, 쪼그리고 앉은 나의
육신은 티끌의 일점. 태고의 김 서리는

> 이 환경이 먼 전생의 어느 마을처럼
> 정답고 흡족하다. 이곳에서 스스로 짜는 나의 청춘의
> 수의. 이 바깥 파동의 홍수는 광막한 내 안길
> 폐허에 켜진 색동 초롱불의 그림자다.
> 기적이란 영혼을 스친 현상을 이름.
> 보다 깊은 스스로의 품안에 와락 안길 때
> 육신은 덧없이 여리기만 한 것.
> 무서운 법열이 독한 술처럼 사지를 때리면
> 놀랜 가슴을 빨고 자라는 죽음은 영글어만 가고,
> 허나 이토록 고운 결을 타는 것이라면
> 몇 번 있을 죽음의 언덕이 오히려 소원이다.

위 시에서 가장 관심을 끄는 부분은 "이곳에서 스스로 짜는 나의 청춘의/ 수의."일 것이다. 이곳은 물론 시적 자아가 쪼그리고 앉아 있는 이승의 한 모서리이고, 수의는 저승으로 향하는 죽음을 암시한다. 이승과 저승이라는 모순 이미지, 그것이 바로 성찬경 시의 한 가지 특징이 된다. 김우창은 「시에 있어서의 지성」에서 성찬경 시의 이러한 특징을 이렇게 평했다. "오늘날의 한국 시에서 「화형둔주곡」은 그 지성 못지않게 그 고안력으로 하여 매우 특이한 존재가 된다. 그것은 다양한 출신지의, 풍부하고 발랄한 이미지들로써 넘치고 있다. 현미경 속의 생명현상과 별, 레오나르드 다 빈치와 우주 비행사, 기독교 신화와 한국의 샤머니즘이 어깨를 부비며 병존한다. 그의 언어는 가장 비근한 것에서 가장 현학적인 것으로 뜀박질한다." 말하자면 살아 있음을 죽어 가는 것으로 또는 죽어 있음으로 파악하는 성찬경 시의 모순 이미지는 토머스가 「런던에서 불타 죽은 어린이의 죽음에 대한 애도의 거부」에서 "죽음은 곧 사물의 시작으로 되돌아오는 것"이라고 강조하는 바와 같다고 볼 수 있다. 「작시법」에서 딜런 토머스가 강조하는 이미지의 분열과 확장처럼 성찬경도 이미지와 이미지의 대립에 의해서 상이한 이미지를

창조하고 확장시켜 나간다. 다시 김우창의 말을 인용하면, "성찬경 씨의 방법은 이와 비슷하다. 그는 서로 반대 또는 모순 되는 이미지로 하여금 빠른 속도의 핵분열 작용으로 폭발하게 한다. 그리하여 그는 그의 시 속에서 관능과 형이상학, 생과 사, 다시 말하여 뇌수와 정액, 해골과 자궁을 팽팽한 긴장관계 속에 움켜쥔다." 성찬경 시 「화형둔주곡」에 나타나는 이러한 긴장관계는 다음에 인용하는 이 시의 일부분서도 찾아볼 수 있다.

> 타성을 가득 실은 기관처럼 늠름히
> 산과 산은 땅의 끝까지 둔주하고
> 그 너머 피로 빚은 듯 붉은 술의
> 바다가 뒤집혀 비등한다.
> 굉음이 소리 없이 흘러 진혼곡을 연주하고
> 그 가락에 몰리어 미려한 표정으로
> 태양이 오늘을 순명한다.

위 인용시에서 시적 자아는 착란의 공간 속에서 모순 이미지에 사로잡히게 된다. 그것은 이승의 삶을 살아가면서 저승의 죽음을 생각하는 것과 같은 것이다. 땅의 끝까지 내달리는 산과 피 빛으로 물든 바다의 대립, 굉음과 진혼곡 및 미려한 표정과 태양의 순명의 대립이 그러하다. 이러한 대립관계에 있는 이미지의 제시는 바로 성찬경이 강조하는 참된 은유에 의해 가능해진다. 그러한 은유는 이승훈이 「성찬경의 시론」에서 강조하는 바와 같이 "성찬경에 의하면 처음과 끝의 연결, 천국과 지옥의 결혼, 정신과 육체의 교환, 구상과 추상, 안과 밖의 관통을 노린다."

성찬경이 자신의 시, 특히 「화형둔주곡」에서 강조하는 이러한 모순 이미지는 궁극적으로 모순 그 자체만을 제시하는 것이 아니라 그러한 모순을 조화의 세계로 전환시키게 된다. 말하자면 수동적인 태도로서가 아니라 적극적인 태도로서 모순을 수용하여 그것을 새로운 모습으로 변용시킨다고 볼 수 있다. 그의 초기시에 나타나는 이러한 점은 딜런 토머스의 영향에서 비롯되는 것이다. 딜런 토머스 시 「런던에서 불타 죽은 어린이의 죽음에 대한 애도의 거부」에도 다음과 같은 모순 이미지가 등장한다. 분노 속에 뒤엉키는 바다와 말없는 시간의 침묵, 외침의 그림자와 애도 속의 상복, 물결치는 템스 강과 말없는 죽음 등 토머스 시에서의 이미지들은 서로 모순 되는 혹은 반대되는 상황 속에서 전개된다. 이러한 전개를 바탕으로 하여 그것은 끊임없는 생명력의 도래와 조화로운 영원한 세계를 제시하고자 한다. 성찬경 시와 토머스 시에서 우리는 '화형'과 '불타죽은', '비등하는 바다'와 '뒤엉키는 바다', '가슴을 빨고 자라는 죽음'과 '어린이의 죽음' 등과 같은 어휘와 이미지의 유사성을 발견할 수가 있다.

4.4 W. H. 오든의 영향과 수용 : 황동규의 경우

W. H. 오든과 황동규의 관계가 처음으로 제안된 것은 김우창의 「시에 있어서의 지성」에서이다. 이 글에서 그는 황동규 시 「기항지1」에 사용된 수법과 오든 시의 '교훈화 된 풍경'의 수법의 연관성을 제안한 바 있다. "두 시인의 기질이 전혀 다른 것이기는 하지만, 우연이든지 의식적이든지 황동규씨가 오든의 객관적이고 이성적인 수법에 접근했다는 것은 주목할 만한 일이다." 김우창이 지적한 오든 시에서의 '교훈화 된 풍경'은 오든 자신이 말하는 '마음의 풍경의 지도'와 일치한다. 황동규 시 「기항지 1」 전문은 다음과 같다.

걸어서 항구에 도착했다
길게 부는 한지(寒地)의 바람
바다 앞의 집들을 흔들고
긴 눈 내릴 듯

낮게 낮게 비치는 불빛
지전에 그려진 반듯한 그림을
주머니에 구겨 넣고
반쯤 탄 담배를 그림자처럼 꺼 버리고
조용한 마음으로 배 있는 데로 내려간다
정박중의 어두운 용골들이
모두 고개를 들고
항구의 안을 들여다보고 있었다
어두운 하늘에는 수삼개의 눈송이
하늘의 새들이 따르고 있었다.

위 시에서의 마음의 풍경은 제9행의 '조용한 마음'에 의해서 형성된다. 다시 말하면 조용한 마음을 가지게 되기까지의 과정에 의해서 형성되는 것이다. 그리고 이러한 조용한 마음은 긴장이 이완된 상태, 곧 어떤 형식으로든지 해결된 상태에서 이루어진다. "황동규는 방법론적 긴장의 시인이다. 긴장된 자기를 확인하기 위해 긴장하지 않은 자기를 회의하고 비판하고, 긴장하지 않는 자기를 버리기 위해서 긴장된 자기를 일깨운다. 긴장은 그의 시작(詩作)의 원리이다."라는 김현의 말과 같이 스스로를 긴장시키고 긴장된 자신을 이완시키는 「기항지 1」에서 우리는 그의 긴장의 원리가 시인 자신의 마음의 풍경에 있음을 찾아 볼 수 있다.

스스로 긴장하기 위한 행위의 준비과정은 "걸어서 항구에 도착했다"와 "배 있는 데로 내려간다"라는 두 행위 사이에서 일어나는 지전을 주머니에 구겨 넣는 행위와 담배를 끄는 행위에 관계된다. 그리고 이러한 준비과정에서의 긴장은 순간적으로 이루어지는 것이 아니라 천천히 이루어진다. '걸어서,' '길게,' '긴' 같은 수식어는 점진적인 긴장을 암시한다. 목적지라고 볼 수 있는 항구에 걸어서 도착하는 행위, 순간적으로 부는 것이 아니라 느리게 부는 바람, 오랜 시간의 지속을 예고하는 눈 내림 등은 시적 자아로 하여금 긴장하게 하는 요인이 된다. 긴장할 수밖에 없는 이러한 주변적인 상황에서 그는 떠날 것을 결심하고 그것을 실천하게 된다. 지전을 주머니에 구겨 넣는 행위와 '반쯤 탄' 담배를 꺼 버리는 행위는 그가 하나의 결단을 내릴 수밖에 없는 상황을 제시한다.

조용한 마음을 가지게 된 시적 자아로 하여금 떠나게끔 하는 시적 장면은 "길게 부는 한지(寒紙)의 바람"부터 "낮게 낮게 비치는 불빛"까지이다. 항구의 풍경에 해당하는 이 부분의 분위기는 사뭇 정적으로 휩싸여 있다. 바람은 잔잔하게 길게 불고 눈은 조용하게 내릴 것 같고 아울러 불빛마저도 낮게 드리워져 있다. 말하자면 길게 부는 바람, 긴 눈, 낮은 불빛은 항구의 분위기를 수직적이고 동적이고 확산적이라기보다는 수평적이고 정적이고 수용적으로 형성한다. 항구의 풍경이 자아내는 이러한 정적주의는 모든 것을 얼어붙게 하는 한지의 바람, 위에서 아래로 내려 퍼부을 것 같은 눈 그리고 그러한 정경 속에서 낮게 깔리는 항구의 불빛에 의해서 전반부의 풍경을 하나의 정물화처럼 고정시켜 버린다.

이 시의 후반부는 "정박 중의 바다의 용골들이"에서부터 "하늘의 새들이 따르고 있었다."까지이다. 이 후반부에서는 시적 자아의 행위가 나타나지 않는 대신 시적 배경의 움직임이 나타나 있다. 그러한 움직임은 용골의 들여다보기, 눈송이의 떠다니기, 새들의 '눈송이' 따르기로 나뉘어 진다. 여기서 말하는 용골은 '선박의 바닥부분의 중심선'을 의미한다. 시적 자아가 배 있는 데로 내려가는 행위는 항구 안을 들여다보는 용골의 행위와 맞부딪치게 된다.

시적 자아의 떠나겠다는 결심에 단호하게 맞서는 용골은 그러한 행위를 절대적으로 거부하듯이 또는 비웃기라도 하듯이 "모두 고개를 들고" 항구 안을 들여다본다. 여기서 중요한 어휘는 '모두'이다. 그것은 동시적인 행위에 관계되기도 하고 다수의 행위에 관계되기도 한다. 동시적인 행위는 일제히 한꺼번에 발생하는 행위를 뜻하며 다수의 행위는 개인적인 시적 자아의 단순하지만 단호한 행위, 곧 떠나겠다는 결심에 대응되는 행위이다. 개인적인 행위이든 다수의 행위이든 그러한 행위는 둘 다 조용한 상태에서 이루어진다. 여기서 '조용한 상태'라고 말할 수 있는 까닭은 시적 자아의 마음이 '조용한 마음으로' 정리되어 있기 때문이고 용골들도 '정박 중의 어두운' 상태에 있기 때문이다. 그러나 이 두 행위는 표면적으로는 조용한 상태에 있지만 이면적으로는 격렬하고 첨예하게 대립되어 있다.

정박 중인 용골들의 완강한 저항에 직면한 시적 자아는 이러한 저항을 극복하기 위해서 멀리 바라보기 시작한다. 그의 멀리 보는 행위는 내리기 시작한 하늘의 눈송이와 이러한 눈송이 사이를 넘나드는 새들의 뒤따르기에서 찾아 볼 수 있다. 따라서 시적 자아의 멀리 바라보기는 수평적이면서도 수직적인 바라보기에 해당한다. 수평적이라는 말은 용골들의 거부에 대한 극복에 관계되고 수직적이라는 말은 하늘의 눈송이와 새들의 뒤따르기에 관계된다. "어두운 하늘에는 수삼개의 눈송이"는 "긴 눈 내릴 듯"에서 이미 예상된 결과이며 그것은 또 시간의 경과를 암시하기도 한다.

그러나 여기서 중요한 점은 시간의 경과가 아니라 하늘의 눈송이가 지상으로 내려앉지 않고 떠다닌다는 점이다. 정지된 상태가 아니라 떠다닌다고 추론할 수 있는 것은 뒤이어지는 마지막 행 "새들이 따르고 있었다."에서 그렇게 파악할 수 있기 때문이다. 마지막 행에 등장하는 새들도 지상에 내려앉는 것이 아니라 하늘을 날면서 떠다니는 눈송이를 뒤따르고 있다. 새들의 이러한 뒤따르는 행위에 의해서 시적 자아의 바라보기는 정적인 바라보기에서 동적인 바라보기로 전환된다. 따라서 눈송이를 바라보는 정적이고 수직적인 행위는 새들을 바라봄으로 인해서 동적이고 수평적인 행위로 바뀌게 된다. 그리고 바라본다는 이 두 가지 행위에 의해서 시적 자아는 용골의 절대적인 거부를 극복·지양하게 된다. 그것은 '새'의 일반적인 이미지가 상승작용에 관계되기 때문이다.

　황동규 시와 오든 시의 관계는 분명한 이미지, 절제된 감정의 표현, 투명한 명증성과 관련지어 찾아 볼 수 있다. 그러나 그것이 반드시 직접적인 것은 아니다. 김우창의 지적과 같이 다른 시대의 다른 기질을 지닌 이 두 시인의 영향과 수용은 다분히 간접적인 것이기 때문이다. 릴케적인 수법이 엿보이는 오든의 소네트 형식과 황동규 시 「기항지 1」의 관계는 우선 그 형식에서의 유사성을 갖는다. 소네트가 14행으로 형성되어 있듯이 「기항지 1」도 14행으로 이루어져 있기 때문이다. 다음은 대상에 대한 주관주의적인 설명이 아닌 객관주의적인 묘사를 들 수 있다. 아울러 이러한 객관주의에서 한걸음 더 나아간 찰스 올슨의 객체주의에 대해서 황동규는 「투사시의 영토 : 찰스 오울슨론」에서 이렇게 언급했다.

　　여기 한 그루 나무가 서 있다 하자. 주관주의자는 자기의 감정상태가 요구하는 대로 그 나무를 볼 것이다. 객관주의자는 가능한 한 감정의 개입을 막고 정확히 나무를 보려고 할 것이다. 그러나 객체주의자의 입장에서 본다면 앞의 두 자세 모두 너무도 인간중심적인 관점에서 나무를 보고 있는 셈이다. 객체주의자는 하나의 사물이 다른 하나의 사물에 접근하듯이 나무를 본다.

　외국 시와 시론이 해방50년 간 어떻게 수용되어 왔는가를 짚어 보는 작업은 간단하지만은 않은 작업이다. 앞에서 살펴 본 바와 같이 몇 가지 가능성 외에도 성춘복 시에 끼친 에드윈 뮈어 시와 알레고리적인 기법, 오규원의 초기시 형성에 끼친 라포르그나 말라르메의 영향 및 그의 날(生) 이미지와 로만 야콥슨의 환유의 축의 관계, 황지우, 박남철, 유하로 이어지는 포스트모더니즘 시와 시론, 환경보호주의 혹은 녹색운동을 바탕으로 하는 정현종의 최근의 시 등을 들 수 있다.

제5장

모더니즘 이론의 영향과 수용
50년대와 60년대 모더니즘 운동을
중심으로

5.1 모더니즘의 사상적 배경과 문학적 특징

"견고한 모든 것은 대기 속에 녹아 버린다."라고 마르크스가 자신의 『공산당 선언』에서 강조했던 이 말을 마셜 버만은 자신의 『현대성의 경험』(1981)에서 활용하고 있으며, 그 이후로 바로 이 말은 모더니즘을 언급하는 데 있어서 가장 중요한 명제로 대두하게 되었다. 이 세상에 불변적인 것은 없다는 점, 모든 것은 변화하게 마련이며 어제는 물론 바로 '조금 전'의 일까지도 철저하게 부정하면서 부단하게 새로운 것을 추구하는 정신—그것이 바로 모더니즘 정신의 기본 축으로 작용하고 있다는 점을 버만은 자신의 책에서 반복적으로 강조하고 있다. 따라서 모더니즘은 존재하는 기존의 모든 것들을 부정하고 그러한 부정을 바탕을 하여 절망이 아닌 확신에 찬 새로운 힘의 원천, 되돌아보지 않으면서 앞으로만 전진하는 하나의 '힘의 원천'을 마련하고자 한다.

과거의 세상보다는 더 나은 미래의 세상을, 잃어버린 세상에 대한 애착과 향수보다는 도래하게 될 세상에 대한 기대와 확신, 성찰적인 기대와 확신을 바탕으로 하는 이러한 모더니즘이 문학에서 그 자리를 확보하게 된 것은 아마도 19세기 후반부터일 것이다. 문학을 비롯한 창작예술에서 논의되기 시작한 모더니즘은 그것의 범세계적인 경향과 영향만큼이나 다양하지만, 제1차 세계대전 이후에 나타나기 시작한 문학과 예술에서의 개념, 감성, 형식, 스타일에서의 일대 변혁으로 요약될 수 있다.

이러한 모더니즘의 효시로는 다윈의 진화론, 마르크스의 유물론, 프로이드의 심리학, 니체의 무신론, 프레이저의 신화론 등을 들 수 있다. 이들의 견해에 의하면, 인간은 신의 아들이 아니라 유인원(類人猿)으로부터 진화되어 왔다는 점, 개인의 역할보다는 공동체의 역할이 더 중요하며 개별적인 자국문학보다는 보편적인 의미의 세계문학이 필요하다는 점('세계문학'이라는 개념은 괴테가 처음으로 사용했으며 마르크스도 자신의 『공산당 선언』에서 세계문학의 중요성을 강조했다. '세계문학'과 '비교문학'은 혼용되는 경우가 종종 있지만, 전자는 동구권을 중심으로 사용되고 후자는 서구권을 중심으로 사용된다), 인간의 의식세계 못지않게 무의식의 세계를 이해해야 한다는 점, 절대신은 죽었으며 인간의 활동을 관장하는 '초인'의 개념을 설정해야 한다는 점, 신화의 개별성보다는 보편성이 더 중요하다는 점 등으로 요약된다.

이들이 자신의 시대까지 아무런 거부감 없이 수용되었던 상호관계, 말하자면 전지전능한 신과 나약한 인간의 관계, 포괄적인 사회와 변별적인 가족의 관계, 무한계로서의 영혼과 유한계로서의 육신의 관계, 신성한 신화와 범속한 일상생활의 관계 등에 대해서 강한 의문을 제기했던 이러한 사상사의 변화를 모더니즘에서는 의식적으로 또는 무의식적으로 수용하게 되었다. 그 결과 문학에서의 모더니즘은 기존의 가치관과 전통과 관례로부터 이탈하는 것은 물론 인간의 위상과 그 역할을 새롭게 조명하는 방법을 모색하고 문학의 형식이나 스타일 등에서 새로운 실험을 추구하고자 했다.

이상과 같은 설명을 바탕으로 하여 문학에서의 모더니즘을 정리하면 다음과 같다. 우선적으로 전위정신과 실험정신을 들 수 있다. 모더니스트들은 스스로 자신이 속한 사회에서 최첨단 의식을 가지고 있다고 자부했으며, 이러한 의식을 자신들의 문학작품에서 형상화하고자 했다.

둘째, 파괴정신과 창조정신을 들 수 있다. 모더니스트들은 전통적인 것에 대한 거부와 더불어 과거는 물론 당대의 문학적 주제나 소재로부터도 벗어나고자 했으며, 언제나 새롭게 사고할 것, 다시 말하면 신사고의 중요성을 제안했다. 그리고 그러한 '신사고'가 고정적인 '구사고'로 정착되지 않도록 하기 위해서 이들은 언제나 새롭게 그러한 사고를 갱신하고자 했다.

셋째, 개인의 소외정신과 자유정신을 들 수 있다. 모더니스트들은 현실로부터 차단된 스스로의 소외정신과 그것으로부터의 끊임없는 도피와 망명과 탈출을 강조함으로써 개인의 자유로운 자유, 즉 진정한 의미의 자유를 가치 있는 것으로 파악했다. 여기서 말하는 '자유로운 자유'(free freedom)는 인간이 본래부터 타고난 자유를 의미하며 그것은 구속으로부터의 '해방'(liberty)과 다른 의미를 지닌다. 이러한 점에서 같은 상징주의 시인이라 하더라도 보들레르나 랭보는 모더니즘 시학에서 언제나 언급되지만 베를렌은 거의 언급되지 않는다는 사실에 주목할 필요가 있다.

넷째, 반유토피아 정신과 비판정신을 들 수 있다. 모더니스트들은 현실에 안주하고자 하는 동료나 독자들에게 냉소적인 조소를 보내며 미래에 대한 화려한 비전을 제시하기보다는 그러한 세상의 잠정적인 파멸을 강조했다. 따라서 이들은 파멸과 파국으로 치닫게 될 수도 있는 불확실한 미래사회에서 생존하기 위한 하나의 방법적 장치로서 모더니즘을 강조하게 되었다.

마지막으로 기계문명에 대한 찬양과 비인간화를 들 수 있다. 모더니스트들은 인간을 기계화하고 예술을 비인간화하며 그 대상을 객관화하는 데 역점을 두었다. 그 결과 이들은 반인간주의를 선언하게 되었다고 볼 수 있다. 모더니스트들이 선언한 '반인간주의'에서는 문학비평사에서 구조주의, 후기구조주의, 기호학, 특히 데리다의 해체주의를 거치면서 그동안 강조되어 왔던 문학에서의 인간중심주의를 철저하게 배제해왔다.

5.2 모더니즘의 두 가지 양상과 한국적 전개과정

프랑크 케모드는 1920년대 이전의 모더니즘을 주의표명에 집착했던 '구모더니즘'으로, 그 이후의 모더니즘을 그러한 주의표명을 실천했던 '신모더니즘'으로 구분했다. 구모더니즘에는 구세계의 종말을 1915년이라고 선언했던 D. H. 로렌스, 인간의 본성을 바꾸게 된 것은 1910년 12월이라고 선언했던 버지니아 울프, 1912년 대영박물관 커피숍에서 "새롭게 하라."를 자신의 주의표명으로 삼아 '이미지즘'을 선언했던 에즈라 파운드 등이 포함된다. 신모더니즘에는 제임스 조이스의 『피네건의 경야』와 『율리시즈』, T. S. 엘리엇의 『황무지』, 에즈라 파운드의 『켄토스』, R. M. 릴케의 『두이노 비가(悲歌)』 등이 포함된다.

조이스는 위에 언급된 두 편의 소설에서 서술의 연속성을 무시했고 인물의 전형적인 창조방법을 거부했으며 전통적인 구문이나 서술하는 언어의 일관성조차도 무시해버렸다. 자신의 시에서 T. S. 엘리엇은 전형적인 시어를 거부했고 순간적인 발화를 삽입하되 대부분의 경우 타인의 말이나 신화에서 차용하여 자신의 시에 활용했으며, 전통적인 시의 구조를 무시했고 각각의 연과 행을 일정한 형식 없이 배치했다.

파운드는 이집트의 상형문자와 중국의 한자 및 일본의 하이쿠에 매료되었으며 시의 주제와 형식 및 언어를 다양하게 계발했다. 그의 이러한 시적 계발은 비교에 의해서 역사를 평가했고 동양의 유교사상에 바탕을 둔 개인의 도덕성을 강조했으며 정부차원에서의 인도주의에 바탕을 둔 윤리성을 강조하는 데 있었다. 특히 심오한 지식과 난해한 이론으로 가득 차 있는 그의 『켄토스』는 현학적이고 모호하기까지 하지만 바로 그러한 이유로 인해서 현대시의 발전에 많은 영향을 끼치게 되었다. W. H. 오든이 '고독의 산타크로스'라고 명명했던 릴케는 현대인의 고독과 존재 및 그 의미를 냉철하게 탐구했다. 말하자면, 신도 천사도 다다를 수 없는 우주공간 속으로 내던져진 고독한 인간의 내면세계를 노래함으로써, 그는 가시적인 모든 것들을 언어에 의해서 비가시적인 것으로 전환시키고자 했다.

서구에서의 이와 같은 모더니즘의 발전과정을 근간으로 하여 전개된 한국에서의 모더니즘은 크게 두 가지로 대별된다. 하나는 1930년대에 전개되었던 '주지주의 운동'이고 다른 하나는 1940년대 말부터 전개되었던 '신시론' 동인과 '후반기' 동인으로 그러한 흐름은 60년대, 70년대, 80년대, 90년대를 거쳐 오늘에 이르고 있다. 1930년대 모더니즘 운동에서 시의 경우로는 김기림, 정지용, 김광균, 장서언, 이상 등을 들 수 있다. 이들은 감정의 발로보다는 지성의 절제를, 현실의 소극적인 초월보다는 현실에 대한 적극적인 비판을, 시의 이미지의 음악성보다는 회화성을 더 강조했다. 그 결과 이들은 앞에서 간략하게 살펴 본 모더니즘 문학의 특징 중에서 기계문명을 찬양했고 시적 대상을 지성적으로 객관화 시키는 데 전념했다.

이 시기의 모더니즘 시의 전형으로는 김기림의 「태양의 풍속」, 정지용의 「유리창 1」, 김광균의 「추일서정」, 장서언의 「고화병(古花瓶)」, 이상의 「오감도」 등을 들 수 있다. 그리고 이들이 자신들의 이러한 시에서 추구하는 바는 "문화의 신념과 가치를 상실해 가는 현대인의 목쉰 호흡을 드러내고자 했다."라는 김광균의 언급에서 찾아볼 수 있다. 그러나 이들의 모더니즘 운동은 식민지치하의 군국주의 말기와 해방공간이라는 특수한 상황 등으로 인해서 더 이상 심도 있게 발전할 수 있는 계기를 마련하지 못했다.

'해방공간'—이 시기에는 해방의 영광과 더불어 정치, 경제, 사회, 문화 등 전반에 걸쳐 새로운 것에 대한 동경과 변화 및 창조에 대한 강한 욕구가 소용돌이치고 있었지만, 이 시기의 시단은 30년대의 모더니즘을 이어받기에는 역부족이었다. 우선은 이데올로기의 첨예한 대립으로 인해서 좌익계에서는 문학이라는 이름으로 정치성이 강한 시에 몰두했고, 우익계에서는 서정성과 순수성에 전념한 나머지 현실을 올바로 인식하지 못했다. 말하자면, 제2차 세계대전의 종말과 더불어 새롭게 시작된 모더니즘에 대한 새로운 인식과 현대적인 도시문명의 의미를 구현하는 데 있어서 세계적인 흐름을 흡수하지 못했다는 점을 지적할 수 있다. 그 이유로는 자신들이 추구하는 이데올로기에 대한 시인들의 편중된 시각과 관심, 세계문화계에 대한 우리 사회의 갑작스러운 단절과 정치적 혼란 등을 들 수 있다.

이러한 무관심과 단절과 혼란 속에서 모더니즘의 새로운 부활을 외치고 나선 동인지가 바로 《신시론》(1948)이다. 김경린을 중심으로 하여 양병식, 김수영, 임호권, 김병욱 등이 참여했던 이 동인지는 뒤이어지는 '후반기' 동인의 모태가 되었으며 여기에는 조향, 이한직, 이봉래, 김차영, 김규동 등이 추가로 참여하게 되었다. 《신시론》이 해방공간이라는 문화적 공백기의 외중에서 30년대 모더니즘에 대한 성찰과 문학의 세계적인 흐름을 과감하게 수용할 것을 강조했다면, '후반기' 동인은 당시 한국 시단의 주류를 형성하고 있던 '청록파'와 서정주 등의 고고한 서정성에 대해서 강력한 저항을 시도했다고 볼 수 있다. 이러한 점은 일반적으로 『새로운 도시와 시민들의 합창』으로 알려져 있는 이들의

『신시론 시집』(1949) '서문'에도 분명하게 반영되어 있으며, 그 전문을 오늘의 맞춤법에 맞게 고쳐 인용하면 다음과 같다.

> 저속한 '리얼리즘'에 대항하기 위하여 출발한 현대시는 또한 우연하게도 놀라운 속도를 가지고 온 지구에 전파되었다. 그것은 하나의 병리학적인 생리를 내포했음에도 불구하고 마치 신세대의 빛깔처럼 현대인의 지성에 자극을 주는 바가 되어 어두운 나의 세계에도 침투하여 왔던 것이다. 여기에 매혹을 느낀 것은 비단 소년인 나뿐만이 아니었다. 우리의 많은 선배들도 자기 스스로가 '모더니스트'임을 자처했고 또한 '아방가르드'임을 자랑했으나, 그들은 너무나 강한 현실의 저항선을 넘어 신영토를 개척하지 못했기에 시의 국제적인 발전의 '코스'와는 정반대의 방향에 기울어져 가고 말았던 것이다. 그러나 물리적, 화학적 그리고 정신적 등의 세계가 끊임없이 확대되어 가듯이, 시의 세계도 하나의 역사적인 '코스'를 향하여 발전하여 가고 있는 것이 엄연한 사실이다. 비록 지난날의 과오를 버리고 실재주의적(實在主義的)인 경향으로 나아가고 있다 하여 이를 가리켜 '시의 귀향'이라고 부르며 안심하기에는 너무나 많은 미해결의 문제가 산재하여 있지 않은가? 시는 결국에 있어서 전진하는 사고인 것이다.

그리고 이들의 이러한 의지와 의욕은 한국전쟁으로 인해서 무참하게 무산되어 버렸지만, '9·28 수복' 이후 김경린이 주도했던 'DIAL' 그룹으로 이어진다. 이 그룹에는 김경린, 김차영, 박태진, 김원태, 이활, 이철범, 이영일, 김호 등이 포함되었으며《현대의 온도》(1957)와《신시학》(1959)을 발간했다.

40년대와 50년대 모더니즘 시운동의 이러한 흐름과는 그 계열을 달리하는 모더니즘 시운동은 송욱, 김춘수, 전봉건, 신동문 등을 선두로 하여 박남수, 김종삼, 김광림, 성찬경, 민재식 등으로 이어졌다. 이들은 김경린 등이 이끌었던 모더니즘 운동과는 다르게 동인지나 그룹을 형성하거나 자신들의 주의표명을 전개할 수 있는 시전문지를 가지고 있지는 않았지만, 주지주의를 바탕으로 하는 모더니즘 시운동의 수용과 전개라는 공통점을 가지고 있었다. 말하자면, 각자의 고유한 지성과 개성을 바탕으로 하여 송욱은 T. S. 엘리엇으로부터, 성찬경은 딜런 토마스로부터, 김춘수는 릴케로부터 영향을 받아 그것을 한국적 모더니즘의 토양 위에 배양했다고 볼 수 있다.

여기서 '한국적'이라고 강조하는 까닭은 모더니즘 시운동이 정치적 변화와 무관하지 않기 때문이다. 다시 말하면, 해방과 한국전쟁으로 이어지는 정치적 혼란을 경험했던 이 시기의 시인들은 비순수와 존재의 문제에 전념하게 되었던 것이다. 그리고 이러한 문제는 60년대 초반의 4·19와 5·16을 거치면서 사회의식을 강조했던 참여적인 측면과 내면의식을 강조했던 미학적인 측면으로 양분되었다. 참여적인 측면에서는 자유화와 민주화라는 기치를 내걸고 독재와 탄압의 문제를 제기했으며, 미학적인 측면에서는 이러한 시기에 있어서의 인간적인 존재의 진정한 의미란 무엇인가에 대해서 강한 의문을 제기했다, 그리고 차가운 지성과 뜨거운 감성으로 이 시기를 체험했던 60년대 시인들 대다수는 이러한 문제를 자신들의 동인지 《현대시》(1965~1972)에서 천착하려고 노력했다.

5.3 새로운 시론 : 《신시론》에서 《신시학》까지

해방 이후의 모더니즘 시는 동인지 《신시론》을 중심으로 전개되었으며 여기에 참여한 동인들의 합동시집 『새로운 도시와 시민들의 합창』(1949)은 그 결산에 해당한다. 여기서 주목할 점은 '도시'와 '시민'과 '합창'이다. '도시'는 현대문명을 집약하고 있는 곳이며 꿈과 이상을 실현할 수 있는 공간에 해당한다. 그것은 괴테의 『파우스트』에서 파우스트와 사랑에 빠진 시골 소녀 그레에트헨을 파멸로 이끌기도 했고 그녀의 오빠 발렌타인을 비롯한 시골 청년들이 자신들의 허상을 좇아 조상

대대로 살아왔던 시골을 떠나버리게 되는 계기를 마련하기도 했던 공간이라고 볼 수 있다.

이러한 공간에서의 '시민'은 도시문화 혹은 도시문명을 향유하고 있는 계층을 의미한다. 동일한 대상이라 하더라도 '백성'이나 '민중'이라고 했을 때 그 의미는 다분히 리얼리즘적인 색채를 강조하게 되지만, '시민'이라고 했을 때 그 의미는 다분히 모더니즘적인 색채를 강조하게 된다. 따라서 김경린이 언급했던 바와 같이 이러한 도시와 시민은 과학화되고 입체화되었으며 이를 시로 형상화하기 위해서는 시어 또한 과학화되고 입체화되어야 했던 것이다. 아울러 이 모든 것은 개별적으로 노래하는 것이 아니라 다같이 노래해야만 한다는 당위성을 강조하는 부분이 바로 '합창'이다. 이 '합창'에 의해서 동인으로 참여했던 시인들은 새로운 모더니즘 시운동을 좀더 적극적으로 추진하고 발전시켜야 한다는 점을 강조하기도 했고 그러한 운동에 의해서 한국 현대시의 위상을 분명하게 정립시키고자 했다. 《신시론》 제1집에 수록된 자신의 「현대시의 구상성」(1948. 4)에서 김경린은 다음과 같이 강조했다.

> 현대 시인들은 언어의 시각적, 취각적, 음향적, 색채적인 면에 이르기까지 예민하지 않을 수 없었던 것이다. 언어와 언어와의 새로운 결합에서 발생하는 이미지의 수정막적 효과는 현대시가 쌓아올린 화려한 피라밋이 아닐 수 없다.····우리들의 새로운 시적 사고를 표현하기 위하여, 하나의 현실을 과학적인 면에서 정확한 속도로 채택되어야 하며, 그 현실은 현실과의 새로운 결합에서 신선한 회화적인 이매지네이션으로서 구상화되어야 한다.

김경린이 신시론에 대한 자신의 주장에서 언어와 언어의 결합에 의한 이미지의 수정막적인 효과를 표현할 것과 과학적인 면밀한 계산을 바탕으로 하는 새로운 시적 사고에 의해서 이미지의 세계를 구상화할 것을 강조했다면, 《주간 국제》(1952. 6. 10)에 수록된 '후반기' 동인의 정신은 다음과 같다.

> '후반기'는 현대시를 중심으로 한 새로운 문명과 문학적 세계관
> 을 수립하기 위하여 모인 젊음의 그룹이다. 따라서 여하한 기성관념
> 에 대하여서도 존경을 지불할 수 없는 동시에 오랜 동안 현대시의
> 영역에 있어서 문제가 되어 왔던 표현상의 제 문제에도 개혁을 요
> 구하고 있다. 문학이 현실에 기반을 두어야 하는 엄연한 사실은 적
> 어도 현대를 의식하고 있는 우리들 젊은 세대로 하여금 오늘의 부
> 조리한 사회에 대하여 무관심할 수가 없게끔 되었으며…현대의 불
> 안에 대한 인간의 존립으로서의 의의를 등한시할 수도 없게끔 했다.

해방의 감격과 한국전쟁의 대혼란 및 9·28 수복으로 이어지는 이
시기의 시정신은 언어의 실험, 이미지의 구상화, 사회적 부조리의 고발,
현실에 대한 불안감 등으로 요약될 수 있다. 이러한 점을 시에서 찾아
보면 다음과 같다. 전위적인 실험과 문명비판을 중심으로 하여 '반시
론'을 제창했던 김수영의 「아메리카·타임지」, 시민정신에서 벗어나는
언어작용의 어리석음을 깨닫고 풍토와 개성과 사고의 자유를 찾아 시
의 원시림으로 나아가고자 했던 박인환의 「지하실」, 일본 모더니즘 운
동단체였던 'VOU' 그룹에 참여한 바 있는 김경린의 「태양이 직각으로
떨어지는 서울」, 현대의 암흑을 형이상학적인 언어로 표현한 조향의
「바다의 층계」, 기하학적 조형성에 의해서 추상의 세계를 구체화시키고
자 했던 김차영의 「그 영겁의 하늘」, 김기림의 영향을 받았으며 초현실
주의 기법으로 나아간 김규동의 「나비와 광장」 등을 들 수 있다.
이들 시인들과 서구 시인들의 관계를 살펴보면 다음과 같다. 「살아
있다면」에서 "현재의 시간과 과거의 시간은 모두 미래의 시간에 존재
하고 미래의 시간은 과거에 포함된다."라는 T. S. 엘리엇 시 「사중주」의
첫 구절을 인용한 박인환, 워싱턴에 있는 '성·엘리자베스 병원'에 입
원 중이었던 에즈라 파운드를 1955년에 만났던 김경린, 절대와 본질에

통하는 유일한 탈출구로서의 이미지를 강조하는 앙드레 브르통의 초현실주의에 몰입했던 조향, 스펜더 계열의 모더니즘 시가 가지는 진취감과 속도감에 매료되었던 김규동 등을 들 수 있다. 특히 김규동은 스펜더 외에도 W. H. 오든 계열의 모더니즘은 물론 브르통과 아라공의 초현실주의에도 심취했었다.

이들 모더니즘 시운동의 대체적인 흐름은 이미지의 시각화를 우선시했던 계열과 초현실주의 경향을 보였던 계열로 대별된다. 전자는 30년대의 김기림이나 김광균 시를, 후자는 이상 시를 하나의 전례로 하지만 그것이 어떤 분명한 경계선에 의해서 구별되는 것은 아니다. 아울러 이들의 새로운 시론의 제창과 모색에도 불구하고, 이 시기의 시는 김수영과 같은 예외적인 경우를 제외하고는 도시적 감상주의에 대한 몰입, 정치적 비판의식의 결여, 외래어 혹은 외국어의 남발이라는 도식성을 특징으로 했다.

5.4 언어의 실험과 독자적 시론

이상과 같은 동인 중심의 활동과는 그 계열을 달리하는 50년대 후반기에서 60년대로 이어지는 모더니즘 시운동은 독자적인 시론의 전개와 실천을 그 특징으로 한다. 이러한 시운동은 그것이 어떤 동인지 형태나 그룹의 경향을 띠지 않으면서 시인 각자가 독자적인 언어관과 시론을 바탕으로 하여 이를 자신들의 시에서 실천했음을 의미한다. 여기에서 말하는 '독자적 시론'에는 김춘수의 존재론적 관념론과 무의미 시, 김수영의 정치적 반시론, 송욱의 산문적 비순수론, 전봉건의 현실적 초현실주의론, 박남수의 회화적 이미지론 등이 포함된다.

'후반기' 동인의 활동을 요약·정리한 박태진이 "과거 현대문명의 양상을 야유하는 파운드의 시를 접독했다, 오든의 성명적인 시와 새타이

어리즘을 알게 되었다."라고 언급했을 때, 이에 대해서 김춘수는 자신의 글 「'후반기' 동인회의 의의」에서 "이들의 시에서는 그 어떤 점도 발견할 수 없다."라고 결론지었다. 김춘수가 말하는 '이들의 시'에는 박인환 시 「센치멘탈·짜―니」, 김규동 시 「2호의 시」, 김경린 시 「태양이 직각으로 떨어지는 서울」 등이 포함된다. 이어서 김춘수는 '후반기' 동인은 선언적인 역할만을 했고 30년대 모더니즘 수준을 능가하지 못했으며 따라서 자신들의 의도와는 달리 전통적인 상태에 머물렀다고 비판했다. 그러면서도 김춘수는 자신의 글 「시인이 된다는 것」에서 '후반기' 동인에게서 어떤 신선한 자극을 받았고 또 가입권유를 받았지만, 자기 나름대로의 길을 모색하기 위해서 이를 거절했다는 사실을 밝히기도 했다. 김춘수가 말하는 '자기 나름대로의 길'은 바로 앞에서 언급한 바와 같이 릴케류의 관념론과 무의미시론에 관계된다. 이러한 관계는 그의 시 「꽃을 위한 서시」에 대한 평계 이정호의 언급에서 찾아 볼 수 있으며 이 시의 전문은 다음과 같다.

> 나는 시방 위험한 짐승이다.
> 나의 손이 닿으면 너는
> 미지의 까마득한 어둠이 된다.
>
> 존재의 흔들리는 가지 끝에서
> 너는 이름도 없이 피었다 진다.
> 눈시울에 젖어드는 이 무명의 어둠에
> 추억의 한 접시 불을 밝히고
> 나는 한밤내 운다.
>
> 나의 울음은 차츰 아닌 밤 돌개바람이 되어
> 탑을 흔들다가
> 돌에까지 스미면 금이 될 것이다.
> …얼굴을 가리운 나의 신부여.

위에 인용된 자신의 이 시에 대한 평계 이정호의 언급을 김춘수는 「시인이 된다는 것」에서 이렇게 언급했다. "이 시를 탈고했을 때 마침 마산에 들른 평계 이정호에게 보였더니 무릎을 탁 쳐주었다. 비로소 자네의 시가 나왔다는 치하의 말을 해주었다. 그러나 끝의 한 행은 너무도 릴케의 수사를 닮고 있어 불안하다는 첨언을 잊지 않았다. 시인이 되는 것이 참으로 어렵기도 하구나, 하는 것이 그 때의 내 감회였다."이정호의 언급처럼 위의 인용시에서 중요한 부분은 물론 "…얼굴을 가리운 나의 신부여."이다. 여기서 이데아 혹은 관념으로서의 '신부'의 이미지는 '금'에 의해서 구체화되지만, '비재(非在)'로서의 '신부'는 "끝내 시가 될 수 없는 심연으로 까지" 시인 자신을 몰고 가게 된다. 따라서 바로 그 '심연'의 앞에서 말은 의미의 옷이 벗겨질 수밖에 없다는 점을 파악한 시인 자신은 "어떤 관념은 시의 형상을 통해서만 표시될 수 있는 것"과 "어떤 관념은 말의 피안이 있다는 것"을 알게 된다. 일종의 관념 공포증에 사로잡힌 그는 "말의 피안에 있는 것을 나는 알고 싶었다."라고 고백한다. 시니피에가 아닌 시니피앙의 한계를 타파하고자 하는 김춘수의 추구는 궁극적으로 '무의미 시'를 지향하게 된다.

> 쓸모없게 된 말을 부수어 보면 의미는 분말이 되어 흩어지고, 말은 아무것도 없어진 거기서 제 무능을 운다. 그것은 있는 것(존재)의 덧없음의 소리요, 그것이 또한 내가 발견한 말의 새로운 모습이다. 말은 의미를 넘어서려고 할 때 스스로 부숴진다. 그러나 부숴져 보지 못한 말은 어떤 한계 안에 가둬진 말이다. 모험의 그 설레임을 모른다.

그런 다음 김춘수는 《중앙일보》(1996. 3. 23)에 수록된 「나의 문학 실험」에서 '관념시'와 결별하고 '무의미 시'로 나아가게 되는 과정을 다음과 같이 설명하고 있다.

60년대로 접어들자…시는 관념으로 굳어지기 전의 어떤 상태가 아닐까 하는 시에 대한 새로운 인식을 하게 되었다. 관념을 의미의 세계라고 한다면 시는 의미로 응고되기 전의 존재 그 자체의 세계가 아닐까 하는 인식에 이르게 되었다. 나는 시에서 관념을 빼는 연습을 하게 되었는데…시에서 관념, 즉 사상이나 철학을 빼자니 문체가 설명체가 아니고 묘사체가 된다. 있는 그대로의 사실(존재의 모습)을 그린다. 흡사 물질시의 그것처럼 된다. 묘사라는 것은 결국 이미지만 드러나게 하는 방법이다. 그리고 이때의 이미지는 서술적이다. 나는 이미지를 비유적인 것과 서술적인 것으로 구별하게 되었다. 서술적 이미지는 이미지 그 자체를 위한 이미지다. 말하자면 이미지가 무엇을 비유하지 않는 이미지다. 무엇을 비유한다고 할 적의 무엇은 사상이나 철학, 즉 관념이 된다. 그러나 서술적 이미지는 그 배후에 관념이 없기 때문에 존재의 모습(사실)이 그대로 드러난다. 즉 그 이미지는 순수하다. 이리하여 나는 이런 따위의 이미지로 된 시를 순수시라고도 하고, 무의미의 시라고도 하게 되었다. 무의미한 관념, 즉 사상이나 철학을 1차적으로는 시에서 빼버리는 것을 뜻한다. 그런데 이미지가 아무리 순수하게, 즉 서술적으로 쓰인다 해도 이미지는 늘 의미, 즉 관념의 그림자를 거느리게 된다. 이리하여 이미지도 없애야 되겠다는 극단적인 시도를 하게 된다. 이런 상태가 내 무의미 시의 둘째 번 관계라고 할 수 있다. 이미지를 없애고 리듬만이 남게 한다. 흡사 주문과 같은 상태가 빚어진다. 음악을 듣듯 리듬이 빚는 어떤 분위기에 잠기면 된다.

김춘수의 존재론, 김수영의 반시론, 송욱의 비순수론, 민재식의 극시론 등에 나타나는 시적 주체와 언어의 실험을 바탕으로 하는 60년대의 한국 현대시는 시의 영역에 대한 모험적인 확장, 정치현실에 대한 솔직한 비판과 참여, 언어에 대한 지성적인 성찰과 내면의식의 표출 등으로 나뉜다.

이 시기에 많은 논쟁을 야기한 시집은 아마도 송욱의 『하여지향(何如之鄕)』(1961)일 것이다. 때로는 지나칠 정도로 느껴지는 과다한 비판 정신과 풍자정신, 불균형한 시적 내용과 구조에도 불구하고 송욱 시가

이 시기에 확고부동한 위치를 차지하고 있는 까닭은 그의 날카로운 지성과 남다른 언어관에서 비롯된다. 모국어에 대한 그의 신념은 거의 신앙과도 같은 것이어서 그는 다음과 같이 선언했다. "한국어는 나의 또 하나 다른 육체이다. 나의 모국어는 나의 법신(法身)이다. 한국어는 나의 조국이다." 그에게 있어서 한국어는 그 자신의 말과 같이 자신을 지배하는 법칙이자 몸뚱이였다. 언어에 대한 그의 이러한 집념의 밑바탕에는 T. S. 엘리엇이 자리 잡고 있다. 엘리엇의 시세계를 비순수의 세계라고 정의했던 송욱은 그를 가리켜 언어의 순수성에 의해서 비순수의 주제를 정확하게 다루고 있다고 평가했다. 즉, 엘리엇은 아름다운 언어에 의해서가 아니라 정확하게 사용된 언어에 의해서 아름다움을 느낀다는 점을 강조했고, 송욱 역시 그 자신의 시에서 이러한 점을 실천했다고 볼 수 있다. T. S. 엘리엇과 송욱의 이러한 관계를 유종호는 자신의 『비순수의 선언』(1962)에서 다음과 같이 파악했다.

> 『하여지향』을 얘기하다 보면 결국 송욱론이 됩니다. 그 연작시만 따로 떼어서 얘기할 수는 없으니까요. 『하여지향』을 중심으로 한 송욱론—그런 방향으로 얘기해 봅시다. 오늘날 한국의 시를 얘기하는 데 가장 풍부한 화제를 제공해 주고 있는 분이 바로 송욱 씨입니다. 그 분의 시는 그대로 한국 현대시를 비평하고 있는 '비평적 시'이기도 합니다. 말하자면 한국 현대시의 고민이 상징되어 있어요.…한마디로 말하면 '산문적'인 것의 대담한 도입입니다. 그 분이 사사하고 가장 많은 영향을 받은 시인은 엘리엇입니다. 좀더 정확하게 말씀드리면, 『황무지』시대의 엘리엇이지요. 『하여지향』이란 시제도 '송욱나이즈' 된 Waste Land의 국어역이라 해도 과언이 아니예요.

이 시기에 발표된 정현종, 황동규, 이승훈 등의 시에서는 위의 특징 중에서 특히 세 번째 특징에 해당하는 '언어에 대한 관심'이 가장 많이 눈에 띈다. 이들의 공통점은 사물을 언어화하고 언어화된 사물을 인간화시키는 데 있었다. 「사물의 꿈」1, 2에서 시도했던 정현종의 이러한 작업은 그 자신의 「말의 형량」으로 이어지면서 다음과 같이 선언하게 되었다. "말을 사랑할 줄 모르는 자, 말의 사랑을 모르는 자의 무신적 폭력, 가엾음, 분노, 가엾음의 분노, 분노의 가엾음…, 말이 머리 둘 곳 없으매 시대가 머리 둘 곳 없다." 동일어나 유사어의 반복에 의해서 사물의 본질에 접근하고자 하는 시도는 황동규의 경우도 예외는 아니다. 주지적인 경향을 강하게 띠는 그의 초기시는 영미계열의 시로부터 전수된 지성적인 측면을 한국적인 정서에 접맥시키고 있다고 볼 수 있다. 그러한 예로는 「즐거운 편지」나 「삼남에 내리는 눈」 등에서 찾아볼 수 있을 것이다.

이들과는 달리 이승훈의 시에서는 언어 자체와 그것의 호흡을 바탕으로 하는 시적 리듬의 강박성을 엿볼 수 있다. 이승훈은 사물의 생명력과 그것에서 비롯되는 리듬과 박자, 점점 빨라지는 리듬과 박자, 가빠지는 호흡으로까지 언어를 몰고 가며, 그의 시의 출발점이라고 할 수 있는 그의 시 「사물 A」의 전문은 다음과 같다.

> 사나이의 팔이 달아나고 한 마리 흰 닭이 구 구 구 잃어버린 목을 좇아 달린다. 오 나를 부르는 깊은 명령의 겨울 지하실에선 더욱 진지하기 위하여 등불을 켜 놓고 우린 생각의 따스한 닭들을 키운다. 닭들을 키운다. 새벽마다 쓰라리게 정신의 땅을 판다. 그리고 그것은 하아얀 액체로 변하더니 이윽고 목이 없는 한 마리 흰 닭이 되어 저렇게 많은 아침 햇빛 속에 뒤우뚱 거리며 뛰기 시작한다.

시적 자아의 '내면성'을 강조하고 있는 이승훈의 초기시를 대표하는 위의 시에서 우리가 주목할 부분은 '정신의 땅'이며 그것은 궁극적으로 진리를 모색하고 있는 시적 자아의 사유행위에 관계된다. 따라서 이승훈의 시세계와 시의 이론은 1930년대의 이상과 1950년대의 김춘수에 밀접하게 접맥되며, 전통의 거부와 새로운 것을 모색한다는 점에서 보들레르와 랭보, T. E. 흄과 에즈라 파운드, 월리스 스티븐슨과 로버트

로웰 등에 관계되기도 하고, 로만 야콥슨, 롤랑 바르트, 자크 라캉, 자크 데리다 등의 언어학이론과 텍스트이론에 관계되기도 한다. 비대상을 선언한 그는 시와 언어의 관계를 다음과 같이 설명하고 있다. "언어의 현실파괴, 대상파괴는 과거적 현실의 교통도 가능하게 한다. 대상의 파괴는 대상의 부재, 죽음, 비대상을 의미하며, 우리가 언어를 사용하는 바로 그 순간에 부재, 죽음, 비대상은 존재한다." 그의 '비대상의 선언'은 언어와의 싸움으로 나아가게 되고 그것은 결과적으로 그의 시론을 형성하게 된다.

이상에서 살펴본 바와 같이 60년대 모더니즘 계열의 시인들은 시를 산문화하고 거기에서 언어의 본질을 천착하고자 했다는 공통점을 가지지만, 그러한 시 정신을 오늘에 이르기까지 이어가고 있는 시인은 이승훈이라고 볼 수 있다. 왜냐하면 60년대 모더니즘 계열의 시를 추구했던 시인들 대부분이 서정성을 강조하는 쪽을 기울어졌지만 그는 부단하게 모더니즘을 추구했고 추구하고 있기 때문이다. 그의 시론에서 하나의 특징으로 자리 잡은 '비대상'을 이승훈은 《현대시학》(1975. 8)에 수록된 「발견으로서의 수법」에서 이렇게 설명하고 있다. "비대상의 시, 즉 어떠한 객체도 객체로 의식하지 않는 상태, 그러니까 완전한 내면의 응결만이 얽히다가 어느 순간 터져 나오는 시,…내면세계가 밖으로 드러나는 것, 그것이 비대상시다." 그리고 이러한 비대상시에 대해서 이승훈은 《현대시》(2002 .11)에 재수록 된 자신의 「비대상」에서 다음과 같이 설명했다.

70년대 초였다. 나는 산문에서 비대상이라는 말을 사용하기 시작했다. 첫 시집 『사물 A』(1969)를 낼 때까지 나는 비대상이라는 말이 아니라 내면성이라는 말을 쓰고 있었다. 그러나 70년대 초, 특히 연작시 「모발의 전개」, 「지옥의 올훼」 따위를 쓰면서 나는 비대상이라는 말을 사용했던 것 같다. 그것은 실존의 투사였고, 외부세계의

무화(無化)였고, 언어 자체의 도취였으며, 폴록의 경우처럼 이지러
짐의 세계, 무형의 형태를 지향했다. 결국 나는 김춘수의 방법론적
성찰이 도달했으나 포기한 비대상이라는 논리의 연장선상에 나 자
신이 서 있음을 깨달았다.

5.5 모더니즘 시의 가능성

한국에서의 모더니즘 시는 어떠한 변화를 거쳐 왔으며 어떠한 점에
관심을 기울였고 또 어떠한 위치를 가지게 되었는가? 이에 대한 설명
을 위해서는 앞에서 살펴 본 바 있는 이 시기의 시인들, 50년대와 60년
대 시인들이 추구했던 한국 모더니즘 시에서의 특징을 요약할 필요가
있다. 우선, 시적 진술의 서술성을 들 수 있다. 이 시기에 강력한 영향
력을 발휘했던 시적 진술의 서술성은 30년대의 시에서는 거의 찾아볼
수 없는 특징이기도 하다. 둘째, 독자적인 시론의 형성과 그것에 의한
작품 활동을 들 수 있다. 물론 이들의 시론의 바탕에는 릴케나 T. S. 엘
리엇이나 딜런 토머스 등이 자리 잡고 있기는 하지만, 그것을 자신들의
기호에 맞게 변형시켜 독자적인 시론을 주창했고, 그것에 의해서 개성
있는 작품세계를 창조했다고 볼 수 있다. 셋째, 언어의 실험과 모국어
의 계발을 들 수 있다. 외래어 혹은 외국어적인 표현이 모더니즘 시의
특징을 이루었던 경향에서 벗어나 모국어에 대한 애정과 계발에 의해
서 시어의 영역을 확장하게 되었다. 넷째, 이 시기의 시인들은 대부분
영미계열의 모더니즘과 직접적으로 관련되었다. 말하자면, 30년대의 시
인들이 일본을 중심으로 하는 또는 일본을 통해서 간접적으로 서구 모
더니즘에 연관된 것과는 달리 직접적인 연관에서 의해서 자기 나름대
로의 시론과 시세계를 전개할 수 있게 되었다. 다섯째, 이들의 시론과
시세계는 여전히 한국 시단의 주류를 형성하고 있다는 점을 간과할 수
없다. 그것이 어떤 형태를 취하고 있든 한국 현대시에서 모더니즘 시운

동은 여전히 지속되고 있기 때문이다. 왜냐하면, 반형식적, 우연적, 무정부적, 파괴적, 해체적, 탈중심적, 반서술적인 특징을 근간으로 하는 최근의 포스트모더니즘 시는 바로 형식적이고 계획적이며, 질서적, 창조적, 종합적, 중심적, 서술적인 특징을 지니고 있는 모더니즘 시를 바탕으로 하고 있기 때문이다. 다니엘 벨의 언급처럼 "모더니즘은 유혹자였다."하더라도, 모더니즘은 여전히 한국 현대시에서 하나의 축을 형성하고 있을 뿐만 아니라 현대시의 발전에 공헌하고 있다. 그러한 점을 우리는 30년대의 이상과 그의 시어와 실험성, 50년대의 김춘수와 '무의미 시론,' 60년대의 이승훈의 내면성 및 그것을 발전시킨 '비대상 시론' 등에서 찾아볼 수 있다.

제 6 장

포스트모더니즘 이론의 영향과 수용

6.1 모더니즘과 포스트모더니즘

　토드 기틀린은 《뉴욕타임스》 '서평'(1988. 11. 6)에 수록된 자신의 글 「포스트모더니즘의 심연」에서 "포스트모더니즘은 전문적이거나 미학 이상의 용어로서 정치적이거나 문학적인 가능성에 대한 지각의 방법이자 태도"라고 정의했다. 그의 이러한 종합적인 정의에는 현대적 지성이 있는 곳이면 어디에서든지 논의되고 있는 포스트모더니즘에 대한 영역의 확장이 포함되어 있다. 여기서 말하는 영역의 확장은 휴 J. 실버만이 『포스트모더니즘 : 철학과 예술』(1990)에서 종합적으로 규명하고자 시도했던 영역, 다시 말하면 철학을 선두로 하여 문학, 건축, 언어, 연극, 사진, 시각예술, 무용, 패션 등에서 발생하고 있는 영역의 확장을 의미한다. 실버만은 모더니즘과 포스트모더니즘을 이렇게 설명했다.

　　모더니즘화 된다는 것은 전통과의 단절, 끊임없이 반복되는 전통적인 주제와 화제와 신화에 대한 거부, 자의식적으로 새롭게 되는 것, 시대적인 유행에 부응하는 것, 자신이 소속된 문학적이고 사회적인 여건에 대한 비판, 현실을 반영하기는 하지만 있는 그대로를

객관적으로 아무런 비판 없이 반영하는 것이 아니라 경험한 그대로
를 주관적으로 반영하는 것, 즉 예술가에게 특히 유용한 초월적이
고 비판적인 의식을 가지고 반영하는 것 등이다.

그는 그러한 예로 칸딘스키와 폴록의 추상적인 예술, 몬드리안과 조
섭 앨버스의 기하학적 예술, 뭉크와 베크만의 소외되고 단절된 예술,
자코메티와 폴 클레의 공상적인 예술 등을 제시했다. 그에 의하면 이러
한 예술가들은 자신이 처한 시대가 안고 있는 사회적이고 심리적인 분
야에 대해서 권위 있는 어떤 견해를 주장하고자 할 뿐만 아니라 산업
사회의 실상을 어떻게 표현할 것인가를 본질적으로 인식하고 있다.

따라서 예술이나 문학에 관계하는 비평가나 연구자들은 이들 모더니
즘 예술가들의 장점을 격찬하고 이들의 인식 능력을 찬양하고 나아가
이들이 현대사회의 어려움에 대한 어떤 확고부동한 지침을 내려주기를
기대한다. 여기서 말하는 '확고부동한 지침'이란 기계화, 도시화, 산업
화 등에서 비롯된다. 그러한 예를 우리는 마셜 버만이 『현대성의 경험』
에서 심도 있게 논의한 바 있는 괴테의 『파우스트』에 나타나는 파우스
트의 야심에 찬 개발과 시골의 작은 공간의 철저한 파괴, 마르크스의
『공산당 선언』에 나타나는 부르주아 사회의 실상과 허상, 즉 의사, 변
호사, 교수, 목사로 대표되는 존경받는 지식인의 임금지불제, 보들레르
의 『파리의 우울』에 나타나는 현대화에 대한 비판 정신, 예를 들면 파
리 시가지 개발을 위한 나폴레옹의 권력과 오스망의 건설 의욕의 결탁
에서 야기되는 빈민들의 변함없는 가난, 18세기 초 페테르부르크의 건
설을 주도했던 표트르 1세의 신도시 건설을 위한 권력과 독재 및 서유
럽을 향한 창구로서의 도시 건설과 노동자들의 무참한 죽음, 맨해튼을
중심으로 하는 현재의 뉴욕 시가지의 건설과 계획을 관장했던 로버트
모세스의 집념과 성취 그리고 현대 도시와 자연의 조화 및 통행료의
철저한 재투자 정신 등에서 찾아 볼 수 있다.

모더니즘이 구심력을 주축으로 하는 권위와 선별성을 바탕으로 한다면, 포스트모더니즘은 원심력을 주축으로 하는 탈권위와 차별성을 바탕으로 한다. 포스트모더니즘 예술이나 문학에서는 예술가나 문학인이 어떤 대상을 우리에게 설명해 주는 것이 아니라 예술 작품 자체 혹은 문자화된 작품을 제시해 줄 뿐이다. 말하자면 하나의 텍스트와 퍼포먼스는 그것이 다른 텍스트와 퍼포먼스에 대해서 가지게 되는 '상호텍스트성'의 관계에 의해서만 그 의미와 가치를 지니게 된다. 여기서 말하는 '상호텍스트성'이란 바흐친의 '대화중심주의'를 원용하여 줄리아 크리스테바가 창안한 개념으로 포스트모더니즘 텍스트론과 비교문학 연구 방법론에서 가장 설득력 있는 방법으로 되어 있다. 이를 다시 설명하면, 포스트모더니즘 텍스트는 다른 창조물과의 차이점에 의해서만 '존재'할 수 있을 뿐이다. 여기서 말하는 '다른 창조물'에는 비평적 기술(記述) 및 문학적 장르를 포함하는 모든 미학적 장르가 포함된다. 상이한 장소, 다양한 출발점을 바탕으로 하는 포스트모더니즘에는 모더니즘이 바탕으로 하는 확고부동한 기원점이 없다. 모더니스트의 세계관은 베이컨, 갈릴레오, 데카르트 또는 뉴턴, 다윈, 니체, 프로이드, 제임스 프레이저 등에서 찾아 볼 수 있는 인간이 자연의 해석자일 수 있다는 생각이나 과학에 의해서 이 세상을 재구성할 수 있다는 아이디어를 바탕으로 한다. 이와 같은 출발점이 없는 '무기원설'을 실버만은 포스트모더니즘의 출발점으로 잡고 있다.

실버만의 이러한 견해는 "모더니즘이 엘리트 의식을 강조한다면, 포스트모더니즘은 대중의식을 강조한다."라는 테리 이글턴의 견해에 접맥된다. 포스트모더니즘에서는 문학작품/예술작품과 독자/관객 사이의 '거리'를 좁혀 상호간의 '참여'를 강조한다고 볼 수 있다. 『오르페우스의 절단』(1982)에서 모더니즘과 포스트모더니즘을 32개의 항목을 제시하여 구분한 바 있는 이합 하산에 의하면, 모더니즘은 형식, 목적, 의도성, 작품 그 자체, 거리, 총체화, 중심, 선정, 독서 가능한 텍스트, 결정성 등을 강조하고 포스트모더니즘은 탈형식, 작용, 우연성, 작품 창조의 과정, 참여, 해체화, 탈중심, 결합, 기술 가능한 텍스트, 미결정성 등을 강조한다. 여기서 주목할 요소는 '거리의 유지'와 '간격의 파괴'이다. 간격의 파괴는 '참여'를 선제로 하고, 그러한 '참여'는 사회적이고 정치적인 의미의 참여보다는 문학작품의 의미의 생산과 소비에 대한 작가와 독자의 동시적인 참여를 암시한다. 그것은 작가와 독자의 계층화가 아닌 작가이자 독자 혹은 독자이자 작가로서의 동시성을 강조한다고 볼 수 있다. 저자의 죽음과 작품의 고아의식, 주체와 객체의 경계선 소멸 등은 '간격의 파괴'에 기여한다.

6.2 포스트모더니즘과 정신주의

6.2.1 불변의 축에서 변화의 축으로

옥타비오 파스는 『진흙 속의 아이들』 제1장 '전통 그 자체에 반대되는 전통'에서 불변적인 것과 변화적인 것의 모순의 관계를 다음과 같이 언급했다.

> 가장 오래된 것이라 하더라도 그것이 순간의 전통을 거부하고 또 차이 나는 전통을 제안한다면 현대성은 그러한 것을 적용할 수도 있다. 새 것과 똑같은 모순 세력에 의해서 신성시되는 가장 오래 된 것—그것은 '과거'가 아니라 하나의 새로운 '시작'이다. 모순에 대한 우리들의 열정은 가장 오래된 것을 되살려 내고 생명을 불어넣음으로써 그것을 우리 시대의 것으로 만들어 버린다. 현대 예술과 문학은 바로 그 오래된 것과 먼 거리에 있는 것을 지속적으로 발견함으로써 형성되어 왔다.

파스의 견해에 의하면 변화는 불변의 축을 바탕으로 하고 새 것은 낡은 것을 바탕으로 하며 현대적인 것은 원시적인 것을 바탕으로 한다. 말하자면 순환의 고리처럼 절대적으로 변화하는 것, 절대적으로 새로운 것, 절대적으로 현대적인 것은 있을 수 없다는 점을 파스는 강조하고 있다. 그의 이러한 모순적이면서도 화해적인 요소를 잘 반영하고 있는 개념이 '시간의 개념'이다. 시간의 흐름은 전진과 정지라는 모순을 바탕으로 한다. 말하자면 순간순간의 정지를 바탕으로 하여 시간은 전진한다는 것이다.

시간의 전진과 정지가 모순이 아니라 화해를 모색하는 것처럼, 변화의 축과 불변의 축도 모순보다는 화해를 모색한다고 볼 수 있다. 여기서 말하는 변화의 축을 우리는 아방가르드나 포스트모더니즘의 개념으로 이해할 수도 있고, 불변의 축을 우리는 정신주의나 모더니즘의 개념으로 이해할 수도 있지만, 이러한 언급은 오해를 야기할 수도 있다. 다시 말하면 '아방가르드는 포스트모더니즘이다'라든가 '정신주의는 모더니즘이다'라는 '등식관계가 성립하느냐?'라는 질문을 야기할 수도 있다. 그러나 여기서 강조하고자 하는 것은 그러한 등식관계의 성립 가능성의 여부가 아니라 변화와 불변의 축으로서의 개념, 전진운동과 순환운동으로서의 개념, 진행과 완료로서의 개념, 차별화와 동질화로서의 개념이다. 이러한 상반되는 혹은 모순 되는 것 같은 두 가지 개념은 별도의 완결된 형식으로 존재하는 것이 아니라 언제나 다른 형식을 전제로 하여 존재한다.

시간의 전진이 시간의 정지를 바탕으로 하여 전진하듯이 포스트모더니즘도 모더니즘을 바탕으로 한다. 이러한 점에 대해서 휴 실버만은 "포스트모더니즘은 오히려 모더니스트의 근본적인 견해와 활동을 확장하고자 하며 이러한 요소를 용의주도하게 개괄하고자 한다."라고 강조했다. 여기서 강조하는 것은 포스트모더니스트의 사고는 이미 있었던 모더니스트의 사고를 다시 고려하는 재-사고라는 점이다. 다시 실버만에 의하면 그러한 재-사고는 "텍스트와 연구 활동 사이에 존재하는 차별적인 공간의 발견, 미결정성의 기여 여부 조사, 인식론적이고 형이상학적인 지식의 발전 과정에서 다양한 조직에 일관되어 있는 의미작용, 동질성 및 핵심적인 분산을 인식"하는 사고행위를 의미한다. 그렇다면 포스트모더니즘의 바탕이 되는 모더니즘화 된다는 것은 무엇을 의미하는가? 그것은 '과거와 단절하는 것'이고 '새로운 표현 방법을 모색하는 것'이다. 과거와의 단절은 전통적인 주제, 화제 및 인류 문화를 지배해 왔던 신화에 대한 거부에 관련된다. 표현 방법의 모색은 의도적인 개혁, 변신, 유행 사조에 대한 부응에 관련된다.

이와 같은 두 가지 정신의 축, 즉 단절의 정신과 모색의 정신을 기본축으로 하는 문학에서의 모더니즘은 다음과 같다. ① 새로운 사고를 중요시 한다. 그것은 철저한 파괴정신과 과감한 창조정신을 바탕으로 하며 오랜 과거는 물론 '바로 조금 전'의 과거까지도 거부한다. ② 최첨단 의식을 강조한다. 그것은 소위 말하는 전위정신과 실험정신에 관계되며 이 두 정신을 바탕으로 하여 '지금 이 순간'을 강조하기보다는 '지금보다 앞 선 순간'으로의 전진을 강조한다. ③ 자유로운 자유정신을 요구한다. 그것은 구속으로부터의 해방은 물론 원래부터 자유로운 정신으로부터의 자유까지 관계된다. 말하자면 차별화된 개인정신을 특징으로 한다. ④ 냉소적 비판정신을 지향한다. 모더니스트는 자신의 주변은 물론 자기 자신까지도 비판의 대상으로 파악하며 철저한 변신을 모색한다. 이렇게 볼 때에 모더니즘은 변화의 축을 바탕으로 하고 있다. 파스의 시간의 개념처럼 그것은 '변화'라는 축을 근간으로 하여 변화해 가는 진행의 과정에 관계된다. 이러한 의미에서 마셜 버만은 「모더니즘은 왜 아직도 문제인가?」에서 "그 자체를 포스트모던이라고 지칭하는 최근의 운동이 모더니즘의 가장 심각한 문제점과 곤란한 점을 극복하기보다는…모더니즘을 재규정하게 되었다."라고 언급했다. 그의 이와 같은 언급은 포스트모더니즘이 모더니즘을 바탕으로 하고 있다는 점을 전제로 한다. 이러한 관계에 대해서 실버만은 다음과 같이 요약했다.

포스트모더니즘은 동질성이나 통일성이 없이도 모더니즘을 확정 짓는다. 포스트모더니즘은 조각조각 분산되어 있고, 불연속적이고, 다면적이고, 확산적이다. 모더니즘이 전통과 일단 단절되고 나면 중심적이고 집중적이고 연속적인 것을 주장하는 반면, 포스트모더니즘은 궁극적으로 번창하고자 하는 모더니즘의 이상을 탈이상화하고, 규제하고, 단절시키고, 산산조각 낸다. 그러나 이러한 자체 경계 설정이 동시에 발생하는 것은 아니다. 실제로 20세기 초에 있었던 대등한 입장에서의 철학적 실천은 고유한 자체 구역을 위한 영역을 재확인하고 재구성한 후 설정한 것이었다. 형이상학의 목적과 사고의 수단을 결정짓는 것은 또한 모더니즘을 종결짓기 위한 골격이 된다.

6.2.2 수렴성에서 다양성으로

이합 하산이 자신의 『오르페우스의 절단』에서 구분한 바 있는 모더니즘과 포스트모더니즘의 32가지 차이점 중에서, 이 글의 논지에 가장 적합한 것은 아마도 수렴성과 다양성일 것이다. 그가 강조하는 수렴성은 모더니즘의 경우이며 여기에서는 남근 중심적으로 되는 것을 의미하고, 그가 강조하는 다양성은 포스트모더니즘의 경우이며 여기에서는 남녀양성주의를 의미한다. 따라서 모더니즘이 '다르게 보이기'에 관계되고 포스트모더니즘은 '대등하게 보이기'에 관계된다. 이 때의 '대등하게 보이기'가 '똑같이 보이기'에 해당하는 것은 아니다. 예를 들어 설명하면 의상 패션의 유행은 그것이 이미 유행하자마자 선도적인 패션으로서의 생명력을 상실하게 된다. 말하자면 '올 여름 색조는 흑백의 조화를 강조한다.'라고 했을 때에 유행에 민감한 모든 여성이 흑백을 기본 색조로 하는 의상을 입게 된다면 그것은 이미 선도적인 의상이 되는 것이 아니라 가장 보편화된 대중적인 의상이 되고 만다는 점이다. 따라서 의상 패션의 유행은 처음에는 '다르게 보이기'에서부터 출발하지만 곧 이어서 '똑같이 보이기'로 수렴되고 만다.

그러나 '대등하게 보이기'는 차별성을 강조하는 것이 아니라 그 자체만의 가치를 강조한다. 그것이 바로 포스트모더니즘의 기본논지이며 이러한 점을 존 오닐은 「포스트모더니즘과 (포스트)마르크스주의」에서 10가지 단계로 정리했다. ① 새로운 것은 새로운 신봉이다. 그러나 ② 역사로의 회귀는 차라리 역사로부터의 이탈이다. ③ 개방된 패션과 스타일의 역사는 우리 자신에게 반영된 모든 역사의 종말이다. ④ 또 동시에 주관성과 즐거움에 대한 기준은 억압적인 쾌락의 강제징발과도 같은 것이다. ⑤ 정치의 실체로부터 우리를 따돌리기 위해서 패션은 육신을 재기술(再記述)하고 육신의 분위기와 경향 및 관리의 용이성을 제공한다. ⑥ 기술(記述)에 대한 주관적인 기술, 즉 끊임없는 기술학(記述學)을 하기 위해서 스타일은 마음을 재기술하게 되고 권위와 서술에 의존하게 된다. ⑦ 소외와 젊음은 그 각각에 있어서나 모두에게 있어서 더 이상 충격적인 것이 되지 못한다. 왜냐하면 소외된 젊음은 기준이 되기는 하지만 어떤 선택적인 의미도 없이 그저 다만 기준이 되기 때문이다. ⑧ 부르주아를 경악시키는 어떠한 시도도 충격, 폭력 및 기만에 대한 부르주아의 수용능력을 만족시킬 수는 없다. ⑨ 이 모든 지식은 무관심에 직면하게 된다. 왜냐하면 ⑩ 차별성에 대한 의지를 더 이상 가지고 있지 않기 때문이다.

존 오닐의 말에서 주목해야 할 부분은 포스트모더니즘이 차별성에 대한 의지를 더 이상 가지고 있지 않으며 부활절이 없는 순환의 반복이라는 결론부분일 것이다. 순환이 없는 영원한 반복, 그것은 집단으로부터의 탈출을 시도하는 국외자가 아니라 집단 안에서의 국외자가 되는 것은 의미한다. 그러나 그것이 자칫 하향 조정된 평준화가 되는 것을 의미하는 것은 아니다. 옥타비오 파스의 시간 개념이 순간마다 정지된 시간을 바탕으로 전진하듯이, 포스트모더니즘도 집단 내에서의 국외자의 탈출을 바탕으로 한다. 다시 말하면 한정된 공간과 시간을 바탕으로 하되 이러한 공간과 시간의 확장에 기여하는 것을 의미한다.

그러하게 함으로써 기존가치의 고수와 변형가치의 지향으로 나아가게 된다.

포스트모더니즘이 지니고 있는 이와 같은 양면적인 특징을 도날 커스피스는 문화적 장치, 즉 부르주아 사회와 아방가르드 사회를 위한 장치로서의 측면과 행동주의 비평의 측면으로 파악했고, 할 포스터는 신보수주의적인 측면과 후기구조주의적인 측면으로 양분했다. 커스피스가 구분하는 양분법은 결과적으로 '상호주관성'을 인정함으로써 하나의 수렴점을 발견하게 된다.

> 이러한 행동주의 비평과 자아 비평의 막다른 골목에서 빠져 나올 수 있는 유일한 방법, 즉 사회에 대해서 비판적/행동적인 관계를 수립하고 개인적인 완전무결성의 근본을 찾기 위한 유일한 방법은 '상호주관성'을 수용하는 데 있다고 주장하는 점이다. 모더니스트의 반역과 실험은 상호주관성을 거부한 반면 포스트모더니즘은 이를 수용했다.

포스터의 양분법 중에서 신보수주의자들은 모더니스트들의 주관성, 전위적인 행동, 최첨단 의식에 매혹되어 있으며 후기구조주의자들은 모더니즘의 사멸을 강조한다. "후기구조주의자들은 역사와 정치라는 수레는 그 수레를 끌고 있는 한 마리 말이 없더라도 덜커덩거리며 달려갈 수 있다고 믿는 것 같다. 이들 후기구조주의자들은 배후에서 밀고 있는 대중을 인식하지 못하고 있다."

포스트모더니즘에 대한 이상과 같은 양분법 중에서 우리는 신보수주의자들이 주장하는 모더니스트들의 주관성을 포함하는 '상호주관성'에 주목할 필요가 있다. 이러한 주관성이 바로 한 곳으로의 수렴성에서부터 여러 곳으로의 다양성으로 나아가는 바탕이 되기 때문이다. 이러한 다양성은 언어에도 존재한다. 찰스 스콧이 강조하는 바와 같이 언어는 변혁적이고 지속적인 '동질성'에 의해서 발전하기보다는 자아극복의

'차별성'에 의해서 발전하기 때문이다. 이러한 점에 역점을 두어 스콧은 포스트모더니즘의 언어를 다음과 같이 결론지었다.

> 포스트모더니즘의 언어는 그 형성 과정에서 주관적인 아이디어에 대한 통제력이 없는 제한적이면서도 복잡한 일시적인 사상으로 발전했다. 이러한 언어관의 출현에서 변화는 주관적인 통제를 파괴하게 되었고 대체하게 되었다. 결과적으로 역사는 '주관성'이 어떤 의미를 지니든 이제 주관성에 대한 서술이 아니다. 질서 있는 현대 사상의 발생 덕분으로 지속성이나 의미 중 그 어느 것도 과거에 발생한 사건 및 그것과 다른 사건과의 수많은 관계와 상관성에 대한 독서를 통제하지 못하게 되었다.

6.2.3 다양성에서 상관성으로

이상의 논의에서 모더니즘과 포스트모더니즘의 차이점 혹은 분명한 경계선은 무엇인가를 살펴보았다. 그것을 우선은 파스가 강조하는 시간 개념에 의해서부터 출발하여 구분하여 보았다. 파스의 시간 개념은 전통으로의 회귀, 원시로의 회기를 전제로 한다. 여기서 중요한 점은 '회귀'라는 말이 과거로 단순히 되돌아가는 것만을 의미하는 것이 아니라 '외재성'을 향해 열려져 있는 확장으로서의 의미를 지니고 있다는 점이다. 다시 말하면 회귀가 종착점으로서의 귀결을 나타낸다기보다는 현재의 상황으로부터 부단하게 탈출을 시도하는 것을 나타낸다는 점이다. 그것은 '탈중심'으로의 회귀, 즉 독자적 상관성을 지향하게 된다. 그러한 지향은 외재성, 탈중심성, 추방, 탈출, 초과 등에 불가피하게 관계된다. 이러한 시간 개념은 또 모리스 블랑쇼에게서도 찾아 볼 수 있다. 그는 미래지향적이 아니라 과거지향적인 영원회귀를 강조한다. "그는 미래를 현재의 표상으로 해석하는 것이 아니라 과거와 미래를 통해서 우회하는 방법으로 현재에 접근하기 위해서 과거 속에서 미래를 파악하고 미래 속에서 과거를 파악한다." 마크 테일러가 유효적절하게 정리한 블랑쇼의 이러한 시간개념이 곧 '공간의 시간화와 시간의 공간화'에 해당한다. 이를 성취하기 위해서는 블랑쇼의 '차이' 개념, 데리다의 '차연' 개념, 니체의 영원회귀 개념 등을 고려해야만 한다. 그리고 이러한 개념은 서로 상관적이라는 점도 기억해야만 한다. 즉, 차이와 차연과 영원회귀는 서로가 서로에 대해서 상관적일 뿐만 아니라 그 각각의 개념 하나하나는 그것과 전혀 다른 개념에 대해서도 상관적이라는 점이다. 예를 들면 데리다의 '차연'은 블랑쇼의 '차이'에 관계되는 한편, 그것은 또 신조어로서의 세 가지 의미, 즉 '연기하다,' '차이 나다,' '우회하다'를 동시에 지칭한다. 이처럼 이제 개념, 어휘, 사상, 언어는 그것이 어느 것이든지 독자적이면서도 상관적이 될 수밖에 없으며, 그것을 앞에서 '상호주관성'이라고 파악했다.

독자적이면서 상관적인 것 중의 하나가 바로 '정신주의'라고 볼 수 있다. 정신주의라고 했을 때에 그것은 베르그송의 창조적 개혁, 디데로의 윤리적 원칙, 헤겔의 절대주의, 칸트의 사물 그 자체 등에 관계되는 한편, 다른 한편으로는 불멸성, 사랑, 신화, 완벽성, 개혁, 원시주의, 실증주의, 실용주의 등에 관계된다.

일반적으로 철학에서의 정신주의는 다음과 같이 정리될 수 있다. ① 정신주의는 창조적 개혁의 원동력으로 작용한다. 이 말은 '생의 약진'을 위한 요소로서 그것은 베르그송이 파악했던 초월적 정태(靜態), 비개인적인 개념분석은 물론 "활동적이고 역동적이며 정서적인 인간의 본성을 창조적인 윤리와 정신적인 질서의 원천으로 만드는 것"을 의미한다. ② 정신주의는 자연인과 인조인(人造人) 사이의 갈등을 나타낸다. 디데로는 이렇게 말했다. "자연인이 존재한다. 이러한 자연인 내부로 인조인이 소개되었다. 그리고 이러한 동굴 속에서 전 생애를 통해서 지속되는 전쟁이 시작되었다." ③ 정신주의는 절대주의와 변증법 및 정신적 일원론에 관계된다. 헤겔은 현실의 지양과 극복으로서 정신주의를

강조했다. 그의 이러한 정신주의를 퍼스는 다음과 같이 비판했다. "그
는 여전히 불변의 2차적인 것을 간과했다. 달리 말하면 그는 현실이 실
제세계이고 실제행위이며 실제반응에서 비롯된다는 점을 무시했다." ④
정신주의는 원시주의에 관계된다. 이 때의 성신주의는 주로 문화인류학
자들에게서 비롯된 것이며, 원시주의는 다분히 신화나 금기사항 및 사
물의 영혼성 등을 강조하며, 그것은 서구의 기독교중심주의에 반대된
다. ⑤ 마지막으로 정신주의는 불멸성에 관계된다. 불멸성은 영혼의 순
수와 환생에 대한 믿음을 바탕으로 한다.

　정신주의에 대한 이러한 특징으로 바탕으로 하는 문학에서의 정신주의,
혹은 한국문학에서의 정신주의는 세 가지 견해로 요약될 수 있다. 하나는
정신주의가 없던 시대가 있었느냐는 물음에 관계되는 회의적인 견해이고
다른 하나는 정신주의가 자칫 현실과는 무관한 도피, 회피, 혹은 방관의
태도가 아니냐 하는 것이고 또 다른 하나는 정신주의가 이 시대를 이끌
어 가야만 하는 확고부동한 선구자의 역할을 한다는 견해이다. 처음 두
가지 견해는 문학에 있어서 '문학성의 변화'를 강조할 때에 고려하게 되
는 요소이다. 사실 어느 시대에나 정신주의는 있었다. 그것이 중세의 서
구처럼 한 시대를 풍미하는 것이든 상징주의처럼 하나의 문예사조이든
또는 말라르메나 예이츠나 파운드 등에서 발견되는 개인적인 정신주의이
든 정신주의는 존재했다고 볼 수 있다. 그것이 고전이든 현대이든 한국문
학에서의 정신주의는 선비정신으로 요약될 수 있다. 물론 그것이 정치적
현실과 결합할 때에는 지사정신으로 변용될 수 있을 것이다.

　그러면 포스트모더니즘과 정신주의는 무엇이 다르고 무엇이 같은가?
이질성을 찾는다면 전자가 건축에서부터 비롯되었다는 점, 인간의 편의
성을 모색하는 과정에서 비롯되어 문학 이외의 영역에서 성숙한 발전
이 있은 후에 문학의 영역으로 들어 왔다는 점을 들 수 있다. 후자는
그것이 철학에서 비롯되는 점, 인간의 영혼세계에 대한 모색의 과정에
서 실증주의와 실용주의를 강조하는 서구철학에서부터 비롯되었다고

볼 수 있다. 그리고 그것이 문학에서 성숙하게 된 것은 개인적인 차원의 정신세계, 즉 페트라르카, 단테, 말라르메, 예이츠 등의 정신세계를 바탕으로 하여 문학으로 표출된 것이다. 포스트모더니즘과 정신주의의 동질성을 찾는다면 전자나 후자가 모두 한 시대의 선도적인 역할을 주도한다는 점이다. 파스의 시간 개념처럼 '전진하면서 현재를 유지하는 것'을 이 두 분야는 전제로 한다. 그것은 '포스트'가 의미하는 '후기'의 의미와 정신주의가 의미하는 '정신'의 의미에서 찾을 수 있다. '포스트'는 언제나 기존의 그 무엇에 대한 '포스트'에 관계되며, '정신'도 기존의 그 무엇에 대한 '정신'에 관계된다.

포스트모더니즘을 바탕으로 하는 정신주의 혹은 정신주의를 바탕으로 하는 포스트모더니즘은 이 시대의 정신세계를 집약할 수 있을 것이다. 말하자면 현실도피를 위장한 정신주의보다는 현실에 뿌리를 두고 있는 정신주의가 더 바람직하며, 부단한 전진만을 지향하기보다는 한 시대의 정신의 축을 근간으로 하는 정신주의를 바탕으로 하는 포스트모더니즘이 바람직할 것이다. 이러한 점이 무시될 때의 정신주의는 자칫 부르주아적이고 도피적인 세계만을 강조하게 될 것이고, 이러한 점이 무시될 때의 포스트모더니즘은 자칫 대중주의와 자체 합리화의 오류를 범하게 될 것이다.

6.3 포스트모더니즘과 한국 현대시의 대중화 현상

6.3.1 현대시의 대중화 경향

모더니즘이 엘리트 의식을 강조한다면, 포스트모더니즘은 대중의식을 강조한다는 테리 이글턴의 견해처럼, 포스트모더니즘에서는 문학작품/예술작품과 독자/관객 사이의 '거리'를 좁혀서 상호간의 '참여'를 강조한다고 볼 수 있지만 모더니즘에서는 이러한 '거리'의 유지를 강조하고 포스트모더니즘에서는 이러한 거리에서 야기되는 간격을 극복하는 수단으로 '참여'를 강조한다. 여기서 말하는 '참여'에서는 민중의 사회적이고 정치적인 참여보다는 문학작품의 의미의 생산과 소비에 대한 작가와 독자의 동시적인 참여를 암시한다. 따라서 '대중화 현상'이라고 말했을 때에 그 것은 작가와 독자의 계층화가 아닌 '작가이자 독자' 혹은 '독자이자 작가'로서의 동시성을 강조하고자 하는 것이지 문학작품의 통속성 혹은 저질화를 의미하는 것이 아니라는 점을 분명하게 강조하고자 한다.

문학작품의 이러한 대중화 현상은 여러 가지 갈래로 나타난다. 그러한 갈래를 오규원, 황지우, 장정일, 유하 같은 한국 현대시인의 작품을 중심으로 하여 살펴보면 다음과 같다. 물론 이러한 살핌이 이들 시인의 모든 시에 대해서 균등하게 적용되는 것은 아니지만 그 두드러진 특징별로 그렇게 정리될 수 있는 점을 전제로 하고자 한다. 하나는 시적 대상의 일상화를 들 수 있다. 여기서 말하는 일상화는 현대를 살아가는 우리들의 하루하루의 생활과 불가분의 관계를 유지하고 있는 것들, 말하자면 음식 만들기, 대중가요, 선전과 광고물, 시사만화, 대중 교통수단 등이 '있는 사실 그대로,' 즉 조금이라도 미화되거나 변형되거나 수식되지 않은 채 시에 자리 잡게 되는 것을 의미한다. 다른 하나는 이들 시인의 시형식은 전통적인 시형식을 유지하는 것이 아니라 '탈형식의 형식'을 유지하고 있다. 탈형식의 형식, 그것은 부단한 실험형식을 바탕으로 하되 미완성의 완성이나 불확정성으로서의 형식을 의미한다.

6.3.2 탈서정주의

시에 있어서의 서정성은 대상에 대한 시인의 관조와 성찰에서 비롯되며, 그것은 주로 비유법에 의해서 아름답게 치장되어 나타나게 마련이다. 그러나 포스트모던 시대의 시쓰기에서는 이러한 치장을 거추장스럽게 여기며 대상 그 자체를 있는 사실 그대로 시의 구절로 삽입시켜 활용한다. 그러한 시를 김준오는 '소재시'나 '광고시' 등으로 규정했다. 소재시나 광고시로서의 예를 들 든다면 오규원 시 「빙그레 우유 200ml 패키지」와 「MIMI HOUSE-인형의 집」, 장정일 시 「햄버거에 관한 명상」, 유하 시 「너에게 쓰는 편지-신해철에게」 및 황지우 시 「한국보험회사 송일환씨의 어느 날」 등을 꼽을 수 있다. 이러한 시제목에서 우선 눈에 띄는 것은 그것이 모두 일상생활에 관계되는 대상이라는 점이다. 먹을 것으로서의 우유와 햄버거가 그렇고, 장난감으로서의 인형의 집이 그렇고, 신해철이라는 대중가수 이름과 그의 노래제목이 그렇고, 송일환이라는 구체적인 직장인의 이름이 그렇다. 이러한 대상은 신기하고 낯설고 어설픈 대상이 아니라 흔하고 낯익고 익숙한 대상인 것이다.

　오규원 시에 나타나는 우유는 이제 우리들에게 있어서 전쟁 구호품이 아니라 일상화된 생활필수품에 해당한다. 우유의 일상화는 우리들의 생활의 발전상과 그 맥을 같이 한다고 볼 수 있다. 그러한 우유를 따르는 법, 즉 상품에 표시된 그대로가 오규원 시에는 '있는 사실 그대로' 나타나 있다. 여기서 주목할 점은 '빙그레 우유'라고 분명하게 상품제조회사의 명칭을 밝힌 점이다. 이러한 구체적인 제시는 대상에 대한 독자의 궁금증을 해소시키고 독자로 하여금 대상에 친숙하도록 한다. 더구나 그것이 익히 알고 있는 상품일 때 독자는 자신 있게 시적 대상을 이해하게 된다. 이러한 활용은 오규원의 다른 시 「MIMI HOUSE」에도 잘 나타나 있다. 여기에서는 또한 상품번호 'DM8611'과 상품의 가격인 '35,000원'은 물론 '미미클럽 회원을 모집하고 있어요!'라는 선전문구까지 곁들여 있다. 오규원 시 「빙그레 우유 200ml 패키지」 전문은 다음과 같다.

　　1. '양쪽 모서시를
　　　　함께 눌러 주세요'

나는 극좌와 극우의
양쪽 모서리를
함께 꾸욱 누른다

2. 따르는 곳
  ↓

극좌와 극우의 흰
고름이 쭈르르 쏟아진다

3. 빙그레!

—나는 지금 빙그레 우유
200ml 패키지를 들고 있다
빙그레 속으로 오월의 라일락이
서툴게 떨어진다

4. →

5. →를 따라
한 모서리를 돌면

빙그레—가 없다

다른 세계이다

6. ↑ 따르는 곳을 따르지 않고
거부한다

다른 모서리로 내 다리를
내가 놓는 오월의 음지를
내가 앉는 의자의

모형을 조금씩 더
옮긴다…이 지상
이 지상 오월의 라일락이
서툴게 떨어진다

위 시에서 우리는 그것이 '빙그레 우유'를 따라 마시는 방법을, 따라서 시적 자아인 '나'의 행동을 서술하고 있다는 점을 알 수 있다. 그러한 행동의 서술과정은 1번부터 6번까지의 일련번호에 의해서 일목요연하게 제시되어 있다. 시적 자아의 행동의 서술과정은 그의 마음의 서술과정과는 다르다고 본다. 전자는 그것이 행동에 관련된다는 점에서 서사성에 관계되고 후자는 그것이 마음상태에 관련된다는 점에서 서정성에 관계된다. 이렇게 볼 때에 위 시는 다분히 서정주의보다는 탈서정주의를, 말하자면 서사성을 강조하는 시라고 볼 수 있다.

이제 독자로서 실제로 빙그레 우유 200ml 패키지를 오른손에 들고 (왼손에 들면 위 시와 같이 되지 않는다) 위 시의 절차를 따라가 보도록 하자. "1. '양쪽 모서리를/ 함께 눌러 주세요'"라는 지시어는 빙그레 우유 패키지에 제시된 '↔' 속에 쓰인 맨 처음의 지시어 '양쪽으로 여십시오' 다음의 절차에 해당한다. 이 지시어를 따라서 양쪽 모서리를 누르면 "2. 따르는 곳/ ↓"에 이르게 된다. 빙그레 우유 패키지에는 사실 '↓'와 같은 표시는 없지만 그러나 양쪽 모서리를 눌러 열었을 때에 그 열려진 모양은 화살표의 형상이 되고, 우유를 따르기 위해서 아래로 기울였을 때의 모양은 '↓'과 같이 된다는 점을 알 수 있다. 그런 다음에 눈에 띄는 것은 "3. 빙그레!" 웃고 있는 상표의 로고와 더불어 '빙그레 우유'라는 문구이다. "4. →"에서 화살표는 '양쪽을 여십시오'라는 지시어가 들어 있는 '↔'의 오른 편 반쪽에 해당한다. 우유를 따르기 위해서 따는 곳을 눌렀을 때, 그 모양은 반쪽으로 나타날 수밖에 없다. 실제로 우유 패키지에서 '↔'는 '양쪽을 여십시오'라는 그 이상을 의미하지는 않는다. 따라서 그것이 반쪽이 되어서 '→'이 되었을 때에 거기에는 별다른 의미가 없다. 말하자면 "5. →를 따라/ 한 모서리를 돌면//빙그레—가 없다// 다른 세계이다'처럼 된다. 왜냐하면 그 모서리에는 제품명, 허가번호, 회사소재지, 제조업소, 재료와 성분, 사용 및 보존기간, 유통기간, 보관시 주의사항, 고객 상담실, 빈 팩의 수거와 재활용 및 '자연을 보호합시다'와 같은 캠페인 문구 등이 아주 작은 글씨로 빽빽하게 기록되어 있기 때문이다. 아울러 앞에서 언급한 바 있는 "2. 따르는 곳/ ↓"은 자연히 거꾸로 되어서 "6. ↑ 따르는 곳을 따르지 않고/ 거부한다"처럼 된다.

우유 패키지에 제시된 지시어에 의한 이상과 같은 행동절차 사이사이에 나타나는 시적 자아의 행동은 상당히 간략하게 함축적이면서도 자제력 있게 나타나 있다. 말하자면 시적 자아의 행동은 수식어가 배제된 직설적인 표현으로 제시되어 있음을 알 수 있다. 대상에 대한 느낌보다는 그것에 대한 반응으로서의 행동이 더 많이 강조된다는 점은 '꾸욱,' '쭈르르,' '서툴게'와 같은 부사어에 의해서 그렇게 추정할 수 있다. 그 결과 오월의 라일락 아래서 우유 패키지를 들고 있는 시적 자아인 '나,' 이 때의 '나'는 시인 자신이자 시적 자아이자 독자 등 누구든지 이 시를 읽게 되는 사람에게 관계될 뿐만 아니라 자신의 행동을 주관적으로 행하게 된다. "다른 모서리로 내 다리를/ 내가 놓는 오월의 음지를/ 내가 앉는 의자의/ 모형을 조금씩 더/ 옮긴다."

이처럼 일상화된 대상이 시적 대상으로 되는 경우로는 장정일 시 「햄버거에 대한 명상」에서도 찾아 볼 수 있다. 이 시의 부제에 해당하는 '가정 요리서로 쓸 수 있게 만들어진 시'가 말해주듯이 이 시는 우리들의 음식문화에 비집고 들어온 서구음식물의 대표적인 경우에 해당하는 햄버거 만드는 법에 관한 것이다. 장정일 시 「햄버거에 대한 명상」 일부분은 다음과 같다.

햄버거 빵 2
버터1 1/2 큰 술
쇠고기 150g
돼지고기 100g
양파 1 1/2
달걀 2
빵가루 2컵
소금 2작은술
후추가루 1/4작은술
상치 4잎
오이 1
마요네이즈소스 약간
브라운소스 1/4컵

　장정일 시에서는 이러한 음식재료의 준비목록은 물론 그것을 구입하는 장소, 각각의 재료에 대한 요리방법 등을 그 절차에 따라서 상세하게 제시하고 있다. 예를 들면 "쇠고기와 돼지고기를 곱게 다졌으면,/ 이번에는 양파 1개를 곱게 다져 기름 두른 프라이팬에 넣고/ 노릇노릇할 때까지 볶아 식혀 놓는다."라든가, "다진 쇠고기와 돼지고기, 빵가루, 달걀, 볶은 양파,/ 소금, 후추 가루를 넣어 골고루 반죽이 되도록 손으로 치댄다."라든가, "반죽이, 충분히 끈기가 날 정도로 되면/ 4개로 나누어 둥글납작하게 빚어 속까지 익힌다."라든가, "반쪽 남은 양파는 고리 모양으로/ 오이는 엇비슷하게 썰고/ 상치는 깨끗이 씻어 놓는데"라든가, "빵을 반으로 칼집을 넣어 벌려 버터를 바르고/ 상치를 깔아 마요네이즈소스를 바른다."라든가, "고기를 넣고 브라운소스를 알맞게 끼얹어 양파, 오이를 끼운다."라는 식으로 자세하게 설명하고 있다. 우리들이 흔히 텔레비전에서 볼 수 있는 가정요리 시간에 아주 예쁘게 과장된 목소리의 요리 전문가들이 나와서 재료의 구입과 준비를 설명하듯이, 위 인용시에서도 그렇게 설명하고 있다. 아울러 멋지고 화려한 외제 주방기기를 사용하여 요리를 끝낸 다음에는 그러한 프로그램의 진행을 도와준 아나운서가 의례 껏 맛을 본 후에 '정말 맛있습니다.'라는 말과 함께 프로그램을 끝내듯이, 위 인용시에서도 "맛이 좋고 영양 많은 미국식 간식이 만들어졌다."라는 식으로 끝맺음하고 있다. 그러나 이러한 끝맺음에는 다분히 세태 풍자적이면서도 개탄적인 측면이 강조되어 있다.

시적 대상의 대중화 현상은 대중가요나 일상적인 직장인의 이름이 구체적으로 드러난다는 점에서도 찾아 볼 수 있다. 그러한 예가 바로 유하 시 「너에게 쓰는 편지—신해철에게」와 황지우 시 「생명보험회사 송일환씨의 어느 날」이다. 전자에서의 제목은 대중가요 가수인 신해철의 유행곡 「너에게 쓰는 편지」를 변용한 것이다. 아울러 그 가사의 일부가 그대로 시에 인용되어 있기까지 하다. 말하자면 "넌 아직도 너의 길을 두려워하고 있니?"라든가, "걱정스런 눈빛으로 나를 바라보고 있는 친구여,/ 우린 결국 같은 곳으로 가고 있는 데…"같은 시구가 그것이다. 아울러 이 시의 말미에는 "추신 : 가수인 그가 하루 빨리 자유로운 목청으로 노래 부를 수 있기를 희망한다."라는 구절이 곁들여 있다. 이러한 현상은 후자에 해당하는 황지우 시에도 잘 드러나 있다. 이 시에서는 '송일환'이라는 생명보험회사 직원의 하루생활이 소상하게 기록되어 있다. 그리고 그러한 기록은 구입품목과 가격의 구체적인 제시를 통해서 적나라하게 드러나 있다. 황지우 시 「한국생명보험회사 송일환씨의 어느날」 일부분은 다음과 같다.

1983년 4월 20일, 맑음, 18℃
토큰 5개 550원, 종이컵 커피 150원, 담배 솔 500원, 한국일보 130원, 짜장면 600원, 미쓰 리와 저녁식사하고 영화 한 편 8,600원, 올림픽 복권 5장 2,500원

(중략)

(11) 제10610호
▲일화 15만엔 (45만원) ▲5.75캐럿물방울다이어 1개 (2천만원)
▲남자용파텍시계 1개 (1천만원) ▲황금목걸이5동쭝 1개 (30만원)
▲금장로렉스시계 1개 (1백만원) ▲5캐럭에머럴드반지 1개 (5백만
원) ▲비취나비형브로치 2개 (1천만원) ▲진부목걸이꼰것 1개 (3백
만원) ▲라이카엠5카메라 1대 (1백만원) ▲청자도자기 3점 (싯가미
상) ▲현금 (2백50만원)
　　너무 巨하여 귀퉁이가 안 보이는 灰의 왕궁에서 오늘도 송일환
씨는 잘 살고 있다. 생명 하나는 보장되어 있다.

위 인용시에 나타나는 측면은 당시의 세태를 구체적으로 설명하기까
지 한다. 특히 때로는 의적(義賊)으로까지 불렸던 '조세형'이라는 도둑
에 대한 안의섭의 시사만화 '대도둑은 대포로 쏘라'와 그가 훔친 어마
어마한 물건과 그 가격에 이르기까지 세세하게 기록되어 있다. 이러한
세상이지만 이 시의 주인공 '송일환'은 잘 살아가고 있다. 왜냐하면 이
시의 제목과 "생명 하나는 보장되어 있다."라는 끝 구절처럼 그는 '한
국생명보험회사'의 직원이기 때문이다. 포스트모던 시대에 있어서 시의
탈서정주의, 그것은 아이러니를 바탕으로 하는 세태풍자로 나타난다.
그러한 세태풍자는 '빙그레'나 'MIMI HOUSE' 같은 구체적인 상품명이
나 '신해철'이나 '송일환'같은 인명의 제시에 의해서 또는 햄버거 만들
기의 재료나 날씨에 대한 정보와 하루 용돈의 사용처 및 시사만화의
원용 등에 의해서 적나라하게 드러난다.

6.3.3 탈형식의 형식화

한 편의 시가 가지는 일정한 틀과 격식이 있다면 그것은 아마도 시
행의 연과 구분, 운율과 각운의 유지, 수식어에 의해서 치장된 일상어
의 시어화 등을 들 수 있을 것이다. 이러한 기존의 형식의 틀을 벗어나

고자 하는 시형식, 그것을 '탈형식의 형식화'라고 명명하고자 한다. 이러한 탈형식이 일정한 형식으로 자리 잡은 경우를 살펴보면 다음과 같다. 우선은 그것이 연대기적인 서사형식을 취하는 경우를 들 수 있다. 이러한 시로는 오규원 시 「서울. 1984. 봄」, 황지우 시 「활엽수림에서」와 「여정」 등이 있다. 다음으로는 텔레비전이나 영화의 화면처럼 형식화된 경우를 들 수 있다. 이러한 시형식으로는 황지우 시 「이준태(1946년 서울생, 연세대 철학과 졸, 미국 시카고주립대학 졸)의 근황」, 장정일 시 「자동차」와 「슬픔」 등이 있다. 세 번째로는 그것이 연극 대사형식을 취하는 경우를 들 수 있다. 이러한 시로는 장정일 시 「잔혹한 실내극」, 「즐거운 실내극」, 「진흙 위의 싸움」 등이 있다.

시형식의 연대기적인 서사형식에서는 하루하루의 생활을 기록하는 일기와도 같이 1년을 단위로 하여 연대기를 기록하고 있다. 위에서 언급한 바 있는 오규원 시에서는 그것이 '1984년 봄 서울'에서의 정황을 주로 재개발이라는 명목으로 허물어져가는 서민들의 생활상을 파헤치고 있다. 말하자면 "1984. 3. 싼 곳을 찾아다니며/ 집을 짓는 서울"이라든가, "서울. 1984. 봄/ 비가 철근 모양 꼿꼿이 선다."같은 표현이 그렇다. 내리는 빗줄기를 쇠창살에 비유한 경우는 보들레르 시에서도 찾아볼 수 있지만, 오규원 시에서의 이 둘의 관계는 서울을 가두어 버리는 요소로 등장한다. "서울. 1984. 봄/ 절그렁거리며 둘러서는 비속에 갇혀 서울은" 그리고 같은 년도(서기 1984년과 단기 4317년은 같은 년도이다) 5월 교황의 한국방문과 그에 대한 환영행사 및 특집기사 등은 비 내리는 서울의 거리 혹은 재건축을 위해서 무너져 내리는 판잣집과 아파트 건축 현장에서 하늘 높이 솟아오르는 철근과 좋은 대조를 이루고 있다.

「서울. 1984. 봄」이 1년을 단위로 한다면, 황지우 시 「활엽수림에서」는 10년을 단위로 한다. 우선 이 시의 제목인 활엽수림은 이 시에 나타나 있는 바와 같이 다름 아닌 '마로니에, 은행나무 숲'이 있는 동숭동의 옛날 서울대학교 교정을 의미한다. 아울러 이 시의 내용은 시적 자아가

재수하던 시절인 1971년 5월에서부터 대학생활을 거쳐 1974년 본인의 의사와는 관계없이 군에 입대해서 제대한 후에 1977년 결혼하고 취직한 후 1977년말까지의 생활을 순차적으로 그러나 가장 핵심적인 부분만을 부각시켜 서술하고 있다. 지나간 날에 대한 이러한 서술형식의 장점은 그것이 언제나 객관적이라는 점에 있다. 말하자면 탈서정주의에서 보인 현장감이라든가 동시적인 참여보다는 회상적이고 성찰적인 특징—"그냥 비인칭 주어로 산다."라는 군대시절에 대한 생활태도에서처럼—을 바탕으로 한다고 볼 수 있다. 자신을 이렇게 자조적으로 객관화시키는 태도는 아버지의 죽음을 수첩에 "또 한 사람 하역"이라고 쓰는 행위에서도 엿볼 수 있다. 황지우 시 「활엽수림에서」의 일부분을 인용하면 다음과 같다.

> 1975년 : 다시, 도연이 정환이 들어가다. 철이 석희한테 그런 편지 오다. 아직 '아무데도' 못 간 그들에게 면죄부 띄우다. "너희는 살아 남아라. 날마다 새로 태어나라." 8월 부친 사망. 관보받다. 그 날 수첩에 '또 한 사람 하역'이라고 쓰다. 그 해 겨울 GOP 철책으로 들어가다. 저쪽의 가장 따뜻한 쪽을 맞댄 이쪽의 가장 추운 경계에서 겨울을 지내다. 새벽 기슭에 서서 부은 눈으로 눈덮인 산을 멩하니 바라보다.

시형식의 탈형식화의 두 번째 특징으로는 영화나 텔레비전 화면의 장면처리와 같은 점을 들 수 있다. 이러한 점은 황지우 시 「이준태…」에서 그 배경으로 작은 글씨로 쓰인 시적 자아의 심리적인 상태와 그것 중에서 가장 긴박한 부분만을 부각시켜 4각형 안에 쓴 부분에서 찾아 볼 수 있다. 즉 4각형 안에 커다란 글씨로 쓰인 부분인 "사람이 산다/ 사람은 산다/ 살아 있는 날만/ 그리고 대뇌와/ 성기 사이에/ 사람들 세상이 있다."에 잘 드러나 있다. 그리고 이러한 시형식의 탈형식화가 좀더 구체적으로 드러나 있는 경우로는 장정일 시 「자동차」를 들 수 있다. 이 시는 영화나 텔레비전 드라마를 녹화하는 장면을 시형식을 빌어 설명한 것이라고 볼 수 있다. 시의 내용은 다분히 대중적이거나 통속적이다. 주인공은 '젊고 잘 생긴 청년'과 '맑고 깨끗한 용모의 아가씨'이다. 전자는 오픈카를 타고 약속된 다방으로 향하고 후자는 고속버스를 타고 그곳으로 향한다. 그러나 불의의 사고로 청년은 죽고 그 혼령이 다방으로 들어서서 자신을 기다리던 아가씨의 사랑—"귀신이라도 나는 당신을 사랑할 수 있어요"—을 확인하고 떠난다. 장정일 시 「자동차」를 부분인용하면 다음과 같다.

S#4.
이때, 차선을 넘어 들어오는 맞은편 트럭. 청년은 급히 핸들을 꺾는다. 낭떠러지 밑으로 곤두박질치는 오픈 카. 귀청을 찢는 듯한 금속성 소음이 길게 에코 되면서 포토 컷.

C#1. 굴러 떨어지는 오픈 카 (흑백사진)
C#2. 화염에 싸인 오픈 카 (흑백사진)
C#3. 피를 흘리는 청년의 이마 (흑백사진)
C#4. 허공을 향한 자동차 바퀴 (흑백사진)
C#5. 깨어진 유리창 (흑백사진)

(중략)

S#6.
연기가 걷히면 거기에 머리숱이 타고, 얼굴에 상처를 입은 청년이 서 있다. 여자는 반갑게 그를 맞이한다.

남자: 내가 늦었지, 미안해.
여자: 아녜요, 그런데 웬 상처예요. 옷도 찢어지고…
남자: 응, 교통사고가 났댔어. 그냥 낭떠러지로 떨어져 버렸지.
여자: 그런데 어떻게?

남자: 어떻게 라니? 난, 죽어 버리고 말았어!
여자: 죽었다구요?
남자: 그래, 지금 당신 앞에 있는 나는…귀신이야.
여자: 귀신이라도 나는 당신을 사랑할 수 있어요.
남자: 미안해, 난, 이제, 저자를 따라가야 해. (남자는 다방 문에
우뚝 서 있는 검은 신사를 가리킨다)

　눈물이 남자의 얼굴을 온통 적실 때, 눈물이 적셔진 부분부터 차
츰 남자의 얼굴이 지워져 가고 여자 홀로 남아 운다. (F.O.)

　「자동차」의 이상과 같은 시형식은 소위 일컬어 전통적인 시형식에
얽매일 필요가 없이 자유자재로 시형식을 설험하여 시인 특유의 시혁
식으로 자리 잡게 할 수 있다는 하나의 가능성을 우리들에게 제시해
준다. 위 인용시에서도 드러나는 ‘대화’는 서사의 두 요소인 시간과 행
동을 동시에 함축하고 있다는 점에서 중요한 의미를 지닌다. 대화는 화
자의 성격을 직접 전달할 뿐만 아니라 사건의 정황과 더불어 시간의
흐름까지도 직접 제시하고 나아가 현장감까지도 강조할 수 있기 때문
이다. 이러한 대화의 특성을 가장 잘 활용하고 있는 시가 바로 장정일
시 「잔혹한 실내극」과 「즐거운 실내극」이다. 이 두 시는 모두 “밤 열
한 시, 단칸방, 어머니와 아들이 누워 있다.”라는 상황설정이 마치 막이
오른 후 배치되어 있는 무대 위의 장면묘사와도 같다. 장정일 시 「잔혹
한 실내극」 첫 부분은 다음과 같다.

　　1
밤 열 한 시, 단칸방, 어머니와 아들은 누워 있다.

어머니 일찍 자자꾸나, 나는 벌써 잠이 오는구나.
아 들 어머니 그런데 저 소리는 무엇일까요,
　　　　낮고 은밀하게 우리 주위를 배회하는 소리.

<blockquote>
어머니   애야, 나는 소리 듣지 못하는 굴껍질
　　　　발끝에서 머리까지 전신이 울퉁불퉁하단다.
아 들   쥐인가 봐, 내 머릴 밟고 가네요.
어머니   …그럼 먼저 잔다.
아 들   그러세요, 야옹 소린 제가 내지요.
　　　　야옹, 야옹,
</blockquote>

그리고 장정일 시 「즐거운 실내극」 첫 부분은 다음과 같다.

1

밤 열 한 시, 단칸방, 어머니와 아들은 누워 있다.

<blockquote>
어머니   일찍 자자꾸나, 나는 지쳐버렸다.
아 들   저 소리를 두고 벌써 지치다뇨, 놈들을 진압해야지요.
어머니   애야 내 머리칼을 봐, 잘 때가 되잖았니.
아 들   저놈들, 또 모여들어 두런거리네.
어머니   ……난…지쳤어…혼자해 봐…지켜볼 테니.
아 들   그러세요, 야옹 소린 제가 내지요.
　　　　야옹, 야옹,
</blockquote>

　　위에 인용한 두 시에서는 '밤 열 한 시'라는 시간대, '어머니와 아들'이라는 등장인물, '단칸방'이라는 공간, 대화형식 및 쥐잡기 등이 모두 동일하게 나타나 있다. 그러면서도 굳이 그 차이점을 찾는다면 쥐잡기에 대한 기대심리와 불안심리 중에서 앞의 시는 기대심리를, 뒤의 시는 불안심리를 각각 더 강조한다고 볼 수 있다. 그러나 이러한 차이점에도 불구하고 이 두 시는 다같이 불안한 상태로 끝맺음하고 있다. 말하자면 아들이 고양이 소리를 힘차게 내면 낼수록, 즉 "야옹, 야옹'에서 '야옹, 야옹, 야옹'으로, 다시 '야옹! 야옹! 야옹!'으로, 또 다시 '야아아옹, 야아아옹'으로 더욱 강하고 더욱 힘 있게 소리치면 칠수록 쥐들의 움직임은

그만큼 더 분주해지기 때문이다. 장정일 시 「잔혹한 실내극」 마지막 부분은 다음과 같다.

> 4
> 돌아누운 어머니는 먼 들판이 되어 있고, 아들 홀로 불안을 늘어뜨린다.
>
> 아 들 무서워요, 누가 내 목을 내리친다면 나는 목없는 고양
>   이…
>   아니 벌써 되어 있나요? 야아아옹, 야아아옹,
>
> 이때, 아들이 늘어뜨린 불안의 꼬리를 밟으며 자꾸 방문 두드리
> 는 소리.
> 쿵쿵/야아아옹/쿵쿵/야아아옹/쿵쿵…쿵쿵…

그리고 장정일 시 「즐거운 실내극」 마지막 부분은 다음과 같다.

> 4
> 어머니의 그림자는 교수대 위에 대롱거리고, 아들 혼자 자신 없는 야옹 소
> 리를 길게 늘어뜨린다.
>
> 아 들 무서워라, 저 저 소리가 더욱 담대히 다가오네.
>   야아아옹, 야아아옹,
>
> 발악하듯 외치는 고양이의 울부짖음을 짓누르며 군중의 환호 같
> 은, 웅장한 음악 같은, 흡사 밀물같이 거역할 수 없는, 노크 소리가
> 자꾸 방문을 두드린다. 쿵쿵/야아아옹/쿵쿵/야아아옹/쿵쿵…쿵쿵…

시형식에서의 대화의 활용은 장정일 시의 한 특징을 이루고 있다. 그는 자신의 시 「진흙 위의 싸움」에서도 '민지 어머니'(실제로는 지연이 어머니)와 '나'와의 대화(실제로는 대화라기보다는 싸움)를 활용하고 있

다. 시에서의 대화형식 활용은 시의 내용을 직접 전달한다는 의미에서 화자와 청자 혹은 시인과 독자를 가장 긴밀하게 연결짓는 요소가 된다. 말하자면 간접적인 설명이나 부연적인 설명이 필요 없게 된다.

이와 같은 부연적인 설명이 필요 없게 되는 시 작업은 이만식의 시에서도 찾아 볼 수 있다. 한 5년여 전 어느 무더운 여름날 호주 시드니 대학에서 돌아왔다는 이만식 시인을 우연히 만나게 되었을 때에 필자는 상당히 긴장했었다. 내가 긴장한 것은 첫 대면임에도 불구하고 필자를 사로잡는 그의 달변 때문이었고 다른 하나는 그의 '빤짝'이는 날카로운 눈빛 때문이었고 또 다른 하나는 그의 부지런한 '책읽기' 때문이었다. 그는 어느 화제에 대해서도 해박한 지식으로 적극적으로 참여한다. 그리고 매우 일목요연하게 그리고 빠르게 자신의 생각을 전개해 나간다. 그러나 그는 강요하지는 않는다. 반대하지도 않는다. 자신의 생각을 논리적으로 전개할 뿐이다. 그의 눈빛은 섬뜩할 정도로 강렬하다. 그의 남다른 통찰력, 사물을 남다르게 꿰뚫어 파악하는 원동력이 바로 그의 '빤짝이는 눈빛'에 있다고 생각된다. 그는 무지하게 부지런하다. 그의 부지런함은 만나고 대화하고 하는 그 사이사이의 잠깐잠깐의 순간에도 진행되는 그의 '책읽기'에서 찾아 볼 수 있다. 달변, 날카로운 눈빛, 부지런한 책읽기 등 이러한 점은 그의 첫 시집 『시론』(1994)에 집대성 되어 있으며, 「가해자」, 「나팔꽃」, 「즐거운 세기말」은 그의 시세계를 대표한다고 볼 수 있다.

그의 시에는 가끔 '두현'이가 등장한다. 두현이는 아마도 그의 아들일 것이다. 초등학생인 자신의 아들의 행동을 통해서 그는 세상살이의 모순을 파악한다. 그의 시의 이러한 가족사적인 측면으로 인해서 우리는 가끔 그의 시를 용이하게 시작하는 어리석음을 범하게 되지만 그의 시를 읽고 난 후에는 생각지 않은 순간에 강하게 얻어맞고 난 후의 '제정신'으로 되돌아오게 된다. 말하자면 어리석게 시작해서 현명하게 끝나는 방법을 터득하게 된다. 자라나는 아이들이면 으레 있게 마련인 친구를 때린 아들이 1차적 가해자라면, 그러한 행동을 한 아들을 야단치는 '나'는 2차적 가해자인 셈이다. "가해자의 부모가 되어/ 가해자가 된다 나도 가해자다." 일상성에서 역사성을 파악하는 그의 방법은 「나팔꽃」에도 잘 나타나 있다. "내 시험 감독은 화요일, 당신 시험 감독은 수요일. 와, 내가 이겼다. 내가 이긴다. 내가 지배한다. 그러니 내 뒤에 서라. 여기서도 내 뒤에 와라. 내가 지배한다. 그러므로 나는 살아 있다." 일상인이 살아 있음을 확인하는 여러 가지 방법 중에서 가장 먼저 강조 받는 것은 아마도 '남보다 먼저'일 것이다. 무엇이든지 '먼저'가 최고인 세상살이의 풍자는 「즐거운 세기말」에 집약되어 있다. 이 시는 《뉴스위크》에 수록된 술집에서 싸우다 살해된 남자의 사진에 바탕을 두고 있다. "낯선 글자에게, 속삭이네, 더 이상 충격이 아닌 모든 죽음에게."처럼 아무것도 아닌 일로 싸우다 목숨을 버리는 세상, 목숨을 내던지면서까지 싸우는 세상은 삶과 죽음의 경계선이 무너져버린 세상일 것이다. 이러한 세상에서의 시쓰기, 즉 대상을 문자로 나타내야만 하는 시쓰기는 낯설어질 수밖에 없다. 그것은 문자화된 대상이 낯설게 느껴지기 때문이다. 그의 시를 지탱하고 있는 한 가지 힘은 바로 이와 같은 문자의 힘에 있고 다른 한 가지 힘은 전통적인 이원법적 경계를 창조적으로 파괴하는 그의 해박한 지식에 있다.

6.3.4 현대시와 대중의 친교성과 즉시성

이상에서 살펴본 바와 같이 포스트모더니즘 시대에 있어서 현대시와 대중은 변별적으로 존재한다기보다는 동시적으로 존재한다. 이 말은 시적 대상이 시인 특유의 시각에 의해서 시로 변용되는 것이 아니라 일상인의 시각에 의해서 '있는 사실 그대로' 활용되고 있다는 것을 의미하기도 하고 시인과 시적 자아와 독자가 일체화된다는 것을 의미하기도 한다. 시형식도 어떤 기존의 틀이나 규정 혹은 관습에서 벗어나 자유롭게 실험되고 있다는 점을 그 특징으로 꼽을 수 있다.

시적 대상의 일상화에서 가장 두드러진 특징으로는 시 속에 먹을거리가 사실 그대로 등장한다는 점이다. 그리고 그것에 대한 설명에서는 서정적인 측면보다는 다분히 서사적인 측면을 강조한다. 말하자면 우유를 따라 마시는 방법이라든가 햄버거 만드는 방법 같은 것이 그렇다. 아울러 이러한 서사성의 이면에는 세태풍자적인 측면이 강하게 암시되어 있다. 다음은 신문의 사회면 기사나 시사만화, 대중가요의 제목이나 가수의 이름이나 그 가사의 내용 같은 것이 거침없이 시 속에 등장하는 점을 들 수 있다. 자칫 천박스럽다는 핀잔과 부정적인 시각 때문에 혹은 시인의 자제적인 태도나 자신 없음으로 인해서 전에는 감히 엄두도 내지 못하던 일들이 떳떳하고 당당하게 현대시라는 '전투장'에서 벌어지고 있는 셈이다. 이러한 점은 독자로 하여금 시를 만만하게 보게끔 한다기보다는 시가 그 자체의 고고성에서 벗어나 스스로 독자에게 접근함으로써 현대시와 독자 사이에 존재하는 '간격'이나 '틈새'를 제거하는 계기를 마련한다고 볼 수 있다. 시적 대상의 이러한 변화에 의해서 현대시에서는 은유보다는 환유를, 언어의 선택보다는 결합을, 의미의 심층보다는 표면을, 확정성보다는 미확정성을, 현실의 초월성보다는 현실의 즉시성을 더 강조하게 되었다고 본다. 여기서 후자 쪽, 말하자면 환유, 결합, 표면, 미-확정성, 즉시성은 이합 하산이 강조하는 포스트모더니즘의 특징이 된다.

다음은 시형식의 탈형식성을 들 수 있다. 사실 탈형식성 그 자체가 이미 하나의 형식으로 자리 잡은 셈이기는 하지만, 기존의 시형식을 탈피하여 예외적인 형식을 추구하는 것이 요즈음 흔히 말하는 포스트모던 시대에서의 시쓰기의 한 가지 특징으로 되었다고 볼 수 있다. 그 두드러진 특징 중의 하나가 바로 연대기적인 서술과 대화형식의 활용이다. 전자의 경우는 그것이 한 개인의 일대기를 서술한다는 점에서 서사적인 측면이 강하게 드러나고 후자의 경우 역시 대화가 서사의 두 가지 요소 중 하나라는 점에서 시적 자아의 서사적인 측면이 잘 드러나게 되어 있다. 그렇다면 현대시에서는 왜 대화를 활용하는가? 그것은 사건이나 행동의 즉시성 혹은 현장성을 생생하게 전달할 수 있기 때문일 것이고 다른 하나는 세태풍자에 있어서 대화가 가장 효과적인 장치이기 때문일 것이다. 현장감 있는 서사의 예는 앞에서 살펴본 시에서 상표이름이나 주인공의 이름이나 심지어 출신학교나 전공과목 등을 숨김없이 적나라하게 드러내는 데에서도 찾아볼 수 있다. 말하자면 '○○ 학교'라든가 '○○○씨' 같은 표현은 이제 독자에게 아무런 설득력을 갖지 못하게 된 것이다. 숨김없는 과감한 드러내기를 바탕으로 하는 솔직한 글쓰기만이 독자의 호응을 얻게 된 것이다. 그렇다고 해서 그것이 거칠고 난삽한 표현까지도 마구잡이로 시 속에서 실험되어도 된다는 것을 의미하는 것은 아니다.

제 7 장

해체주의 이론의 영향과 수용

7.1 해체주의에 대한 성찰

7.1.1 해체주의 비평의 역사적 전후관계

M. H. 에이브람스는 비평이란 하나의 문학작품을 정의하고 분류하고 분석하고 평가하는 연구 작업을 의미한다고 말했다. 이러한 비평은 이론비평과 실천비평으로 나뉘어 진다. 영미를 비롯한 서구세계에서 이론비평을 실천비평에 어떻게 적용시켜왔으며 어떠한 계보를 형성해 왔는가를 일별해 보는 것은, 프랑스적인 난삽한 용어와 개념으로 일관되고 있는, 따라서 끊임없는 논쟁을 야기하면서도 인문사회과학 전반에 걸쳐서 강한 영향력을 행사하고 있는 해체주의 비평을 용이하게 이해할 수 있는 바탕이 될 것이다.

실천비평의 발전과정을 개괄해 보면 다음과 같다. 우선 17세기 중반 이후에 활동한 존 드라이든의 『극시론』을 들 수 있다. 동시대의 코르네유와 조금 앞선 시대의 벤 존슨의 영향을 받은 드라이든의 『극시론』에는 유제니우스, 크리테스, 리시데우스, 네안데르가 등장하여 고대와 당대의 희곡의 우열여부, 영국과 프랑스 희곡의 상대적 평가, 비극과 희극의 결합 가능성, 희곡의 운율화 가능성에 대해서 논의하고 있다. 유제니우스가 장소의 중요성을 인식한 당대 희곡 작가들을 높히 평가한 반면, 크리테스는 아리스토텔레스와 호라티우스에서 비롯되어 연극론을 창안 발전시킨 고대 희곡작가들을 중요하게 평가하고 있다. 아울러 크리테스는 희곡의 운율화에는 반대했지만 당대 희곡이 고대 희곡을 능가한다 하더라도, 진정한 의미의 '시의 시대,' 소설에 대응되는 의미에서의 시가 아니라 문학 전반에 해당하는 의미에서의 시의 시대는 고대였다고 주장하고 있다. 프랑스 연극을 옹호하고 희극과 비극을 통합하고자 하는 영국의 연극풍토를 공격한 리시데우스는 다음과 같이 연극을 정의했다. "연극이란 인간의 본성의 열정과 유머를 나타내는 정당하고 생생한 이미지이며, 인간에게 쾌락을 주고 인간의 교화를 목적으로 하는 숙명의 변화이다." 크리테스와 리시데우스 사이에서 중재역할을 하고 있는 네안데르는 필요하다면 희곡의 운율성을 인정하자는 견해를 표방하고 있다. 네안데르를 통해서 자신의 저서에서 희곡의 운율성을 심도 있게 논의한 드라이든은 다음과 같이 강조했다. "유일한 것은 아니지만 시의 중요한 목적은 쾌락이다. 시는 쾌락에 의해서만 인간을 교화시킬 수 있기 때문에, 교화는 시의 목적에 있어서 부수적인 것이다." 드라이든의 이와 같은 견해는 그 때까지 논의되어 왔던 문학의 쾌락설과 교훈설을 확연하게 구분 짓는 것이라고 볼 수 있다.

드라이든 이후 사무엘 존슨은 문학의 도덕성과 보편적 경험에 대해서 관심을 기울였다. 10권으로 이루어진 그의 『시인의 일생』은 풍부한 인용과 조감도적인 비평으로 정평이 나 있을 정도이다. 문학에 대한 그의 가장 중요한 두 가지 관심은 도덕성에 대한 비판과 함께 시인은 특수한 경험에 연루되기보다는 보편적인 경험에 관계된다는 데에 있다. 그의 이러한 태도는 문학작품의 도덕적 평가를 편협한 것으로 보았으며, 시인은 특수한 경험만을 표현한다고 주장한 낭만주의 시인들에 의해서 거부되었다. 그러나 이들 낭만주의 시인들도 사무엘 존슨의 문학에서 깊은 통찰력과 상식수준의 지식으로도 이해될 수 있는 그의 비평적 안목을 인정했다. 시인이 과연 보편적 경험을 표현하느냐 아니면 특수한 경험을 표현하느냐의 문제를 비평가들은 오랫동안 논의해 왔다. 존슨이 인식했던 시인의 보편적 경험의 중요성은 조슈아 레이놀즈에 의해서 강화되었지만 윌리엄 블레이크의 공격을 받게 되었으며 나아가 낭만주의 비평가들의 수많은 우려와 염려를 자아내게 되었던 것이다. 드라이든이 자신의 『극시론』에서 제안했던 '시간, 장소, 행위' 중에서 사무엘 존슨은 시간이 하나의 작품을 평가할 수 있는 가장 중요한 개념이라고 파악했다. 사무엘 존슨의 업적은 예일 비평가 그룹의 일원에 해당하는 해럴드 블룸에 의해서 재평가되고 있다. 블룸은 물론 해체주의 비평가는 아니지만 그의 독창적이면서도 난삽하고 심오한 비평사상과 용어로 인해서 해체주의 비평가로 분류된다.

시인의 보편적 경험세계를 거부하고 특수한 경험세계만을 중요하다고 생각한 낭만주의 비평가 중에서 우리는 S. T. 콜리지를 빼놓을 수 없다. 콜리지는 F. W. 셸링의 『선험적 관념론 대계』로부터 영향을 받아 『문학평전』(1817)을 집필했다. 워즈워스의 서정시에 대한 평가가 수록된 이 책은 특히 제8장에서 집중적으로 논의된 '상상력'과 '공상'의 구분으로 유명하며, 이 두 가지 요소는 근본적으로 콜리지의 비평론과 인식행위를 반영하고 있다. 그 이전의 비평가들이 문학의 보편성과 특수성에 최대한의 관심을 기울였듯이, 콜리지도 보편성과 특수성의 문제 및 이러한 문제를 중재하는 상징의 위치 그리고 창작심리에 관심을 기울였다.

하나의 문학작품에 있어서 보편성은 특수성 내에 자리 잡고 있으며 특수성은 단순히 보편성만을 대표하는 것이 아니다. 콜리지는 자신의 이러한 견해를 뒷받침하기 위해서 플로티누스와 신학자들의 이론을 소개했다. 특히 아름다움이란 곧 '개체 내의 복합체'라는 콜리지의 정의는 그동안 그 자신이 전개한 논지를 확고부동하게 해주었다. 그는 또 수다한 낭만주의 이론가들이 그랬듯이 '상징'과 '알레고리'를 구별하고자 했다. 그의 시대에 있어서 상징은 알레고리보다 중요한 개념으로 사유 내에 분리되어 산재해 있는 모든 것을 병합시키는 방식이며 상징은 곧 아름다움의 매개체라는 등식이 문학비평에 아무런 이의 없이 적용되었다. 낭만주의자들은 일반화된 전형으로서 알레고리를, 특수한 보편성으로서 상징을 구별하고자 했다. 그러나 해체주의 비평을 비롯한 최근의 문학비평에서는 상징보다는 알레고리를 더 중요한 개념으로 평가하고 있다. 특히 해럴드 블룸의 『영향에 대한 불안』과. 1983년에 타계한 폴 드 만의 『맹목성과 통찰력』에서는 이 점을 분명하게 하고 있다. 셸링의 인식론에 힘입어 콜리지는 자신의 이러한 견해를 다음과 같이 정리했다. "시인의 감성과 지성은 형식적 직유의 유형에 의해서 자연의 모습과 단순히 융화되거나 어설프게 혼합되는 것이 아니라 자연의 위대한 모습과 결합하되 진실로 결합되어 통합되어야 한다."

콜리지는 또 공상의 결과는 시의 기계적인 형식을 초래하고 상상력의 결과는 시의 유기적인 형식을 야기한다는 점을 강조했다. 즉, 하나의 예술작품은 어떠한 외부적인 요인에 의해서가 아니라 그 자체 내부의 조화와 질서의 원리에 의해서 유기적으로 생성 발전된다는 것이 그의 주장이다. 독일의 선험철학 특히 셸링의 예술철학에서 많은 영향을 받은 콜리지의 시의 유기체론은 1930년대에 미국에서 성행한 신비평의 이론과 유사하다. 1910년에 이미 조엘 E. 스핀건이 '신비평'이라는 말을 사용하기는 했지만 '신비평'이라고 했을 때, 이 말은 보통 1941년에 출판된 존 크라우 랜섬의 『신비평』에 근거를 두는 문학이론과 비평을 의미한다. 콜리지의 이러한 견해가 1950년대 예일대학교의 비평가들이 주장했던 시의 구조, 즉 시 그 자체 내에서 자급자족하는 폐쇄된 구조라는 견해와 유사하다는 점, 아울러 신비평을 대표하던 선배교수들의 연구업적에 힘입어 해체주의 비평과 이론 및 방법론을 대표하는 교수들 대부분이 예일대학교에 자리 잡고 있다는 점은 시사하는 바가 크다고 할 수 있다.

콜리지가 칸트의 철학과 셸링의 예술철학을 통해서 영국을 제외한 유럽적인 문학론에 눈을 떠 『문학평전』을 집필했듯이, 아널드도 영국 비평가들의 편협주의와 무사안일주의 및 유럽의 지성운동에 대한 무지를 통렬하게 비난했다. 아널드가 주장하는 냉정한 비평은 칸트가 예술작품을 읽는 독자의 역할을 분석할 때에 견지했던 냉정한 미학적인 태도와도 같은 것이다. 역사적인 관점이나 개인적인 취향에 의해서 한 편의 시를 평가하는 것을 거부한 아널드는, 교육 특히 인문교육에 의해서 비평적 안목을 배양해야 한다고 주장했다. 따라서 건전한 비평과 평가는 어떠한 원리나 방법만을 기계적으로 적용하는 지각없는 사람들에 의해서가 아니라 교육받은 사람들에 의해서 이루어져야 한다는 것이다. 아널드는 시를 읽는 독서행위를 포함하는 모든 인문교육에 의해서 진정한 비평능력을 심화·확대시켜야 한다고까지 주장했다. 문학작품과 독자와의 관계를 인식한 아널드의 주장은 I. A. 리처즈가 『실천비평』에서 강조한 바 있는 독자와의 관계 및 해체주의 비평의 한 갈래에 해당하는 '독자지향주의 비평'과 유사한 점을 지니고 있다.

아널드 이 후에 T. E. 흄은 「낭만주의와 고전주의」라는 글에서 시는 무엇보다도 시인의 개성의 표현이라는 시의 독창성을 중요시하는 풍토를 비판했다. 흄의 이러한 태도에 호응한 T. S. 엘리엇은, 시인은 자신의 개성을 표현하는 것이 아니라 하나의 매개체를 통해서 표현한다는 점, 위대한 시는 언제나 타계한 시인이나 예술가의 작품에 관계된다는 점, 따라서 시인은 '과거의 현재성'의 의미를 발전시켜야 한다는 점을 강조했다. 엘리엇의 이러한 견해는 해체주의 비평의 핵심적인 이론을 발전시키고 있는 크리스테바의 '상호텍스트성'—이러한 개념을 '간(間)텍스트성'이라고도 하며, 이 때의 '간(間)'은 두 개 이상의 텍스트성에 단순히 개입하는 것만을 의미하기 때문에 필자는 '상호텍스트성'이라고 옮기고자 한다. 이 때의 '상호'는 두 개 이상의 텍스트성에 단순히 개입하는 것은 물론 새로운 의미의 텍스트성을 창조하기 때문이다—의 개념과 유사한 것이고 나아가 그것은 해럴드 블룸이 강조하는 '한 편의 시 속의 다수의 시'의 개념 및 앞에서 언급한 바 있는 '영향의 불안'과 같은 것이라고 볼 수 있다. 크리스테바는 자신의 이러한 이론을 미하일 바흐친의 '대화중심주의'를 중심으로 하여 발전시켰다. 그리고 이들의 이론에 의해서 우리는 자크 데리다의 해체주의 이론과 노자의 도덕경, 베를렌 시와 김영랑 시, 랭보의 시형식과 정지용의 시형식, 릴케의 시세계와 한용운의 시세계를 비교해 볼 수 있을 것이다.

  T. S. 엘리엇은 낭만주의자들이 자신들의 장점이라고 여겼던 시의 독창성과 자기표현을 반박하는 한편, 다른 한편으로는 시인은 자신의 감정을 표현할 수 있는 매개물을 개발해야 한다는 점을 강조했다. 이 매개물이 바로 엘리엇이 「햄릿과 그의 문제점」에서 논의한 바 있는 '객관적 상관물'이다. 물론 이 어휘에 대한 엘리엇의 정의가 명확한 것은 아니지만 그러나 그럼에도 그의 이 말은 문학비평에 있어서 중요한 몫을 차지하고 있다. 이제까지 있어왔던 모든 비평론을 비평가는 주의 깊고 의미심장하게 읽어야 한다는 점을 강조한 엘리엇의 견해는 블룸이 강조하는 문학적 영향의 불안과 일맥상통하는 면을 지니고 있다. 블룸이나 크리스테바는 모두 다 문학적 영향관계에 대해서 언급하고 있다. 그러나 전자는 운문으로 쓰인 낭만주의 시의 내용의 역사적 영향관계에 대해서 강조하는 반면, 후자는 바흐친의 이론을 원용함으로써 산문으로 쓰인 언어의 역사적 영향관계에 대해서 강조하고 있다. 엘리엇이 통찰했던 문학작품—그는 가끔 '텍스트'라는 말을 사용했는데 이 때의 텍스트 개념은 문학작품의 범주를 벗어나지 않는다—의 언어와 내용이 지니고 있는 역사성은, 비록 엘리엇 당대의 비평가들이 그것의 중요성을 인식하지 못했고 또 그 의미가 지금의 해체주의 이론과 비평처럼 심오한 것은 아니었다 하더라도, 해체주의 이후에 새로운 각도에서 인식되기 시작했다.

문학작품은 언어로 형성된다는 점에 착안하여 신비평의 방법론을 전개한 바 있는 클리언스 브룩스와 R. P. 워렌은 『시의 이해』와 『소설의 이해』를 공저했다. 브룩스가 낭만주의 시에 대해서 가지고 있는 불만은, 낭만주의 시는 전후관계에서 비롯된 가장 경이로운 진술만을 강조한다는 데에 있었다. 그는 자신이 강조하는 시의 유기체론에서 한 편의 시에서 '쉽게 설명할 수 있는 본질적인 핵심'은 시의 요소가 아니라 시 해석자의 창조행위라는 점을 강조했다. 따라서 시의 의미 혹은 시의 존재는 시의 형식구조에 자리 잡게 되는 것이지 자신의 스승인 존 크라우 랜섬이 강조하는 '의사본질(擬似本質)'에 있는 것이 아니라고 강조함으로써, 자신의 스승의 견해에 정면으로 반대했다. 다시 말하면 한 편의 시에서의 진술은 시의 전체적인 구조를 떠나서는 완벽하게 규명할 수 없다는 것이 브룩스의 주장이다. 그는 '패러독스'를 시를 이해할 수 있는 가장 중요한 요소로 파악했으며, 자신의 『잘 빚은 항아리』에서 이 점을 명확하게 설명했다. 브룩스의 이 저서는 아직도 여전히 신비평을 실천한 명저로 평가받고 있으며 그가 창안해 낸 '반의사진술론(反擬似陳述論)'은 W. K. 윔재트와 비어즐리가 창안해 낸 '의도의 오류' 및 '감정의 오류'만큼이나 신비평을 이해하는 데 있어서 중요한 어휘가 되었다.

7.1.2 해체주의 비평의 이론적 전후관계

서구 문학비평의 역사에서 해체주의 비평의 가능성을 안고 있는 실천비평의 발전과정은 이상에서 논의한 바와 같다. 해체주의 비평의 이론적 전후관계를 파악하기 위해서는, 다시 말하면 M. H. 에이브람스식의 설명을 하기 위해서는 이론비평의 원형에 해당하는 아리스토텔레스의 『시학』에서부터 출발해야 할 것이다. 그의 스승인 플라톤은 『공화국』에서 이렇게 강조했다. "신은 1차적인 모방으로서 목수가 제작하는 침대와 2차적인 모방으로서 시인이 묘사하는 침대를 구별하고 있으며 일반적으로 침대 제작자가 만드는 침대가 아닌 진실된 의미에서의 침대 제작자가 되고자 한다는 것을 알고 있다. 신은 본질적으로나 그 특성에 있어서나 오로지 하나 뿐인 침대를 제작했다." 플라톤의 견해에 의하면 시인은 외부로 나타난 자연의 단순한 모방자일 뿐이다. 그러나 그의 제자인 아리스토텔레스는 진실성을 어디에 두느냐에 따라서 시인의 의미는 상이하게 달라질 수 있다는 점을 강조했다.

아리스토텔레스는 외부세계는 불변적인 사유의 일시적인 모방이 아니며 변화는 자연의 근본적인 과정, 즉 그 진행과정이 설정된 창조력이라고 파악했다. 그에서 있어서 진실성이란 하나의 형식이 구체화의 과정에 의해서 스스로를 나타내고 또 구체화된 것이 질서화 된 원리에 의해서 의미를 획득하는 과정을 의미한다. 이러한 진실성의 과정은 곧 자연에서 하나의 형식을 취해 상이한 명제를 대체하는 과정에서 그 형식을 재정립하는 시인의 모방행위와 유사한 것이다. 따라서 시인은 모방자이자 창조자이기 때문에 시는 역사나 정치보다 상위에 속하는 개념이라고 강조했다.

> 시인과 역사가의 진정한 차이는 후자가 발생했던 것에만 관계되지만, 전자는 발생 가능한 것에도 관계된다는 점이다. 따라서 시는 보편적인 것에만 관계되는 반면, 역사는 특수한 것을 표현하기 때문에 시는 역사보다 더 철학적이고 더 포괄적인 상위개념에 속한다.

아리스토텔레스는 시의 구성이 극적 구성의 원리에 의해서 형성되고 "시작, 중간, 결말이 있는 전체적이고 완벽한 하나의 행위를 그 주제로 하며 그 자체의 모든 단위에 있어서 살아 있는 유기적 조직체와 비슷하다."라고 파악했다. 그의 이러한 태도는 콜리지를 거쳐 신비평에서 제창되었던 시의 유기체론을 예견한 것이라고 볼 수 있다. 특히 시인은

있는 그대로의 사물, 말해졌거나 상상되었던 사물, 또는 반드시 있어야
만 하는 사물 중에서 그 어느 한 가지를 반드시 모방하게 되며, 이러한
경우 시인은 "표현 매체로서 언어를 사용하게 되고 그러한 언어는 현
재 사용 중에 있거나 사용될 수 있는 것이거나 진기한 어휘나 비유에
해당한다."라고 강조했다. 그가 강조하는 언어의 중요성은 시의 구조와
의미의 연구에 있어서 분석적인 방법의 출발점이 되었다고 볼 수 있다.

　아리스토텔레스 이후 많은 이론비평이 영미문학에 대한 것이었지만
자크 데리다의 해체주의 비평 이론이 프랑스에서 비롯되어 영국과 미
국의 대학비평에 대두되기 전까지 주목되었던 비평론은 아마도 I. A.
리처즈의 『문학비평의 원리』와 M. H. 에이브람스의 『거울과 등불』 그
리고 노스럽 프라이의 『비평의 해부』일 것이다.

　I. A. 리처즈의 『문학비평의 원리』는 확고하고 논리적인 이론을 문학
비평에 제공하고자 하는 의도와 커다란 영향력을 행사하려는 여심에
찬 시도에서 비롯되었다. 그에 의하면 입증할 수 있는 사실보다는 입증
가능한 태도와 가치에 관계되는 문학은 그 자체가 물론 중요하지만, 그
러한 문학작품을 평가하고 분석하는 비평에서는 과학의 엄격한 정확성
에 필적될 수 있어야 한다는 것이다. 그 당시로서는 예외적인 분야에
해당하는 미학, 기호학, 심리학에 흥미 있었던 그는 언어의 근본적인
역할에 관심을 보였으며, 과학적인 언어는 '참조적인 언어'이고 시적인
언어는 '정서적인 언어'라고 구별했다. "하나의 진술은 진실이든 거짓
이든 그 진술이 지칭하는 참조적인 대상을 위하여 사용되는 것이다. 이
것이 언어의 과학적인 사용이다. 그러나 이러한 진술은 또 그 진술에서
비롯되는 대상이 야기하는 정서나 태도의 효과를 위하여 사용될 수도
있다. 이것이 언어의 정서적인 사용이다." 그는 아리스토텔레스가 주목
한 바 있는 문학작품에서의 언어의 기능과 역할을 중요하게 생각했다.
그 결과 그는 아리스토텔레스가 "있을 법하지 않은 가능성보다는 있을
법한 불가능성이 더 낫다."라고 말한 데 대해서 "부적절한 반응이라 하

더라도 거기에는 위험성이 거의 없다."라고 덧붙임으로써 아리스토텔레스의 견해에 동조했다.

언어를 '참조적인 언어'와 '정서적인 언어'로 구별하고 또 독자의 충동과 태도를 긴장시키고 이완시키는 매개체가 바로 시의 언어라는 점을 강조한 I. A. 리처즈의 이론과 영미계열의 신비평 이론은 유사한 점을 지니고 있다. 신비평가들은 시의 언어의 독특한 특성을 명쾌하게 설명하기 위해서 가능한 한 새로운 방법을 창안했을 뿐만 아니라 이러한 이론을 실천비평에 적용했다. 그러한 예가 바로 윌리엄 엠프슨의 '모호성,' 클리언스 브룩스의 '패러독스'와 '아이러니,' W. K. 윔재트의 '언어적 성상(聖像)'이다. "최고의 훌륭한 인생이란 가능한 한 가장 많이 우리들 인간의 특성이 혼동 없이 관여될 수 있는 삶"이라는 점을 강조하는 리처즈는 문학에 대해서 이렇게 언급했다. "문학은 우리가 이러한 목적을 달성할 수 있도록 경험을 형성해 주고 그러한 경험을 평가해 주는 것이다." 문학의 가치평가와 경험의 인식 및 문학의 사회적이고 문화적인 역할에 대한 리처즈의 강조는 다분히 아널드적이다. 아널드는 인간을 교화시킬 수 있는 매개체로서 문학의 중요성을 강조했기 때문이다.

1920년대에 영국의 케임브리지대학교 교수로 재직할 때에, 학생들이 연구한 익명의 시에 대한 평가와 그들의 선호도를 정리한 I. A. 리처즈의 『실천비평』은 시를 실제로 읽는 독자의 반응 여부에 따라서 주어진 시의 가치를 판단하고 있다. 가공적이고 반역사적인 방법이라는 비난을 받기도 했지만, 시의 가치를 '올바른 유형의 독자'의 경험에 비추어 연구한 리처즈에게 있어서 시를 논의한다는 것은 시를 읽는 독자의 '경험 구조'를 논의하는 것과 같은 의미를 지니고 있었다. 리처즈가 강조하는 「의미의 네 가지 유형」은 시와 독자의 의사소통 및 그 가능한 요소에 대해서 언급하고 있으며, 그의 이러한 언급은 요즈음 논의되고 있는 독자지향주의 비평의 모체가 되었다.

리처즈가 자신의 『문학비평의 원리』에서 시와 언어의 문제, 시와 경험의 문제, 시와 독자의 문제에 대해서 체계적인 이론을 수립했다면, M. H. 에이브람스는 『거울과 등불』에서 낭만주의 문학이론 및 비평의 역사와 전통에 대해서 연구했다.

> 이 책의 제목은 공통되면서도 대조되는 한 가지 마음의 두 가지 비유를 나타낸다. 한 가지는 외부 대상을 반영하는 마음가짐을 나타내고 다른 한 가지는 인지한 대상에 기여하는 빛의 투사체로서의 마음가짐을 의미한다. 첫 번째 마음가짐은 플라톤 시대부터 18세기까지 나타났던 거의 모든 사고행위의 특성이었으며 두 번째 마음가짐은 낭만주의시대 이래 지배적인 정신으로 전해지는 시정신에 대한 낭만주의적인 개념을 나타낸다.

에이브람스의 연구목적은 빛의 발원체에 해당하는 '등불'의 역할에 해당하는 18세기 낭만주의 이후의 시정신에 의해서 외부에 나타나는 '거울'의 역할에 해당하는 낭만주의 이전의 시정신을 능가하는 데 있으며, 나아가 등불의 역할을 미학, 시학, 이론비평 및 실천비평 전반에 걸쳐 심화·확대해 나가는 데 있었다. 아울러 에이브람스는 이 책의 첫 장에 해당하는 「비평이론에 대한 서론」에서 '작품,' '대상,' '작가,' '독자'의 상호 연관성을 바탕으로 하여 문학이론을 다음과 같이 분류했다. ① 작품과 대상의 관계를 강조하는 고전주의 시대의 아리스토텔레스로 대표되는 모방주의 문학이론, ② 작품과 독자의 관계를 강조하는 16세기의 필립 시드니 경으로 대표되는 실용주의 문학이론, ③ 작품과 작가와의 관계를 강조하는 낭만주의 시대의 워즈워스로 대표되는 표현주의 문학이론, ④ 작품 자체의 독자성을 강조하는 20세기 이후의 대다수 문학 연구자들에게 해당하는 미학주의 문학이론으로 나누었다.

이상에서 살펴 본 바와 같이 I. A. 리처즈의 이론비평과 실천비평 및 M. H. 에이브람스의 낭만주의 시와 그것에 대한 이론연구가 광범위한 의미에서 신비평의 영역에 속한다면, 노스럽 프라이의 『비평의 해부』는 신화비평의 영역에 속한다. 신학을 공부하던 과정에서 문학에 심취하게 된 프라이는 윌리엄 블레이크에 관한 연구를 1947년에 출판했다. 그의 연구 대상이 된 블레이크는 "나는 하나의 신화체계를 창안하든가 아니면 타인의 신화체계에 예속되어야만 한다."라고 강조했다. 블레이크는 구전신화, 성서의 역사 및 그것의 예언을 자신의 이러한 주장과 견해에 접목시킴으로써 자기 자신만의 독특한 신화체계를 형성했을 뿐만 아니라 이러한 체계를 자신의 시에 적용했다. 이와 같은 블레이크의 시와 신화체계를 연구한 프라이는 당대의 탁월하고 독창적이며 영향력 있는 신화비평가에 해당하는 로버트 그레이브스, 프란시스 퍼구선, 리처드 체이스, 필립 휠라이트, 레슬리 피들러 중에서 가장 많이 주목받는 신화비평가이자 이론가가 되었다.

 I. A. 리처즈 이래 대부분의 이론비평가들이 그랬던 것처럼 프라이 자신도 현존하는 문학비평의 혼동과 모순을 극복 지양하고자 하는 한편, 문학연구에 있어서의 과학적인 방법의 중요성과 그 긴밀성을 추구하고자 했다. 표면적으로는 지나칠 정도로 교묘하고 사실적인 모든 문학작품, 장르, 구성의 형식은 그것이 아무리 복잡 미묘하다 하더라도 확실한 '원형(原型)'과 본질적인 '신화법칙'의 재현이라는 점을 프라이는 주장했다. 그에 의하면 '서사장르'에는 희극, 로망스, 비극 및 아이러니가 있으며, 이러한 요소들은 신화형성에 있어서 네 개의 기본요소에 해당하는 봄, 여름, 가을, 겨울이라는 계절의 순환원리에 관계된다. 그는 이렇게 강조했다. "신화의 특수한 양식이 문학의 관습과 장르가 되었다." 프라이에게 있어서 문학비평의 긴밀성과 연관성은 언제나 이러한 네 개의 요소—예를 들면 물, 불, 공기, 흙이나 샘, 시내, 강, 바다; 봄, 여름, 가을, 겨울—의 '상호 치환작용'의 다양한 방법의 의해서만 이루어진다. 그의 신화비평에 있어서의 '원형론'은 그가 「문학의 원형」에서 제창한 원형의 '명료성,' '경제성,' '재치성'으로 이어진다. 이 모든

요소를 종합하는 상징체계를 '외면성'과 '내면성'으로 구분하는 데 있어서 프라이는 '언어구조'는 확실한 외부사실을 포착하기 위해서 교훈적이면서도 묘사적인 경향을 지닌다는 점, 시인은 묘사적인 정확성에 의존한다기보다는 자신의 '가정적 사실(假定的 事實)'에 대한 확신감에 의존한다는 점을 강조했다. 그는 모든 문학의 언어구조에 있어서 외부적인 묘사의 기교가 아무리 탁월하다 하더라도 최종적인 의미의 설정은 내부적이라는 점도 강조했다. 따라서 모든 상징체계는 그것이 문학적이든 아니든 구심적이며 문학은 "언어를 언어 자체로부터 분리시켜 사용하는 것"이라고 파악했다.

앞에서 살펴본 바와 같이 낭만주의 시인이나 비평가들이 상징과 알레고리를 대립적인 개념으로 파악한 데 반해서 프라이는 알레고리를 상징의 범주에 속하는 한 가지 개념이라고 생각했다. 그에 의하면 상징에는 '이미지'로 나타나는 형식적인 면, '원형'으로 나타나는 신화적인 면, '단자(單子)'로 나타나는 신비적인 면이 있다. 형식적인 면에서 알레고리는 낭만주의 시대의 한정된 의미뿐만 아니라 '순수한 알레고리'와 '극단적 내면성'은 물론 비밀스러운 결합에 의해서 비롯되는 '극단적 내면성'까지도 포함한다. 신화적인 면에서는 문학이라는 실체를 반복하는 그 무엇이 곧 상징이라는 점이 강조되었다. 이 경우에 있어서 시는 자연의 모방이 아니라 이미 존재해 왔던 다른 시의 모방이 된다. 이러한 점에서 프라이는 신고전주의자라고 볼 수 있다. 신비적인 면에서는 문학이란 모든 상상력의 종합이라는 점이 강조되었다. 이 경우에 있어서 문학은 인생을 논의하기 위해서 외부적인 것에 의존하는 것이 아니라 언어의 관련체계 속에 인생과 현실을 포함시키고자 한다. 이러한 점에서 프라이는 고전적 의미의 문학 모방주의를 부인한다.

프라이의 신화비평은 문학연구에 끼친 그것의 영향력만큼이나 그것에 대한 반대의견도 대단했으며, 이러한 반대론은 두 가지로 대별된다. 하나는 이제까지 있어 왔던 문학작품의 가치평가 혹은 평가의 역사를 단순한 '역사적 취향'이라고 일축한 프라이의 비판은 가치평가가 곧 문학연구의 '존재이유'라고 생각했던 많은 비평가들로부터 거센 공격을 받게 되었다. 이들이 극단적으로 대립하게 된 근본적인 이유는 프라이가 '언어의 총체적 질서'로서 문학이라는 전체적인 실체를 조명하고자 한 데 반해서, 프라이에게 반대한 비평가들은 변별적인 존재로서 문학작품을 연구해 왔기 때문이다. 문학을 광범위한 범주로 파악한 프라이는 다음과 같이 강조했다. "신비스럽게도 시는 모든 의식 혹은 인간이 행할 수 있는 무한한 사회적 행위를 인간이 가질 수 있는 모든 꿈이나 무한정한 변별적 사고행위에 결부시킨다." 둘째, 프라이의 비평에 대한 반대론자들은 그의 비평이 지나칠 정도로 도식적일 뿐만 아니라 과학적이라기보다는 진실도 허위도 아닌 특징 없는 특징만을 지니고 있다는 점을 지적했다. 이러한 비판에 대해서 프라이는 다음과 같이 응수했다. "나의 문학관의 구조를 호응할 수 없는 것으로 간주하는 많은 비평가들은 나의 문학관에 삽입 가능한 유용한 통찰력을 발견하겠지만 그러한 구조가 없다면 그러한 통찰력도 있을 수 없을 것이다."

'언어의 총체적 질서'로서 문학을 파악하려 한 프라이의 견해는 형식주의 비평의 태도, 미국적인 신비평이라기보다는 유럽적인 형식주의와 유사한 면을 지니고 있다. 문학을 신화와 의식에 의해서 연구하고 나아가 인류학적이고 심리분석적인 방법을 제시한 프라이의 방법은 이제까지 있어 온 모든 문학 연구방법을 종합함으로써 1960년대부터 논의되기 시작한 구조주의와 쌍벽을 이루게 되었다.

문학이론가나 비평가는 아니지만 언어학자인 소쉬르와 레비스트로스의 문화인류학에 바탕을 두어 발전된 구조주의의 중심적인 이론은 하나의 자료에 대한 요소가 주어졌을 때, 그 요소를 성분이 전혀 다른 이질적인 요소와 비교하는 것이 아니라 주어진 요소와 유사한 성격을 지닌 요소끼리 분류하여 비교 검토하는 것이다. 구조주의의 이러한 문학 연구방법은 시를 설명하기 위해서 신비평에서 자주 원용되고는 했던

‘유기적 비유’와 유사한 면모를 지니고 있다. 프라이의 신화비평이 신화의 공통요소에 의해서 문학의 총체성을 파악하고자 했듯이, 구조주의 비평도 공통적인 구조와 그 구성요소에 의해서 문학의 총체성을 분석하고자 했다.

구조주의 방법론을 적용한 롤랑 바르트의 『기호학의 요소』는 1967년에 출판되어 가장 많은 호응을 얻었으며, 특히 그는 『기호의 왕국』에서 일본인들의 일상생활에 반영된 전통문화와 생활규범 등의 의미구조를 일본인들의 정신세계에 비추어 구조적으로 분석했다. 기호학은 바르트의 핵심적인 관심분야로서 소쉬르와 로만 야콥슨의 언어학 이론에서 발전시킨 개념으로 레비스트로스의 사회문화 인류학을 근간으로 했다. 따라서 바르트는 프랑스를 중심으로 하여 야기된 다양한 지성운동을 대표하는 것은 물론 구조주의 운동을 선도했다고 볼 수 있다. 그에게 있어서 구조주의 활동이란 하나의 대상이 가지고 있는 기능의 원리를 밝혀 그 대상을 명료하게 규명하기 위해서 ‘대상 자체’를 재구성하는 양식이다.

그러나 바르트는 대부분의 영미비평가들의 태도, 즉 우선적으로 문학작품의 평가와 해석에만 관심을 기울임으로써 자신들이 관여하고 있는 문학작품에서 하나의 진리를 탐색할 수 있다고 생각하는 태도를 거부했다. 어떤 의미에서든지 비평은 진리에 관여한다는 점을 거부하는 논지, 비평은 일찍이 감지하지 못했던 사실을 발견하는 데 있지 않고 작가의 언어를 비평가의 언어로 은폐시키든가 또는 조절하는 데 있다는 논리적인 제시, 논리학과 같이 비평도 궁극적으로는 동일한 언어의 중복과 반복이라는 점을 강조하는 바르트의 주장은 그의 「비평으로서의 언어」에 잘 나타나 있다. 그의 이 글은 프랑스는 물론 영미를 포함하여 동서유럽을 대표하는 비평가들의 ‘주의표명’이라고 할 수 있는 대표적인 논문과 함께 《타임 ‘문학선집’》(1963)에 수록되었고 『비평의 시대』(1964)에 재수록되었다. 『비평의 시대』에 수록된 글을 분석하면 드러나듯이 영미계열의 비평가들은 문학작품의 평가와 분석적인 방법론에 관심을 보인 반면, 바르트를 포함하는 유럽계열의 비평가들은 이론비평에 더 많은 관심을 보이고 있다. 바로 이러한 점이 비평에 있어서 프랑스적인 특성과 미국적인 특성이 된다.

7.1.3 해체주의 비평의 미국적 영향

유럽적인 특징을 지닌 해체주의 비평이 소개된 후 미국에서 고조되었던 다양한 적용방법 중에서 하나는 '예일학파'의 형성을 들 수 있고 다른 하나는 '신신비평'의 개념을 들 수 있다. 전자의 경우는 앞에서 간단하게 살펴 본 바와 같으며 후자의 경우는 조나단 아락을 들 수 있다. 그는 「서정시와 신비평의 도약」에서 이 말을 사용하고 있으며, 그의 이 글은 1982년 10월 캐나다 토론토대학교에서 개최한 '서정시와 신신비평' 심포지엄에서 발표된 13편의 논문을 수록한 『서정시: 신비평을 넘어서』에 '후기'로 실려 있다. 『서정시: 신비평을 넘어서』는 필자가 번역하여 『서정시의 이론과 비평』(2004)이라는 제목으로 국내에 소개되었다. 아락이 강조하는 바를 예로 들면 다음과 같다. 구조주의, 페미니즘, 심리분석주의, 독자지향주의, 기호학과 의미론, 사회주의 문학이론 등의 비평방법은 지향하는 그 각각의 최종적인 목표가 상이하다 하더라도 모두 다 선정한 텍스트에 사용된 기술(記述)된 언어에서 출발하고 있다는 공통점을 지니고 있다.

이러한 신신비평의 방법은 신비평의 방법에 근거하면서도 되도록이면 신비평의 방법을 지양하고자 한다는 공통점을 지니고 있다. '신비평의 방법에 근거한다.'는 말은 우선 '꼼꼼하게 읽기'를 강조하고 나아가 그러한 읽기에 의해서 '텍스트' 자체의 의미를 설명하고자 한다는 점을 의미한다. 시인은 "시인 자신의 중심의 중심으로부터" 시를 써야 한다는 T. S. 엘리엇의 말처럼, 한 편의 시를 독립적이고 자급자족적인 존재로 파악했던 신비평가들은, "시는 객관적인 존재이고 묘사하는 대상의 특성을 열거하며 그 자체의 목적을 위해서 존재하는 자립적인 존재라는 것"을 인정해야 한다는 존 크라우 랜섬의 말을 중요하게 생각했다. 이들은 또 하나의 문학작품 내에 자리 잡고 있는 구성요소들의 복잡한 상호연관성과 다양한 의미 혹은 의미의 모호성을 세부적이면서도 설득력 있게 분석하기 위해서 텍스트에 대한 꼼꼼하게 읽기와 상세한 설명을 강조했다. 문학을 가르치는 데 있어서 '텍스트 자체의 설명'은 프랑스학파에서 오랫동안 지켜져 온 전형적인 방법이며 그것은 또 I. A. 리처즈의 『실천비평』과 윌리엄 엠프슨의 『일곱 가지 유형의 모호성』에서도 심도 있게 논의된 바 있다.

신신비평이 신비평과 다른 점은 다음과 같다. 신비평에서는 한 편의 서정시에 사용된 비유법 주로 은유와 상징의 방법을 통해서 시어와 시어 사이에 내재되어 있는 긴장, 아이러니, 패러독스, 재치를 파악하여 선정한 시의 이미지 표출과 비유법의 성공여부를 판가름했다. 따라서 신비평에서는 연구 대상이 된 시에 대해서 '좋은 시다' 혹은 '나쁜 시다'라고 판가름 할 수 있었다. 그러나 신신비평에서는 은유보다는 환유를, 상징보다는 알레고리를 상위개념으로 파악하여 한 편의 시에 사용된 비유법은 물론 언어로 쓰인 모든 텍스트의 문채(文彩)를 연구 대상으로 삼고 있다. 즉, 문학작품의 의미를 해석하는 데 있어서 신비평은 서정시에 한정된 '비유법'을 강조하고 신신비평은 언어로 쓰인 모든 텍스트에 사용된 문채를 강조한다고 볼 수 있다. 비유법과 문채에는 다음과 같은 차이점이 있다. 비유법은 상상력에 의해서 하나의 대상에 해당하는 제1대상을 다른 대상에 해당하는 제2대상에 결합시키는 암시된 유추를 의미한다. 이 때 제2대상이 가지고 있는 하나 혹은 다수의 특징을 제1대상에 전가시킬 수도 있고, 제2대상에 관여하고 있는 정서적이고 상상적인 특성을 제1대상에 부여할 수도 있다. 따라서 '비유법'은 언어가 지니고 있는 의미의 시적 전환과 변용을 이룩할 수 있는 중요한 원리인 '문채'의 한 분야라고 할 수 있다. '비유법'에 대한 논의는 일찍이 아리스토텔레스에게서도 찾아 볼 수 있다. 그는 상이해 보이는 사상에서 동질성을 찾아내도록 시인에게 통찰력을 길러 주는 '단연 가장 위대한 것'이 바로 '비유법'이라고 파악했다. 근래에는 I. A. 리처즈의 '주지(主旨)'와 '매체,' 클리언스 브룩스가 강조하는 '기능적 비유'와 '참고적이고 정서적 비유'를 들 수 있다. 브룩스에 의하면 '비유법'에는 그 어떤 방법으로도 전달 불가능한 '진리'를 나타내는 직접적인 방법이 포함되어 있다.

'문채'는 수사학의 한 분야로서 하나의 어휘가 지니고 있는 문자 그대로의 고유한 의미 이외의 의미, 즉 의미의 변화와 전환을 포함하고 있는 '사고행위의 특징'을 나타낸다. 이런 경우에 비교의 방법이나 아이러니적인 표현을 '문채'라고 볼 수도 있다. 중세의 연극을 연구하는 데에 필수적인 요소가 바로 '문채'이다. 8-9세기 경에 성당의 미사의식에서 그레고리 성가에 화답하기 위한 부수적인 성가는 미사집전에 있어서 필수적인 것이었다. 신앙의 환희와 기쁨을 표현하기 위해서 처음에는 악보에 의한 음향만 강조되었으나 뒤에 가서 가사가 첨가됨으로써 새로운 내용의 성가가 작곡되었던 것이다. 이렇게 해서 '새로운 요소'가 첨가된 성가를 '문채' 혹은 '성가의 가사가 수록된 텍스트의 확대'라고 부르게 되었다. 이러한 의미를 지닌 문채는 산문, 운문 및 두 개의 합창단이 노래로 화답하는 음악적인 대화형식에도 나타나게 되었다. '로마 크윈틸리언학파'의 《웅변학회지》(8-9권)에는 하나의 어휘가 지니는 고유의미로부터의 현저한 변용을 '문채' 혹은 '사고행위의 특성'으로, 어휘의 고유한 의미보다는 '언어적 질서'에 중점을 둔 것을 '화술의 특징' 혹은 '수사적 특징'으로 분류했다. 언어적 질서에 의한 수사적 표현에는 '생략법,' 시의 여신에 해당하는 뮤즈에 대한 '기원(祈願),' '교차배열' 및 하나의 형용사나 동사로 두 개 이상의 명사를 동시에 억지로 수식하는 '액식어법' 등이 있다. 이상에서 살펴 본 바와 같이 '비유법’이나 ‘문채’는 모두 비유적인 표현을 의미하지만, 해체주의 비평에서는 문학텍스트에 대해서는 ‘비유법’을, 언어로 쓰인 모든 텍스트에 대해서는 ‘문채’를 적용하고자 한다.

신신비평이 신비평을 거부하게 된 동기는 바로 그 신비평의 방법에 있다. 신비평에서는 하나의 텍스트가 가질 수 있는 역사성의 배제는 물론 독자의 보편적인 상식과 견해에 의해서 작품의 의미를 분석·평가한다는 1960년대 초반에 미국 전역에 팽대해 있던 불만을 반영한다. 이러한 불만을 대체할 수 있는 방법으로 등장한 것이 프랑스 구조주의이다. 특히 로만 야콥슨과 레비스트로스가 공동으로 보들레르 시 「고양이」를 함께 분석한 글은 언어학과 인류학, 언어학과 구조주의가 접맥할 수 있는 계기를 마련했다. 하나의 새로운 이론은 또 다른 새로운 이론에 의해서 진부한 이론으로 전락되어 왔듯이 그 자체가 지니고 있는 참신하고 첨단적인 이론으로 각광받았던 구조주의 이론도 문학작품이 가지는 고유한 의미를 파괴해 버렸다는 비난을 받게 되었다. 구조주의 비평에서는 문학적인 의미해석보다는 언어학적인 의미나 인류학적인 의미 또는 문화적인 의미가 강조되었다. 이러한 예는 구조주의 이론을 미국적인 방법으로 수용하여 적어도 1980년도 초반까지 미국비평계에 강력한 영향을 끼쳤던 조나단 컬러의 『구조주의 시학』에도 잘 나타나 있다. 컬러는 자신의 책 마지막 부분에 해당하는 「구조주의 이론을 넘어서」에서 구조주의 방법론이 가지는 취약점을 인정하는 한편 당대의 프랑스 지식인의 경향을 대변하는 ‘텔켈’의 활동을 소개했다. ‘있는 사실 그대로’를 의미하는 이 잡지는 1960년대부터 전위적이고 진보적인 이론을 전개해 온 데리다, 푸코, 바르트, 크리스테바, 장 루이 보드리, 장 테보도, 필립 솔러즈, 장 리카르도 등의 글을 게재했으며 이들의 글은 『문학이론 종합』(1968)에 수록되어 있다. 컬러의 이와 같은 소개는 제프리 하트만이 「형식주의 방법을 넘어서」에서 조르쥬 플레, 마르셀 레이몽, 폴 아자르 및 가스통 바슐라르의 이론과 견해를 소개함으로써 형식주

의 비평의 한계성을 지적하고 다른 가능성, 예를 들면 구조주의 비평이
론의 가능성을 제안한 것과 유사한 면을 지니고 있다.

「구조주의 방법을 넘어서」에서 컬러는 프랑스 '텔켈' 그룹을 중심으
로 일어나고 있는 후기구조주의의 이론과 방법을 소개했으며, 데리다의
영향을 받은 '예일학파'의 교수들, 즉 힐리스 밀러, 블룸, 하트만, 폴 드
만은 『해체주의와 비평』을 출판했다. 이 책은 '구조주의 이후의 이론과
비평'이라는 부제(副題)가 암시하듯이, 미국에서 해체주의 비평의 배경
이 된 신비평과 구조주의, 구조주의와 후기구조주의, 기호학과 언어학
이론의 유사점과 차이점에 대해서 설명했다. 해체주의 관계 저서 중에
서 크리스토퍼 모리스의 『해체주의 : 이론과 실제』를 빼놓을 수 없다.
모리스는 신비평과 구조주의를 해체주의 비평의 근간으로 파악했으며
해체주의 비평과 미국비평과의 관계에서 앞에서 언급한 예일학파의 활
동을 소개했다.

7.1.4 해체주의 비평의 배경

조나단 컬러가 「구조주의 방법을 넘어서」에서 소개한 바 있는 '텔켈'
을 중심으로 활동해 온 진보적인 비평가들은 구조주의 비평가들이 선
정한 텍스트에서 일련의 규칙적인 법칙성을 찾아 이를 구조화하여 다
른 텍스트의 연구 분석에 적용하고자 하는 방법과는 달리, 그러한 '법
칙성'을 찾기 위한 지적인 활동의 '과정'을 중요하게 생각했다. 다시 말
하면 구조주의자들은 "모든 대상에는 구조가 있으며 그러한 구조를 규
명할 수 있다."라는 명제에 충실했지만, 후기구조주의자들은 "모든 대
상에는 구조가 있으며 그러한 구조를 규명할 수 없다. 다만 그러한 구
조를 찾아가기까지의 과정만이 있다."라는 명제에 충실했다. 따라서 기
존의 의미와 그러한 의미요소를 해체할 수 있는 힘을 하나의 '미확정적
인 급진적 힘'으로 파악함으로써 이러한 힘을 정의하는 과정에서 야기

될 수 있는 학문연구나 그것의 불합리성, 비평 활동의 파괴 혹은 비평 활동의 확장, 비평의 엄격성 혹은 비평의 융통성을 논의하기 시작했다.

후기구조주의의 한 분야로서 그 어떤 분야보다도 가장 난해한 분야로 인식되는 해체주의를 이해하기 위해서는 구조주의 비평에 대한 이해에서부터 출발해야 한다. 구조주의 비평은 하나의 문학작품에 내재되어 있는 법칙성의 발견, 기존 의미의 체계적인 분류와 분석, 발견된 법칙성과 분류된 요소의 구조화 및 체계화된 의미구조를 다른 문학작품의 연구 분석에 적용해 왔다. 현대 언어학의 명쾌한 분류방식에서 영향을 받은 구조주의 비평은 야콥슨으로 대표되는 러시아 형식주의 비평과 프라그학파의 언어학의 이론을 중요하게 생각했으며 아울러 소쉬르가 『일반언어학 강의』에서 발전시킨 바 있는 기표(記表)와 기의(記意), 공시성과 통시성, '파롤'과 '랑그'의 개념을 문화현상, 신화 및 종족관계 연구에 적용했다.

언어학 이론에 근거하여 발전된 초창기 구조주의에서는 소쉬르의 '랑그,' 즉 언어의 함축체계에 대응되는 모든 사유행위를 총망라할 수 있는 종합체계로서 의미요소의 배합법칙과 의미관계의 '저층구조'를 강조하는 것은 물론 소쉬르의 '파롤,' 즉 특별히 언급된 언어체계에 대응되는 특별한 문화현상이나 문학작품의 변별적인 기능을 강조했다. 그러나 후기의 구조주의에서는 산문으로 쓰인 모든 텍스트에 잠재되어 있는 법칙성, 모든 의미를 지칭하는 사회제도나 관례로서 문학의 체계적 법칙이나 규약을 명료하게 규명하고자 했다. 구조주의의 이러한 후기 활동에 대해서 조나단 컬러는 '서술행위나 구성 구조의 법칙'에 의한 활동으로 파악한 후에 "분석방법으로서가 아니라 기호 의미론적인 조사방법을 위한 일반적인 전형으로서 언어학 이론을 차용하고, 언어학이 언어를 끝까지 고수하듯이 문학을 끝까지 고수할 수 있는 시학을 형성해야만 한다."라고 주장했다. 이러한 구조주의 이론은 앞에서 언급한 바 있는 대상의 모방이 곧 문학이라는 모방주의 이론, 작가의 감정과 정서를 일차적으로 표현하는 것이 문학이라는 표현주의 이론, 작가와 독자의 의사소통 수단이 문학이라는 교훈주의 이론에는 반대되지만, 언어의 고정된 의미나 공공연한 의미에 첨부된 독자적인 언어체계로서 개별적인 문학작품을 연구해 온 신비평의 방법과는 유사한 면을 지니고 있다.

해체주의 비평의 모체가 된 구조주의 비평 특히 구조주의의 후기활동에 해당하는 후기구조주의 비평에서는 쓴다는 행위의 한 양식으로서 사유의 문자화, 문자화를 가능하게 하는 보이지 않는 자아의 활동, 읽는다는 행위의 한 가지 방법으로서 쓰인 언어인 문자의 체계화, 전통적인 비평용어와 수사법을 새로운 개념으로 전환시켰다. 구조주의에서 강조해 온 '쓴다는 행위'와 '읽는다는 행위'는 데리다에 의해서 문학작품에 쓰인 언어는 그것을 읽게 되는 독자에게 있어서 하나의 '표식'이 되고, 무한정한 의미작용을 가능하게 하고, 구속받지 않는 창조적인 역할을 하는 것으로까지 발전되었다. 특히 해체주의 비평에서는 앞에서 언급한 바 있는 두 가지 유형의 읽는 행위에서 '불가능한 읽기,' '성찰적인 읽기,' '중복적인 읽기'를 강조하며, 이러한 읽는다는 행위에 의해서 하나의 텍스트가 이제까지 지녀온 고유한 의미를 전복시킬 수 있다고까지 파악했다. 구조주의자들이 선정한 텍스트의 의미를 설명하기 위해서 이론적이고 체계적인 '현상언어'의 추구와 지식의 체계적인 습득이 가능하다고 보는 반면, 해체주의자들은 지식의 체계적인 습득이 불가능할 뿐 아니라 최종적으로 남게 되는 것은 지식의 불가능성뿐이며 기술된 언어현상에 대한 법칙성의 발견보다는 그러한 법칙성을 발견하는 과정에서 비롯되는 보이지 않는 힘이 무엇인가를 연구하는 데에 관심을 보이고 있다.

제프리 하트만이 "문학의 정신이 문학의 정념으로부터 분리될 수 없다 하더라도 해체주의 비평에 있어서 문학이란 언어의 정확한 사용을 의미하며, 정념을 정화시킬 수 있고 또한 문학이 비유적이고 반어적이고 미학적이라는 것을 보여줄 수 있다.”라고 말했듯이, 해체주의 비평은 선정한 텍스트를 형성하고 있는 쓰인 언어를 어떻게 읽을 것인가라는 읽는 행위를 강조하는 비평의 한 양식이라고 볼 수 있다. 여기서 말하는 읽는다는 행위는 텍스트 자체 내에서 전개되고 있는 쓰인 언어체계를 따라서 텍스트 자체가 지금까지 지니고 있던 의미의 고유성, 의미의 통일성과 상쇄성, 의미의 확정성 등 모든 의미의 ‘함축적 의미’를 거부하고 해체하는 행위는 물론 그러한 해체과정에서 야기될 수도 있는 미확정적인 급진적인 힘의 요소에 대한 타당한 근거를 마련하는 행위를 뜻한다.

해체주의 비평에서 강조하는 ‘읽는다는 행위’는 앞에서 논의한 바와 같이 텍스트를 되도록이면 어렵게 읽기, 주도면밀하게 읽기, 중복적인 읽기를 뜻하며, 아울러 차연(差延), 이항대립, 삭제, 추적, 산종(散種) 등을 고려하면서 읽는 행위를 뜻한다. 따라서 해체주의 비평에서 텍스트를 읽는다는 의미는 텍스트에 사용된 동일한 특성을 묶어 그것을 구조화하여 문화와 언어, 문학과 인류학 및 하나의 텍스트와 다른 텍스트와의 연관성을 파악하고자 하는 구조주의 비평이나 성서연구에 바탕을 두어 발전되어 온 해석학 연구에서 강조하는 독서행위와는 확연하게 구별된다. 여기서 말하는 독서행위는 읽을 수 있는 텍스트를 상시적인 수준에서 쉽게 읽어내는 행위를 의미한다.

위에서 언급한 바 있는 해체주의 비평에서 고려하고 있는 용어를 간략하게 정리하면 다음과 같다. 바르트는 소쉬르가 처음으로 규정한 바 있는 기표와 기의의 확연한 구분을 거부하고 이 두 개념의 치환이나 통합가능성을 ‘메타언어’에 대한 논의에서 제시했다. 그가 말하는 메타언어란 소쉬르의 ‘기표’와 ‘기의’를 하나로 묶어 또 다른 ‘기표’로 보고 이에 대응되는 또 다른 ‘기의’를 상정하는 언어체계를 의미한다. 이처럼 겉으로 드러나지 않는 언어체계까지를 포함하는 ‘이항대립’에 대해서 바르트는 이렇게 언급했다. “의미의 이항대립이라고 정의될 수 있는 표현된 것의 속성의 결핍을 나타내는 속성결핍대립(표시된 것과 표시되지 않은 것의 대립)의 중요성과 간명성은 다음과 같은 의문을 야기했다. 즉, 알려진 모든 대립(어떤 표식의 현존과 부재에 근거를 두는)을 양면형식으로까지 축소시켜서는 안 된다는, 다시 말하면 이항대립의 원칙은 보편적인 사실을 반영하지 못한다는 의문은 다른 한편으로는 보편적이기 때문에 속성결핍대립은 마땅한 근거를 가지지 못할 수도 있지 않을까 하는 의문을 야기했다.” 표현된 하나의 의미는 표현되지 못한 모든 의미를 언제나 수반하게 된다는 것이 바르트의 주장이다. 그는 발자크의 소설을 분석한 『S/Z』에서도 이렇게 언급했다. “다른 힘, 다른 의미, 다른 언어를 정복하고자 하는 힘으로써 하나의 의미에 대해서 언급했다. 가장 강력한 의미란 기호세계에서 특기할 만한 모든 것을 포함할 수 있을 만큼 최대의 의미요소를 수용하는 체계이다.”

바르트에 의해서 논의되기 시작한 의미의 ‘이항대립’은 데리다에 이르러 포괄적으로 확장되었다. 바르트는 삶/죽음, 자연/인간, 침묵/소음, 추위/더위 등 분명한 대립적인 개념에만 관심을 가진 반면, 데리다는 프랑스어에서 ‘이다’(est)와 ‘그리고’(et)가 동일하게 발음되는 데에 착안하여 하나의 개념 혹은 의미에 대해서 다른 개념이나 의미를 첨가시키는 ‘보충’의 역할로서의 ‘그리고’와 주어부와 서술부를 연결시키는 ‘연결사’로서의 ‘이다’라는 동사의 역할을 『연결사의 보충 : 언어학 이전의 철학』에서 상론하고 있다. ‘이다/그리고’에 대한 데리다의 실천은 그의 ‘외면성과 내면성’/‘외면성은 내면성이다’에 잘 나타나 있다. 외면성과 내면성을 구분 짓는 요소인 ‘그리고’와 이들을 연결짓는 요소인 ‘이다’를 삭제함으로써 외면성과 내면성의 확연한 구분은 사라지고 치환되고 때로는 하나로 통합될 수 있게 되었다. 여기서 말하는 ‘삭제’는 지워 없애는 것이 아니라 지워진 흔적을 그대로 유지하는 ‘삭제의 원리’에 의한 삭제를 의미한다. 데리다의 이러한 견해에 의해서 이제까지 확연하게 구분되었던 ‘쓴다는 행위’와 ‘말한다는 행위,’ ‘감각적인 것’과 ‘지성적인 것,' '시간'과 '공간,' '수동'과 '능동,' '통시성'과 '공시성,' '우매성'과 '통찰력'은 더 이상 분리해서 파악할 수 있는 개념이 아니라 언제나 상호보완적이고 상쇄적인 역할을 하는 동시적이고 동질적인 개념으로 발전하게 되었다. 왜냐하면 상반되지만 동질적인 관계를 유지하는 이러한 개념은 모든 가능한 대립적인 개념을 중재하여 '현존의 현존,' 다시 말하면 최종적인 지칭의 대상에 해당하는 사유의 본질에 도달하게 되기 때문이다.

7.1.5 해체주의 비평의 원리

'해체주의'란 무엇을 의미하는가? 그것은 선정한 텍스트를 해체하는 것만을 의미하는 것이 아니라 그러한 텍스트를 '어떻게 읽을 것인가?'라는 '읽는다는 행위'를 강조하고, 그러한 읽는다는 행위에서 비롯될 수 있는 아무도 예상하지 못했던 어떤 '법칙성,' 즉 기술방법 혹은 기술학으로 종종 설명되고는 하는 법칙성을 지금 읽고 있는 텍스트에서 찾아낸다는 의미를 지닌다. 프랑스어나 영어에서 모두 'deconstruction'으로 불리고 있는 해체주의의 어휘 구성은 다음과 같이 풀이된다. 하나하나의 '구조'(structure)를 모은 것이 '축조물'(con-struct)이며, '해체주의'에서 접두사에 해당하는 'de'가 나타내는 '제거,' '부정,' '전락,' '반전'이라는 복합적인 의미에 의해서 이러한 축조물에 '대하여,' 이러한 축조물을 '해체하여,' 이러한 축조물을 '떠나서,' 혹은 이 모두를 종합적으로 함축하고 있는 실체가 바로 '해체주의'이다. 바르트가 강조하는 '구조'는 다음과 같은 의미를 지니고 있다.

구조라는 어휘는 이미 오래된 어휘(해부적이고 문법적인 어휘)이지만, 오늘날 과도하게 논의되고 있으며, 모든 사회과학은 이 어휘에 지나칠 정도로 집착하고 있다. 이 어휘에 부여되어 있는 내용에 대한 논쟁에 관여하는 것을 제외하고는 어느 누구도 구조라는 어휘를 적절하게 사용하지 못하는 것 같다. 원인과 결과에 대한 결정론적인 낡은 도식이 나타내는 현저한 위장술만큼, 이 어휘의 기능, 형태, 기호, 의미작용은 이제 일반적인 용어가 되었다. 구조주의와 그 외의 사고행위를 구별하기 위해서는 의미/의미작용, 공시성(시간을 정지된 개념으로 보고 한 시대의 언어적 특성을 횡적으로 연구하는 것)/통시성(언어의 특성을 역사변천에 따라 종적으로 연구하는 것)과 같이 한 짝을 이루는 두 개념으로 까지 거슬러 올라가야 한다.

따라서 해체주의는 하이데거의 '단순한 파괴'(Zerostorung)에 가깝다기보다는 '창조적 파괴'(Destruktion)에 가까우며, 어원적으로 볼 때에 '원상태로 되돌아가기'와 유사한 '분석하기'에 더 가깝다고 볼 수 있다. 이렇게 볼 때에 바르트가 강조하는 구조주의 비평은 어느 한 가지 개념, 즉 소쉬르의 언어학에서 비롯된 의미, 공시성 및 기표뿐만 아니라 이러한 요소의 대립적인 요소에 해당하는 의미작용, 통시성 및 기의까지도 고려할 것을 강조했다. 바르트의 이러한 강조는 해체주의 비평에서 강조하는 의미의 '이항대립'에 관계된다. 이처럼 소쉬르의 언어학 이론, 사르트르의 실존주의, 프로이드의 심리학, 러시아 형식주의 운동과 로만 야콥슨을 중심으로 하는 프라그 언어학파, 레비스트로스가 종합하고 바르트가 문학작품의 분석에 적용한 바 있는 구조주의 이론 등은 데리다가 제창한 해체주의 비평이론의 배경이 된다. 그리고 이러한 이론비평을 문학작품의 평가와 해석에 적용하는 방법론은 미국적인 실천비평의 근간을 형성했다. 해체주의 비평 이후 그 이론의 적용대상이 되는 텍스트의 선정에 있어서도 유럽적인 요소는 문학작품은 물론 문자화된 모든 것에 관심을 기울이는 반면, 미국적인 요소는 시, 시 중에서도 특히 서정시에 더 많은 관심을 보이는 것에서도 그 차이점을 찾을 수 있다. 특히 미국의 해체주의자들은 해체주의 비평이론에 의해서 낭만주의 문학작품을 재평가하는 데 주력하고 있다.

텍스트에 대한 독서행위, 기술행위, 분석행위에 인간의 사고행위를 첨가하여 제프리 하트만은 해체주의를 다음과 같이 설명했다. "해체주의는 문학의 힘과 기존의 어떤 구체적인 의미개념이 일치하는 것을 거부하는 대신 사유중심적인 어떤 예견이나 현현(顯現)중심적인 예견이 예술의 전반에 대한 인간의 사고행위에 얼마나 깊게 작용하여 왔는가를 보여준다." 해체주의를 정의하는 데 있어서 하트만의 이 말을 가장 먼저 적용하는 이유는 그를 포함하여 폴 드 만, J. 힐리스 밀러, 해럴드 블룸 등이 '예일학파'를 형성하여 자크 데리다의 해체주의를 전파하는 데 있어서 선도적인 역할을 해왔기 때문이다.

데리다는 1966년 10월 '비평언어와 인문과학'이라는 주제로 존스홉킨스 대학교에서 열린 심포지엄에서 발표한 자신의 「인문과학 담론에서의 구조, 기호, 작용」에서 '탈중심화,' 즉 균열현상을 강조했다. 그는 또 자신의 글 서두에서 구조 개념의 역사에서 발생해 왔던 '그 무엇'을 일종의 '이벤트'라고 전제한 후 "이 이벤트는 외적인 균열과 강화 형태를 띨 것"이라고 강조했다. 그러한 균열은 가깝게는 미셀 푸코가 제시하는 현대 인식론에서의 언어와 실체 사이에 존재하는 공간은 물론, 멀리는 소쉬르 언어학의 기본요소에 해당하는 기의와 기의 사이에 존재하는 공간에도 관계된다. 데리다는 그러한 균열현상을 니체의 형이상학 비판, 소쉬르의 기호체계 비판, 하이데거의 형이상학 파괴와 현존으로서의 존재 결정론 파괴에서 발견했다. 데리다의 텍스트는 대부분 철학가의 사상과 그에 대한 비판 및 이들의 언어관을 비판적으로 수용하고 있다. 예를 들면 루소, 소쉬르, 레비스트로스를 취급한 『기술학』, 플라톤과 말라르메를 다룬 『산종』, 헤겔, 후설, 하이데거, 오스틴을 연구한 『철학의 여백』, 후설을 중점적으로 취급한 『후설의 기하학 원론』과 『목소리와 현상』, 헤겔과 장 주네를 비판한 『조종(弔鐘)』, 프로이드를 연구한 『기술과 차연』, 니체를 취급한 『자극』 등에서 찾아 볼 수 있다.

존재의 본래 의미와 그것을 지칭하는 말, 의미와 음성, 존재를 지칭하는 음성과 음성의 요소인 음소, 존재의 호칭과 분절음, 이와 같은 두 요소 사이에 존재하는 균열현상은 근본적인 비유를 입증하는 동시에 그와 같은 비유적 모순에 대한 의구심을 강조함으로써 현존의 형이상학과 사유중심주의에 대한 하이데거의 모호한 상황을 설명한다. 균열현상은 그 자체 내에 존재하는 동시에 그 자체를 벗어나고자 한다. 그러나 이 두 가지를 분리하는 것은 불가능하다.

선정된 텍스트가 전개하는 언어체계 내에서 현존의 의미를 확정짓기 위한 데리다의 이상과 같은 사상과 논의의 바탕은 후설의 『기하학 원론』, 루소의 『언어 기원론』, 니체의 『윤리학 계보』, 프로이드의 『꿈의 해석』, 헤겔의 『정신의 현상학』, 소쉬르의 『일반언어학 강의』, 레비스트로스의 『구조인류학』 및 니체에 대한 하이데거의 평전을 읽고 이들을 비판한 데리다 자신의 『문체의 문제』에 잘 나타나 있다.

데리다의 이상과 같은 논의에서 한 가지 예를 든다면, 보편적 의미에서 기표와 기의의 관계는 이 두 개념이 가지는 변별적인 특징에 의해서 이루어지는 것이 아니라 다른 요소와의 차이점, 가령 음성현상, 쓰인 표식, 의미작용에 따라서 그 특징과 동질성을 획득하게 되는 변별적인 기능에 의해서 '기표'나 '기의'는 단독으로도 어떠한 의미를 표출시킬 수 있지만, 보다 더 확실한 의미는 나타난 의미 이전의 의미, 선정되어 나타나게 되는 의미로 인해서 숨겨질 수밖에 없는 의미, 즉 선정되지 못한 의미나 부재(不在)된 의미를 추적하고자 하는 '자멸(自滅)되는 추적,' 즉 '부재된 의미의 추적'을 강조한다. 자멸되고 있는 의미를 추적한다는 말은 현존하는 '기의'가 그것을 뜻하는 '기표' 때문에 나타낼 수 없는 모든 가능한 부재된 의미, 즉 겉으로 나타나지 않는 의미를 규명하는 것을 뜻하며, 이 모든 가능한 부재된 의미는 현존하는 '기의'는 물론 '기표'까지도 더욱 분명하게 한다는 것이다. 이러한 부재된 의미를 추적하지 않고서는 선정된 텍스트의 현존하는 의미, 즉 기의로서의 텍스트 자체는 물론 기표로서의 텍스트 내에 전개되고 있는 언어체계를 명확하게 할 수 없다고 결론지은 데리다는 현존하는 의미, 텍스트에 전개되고 있는 어휘와 언어체계, 모든 문장, 나아가 텍스트 전체까지도 지워버려야 된다는 '삭제의 원리'를 제안했다.

데리다의 '삭제의 원리'는 '본문'을 해체하지 않고서는 '서문'을 쓸 수 없기 때문에 자식으로서의 서문은 아버지로서의 본문을 삭제시킬 수밖에 없는, 그러나 삭제된 실체를 그대로 두어야만 하는 존속살해범과도 같다고 파악하여 서문을 쓰기 위해서 본문을 해체해 나가는 헤겔의 방법에 의존했다. 서문과 본문의 관계에 대해서 헤겔은 다음과 같이 언급했다.

> 나의 서문을 중대하게 생각하지 말기 바란다. 진정한 철학저서는 내가 방금 탈고한 『정신의 현상학』이다. 내가 저술한 이 책의 외부에서 이 책에 대해서 언급한다면, 이러한 부수적인 언급은 한 권의 저서에 수록된 본문 전체의 가치를 지닐 수가 없다. 서문을 중대하게 여기지 말기 바란다. 서문이란 어떤 연구과제를 알리는 것이고 연구과제란 그것이 실현될 때 까지는 그 어떤 의미도 갖지 못하게 되기 때문이다.

헤겔이 서문의 역할에 반대하는 것은 '서문/본문=추상적 일반화/자동 기술 활동'이라는 등식에 근거하고 동조하는 것은 '서문/본문=기표/기의'의 등식에 근거한다고 볼 수 있다.

하이데거가 존재의 의미를 정의하고 설명하기 위해서 '존재'라는 어휘를 계속 지워나가는 방법도 데리다가 제안한 '삭제의 원리'의 범주에 든다. 존재의 본질을 규명하고자 존재라는 어휘가 지니고 있는 모든 가능한 의미의 변용을 추적하는 과정에서 하이데거는 ~~존재~~라는 어휘를 지운 후에 그 지워진 흔적과 어휘를 그대로 둔 채 또 다른 어휘로 대체시키고 있다. 존재를 정의하기 위해서 ~~존재~~라는 말을 사용하는 것은 정확한 방법이 되지 못하지만 언어는 선험적으로 이해되는 의미만을 수행하기 때문에 존재라는 어휘로 존재를 정의하고자 하는 하이데거의 방법은 가장 정확한 방법이 된다.

> 이 '존재'(Being)의 영역에 앞서는 사려 깊은 일별은 존재라는 대상을 ~~존재~~(Being)'기술(記述)하는 것뿐이다. 이처럼 존재를 교차선을 그어 지우는 것은 우선 특히 '존재'를 스스로 나타내는 그 무엇으로 생각하는 습관을 떨쳐버리는 데 있다. 인간은 그 본질에 있어서 기억의 존재, ~~존재~~일 뿐이다. 이는 인간의 본질이란 ~~존재~~ 라는 어휘를 지우는 교차선 내에서, 인간의 사고행위를 좀더 독창적으로 요구하는 주장에 배치하는 종합적인 행위의 일부라는 것을 뜻한다.

지칭되어진 '존재'를 정의하기 위해서 그것을 지칭하는 '존재'를 교차선을 그어 지워나가는 하이데거에게 있어서 중요한 것은 '존재' 그 자체이지만, 그가 교차선과 그것에 의해 지워진 ~~존재~~라는 어휘를 그대로 유지하고 있는 점을 예의주시한 데리다에게 있어서 중요한 것은 표면화되지 않는 의미의 '추적'이다. 보이지 않는 의미를 추적하는 데리다의 활동은 의식세계를 설명하기 위해서 무의식의 세계를, 무의식의 세계를 설명하기 위해서 의식세계를 설명하는 프로이드에 관한 연구와 니체의 "나는 내 우산을 잊었다."라는 구절에 대한 연구에 잘 반영되어 있다. 데리다는 하이데거의 견해에 의해서 니체의 이 구절을 완전한 불가사의라고 보았다. 왜냐하면 이 구절의 전후관계로 볼 때, 우산을 잊고 있었다는 '망각행위'를 기억해 내는 순간 이미 이 구절은 그 존재가치를 상실하게 되고 망각한 것을 기억해 내는 '기억행위'에 있어서도 이 구절은 어떤 결정적인 의미를 지니지 못하기 때문이다. "구조적으로 볼 때 이 구절은 어떤 의도나 일상적인 화술행위로부터 해방되었고 아무것도 의미하지 않거나 어떤 결정적인 의미를 가지지 못하며 이 구절의 해석자는 이 구절의 작용 때문에 화가 나기도 하고 당황하게 되기도 한다.”

이제까지 간략하게 살펴 본 몇 가지 용어는 해체주의 비평에서 자주 거론되고 있으며 데리다는 이러한 용어의 역할에 의해서 자신이 강조하고 있는 ‘사유중심주의’를 설명하고자 한다. 신, 사유, 성령, 말씀에 내포되어 있는 불변의 진리처럼 언어로 쓰인 모든 텍스트에는 그 어떤 방법으로도 설명될 수 없는 하나의 진리가 있다는 것이 데리다의 주장이다. 그는 서구의 모든 언어체계와 지금까지 사용되어 온 일상 언어와 문화는 소쉬르가 강조하는 ‘음성중심주의’에 의해서 이루어진 것이 아니라 이 불변의 ‘진리/사유’에 도달하고자 하는 노력과 그 노력의 과정에 의해서 발전되어 왔다고 파악했다. 사유중심주의는 ‘현존의 형이상학’에 관계된다. 현존은 데리다가 강조하는 ‘초기의(超記意)’와 ‘종기표(終記表)’를 동시에 수용하는 개념이다. 그는 음성현상과 사유의 관계를 이렇게 파악했다. “음성중심적이고 알파벳중심적인 기술행위에 관련된 언어체계는 그 체계 내에 현존으로서의 존재의미를 결정짓는 사유중심적인 현상학이 발전되어 온 체계이다. 모든 의미에 있어서 화술행위에 해당하는 이와 같은 시대, 즉 사유중심주의는 본질적인 이유에 해당하는 기술행위의 기원과 그 위상에 대한 갖가지 자유로운 비방, 자연적인 기술행위에 대한 신화와 비유법에 그 자체를 의지하게 된 과학의 기술도 아니고 기술의 역사도 아닌 기술행위에 대한 모든 학문으로 인해서 괄호 속에 묶여서 언급되지도 않았고 활발한 논의도 차단되었으며 음성중심주의에 의해서 언제나 억압되어 왔다.” 데리다는 계속해서 자신이 제안하는 사유중심주의는 소쉬르와 그의 추종자들이 명확하지 못한 추상적인 개념인 음성중심주의에 의해서 언어의 본질을 설명하고자 했던 것을 더욱 확실한 개념으로 설명할 수 있다는 점을 강조했다.

사유중심주의의 본질인 사유의 중심점에 도달하기 위해서 데리다는 기술행위에 우선권을 부여하기보다는 화술행위에 우선권을 부여했던 소쉬르의 음성중심주의의 통설을 거부하고 그 반대의 개념을 도입했다. 다시 말하면 기술행위와 쓰인 모든 텍스트에는 그 의미의 보증으로서 화자나 화자의 의식이 나타날 수 없으며 오로지 쓰인 언어체계만이 남게 된다는 사실을 강조했다. 따라서 화술행위는 기술행위의 한 갈래라고 파악했다. 왜냐하면 화자가 발설하는 어떠한 언어의 의미도 말하는 순간에만 즉각적으로 충분하게 전달될 뿐이며, 동일한 말을 반복한다 하더라도 발설하는 음성이나 의미는 또 다른 의미만을 지니게 될 뿐이지 이미 언급한 내용과는 동일할 수 없다고 파악했다. 여기에서부터 기술행위가 화술행위에서 파생되었다기보다는 기술행위에 화술행위가 포함된다는 이론, 즉 사유중심주의가 발전하게 되었다. 데리다는 자신이 설정한 이러한 넓은 의미의 기술행위의 개념을 더욱 확고부동하게 하기 위해서 '원형기술(原型記述)' 개념을 제안했다.

기술행위에 대한 원형은 말해진 언어와 쓰인 언어를 동시에 수용할 수 있는 개념으로 이러한 개념에 의해서 사유의 본질에 도달할 수 있고 또 선정한 텍스트의 절대적인 의미에 접근할 수 있게 된다. 그리고 텍스트의 절대적인 의미를 파악하기 위해서는 기존의 의미를 지워나가는 삭제의 과정을 통해서 통일된 어떤 법칙성을 발견하는 것은 물론 그러한 법칙성을 가능하게 하는 요인, 다시 말하면 과정으로서의 힘의 요인이 무엇인지를 해체주의자들은 밝히려고 노력한다.

그러나 의미의 이항대립, 부재된 의미의 추적, 확정된 의미의 삭제, 일정한 법칙성을 가능하게 하는 불확실하고 미확정적인 힘의 요인을 고려하면서 선정한 텍스트를 되도록이면 어렵게 읽음으로써 예외적인 의미를 찾아낸다 하더라도, 하나의 의미해석은 다른 의미해석에 의해서 대체되고 대체된 의미해석은 또 다른 의미해석에 의해서 대체되고 마는 과정이 되풀이 된다. 따라서 선정한 하나의 텍스트가 간직하고 있는 의미 그 자체는 여전히 불멸의 진리로 남게 되고 그 어떤 탁월한 절대적인 의미해석도 이 진리의 발산체인 텍스트의 표면을 맴도는 하나의

'허상'이 될 뿐이다. 이 어휘가 지니고 있는 의미의 이중성, 즉 불멸의 진리로서의 신의 모습과 그 그림자에 해당하는 '허상'의 관계는 텍스트 자체의 불변의 의미(진리로서의 신의 의미)와 그러한 의미의 해석 및 해석의 역사(허상으로서의 그림자)에 적용된다. 데리다의 해체주의 비평에서는 이러한 진리와 허상, 현존과 부재, 절대성과 일시성의 확연한 구분을 거부하고 하나의 기존의 의미가 예상하지 못하는 다른 의미에 의해서 전복되는 과정을 중요하게 생각한다. 선정한 텍스트에 대한 표면화된 의미의 해석 하나하나는 그 자체가 물론 진리이지만, 그러한 의미로 인해서 잠적되고 숨겨지고 부재되고 예외적으로 될 수밖에 없는 의미의 출현 때문에 표면화된 의미는 언제든지 무의미한 허상으로 전락될 수 밖에 없음으로 의미해석의 절대성, 완벽성, 법칙성보다는 우연성, 미완성, 법칙성의 과정을 해체주의 비평에서는 강조한다.

루소의 언어기원 모색, 니체의 인식행위 추구, 프로이드의 정신세계 탐구, 하이데거의 존재 규명, 소쉬르의 화술행위 전이, 레비스트로스의 종족관계 설명 과정에서 이들이 공통적으로 중요하게 고려했던 것은 이들 자신이 추구하는 절대적인 진리에 도달하기 위해서 수많은 개념과 용어를 보충하고 치환하고 삭제하고 다시 보충하고 치환하고 삭제한다는 점에 착안하여, 데리다는 이제까지 있어 왔던 서구철학의 모든 활동은 사유중심주의의 본질에 해당하는 사유의 중심점에 이르고자 하는 활동으로 집약될 수 있다고 파악했다. 그러나 데리다에게 있어서 이러한 사유의 본질은 결코 규명될 수 없는 존재, 즉 그리스어로 '결코 지나갈 수 없는 길'을 의미하는 '난경(難經)'을 의미한다. '난경'은 모든 텍스트에 존재하는 단 하나의 유일한 진리이지만 결코 규명할 수 없는 진리를 의미한다. 이러한 난경의 진리를 규명하고자 하는 무수한 노력으로 인해서 '난경주의'가 비롯되었으며, 이러한 난경주의는 의미의 확산만을 야기할 뿐이다. 다시 말하면 데리다는 텍스트에 내포되어 있는 요지부동의 의미를 '난경'으로, 그 의미에 대한 가장 근접한 해석과정을 '삭제의 원리'로, 그러한 해석과정을 밝히는 작업을 '추적행위'로 파악했다. 데리다가 강조하는 '난경'은 노자가 말하는 '도(道)'와 일맥상통한다. 노자는 『도덕경』 「제1 체도(體道)」에서 다음과 같이 말했다. "도라고 할 수 있는 도는 절대불변의 도가 아니며 명칭을 부여할 수 있는 명칭은 절대불변의 명칭이 아니다. 명칭이 없는 것은 천지가 시작되기 이전의 상태이며 명칭이 있는 것은 만물의 어머니에게서 비롯된 것이다." 노자의 '도'나 '명칭'이 그 자체의 의미를 지니고 있듯이 데리다의 '난경,' 즉 텍스트 고유의 의미도 그 자체의 의미를 지니고 있으며, 그것에 대한 모든 해석과정은 진리의 핵심에 도달하기 위한 '삭제의 원리'에 해당한다. 데리다는 하이데거가 '존재'(Being)를 설명하고 정의하기 위해 'being'(being)라는 어휘를 끊임없이 사용한 후 그 어휘를 교차선을 그어 지우고 지워진 어휘를 그대로 둔 것에 착안하여 '삭제의 원리'를 창안했던 것이다.

사유중심주의는 음성중심주의를 포함하는 것은 물론 의미의 이항대립, 현존의 현존, 부재된 의미의 추적, 의미의 보충과 삭제과정, 화술행위가 포함된 기술행위까지를 포함한다. 이러한 모든 개념과 의미를 종합하고 있는 어휘가 바로 데리다 자신이 창안해 낸 신조어인 '차연(差延)'이다. 이는 데리다가 창안해 낸 신조어이자 해체주의를 대표하는 개념이다. 데리다의 '차연'(différance)과 동일하게 발음되는 프랑스어 'différence'는 한편으로는 '차이점'을, 다른 한편으로는 '연기'를 의미하고, 때로는 '우회하다'를 의미하기도 한다. 데리다의 신조어인 '차연'은 '차이점'과 '연기'를 동시에 지칭한다. 이러한 '차연'의 중요성을 데리다는 다음과 같이 설명했다.

차연은 현존/부재라는 대립개념에 의해서는 결코 이해할 수 없는 일종의 구조이자 동향이다. 차연은 각각의 요소들이 상호 연관되는 각 요소 사이의 차이점, 그러한 차이점의 추적, 쓰인 언어가 나타내

는 행과 행사이의 간격이나 말해진 언어가 나타내는 호흡과 호흡사
이의 휴식에 의한 간격(공간)의 체계적인 작용이다. 이러한 간격이
바로 능동적인 동시에 수동적(차연의 /a/는 아직은 능동성과 수동성
의 정확한 대립에 의해서는 지배될 수도 없고 조직될 수도 없는 능
동성과 수동성에 대한 미결정적인 상태를 의미한다)인 공백, 즉 그
것 없이는 어떠한 '완전한' 어휘도 그것이 지칭하는 대상을 정확하
게 나타낼 수도 없고, 그 어휘가 지니고 있는 모든 기능을 충분하
게 발휘할 수도 없는 여백을 의미한다.

의견의 차이와 의견의 연기를 동시에 지칭하는 '차연'은 현존하는 의
미와 부재된 의미를 상호보완작용이나 상쇄작용에 의해서 하나의 텍스
트가 나타내는 모든 가능한 의미를 수렴하여 텍스트 고유의 불변의 진
리인 사유의 본질에 되도록이면 가깝게 접근시켜 나가는 운동/동향을
뜻한다. 따라서 '차연'은 하나의 텍스트에 대한 의미해석의 차이점인
동시에 하나의 해석/의미가 다른 해석/의미에 의해서 끊임없이 대치되
어 온 과정/형적을 현재의 시점에서 과거의 시점으로 체계적으로 추적
해가는 활동이다.

이와 같이 특수하고 의미심장한 어휘를 창안해 낸 데리다의 요점은
다음과 같다. 기술행위(記述行爲)에 의해서 언어로 쓰인 하나의 텍스트
가 겉으로 드러내는 의미는 표면화된 의미끼리의 차이나 표면화된 의미
때문에 숨겨질 수밖에 없는 의미와의 차이에 의해서 성립되며, 또 동시
에 그 텍스트에 대한 결정적인 최종의미는 언제나 뒤로 연기될 수밖에
없다는 것이다. 왜냐하면 절대현존에 해당하는 선정한 텍스트의 확고부
동한 의미는 텍스트 자체 내에 내포되어 있으며 그에 대한 모든 가능한
의미해석은 의견의 차연만을 만들어 낼 뿐이고 따라서 최종적인 의미해
석은 언제나 '차기(次期)'로 연기되기 때문이다. 그러나 '다음 기회'는
언제나 '다음 기회'일 수밖에 없으며 결코 완료될 수 없다. 요지부동의
의미해석은 불가능하다는 점을 고려한 데리다는 앞에서 살펴 본 바와

같이 텍스트의 절대적인 의미보다는 그러한 의미를 파악하는 과정과 그 러한 과정에서 파생될 수도 있는 예외적인 의미를 가치있게 여겼다.

따라서 최종적이고 결정적이며 확고부동한 의미의 부재현상, 다시 말하면 초기의(超記意)에 대해서 어떠한 상황에서도 지속될 수 있는 '부기표(不記表)'는 텍스트 자체의 의미의 생성소멸작용을 가능하게 하 고, 텍스트는 그러한 의미영역을 다양하게 확장시켜나간다는 점을 데리 다는 자신의 『기술과 차이』에서 강조했다. 하나의 텍스트가 지니고 있 는 의미작용의 이러한 점에 근거하여 데리다는 '산종(散種)'이라는 어 휘를 발전시켰다. 이 말의 본래의 의미는 '의미의 확산작용'이라고 볼 수 있다. 다시 말하면 쓰인 텍스트는 침묵으로 일관하지만 그것을 읽게 되는 독자에 따라서 그 의미는 수없이 확산된다는 점, 즉 자유로운 의 미작용을 뜻한다. 따라서 이 어휘에는 신중하게 고려된 모순대립의 의 미작용, 하나의 의미가 발산하는 다양한 효과에 대한 개념정립, 수없이 가능한 의미영역으로 분산되는 의미의 세분화, 모든 긍정적인 의미에 대립되는 부정적인 의미 혹은 모든 부정적인 의미에 수반되는 긍정적 인 의미가 포함된다. 왜냐하면 언어란 앞에서 언급한 '차연'의 부단한 작용에 의존하기 때문이며, 말하고 쓰고 해석하는 그 어떤 담론도 하나 의 텍스트가 지니는 확고부동한 불멸의 진리를 분명하게 규명할 수 없 기 때문이다. '산종(散種)'을 효과적으로 설명하기 위해서 데리다는 명 약과 독약을 동시에 의미하는 플라톤의 '파르마콘,' 말라르메의 '무언 극,' 필립 솔러즈의 '숫자'를 텍스트로 선정하여 이에 대한 체계적인 논 의를 전개했다.

7.1.6 해체주의 비평의 결과

해체주의 비평에서 강조하는 텍스트를 읽는다는 행위에 의해서 문학 작품을 읽고 연구 분석하는 방법론의 적용은 데리다를 추종하는 미국의 예일 비평가 그룹의 한 사람인 폴 드 만에 의해서 비롯되었다. J. 힐리스 밀러는 데리다의 이론과 드 만의 방법론을 지속적이면서도 포괄적으로 수용했다. 그는 "문학작품의 해석의 한 가지 양식으로서 해체주의 비평은 개별적인 텍스트의 심연 속으로 조심스럽고도 용의주도하게 진입하는 데에서 비롯된다."라고 파악했다. 그는 또 개별 텍스트에 내재되어 있는 '궁극적인 난경(難經)'을 파악하는 것이 해체주의 비평의 기본이라고 보았으며 "해체주의 비평은 해체하는 동시에 건설적이면서도 긍정적이 아닌 해체란 있을 수 없다는 스스로의 활동을 증명하면서 두 개념 사이를 오가는 비평의 한 양식이다."라고 강조했다. '두 개념'은 '분석/마비,' '용해/분해,' '합성/분리' 및 '건설/해체'를 의미한다(여기서 중요한 점은 영어로 짝지어진 두 단어가 가지는 철자상의 유사성과 차이점이다) 밀러는 선정한 텍스트의 구조를 하나하나 해체하는 것이 아니라 텍스트 자체의 의미가 이미 그 자체 내에서 해체되어 있는 것을 구체적으로 제시해 보이는 것이 바로 해체주의 비평이라고 결론지었다.

데리다의 해체주의 이론과 비평을 원용하는 해체주의 비평가들은 텍스트의 의미를 해석하는 데 있어서 되도록이면 텍스트를 까다롭게, 예외적으로 읽으려고 노력한다. 그렇게 함으로써 이들 비평가들은 신신비평의 많은 방법들, 가령 신마르크스주의와 페미니즘/흑인미학/후기식민주의, 문채론과 기술론, 자크 라캉과 신프로이드주의, 성욕과 죄의식, 텍스트/텍스트성/상호텍스트성, 상호문화/다문화 및 지배문화/피지배문화를 바탕으로 하는 문화론과 가치주의로 나아가게 되었다.

해체주의 이론의 핵심에 해당하는 동시에 비교문학연구의 가장 효과적인 방법으로 주목받고 있는 크리스테바의 '상호텍스트성'을 간단하게 정리하면 다음과 같다. 크리스테바는 러시아의 미하일 바흐친의 '대화 중심주의' 이론을 원용하여 '상호텍스트성'을 강조했다. 그녀가 강조하는 이 이론은, 어떤 하나의 문학적 텍스트가 어떤 다른 텍스트를 필연적으로 또는 우연적으로 반영하든가 그러한 텍스트에 관련될 수 있는 다양한 방법을 종합적으로 지칭하는 데 사용된다. 분명한 인용이나 묵시적인 암시에 의해서, 나중에 나온 텍스트가 먼저 나온 가능한 모든 텍스트의 특성을 종합함으로써, 언어로 쓰인 모든 텍스트가 시간과 공간의 개념을 초월하여 문학적인 규약이나 관례에 다같이 참여하여 빚어내게 되는 담론을 의미한다.

바흐친은 하나의 발화(發話)는 다른 어떤 발화에 필연적으로 관계된다고 보고 발화의 이러한 상호관련성을 '대화중심주의'라고 정의했다. 그가 산문으로 쓰인 언어는 운문으로 쓰인 언어보다 상위개념이라고 파악하는 이유는 바로 산문화된 언어의 이러한 대화적인 요소에 그 바탕을 두고 있기 때문이다. 화자이자 청자 및 청자이자 화자인 두 사람의 대화는 바로 인간의 특성을 반영한다고 파악한 바흐친은 이렇게 언급했다. "타인의 담론과 담론 사이의 이러한 관계는 그러나 확실히 일치하지 않는 하나의 대화에 관련되는 상호 교환할 수 있는 다른 대화와의 관계와 유사한 것이다." 두 개의 담론, 언어로 쓰인 두 개의 작품, 한 나라의 언어와 다른 나라의 언어의 묵시적인 연관성, 문학적인 작품과 비문학적인 작품의 관계에 나타날 수 있는 부분과 전체의 의미를 동시에 수용하는 가장 기본적인 방법이 바로 대화적 담론을 바탕으로 하는 바흐친의 '대화중심주의'이다. 바흐친의 이 이론은 운문보다는 산문으로 쓰인 문학을 포함하는 모든 서사적 대화나 담론의 연구에 적용되었다. 특히 『도스토예프스키 시학의 문제점』에서 대화적인 관계를 메타언어학, 예외적인 언어학, 비논리적이고 비대상적인 언어현상, 언어문체와 사회적 변증법으로 세분하여 논의한 후에 다음과 같이 결론지었다.

넓은 의미에서 대화적인 관계는, 만일 이성적인 활동의 상이한 현상이 기호 의미론적인 요소 내에서 표현되기만 한다면 이들 상이

한 현상 사이에서도 가능하다는 것을 독자에게 상기시켜야만 한다. 예를 들면, 대화적인 관계는 상이한 예술형식 사이에 나타나는 심상사이에서도 가능한 것이다. 그러나 본 연구의 중요한 영웅이라고까지 말할 수 있는 중요한 연구과제는 대화의 상호작용의 조건, 즉 '대화적인 관계'라는 이 어휘의 진정한 활동을 가능하게 하는 조건 하에서 필연적으로 발생하는 음성의 이중적인 담론이 될 것이다.

하나의 텍스트를 다른 텍스트에 연관지어 읽어야 된다는 것은 해체주의 비평에서 강조하는 기본적인 읽기의 방법이고 '상호텍스트성' 연구는 그러한 읽기를 위한 하나의 방법론이 된다. 이러한 방법은 장르, 내용, 시대, 주의 및 몇몇 유사한 텍스트의 관계를 전통적인 '영향/수용'의 관계나 문학사에 대한 단순한 현상으로 파악하기보다는 직접적이고 간접적이며 공개적이고 암시적이며 문학적이고 비문학적인 사회 문화 전반에 걸친 하나의 복합적인 현상으로 파악하고자 한다. 이러한 점에 착안하여 마련된 것이 바로 크리스테바의 '상호텍스트성' 개념이다.

변용의 방법은 따라서 모든 텍스트의 종합체라고 볼 수 있는 사회적인 전체조화 내에 문학적인 구조로 자리 잡을 수 있도록 한다. 하나의 텍스트 내에서 발생하게 되는 텍스트의 이러한 상호작용을 '상호텍스트성'이리고 명명하고자 한다. 이 방법을 이미 알고 있는 사람들에게는 '상호텍스트성'이 다름 아닌 바로 하나의 텍스트가 그 자체로 역사를 밝히고 또 그 텍스트 자체가 역사 속에 삽입되는 방법을 지칭하게 되리라는 개념이 된다. 하나의 정확한 텍스트에서 '상호텍스트성'을 실천하는 구체적인 방법은 텍스트 구조상의('사회적,' '미학적') 중요한 특성을 제공해 줄 것이다.

앞에서 언급한 바흐친의 대화중심주의는 크리스테바에 의해서 '상호텍스트성'으로 발전되어 산문으로 쓰인 텍스트의 연구에 효과적으로 적용되기 시작했다. 이러한 예로는 서정시에 대한 언급이 전혀 없는 크리스테바의 『시어의 혁명』에서도 찾아 볼 수 있다. 바흐친이나 크리스테바는 한 작가와 다른 작가, 하나의 구절과 다른 구절의 정확한 대응이나 대조관계를 거부하고, 언어로 나타나는 의미의 포괄적인 역사적 관계를 규명하는 데 치중하고 있다. 이들의 이러한 연구 작업은 영향력이 강한 시인과 약한 시인의 관계를 연구한 해럴드 블룸의 『영향의 불안』이나 폴 드 만의 『맹목성과 통찰력』에 수록된 「문학의 역사성과 현대성」, 「서정시와 현대성」, 「수사학의 일시성」의 방법과 유사한 것이라고 볼 수 있다. '상호텍스트성'은 이제 산문연구는 물론 운문연구에도 적용되었으며, 이러한 점은 조나단 아락의 '언어질서에 대한 역사적인 연구'에도 잘 반영되어 있다. '상호텍스트성'은 이제 해체주의 비평에서 가장 설득력 있고 효과적인 방법 중의 하나가 되었으며 후기구조주의 이후 인문 사회과학자들로부터 각광받는 개념으로 정착되었다.

7.2 한국 현대시에서의 해체시

7.2.1 언어의 훈도(薰陶)에서 언어의 해체로

시어의 의미는 일상어의 의미와 다르다는 생각이 지배적인 까닭은 아마도 '언어의 훈도(薰陶)'때문이라고 생각된다. '언어의 훈도,' 그것은 '잘 빚은 항아리'로서의 언어, 다시 말하면 가장 빼어난 것들만을 엄선하여 만들어진 언어를 의미한다. 사실 훈도를 설명하는 잘 빚은 항아리는 클리언스 브룩스가 존 던 시 「시성(諡聖)」에서 차용한 말로서 그는 이 말이 시의 형상화를 대표하는 것으로 파악했다. 그리고 그것은 신비평의 근간을 형성하게 되었고 신비평은 1930년대 이래 문학연구, 특히 시의 연구에 지대한 영향을 끼치게 되었다. 대학 비평에서, 대학에서의 시의 연구에서 신비평의 방법은 아직도 확고부동한 위치를 차지하고 있으며 그것은 곧 시연구의 기본으로 작용하고 있다. 따라서 우리는 한

편의 시에 사용된 시어가 어떻게 이미지를 형성하고 상징을 창조하며 비유법을 효과적으로 활용하고 있는지에 대해서는 익숙해 있다. 다시 말하면 어떤 대상—그것은 물론 시적 대상이기는 하지만—을 말로 설명하고자 하는 시어에는 익숙해 있다고 볼 수 있다. 그러나 대상을 지칭하는 말을 말로 설명하고자 하는 시어에는 좀 덜 익숙해 있는 편이다. 이러한 차이점을 구분하기 위해서 필자는 개인적인 입장에서 전자를 언어의 훈도라고 하고 후자를 언어의 해체라고 명명하고자 한다.

해체주의라든가 후기구조주의라든가 포스트모더니즘 이전에도 한국 현대시에서의 언어의 해체작업은 이루어져 왔다고 생각된다. 그러한 예를 우리는 시형식의 해체와 수식(數式)을 활용한 30년대 이상 시, 반시론을 제창한 50년대 김수영 시, 대상보다는 대상을 지칭하는 말에 대한 집요한 추적을 모색하는 50년대 이후 김춘수 시 그리고 '나'에서 '너'로 '너'에서 '그'로 다시 '나/너/그'를 완벽하게 해체함으로서 부단하게 주체의 해체를 완성하고 있는 90년대 후반의 이승훈 시에서 그 맥락을 찾아 볼 수 있다. 그것을 여기서는 이상 시학, 김수영 시학, 김춘수 시학, 이승훈 시학으로 부르고자 한다. 이러한 계열과는 달리 황지우 시의 도형화, 장정일 시의 소재화 등을 들 수 있으며 이들의 시적 경향은 다분히 언어의 본래의 역할을 분쇄시키는 데 있다. 물론 이처럼 확실한 목소리를 가지고 언어의 해체에 집중한 경우 외에도 간혹 조금씩 그러한 조짐을 보이는 경우도 있어 왔다. 그것이 바로 시에서의 대화체, 서간체, 욕설, 사투리 및 신체부위의 지칭, 예를 들면 섹스에 관계되는 금기어의 파괴 등을 들 수 있다.

그렇다면 왜 이러한 시어의 하락이 일어나는가? 개인적으로는 '하락'이라는 말보다는 흔적이라는 말이 더 적합하다고 생각한다. 하락이라고 했을 때 그것은 이미 시어에는 어떤 기준이 있다고 전제하는 것이고 또 그러한 기준에서 벗어나되 상향적으로 벗어나는 것이 아니라 하향적으로 벗어난다는 점을 암시하기 때문이다. 그러나 '흔적'이라고 하면 그것은 시어에 어떤 확고부동한 기준이 없다는 점을 전제하며 따라서 어느 유형의 말도 시어의 영역이 될 수 있고 어떤 유형의 시어의 영역도 말의 영역에 속하게 되기 때문이다. 어떻든 시어의 하락이 발생하고 언어가 정상으로부터 일탈('일탈'이라는 말보다는 '회귀'라는 말이 더 적합하다고 생각한다)하고자 하는 것은 아마도 사회적으로는 후기현대의 특징을 드러내고자 하고 정치적으로는 후기식민주의의 양상을 폭로하고자 하고 문학적으로는 해체시대의 글쓰기의 전형을 제시하고자 하고 문화적으로는 세계화의 추세에 걸맞게 나아가고자 하기 때문일 것이다. 그러나 이러한 세계화는 사실 극-민족주의라고 생각된다. 이러한 특징적인 몇 가지 추세를 리처드 할랜드는 자신의 『초구조주의』에서 원심력과 구심력의 대립으로 파악했다. 전자는 해체시대 이후의 글쓰기에 해당하고 후자는 해체시대 이전의 글쓰기 해당한다. 필자는 할랜드의 이 책을 『초구조주의란 무엇인가』(1996)로 번역하여 국내에 소개한 바 있다.

7.2.2 구심력 시대의 언어의 해체

구심력 시대의 언어의 해체는 단편적이고 조심스럽고 위험할 수밖에 없는 작업이다. 그것이 단편적인 것은 누구나 모두 언어를 해체하지 않기 때문이고 조심스러운 것은 자기 자신도 언제나 언어를 해체하는 것이 아니기 때문이며 위험스러운 것은 자칫 세간의 이목이 부정적으로 집중되기 때문이다. 그렇다면 문학에서의 구심력이란 무엇인가? 그것은 '나'가 '너'와 동일시되고자 하는 것, 하나의 중심점으로 끊임없이 수렴하고자 하는 것을 의미한다. 다시 말하면 어떤 중심 세력에 대해서 저항하기보다는 순응하는 것, 그 중심 세력에 끼이지 못해서 조바심 나는 것을 뜻한다. 그래서 중심 세력의 권력에 복종하고 그것을 중심으로 반복해서 회전하는 것에 관계된다. 마치 태양을 중심으로 지구를 포함하여 수성에서부터 명왕성까지의 행성이 회전하는 것과 같다. 그러나 '원심력 시대의 언어의 해체'는 이것과는 전혀 다르다. 따라서 구심력 시대는 시어의 일정한 기준을 인정하던 시대로서, 시어는 그것이 비록 일상어로 쓰였다 하더라도 이미지와 상징의 참신한 창조를 위해서 전통적 의미의 비유법을 효과적으로 사용해야만 했던 혹은 강요받았던 시대의 시쓰기에 관계된다.

이러한 시대의 시쓰기에서 우리의 주목을 받는 것은 아마도 사투리의 사용일 것이다. 남도 사투리를 유효적절하게 구사했다는 평가를 받고 있는 김영랑의 경우 「누이의 마음아 나를 보아라」의 "오메! 단풍들것네!" 「독(毒)을 차고」의 "허무한듸," 「춘향」의 "우리집이 꽉 망해서 상거지가 되었지야," 「언덕에 바로 누워」의 "나는 잊었음네"나 "한 때라도 없드라냐"와 같은 시구는 본래의 시어의 영역에서 벗어난 것이다. 물론 그것이 시적 의미의 확장에 기여하기는 했지만 시어의 기준에서는 벗어나는 것이다. 김영랑 시어의 하락이 남도가락의 멋에 실려 있다면 박목월의 시어의 하락은 절박성을 드러내기 위해서 강한 경상도 억양의 강직성을 활용하고 있다. 그것이 바로 그의 「이별가」에 등장하는 '뭐락카노'와 '오냐'의 반복이다.

> 뭐락카노 뭐락카노 뭐락카노
> 니 흰 옷자락기만 펄럭거리고…
>
> 오냐, 오냐, 오냐,
> 이승 아니믄 저승에서라도…

사투리가 활용된 시어의 읽기에서 독자들은 그 억양과 느낌을 자신의 것으로 전이시킬 수 있어야 한다. 그렇지 않으면 그저 그렇고 그런 일상어의 삽입에 불과하기 때문이다.

다음은 비속어의 등장을 들 수 있다. 그 대표적인 예가 김수영의 「어느 날 고궁을 나오며」의 전반부에 나오는 욕설이다.

> 왜 나는 조그마한 일에만 분개 하는가
> 저 왕궁 대신에 왕궁의 음탕 대신에
> 오십 원짜리 갈비가 기름덩어리만 나왔다고 분개하고
> 옹졸하게 분개하고 설렁탕 집 돼지 같은 주인 년한테 욕을 하고
> 옹졸하게 욕을 하고.

　당당하게 시어로 자리 잡은 '돼지 같은 주인 년'이라는 욕설은 읽는 이에게 어떤 통쾌감을 제공해 준다. 그리고 그러한 시어의 사용자는 개척자적인 역할 혹은 전위적인 역할을 수행함으로써 시어의 영역을 확장하게 된다. 이러한 확장으로서의 시어는 시의 고고성을 해체해 버린다. 사실 이러한 고고성의 해체는 이미 이상화 시 「빼앗긴 들에도 봄은 오는가」와 「나의 침실로」에도 나타나 있다. 전자의 시어 "살찐 젖가슴"과 후자의 시어 "수밀도의 네 가슴"는 시어의 '점잖은' 육체화에 해당한다. 여기서 점잖다는 점을 강조하는 것은 그것이 직설적이 아니기 때문이다(직설적인 표현의 과감성에 대해서는 '원심력 시대의 언어의 해체'에서 살펴보게 될 것이다). 이러한 비속어는 자전적인 시에서 강렬한 의미를 지니게 된다. 그것을 우리는 서정주 시 「자화상」이나 「바다」에서 찾아 볼 수 있다. 전자에서 나타나는 "애비는 종이었다/…어매는 달을 두고…"처럼 친부모를 '애비'와 '어매'로 부르는 호칭법 및 후자에서는 시어의 하락이 절정을 이루지는 않는다 하더라도 하나의 가능성, 부정적이 아닌 긍정인 가능성을 제시하고 있다.

> 애비를 잊어버려
> 에미를 잊어버려
> 형제와 친척과 동무를 잊어버려
> 마지막 네 계집을 잊어버려

시어의 비속어화 현상은 베를렌, 휘트먼 및 앨런 긴스버그 등의 시에서 찾아 볼 수 있다. 물론 우리들에게 익숙해진, 말하자면 소위 말하는 세계적 명시의 대열에 끼이는 시편들, 따라서 우리들로 하여금 이들 시인들의 진면목을 파악할 수 있는 기회를 차단해 버리는 시편들에는 나타나지 않는 시에서 우리는 이들 시인들이 얼마나 적나라하게 자신의 내면세계를 비속어화 된 시어를 통해서 표출했는지를 알 수 있다. 예를 들면 동성애라든가 자기애라든가 성애라든가 육담이라든가 성기에 대한 다양한 비유라든가 하는 것들을 솔직하게 표출하고 있다.

구심력 시대의 언어의 해체에서 가장 돋보이는 시인은 아마도 이상일 것이다. 그는 시의 문체의 혁명은 물론 시형식의 혁명까지도 주도했기 때문이다. 그의 시 「선에 대한 각서」는 시는 언어로 쓰여져야 한다는 정설을 정면으로 거부한다. 그는 시도 기호화된 언어로 쓰여질 수 있다는 점, 말로서의 언어가 아닌 기호화된 언어에 의해서 표현될 수 있다는 점을 강조했다. 그것이 다다이든 초현실주의든 그가 이러한 가능성을 점검했다는 것은 그를 한국 현대시에서 상당히 중요한 위치에 올려놓게 한다. 「선에 대한 각서 (3)」의 전문은 다음과 같다.

```
        1   2   3
 1      .   .   .
 2      .   .   .
 3      .   .   .
        3   2   1
 3      .   .   .
 2      .   .   .
 1      .   .   .
```

$$\therefore \ nPn = n(n-1)(n-2)\cdots\cdots.(n-n+1)$$

(뇌수는 부채와 같이 원에까지 전개되었다. 그리고 완전히 회전했다.)

　구심력 시대의 언어의 해체는 상당히 조심스럽다. 그것이 조심스러운 까닭은 시어의 절대적인 기준이 여전히 지배적으로 작용했기 때문이었을 것이다. 말하자면 시는 일상어로 쓰여지는 것이라는 주장에서 '일상어'는 표준어의 영역을 넘어서지 못했던 것이다. 그 결과 언어의 완벽한 해체보다는 언어의 실험적인 해체가 이루어졌다고 생각된다.

7.2.3 원심력 시대의 언어의 해체

　원심력 시대의 언어의 해체는 시어는 곧 언어라는 등식을 거부하는 것에서부터 비롯된다. 그리고 시는 어떤 대상에 대한 느낌을 성공적인 비유로 형상화하는 것만은 아니라는 점을 전제로 한다. 이 두 가지 사항은 바로 해체시대의 글쓰기/시쓰기의 기본명제가 된다. 시어를 부정하고 시적 대상을 부정하고 시를 쓴다는 것—이러한 명제는 구심력 시대의 시쓰기에서는 불가능한 명제이다. 그러한 그것이 원심력 시대에는 가능할 뿐만 아니라 절대적인 명제에 해당한다. 자신만의 목소리, 자신만의 시세계, 자신만의 언어관을 갖고자 하는 시대가 바로 해체시대이기 때문이다. 이러한 시대의 시쓰기는 '쓴다는 행위는 무엇인가?' 혹은 "쓴다는 것은 무엇인가?"에 대한 질문에서부터 비롯된다. 다시 말하면 구심력 시대의 시쓰기가 일정한 대상에 대한 느낌을 시로 형상화하는 데 치중했다면 원심력 시대의 시쓰기는 시를 쓴다는 행위, 곧 기술행위 그 자체에 대한 물음에서부터 비롯된다.

　쓴다는 것은 무엇인가? 그것은 어떤 대상에 대한 정확한 포착이라기보다는 포착을 위한 흔적의 끊임없음이다. 흔적은 무엇인가? 그것은 어떤 대상에 대한 추적과정에 나타나는 무수한 남김, 곧 흰 종이 위에 쓰여지는 검은 문자의 당돌함이라고 볼 수 있다. 사실 문자만큼 오만한 태도를 지니고 있는 것도 없다. 문자의 오만함에 대해서는 말라르메가 자신의 시 「주사위 던지기」에서 언급한 바 있으며, 데리다는 그러한 양상을 후설과 하이데거의 철학체계를 바탕으로 하여 발전시켰다. 그리고 그는 그 결과를 해체주의의 모태가 되었던 자신의 저서 『기술학(記述學)』에서 심화시켰다. 이 글의 관점에서 보면 데리다의 저서 De la grammatology는 '그라마톨로지'도 아니고 '문법학'도 아니고 '기술학(記述學)'이다. 왜냐하면 그가 이 말에 대한 정의를 다음과 같이 분명하게 하고 있기 때문이다. "기술학(記述學)/그라마톨로지(grammatology) : 문자에 대한, 알파벳, 음절화, 읽기 및 기술(記述)에 대한 연구. 내가 파악하기로는 또 우리 시대에 있어서 겔브가 현대과학의 연구과제를 강조하기 위해서 『기술(記述)의 연구 : 기술학(記述學)의 바탕』(1952)−1963년도 판에서는 부제(副題)를 제거했다−에서 이 말을 사용했을 뿐이다. 체계적이고 또 간략화 된 분류에 대한 관심에도 불구하고 그리고 성경 필사본의 단일기원설이나 다원기원설에 대한 상반되는 가설에도 불구하고, 이 책은 기술(記述)의 역사에 대한 전통적인 모델을 따르고 있다."

쓴다는 것은 확정적 정의가 아니라 미확정적 정의과정이다. 미확정적 정의과정은, 예를 들면, '장미꽃은 빨간 색이다.'가 아니라 '장미꽃은 빨간'이라고 까지만 설명하는 과정이다. 즉, '이다'와 '아니다'라는 선택적 관계가 아니라 '이다/아니다'의 관계에 '또는'이 첨가된 확장적인 관계를 의미한다. 말의 이러한 확장적인 관계에 대해서는 들뢰즈와 가타리가 정신분열증을 중심으로 하여 심도 있게 논의한 바 있다. 쓴다는 행위에 의한 시쓰기의 지속성은 장정일 시 「길안에서 택시잡기」에 잘 나타나 있다.

이러한 특징을 지닌 해체주의 시론에 적합한 혹은 그러한 시론을 바탕으로 하여 쓰인 시가 바로 장정일 시 「길안에서의 택시잡기」이다. 독자의 혼동을 야기하는 이 시의 제목 '길안,' 즉 그것이 길의 안쪽인지 아니면 어떤 지명인지에 대해서 시인 자신은 '안동 근교의 면소재지'라고 분명하게 밝히고 있다. 총21연으로 된 이 시는 시를 쓰고 읽고 다시 쓰고 다시 읽고 또 다시 쓰고 또 다시 읽는 과정을 기술한 것

이다. 그러한 시쓰기의 과정이 열 번 진행되고 나머지 부분은 이러한
진행과정의 어려움에 대한 하소연이다. 말하자면 '길안에서의 택시잡
기'라는 시적 주제는 해체주의 시론에서의 난경(難經)에 속한다. 그리
고 시인의 시쓰기는 그것의 차연에 해당한다. 이렇게 말할 수 있는 점
은 「길안에서의 택시잡기」라는 시의 시작 부분은 이 시가 이미 여러
번 시도되었음을 암시하고 있기 때문이다. 이 시의 첫 부분을 인용하
면 다음과 같다.

> 길안에 갔다.
> 길안은 시골이다.
> 길안에 저녁이 가까워 왔다.라고
> 나는 썼다. 그리고 얼마나
> 많이, 서두를 새로 시작해야 했던가?
> 타자지를 새로 끼우고, 다시 생각을
> 정리한다. 나는 쓴다.
>
> 길안에 갔다.
> 길안은 아름다운 시골이다.
> 그런 길안에 저녁이 가까워 왔다.
> 별이 뜬다.
>
> 이렇게 쓰고, 더 쓰기를
> 멈춘다. 빠르고 정확한 손놀림으로
> 나는 끼워진 종이를 빼어,
> 구겨 버린다. 이놈의 시는
> 왜 이다지도 애를 먹인담. 나는
> 테크놀러지와 자연에 대한 현대인의
> 갈등을 추적해 보고 싶다. 종이를 새로
> 끼우고 다시 쓴다.

‘길안에서의 택시잡기’에 대해서 시를 다시 쓰는 행위는 끝나지 않는다. 쓰다 말고 타자지를 빼어 구겨버리기 때문이다. 이러한 행위의 반복이 바로 시인 자신의 미결정성이며 그러한 미결정성은 시쓰기를 ‘다음 기회’로 미루게 된다. 위 인용시의 마지막 구절에 암시되어 있는 바와 같이 「길안에서의 택시잡기」라는 시쓰기 행위는 끝나지 않는 행위이다. 왜냐하면 ‘길안’이라는 면소재지에서 택시잡기의 어려움을 시로 형상화하는 작업은 언제나 미결정적이기 때문이다. 여기서 미결정적이라는 말은 택시잡기의 어려움을 아무리 정확하게 문자로 기록한다 하더라도 문자화된 기록은 결코 그러한 어려움과 일치하지 않기 때문이고, 일치되게 하려고 노력하면 할수록 그만큼 더 불일치하게 되기 때문이다. 「길안에서의 택시잡기」라는 끝나지도 않고 일치하지도 않는 시쓰기 작업은 “길안에 갔다./ 길안은 시골이다. 길안에 저녁이 가까워 왔다.”라는 시작부분이 몇 번의 수정작업을 거치면서 변모되는 데에서도 찾아 볼 수 있다. 그러한 변모는 결과적으로 다음과 같이 된다. 이 시의 마지막 부분을 인용하면 다음과 같다.

> 풀이 우거진 거리에
> 한 무전여행가가 검은 슈트케이스를 든 채
> 택시를 기다리고 있었다.
> 늬엿늬엿 해가 지고 있었지만
> 택시는 보이지 않았고, 그렇다고
> 여행가가 쉽게 포기할 것 같지도 않았다.

그러나 「길안에서의 택시잡기」라는 시는 끝나지 않는다. “나는 계속, 쓸 것이다.”라는 시적 자아의 마지막 절규처럼 이 시는 결코 완성될 수 없는 시이기 때문이다. 따라서 이러한 미완의 작업은 이 시를 미결정적인 채로 남게 한다. 장정일 시와 해체주의 시론과의 관계는 그의 그 밖의 다른 시에서도 찾아 볼 수 있다. 말하자면 김준오가 부여한 명칭에 걸맞는 '소재시'의 성격을 띠고 있는 「잔혹한 실내극」, 「즐거운 실내극」, 「자동차」, 「햄버거에 대한 명상」 등에서 우리는 시의 소재가 어떤 수사나 변형이 없이 '있는 사실 그대로' 한 편의 시를 형성하고 있음을 알게 된다. 여기서 말하는 '있는 사실 그대로'라는 말은 후기구조주의의 모태가 된 프랑스 '텔켈학파'의 주의표명과 일맥상통하는 면을 지니고 있다.

이 시의 기본 골격은 '길안에 갔다.'에 뒤이어지는 문장의 부적절성에 있다. 이러한 부적절성에 의해서 이 시는 쓰이고 버려지고 쓰이고 버려진다. 그러나 버려질 뿐이지 태워 버린다든가 찢어 버린다든가 지워 버리지는 않는다(그렇게 되면 이 시는 우리들의 눈 앞에 나타날 수가 없다). 이처럼 태우지도 않고 찢지도 않고 지우지도 않은 채 버려지는 원고는 흔적으로 남게 되고 그것은 이 시의 본의에 대한 추적을 가능하게 한다. '길안에 갔다.'라는 구절에 뒤이어지는, 사실은 버려지기 위해서 뒤이어지는 구절들은 '길안은 시골이다,' '길안은 아름다운 시골이다,' '길안에서 택시를 기다린다,' '길안에 택시가 보이지 않는다,' '길안에 산이 높고/ 그 물이 맑다,' '웬일인지 꽤 오랫동안 택시가 오지 않고,' '길안이 아름다워 나는 울었다,' '길안을 빨리 벗어나고 싶다,' '그러나 나는 어디로 가게 되는 것인가?' '택시를 기다리고 있었다' 등이다. 끊임없이 대체되는 이러한 구절들은 사실 '보충' 역할을 한다. 한 마디로 정의 불가능한, 한 마디로 설명 불가능한 상황, 즉 '길안에 갔다'라는 사실 뒤에 뒤이어지는 상황을 어쨌든 설명하기 위해서 활용된 방법이 바로 '보충'이다. 이 때의 '보충'은 없는 것에 대한 보충이 아니라 다른 것, 또 다른 것, 또 다른 것으로의 대체에 관계된다. 따라서 이 시의 마지막 부분은 다음과 같이 되어 있다.

여기까지 쓰자 아침이 밝고, 나는 세수를 하러 일어선다.
하룻밤 꿈을 꾼 듯, 밤샘한 어제가

어릿하다, 더운 물에 찬 물을 알맞게

섞는다. 생각이 떠올랐다.
물과 물이 섞인 자리같이
꿈과 삶이 섞인 자리는, 표시도 없구나!
나는 계속, 쓸 것이다.

 '나는 계속, 쓸 것이다.'에 나타나는 비장한 결의는 시쓰기와 철두철미하게 투쟁하는 것을 나타내고 있다. 이러한 투쟁은 한편으로는 푸코의 '논쟁의 현장'이나 들뢰즈와 가타리의 '탈영역화'에 해당하기도 하고 다른 한편으로는 데리다의 '차연(差延)'에 해당하기도 한다. 그러나 여기서 주의해야 할 점은 데리다의 차연이 '차이'와 '연기'만을 동시적으로 의미하는 것이 아니라 '우회하기'까지도 포함하고 있다는 점이다. 우회하기는 '바꾸어 말하기' 혹은 '전언(轉言)'이라고 볼 수 있다. 이 시가 논쟁의 현장이 되는 것은 '나는 계속, 쓸 것이다.'라는 주체의 확고부동한 의지 때문이고, 이 시가 '탈영역화'되는 것은 '물과 물(사실은 더운 물과 찬물)'의 섞임처럼 꿈과 삶의 구분이 없어지기 때문이다.
 차연, 연기 및 전언으로서의 해체적 글쓰기 이론에 충실한 또 다른 시로는 이승훈의 신작시 「답장」을 들 수 있다. "그러나/ 쓴다는 것/ 계속 쓴다는 것은/ 과연 무엇인가?"는 이승훈이 자신의 시집 『밝은 방』 '서문'에서 '그러나 고독하다는 것, 홀로 있다는 것은 과연 무엇인가?'라고 한 말을 시인 이만식이 읽고 그것을 시로 패러디한 것이다. 이승훈은 이를 다시 「답장」에서 패러디했다. 이 시는 시쓰기를 끊임없는 패러디의 연속선상에서 하나의 흔적의 연속으로 파악하고 있다는 점에서 해체시대의 시쓰기에서 상당히 주목되는 시라고 볼 수 있다. "형이 패러디한 시의 앞부분입니다 난 내 글의 패러디한 형의 시를 읽으며 다시 형의 시를 패러디한 시를 씁니다"처럼 이 시는 패러디의 패러디화, 패러디화의 패러디화로 나아가고 있으며 아울러 시행의 구분도 없고 구두점을 비롯한 문장부호의 사용을 억제하고 있다.

> '그러나 쓴다는 것은 고독하다는
> 것이며 나를 나에게서 분리시키고 두 개의 나를 만드는
> 행위라고 생각합니다/ 그러나 쓴다는 것은 나를 버리는
> 행위입니다 종이 위에 나를 버리고 나는 하나의 차이로
> 존재합니다/ 그러나 쓴다는 것은 계속 쓴다는 것은 나를
> 계속 연기시키는 일입니다 종이 위해서 나는 계속
> 연기됩니다 나는 이미 내가 아닙니다/ 나타나고 사라지는
> 무수한 텍스트 밝은 방 속에서 드러나는 이 흔적!/ 그러나
> 쓴다는 것은 산다는 뜻입니다/오오 그러나 쓴다는
> 것은 내가 언어이며 타자라는 사실이고 타자의 타자가
> 나라는 사실이고 이 나는 무수히(글을 쓰는 만큼)
> 나타나고 사라집니다/ 그러니까 사막입니다 계속 쓴다는
> 것은 우리 인생에 의미가 없다는 사실을 깨닫는 일이고
> 방랑이고'(아무튼 시작도 끝도 없지요)

정말 이 시에서의 집요한 물음처럼 해체시대에 있어서 글쓰기로서의 시쓰기는 '어디에서부터 시작되어 어디에서 끝나는 것인가?' 그 대답은 '시작도 끝도 없다'이다. 왜 그러냐 하면, 위 인용시를 예로 들어 설명할 때에, 이승훈의 말 '그러나 고독하다는 것, 홀로 있다는 것은 과연 무엇인가?'에서 이만식 시 '그러나/ 쓴다는 것/ 계속 쓴다는 것은/ 과연 무엇인가?'가 비롯되었고, 후자에서 다시 이승훈 시 '그러나 쓴다는 것은 고독한 것이며 나를 나에게서 분리시키는 두 개의 나를 만드는 행위라고 생각합니다'로 나타나기 때문이다. '이승훈-이만식'의 교차는 '고독하다는 것-쓴다는 것'의 교차이고 이는 다시 '그러나-그러나'로 교차하게 된다. 그러나 '그러나'라는 말은 앞의 말을 인정하면서도 자신의 주장을 강조하게 된다. 인정하면서도 주장하는 것, 그것을 이 시에서는 '흔적'이라고 강조한다. "나타나고 사라지는 무수한 텍스트 밝

은 방 속에서 드러나는 이 흔적!" 흔적은 추구과정이고 진행과정에 해
당한다. 아직은 완료되지 않은 상태, 그러나 결코 완료될 수 없는 상태
에 있는 것이 흔적이다. 시쓰기를 흔적으로 파악하는, 다시 말하면 과
정으로 파악하는 이 시는 해체시대에 있어서 시쓰기의 한 전형성을 제
시하고 있다.

원심력 시대의 언어의 해체에 나타나는 두 번째 특징은 문자의 도형
화 혹은 도형의 문자화이다. 사실 이러한 유형의 시쓰기는 시어의 하락
이라기보다는 언어의 일탈에 가깝다고 볼 수 있다. 언어의 일탈을 효과
적으로 활용하고 있는 몇 편의 시들이 바로 황지우의 『새들도 세상을
뜨는구나』에 수록되어 있다. 대표적인 예로 「'일출'이라는 한자를 찬,
찬, 히, 들여다보고 있으면」에 등장하는 몇 가지 경우를 살펴보면 다음
과 같다.

♛ 우에
♛
그 상상봉에
◉ 하나
그리고 그 ♛ 아래
♛ 그림자
그 그림자 아래, 또
♛ 그림자,
아래
다닥다닥다닥다닥다닥다닥다닥다닥다
凹凸한 지붕들, 들어가고 나오고,
찌그러진 △□들, 일어나고 못 일어나고,
찌그러진 ☥우들
(하략)

'문자화된 도형' 또는 '도형화된 문자'는 문자 그 자체보다 더 적합

한 기술일 수도 있다. 사실 어떤 사물 그 자체를 제시하는 것보다 더 정확한 방법은 없을 것이기 때문이다. 여기에서 기술의 부정확성과 사물의 불변성이 대립하게 된다. 부정확한 기술에 의해서 쓰여지는 해체시대의 시쓰기는 한편으로는 흔적의 추적으로 나아가고 다른 한편으로는 사물(소재/대상) 그 자체의 제시로 나아간다. 그것은 소재시, 광고시, 대상시, 물상시 등으로 명명되기도 한다. 이렇게 명명될 수 있는 시에서의 언어는 시어의 고고성을 가차없이 허물어 버린다. 거기에서는 '잘 빚은 항아리,' 곧 '언어의 훈도(薰陶)'를 찾아 볼 수 없다. 이러한 점은 기존의 전통적인 고유한 '언어영역'을 상실한 채 그저 문자와 도형이 적절하게 조합되어 제시되고 있을 뿐이다. 이러한 제시는 시에 대한 평가나 분석이나 해석 등을 유보하고 과정 자체만을 나타내고 있다. 다시 말하면 제품의 완성을 추구하는 것이 아니라 완성하기까지의 과정을 강조한다. 완성하기까지의 과정, 그것이 바로 가장 기본적인 흔적으로서의 시쓰기에 해당한다.

혼적으로서의 시쓰기는 가장 직설적으로 표현하기에 관계된다. 직설적인 표현은 자칫 천박스럽고 저속하다는 인식으로 인해서 시쓰기에 상당히 많이 자제해 왔던 표현법이다. 그러한 금기사항을 타파하는 용기있는 표현들로 인해서 해체시대의 시는 또 다른 국면을 맞이하게 된다. 말하자면 성(性)에 관계되는 표현들이다. '섹스'라는 표현은 가능하고 그에 상응하는 우리말의 표현은 안 되는가? '페니스'라는 표현은 가능하고 그에 상응하는 우리말의 표현은 안 되는가? 안 된다기보다는 안 되는 것으로 시인 자신들이 인식하고 있는 이유는 무엇인가? 이러한 현상은 외래어에는 둔감하고 고유어에는 민감하기 때문이기도 하고 또는 천박하고 저속하고 상스러운 표현을 외래어로 표현함으로써 우리말의 오염을 방지해야 한다는 강박관념 때문이기도 한다. 그러나 앞에서 잠간 언급한 베를렌이나 휘트먼이나 앨런 긴스버그 또는 로버트 로웰 등의 시에서 우리는 그들이 그들의 모국어로 적나라하게 표현하는 데에 주저하지 않았음을 알 수 있다. 그리고 그들의 이러한 시들은 그들 자신의 세계적 명시와 함께 수록되어 있다는 점도 간과해서는 안 될 것이다. 어떤 기준에 의해서 어느 시는 세계적이고 어느 시는 천박한 시가 되는가? 그 기준은 아마도 '윤리관'일 것이다. 시대에 따라서 한 사회의 윤리의 의미가 변화하듯이 시어의 기준에 대한 윤리도 변화해야 한다고 생각한다.

구심력 시대의 언어의 해체는 기존 문체의 파괴로 나아간다. 그 두드러진 특징은 우선 시제목에서 찾아 볼 수 있다. 말하자면 주어와 술어, 수식과 피수식, 명사와 조사의 위치가 전환되는 경우를 들 수 있다. 이러한 예로는 앞에서 언급한 황지우나 장정일 시 외에도 박용하와 박찬일의 시에서 찾아 볼 수 있다. 전자의 『바다로 가는 서른 세 번째 길』이나 후자의 『화장실에서 욕하는 자들』에는 이러한 점이 잘 나타나 있다. 특히 박찬일 시 「화장실에서 욕하는 자」에 등장하게 되는 씻겨질 수 없는 순간들의 되살아남, 즉 "잠속에서 무엇을 본 것일까/ 물만 닿으면/ 수돗물처럼 쏟아져 나오는 신음"은 다음과 같은 시행에 잘 반영되어 있다.

> 잠속에서도 물이 흘렀다
> 는 말인가.
> 누가 물에 빠져 죽었다
> 는 말인가.
> 꿈은 쉽게 잊혀지는 법
> 면도질하듯 깨끗이 닦여져야 하는 법
> 인데 왜 전쟁인가.

잊혀질 듯 하면서도 잊혀지지 않는 끈질긴 기억들, 그것을 위의 시행에서는 행갈이에 의해서 효과적으로 표현하고 있다. 다시 말하면 "는 말인가"나 "인데 왜 전쟁인가"라는 구절은 바로 앞 행에 뒤이어져야 하지만 별도의 행으로 처리함으로써 독자로 하여금 시읽기에 있어서 섬세한 배려를 할 것을 요구 혹은 강요한다. 효과적인 행갈이 기법에 의해서 '끝.날.듯'하면서도 끝나지 않는 기억의 변증법이 작용하게 된다.

7.2.4 해체시대의 시쓰기

언어의 해체란 무엇인가? 여기서 강조되는 '해체'란 어떤 의미를 지니는가? '해체'는 단순한 파괴가 아닌 창조적인 파괴를 의미한다. 그것은 마치 1920년대 《폐허》 동인들이 폐허를 바탕으로 하는 새로운 창조를 꿈꾸었듯이 기존의 사유체계를 파괴하여 새로운 사유체계를 형성하는 것을 의미한다.

앞에서 살펴 본 해체시대의 시쓰기, 즉 언어의 훈도가 아닌 언어의 해체로서의 시쓰기의 특징은 우선 언어의 부단한 실험과 해부와 해체에 있다. 언어는 대상을 지칭하는 수단이 아니라 언어가 곧 사물이라는 전제, 의미 삼각형에서 언어는 개념을 현현시키는 기표가 아니라 언어가 곧 개념이라는 전제에서부터 해체시대의 시쓰기는 시작된다. 그리고 이러한 시쓰기는 부단한 흔적의 연속, 즉 진행으로서의 과정일 뿐이다. 그 결과 시어는 기존의 전통적인 고고성에서 추락하게 된다. 그러나 그러한 추락은 '이카로스의 추락'처럼 아무도 관심을 갖지 않는 욕망의 추락이 아니라 누구나 관심을 가져야만 하는 추락인 것이다.

두 번째 특징은 시어는 인간의 언어이어야 한다는 고정관념으로부터의 부단한 해방과 개방이다. 여기서 말하는 '해방'과 '개방'은 '탈출'과는 그 의미가 사뭇 다르다. 전자의 두 요소가 적극적이고 집단적이고 확산적이라면, 후자는 소극적이고 개인적이고 응축적이기 때문이다. 이제 시어는 그 영역을 '해방/개방'시켜야만 한다. 해방되지 않고 개방되지 않은 시어는 여전히 '언어의 훈도'에 머무를 수밖에 없다. 이 말은 조잡한 시어를 고무하고 자극하고 찬양하는 것이 아니라 해체시대의 시어는 언어에 대한 철학적 고찰을 바탕으로 해야 한다는 점을 강조하는 것이다. 그러한 역할을 수행하는 시인들은 개척자이자 선구자이다. 그래서 그들의 작업은 고독할 수밖에 없다.

마지막으로 그러한 작업의 특징이 바로 비속어를 시어화하는 데 있어서의 어려움이다. 앞에서 예시했던 바와 같이 어떤 신체부위의 지칭에 대해서 외래어는 가능하고 고유어는 불가능한 까닭은 아마도 윤리관의 불변성 때문일 것이다. 이제 시적 윤리, 시어의 윤리관은 변화해야만 한다. 그렇게 함으로써 시어의 새로운 지평을 가능하게 할 것이다. 그리고 이 모든 특징들은 시인들로 하여금 원심력 시대의 언어의 해체로 나아가는 것을 가능하게 한다. 그것은 마치 해럴드 블룸이 『시적 영향의 불안』에서 강조한 바와 같이 약 250년을 주기로 하는 서구 시에서의 강한 시인들끼리의 오독(誤讀)의 역사에 관계되기 때문이다.

7.3 해체시대의 시쓰기와 시읽기

'기호는 잘못 명명된 것이다.'라는 명제와 '기호…잘못 명명된…'이라는 명제는 다르다. 전자가 명확성, 결정성, 중심성, 수렴성, 구심력 등을 바탕으로 한다면 후자는 불명확성, 미결정성, 탈중심성, 분산성, 원심력 등을 바탕으로 한다. 나아가 전자가 정상적이고 일상적이며 상식적인 글쓰기에 관계된다면 후자는 비정상적이고 특수하며 비상식적인 글쓰기에 관계된다. 여기서 이 두 명제를 구별 짓는 요소는 '는'과 '것이다'이다. 주격 조사 '는'과 체언에 붙어서 사물을 지칭하는 뜻을 나타내는 종결어미로서의 '것이다'가 생략되었을 때에 '기호'와 '잘못 명명된'의 관계는 정의가 유보된 상태를 유지하게 된다. 이 글에서는 이와 같이 정의가 유보된 상태를 문자로 형상화한 시를 중점적으로 살펴보고자 한다. 객체로서의 대상에 대한 정의가 유보된 상태를 자크 데리다는 하이데거의 『존재의 문제』에서 파악했으며, 그러한 유보상태가 곧 그 자신의 『기술학(記述學)』의 출발점이 된다.

7.3.1 문자의 구속력과 의미의 불확실성

어떤 대상이 문자화 되었을 때에 그 문자는 그 대상을 정확하게 집약할 수 있는가? 이러한 물음에 대한 답변은 물론 '그렇지 않다' 이다. 적어도 후기구조주의 이후의 문학이론에서 특히 데리다의 해체주의 이론에서는 그렇게 말할 수 있다. 그리고 이러한 물음과 답변은 완료될 수 없다는 점을 전제로 한다. 이러한 몇 가지 점을 고려하면서 《시와 시학》(1996 가을)에 수록된 오탁번 시 「어휘에 관한 명상」을 읽게 되었다. 이 시에서 명상의 대상이 된 어휘는 모두 여섯 개로서 그것들은 '가로, 세로, 밀물, 썰물, pull, push' 이다. 자아와 타자(他者)의 관계처럼 상호 반대되는 말을 한 짝으로 하는 이들 어휘에 대한 사전적인 정의에서부터 이 시는 시작된다.

> 가로: [명][부] 옆으로 된 방향, 횡.
> 세로: [명][부] 양쪽 끝이 위에서 아래로 놓인 상태, 종.
> 밀물: [명] 조수가 육지를 향하여 밀려오는 현상 또는 그 조류.
> 썰물: [명] 바닷물이 밀려가서 해면이 낮아지는 현상 또는 그 바
> 닷물.
> pull: [vt.] 끌다, 당기다, 끌어당기다, 잡아끌다.
> push: [vt.] 밀다, 밀치다, 밀어서 움직이다. 밀어내다.

> 아무리 외워도 늘 소용없다
> 가로 세로 언제나 헷갈려서
> 라디오를 켤 때 안테나가
> 가로로 올라가는지 세로로 올라가는지
> 밀물 때 조개를 캐는지 썰물 때 조개를 캐는지

제부도 바닷길이
물보라 속에 잠길 때가
밀물 때인지 썰물 때인지
정말 모르겠다
pull에서 밀고 push에서 당기고
르네상스 호텔 커피숍에 약속이 있는 날
무거운 문 밀고 들어가다가
그만 또 헷갈린다
pull이라고 써 있는데도
문을 힘주어 밀다가 서양인한테 들키면
국위손상이 되고 벌금도 내는 것 아닐까?
내가 바보일까?
중학교 때 가끔씩 1등도 했었는데?
첫사랑 여자의 왼쪽 눈썹 위에
주근깨가 다섯 개 있던 것도 기억하지만
가로 세로 밀물 썰물 pull push
도무지 뜻을 알 수가 없다
사랑하는 여자와 그리움을 나눌 때는
양쪽 끝이
위에서 아래로 놓인 상태라야 되는지
옆으로 된 방향이라야 되는지
당겨야 할지 밀어야 할지
밀물처럼 하는지 썰물처럼 하는지
나는 정말 모르겠다
가로? 세로? 밀물? 썰물? pull? push?
이 간단한 어휘들이 내 앞에 와서는
왜 해체되어 무의미가 되는지
나는 정말 모르겠다

기술된 문자의 힘은 그 침묵성에 있다. 아무 말도 없이 쓰인 상태로
만 존재하는 까닭에 기술된 문자에는 신비성까지도 깃들어 있다. 이러

한 신비성으로 인해서 위 시의 시적 자아는 혼란에 빠지게 된다. 여기서 중요한 점은 그러한 혼란이 점점 더 확실해진다는 점이다. 말하자면 분명하고 명확한 이해에서부터 출발하여 불분명하고 불명확한 이해로 전환되어 버린다는 점이다. 그러한 점을 암시하는 부분이 바로 '중학교 때의 1등,' '주근깨 다섯 개의 기억' 등 이다. 여기서 1등과 기억이 중요한 까닭은 그 때에 가졌던 이들 어휘에 대한 그 나름대로의 정확한 이해 때문이다. 그러나 그러한 이해가 지금은 정확하지 않다는 것, 정확할 수 없다는 것을 이 시의 시적 자아는 강조하고 있다.

그러한 반대 입장은 '아무리 외워도 늘 소용없다,' '정말 모르겠다,' '도무지 뜻을 알 수가 없다,' '나는 정말 모르겠다'에 잘 반영되어 있다. 이러한 처절한 절규는 사전적인 정의에 대한 부정에서부터 출발한다. 왜냐하면 이 시의 앞부분에 그러한 정의를 인용한 후에 곧바로 '아무리 외워도 늘 소용없다'라고 강력하게 부정하고 있기 때문이다. 그것이 소용없는 까닭은 또 가로 세로가 헷갈리고, 밀물 때와 썰물 때가 헷갈리고, pull과 push가 헷갈리기 때문이다. 그러나 이 시를 꼼꼼하게 읽어보면 그러한 헷갈림이 사전적인 정의에서는 물론 실제 상황에서도 발생하고 있음을 알 수 있다. 라디오 안테나가 올라가는 것, 바닷물이 들고 나는 것, 호텔 문을 여닫는 것이 그러한 예에 해당한다.

해체시대의 시읽기는 시쓰기만큼이나 성찰적이다. 여기서 성찰적이라고 말하는 것은 시쓰기와 시읽기에 똑같이 적용된다. 성찰은 헷갈림의 회수에 비례한다. 헷갈릴수록 놓쳐 버린 의미를 파악하기 위해서 그만큼 더 성찰하게 된다는 것을 알 수 있다. 이 시에서 그러한 성찰의 의미는 '나는 정말 모르겠다'에 집약되어 있고 그 대표적인 예가 호텔 문에 써 붙였을 법한 pull과 push이다. 호텔 안과 밖으로 들어오고 나가는 것의 혼동을 막기 위해서 써 붙인 이 두 어휘는 사실 호텔 문을 실제로 사용하는 이 시의 사용자에게는 무용지물이다. pull이라고 해서 당기고 push라고 해서 밀어붙이는 것이 아니라 당기고 싶을 때 당기고 밀고 싶을 때 밀기 때문이다. 이 시의 시적 자아는 자신의 이러한 주관적인 행위가 자칫 서양인에게 영어도 모르는 무식쟁이로 비쳐질까봐 덜컥 겁이 나기도 한다. 그러한 겁내기는 "pull이라고 써 있는데도/ 문을 힘주어 밀다가 서양인에게 들키면/ 국위손상이 되고 벌금도 내는 것 아닐까?"에서 찾아 볼 수 있다. 사소한 일이지만 그것조차 사소하게 생각할 수 없는 해체시대의 일상인—이 시의 시적 자아이자 시인 자신이자 교수인 오탁번—은 주관적인 행동을 언제나 차단당하기 마련이다. 문자가 행동을 지배하는 시대, 객체화된 대상이 주체의 행동을 주관하는 시대에 살고 있기 때문이다. 당기고 싶은 쪽을 당기지 못하고 pull이라고 쓴 쪽을 당겨야 되고 밀고 싶은 쪽을 밀지 못하고 push라고 쓴 쪽을 밀어야 되는 것, 그것이 바로 문자가 지배하는 사회이다. 따라서 앞에서 언급한 주체의 주관성은 철저히 외면당하기 마련이다.

교통신호체계를 따라서 빨간 신호등에 정지하고 초록색 신호등에 직진하고 노란색 신호등에 대기하고 초록색 화살표 신호등에 회전하는 자동차처럼 하지 않고, pull이라고 써 붙인 문짝을 밀고 push라고 써 붙인 문짝을 당겼을 때에 "서양인에게 들키면, 국위손상이라고 벌금을 내게 되면" 하고 의구심을 갖게 되는 시적 자아의 소심함은 이 시대의 현대인이 갖는 소심함에 관계된다. 사실 현대인은 얼마나 많은 규정과 지시사항에 얽매어 있는가? 손님을 야단치는 슈퍼마켓 주인도 있고, 내방객을 훈계하는 수위도 있고, 방향을 묻고 승객을 승차시키는 택시도 있고, 적선을 강요하는 걸인도 있고, 하여튼 주객이 전도된 사회, 주체가 소멸되고 객체만 남아 있는 사회에서 현대인은 살고 있다. 다시 말하면 이 구절이 암시하는 것은 자연이 인간을 지배하는 것이 아니라 문화가 인간을 지배한다는 것, 개인적인 사회가 강조되는 것이 아니라 공동체적인 사회가 강조된다는 것을 의미한다. 말하자면 제대로 주체적으로 생각하고 행동할 겨를이 없이 주입되는 세상에서 우리들 현대인이 발버둥치고 있음을 나타내고 있다. 광고문안, 가게의 간판, 옥상의 네온사인은 물론 심지어 이 시에 나타나는 호텔 현관문 여닫기에 대한 **pull**과 **push**라는 지시문안까지 현대인의 행동을 주관한다.

객체화된 주체 혹은 객체에 의해서 기억되는 주체의 세계는 또《현대시학》(1996. 9)에 수록된 함성호 시 「사물의 사랑」에도 나타나 있다.

> (가슴 아프게, 가슴 아프게)
> 내 의자는 흐느낀다
> (사랑은 아직도)
> 사랑은 끝났어. 그런데
> 사물이 그 여자를 생각하고 있어
> 내 책상이
> 내 거울이
> 내 모자가
> 나는, 끝났어 하지만
> 내 사물들의 사랑은 계속 돼
> 냉장고를 열면
> 거기엔 아직도 끝나지 않은 사랑이 있지
> 내 식탁은 아직도
> 그 여자를 사랑하고 있어
> 나는,
> 그 여자의 행복을 바라지만
> 내 사물들은
> 그 여자와 함께 행복해
> 여전히…
> 내, 주방의 가스렌지를 켜면
> 알 수 있지
> 푸르게 타오르는 사랑을

위 인용시에서 사랑의 주체에 해당하는 남자로서의 시적 자아와 여자로서의 그 여자의 관계는 단절되었다 하더라도 사물들은 그 사랑을 기억하고 있다. 말하자면 함께 지냈던 사물들, 가령 의자라든가 책상이라든가 거울이라든가 냉장고라든가 식탁이라든가 하는 것들은 여전히 가버린 사랑을 확인할 수 있는 객체에 해당한다. 그것들이 사랑을 확인할 수 있는 객체가 되는 것은 거기에 남아 있는 사랑의 흔적이나 체취 때문일 것이다. 그러나 여기서 중요한 점은 그러한 기존의 느낌이나 생각을 객관화시켰을 뿐만 아니라 그 주체를 유정물이 아닌 무정물로 삼았다는 데 있다. 생각 불가능한 대상인 '책상,' '거울,' '모자' 등이 생각 가능한 주체인 시적 자아의 사랑의 대상이 되는 그녀를 객관화시키는 이러한 방법은 해체시대 시쓰기와 시읽기의 두드러진 특징 중의 하나라고 볼 수 있다.

7.3.2 원본의 상실과 흔적의 추구

《현대시사상》(1996 가을)에 수록된 송유미 시 「비눗물 떨어지는 단어를 사전에서 찾다가,」를 읽다보면 얼마나 많은 사람들이 정말로 하잘 것없는 지식으로서의 알기를 가지고 살고 있는지를 알 수 있다. 그리고 대부분의 사람들은 그러한 하잘것없는 지식의 세계에 짓눌려 살게 마련이다.

봄의 뜻을 찾기 위해 사전을 뒤적인다. '보'와 '봄'사이에 얼마나 많은 낱말이 숨어 살던지. 그 계단 사이에 내가 모르는 말이 이처럼 많이 살아 있다니, 말의 뜻도 모르고 써 버리는 말, 몰라서 쓰지 않았던 말, 봄 하늘로 흰나비 떼처럼 날아오르는 갈기 선 말,

오선지 위를 옮겨 다니며 양말로 걸어 두었던 희망의 음표…기쁨의 반 박자들…온전한 기다림을 위한 쉼표를 그려 넣으려다가 정신없이 뛰어다니다가 고무신을 잃고.

행 구분 없는 시처럼 휴지(休止)를 모르는 삶을 끄적이다가, 눈
이 지껄이는 소리를 듣다가, 물로 연명하는 콩나물 같은, 통통 살이
오른 단어를 사전에서 뽑다가, 저 비자나무 비명으로 튕겨 나가는
받침들.

'겨울'과 '봄'사이 나도 모르는 터널이 뚫려 있었다니. 이렇게 좁
은 행간 사이에 시간의 기적이 울렸다니. 비눗물 뚝뚝 떨어지는 낱
말을 사전에서 고르다가, 문득 조각조각 하늘의 손수건을 물고 나
르는 비비새를 본다.

목탄으로 그린 세발가전거가 소리 없이 굴러…굴러…내 안으로
달려오는, 아니 지워지고 마는 저 봄 글자 속의 낯선 하루.

위 인용시에서 강조되고 있는 것은 '보'와 '봄'사이에 있는 40여 쪽
분량의 단어들의 분량에 대한 놀라움이다. 예를 들면, 이희승이 편한
『국어대사전』(1961)을 참고하면 잘 알 수 있다. '보'와 '봄'사이에 있는
40여 쪽에 수록된 단어들의 분량은 대략 2,400여개에 이른다. 이와 같
이 엄청난 양의 어휘로 인해서 이 시의 시적 자아의 의식세계는 짓눌
리게 된다. 주체인 시적 자아가 객체인 단어를 선정하는 것이 아니라
객체인 단어에 의해서 짓눌려버리는 주체로서의 시적 자아는 "통통 살
이 오른 단어를 사전에서 뽑다가, 저 비자나무 비명으로 튕겨 나가는
받침들"과 같이 되어 버린다.

시인 송유미의 이러한 절규는 「복사(複寫)되는 사람들」에서도 잘 나
타나 있다. "내가 중앙동을 헤매일 때 중앙동은 보이지 않는다. 그의 문
을 빠져 나와 가로수를 저만큼 세워 놓았을 때 그는 보였다. '중앙동'
전철의 표시탑이 보이고 다시 성냥갑 속의 사람들이 차례로 쏟아졌
다…아, 중앙동 바람처럼 복사되어 삐라를 날리고 원본을 찾을 수 없는
실종된 중앙동을 빠져 나올 때" 이 시에서 강조되는 것은 주체와 객체

의 상실이다. 주체로서의 사람들도, 객체로서의 중앙동도 원본을 잃고 복사될 뿐이다. 우리가 알고 있다고 자신하는 것들은 사실 어떻게 보면 모르고 있는 것들의 아주 작은 한 부분일 것이다. 모르고 있는 것을 알면 알수록, 이미 알고 있는 것에 대한 무력감과 상실감 혹은 자신 없음으로 인해서 오히려 '모르고 지내기'가 마음 편할 수도 있다. 그러나 이러한 전제는 불가능한 전제일 뿐이다.

원본을 잃고 복사되는 세계에서는 흔적이 중요한 위치를 차지하게 된다. 자연적인 기호에 해당하는 이러한 흔적에 대해서 리처드 할랜드는 필자가 번역한 그 자신의 《초구조주의란 무엇인가》(1996)에서 다음과 같이 언급했다. "상대적 배치가 기표화 할 수 있는 또 다른 방법은 통로, 궤적, 발자국, 선로, 소로 및 고랑 같은 데리다의 용어에 암시되어 있다. 이 모든 경우에서 흔적은 단순히 자급자족적인 것이 아니라 무엇인가에 관계되는 일종의 부재에 해당한다. 따라서 우리들은 일상적인 숲의 상태가 제거되어 버린 것으로서 소로를 인식하게 되며, 일상적인 대지 상태가 제거되어 버린 것으로서 선로를 인식하게 된다. 그리고 이와 같은 제거를 인식할 때에, 우리들은 또한 과거의 몇몇 형성력이 그러한 제거를 이룩했다는 점을 인식하게 된다. 따라서 발자국은 어떤 동물이 남긴 과거의 전 과정을 나타내고, 소로는 다수의 사람들이 남긴 과거의 전 과정을 나타낸다. 통로, 궤적, 발자국, 선로, 소로 및 고랑은 모두 다 분명한 자연적인 기호, 우리들이 그것들을 바라보자마자 곧 그 자체로부터 멀어짐으로써 기표화 하는 자연적인 기호인 것이다."

원본이 상실된 복사물처럼 흔적에 의해서 생명의 주체를 추적하는 시로는 《현대시사상》(1996 가을)에 수로된 정진규 시 「수달은 살아 있다」를 들 수 있다. 이 시에서 흔적의 주체이자 추구의 대상인 수달의 실체는 나타나 있지 않다. 다만 이 동물이 남긴 신선한 흔적만이 남아 있을 뿐이다.

나도 신선한 흔적으로 숨어 살고 싶었다 바다가 아니라 그곳 강
가 어디에 그래도 인가 가까운 어디에 숨어 살고 있다는 수달을 찾
아 나선 거제섬 사람들 몇몇이 바위 위에 말라붙은 아직은 똥인 아
직은 말랑말랑한 수달의 똥을, 누운 지 하루도 지나지 않았음이 분
명한 햇볕이 어루만지고 있는 수달의 똥을 숨죽여 봉지에 소중하게
주워 담고 있는 걸 보았다 햇볕도 스스로 봉지 속으로 따라 들어가
고 있었다 담기고 있었다 따뜻한 똥, 신선한 똥, 신선한 흔적, 신성
하다고 다시 말을 해야 할까 아직 거기까지는 아니지 텔레비전이
그걸 찍어 보여 주었다 수달이 살아 있다

에즈라 파운드가 자신의 『캔토스』에서 그렇게도 경멸하고 저주했던
황금색깔을 띤 대변(똥)이 위 시에서는 신선한 존재로 부각되어 있다.
파운드가 그것을 저주한 것은 반유태주의와 고리대금업에 대한 거부에
서 비롯된 것이다. 그러나 아직은 그것을 신성하다고 말하기를 거부한
다. 왜냐하면 신성하다는 것은 무엇인가 천체적인 이미지 혹은 전지전
능성 혹은 절대신에 관계되기 때문일 것이다. 위 인용시에서 주목해야
할 또 다른 요소는 "햇볕도 스스로 봉지 속으로 따라 들어가고 있었다
담기고 있었다"이다. 주체가 가지게 되는 능동성과 피동성의 동시적인
관계는 사실 스스로를 주체이자 객체로서 파악한 결과라고 볼 수 있다.
이러한 동시적인 관계는 주체가 상실되고 소멸되고 죽어버리는 시대의
시쓰기의 한 가지 특징에 해당한다.

7.3.3 중심의 해체와 새-중심의 형성

일상적인 살아가기는 곧 죽어가기의 한 과정일 수도 있다. 주체의 죽
음에 의해서 객체가 드러나게 될 때에 그러한 객체도 이미 죽어버릴
수밖에 없는 역설을 드러내는 시로 남진우 시집 『죽은 자를 위한 기도』
(1996)에 수록된 그 자신의 시 「가시」를 들 수 있다.

> 물고기는 제 몸 속의 자디잔 가시를 다소곳이 숨기고
> 오늘도 물 속을 우아하게 유영한다
> 제 살 속에서 한시도 쉬지 않고 저를 찌르는
> 날카로운 가시를 짐짓 무시하고
> 물고기는 오늘도 물 속에서 평안하다
> 이윽고 그물에 걸린 물고기가 사납게 퍼덕이며
> 곤곤한 불과 바람의 길을 거쳐 식탁 위에 버려질 때
> 가시는 비로소 물고기의 온몸을 산산이 찢어 헤치고
> 눈부신 빛 아래 선연히 자신을 드러낸다

위 인용시에서 생명체로서의 물고기가 살아 있을 때에만 가시도 그 생명력을 유지할 수 있지만 그 자체를 드러낼 수는 없다. 그러나 "눈부신 빛 아래 선연히 자신을 드러"내는 물고기의 가시는 이미 죽어버릴 수밖에 없다. 마치 W. B. 예이츠가 「비잔티움」에서 '죽음 속의 삶, 삶 속의 죽음'이라고 언급한 바와 같이, 이 시의 주체인 물고기도 "제 살 속에서 한시도 쉬지 않고 저를 찌르는/ 날카로운 가시," 다시 말하면 죽음의 가능성을 자신의 생명 속에서 이미 간직하고 있는 것이다. 이러한 이원적인 대립은 해체시대의 기본요소에 해당한다. 말하자면 '태초에 말씀이 있었나니'에 나타나 있는 바와 같이 말이 있어서 대상이 존재하게 된 것이지 대상이 있어서 말이 존재하게 된 것이 아니라는 데리다의 주장처럼, 해체시대에서는 기존의 질서가 전복되어 버린다.

살아가기와 죽어가기의 역설은 위 인용시의 마지막 두 행에 집약되어 있다. "가시는 비로소 물고기의 온몸을 산산이 찢어 헤치고/ 눈부신 빛 아래 선연히 자신을 드러낸다." 주체에 해당하는 물고기의 온몸을 발기발기 찢어버리고 선연히 자신을 드러내는 객체에 해당하는 가시는, 자신을 드러내는 순간 죽어버리고 만다. 주체의 죽음은 곧 객체의 죽음이 되고 주체의 삶은 곧 객체의 삶이 된다. 그러나 주체를 죽이지 않고서, 주체를 살해하지 않고서 객체를 드러내는 것은 불가능한 일이다.

위 인용시의 핵심은 바로 이 점에 있다. 살아 있는 생명체인 물고기의 몸속에서 그 생명체를 쉬지 않고 찔러대는 가시를 감싸는 물고기의 평안한 유영은 사실 평안하지가 않은 유영에 해당한다. 그리고 그러한 생명체의 죽임이 곧 몸속의 가시의 소원이겠지만 그러한 죽임으로 인해서 가시 자체도 죽어버리고 만다. 햇빛 아래 앙상하게 드러나게 되는 '가시,' 그것은 주객(主客)이 전도되고 생사(生死)가 전도되는 해체시대의 주체이자 객체에 해당한다고 볼 수 있다.

이러한 점에 역점을 둔 이 계절의 시집으로는 한명희 시집 『시집읽기』(1996)를 들 수 있다. 제1부와 제2부로 나뉘어 진 이 시집의 제1부에는 총53권의 시집을 읽고 그 하나하나에 대한 시쓰기 혹은 시비평을 한 편의 시로 엮어내었다. 한용운의 『님의 침묵』에서부터 이승하의 『욥의 슬픔을 아시나요』까지에 대한 한명희의 『시집읽기』에는 해체시대의 시 읽기에 충실한 면이 드러나 있다. 여기서 해체시대라고 말할 수 있는 것은 한 권의 시집을 읽고 그것을 한 편의 비평이 아닌 한 편의 시로 집약하고 있다는 점에서 그렇게 말할 수 있고, 그것이 충실하다고 말할 수 있는 것은 그 한 편 한 편의 시가 해체적 비평이라는 점에서 그렇게 말할 수 있다. 그러한 예를 우리는 「욥의 슬픔을 아시나요—시집읽기·8, 이승하」에서 찾아 볼 수 있다.

항우울제를 타러 병원에 가는 날은
꼭 누군가와 교신하고 싶었다
여. 보. 세. 요. 오. 오. 라. 버. 니.
나. 는. 점. 점. 미. 쳐. 가. 는. 데.
이. 렇. 게. 미. 미. 쳐. 있. 는. 데.
의. 사. 가. 날. 무. 시. 해. 요.
가. 둬. 주. 질. 않. 아. 요.

의사가 모르는 내 상처들을

모두 폭로하고 싶었다
온 몸에 들끓는 모스 부호들을
누구에겐가 타전하고 싶었다

여. 보. 세. 요. 오. 라. 버. 니.
내. 열. 일. 곱. 은. 너. 너. 무. 끔. 찍. 했. 어. 요.
내. 열. 여. 덟. 은. 더. 그. 랬. 어. 요.
열. 아. 홉. 은. 더. 더.
그. 런. 식. 이. 었. 어. 요.
나. 는. 차. 라. 리. 태. 아. 가. 되. 어…

항우울제를 타서 병원을 나오는 날은
무조건 죽고 싶었다

　위 인용시에서 주목되는 부분은 마침표에 의한 어휘의 단절 부분이다. 그러나 그러한 절단을 가능하게 하는 마침표는 단절 그 자체가 아니라 다시 이어지는 연결부호 역할을 한다. 시집읽기에서 비롯되는 숨이 막히는 것과 답답해지는 것은 물론 해당 시집이 지니고 있는 부족함 때문이 아니라 그 시집을 읽고 나서 알게 되는 시적 자아의 알기 혹은 깨닫기가 전달되지 않은 채 차단되기 때문일 것이다. 이와 같은 차단당하기에서 시적 자아는 좌절하게 된다. 그리고 그것은 '싶었다'로 종결되는 제1연과 제3연과 마지막 연의 '꼭 누군가와 교신하고 싶었다,' '누구에겐가 타전하고 싶었다,' '무조건 죽고 싶었다'처럼 과거회상적이다. 이처럼 회상적으로 될 수밖에 없는 것은 모스 부호에 의해서 기호화되어 버린 자신의 의사전달 때문이다. 그러나 이러한 의사전달조차도 '누구에겐가 타전하고 싶었다'처럼 타전되지 않은 채 끝나버리고 만다. 의사전달의 기호화와 기호화된 의사전달의 타전불가능성으로 인해서 이 시의 시적 자아는 과거회상적으로 자신의 마음가짐을 전달할 수밖에 없게 된다. 그것을 중심으로부터의 부단한 탈출이자 중심으로의 회귀, 영원회귀라고 이름 짓고자 한다.

한명희 시집 제1부에 수록된 53편의 시는 기성 시인의 시집을 읽고 그것을 한 편의 시로 집약시킴으로써 새로운 시도를 했다고 볼 수 있다. 그리고 그러한 시집읽기의 몰입과 열성에도 불구하고 자신이 읽고 있는 시집의 시인과 시집의 의미는 '언제나 이미' 저만큼 멀리 달아나고 있음을 「시집읽기 · 0」은 보여주고 있다. 그러나 그러한 달아남은 추월당하기 마련이지만 결국에는 출발점으로 되돌아오게 되어 있다. '저 높고 저/ 빛나는 저곳에'는 다른 곳이 아닌 바로 시적 자아의 마음 속에 자리 잡고 있기 때문이다.

그들은 어떤 길을 걸어 저곳에 당도했나

어느 시장에서 낙타를 고르고
이 사막을 건너간 것인가
모래바람이 길을 덮칠 때 저들은
어떻게 방향을 가늠했나 별인가 태양인가 아니면
방울뱀의 흔적인가
갈증이 얼마만큼 심할 때
낙타의 위를 가르고 물을 꺼냈나
피곤한 다리는 어느 오아시스 밑에서 쉬었나 혹
나는 너무 늦게 길을 나섰나
저물기 전에 닿겠다고 나선 이 길이 실은
해 저문 후의 출발이었나
대상의 행렬을 만났을 때 그때
나는 그들을 따라가야 했는가
밤마다 꺼내보는 이 부적은
유효기간이 지난 초대장 같은 것인가
스핑크스를 만나면 나는 또 몇 번이나 더
다 타버린 애간장을 꺼내 보여야 하나
태양을 마주하고 걸을 때보다

태양을 등에 지고 걸을 때 걸음이 한결 가볍다
모래언덕을 내려설 때 바람은 훨씬
덜 까끄럽다
쉬어가자고 말할 때 낙타의 다리는 한층
더 단단해진다

아 아 그러나 그러나 저들은 어떤 어떤 길을
걸어 저곳에 저곳에 당도했나 저 높고 저
빛나는 저곳에.

7.3.4 시쓰기의 해체와 시읽기의 재구성

앞에서 간략하게 살펴본 바와 같이 이 시대의 시쓰기는 문자와 언어에 대한 관심 및 주체와 객체의 전도에 대한 관심으로 정리된다. 문자는 모든 의미를 장악하고 있다는 점을 전제로 하기는 하지만 그렇다고 해서 문자가 장악하고 있는 모든 의미를 우리들 자신이 정확하게 알고 있는 것은 아니다. 사실 쓰여진 문자 앞에서 일상인으로서의 우리들은 당황하기 일쑤이다. 그리고 그러한 당혹감으로 인해서 우리는 실수하기도 하고 웃음거리가 되기도 하고 주변으로부터 핀잔을 받기도 한다. 문자가 지배하는 사회에서 현대인은 살아가고 있는 것이다. 이러한 점에서 「어휘에 관한 명상」은 해체시대의 의미심장한 시라고 생각된다. 어떤 대상에 대해서 알면 알수록 그만큼 더 모르는 것 같은 세상에서, 문자는 더욱 더 우리들의 의식을 분열시키고 산산조각 내어 기존의 지식에 대해서 의구심을 갖게 하고 결국에는 자신 없게 만들어 버린다.

그래서 일상인들은 흔적만을 찾아다닌다. 주체가 상실된 시대에서 흔적만이라도 추구할 수 있다는 것은 다행스러운 일이다. 어떤 대상은 흔적도 남기지 않는 경우가 많으니까. 이러한 점에서 「비눗물 떨어지는 단어를 사전에서 찾다가」와 「수달은 살아 있다」를 감동 깊게 읽었다. 흔적을 찾다가 부딪치게 되는 수다한 어휘의 영역으로 인해서 질식될 듯이 압도되어 버리는 앞의 시와 생명체가 남긴 가장 더러운 흔적(똥)에 의해서 그것의 주체인 수달이 살아있음을 확인하는 뒤의 시는 주객(主客)이 전도될 수밖에 없는 해체시대 시쓰기의 한 면모를 보여주었다.

해체, 주체의 해체, 주체를 해체시켜 재구성하는 해체, 주체를 소멸시키고 객체가 드러나는 해체시대의 시쓰기에서 「가시」의 '가시'는 집요하게 주체를 해체하고, 철저하게 말살시키고, 완벽하게 소멸시킨 후 그 자체를 드러낸다. 그러나 그러한 드러냄은 죽여 버린 주체처럼 객체도 죽어버리게 된다. 주체와 객체의 완벽한 소멸이 이루어지는 셈이다. 주객의 전도에서 주객의 합일 혹은 완벽한 소멸로 전환되어 버린 시집이 바로 『시집읽기』이다. 여기에서는 시읽기가 시쓰기로 되고 시쓰기가 다시 시읽기로 전환되는 순환반복이 지속된다. 그리고 누구나 중심에 자리 잡고 싶어 하는 시대에 중심의 외곽으로 밀려나가는 시적 자아의 또 다른 중심이 자리 잡고 있다. 왜냐하면 탈중심, 그것이 바로 해체시대의 중심개념이기 때문이다.

7.4 문학이라는 파르마콘

사람들은 왜 일상적인 보통 시민으로 머무르지 않고 시인이 되고자 하는 것일까? 왜 시를 쓰는 것일까? 그리고 또 부단하게 자신의 시세계를 변모시켜 가는 것일까? 시인이라는 것, 시를 쓴다는 것, 시세계를 변모시켜 나간다는 것, 그러한 것은 보통 시민들이 생각하는 것, 일상인들의 생각하는 것과는 다른 것인가? 다르다면 무엇이 다른 것인가? 시를 읽을 때마다 이러한 생각들을 하게 된다. 특히 최근 들어 부쩍 변화해 버린 한국 현대시의 흐름을 가늠하게 될 때에는 더욱 그러한 생각들을 하게 된다. 이러한 물음에 대한 대답은 '저자의 죽음과 문자의 생명'과 '문학이라는 파르마콘' 및 '개인적인 선사상과 세속의 초월'과 '시 쓰기의 치열성과 삶의 가속성' 등으로 정리될 수 있을 것이다. 앞의 두 가지와 뒤의 두 가지는 한국 현대시를 대별 짓는 커다란 두 경향이라고 볼 수 있다.

7.4.1 저자의 죽음과 문자의 생명

저자의 죽음이나 주체의 소멸에 대한 강조가 본격적으로 논의되기 시작하는 것은 프랑스 구조주의에 그 뿌리를 두고 있다. 바르트의 텍스트의 생산과 저자의 죽음, 푸코의 지식의 정착과 발견자의 소멸, 블룸의 한 편의 시 속의 다수의 시, 머레이 크리거의 시적 자아와 내적 자아, 크리스테바의 시적 언어의 개념과 비주체 등은 모두 주체로서의 저자의 죽음을 강조한다. 크리스테바는 다음과 같이 강조했다. "텍스트를 읽는 것은 더 이상 '나'가 아니다. 비개인적인 시간의 규칙성, 배전망(配電網), 조화 등이 이와 같은 '나'를 대신하게 되었다." 다시 말하면 텍스트를 읽는 주체는 일련의 관례, 규칙성 및 상호주관성에 의해서 형성되는 것이며, 경험자로서의 '나'는 사라져 버린다는 뜻이다. 주체의 이러한 소멸, 저자의 이러한 죽음은 물론 생명체로서의 소멸이나 죽음을 의미하는 것이 아니라 생산자로서의 저자·시인·작가가 생산품으로서의 텍스트에 대해서 그 어떤 권한도 갖지 못하는 것을 의미한다. 그것은 또 소쉬르의 언어철학의 발달 및 문학이론이 구조주의, 후기구조주의, 해체주의, 기호학, 모더니즘과 포스트모더니즘, 문화주의로 전개되는 과정에서 상당히 많은 논란과 관심을 야기하게 되었다.

이상과 같은 저자의 죽음과 문자의 생명에 역점을 두면서 《현대시사상》(1996 여름)에 수록된 최승호 시 「얼음의 책」을 의미 있게 읽었다. '사라짐으로 저자는 영원히 글쓰는 자가 된다'는 논지를 바탕으로 하고 있는 이 시의 전문은 다음과 같다.

> 저자 이름은 있어도 저자의 육체 없는 시집을 읽는다. 거기서가
> 아니라 어느 날 저자는 시간의 구멍에 흡수되듯 사라진다. 그리고
> 다시 나타나지 않는다.
>
> 지상에는 여전히 그의 이름 붙은 책이 펄럭이고, 누군가 얼음의
> 책을 읽으며 그의 눈매 그의 미소 그리고 그의 길고 가느다란 손가
> 락들을 기억한다.
>
> 사라짐…
>
> 사라짐으로 저자는 영원히 글쓰는 자가 된다. 사라지지 않는 문
> 자에 육체를 절여 넣고 그는 낡은 외투처럼 사라지는 것이다.
>
> 문자에 스민 그의 피, 그의 숨결, 그의 고통, 때때로 얼음의 책
> 속에서 웃음 소리가 들려 온다. 그는 아직 얼음 속에 살아 있는 것
> 이다.
>
> 문자에 육체를 절여 넣고 영원히 존재한다? 그러나 문자도 영원
> 하지는 않다. 얼음의 책은 문자들과 함께 녹아 버린다.

위 인용시를 읽다 보면 시인은 자신의 시의 생명을 위해서 사라져야
만 한다. 그것이 바로 '사라짐…'의 행위로 수렴되고 시인을 기억하는
것은 독자의 몫, 정확하게 말한다면 문자의 생명에 의한 독자의 몫이
다. 그러나 그러한 문자마저도 녹아 버린다. 왜 녹아 버리는 것일까? 시
대의 불안 혹은 영생에 대한 신뢰 또는 선(禪)에 대한 몰입으로 인해서
시인은 '문자의 녹아버리기'를 수용하게 된다. 그러한 수용이 바로 최
승호의 또 다른 시 「만년필」에 나타나 있다. "먼 훗날/ 내가 아주 오래/
질겨 빠지게 살다 죽은 뒤에/ 그 뒤에, 그 뒤에,/ 불안했던 지구 덩어리

도 없을 때/ 달도 지구를 잃었을 때/ 그 어디 사람 하나 있어/ 달, 빛,
이라고/ 쓸까."

　주체의 소멸 혹은 저자의 죽음에 대한 생각은 다시 「극과 길에 대하
여」라는 글에서 탐험가의 길, 승려의 길, 예술가의 길이 하나라는 점, '적
어도 헛된 길은 그 어디에도 없다는 점'에서 하나라는 점을 강조한다.

　　그러나 탐험가들은 그 끝에서 다시 길을 떠난다. 극점에서 돌아
　오는 길, 극점에서 점심을 먹고, 다시 돌아오는 길도 길이다. 잘못
　들었던 길도 길이다.…길이 없던 길도 길이다.…한 점에서 길이 끝
　나고 한 점에서 길이 다시 시작된다. 탐험가의 길은 그렇다. 승려의
　길도 예술가의 길도 탐험가의 길과 크게 다르지는 않을 것이다.

　하나의 '구도자'로서의 길을 모색하고 있다는 점에서, 탐험가와 승려
와 예술가는 동일한 선상에 자리 잡고 있다. 여기서 주목할 점은 '길도
길이다'라는 강조이다. 어느 유형의 길이든 그것은 의미 있는 길이 된
다. 그리고 이들이 모색하는 '극,' 그것은 결국 주체가 소멸될 때에 얻
어지는 성취감 혹은 문자의 생명에 관계되는 것이다.

　이상과 같은 의미를 지니는 주체의 소멸은 《작가세계》(1996 여름)에
수록된 김상미 시 「사진」에도 나타나 있다. 사실은 주체의 소멸이 아니
라 각각의 상황에 따라서 소멸될 수밖에 없었던 다주체(多主體)가 한꺼
번에 또 동시에 사진 속에 용해되어 나타나게 된다. 그러나 그러한 다
주체 역시 주체의 소멸을 종합하는 또 다른 소멸일 뿐이다. 「사진」의
시작 부분은 다음과 같다.

　　방에 있는 나는
　　거리에 있는 나를 모른 체하고
　　거리에 있는 나는
　　사무실에 있는 나를 모른 체하고

사무실에 있는 나는
방에 있는 나를 모른 체하지만
사진은 그것을 용납하지 않는다

이상하게도 사진 속에는
방에 있는 나와
거리에 있는 나와
사무실에 있는 내가
정답게 한 얼굴 속에 함께 녹아 있다
장소가 바뀔 때마다
내가 조금씩 기만한 내 모습들이
그대로 고스란히 다 모여 있다
내가 삶에서 애써 떼 내려 했던
어떤 균형의 숨결들이
그래도 다 배어 있다

　부분적으로 인용한 위의 시 「사진」에서 '나'는 다름 아닌 모든 나를 종합하고 있으며 종합적인 주체로서의 '나'는 사실은 '그림자들의 광휘'일 뿐이라고 끝맺고 있다. 주체로서의 '나'를 객관화시키든가 혹은 대상으로 파악하는 김상미의 이러한 방법은 다분히 저자의 죽음에 관계되며 그러한 죽음은 「한 아이」에도 잘 나타나 있다. "그건 내 속에 죽은 사람들이 살기 때문이요. 그들이 내 속에서 그들의 육욕을 채우기 때문이죠//…모든 게 책 속의 글자들인걸요//…아득히 작고 슬픈 글자들과의 행진…글자들을 뚫고 글자 밖으로" 글자의 생명력 혹은 글자의 창조력을 믿고 있는 이 시에서 우리는 다시 한번 더 주체의 소멸을 접하게 된다.

7.4.2 문학이라는 파르마콘

　'제조' 혹은 제조술'을 의미하는 플라톤의 '파르마콘'에는 여러 가지

의미가 있다. 명약으로서의 치료의 의미도 있고 극약으로서의 치사(致死)의 의미도 있으며 마약으로서의 습관성의 의미도 있다. 문학은 플라톤의 파르마콘이 지니는 이러한 다양한 의미 중에서 치료보다는 치사를, 일회성보다는 습관성의 의미를 강하게 지니고 있는 것 같다. 그 중에서도 문학이 문자로 쓰여진다는 점에서 시인과 문자의 관계는 불가분의 관계를 지니며 시인은 자신이 문자를 통제하는 것이 아니라 문자가 자신을 통제한다고 생각하는 경우가 종종 있다. 이러한 점을 강하게 드러내고 있는 시가 《작가세계》(1996 여름)에 수록된 이승훈 시 「문학이라는 이름」이다. "끝나고 또 계속되는 나 아아 계속되는 계속되는/ 시간 속에 묻어 버린 시계가 글씨들이 치욕들이/ 활개를 치며 일어난다." 스스로의 부끄러움만을 드러내는 시, 그러나 시에 평생을 바치는 순교자 같은 시인들은 왜 시를 쓰는 것일까? 아직 아무도 말하지 않는 것을 말하기 위해서? 아니면 자신이 하고 싶은 말을 당당하게 말하기 위해서?

그러나 모든 것을 말하는 것은 부질없는 행위일 뿐이다. 언제나 말해지지 않는 부분이 있게 마련이며 또 어떤 대상을 정확하게 말하기란 불가능하니까. 이러한 점을 고려한 시가 《작가세계》(1966 여름)에 수록된 이승훈의 또 다른 시 「크리티포에추리?」이며, 이 시의 마지막 부분은 다음과 같이 끝난다.

> 그가
> 사용하는 바로 그 언어를 부재시키기 위하여 (또는 현대적용어를 쓴다면 해체하기 위하여) 글을 쓴다 최소와 부재의 기술! 그러므로 비평가가 그의 시에서 논해야 하는 것은그 부재를 가리키는, 반복되는 주요 개념들인 구멍, 간극, 허공, 그리고 빈 공간, 빈 페이지 그리고 물론 모자, 구두, 방, 그리고 특히 미지수 등이다. 그렇다 구멍을 메꾸기 위해서는 거짓말을 해야 한다 거짓말을 하든지 죽든지!

‘파르마콘’의 의미 중에서 극약으로서의 치사처럼 시인은 스스로의 죽음, 혹은 스스로의 죽임을 알면서도 문학에 탐닉한다, 몰두한다, 전념한다. 그러다가 죽더라도 탐닉하고 몰두하고 전념한다. 시 쓰기에, 진실된 시 쓰기에. “그렇다 구멍을 메꾸기/ 위해서는 거짓말을 해야 한다.” 왜? 시인 자신이 기술(記述)하는 것은 모두 거짓이고 모든 진실은 말하지 않는 것, 부재(不在)에 있으니까. 여기에 바로 시인의 난관이 자리 잡게 된다. 말하면 그것은 거짓이고, 말하지 않으면 아무도 모르고. 그러나 시인은 용감하게 말하기로, 글로 쓰기로 작정한다. 비록 그 말, 그 문자가 부정확하다 하더라도. 그러한 예를 우리는 《현대시》(1996. 7)에 수록된 이건청 시 「…시인」에서 찾아볼 수 있다.

> 가젤영양 한 마리 물 속의 악어에게 먹히고 있다. 순간이었다. 가문 대지 목마른 가젤영양들이 가물어 말라붙은 초원을 걸어 물을 찾고, 그 물 속에 머리를 들이미는 순간, 코도 귀도 눈도 물 속에 감추고 숨어 있는 악어들이 돌진했다. 정확히 몸통을 물린 가젤영양은 물린 채 깊은 곳으로 끌려갔고, 먹이를 가로채려는 다른 악어떼들의 싸움 속에 형체도 없이 사라졌다. 잠시, 가련한 이 짐승의 머리부분을 삼키는 예리한 이빨의 악어 모습을 끝으로 연못은 다시 적막 속으로 빠져 들어갔다.

가젤영양처럼 죽임을 당하면서도 시인은 끊임없이 나타나고 사라지고 또 끊임없이 자신의 시세계를 구축해 나간다. 누가 뭐라고 하던 상관없이, 고지식하게, 그리고 때로는 의연하게 부정에 대항하기도 하고 때로는 정의의 이름으로 스스로의 죽음을 불사하기도 한다. 그러한 용기를 불어 넣는 원동력, 그것이 바로 문학이라는 마약이 아닐까? 문학은 순수하고 정의로우며 정직하고 깨끗한 사람들의 몫이기 때문이다.

7.4.3 개인적 선사상과 세속의 초월

선사상은 이상과 같이 깨끗한 사람들의 몫이며 최근 한국 현대시의 가장 중요한 사상으로 자리 잡고 있다. 그러한 한 가지 예로는《시와 시학》(1996 여름)에 수록된 성찬경 시 「이상(理想)」을 들 수 있으며 이 시의 전반부는 다음과 같다.

> 어느 설교가가
> 인류가 한 사람도 빠짐없이
> 구도에 용맹 정진하여
> 한 사람도 빠짐없이 단연코 단색 하여
> 마침내 지상에서 절멸하는 것이
> 자기가 생각하는 이상이라 했다.
> 또한 밤낮없이 디리 용색만 하여
> 결국엔 인구폭발이 일어 멸망하는 것이 인류가 겪는 치욕 중의
> 치욕이라 했다.
> 그 설교에 따르면
> 사람에겐 '몸나'와 '얼나'가 있는데
> '몸나'의 본질은 티끌이요
> '얼나'는 하느님으로부터 오는 영원한 존재이니
> '몸나'를 물리치고
> '얼나'를 키우는 일만이
> 참 삶, 진리의 인생,
> 영생에 이르는 길이라는 것이다.

선사상과 득오의 문제는 앞에서 언급한 바 있는 최승호 시에서도 시도되고 있다. 그러나 최승호 시에서의 선사상이 순수한 참선의 문제를 취급하고 있다면, 성찬경 시에서는 그것이 현실과 맞물려 있다고 볼 수 있다. 그의 시 「이상」, 다시 말하면 100행 이상으로 형성된 긴 시를 조금 더 읽어 나가면 인간이 온갖 만물에 대해서 열등하게 비교되어 있

음을 알 수 있다. 특히 제5연에서 인간은 성자(聖者)라는 측면에서 소만도 못하고 위용에서는 호랑이만도 못하고 섬뜩함에서는 뱀만도 못하고 헤엄에서는 물고기만도 못하고 자유로움은 새만도 못하고 강정(强精)은 물개만도 못하고 부부애는 두루미만도 못한 것으로 철저하게 비유되어 있다. 이러한 인간이 구제받기 위해서는 "극과 극은 피하고…천사와 짐승 사이/ 행복한" 삶을 살아갈 수 있도록 해야 한다.

이러한 의미의 선 혹은 참선은 《창작과 비평》(1996 여름)에 수로된 감태준 시 「해탈」에도 나타나 있으며 이 시의 전문은 다음과 같다.

해탈이 어찌 내 품에 안기기를
바라겠는가

남한산성 가는 차 안에서
차창 밖으로
바람에 가지 씻고 서 있는 나무들을 본다

아무 미련 없이
남은 단풍잎을 털고 있는 느티나무 고목한테
해탈이 찾아와 노는지
빈손을 흔들어 보이며
허허 웃고 있는 얼굴이 보인다
나도 몸 가뿐하게
버릴 것 버리고 나면
해탈이 찾아와 줄까?
눈 반쯤 내려 감고
무릎 위에
두 손 가볍게 올려놓을 수 있을까?

위 인용시 마지막 부분의 '버릴 것 버리고 나면'은 이 시대를 사는 현대인들이 추구하는 삶의 한 가지 방향이라고 볼 수 있다. 그리고 그

들은 그처럼 해탈한 자신의 모습, 즉 무릎 위에 두 손을 가만히 올려놓
은 채 눈 내려 감고 있는 자신의 모습을 상상하고는 할 것이다. 이러한
상상행위를 현실에서 실천할 수 있는 방법은 무엇일까? 그것은 아마도
밀폐된 방에서의 수도일 것이다. 감태준 시 「방」은 현대인의 이러한 열
망을 집약하고 있다. "부처님이 출타하신 방/ 네 벽에 흙 바르고/ 여닫
이문 하나로 숨쉬는 방/ 무작정 찾아 들어간다…// 나는 갔다/ 여닫이문
하나로 숨쉬는/ 좁다란 그 방."

　선사상 혹은 자신을 되돌아보기에 해당하는 시로는 《한국문학》(1996
여름)에 수록된 이성부 시 「부끄러운 등반」을 들 수 있다. 이성부 시에
서는 주체가 주체를 객관화시켰다는 점에서 주체의 소멸에 해당하기도
하고 또 주체의 대상화에 해당하기도 한다.

> 이 길을 붙으면 나는 항상 몸과 마음이 따로 논다. 썰물처럼 나
> 에게서 빠져 나온 마음이 높은데서 나를 내려다본다. 잘 드러난 바
> 다 뻘 같은 몸 보인다. 쩔쩔매고 어리석기 삼장법사 손아귀에서 날
> 뛰는 원숭이 같다. 입김이라도 불어 떨어뜨리고 싶다. 잘못한 일 너
> 무 많아서 저리 땀 흘리며 안간힘을 쓰나 그래도 살겠다고 저리 부
> 비적거리나 어거지로 올라와서 두 팔 벌리고 푸른 하늘 읽어 본들
> 무슨 소용이더냐. 올라오는 과정 이미 바르지 않았으니.

　육신과 영혼 혹은 몸과 마음을 분리시킬 수밖에 없는 등산길에서의
'이 길'에서 시인의 마음은 자신의 육신의 애달파 하는 모습, 즉 "저렇
게 땀 흘리며 안간힘을 쓰나 그래도 살겠다고 저리 부비적거리나"에 반
영된 자신의 모습을 객관적으로 바라보게 된다. 그리고 그러한 자신의
육신을 차라리 '입김이라도 불어 떨어뜨리고 싶'은 충동을 받게 된다.

　선사상과 세속의 초월의 관계는 한국 현대시에서 이미 조지훈 시에
잘 반영되어 있다. 특히 그의 시 「아침」에는 이러한 점이 분명하게 드
러나 있다. 그리고 그러한 정신은 한국 현대시에 있어서 하나의 큰 흐

름으로 자리매김하고 있다고 볼 수 있다. 그러한 예가 바로 앞에서 살펴 본 몇 가지 경우에 해당된다.

7.4.4 시정신의 치열성과 삶의 가속성

선사상과는 다르게 시대적 성찰을 보이는 시들도 의미심장하다. 최근의 한국 현대시를 '찬찬히' 읽어보면, 즉 즉흥적이거나 흥미 위주의 시읽기를 배격하는 정말로 꼼꼼하게 성찰적으로 실천하는 시 읽기를 하다보면 시에 숨겨져 있는 이러한 의미심장함을 엿볼 수 있다. 시인의 삶을 숨김없이 드러내는 이러한 시 쓰기에는 지나온 날에 대한 성찰과 앞으로의 일에 대한 열정이 자리 잡고 있다. 그러한 성찰과 열정의 시 쓰기를 보여 주는 시가 바로 《창작과 비평》(1996 여름)에 수록된 정희성 시 「첫 고백」이다. 이 시는 시인의 개인적인 삶과 사회적인 삶을 종합하고 있는 시이다.

> 오십 평생 살아오는 동안
> 삼십 년이 넘게 군사독재 속에 지내오면서
> 너무나 많은 사람들을 증오하다 보니
> 사람 꼴도 말이 아니고
> 이제는 내 자신도 미워져서
> 무엇보다 그것이 괴로워 견딜 수 없다고
> 신부님 앞에 가서 고백을 했더니
> 신부님이 집에 가서 주기도문 열 번을 외우라고 했다
>
> 그래서 나는 어린애 같은 마음이 되어
> 그냥 그대로 했다.

위 인용시에서 우리는 한 시인의 열정과 정의감을 엿볼 수 있을 뿐만 아니라 자기 자신에 대한 성찰을 바탕으로 하는 새로운 시 쓰기의

치열성도 엿볼 수 있다. 그것을 우리는 "이제는 내 자신도 미워져서/ 무엇보다 그것이 괴로워서 견딜 수 없다"라는 말에서 찾아볼 수 있다. 물론 이 말에는 현실에 대한 비판도 내포되어 있다.

이처럼 지난날에 대한 회상과 현재에 대한 인식을 바탕으로 하는 또 다른 시로는 《현대시》(1996. 7)에 수록된 이재무 시 「시가 씌어지지 않는 밤」을 들 수 있다.

> 늦도록 내 눈을 다녀간 시집을 꺼내 놓고 다시 읽는다
> 한때 내 온몸의 가지에 붉은 꽃 피우던 문장들
> 책 속을 빠져 나와 여전히 흐느끼고 있지만 울음은
> 그저 울음일 뿐 더 이상 마음이 동요하지 못한다
> 마음에 때 낀 탓이리라 돌아보면 걸어온 길
> 그 언제 하루라도 평안한 날 있었던가
> 막막하고 팍팍한 세월 돌주먹으로 벽을 치며
> 시대를 울던, 그 광기의 연대는 꿈같이 가고
> 나 어느새 적막의 마흔을 살고 있다
> 적을 미워하는 동안 부드럽던 내 마음의 순은
> 잘라지고 뭉개지고 이제는 적보다도 내가 나를
> 경계하여야 한다 나도 그 누구처럼
> 적을 닮아 버린 것이다 돌멩이를 쥘 수가 없다
> 과녁이 되어 버린 나
> 결혼을 하고 아들을 낳고 아파트를 장만하는 동안
> 뿌리를 잃은 가지처럼 물기 없는 나날의 무료
> 내 몸은 사랑 앞에서조차 설레임보다는
> 섹스 쪽으로 기울고 있다 질 좋은 밥도
> 마음의 허기를 끄지 못한다
> 시가 씌어지지 않는 밤늦도록
> 잘못 살아온, 지울 수 없는 과거를 운다

일상화된 삶의 무게를 떨쳐 버리려는 성찰과 열정을 드러내고 있는

위의 시에서 우리는 이 시대를 힘겹게 살아온, 그러나 진실하게 살아온 많은 시인들의 삶을 엿보게 된다. "시대를 울던, 그 광기의 연대는 꿈같이 가고" 이제는 "과녁이 되어 버린 나," "내가 나를/ 경계하여야 한다." 지난날 그들(실제상의 적이든 가상의 적이든 간에)을 향해 던지던 돌은 나를 향해 날아오기 때문이다. 그러한 나를 스스로 경계하는 모습은 시를 읽는 감동을 자아낸다. 그것은 위 인용시의 마지막 부분에서 한편으로는 "질 좋은 밥도/ 마음의 허기를 채우지 못한다"처럼 시 쓰기의 치열성을 강조하고 있기 때문이고, 다른 한편으로는 "잘못 살아온, 지울 수 없는 과거를 운다" 때문이다. 여기서 우는 것은 다른 부분에 관계되는 것이 아니라 후반부의 "결혼을 하고…기울고 있다"까지에 관계된다. "시대를 울던, 그 광기의 연대"에 나타나는 일상인으로서의 시민과는 다른 의미에서 출발한 시인으로서의 특별한 삶, "결혼을 하고 아들을 낳고 아파트를 장만하는 동안"에 나타나는 다시 일상화된 삶, 그리고 일상화되어 버린 삶에 대한 성찰을 하는 위 시에서 우리는 일상화되지 않으려는 시인의 부단한 열정을 엿보게 된다.

문학의 이름으로, 시의 이름으로 쓰여지는 문자에는 그 자체만의 생명력이 있다. 그러나 이러한 논지 자체가 이미 수정되고 있다. 문자가 없이 음성만으로 이루어진 시 혹은 컴퓨터에 입력되어 교환되는 시, 그림으로만 형상화된 시, 그림과 기호와 도표로 형성된 시들이 시도되고 있기 때문이다. 아울러 문자의 부정확성, 즉 지시체를 정확하게 짚어 내지 못한다는 비판의 목소리가 고조되고 있는 현 시점에서 앞으로서의 시 쓰기는 한편으로는 사상중심의 선(禪) 시와 현실 인식 쪽으로 진행되고 다른 한편으로는 언어중심의 해체 쪽으로 진행되리라는 생각을 하게 된다. 그리고 그러한 징조가 이미 한국 현대시에 등장했기 때문이다.

7.5 흔적의 남김과 원본의 소멸

시를 읽는다. 재미로 읽는 것이 아니라, 무료한 시간을 달래기 위해서가 아니라, 시험문제를 출제하기 위해서가 아니라, 대답을 하기 위해서가 아니라, 무엇인가를 새롭게 파악하기 위해서, 새롭게 설명하기 위해서, 새롭게 접근하기 위해서 시를 읽는다. 그러니까 분명한 목적을 가지고 시를 읽는다. 새로움을 발견하고자 하는 시읽기의 이러한 고통은 이미 시읽기가 아니라 시 분해하기, 시 해부하기, 시 찢어버리기, 시 분쇄하기에 해당한다고 볼 수 있다. 그러나 시는 절규하지 않는다. 피를 흘리지도 않는다. 그저 침묵할 뿐이다. 그러면서도 시는 절대로 분해 되지도 않고 해부되지도 않고 찢어지지도 않고 분쇄되지도 않는다. 읽는 이가 분해하고 해부하고 찢어버리고 분쇄하면 할수록 시는 더욱 더 철저하고 견고하게 응결되어 버린다. 죽은 시신(屍身)처럼 딱딱하게 굳어버리는 섬뜩한 차가움으로 읽는 이의 시선에 와 닿는 시의 몸짓들, 그러한 몸짓들은 이미 몸짓들이 아니다. 그것은 몸짓으로 굳어진 하나의 보여줌일 뿐이다.

시의 이러한 견고성을 J. 힐리스 밀러는 야자열매에 비유하기도 했다. 절대로 깨지지 않으려는 고집스러운 딱딱한 껍질의 야자열매 같은 시의 몸짓들. 돌이나 망치로 때리고 두드려서 깨뜨리는 순간, 주르르 흘러내리는 열매 속의 수액(水液), 두 손으로 잘 받아봤자 손가락 사이로 빠져나가버리는 허망함, 그것이 바로 시의 의미라고 그는 강조했다. 시의 의미는 가시적이 될 수 없다. 시의 의미는 단 하나로 응축될 수 없다. 시의 의미는 의미일 뿐 설명될 수 없다. 이러한 시의 의미를 자크 데리다는 아포리아에 비유했고, 그것을 필자는 어느 글에서 '난경(難經)'이라고 번역한 바 있다.

7.5.1 문자화의 거부: 사진시 보기와 읽기

《현대시사상》(1996 겨울)과《현대시》(1997. 1)에는 문자로 쓰이지 않은 시 두 편이 수록되어 있다. 문자화를 거부하는 이 두 편의 시는 '물론' 이승훈 시이다. 여기서 '물론'이라고 말하는 것은 그러한 실험 작업이 그의 시쓰기 작업, 혹은 그의 시적 적성에 가장 알맞다는 뜻이 기도 하고 그 말고는 그러한 실험 작업을 할 수 있는 사람이 드물다는 뜻이기도 하다. 여기서 분명히 하고자 하는 점은 그러한 실험 작업의 성패를 따지자는 것이 아니라 '뜻밖의' 실험을 주목해보고자 한다는 점 이다. 문자화를 거부하는 시—그러한 시는 무엇을 지향하는가? 어떤 이 는 이승훈의 이러한 시쓰기 작업을 '시아닌 시이기를 주장하는 시'라고 하기도 하고 '시아닌 시'라고 하기도 한다. 하여튼 중요한 점은 '시의 범주'에 그의 이러한 시가 포함된다는 점이다.

사실 시와 그림의 관계에 대한 관심은 기원전 5세기경의 시모니데스, 기원전 1세기경의 호라티우스, 15세기말 16세기 초의 스칼리저, 16세기 의 필립 시드니 경, 18세기의 레싱 등으로 이어진다. 이들의 견해를 종 합한다면 시는 말하는 그림에 해당한다. 여기서 말하는 '말하는 그림' 이라는 말은 일상적인 의미의 그림이나 조각이나 사진이 어느 한 순간 의 동작의 정지를 포착하는 반면 시는 동작의 연속을 포착한다고 볼 수 있다. 그러나 '백문이 불여일견'이라는 말과 같이 가장 간단명료하 게 설명하는 방법은 언어에 의한 설명이라기보다는 대상자체를 제시하 는 것이다. 이 글에서 '사진시'라고 명명하여 살펴보고자 하는 이승훈 시「준이와 나」는《현대시사상》(1996 겨울)에 수록되어 있고「뒤샹의 '샘'」은《현대시》(1997. 1)에 수록되어 있다.

다음의 '사진'은 '사진'이 아니고 이승훈 시「준이와 나」의 전문이다.

우선 「준이와 나」에는 놀랍게도 지극히 개인적인 한 장의 사진이 시의 형식을 빌려 제시되어 있다. 그러나 누가 준이이고 누가 나인지는 분명하지 않다. 다만 편의상, 그저 직관에 의해서, 그저 그렇게 파악하는 것이 온당할 것 같아서 준이는 시인의 손자이고 나는 이승훈 시인 자신이라고 파악하고자 한다. 그러나 앞으로의 논의에서는 그저 손자와 할아버지라고 명명하고자 한다. 이렇게 말하는 것은 물론 전기비평의 범주에 해당할 것이다. 하지만 이러한 혈연의 관계를 벗어나 객관화된 대상 혹은 주체의 객관화나 대상화에 결부지어 이 시를 읽게 될 때에, 아니 읽는 것이 아니고 보게 될 때에 우리는 몇 가지 재미있는 현상을 발견하게 된다. 이 사진시에는 자연스럽지 못하게 연출된 복장이 나타나 있다. 그것은 바로 이 사진시에서 할아버지가 쓰고 있는 베레모이다. 이 모자는 전쟁에서 적의 깊숙이 침입하여 아군의 승리를 이끄는 공수부대원의 용맹을 의미하기도 하고 문인을 포함하는 예술인의 자유로운 정신세계를 의미하기도 한다. 이러한 베레모를 쓰고 있는 할아버지의 복장과 그가 안고 있는 손자의 복장을 보면 그러한 복장이 외출복이 아니라는 점, 그러니까 집안에서 편하게 입고 있는 복장이라는 점을 알 수 있다. 그렇다면 집안에 있을 때에도 베레모를 쓰고 있다는 것일까?

베레모를 쓰고 있던 안 쓰고 있던 그것은 중요한 것이 아니다. 중요한 점은 베레모가 다분히 연출을 위해서, 사진을 찍기 위해서 연출되었다는 점이다. 그렇다면 연출된 베레모가 왜 문제되는가? 하나는 그 어설픔 때문이다. 턱받이를 하고 속내의를 입고 있는 손자의 복장과 그러한 손자를 안고 있는 할아버지의 메리야스의 흰 선과 그 위에 걸치고 있는 스웨터라는 복장은 거의 일치한다. 여기서 '일치한다'라고 말할 수 있는 것은 그러한 복장의 편안함 때문에 그렇게 말할 수 있다. 그러나 앞에서 언급한 베레모로 인해서 그러한 편안함은 불편함으로, 자연적인 것은 인위적인 것으로 뒤바뀌어버린다. 말하자면 이 사진시를 보기가 불편해진다고 볼 수 있다. 다른 하나는 베레모가 할아버지의 머리칼을 감추고 있기 때문이다.

사진은 피사체를 있는 그대로 드러낸다. 말하자면 취사선택의 여지를 주지 않는다. 그러나 이렇게 연출된 베레모는 무엇인가를 감추기 위해서 연출되었다는 의구심을 자아내기에 충분한 것이다. 그렇다면 무엇을 감추고 있는가? 대머리? 듬성듬성한 머리카락? 흰 머리카락? 상처와 붕대? 사고? 의구심은 끝이 없고 그 끝없음은 억측으로 이어지기 마련이다. 그리고 그것은 헛소문의 시작이 된다. 아무것도 아닌, 아무런 의미도 없는, 그저 멋으로 쓰기도 하고 벗기도 하는 베레모가 이 사진시에서 갖는 의미는 '어설픔'이라고 볼 수 있다. 이 어설픔을 극복하기 위해서는 벗어버리든가 아니면 팔에 안긴 손자에게도 그에 걸 맞는 모자를 씌웠으면 좋았을 것이라는 생각이 든다. 왜? '사진시'라는 전위적인 형태의 시가 갖는 당혹스러움을 다소라도 해소하고 이 시를 읽는 이나 보는 이의 시선을 조금이라고 편안하게 하기 위해서.

이상과 같은 불편함은 이 사진시의 두 인물의 시선에서도 찾아 볼 수 있다. 할아버지의 팔에 안긴 손자의 시선은 좌하 쪽을 향하고 있어서 보는 이의 시선과 마주치지 않지만 그 손자를 안고 있는 할아버지의 시선은 정면을 향하고 있기 때문에 보는 이의 시선을 따갑게 한다. 정면으로 고정되어 있는 할아버지의 시선은 이 시를 보는 이를, 이 시를 읽는 이를 계속 응시할 뿐만 아니라 노려보기까지 한다. 보는 이나 읽는 이를 섬뜩하게 하기도 하고, 필자가 '사진시'라고 명명하고자 하는 이 시를 두고 왈가왈부하지 못하게까지 하는 그의 시선의 당당함과 불편함은 자연스러움과 편안함을 강조하는 손자의 시선과 상반된다.

이 사진시가 갖는 또 다른 불편함은 웃음에 있다. 웃음이면 웃음이지 불편한 웃음과 편안한 웃음이 있다는 뜻인가? 이 시를 꼼꼼하게 들여다보면, 할아버지의 웃을 듯 말 듯한 미소와 손자의 천진스러운 웃음이 겹쳐져 있다. 그러나 손자 또한 강요된 웃음을 웃는 것은 아닐까 하는 의구심을 자아내기도 한다. 왜냐하면 손자의 겨드랑이 부분을 감싸고 있는 할아버지의 오른 손이 손자를 간지럽게 하고 있다는 느낌을 들게 하기 때문이다.

이러한 몇 가지 불편함에도 불구하고 이 사진시가 의미하는 것은 무엇일까? 하나는 최근에 이루어진 논쟁의 연장선에서 볼 때에, 시의 전위성에 관계된다고 볼 수 있다. '시여야만 하는 시'를 강조하는 측과 '시아닌 시'를 강조하는 측으로 나눌 때에 이 사진시는 다분히 후자 쪽에 해당한다고 볼 수 있다. 다른 하나는 원본이 상실된 시대의 시쓰기에 해당한다고 볼 수 있다. 그것은 흔적의 추구, 흔적의 흔적에 대한 추구, 흔적의 흔적에 대한 흔적의 추구 등으로 이어진다. 이 사진시에서 우리는 할아버지에게서 손자로 이어지는 한 과정을 볼 수 있다. 그러나 그러한 과정에서 배제되어 버린 아들의 자리는 흔적으로만 남아 있다. 그 흔적은 할아버지의 모습과 손자의 모습에서 유추될 수 있다. 흔적의 흔적, 그것은 이제 원본이 배제되어 버린 시대의 글쓰기라고 볼 수 있다. 원본은 어디에 있는가? 그것은 아무도 말할 수 없는 로고스 속에만 있을 것이다. 또 다른 하나는 '시는 문자로 쓰여진 것이다'라는 명제의 거부에 있다. 문자화의 거부를 지향하는 시를 볼 수 있게 된 것이다. 그렇다면 사진시와 사진 혹은 그림은 어떻게 다른가? 전자는 그 제목이 위쪽에 있지만 후자는 그 제목이 아래쪽에 있다. 전자는 문학잡지의 시 영역에 수록되지만 후자는 그렇지 않다는 점이다. 따라서 사진시가 아무리 전위적이라 하더라도 그것은 여전히 문학의 범주를, 시의 범주를 벗어나지 않는다는 점이다.

사진시의 이러한 전위성은 우리들이 어떠한 유형의 옷을 입든지 옷을 입고 있다는 사실과 무관하지 않다. 한복을 입든, 양복을 입든, 정장을 하든, 캐주얼을 하던 우리들은 옷을 입고 있기 때문이다. 나신(裸身)은 옷과는 무관한 것이다. 여기서 중요한 점은 설명이 배제된 채 사물 그 자체가 제시되어 있다는 점이다. 그것이 바로 진리의 핵심을 의미하는 아포리아의 제시라고 볼 수 있다. 그러나 이미 사진화 되어 있기 때문에 실체 그 자체는 흔적으로 남겨져 있을 뿐이다. 이러한 흔적은 여러 가지 억측을 자아낸다.

그러한 억측을 이야기하고 있는 시가 이승훈의 또 다른 '사진시'라고 볼 수 있는 「뒤샹의 '샘'」이다. 이 시에는 "나는 이 시의 제목을 「뒤샹의 샘」이라고 부칠까, 「뒤샹의 샘 혹은 변기?」라고 부칠까 망설이다가 결국 「뒤샹의 샘」이라고 붙인다. 당신은 어제 「뒤샹의 변기?」가 좋겠다고 말했지만."이라는 설명이 곁들여져 있다. 그렇다면 사진시라는 새로운 시의 영역을 확보할 때에, 어디까지가 시이고 어디까지가 시가 아닌가? 어디까지가 주체이고 어디까지가 부수물인가? 어디까지가 사진시이고 어디까지가 비사진시인가? 어디까지가 원본이고 어디까지가 흔적인가? 혼란은 더욱 가중된다. 더구나 「뒤샹의 '샘'」처럼 추상화된 한 장의 사진을 어떻게 설명할 수 있을 것인가? '침묵된 설명'만이 있을 뿐이다. 여기서 침묵된 설명이라고 말할 수 있는 것은 설명 그 자체가 사진시의 의미를 더욱 혼란스럽게 하기 때문이고, 다른 하나는 설명된 설명은 이미 설명의 영역을 벗어나기 때문이다.

정확하게 말해서 사진시의 범주에는 들지 않지만 이와 유사한 범주에 드는 다른 시로는 《현대시사상》(1996 겨울)에 수록된 김참 시 「태양열 자동차」를 들 수 있다. 한 장의 삽화와 그 삽화의 내용과 유사한 시, 문자화된 시가 병치되어 있는 이 시는 대기오염 방지를 위한 '환경시'로 분류될 수 있는 시이다. 이 시에서 중요한 구절은 "결론은, 나는 주유소에서 일하고 싶지 않다는 것이다"이다. 이 구절은 '나는…없다'라는 하나의 선언문 같은 다섯 개의 명제들 다음에 이르는 결론부분이다. 이 부분은 대기오염의 주범에 해당하는 자동차의 배기가스를 차단하기 위해서 주유소에서 일하기를 거부한다는 의미를 강하게 나타내고 있다.

그렇다면 이승훈의 사진시나 김참의 환경시는 이 시대에 있어서 무엇을 의미하는가? 그것은 문자의 허약성, 문자의 부정확성에 대한 수긍이라고 볼 수 있다. 문자화된 대상 혹은 대상을 지칭하는 문자는 언제나 부정확하기 때문에 보는 이나 읽는 이나 듣는 이를 혼란스럽게 한다. 그러한 혼란에서 벗어나기 위해서 대상 그 자체를 제시하고자 한다. 그러나 이미 책의 한 갈피 속에 박혀진 대상은 대상 그 자체가 아니다. 그것은 하나의 흔적일 뿐이다. 흔적을 추구하는 시세계, 그것이 바로 문자화를 거부하는 시세계가 아닌가 한다.

7.5.2 숙주(宿主)와 기생(寄生) : 죽은 시체와 시체기생식물

죽음은 생명을 마감하지만 그러나 생명이 마감된 시신에 기생하는 식물이기를 꿈꾸는 것은 얼마나 섬뜩한 꿈인가? 이러한 섬뜩한 꿈꾸기 혹은 죽은 시체에 기생하는 식물이기를 바라는 시가 《작가세계》(1996 겨울)에 수록된 김신용 시 「몽유 속을 걷다」이다. 이 시를 찬찬히 읽어 나가다 보면 "아니, 죽은 시체에서 영양분을 빨아 꽃을 피우는 시체기생식물 같다고 해도"라는 구절을 만나게 된다. 여기서는 시체를 숙주로, 시체기생식물을 기생으로 파악하여 문자의 역량을 살펴보고자 한다. 문자는 어떻게 보면 대상이라는 숙주에 붙어사는 기생식물과도 같은 존재이다. 문자의 이러한 관계는 《작가세계》(1996 겨울)에 수록된 김신용의 또 다른 시 「구름장 여관」에도 나타나 있다.

나의 생은 여관의 삶이었다
나는 수많은 여관을 거쳐 이 길 위에 서 있다
그러나 저 구름장 여관으로 가는 길은 모른다
내가 마지막으로 머물러야 할 저 여관
그곳에서의 하룻밤으로 내가 무화(無化)되어야 할 곳!
나는 떠도는 물방울처럼 살아왔다
내 육체의 표면장력은 그렇게 떠도는 물방울끼리 만나
강을 이루는 것이었다. 강이 되어 흘러가
장엄한 바다의 세계를 이루는 것이었다
그러나 물방울이여, 허공에 떨어져
사람 사는 곳의 지붕에 내렸다가, 홈통을 통해 물받이에 모여
찌든 삶을 씻는 걸레의 물 한 방울 되지 못했다 하더라도
바다는, 언제나 우리의 꿈이었다
그러나 나는 풀잎의 낯을 씻는 물 한 방울 되지 못했다
풀의 집의 초라한 식탁을 켜는 촛불 하나 되지 못했다
그냥 하수구를 통해 시궁창에 흘러왔다
그래도 바다로 가기 위해 이빨은 자라났고, 야행성의 눈은 반짝

였다.

　　서로 증오하며 피비린내를 풍겨야 했다. 그 어둠 속에서
　　나는 언제나 혼자였고, 혼자 살아남아야 했다. 그리고 지금 빈
벌판에
　　혼자 서 있다. 뒤돌아보면, 내가 관통해왔던 도시의 길 위에서
　　수많은 여관의 불빛들이 반짝인다. 그 불빛은
　　쥐덫처럼 아름답다. 맛있는 생선 대가리를 매달고 나를 유혹한다
　　그러나 생쥐와 시궁쥐의 다른 점은 물어뜯는 이빨에 있다
　　피 맛에 잘 길들여진 그 이빨은 안다. 물방울의 길을.
　　어찌할 수 없는 표면장력의 힘으로 내가 떠나야 할 길을. 그 구
름장 여관에는
　　이불도 없고 베개도 없고, 차가운 시멘트 침대 하나만 놓여 있을
것이다
　　그 소실점을 향해, 이제 나는 수증기가 되려 한다
　　그러나 나는 저 구름장 여관으로 가는 길을 모른다
　　그 구름장 여관에서 다시 물방울끼리 모여, 사람 사는 곳의 마당
위로 내리고 싶은데…

　위 인용시에서 우리는 숙주가 되지 못하고 그 숙주에 붙어사는 기생물이라고 할 수 있는 '물방울'의 모습을 파악할 수 있다. 사실 이 물방울은 이 시에서 진짜 기생물이 아니고 그러한 기생물로 스스로를 드러내는 '나'가 진짜 기생물이다. 다시 말하면 물방울처럼 숙주에 합쳐지는 순간 소실되고 마는 '나,' "그 소실점을 향해, 나는 수증기가 되려 한다." 어느 누구와도 합일 될 수 없는 절대고독의 세계에서 이 시의 시적 자아는 마지막 구절에서 이렇게 절규한다. "그 구름장 여관에서 다시 물방울끼리 모여, 사람 사는 곳의 마당 위로 내리고 싶은데…." 그것이 숙주가 아닌 기생물의 운명이다. 어떻게 보면 이 세상에서 우리들이 살아가고 있는 것은 이러한 기생물과도 같은 삶이 아닐까? 함께 살고 있다는 것, 그것은 서로가 서로의 숙주이면서 서로가 하나의 기생물

이 되는 것은 아닐까? 이 시의 마지막 구절처럼 "물방울끼리 모여, 사람 사는 곳의 마당위로 내리고 싶은" 심정을 우리 모두는 가지고 있지만 그러나 그 때는 이미 숙주에게 그 존재를 빼앗겨버린, 박탈당해버린 이름 없는 하나의 기생물은 아닐까?

김신용의 시가 가지고 있는 이러한 기생성은 《작가세계》(1996 겨울)에 수록된 그의 또 다른 시 「붉은 벽돌집」에도 잘 나타나 있다. 이 시의 마지막 두 구절에 해당하는 "시멘트의 숲 속에서 지금 스러져가는 그 붉은 벽돌집을 감싸는 한줄기/ 담쟁이 넝쿨이라도 되고 싶은 지금…"이라는 구절이 암시하고 있는 바와 같이 '붉은 벽돌집'은 숙주이고 그 숙주를 감싸고 올라가는 '담쟁이 넝쿨'은 기생식물이라고 할 수 있다. 그러한 기생식물이 되고 싶은 시적 자아의 심정은 무엇일까? 자유를 차단하던 것들, 자유인을 감금하는 것들, '자유로운 자유'를 억압하는 것들을 상징하는 것이 바로 「붉은 벽돌집」의 내용이다. 이 시의 일부분은 다음과 같다.

> 또 한때, 그 붉은 벽돌집은 얼마나 견고한 감옥의 은어였던가
> 하늘을 토막 내던 쇠창살과 차가운 마룻바닥
> 세계를 가로막던 벽, 벽돌, 그 벽 앞에 서서
> 손톱에 피가 맺히도록 긁던 글들, 세상을 향한 외침소리
> 문 두드리는 소리, 비명만 가득 살고 있는 어두운 독방에는
> 오늘도 시멘트 침대만 놓여 있을 뿐이네
> 침묵이 무겁게 드리워진 창문에는
> 노을만 왈칵 피를 토할 뿐이네
> 지난날, 나의 정든 자궁이기도 했던 감옥,
> 내 뒹구는 돌처럼 떠돌다 지친 발걸음 멈추었을 때, 문득 보이던
> 그 집,
> 세포 하나하나마다 견고한 붉은 벽돌을 쌓아올린
> 어둠의 집.

그러한 어둠의 집을 감싸는 "한 줄기/ 담쟁이 넝쿨"이 되고 싶다는 시적 자아의 심정에는 숙주를 목 졸라 숨죽이게 하는, 숙주로부터 자양분을 공급받아 궁극적으로는 그 숙주를 숨죽이게 하는 하나의 기생식물이 되고 싶다는 간곡한 의지가 담겨져 있다.

7.5.3 타자(他者)와 나 : 시간의 패러디와 나의 패러디

시간의 흐름을 되돌아보고 다시 먼 미래를 예견하는 그러한 시로서 《세계의 문학》(1996 겨울)에 수록된 박상순 시 「6월 28일, 나무 속의 검은 새」와 김상미 시 「겨울 이야기」를 살펴보고자 한다.

먼저 박상순 시는 특이한 시형식에 의해서 비 오는 날의 단조로움을 설명하고 있다. "그래도, 비/ 그래도, 비/ 그래도, 비/ 그래도, 비" 이렇게 끝맺는 그의 시에서 시간은 흘러가지만 시적 자아에게 있어서 그러한 시간은 정지되어 있다. 그러한 정지는 달력 속의 날자는 흘러가지만 요일은 변함이 없다는 점을 설명하고 있는 "6월 28일, 금요일/ 6월 29일, 금요일/ 6월 30일 금요일"같은 구절에서 찾아볼 수 있다. 그 결과《세계의 문학》(1996 겨울)에 수록된 그의 또 다른 시 「10월 10일, 시계속의 검은 달력」에서는 오늘의 시간은 흘러가도 계절은 '그 때 그 곳'의 시간은 언제나 변함없는 가을, 봄, 여름이었음을 강조하고 있다. "오늘—10월 14일/ 여기—10월 20일, 가을/ 그때 그곳—가을// 오늘—10월 13일/ 여기—10월 9일, 봄/ 그때 그곳—봄// 오늘—10월 12일/ 여기—10월 18일, 여름/ 그때 그곳—여름"과 같이 되어 있다.

시간의 이러한 흐름과 정지, 그리고 시간의 미래를 예견하는 시로는 김상미 시 「겨울 이야기」를 들 수 있으며, 이 시의 전문은 다음과 같다.

천 년 전의 겨울에도 오늘처럼 문 열고 있었다.
문 밖의 짧은 해거름에 주저앉아 햇빛 제대로 이겨내지 못한

북향, 쓸쓸한 그 바람소리 듣고 있었다

어떤 누구와도 정면으로 마주보고 싶지 않을 때
문득 고개 들어 바라보는 창
나뭇잎 다 떨어진 그 소리 듣고 있었다
세상의 모든 추운 것들이 추운 것들끼리 서로 모여
내 핏속의 추운 것들에게로 다가와
똑 똑 똑

생의 뒷면으로 가는 문
두드리는 소리듣고 있었다

물결치는 겨울의 긴 나이테에 휘감긴 울창한 숲의 향기와
지저귀는 새 소리와
모두 무미한 생의 입김들이
다시 돌아올 봄의 문턱에다
등불 환히 켜는 소리 듣고 있었다

마치 먼 길을 혼자 달려온 천 년 전의 겨울
천천히 가슴으로 녹이는 것처럼
내 몸 안의 겨울 이야기들이
소리 없이 내리는 함박눈에 실려
누군가의 가슴으로 가슴으로 스며드는 소리 듣고 있었다

천 년 전의 겨울에도 오늘처럼

　"늘 누군가를 생각한다. 나는 그 누군가의 패러디가 아닐까 천 년 전 아니면 백년전의 그 누구인가의 모습을 그대로 패러디한, 내 시도 그런 게 아닐까? 현재의 내가 쓰고는 있지만, 내 속에 스며든 누군가의 목소리가 나로 하여금 시를 쓰게 하는 건 아닐까?" 시작 메모에서 김상미는 이렇게 적고 있다. 위의 인용시는 바로 그녀의 이러한 심정을 표현한

것이라고 볼 수 있다. 지금의 나는 분명히 '나'이지만 그러나 과거의 누군가에게 접맥되는 나, 지금은 분명히 '지금'이지만 그러나 과거의 그때, 그러니까 '과거의 지금'에 접맥되는 지금은 아닐까? 앞에서 살펴본 박상순 시처럼 김상미 시에서도 이러한 타자로서의 나와 타자로서의 시간이 등장한다.

위 인용시에서 반복되고 있는 '듣고 있었다'라는 과거형의 청각행위의 목적어는 '바람소리,' '문 두드리는 소리,' '등불 켜는 소리,' '겨울 이야기' 등이다. 그리고 그러한 소리들은 결국 마지막 구절이 암시하는 바와 같이 '천 년 전의 겨울'이나 '오늘'이나 '천년 후의 오늘'에도 지속된다는 점이다.

시간은 물론 흘러가지만 흘러가버린 시간을 바탕으로 하여 지금의 시간이 흘러가듯이, 이 시에서의 겨울도 어느 날 문득 등장하는 것이 아니라 '언제나 이미'—이 부사어 구절은 데리다의 해체주의에서 늘 강조되는 구절이다—있었던 것을 반복할 뿐이다. 그 원형, 그것의 최초의 본질이 무엇이냐를 규명하는 것은 쉽지 않고 또 의미 있는 일도 아니다. 해럴드 블룸이 강조하는 바와 같이 시적 부친은 언제나 이미 존재해 왔기 때문이다. 박상순 시와 김상미 시에 나타나 있는 이러한 시간의 개념들은 오늘을 살고 있는 우리들에게 하나의 좋은 예가 되리라고 본다.

정말 우리는 '언제나 이미' 누군가가 말한 것을, 누군가가 행동한 것을, 누군가가 기술한 것을, 누군가가 지나간 것을, '언제나 이미' 거기에 있었던 흔적만을 더듬고 있는 것은 아닐까? 왜냐하면 데리다의 말과 같이 '흔적'은 오늘의 우리를 존재하게 하는 원동력이기 때문일 것이다.

제2부 한국 현대시의 지향성

제8장

서정주 시에 나타난 시간과 공간

어느 시든지 거기에는 시적 시간과 시적 공간이 자리 잡고 있게 마련이다. 다시 말하면 시적 자아가 서술하게 되는 시적 시간과 시적 공간이 있게 마련이다. 그러한 시간과 공간은 시의 의미 형성에 있어서 커다란 역할을 하게 된다. 필자가 번역한 옥타비오 파스의 『진흙속의 아이들』(1995)에 보면 그는 유년시절의 시적 시간과 상상력의 관계를 다음과 같이 파악했다.

유년 시절의 시간은 상상력의 시간이며 그러한 능력을 워즈워스는 '자연의 영혼'이라고 불렀는데, 그것이 인간을 뛰어넘는 능력이라는 점을 나타내기 위해서 그렇게 불렀던 것이다. 상상력은 인간의 내부에 존재하는 것이 아니다. 그것은 장소의 정신이자 순간의 정신이다. 그것은 우리들로 하여금 현실의 가시적인 측면과 숨겨진 측면 모두를 파악할 수 있게 해 주는 능력일 뿐만 아니라 시인의 눈을 통해서 대자연이 그 자체를 바라볼 수 있도록 하는 수단이다. 상상력을 통해서 대자연은 우리들에게 또 자체에게 말한다… 시의 시간은 시간 이전의 시간, 어린 아이의 한없이 반짝이는 눈빛 속에 다시 나타나는 '전생'에서의 시간이다.

　워즈워스 시를 연구한 부분에서 파스가 언급한 바 있는 이러한 시간은 시인 누구에게나 적용 가능한 시간이며 그것을 우리는 유년체험 혹은 유년의 기억으로 파악할 수 있다. 이러한 유년체험에서 가장 먼저 상기할 수 있는 것은 최소한의 가장 편안한 공간에 해당하는 추상적인 고향 혹은 구체적인 고향집 이다.

　이상과 같은 의미를 지니는 시적 시간과 시적 공간을 서정주 시에서 파악하는 데 있어서 ① 모계지향적 유년기의 체험과 광대무변의 공간, ② 이승의 집착 버리기와 저승의 두려움 버리기, ③ 한국적인 것의 시간성과 세계적인 것의 공간성, ④ 인간다운 삶의 방법으로서의 시간과 공간 등으로 나누어 살펴보고자 한다. 이러한 작업을 위해서 전3권으로 간행된 『미당 시전집』(1996)을 참고했음을 밝혀 둔다.

8.1 유년기의 모계지향 체험과 광대무변의 공간

　서정주의 자전적 전기에 해당하는 시로서 그리고 모계지향적인 특징을 드러내는 시로 「자화상」을 들 수 있다. 물론 이 시의 첫 행에 나타나는 "애비는 종이었다."라는 규절을 두고 그 자신의 가계에 대한 신분의 솔직한 고백을 높이 평가하고는 하지만, 이 시에 나타나는 모계지향성은 "파뿌리 같은 늙은 할머니," "어메는 달을 두고 풋살구가 꼭 하나만 먹고 싶다 했으나" 및 "갑오년이라든가 바다에 나가서는 돌아오지 않는다 하는 외할아버지의 숱 많은 머리털과/ 그 커다란 눈이 나는 닮었다 한다."에 있다. 이러한 모계지향적 특징은 「외할머니네 마당에 올라온 해일(海溢)」을 비롯하여 그의 시 「외할머니의 뒤안 툇마루」에 잘 집약되어 있으며, 이 시의 전문은 다음과 같다.

외할머니네 집 뒤안에는 장판지 두 장만큼한 먹오딧빛 툇마루가
깔려 있읍니다. 이 툇마루는 외할머니의 손때와 그네 딸들의 손때
로 날이날마닥 칠해져 온 것이라 하니 내 어머니의 처녀 때의 손때
도 꽤나 많이는 묻어 있을 겁니다마는, 그러나 그것은 하도나 많이
문질러서 인제는 이미 때가 아니라, 한 개의 거울로 번질번질 닦이
어져 어린 내 얼굴을 들이비칩니다.
그래, 나는 어머니한테 꾸지람을 되게 들어 따로 어디 갈 곳이
없이 된 날은, 이 외할머니네 때거울 툇마루를 찾아와, 외할머니가
장독대 옆 뽕나무에서 따다 주는 오디 열매를 약으로 먹어 숨을 바
로 합니다. 외할머니의 얼굴과 내 얼굴이 나란히 비치어 있는 이
툇마루에까지는 어머니도 그네 꾸지람도 가지고 올 수 없기 때문입
니다.

위의 인용시에서 우리는 두 가지 특징을 발견할 수 있다. 하나는 앞
에서 강조한 바와 같이 툇마루에 담겨져 있는 모계지향성이라고 다른
하나는 반영으로서의 툇마루, 곧 '때거울'이다. 전자의 경우는 외할머니
의 손때, 외할머니의 딸들의 손때, 거기에 포함되는 내 어머니의 처녀
때의 손때, 그리고 그 어머니의 아들로 이어지는 툇마루의 의미이다.
여기서 중요한 점은 "어머니한테 꾸지람을 되게 들어 따로 어디 갈 곳
이 없이 된 날"의 시적 자아가 찾아가는 곳은 어김없이 '외할머니네'라
는 점이다. 「자화상」에 나오는 할머니의 품속이나 혹은 자기 동네 그
어느 곳이 아닌 모계 쪽의 '외할머니네'를 선택한다는 점에서 시적 자
아의 모계지향성을 엿볼 수 있다. 이러한 지향성은 후자의 경우 외할머
니의 얼굴과 나의 얼굴을 비추어 주는 '때거울 툇마루'로 이어진다.
서정주 시에 있어서 거울의 이미지의 바탕이 되는 이러한 '때거울'로
서의 '툇마루'의 이미지는 불투명한 반영이기는 하지만 가장 원초적인
반영에 해당된다. 기억의 불확실성처럼 불분명하게 반영되는 '툇마루'
의 '때거울'은 시간의 오랜 흐름을 암시하기도 한다. 이처럼 불분명하
지만 유년기 체험의 근본을 형성하는 '때거울'은 '누님' 이미지에 관계

될 때에는 명증한 '거울'로 전환된다. 우리에게 잘 알려진 「국화 옆에서」의 "그립고 아쉬움에 가슴 조이던/ 머언 먼 젊음의 뒤안길에서/ 인제는 돌아와 거울 앞에 선/ 내 누님같이 생긴 꽃이여"에 반영되어 있는 '누님' 이미지는 그의 시 「누님의 집」의 다음과 같은 마지막 연에도 관련된다. "도적놈은 어디 가고/ 우리누님 홀로 되야/ 거울 앞에 흰옷 입고 앉었느니라." 앞의 시에 나타나는 '거울 앞에 선 내 누님'이나 뒤의 시에 나타나는 '거울 앞에 흰 입고 앉어 있는 내 누님'은 동일한 인물이자 동일한 이미지에 해당한다.

가족에 관계되는 모계 쪽의 여성이 애틋한 그리움의 대상이라면 그러한 관계가 없는 여성은 대담하고 시원스러운 대상, 곧 여걸다운 면모를 지니고 있다. 최고의 권좌에 앉아 있는 선덕여왕이 자신을 사모하는 한 사나이의 가슴 위에 여왕 자신의 팔찌를 벗어 놓은 일화를 바탕으로 하는 서정주 시 「선덕여왕의 말씀」의 3연과 4연은 다음과 같다. "살(肉體)의 일로써 살의 일로써 미친 사내에게는/ 살 닿는 것 중 그중 빛나는 황금 팔찌를 그 가슴 위에,/ 그래도 그 어지러운 불이 다 스러지지 않거든/ 다스리는 노래는 바다 넘어서 하늘 끝까지.// 하지만 사랑이거든/ 그것이 참말로 사랑이거든/ 서라벌 천년의 지혜가 가꾼 국법보다도 국법의 불보다도/ 늘 항상 더 타고 있거라." 이 시에서는 여성, 그것도 여왕이라는 신분에도 불구하고 자신을 연모하는 자의 가슴 위에 기꺼이 자신의 팔찌를 벗어 얹어 놓는 여왕의 당당하고 호쾌한 행동에 대한 찬미가 담겨져 있다. 또한 이와 버금가는 한 촌부의 태도를 찬양한 시로는 「석녀 한물댁의 한숨」이 있다.

> 아이를 낳지 못해 자진해서 남편에게 소실을 얻어 주고, 언덕의 솔밭 옆에 홀로 살던 한물宅은 물이 많아서 붙여졌을 것인 한물이란 그네 친정 마을의 이름과는 또 달리 무척은 차지고 단단하게 살찐 옥같이 생긴 여인이었읍니다. 질마재 마을 여자들의 눈과 눈썹

이빨과 가르마 중에서는 그네 것이 그 중 단정하게 이뿐 것이라 했
고, 힘도 또 그 중 아마 실할 것이라 했읍니다. 그래, 바람부는 날
그네가 두둑한 옥수수 광우리를 머리에 이고 모시밭 사이 길을 지
날 때, 모시 잎들이 바람에 그 흰 배때기를 뒤집어 보이며 파닥거
리면 그것도 '한물댁 힘 때문이다'고 마을 사람들은 웃으며 우겼읍
니다.

　그네 얼굴에서는 언제나 소리도 없는 엣비식한 웃음만이 옥속에
서 핀 꽃같이 벙그러져 나와서 그 어려움으론 듯 그 쉬움으론 듯
그걸 보는 남녀노소들의 웃 입술을 두루 위로 약간씩은 비끄러올리
게 하고, 그 속에 웃 이빨들을 어쩔 수 없이 잠깐씩 드러내보게 하
는 막강한 힘을 가졌었기 때문에, 그걸 당하는 사람들은 힘에 겨워
선지 그네의 그 웃음을 오래 보지는 못하고 이네 슬쩍 눈을 돌려
한눈들을 팔아야 했읍니다. 사람들뿐 아니라, 개나 고양이도 보고는
그렇더라는 소문도 있어요. '한물댁 같이 웃기고나 살아라' 모두 그
랬었지요.

위 시에서 우리는 '한물댁'의 처신에 주목할 필요가 있다. '자진'해서
스스로 물러났을 뿐만 아니라 남편에게 '소실'까지 얻어 주는 그녀의
행동은 그녀의 눈, 눈썹, 이빨, 가르마에 나타나 있는 아름다움만큼이나
소중하게 시적 자아의 유년기의 체험으로 남아 있다.

그리고 이러한 체험은 '물이 많아서 붙여졌을 것인 한물'과 같이 넓
은 공간으로서의 물, 곧 '바다'를 바탕으로 한다. 서정주 시에서의 '바
다'는 외할아버지 같은 남성의 죽음으로 대표되는 이미지에 관련되기
도 하고 자기 자신의 '시론'에 관련되기도 한다. 우선 전자의 경우로는
이미 앞에서 살펴 본 「자화상」에 암시되어 있다. 다시 인용하면 "갑오
년이든가 바다에 나가서는 돌아오지 않는다 하는 외할아버지"를 들 수
있다. 후자의 경우로는 「바다」라든가 「시론」의 경우를 들 수 있다. "귀
기울여도 있는 것은 역시 바다와 나 뿐,/ 밀려 왔다 밀려가는 무수한
물결 위에 무수한 밤이 왕래하나/ 길은 항시 어데나 있고, 길은 결국

아무 데도 없다.”라는 「바다」의 제1연에서 우리는 시적 자아의 광대무변한 공간에 대한 마음가짐을 읽을 수 있다. 이러한 광대무변의 공간에서 그는 “눈 떠라, 사랑하는 눈을 떠라 청년아./ 산 바다의 어느 동서남북으로도/ 밤과 피에 젖은 국토가 있다.”라고 청년의 의식을 일깨워주는 데 기여한다. 이러한 기여의 한 단면은 마지막 연의 “아라스카로 가라!/ 아라비아로 가라! 아메리카로 가라! 아프리카로 가라!”라는 절규에서 절정을 이루게 된다. 왜냐하면 동토의 땅인 알라스카나 열사의 땅인 아라비아나 현대문명과 자유의 땅인 아메리카나 미개와 원시의 땅인 아프리카를 결합함으로써, 이 시의 마지막 연에서는 가능성으로서의 청년의 미래를 예견하고 있기 때문이다. ‘바다’에 대한 이러한 동경은 또 다른 시 「바다」에서 “바다 만세!/ 바다 만세!/ 바다, 바다, 바다, 바다, 바다 만세!”라는 환호로 귀결된다. 이러한 바다는 또 서정주 시의 「시론」이 되기도 한다. “바다속에 전복따파는 제주해녀도/ 제일 좋은건 님 오시는날 따다주려고/ 물속바위에 붙은그대로 남겨둔단다./ 시의 전복도 제일좋은건 거기두어라./ 다캐어내고 허전하여서 헤메이리요?/ 바다에두고 바다바래여 시인인 것을…,” “바다에두고 바다바래여 시인인 것을”에 나타나는 바와 같이 유년기의 체험에서 형성된 ‘바다’는 이 시에 이르러 시인 자신의 시론의 바탕으로 작용하고 있다. 이러한 바다, 곧 동경과 광대무변과 미개척지로서의 바다는 다음에 살펴보게 될 ‘한국적 상황과 세계적 상황’으로 이어진다.

광대무변의 공간이 ‘바다’에만 국한되는 것은 아니다. 서정주 시에서 그러한 공간은 지상과 천상을 넘나든다. 그 대표적인 예가 바로 「동천」이라고 할 수 있다. “내 마음 속 우리님의 고은 눈섭을/ 즈문밤의 꿈으로 맑게 씻어서/ 하늘에다 옴기어 심어 놨더니/ 동지 섣달 나르는 매서운 새가/ 그걸 알고 시늉하며 비끼어 가네”라는 이 시는 극소중심주의와 극대중심주의, 인간중심주의과 천체중심주의, 진실중심주의와 모방중심주의, 자아중심주의와 공동체중심주의, 지상중심주의와 천체중심주

의를 하나로 엮어내고 있다. 한 짝으로 이루어진 이러한 대립에서 전자
는 보편성을 나타내고 후자는 특수성을 나타낸다. 다시 말하면 나의 마
음속에 존재하는 '우리님의 눈썹'은 누구나 말할 수 있는 보편적 특징
에 관계되지만 이것을 겨울 하늘에 걸린 초승달에 비유하고 또 그것을
비껴 나는 새의 모습으로 간파하는 것은 특별한 특수성에 관계된다. 이
시는 유년기의 모계지향적 체험과 광대무변의 공간을 가장 잘 집약하
고 있는 시라고 볼 수 있다.

8.2 이승의 집착 버리기와 저승의 두려움 버리기

서정주 시에서의 이승과 저승은 아주 밀접한 관계를 지니며 그것은
물론 불교적 의미의 윤회사상이나 서방정토사상을 바탕으로 한다. 전자
의 경우는 「춘향유문」에서, 후자의 경우는 「귀촉도」에서 찾아볼 수 있
다. 이미 잘 알려진 「춘향유문」과 윤회사상의 관계를 다시 정리하면 다
음과 같다. "천길 땅 밑을 검은 물로 흐르거나/ 도솔천의 하늘을 구름
으로 날드래도/ 그건 결국 도련님 곁 아니예요?// 더구나 그 구름이 쏘
내기되야 퍼부을 때/ 춘향은 틀림없이 거기 있을거예요!"에는 '물'의 네
가지 형식, 프라이가 자신의 『비평의 해부』에서 밝힌 바 있는 '빗물, 샘
물, 강물, 바다'의 순환이 나타나 있다. 지하 깊은 곳의 물은 샘물로 솟
아오르고, 그 샘물은 강이 되고, 강은 다시 바다가 되고 바다의 물은 수
증기로 변하여 구름이 되고 구름은 다시 소나기로 땅을 적시게 되는
과정이 바로 프라이가 말하는 물의 네 가지 순환과정이다. 그리고 물의
이러한 순환과정은 불교에서의 윤회사상에 비유된다. 말하자면 생로병
사라는 인생과정에 비유된다고 볼 수 있다. 서방정토사상을 잘 나타내
는 「귀촉도」의 전문은 다음과 같다.

눈물 아롱 아롱
피리 불고 가신님의 밟으신 길은
진달래 꽃비 오는 서역 삼만리.

흰옷깃 여며 여며 가옵신 님의
다시오진 못하는 파촉 삼만리.

신이나 삼어줄ㅅ걸 슳은 사연의
올올이 아로색인 육날 메투리.
은장도 푸른날로 이냥 베혀서
부즐없은 이머리털 엮어 드릴ㅅ걸.

초롱에 불빛, 지친 밤 하늘
구비 구비 은하ㅅ물 목이 젖은 새,
제피에 취한새가 귀촉도 운다.
그대 하늘 끝 호올로 가신 님아.

　위 시의 시적 자아는 여성이다. 여기서 여성이라고 말할 수 있는 근
거는 '은장도'라든가 '머리털'같은 데에서 찾아볼 수 있다. 시적 자아로
서의 이러한 여성은 죽은 님의 영생불멸을 간절하게 바라고 있다. 그러
한 마음이 가장 잘 반영된 부분이 바로 제1연의 '서역 삼만리' 이다. 그
다음의 '파촉 삼만리'는 소쩍새의 전설에 관련된다. 저승에 간 님에 대
한 애절한 정한을 그리고 있는 이 시에서 이승에 남아 있는 시적 자아
는 모든 열성을 다하여 죽은 님께 가까이 가고자 한다. 그것은 이승의
시간을 저승의 시간으로까지 연결시키는 한편, 다른 한편으로는 저승의
시간을 이승의 시간으로 환생시키려고까지 한다. 그러한 측면을 우리는
마지막 연의 두 행, 즉 저승으로부터 울려 퍼지는 '제 피에 취해 우는
새'의 '귀촉도'라는 울음소리와 그 소리를 듣고 '가신 님'을 생각하는
이승에 남은 시적 자아의 반응에서 찾아 볼 수 있다.

「귀촉도」가 타자의 행위에 의한 죽음의 세계에 의해서 이승과 저승의 공간은 넘나드는 시라면, 「연꽃 만나고 가는 바람같이」는 시인 자신, 나, 혹은 시적 자아의 죽음에 대한 태도를 나타내고 있다.

> 섭섭하게,
> 그러나
> 아조 섭섭치는 말고
> 좀 섭섭한듯만 하게.
>
> 이별이게,
> 그러나 아주 영 이별은 말고
> 어디 내생에서라도
> 다시 만나기로한 이별이게,
>
> 연꽃
> 만나러 가는
> 바람 아니라
> 만나고 가는 바람 같이…
>
> 엊그제
> 만나고 가는 바람 아니라
> 한 두 철 전
> 만나고 가는 바람 같이…

위 인용시에서 강조하는 것은 이승에서의 삶에 대한 애착 및 저승으로 향하는 죽음에 대한 두려움을 불교에서 말하는 '집착 버리기'나 '체념'에 의해서 극복하고자 하는 의지를 강조하고 있다. 이 시를 이해하기 위해서는 부동적이고 구체적이며 유형적인 '연꽃'과 유동적이고 추정적이며 무형적인 '바람'의 의미를 파악해야 한다. 이 시에 대해서 서정주는 『시와 시인의 말』(1986)에서 다음과 같이 언급했다. "죽음이 어떻게 해서든 한 새 입학이라는 것을 알게 되고, 이것은 불가불 영원한 과정에 들어서는 것이라는 것을 알게 되면 육체가 아니라, 결국 남아서 영원히 떠나가는 나그네는 마음뿐이라는 것도 알게 된다. 우리는 죽을 때 아무것도 제 마음대로 가지고 가지 못한다. 다만 마음을 남겨, 딴 사람들이 남긴 여러 마음들 속에 한몫 끼어, 영원히 우리 후대의 마음속에서 살아갈 뿐인 것이다.”

필자의 『한국 현대시의 구조와 의미』(1995)에 수록된 「연꽃 만나고 가는 바람같이」의 의미구조를 요약 정리하면 다음과 같다. 네 개의 연으로 된 이 시에는 이승에서의 ‘인연’과 못 다한 정한에 대한 아쉬움 및 저승에서의 새로운 만남에 대한 기대가 교차되어 나타나 있다. 이러한 두 가지 감정은 완결된 상태가 아닌 미완의 상태를 유지하고 있는데, 그것은 제1연의 ‘섭섭함,’ 제2연의 ‘이별,’ 제3연의 ‘바람’ 및 제3연에 대한 부연 설명에 해당하는 제4연의 ‘바람’에서 찾아 볼 수 있다. 이러한 어휘들이 미완의 아름다움을 나타낸다면 제3연의 ‘연꽃’은 완결의 아름다움을 나타낸다.

제1연의 섭섭한 감정은 인간의 가장 원초적인 감정 중의 하나가 된다. 다시 올 길 없는 죽음의 문턱을 넘어 설 때, 이승에서 맺었던 수많은 인연에 대한 애착과 집념을 ‘어떤 방식으로 떨쳐버릴 것인가?’ 말하자면 ‘얼마만큼 아름답게 죽어갈 것인가?’하는 문제에 대한 해답이 곧 섭섭한 감정을 드러내는 방법일 것이다. 그것을 시인은 ‘좀 섭섭한 듯만 하게’로 파악했다. 서정주 자신은 사십 세부터 삶과 죽음의 문제를 절실하게 느꼈다고 고백하고 있으며 또 삶에서 죽음으로 넘어갈 때 ‘덜 섭섭하게 넘어갈 연습’을 상당히 많이 해 왔다고 강조하고 있다. 제3행의 ‘아조 섭섭한’ 감정을 드러내는 것은 추악한 면을 드러내는 것일 뿐이다. ‘좀 섭섭한’ 감정이 이 시에서 강조하는 가장 바람직한 ‘감정 드러내기’일 것이다.

제2연은 제1연의 마지막 행에 나타나는 ‘좀 섭섭한 감정’을 구체적으로 드러낼 수 있는 때에 해당하는 이별, 이별 중에서도 죽음에 의한 이별을 예로 들어 설명하고 있다. 죽음은 인간에게 있어서 불가항력적인 존재이다. 그것은 사랑이라든가 신앙이라든가 하는 문제와는 별도의 의미를 지닌다. 신분이나 지위에 관계없이 누구에게나 공평하게 찾아오는 죽음을 어떻게 맞이할 것인가? 그것을 시인은 '집착 버리기'로 파악했다. 서정주 자신에 의하면 이러한 '집착 버리기'는 타관의 손자를 생각하는 할아버지의 자세와 같은 것으로 청년기의 격한 감정 가라앉히기, 사랑하는 이에 대한 그리움 관망하기, 애인의 집주 변 맴돌기 등을 들 수 있다.

제3연은 제2연의 마지막 행에 나타나는 '다시 만나기로 한 이별'을 '연꽃'과 '바람'에 의해서 비유적으로 설명하고 있다. '연꽃'은 불교에서의 꽃으로 깨달음, 화생(花生)의 근원, 극락정토, 중생, 불성(佛性) 및 윤회의 의미를 지니며 서정주 시에서는 '국화'와 더불어 가장 많이 나타나는 꽃이다. 연꽃의 이러한 의미 중에서 이 시는 깨달음과 윤회를 활용하고 있다. '바람'은 무상, 시련, 재생 및 가변성을 의미하기도 하고 불안, 의지 및 천상의 소리로 파악되기도 한다. 이 시에서의 바람은 이러한 의미 중에서 가변성과 의지를 나타낸다고 볼 수 있다. 따라서 연꽃과 바람이 지니는 이러한 의미에 의해서 새로운 만남을 집약적으로 수렴하는 '만나러 가는' 기대보다는 '만남' 이후의 또 다른 새로운 만남에 대한 기대를 확산적으로 분산시키는 '만나고 가는' 기대를 더 가치 있게 여긴다.

제4연은 제3연의 마지막 행인 '만나고 가는 바람'과 그 이후의 말없음 부분인 '…'을 설명하고 있다. 다 같은 '만나고 가는 바람'이라하더라도 '만남'에 대한 기억이 아직은 생생한 '엊그제'같은 시간의 흐름이 아니라 조금은 희미한 그래서 또 다른 기대를 하게 되는 '한 두 철전' 같은 시간의 흐름을 강조하고 있다. 이 시에서 이러한 설명은 완결될 수 없다. 왜냐하면 맨 마지막 행의 마지막 부분을 말없음으로 처리하고 있으며, 이러한 '말없음'에 대한 설명은 다시 '말없음'으로 끝나게 될 것이라는 점을 암시하고, 결국은 제1연으로 다시 되돌아가게 되어 있기 때문이다. 이 시는 각 연이 바로 앞 연의 마지막 행을 구체적으로 비유적으로 또 보충적으로 부연 설명하고 있는 특별한 설명 구조를 지니고 있다.

이 시는 이승에서의 인연 떨치기와 죽음 맞이하기, 즉 이승에 대한 집착 버리기와 죽음에 대한 두려운 감정의 절제를 다루고 있다. 세상에 태어나면 누구나 인연을 맺게 된다. 그것이 가족과의 관계이든, 사회와의 관계이든, 인간과의 관계이든, 산천초목과의 관계이든, 좋은 관계이든, 불편한 관계이든 누구나 인연을 맺게 된다. 그러한 인연으로 인해서 우리는 기뻐하기도 하고 즐거워하기도 하고 행복해 하기도 하고 안타까워하기도 하고 분노하기도 하고 절망하기도 하고 슬퍼하기도 하고 불행해하기도 한다. 그러나 이 모든 감정은 죽음 앞에서는 한낱 사치스러운 치장에 불과할 뿐이다. 적나라하게 스스로를 드러낼 뿐만 아니라 누구에게나 공평하게 찾아오는 죽음 앞에서 우리는 어떤 모습을 해야 하며 어떠한 자세로 죽음을 맞이할 것인가. 이에 대한 방법을 스스로 터득하게 하는 시가 바로 「연꽃 만나고 가는 바람같이」이다.

이 시에서는 우선 이승에 대한 애착이나 집념, 곧 삶에 대한 강렬한 집착을 버리는 것이 얼마나 중요한가를 우리에게 암시하고 있다. 그것이 바로 인간의 원초적 감정 중 하나인 섭섭한 감정을 절제하게 하는 제1연이다. 여기에서의 슬픔은 소리 내어 시원하게 우는 것도 아니고 처절하게 절규하는 외침도 아니다. 그것은 시인 자신의 말처럼 "살려다오 살려다오 몸부림치면서 가는 죽음"이 아니라 삶을 마감하면서 가야만 할 길을 체념의 자세로 맞이하는 것이다. 말하자면 죽음이 영원불생의 과정에 진입하는 것이라는 점을 스스로 터득하고 이를 준비하는 마음가짐을 이 시는 보여주고 있다. 이를 효과적으로 설명하기 위해서 제시된 대상이 '연꽃'과 '바람'이다. 더러운 곳에 뿌리를 내리고 있지만 항상 맑은 본성을 간직하고 피는 연꽃은 우리가 간직해야 할 마음가짐일 것이다. 이러한 연꽃은 순수하고 청정하며 완전무결한 상태를 나타낸다. 흔들림 없는 태도, 깨끗한 정신, 곧고 바른 마음 등은 우리가 간직해야 할 덕목일 것이다. 이와 더불어 또 다른 덕목은 지상과 천상을 오가며 하나에만 집착하지 않는 바람처럼 자유로운 정신세계일 것이다. 연꽃에서는 연꽃의 형태로 존재할 줄 아는 바람의 처신술은 우리가 이 세상을 살아가는 하나의 지혜가 될 것이다. 그러나 그것이 어느 덕목에 해당되든 '죽을 때'에는 주변의 모든 것에 대한 애증의 감정을 버릴 줄 알아야 하고 삶에 연연하지 말아야 하고 죽음을 두려워하지 말아야 한다. 왜냐하면 연꽃을 만나러 가는 바람이 갖는 강렬한 집념이 아니라 그것을 스쳐 지나가 버린 바람이 갖는 하나의 깨달음, 즉 집착 버리기가 더 중요하기 때문이다.

8.3 한국적인 것의 시간성과 세계적인 것의 공간성

서정주 시는 여러 가지 양상들로 특징지어 진다. 첫째, 「화사」, 「문둥이」, 「대낮」 등에서 드러나는 바와 같이 육체에 대한 애정과 정열을 솔직하게 드러내었다고 평가되고는 하는 원죄의식의 세계가 있다. 둘째, 「춘향유문」, 「귀촉도」, 「내가 돌이 되면」, 「연꽃 만나고 가는 바람같이」 등에서 드러나는 바와 같이 삶의 본질적인 문제보다는 죽음 이후의 문제를 윤회사상에 접목시켜 아름답게 승화시키고 있다고 평가되는 윤회사상의 세계가 있다. 여기에는 물론 이승에서의 떠남과 저승에서의 새로운 만남에 대한 기대를 제시함으로써 이승에서의 인연 맺기의 소중함을 강조한다. 셋째, 「석굴암 관세음의 노래」, 「이조백자를 보며」, 「신라의 상품」 등에서 드러나는 바와 같이 한국의 문화유산에서 시적 주제를 선정하여 그것에 대한 예찬과 시인 자신의 체험을 시로 형상화하

고 있다고 평가되는 한국적인 것에 대한 애착 및 『산시』 등에 나타나
는 아시아, 유럽, 호주, 남북아메리카, 아프리카의 산을 매개체로 사용
하는 시세계의 세계화이다.

우선 한국적인 것에 대한 애착에 드러나는 시간은 그것이 과거를 지
향하고 있다는 점에서 그 특징을 찾아 볼 수 있다. 시간의 환원은 바로
원시적인 시간으로의 회귀를 의미한다고 볼 수 있다. 여기서 말하는
'원시적'이라는 말은 가장 근원적이고 본질적인 것으로의 접근이라고
볼 수 있다. 그러한 접근을 보인 시 중의 하나가 「신라의 상품」이다.
'매'의 눈을 통해서 신라의 옛 것을 찬양한 이 시의 후반부는 다음과
같이 되어 있다. "이것들이 제 고장에 살고 있던 때의 일들을 우리의
길동무 매는 그전부터 잘 안다. 동청송산, 북금강산을, 남혜지를, 서피
전을 오르내리며 보아 잘 안다./ 눈을 뜨고 봐라. 이 솜을. 이 솜은 목화
밭에 네 딸의 목화꽃이었던 것./ 눈을 뜨고 봐라. 이 쌀을. 이 쌀은 네
아들의 못자리에 모였던 것. 모였던 것./ 돌이! 돌이! 돌이! 삭은 재 다
되어가는 돌이!/ 이것은 우리들의 노래였던 것이다." 이 시에 나타나는
안타까움은 바로 사라져버린 '우리 것'에 대한 안타까움으로 상실된 것
에 대한 경고라고 볼 수 있다. 인용 부분에 나타나는 산 이름은 모두
신라 때 산 이름이지만 지금은 사라져버렸다는 점을 강조하고 있다.

서정주 시가 지니는 한국적인 것에 대한 이러한 애착은 결과적으로
한반도라는 국토 공간 전체에 대한 애정으로 발전된다. 그리고 그러한
애정은 또한 역사적인 것과 그 맥을 같이 하고 있다. 그러한 시가 「역
사여 한국역사여」이다. "역사여 역사여 한국 역사여./ 흙 속에 파묻힌
이조백자 빛깔의/ 새벽 두 시 흙 속의 이조백자 빛깔의/ 역사여 역사여
한국 역사여"로 시작되는 이 시에서는 '한국 역사'가 그동안 서러움과
고단함을 뒤로 하고 '가야금 소리'처럼, '꽃가마' 탄 신부처럼, 다홍치마
입고 즐겁게 되기를 간구하고 있다. 이 시에서 가장 강조되고 있는 슬
픔의 빛깔로서의 '이조백자'의 '흰빛'과 그것의 역사성은 「이조백자를

보며」에 잘 나타나 있으며, 이 시의 전문은 다음과 같다.

> 이조백자의 밥그릇을 보고 있다가
> 마당귀의 빨래줄에 널어 둔 빨래—
> 내 바지저고리의 하이얀 빨래를
> 인제는 영원히, 걷어들이지 말까 한다.
>
> 6·25 사변 때 북으로 납치되어 간
> 내 형같이 생겨먹은 빨래—
> 다시 못 올 형같이 매어달린 빨래를
> 인제는 그대로 놓아 두어 버릴까 한다.

위 인용시는 '이조백자'의 역사성 혹은 시간성은 물론 거기에서 유추되는 민족사의 수난 및 가족사의 슬픔까지도 곁들이고 있다는 점에서 서정주 시가 지니고 있는 시의 역사성 혹은 한국적인 것의 시간성에 걸 맞는 시라고 볼 수 있다. 왜냐하면 이질적인 요소들에 해당하는 이조백자, 내 바지저고리, 납치된 가형 등을 꿰뚫고 있는 것은 바로 '흰색'이며 이 색깔이 곧 한민족의 역사를 대표하고 있기 때문이다. 서정주 시의 다른 면모를 보여주는 전통적인 것이나 한국적인 것에 대한 관심은 다분히 시간성, 시간의 역사성, 역사의 진실성을 바탕으로 하고 있다. 그러한 측면을 우리는 「흰 옷의 빛깔과, 버선코의 곡선의 이야기」에서 찾아 볼 수 있다. "그래, '그게 좋겠소. 하늘도 사실은 흰빛입니다. 그게 너무 멀어서 낮에는 푸르게도 보이고 밤에는 또 캄캄해 보일 뿐이지…' 환웅께서 대답하시어, 그 흰빛으로 이 겨레의 옷 빛은 처음으로 이 세상에 정해진 것이올시다."

한국적인 것의 시간적 역사성에 대한 그의 관심은 역사적 인물의 치적과 행적으로까지 확대된다. 『학이 울고 간 날들의 시』에 수록된 시의 대상 대부분이 역사적 인물이나 사건에 그 근거를 두고 있기 때문이다.

거기에는 우리나라의 개국신화에서 비롯된 하느님, 환웅, 곰, 단군에서부터 동이, 고구려, 신라, 고려, 이조 같은 왕조는 물론 황진이나 논개까지 거의 모든 역사적 사건과 인물이 포함되어 있다.

서정주 시의 또 다른 면모를 보여주는 일련의 세계적인 것의 관심은 공간성, 공간의 포괄성, 포괄적 집대성을 바탕으로 하고 있다. 이렇게 말할 수 있는 근거는 『서으로 가는 달처럼』에 수록된 대부분의 시들이 구체적인 인물이나 지명에 관계되기 때문이다. 그 뿐만 아니라 해당시가 쓰여진 연유까지도 곁들이고 있기 때문에 『서으로 가는 달처럼』에 수록된 시에 대한 이해를 돕고 있다. 「예루살렘의 통곡의 벽 앞에서」의 일부분을 보면 다음과 같다.

제아무리 혹독히 당한 망국민일지라도
천년을 이천년을 삼천년을
굳은 벽에 주먹 치며 통곡하고 있노라면
무서운 독립도 오긴 오는 것이군!

에레미아나 예수 같은 큰 귀신 함께
한 삼천년 벽을 치며 통곡하면은
애무서운 독립도 오긴 오는 것이군!

바빌론에 제나라가 망하는 걸 보고서
가슴 치며 울부짖던 에레마아의 벽.
로마에 제나라가 망하는 걸 보고서
'귀신 되어 이기리라' 예수가 맹세하던
그 통곡의 벽.
그 벽에서 이스라엘사람 거의 다 쫓기어 난 뒤
할 수 없이 온 세상을 떠돌아 다니다가
정히 천팔백년 만에
인제는 한 무더기씩 두 무더기씩 다시 떼지어 돌아오나니.

　　서정주 시에서 구체적 공간에 나타나는 역사성은 그의 일련의『산시』에 동서양을 통틀어 종합되어 있다. 아시아 편, 유럽 편, 오세아니아 편, 남아메리카 편 등으로 나뉘어 쓰여진 이 일련의 '산시'에서의 공간은 단순한 공간이 아니라 그곳에 살고 있는 사람들의 인정이 담겨져 있는 공간이다. 따라서 그것은 위 인용시에 나타나는 '통곡의 벽'이 가지는 역사적 시간의 의미만큼이나 중요한 의미를 지닌다. 왜냐하면 같은 산이라 하더라도 그것이 어디에 자리 잡고 있느냐에 따라서 각기 다른 의미를 지니게 되기 때문이다. 그러한 여러 가지 예 중에서 하나를 들면「와이오밍 산중」일 것이며, 이 시의 전반부는 다음과 같다.

산
산
산
산
산 바라고
산 오르고
산 내리고
산 다루어내기에
프랭크의 식구들은
도마뱀 대가리들이 되고
로버트의 식구들은
와사키 인디언의 바늘들같이 되었네.

대서양 쪽에서 이사해 온
크로스비씨댁
매서씨댁
카터씨댁은
두루두루
산골 신선물에 송어들인데

> 존 F 케네디씨가 아닌
> 인디언 케네디씨가
> 인생은 무명씨가 한결 맛이 좋다고
> 무명씨로 고쳐서 새로 사시니
> 이걸 본 구식 나루 사공 하나도
> 본떠서 그렇게 하고,
> 스팀보트 사공도 둘이나 또 그렇게 하고,
> 진흙밭 속의 생일꾼 하나도 또 그렇게 했네.

위 인용시에서는 산과 인간이 동일시된다. 여기서 동일시된다는 말은 시간과 공간, 인간과 자연의 구분이 없어지고 일치된다는 것을 의미한다. 그러한 일치점을 우리는 '무명씨'라는 어휘에서 찾아 볼 수 있다. 사실은 이름은 있겠지만 이름 나 있지 않은 와이오밍의 어느 이름 없는 산중에서 이름 없이 살고 있는 사람들의 이야기를 질박하게 설명하고 있는 이 시에서, 인위적인 구분은 아무런 의미도 없게 된다. 아울러 이 시의 도입부분에서 산을 형상화하기 위해서 '산'이라는 하나의 어휘가 하나의 시행에서 네 번이나 반복되어 있다는 점에서 우리는 가없는 하늘을 향해 치솟아 있는 산의 모습을 읽어 낼 수 있다. 이렇게 보면 산의 형성이라는 시간과 산이 차지하고 있는 공간 속에서 인간의 삶은 한낱 미미한 존재에 불과할 수도 있다. 따라서 산과 일치하는 '프랭크의 식구들,' '로버트의 식구들.' '크로스비씨댁,' '매서씨댁,' '카터씨댁'의 삶은 '송어들'처럼 자연으로 되돌아 가 있다. 그러한 예는 다시 '존 F 케네디씨'라는 유명인과 '인디언 케네디씨'라는 무명인을 대립시켜 후자 쪽의 삶을 더 가치 있는 삶으로 파악한 데에서도 찾아 볼 수 있다.

서정주 시에서의 세계적인 것의 공간성에는 단순한 공간이 아닌 역사적 현장으로서, 인간의 삶을 재조명하는 반영체로서의 공간이다. 그리고 이러한 역사적 현장과 반영체로서의 공간은 시간의 회귀를 전제로 한다. 여기서 말하는 시간의 회귀는 원시로의 회귀에 관계되며, 그것은 인간답게 살아갈 수 있는 방법으로서의 회귀를 의미한다.

8.4 인간다운 삶의 방법으로서의 시간과 공간

시간은 전진하는 것을 전제로 한다. 이러한 전진행위에 얹혀서 흘러가는 시간은 그 자체를 절대로 확정짓지 못한다. 왜냐하면 '시간'이라고 확정짓는 순간, 시간의 본체는 흘러가 버리기 때문이다. 따라서 시간의 확정은 언제나 흘러간 시간 다음의 행위일 뿐이다. 서정주 시에서의 시간도 이와 같은 맥락에서 파악될 수 있다. 그것이 모계지향적인 유년기의 체험과 광대무변의 공간에서는 더욱 분명하게 드러나 있다. 과거의 회상, 그것이 비록 '바로 조금 전'의 과거라 하더라도 그것은 '언제나 이미' 과거일 수밖에 없는 과거에 해당한다.

유년기 체험에서의 특징은 모계 계통의 시어들, 가령 외할머니라든가 외할아버지라든가 어머니라든가 누나라든가 하는 시어들에 의해서 '행복한 시간'을 드러내고 있다. 여기서 말하는 '행복'이란 누구나 공감하는 그런 의미의 행복이 아니라 시인 자신, 시적 자아 자신, 혹은 그와 유사한 체험을 한 독자 자신만이 느낄 수 있는 행복이다. 왜냐하면 그것이 결코 행복한 행복이 아니라 고난 속의 행복, 가난 속의 행복에 해당하기 때문이다. 서정주 시에서의 이러한 유년기 체험의 시간은 이승에서의 죽음과 저승에서의 삶으로 확장된다. 그러한 관계를 「연꽃 만나고 가는 바람같이」를 중심으로 하여 살펴보았다. 삶과 죽음의 문제는 인간에게 있어서 가장 보편적인 문제이고 절실한 문제이다. 이 시에서의 시간은 아주 자연스럽게 이승과 저승을 넘나든다. 그리고 그러한 시간은 한국적인 역사적 상황으로 이어지면서 더 큰 의미를 지니게 된다. 그것은 그의 투절한 '역사관'에 관계된다기보다는 한국인으로서 가질 수밖에 없는 '내 것'에 대한 애착 혹은 한국인기 때문에 경험해야만 하는 것에 대한 애정에서 비롯된다고 볼 수 있다. 그리고 이러한 역사관은 과거지향적인 시간에 관계될 수밖에 없다. 사실 시간은 미래지향적이지만 시간의 결과를 알게 되는 것은 과거지향적일 때 분명하게 드러나게 된다. 이것이 바로 옥타비오 파스가 말하는 시간의 개념은 '전통 그 자체에 반대되는 전통'으로서의 개념이다.

서정주의 일련의 『산시』에는 시간의 이러한 모순점이 극복되어 나타난다. 문명한 사회의 하나인 미국이라는 사회의 일원으로 살고 있기는 하지만, 유명인보다는 무명인으로 살아가기를 갈망하는 사람들의 지혜는 곧 원시인으로서의 복귀에 관계된다. 그리고 인류문명의 발달에 얹혀서 '지금 이 순간'까지 흘러온 시간은 서정주 시에서 갑자기 정지된다. '정지'라는 의미는 흘러가기를 차단당하는 것이 아니라 그것을 스스로 차단함으로써 가장 원초적인 상태로 되돌아가기를 원하는, 가장 현명한 사람들의 시간에 관계된다. 이제 시간은 전진으로서의 시간이나 후퇴로서의 시간이 아니라 되돌아가기로서의 시간이나 환원으로서의 시간이 된다. '어디로 되돌아가느냐?'라는 물음에 대한 대답은 원시로의 복귀이다. 최초의 출발점으로의 회기이다.

시에서의 공간은 시적 배경으로서 작용하기도 하고 시적 의미로서 작용하기도 하고 의미창출의 역할로서 작용하기도 한다. 서정주 시에서의 공간은 우선 아주 작은 극소중심주의로서의 공간에 해당한다. 이러한 공간은 우선 '거울 앞,' '툇마루,' 방 안, 고향 등에 관계된다. 그리고 거울이라든가 툇마루라든가 방안이라든가 고향 등은 다분히 여성중심적인 이미지에 관련된다. 따라서 서정주 시에서의 공간은 여성중심적인 것에서 출발하게 된다. 이러한 출발에서 나타나는 것은 반영과 회상의 공간이다. 그러나 그것이 '바다'라는 공간에 자리 잡게 되면 다분히 남성중심적인 이미지에 관련된다. 이러한 이미지에서 나타나는 것은 진행으로서의 공간이다. 다시 말하면 그것은 광대무변의 공간을 형성함으로써 서정주 시의 공간을 세계 도처에 존재하는 '산'의 공간으로까지 끌어 올린다. 물론 바다의 공간과 산의 공간은 대립적이다. 전자가 수평적이고 평면적인 공간을 형성한다면 후자는 수직적이고 입체적인 공간을 형성한다. 그러나 이 두 가지 공간은 모두 모험과 도전, 지배와 거부의 공간을 형성하기도 한다. 이러한 것을 종합하고 있는 시가 그의 일련의 『산시』이며 그것을 이 글에서는 종합적 공간, 즉 인간과 자연의 화합의 공간으로 파악했다.

정리하면 서정주 시에서의 시간은 '언제나 이미' 원시로의 회귀를 추구하고 있으며 그의 시에서의 공간은 화합으로서의 공간을 추구하고 있다고 볼 수 있다.

제 9 장

김남조 시에 나타난 생명, 사랑, 신앙

아득한 도정—그 머나먼 길머리의 중도에 바쳐져야 하는 시인의 전생을 하나의 업으로 삼고 살아가는 일이야 말로 스스로에 대한 성스러운 약속이며 끊임없는 시련의 길일 것이다. 그러나 그러한 시련의 길을 선뜻 걸어 나서는 어떤 단호한 결의와 의지 같은 것을 우리는 위의 인용문에서 읽을 수 있다. 또한 그러한 읽기를 통해서 일종의 숙연함까지도 느끼게 된다. 이처럼 숙연한 마음가짐으로 『김남조 시전집』(1983)에 수록된 400여 편의 시를 큰 주제로 나누어 본다면 아마도 생명, 사랑, 신앙으로 분류될 것이다. 이 시전집에는 『목숨』, 『나아드의 향유』, 『나무와 바람』, 『정념의 기』, 『풍림의 음악』, 『겨울바다』, 『설일』, 『사랑 초서』, 『동행』, 『빛과 고요』 등 그동안의 김남조 시집이 거의 총망라 되어 있다.

9.1 생명의 세계 : 범생명론과 진실의 세계

생명을 존엄하고 아름다우며 평등한 것이라고 한다면 그러한 명제에 부합되는 시가 바로 「목숨」일 것이다. 이 시에서는 생명체와 무생명체,

유기체와 무기체가 다같이 생명의 범주에 들어온다. '범생명론'이 이 시의 주제에 해당한다고 볼 수 있다. "아직 목숨을 목숨이라고 할 수 있는가/ 꼭 눈을 뽑힌 것처럼 불쌍한/ 산과 가축과 신작로와 정든 장독까지"에서 '산,' '가축,' '신작로,' '장독'이 모두 다 똑같이 생명의 영역에 해당한다. 그리고 그러한 생명의 평범성은 마지막 연에 해당하는 "돌멩이처럼 어느 산야에고 굴러 그래도 죽지만 않는/ 그러한 목숨이 갖고 싶었습니다."일 것이다. 생명의 경이로움과 신비로움은 이 부분에서 하나의 절정을 이룬다고 할 수 있다. 하잘 것 없는 어떻게 보면 흔하디흔한 돌멩이처럼 그저 평범한 삶조차도 살 수 없는 인간사의 부질없음을 이 시는 고발하고 있다. 그러한 고뇌의 흔적이 바로 "반만년 유구한 세월에/ 가슴 틀어박고 매아미처럼 목태우다 태우다 끝내 헛되이/ 숨겨간 이건 그 모두 하늘이 낸 선천의 벌족이더라도"에 나타나 있다. '선천(先天)의 벌족(罰族)'처럼 사실 살아간다는 것은 끝임 없는 죄악을 저지르는 일일지도 모른다.

○ 생명의 진리

김남조의 초기시에 해당하는 「목숨」에는 이처럼 수다한 의미들이 혼합되어 있다. 여기서 말하는 수다한 의미에는 범생명론, 목숨에의 애착, 선천의 벌족, 목숨의 평범성 등이 포함된다. 그리고 이 모든 의미는 진실의 세계로 수렴된다. 그러한 세계를 다음에 인용하는 「생명」에서 찾아 볼 수 있다.

생명은 추운 몸으로 온다
벌거벗고 언땅에 꽂혀 자라는
초록의 겨울보리,
생명의 어머니도 먼 곳
추운 몸으로 왔다

진실도
부서지고 불에 타면서 온다
버려지고 피흘리면서 온다

겨울나무들을 보라
추위의 면도날로 제몸을 다듬는다
잎은 떨어져 먼날의 섭리에 불려 가고
줄기는 이렇듯이
충전 부싯돌임을 보라

금가고 일그러진걸 사랑할 줄 모르는 이는
친구가 아니다

상한 살을 헤집고 입맞출 줄 모르는 이는
친구가 아니다

생명은 추운 몸으로 온다
열 두 대문 다 지나온 추위로
하얗게 드러눕는
함박눈 눈송이로 온다.

위 인용시에서 우리가 염두에 두어야 할 것은 '생명은 진실이다'라는 명제일 것이다. 물론 이러한 명제가 시에 명시되어 있는 것은 아니지만 제1연과 제2연에서 그렇게 유추할 수 있을 것이다. 생명이 고통의 결실이듯이 진실도 고난의 결과라는 것이 이 두 연에 암시되어 있기 때문이다. "벌거벗고 언땅에 꽂혀 자라는/ 초록의 겨울보리/ 생명의 어머니도 먼 곳/ 추운 몸으로 왔다"와 "진실도/ 부서지고 불에 타면서/ 버려지고 피흘리면 온다"는 대비에서 우리는 앞에서 언급한 '생명은 진실이다'라는 명제를 끌어낼 수 있을 것이다.

혹한 속에서 수평으로 펼쳐져 있는 초록 보리밭에 나타나는 생명의 진실성은 제3연에 오면 수직으로 서 있는 '겨울나무'로 대치된다. 그리고 살을 에이는 혹한의 추위는 '면도날'로 비유되어 더욱 강화된다. '추위의 면도날로 제몸을 다듬는' '겨울나무들'—거기에서 시인은 한 점 열열한 불빛, 곧 '충전 부싯돌'을 파악한다. 냉기와 열기, 추위와 더위, 혹은 물과 불의 대립은 생명과 진실을 동일시 하는 김남조 시에서 하나의 특징을 이룬다. 이러한 대조는 우리에게 잘 알려진 "허무의/ 불/ 물이랑 위에 불붙어 있었네"라는 「겨울 바다」에서도 예외 없이 나타나기 때문이다. 위 인용시에서 "줄기는 이렇듯이/ 충전 부싯돌임을 보라"에 나타나는 바와 같이 겨울 속에서의 겨울나무들은 사실 생명의 정지가 아니라 생명의 또 다른 성장을 준비하고 있는 것이다. 그리고 그것은 '추위의 면도날'과 '충전 부싯돌'에 의해서 냉기와 열기의 첨예한 대립을 보여주는 한 편, 다른 한 편으로는 살기와 생기, 시련과 극복, 좌절과 용기, 소멸과 소생 등에 관계된다. 여기서 물론 전자보다는 후자가 더 중요하다. 왜냐하면 이 시가 궁극적으로 지향하는 것은 생명이고, 생명은 '생기,' '극복,' '용기,' '소생'에 의해서만 가능하기 때문이다.

자연의 이러한 섭리는 '잎은 떨어져 먼날의 섭리에 불려가고'는 하는 계절의 순환을 의미하고 그것은 다시 생명의 부단한 반복을 암시한다. 그리고 이러한 자연의 섭리로부터 인간의 섭리 혹은 일상적인 생활의 섭리를 이끌어 낸다. 그것이 바로 제4연으로 여기서 강조되고 있는 것은 다름 아닌 '친구'이다. '금가고 일그러진 것'을 사랑하고 '상한 살을 헤집고 입맞출 줄' 아는 것이 우선은 친구의 요건으로 강조되지만, 이 시에서 그것은 부정적으로 강조되어 있다. '부정적'이라는 말은 이 부분의 각 행의 서술이 부정적으로, 즉 '모르는 이'나 '아니다'로 끝나고 있기 때문이다. 이러한 부정은 단순한 부정이 아니라 강조를 위한 부정, 긍정을 위한 부정, 불변의 진리를 위한 부정이다. 이러한 부정의 결과는 바로 생명의 끈질김과 아름다움에 있다. 끈질김이라고 말할 수 있는 것은 '추위, 언땅, 면도날' 같은 어휘가 암시하는 온갖 시련을 딛고 일어서기 때문이고 아름다움이라고 말할 수 있는 것은 그것이 진리, 변함없는 진리, 순백의 진리에 관계되기 때문이다. 순백의 진리에 있어서 제5연에 나타나는 "하얗게 드러눕는/ 함박눈 눈송이"보다 더 하얀 것은 없을 것이다.

"생명은/⋯함박눈 눈송이로 온다"고 끝맺는 이 시에서의 생명은 순백의 아름다움에 해당한다. 그리고 그것은 또 깨끗한 사라짐, 흔적 없음에 관계되는 불변의 진리에 해당한다. 사실 진리에는 흔적이 없다. 진리 그 자체일 뿐이다. '함박눈 눈송이'의 순백색처럼.

○ 생명의 순수

하얀 눈송이에 비유되는 생명의 순수한 세계는 이미 「아가에게」라는 시에 잘 나타나 있다. 이 시에서 가장 주목되는 구절은 후반부의 첫 연에 해당하는 "아가는 아직 이름이 없습니다/ 갓난 어여쁜 병아리며 강아지에게/ 이름이 없듯이/ 아가도 아직 이름이 없습니다."이다. 이 구절의 의미를 되새겨보면 이름 짓기나 이름 부여로 인해서 모든 사물은 순수하지 못하게 된다. 다시 말하면 이름을 부름으로 인해서 사물은 더 이상 사물이 아니라 그 이름만큼만 한정된 사물이 되어버린다. 따라서 아직 이름이 없는 아가는 무한하고 순수하며 생명의 시작이라고 볼 수 있을 것이다. 이 시의 후반부 전부를 인용하면 다음과 같다.

> 아가는 아직 이름이 없습니다.
> 갓난 어여쁜 병아리며 강아지에게
> 이름이 없듯이
> 아가도 아직 이름이 없습니다
>
> 새벽이라 밤이라
> 으스름 저녁이라
> 허구많은 글자 속에 찾고 또 찾았건만

아가를 부를
아가처럼 귀여운 글자가
없었습니다

하늘의 별밭
바다 속 진주 더미
아가의 이름을
어디서 얻어 올까

아가는 아직 이름이 없습니다
머나 먼 나라에서 처음으로 보내 온
파란 새 흰 꽃의 이름을 모르듯이
아직 우리 아가 이름을 모릅니다.

'이름 없음'은 바로 존재 그 자체의 진실 된 모습을 강조한다. 위 인용부분에 나타나 있는 바와 같이 '새벽,' '밤,' '저녁'같은 추상적인 존재에서부터 '별'과 '진주'같은 구체적인 존재까지 '찾고 또 찾지만,' 아가에게 걸 맞는 이름은 없다. 다시 말하면 무엇이든지 처음 시작은 이름이 없다. 마치 "머나 먼 나라에서 처음으로 보내온/ 파란 새 흰 꽃의 이름을 모르듯이."

아가의 세계에서 찾는 '생명의 순수'는 「아가야 우리도」, 「아가와 엄마의 낮잠」, 「엄마들은 누구나」, 「예수아기 얼굴」, 「요람 소곡」, 「이름 없는 사람아」 등에도 나타나 있다. 이 중에서 「이름 없는 사람아」의 전문은 다음과 같다. "이름 없는 사람아/ 이름 없는 은총에서 태어난/ 나의/ 금동아기." 이 인용시는 김남조의 제8시집 『사랑 초서』에 수록된 총 102편의 시 중에서 16번째 시이다. 물론 이 시에서의 아가는 예수를 지칭한다. 그러나 여기서도 중요한 점은 '이름 없는'이라는 구절일 것이다. '이름 없는 사람,' '이름 없는 은총'에서 태어난 '금동아기'는 여러 가지 대상을 지칭하게 된다. 그 대상에는 우선 일상적인 아기, 종교적인 예수 그리스도, 일상적인 사랑, 신앙으로서의 사랑, 세상사의 모든 어려움의 시작, 세상의 모든 아름다움의 시작, 영혼의 파멸과 영혼의 구원 등이 포함될 것이다.

9.2 사랑의 세계 : 인고의 기다림과 불멸의 사랑

김남조 시를 특징짓는 두 번째 요소는 사랑의 세계이다. 이 때의 사랑은 절대자에 대한 사랑이 주류를 이루고 있다. 절대자는 물론 가톨릭에서 말하는 신앙의 대상이 될 것이다. 그러한 사랑을 위해서 김남조가 자주 적용하는 대상이 바로 나무, 겨울나무, 벌거벗은 나무, 잎져 버린 나무들이다. 이러한 나무들을 통해서 사랑은 준비되고 성숙되고 다시 이별을 거쳐 새로운 만남으로까지 이어진다. 그런 다음에 신앙으로서의 사랑, 절대 진리로서의 사랑의 세계가 펼쳐진다.

o 인고(忍苦)의 기다림

「나목」, 「나목과 시」, 「나무들」, 「나무와 바람」, 「겨울나무」 등과 같은 제목에서 나타나는 나무들 중에서 가장 중요한 것은 아마도 「겨울나무」일 것이다. 왜냐하면 이 시에는 '나무'로 대표되는 온갖 정서가 함축되어 있기 때문이다. "말하려나/ 말하려나/ 겨우내 아무도 오지 않았다고/ 이말부터 하려나/ 겨우내 아무도 오지 않았다고/ 산울림도 울리려나/ 나의/ 겨울나무"로 시작되는 이 시에서 '나의/ 겨울나무'에 주목할 필요가 있다. 이 구절은 이 시의 마지막에 가면 '나의 겨울나무'로 변화된다. 같은 구절이지만 전자는 '나'와 '겨울나무'의 분리를, 후자는 '나'와 '겨울나무'의 일치를 보여주기 때문이다. 이러한 일치화의 과정은 제2연에서 '새하얀 바람 하나'가 지나가면서 나무의 모습이 바로 "눈 여자의 치마폭일 거라고/ 산신령보다 더 오래 사는/ 그녀 백발의 머릿단일 거라고/ 이런 말도 하려나/ 산울림도 울리려나"에 나타나는 나무의 육화(肉化), 나무와 시적 자아의 일체화로 그 절정을 이루게 된다. 그 결과가 '나의 겨울나무'라는 1행으로 된 마지막 연이다.

인고와 기다림으로 대표되는 나무, 겨울나무에는 언제나 바람이 분다. 거의 50행으로 이루어 진 비교적 초기시에 속하는 「나무와 바람」에는 그러한 정황이 잘 그려져 있다. "바람 속에/ 나무 혼자 섰다// 바람은 우리 애기 울음소리/ 그 속에 스민 듯한/ 바람"으로 시작되는 이 시에서도 어김없이 나무는 바람 속에 서 있다. 그러나 이 시에서 더 중요한 점은 '시적 자아 자신이 정말로 나무를 바라보는 나인가'라는 자기 찾기의 과정에 있다. "내가 나무를 보듯/ 누가 또한/ 나를 보아 주기 소원인 마음으로/ 내가 나를 살피듯/ 나무를 보는/ 나인지도 모른다"라는 마지막 연에 이르기 위해서 시적 자아는 그러한 물음을 끊임없이 되풀이 한다. 제7연의 "엷은 어둠을/ 눈썹으로 밀어 내며/ 나무를 내다보는 나는/ 눈으로 나무를 보는/ 나일 것인가"나 제8연 후반부의 "영혼의 현금/ 그 어느 한 가닥에 은은히 울림하여/ 내가 나무를 보는/ 나일 것인가"에 그러한 물음이 나타나 있다. 이렇듯이 인고의 기다림으로 서있는 나무가 시적 자아 자신이기를 바라는 까닭은 그 나무의 모습이 기다림의 자세이기도 하고 기도의 자세이기도 하기 때문이다.

「나무들」이라는 동일 제목하의 시 5편—제9시집 『동행』의 「나무들」 3편, 제10시집 『빛과 고요』의 「나무들」 2편—중에서 『동행』에 수록된 두 번째 시 「나무들」은 주님에 대한 기도와 나무를 연결짓는 의미 있는 시이며, 이 시 전문은 다음과 같다.

제 음성은 낮고 낮아져 존재의 깊은 데에 흡수되었습니다 하옵기에 저의 기도는 낭랑한 소리로서 울려드리지 못하옴을 용서하시옵소서
주님

이 시절은 채워 넘치는 초록의 포도주오며 지심(地心)에서 솟아
오른 초록의 병정들이오며 삼동의 눈물이 봄볕에 증발하는 녹두빛
안개옵니다

지난 겨울 인동의 사연들을 늘 기억하게 하옵시며 부신이 천후
(天候)의 감사를 또한 거두어 주시옵고 저희몸도 뒤척이는 푸른 나
무이게하여 주시옵소서

빛나는 등걸과 줄기들은 사랑하는 그분이게 하여 주시옵고 저로
하여 땅 속의 실한 나무뿌리이게하여 주시옵소서 드러난 그와 가려
진 저로써 한나무를 이룰 때 뿌리에서 정수리까지 오직 사랑의 고
향이신 주님 땅에 머무르게 허락하여 주시옵고 섭리의 비바람도 친
十처럼 맞이하게하여 주시옵소서

나무가 되고자 하는 '나,' 그러나 '빛나는 등걸과 줄기'가 아닌 '땅
속의 실한 나무뿌리'이기를 원하는 '나'에게 있어서 나무는 지난 겨울
을 넘긴 인동의 모습, 다시 말하면 희생과 봉사, 인내와 끈기, 멈춤과
정진의 모습으로 나타나 있다. 나무의 이러한 모습은 다시 『빛과 고요』
에 수록된 두 번째 「나무들」에서 '무게를 견디는 자' 혹은 '무게가 기
쁨인 자'로 전환된다. "무게가 기쁨인 자여/ 나무여/ 늘어나는 피와 살/
늙을수록 강건한 탄력/ 장한 힘이더니/ 그 열매 추수하면/ 이날에/ 잎을
지우네." 나무는 끊임없는 봉사, 끊임없는 자기희생의 대상으로 남아
있다. 다시 『빛과 고요』에 수록된 첫 번째 「나무들」 마지막 부분은 다
음과 같이 끝난다. "보아라/ 지순무구/ 나무들의 사랑을 보아라/ 머잖아
잎은 떨어지고/ 가지는 남게 될 일을/ 이들은 알고 있어/ 알고 있는 깊
이만큼/ 사랑하고 있어."
이와 같은 지순무구의 사랑이 김남조 시에서는 남다르게 겨울에 무
르익는다. 왜 하필이면 겨울일까? 거기엔 하늘로부터의 전달체인 눈송
이 '설화 송이송이'가흩날리기 때문이며 그러한 설화를 통해서 먼 곳의

그대, 즉 때로는 '절대자'로 나타나기도 하고 때로는 '이성(異性)'으로 나타나기도 하는 그대와 만날 수 있기 때문이다. 그러한 모습이 가장 잘 드러난 시가 「겨울 사랑」이다.

> 겨울은 성숙한 계절
> 봄에 사랑이라 싶은 한 마음을 만나
> 망월의 바람 부펏더니
> 가을엔 그 심사 깊어만져
> 모진 기갈에 시달렸지
>
> 눈시린 소금밭의 짠맛보다도
> 더 매운 겨울모랫바람
> 수수천만 조각의 삭풍의 가슴 맞대인
> 이 쩡한 돌거울에
> 설화 송이송이 흩날리고
> 눈부시며 눈부시며
> 그대 보이옵느니
>
> 피가 설었을 땐
> 못 얻은 사랑
> 삼동 바닥없는 추위에
> 무상의 축원 익혀. 오늘 임맞이하네.

○ 불멸의 사랑

김남조의 시에는 '나무'를 주제로 하는 시만큼이나 '사랑'을 주제로 하는 시가 많이 등장한다. 그것은 제8시집 『사랑 초서』에도 나타나 있지만 그 외에도 「사랑은 쉬게」, 「사랑의 말」, 「사랑한 이야기」, 「저무는 날에」, 「사랑합니다」 등에도 잘 나타나 있다. 「사랑의 말」 첫 구절과 마지막 구절에 나타나는 바와 같이 "사랑은/ 말하지 않는 말"이자 "사랑은/ 말해버린 잘못조차/ 아름답구나"와 같은 말이다. 말하자면 절대애

—사랑 그 자체가 아름다운 사랑을 형상화하고 있다고 볼 수 있다.

  날이 저물어 가듯
  나의 사랑도 저물어 간다
  사람의 영혼은
  첫날부터 혼자이던 것
  사랑도 혼자인 것

  제몸을 태워야만이 환한
  촛불같은 것
  꿈꾸며 오래오래 불타려 해도
  줄어드는 밀랍
  이윽고 불빛이 지워지고
  재도 하나 안남기는
  촛불같은 것

  날이 저물어 가듯
  삶과 사랑도 저무느니
  주야사철 보고싶던 그마음도
  세월따라 늠실늠실 흘러가고
  사람의 사랑
  끝날엔 혼자인 것
  영혼도 혼자인 것
  혼자서
  크신 분의 품안에
  눈감는 것

  헌신적인 사랑, 미련 없는 사랑, 깨끗한 사랑으로 표상화 되고는 하는 촛불을 두고 이 시의 시적 자아는 혼자인 사랑, 혼자일 수밖에 없는 사랑을 강조하고 있다. 그것은 "사람의 사랑/ 끝날엔 혼자인 것/ 영혼도 혼자인것"이기 때문에 결국 '크신 분'으로 대표되는 '주님'의 품에 안기는 것이 가장 행복한 사랑임을 강조한다.

절대자를 향한 기도와 사랑만큼 위대하고 아름다운 것은 없을 것이다. 더구나 그것이 간절한 기도일 때, 기도의 자세는 더욱 경건하고 성스럽게 보일 것이다. 그러한 기도의 대상인 설대자마저도 '겨울'과 함께 나타나고는 한다. 우리는 그 예를 「겨울 그리스도」에서 찾아 볼 수 있으며, 이 시의 전문은 다음과 같다.

오늘은
눈 덮인 산야를 거닐으시네
눈같이 흰옷 입으시고. 눈보다 더욱 흰
맨발이시네

그 옛날
위를 걸으시던, 강줄기도 얼어
광막한 수정의 빙판
바늘 꽂히는
한기의
그 위를 거닐으시네
희디 흰
맨발이시네

울고 싶어라
머리칼도 곤두서는
율연한 추위에
물과 바다의
모든 깊은 곳으로부터
보혈을 섞어 빚은
새봄의 혈액을
한없이 한없이
자아 올리시는

설일의 주님.

그리스도하면 고행, 시련, 이타적인 사랑, 봉사, 헌신, 그리고 부활 등을 떠올리게 된다. 위 인용시에서도 우리는 그러한 면을 살펴 볼 수 있다. '설일의 주님'께서는 물론 고행의 길을 걷고는 있지만 그것은 단순한 고행이 아닌 '새봄의 혈액'을 자아올리기 위한 고행인 것이다.

그러나 김남조 시에서 기도는 '기도문의 중얼거림'이 아니라 '말없음' 그 자체이다. 침묵의 기도로 일관되어 있다. 다음에 전문이 인용된 시 「기도」에는 '침묵의 기도'가 강조되어 있다.

저의 기도는 이뢰기 전에 밝히 살피시는 바, 과연 그대로이옵니다
기도말의 처음은 침묵이니 나타못낼 찬미요 연이어 침묵이니 줄줄이 이것뿐인 그 찬미옵니다.
기도귀절 끝무렵도 침묵이니 안개밭에 엎드리는 어지럼이나이다 눈물이나이다

밤 이슥히 아멘이라 맺으면 솟은 하늘 주의 보좌에 명주실 한 오리의 바람 이우나이다

절대자이기 때문에, 전지전능하신 주님이기 때문에 주님께서는 기도자가 소리 내어 기도하기 이전에 그의 기도를 이미 알고 있을 것이다. 따라서 이 시의 시적 자아의 기도는 제2연에 나타나는 바와 같이 침묵으로 시작하여 침묵으로 끝날 수밖에 없다. 그와 같은 '침묵의 기도'는 '명주실 한 오리' 되어 하늘의 주에게로 이어진다. 시적 자아의 기도, 침묵의 기도는 가장 가늘지만 가장 끈질긴 실오라기가 되어 주님에게로 전달된다. 이러한 간절한 소망과 기도 그리고 사랑의 세계는 신앙의 세계로 승화된다.

9.3 신앙의 세계 : 침묵의 기도와 영겁의 세계

인간은 누구나 신앙을 갖게 된다. 그것이 체계화된 신앙이든 소위 말하는 미신으로서의 신앙이든 자기만의 특정한 신앙을 바탕으로 하여 일상생활을 하게 된다. 김남조 시에서의 신앙은 물론 가톨릭적인 신앙이다. 가톨릭적인 신앙이라고 말할 수 있는 것은 이제까지 살펴 본 여러 가지 정황 때문이기도 하지만 그녀의 시에는 「막달라 마리아」같은 시가 자주 등장하기 때문이기도 하지만 무엇보다도 「주 앞에서」와 같은 시가 있기 때문이다.

o 침묵의 기도

앞에서 언급한 「주 앞에서」에는 정말로 주님께서 온갖 생명체를 사랑과 보살핌으로 돌보는지에 대한 끈질긴 물음, 천진난만한 물음으로 가득 차 있다. "참으로 생명이라 이름하는 건/ 아무것도 버리지 않으십니까/ 참으로 생명이라 이름하는 건/ 한 가지 빛둘레의/ 훤한 축복에 두어 주십니까." 세상에 대한 호기심으로 가득 찬 어린 아이같은 이러한 질문, 즉 '참으로…하십니까'같은 질문은 신앙생활에 있어서 가장 중요한 마음가짐이라고 할 수 있다. 다시 말하면 주님 앞에서는 가장 깨끗하고 가장 욕심 없고 가장 순수하고 가장 미숙한 상태이어야 하기 때문이다. 주님 앞에서의 이러한 천진난만함은 「대림」에도 어김없이 나타난다. "주님 원하심대로/ 저희에게 이루어집니다/ 주님 원치 않으시면/ 이 일도 저희에게 이루어집니다"에 나타나는 바와 같이, '저희'로 대표되는 우리들의 일상적인 성취는 모두가 주님에 뜻에 의존한다. 그 결과 깨우치게 되는 세상도 결국은 "사람의 피가/ 검게 고뇌로 삭은 후/ 마침내 아버지의 뜻을/ 깨칩니다"처럼 온갖 유형의 고통을 감내한 후에야 얻게 되는 깨우침이다. 그리고 그러한 깨우침을 위해서 기도자, 시적 자아 혹은 시인 자신은 끊임없는 기도를 바탕으로 하여 주님께 의존하

게 된다. 다음은 좀 길기는 하지만 이와 같은 정신세계를 잘 보여주
는 시 「소박한 기도」 전문이다.

이 뜨거운 염원을 아뢸
어질고 명민한 기도의 말을
알게 하옵소서

산다는 건
뼈저리게 존귀한 사실
번민하고 애쓰는 일이나
외로운 병석에서 홀로 우는 일도
모두 아름다웠다고만
아뢰고 싶습니다

솔로몬의 영화보다
들에 핀 한 속이 백합을 더 높이신
당신의 선함과 아름다우심이
저의 가슴에서도
솟아나게 하옵소서

절해의 밤의 항해를 위해
물안개에 젖은 등대의 불빛은
켜 있듯이
훌륭한 음악과 불멸의 시와
마법같은 예술을 낳은 이들의
지복한 영혼의 교환과
그들을 가르친 신비로운
자연

그리고
이들 모든 것 위에 계옵신

당신의 안배를 찬미케 하옵소서
전쟁을 겪어 본 평화의 가치
잃어버린 것에 겨누는
작은 소유의 순박한 감사
이것들을 가꾸어 주옵소서
이것들이 무성케 하사
저마다의 눈매가
어여쁘게 하옵소서
맑은 하늘에 걸린
커다란 기구와도 같은 탄력 있는 기쁨을
품고 살기 원이옵니다

이 뜨거운 염원을 아뢸
어질고 명민한 기도의 말을
알게 하옵소서
하지만 보다 바라옵는 건
바라옴이 잠자는 겸허한 충족의
침묵이옵니다

신이시어.

위 인용시에서도 어김없이 강조되는 것은 '침묵'이다. 그것은 맨 첫 구절에 해당하는 '이 뜨거운 염원'을 전달할 수 있는 말 그 자체를 잠재운다. 다시 말하면 이러한 첫 구절이 반복되는 맨 마지막 구절의 "이 뜨거운 염원을 아뢸/ 어질고 명민한 기도의 말"보다도 더 바라고 있는 것, 그것이 바로 "바라옴이 잠자는 겸허한 충족의/ 침묵"인 것이다. 왜 침묵이어야 하는가? 왜냐하면 말하지 않아도 이미 기도자의 기도내용을 주님은 알고 있기 때문이다. 그래서 기도한다 말없이, 말없는 기도를 하면서 스스로 만족하게 되고 충족하게 된다. 그것은 제2연에 나타나는 '산다는 건…번민하고 애쓰는 일'이라는 '뼈저리게 존귀한 사실'

때문이기도 하고 제6연의 마지막 부분에 나타나는 "탄력 있는 기쁨을/ 품고 살기"를 원하기 때문이기도 하다. 이러한 몇 가지 사실로 인해서 이 시의 시적 자아는 '말하기'보다는 '침묵하기'를, '말로서의 기도'보다는 '침묵으로서의 기도'를 더욱 가치 있게 여기게 된다.

침묵으로서의 기도는 『사랑초서』의 8번째 시 "말은 잔모래/ 물결에 쓸리는/ 돌의 포말/ 말로선 못가는 수평선에/ 이름으론 못 부를/ 한 사람 있다"와 같은 시에도 잘 나타나 있다. 사실 '이름 부르기'는 대상을 그 이름 속에 구속해버리게 되지만 침묵으로서의 바라보기는 대상 그 자체의 진면목을 파악할 수 있는 지름길이라고 볼 수 있을 것이다. 다음은 이러한 '침묵의 기도'가 절정을 이루고 있는 「강림절」의 앞부분이다.

> 말을 그치게 하소서
> 그리하여 그 자리에
> 침묵하는 눈을 내려주옵소서
> 부산히 여 닫기던
> 마음의 문들도
> 거룩한 인력(引力)을 따라
> 중심을 잡게 하옵소서
>
> 기쁨이니 슬픔이니 섧디 섧던 그리움이니
> 그리도 출렁이던 애환들 모두
> 손을 마주잡고 잠들거나
> 아무튼 그 비슷이 쉬게 해 주소서
> 바라옵건대
> 성긴 눈발아래
> 푸르고 큰 가슴으로 누운
> 풋보리밭이기를.

위 인용부분에서 우리는 '말을 하는 것' 그 자체가 바로 중심을 잡지 못하기 때문일 것이라는 결론에 이르게 된다. 침묵하는 눈, 하늘에서 내려온 눈, 하늘의 말씀을 전달하는 눈, 그 '거룩한 인력'에 의해서 말 많던 마음이 중심을 잡을 수 있기를 강조하고 있다. 중심 잡힌 마음은 더 이상 말이 필요 없다. 그러한 마음은 바로 하늘에서 내려온 눈 속에 뒤덮인 '풋보리밭'처럼 싱싱한 모습을 지니고 있기 때문이다.

○ 영겁의 기다림

신앙인으로서의 끊임없는 기도와 간구는 아름다운 영혼을 위한 불멸의 영겁의 세계를 지향하는 데 있을 것이다. 김남조 시에 나타나는 신앙의 세계의 두 번째 특징에서는 바로 이와 같은 영겁의 세계를 추구하고 있다. "부르시는 이와/ 부름을 받은 이의/ 영혼만이 알던 세계"—이러한 영혼의 세계는 주님의 밝은 눈빛, 즉 "벌거벗은 거울처럼/ 모든 숨긴 마음 낱낱이 읽으시는/ 밝으신 눈매의 주여"에 의해서 가능해진다. 주님의 이러한 능력은 「영원 그 안에선」의 마지막 연, "말로는 나타 못낼/ 위안의 저 청자 빛,/ 하늘 아래 생겨난 모든 일은/ 하늘 아래 어디엔가 거두어 주시리라"에서도 잘 반영되어 있다.

> 저희는 여럿이게 하여 주시옵소서 뒤를 이어 솟아나는 천지의 열량처럼 저희도 다함없는 대열의 우람한 보무이게 하여 주시옵소서 하오나 저마다의 개성으로 서로 다르게 꽃피워 주시옵소서

> 시대의 어려움 앞에 하역의 허리를 구부리게 하옵시고 절절히 가슴치는 생명에의 예찬이 신선한 더운 피로 순환하게 하옵시며 더하여 예술과 자연을 마음껏 노래하게 하여 주시옵소서 사랑 이상으로 사랑한다 할 눈부심마저 곳곳에서 솟아나고 인류의 하늘에선 이 빛남으로 별들을 수놓게하여 주시옵소서

만물의 조물주이신 이여
진실로 이 모든 성취는 당신 손에 기쁨으로 추수하기 바라옵니다

위 인용시는 「은총안의 만남들을」의 후반부에 해당한다. 이 부분에서 강조되고 있는 가장 중요한 부분은 아마도 "사랑 이상으로 사랑한다."라는 부분일 것이다. 원관념을 보조관념으로 활용함으로써 원관념을 강조하는 비유법의 특징은 원관념의 원래의 의미를 더욱 확고부동하게 한다. 그것은 은총에 의해서 은총을, 주님에 의해서 주님을, 기도에 의해서 기도를 강조하는 것과 같다. 그렇게 함으로써 진정한 행복, 다시 말하면 시 「행복」에서의 '행복'에 도달하게 된다. "새는 새와 사랑하고/ 나무는 나무와 사랑하며/ 눈송이의 오누이도/ 서로 사랑한다면/ 정녕 행복하리라."

9.4 「겨울 바다」: 생명, 사랑, 신앙의 종합적 상징

우리에게 잘 알려진 김남조 시 「겨울 바다」는 앞에서 언급한 바 있는 생명, 사랑, 신앙 등이 잘 함축되어 있다. 우선 '겨울 바다,' '허무의 불,' '기도'같은 시어들을 통해서 그런한 특징들을 살펴보고자 한다. 이 시에서의 '겨울 바다'는 계절적인 단순한 의미를 유지하는 것이 아니라 새로운 생명을 준비하는 과정으로서의 '겨울 바다'이다. 그것을 암시하는 부분이 바로 "인고의 물이/ 수심 속의 기둥을 이루고 있었네"이다. 김남조의 시에서 '인고'는 대부분의 경우 기다림에 관계되고 그러한 기다림은 생명의 싹틔움으로 이어진다. 따라서 '겨울,' '겨울 눈,' '겨울 나무,' '겨울 바다' 등은 서로 다른 것을 지칭하는 서로 다른 어휘가 아니라 '생명'으로 수렴되는 유사한 어휘에 해당한다. 김남조 시 「겨울 바다」 전문은 다음과 같다.

겨울 바다에 가보았지
미지의 새
보고 싶던 새들은 죽고 없었네

그대 생각을 했건만도
매운 해풍에
그 진실마저 눈물겨 얼어버리고

허무의
불
물이랑 위에 불붙어 있었네

나를 가르치는 건
언제나
시간…
끄덕이며 끄덕이며 겨울 바다에 섰었네

남은 날은
적지만
기도를 끝낸 다음
더욱 뜨거운 기도의 문이 열리는
그런 영혼을 갖게 하소서
남은 날은 적지만

겨울 바다에 가 보았지
인고의 물이
수심 속의 기둥을 이루고 있었네

「겨울 사랑」의 첫 구절의 "겨울은 성숙한 계절"과 마지막 연의 "삼동 바닥없는 추위에/ 무상의 축원 익혀/ 오늘 임맞이하네"처럼, 「겨울 바다」에서의 '겨울 바다'도 생명과 사랑의 진리를 가르쳐 주는 역할을 한다. "나를 가르치는 건/ 언제나/ 시간…/ 끄덕이며 끄덕이며 겨울 바다에 섰었네." '시간'이라는 어휘 다음의 말없음표는 이 시에서 시간의 중요성, 시간의 오랜 경과 그리고 다가올 시간의 무한성 등을 암시한다. "허무의/ 불/ 물이랑 위에 불붙어 있었네"에 나타나는 바와 같이 서로 상반되는 불과 물의 대치로 인해서 일종의 긴장, 말하자면 기다림으로 점철되는 인고의 세월만큼이나 숨막히는 긴장을 가지게 된다. 이러한 긴장으로 인해서 사랑은 더욱 견고해지고 더욱 불변적으로 승화된다. "남은 날은/ 적지만"에 드러나는 이 시의 시적 자아의 긴박하고 초조하고 불안한 감정은 기도에 의해서 아름답게 전환된다.

"기도를 끝낸 다음/ 더욱 뜨거운 기도의 문이 열리는/ 그런 영혼을 갖게 하소서." 하나의 기도로서 만족되는 기도는 없다. 하나의 기도는 언제나 또 다른 기도를 수반하게 된다. 다시 말하면 언제나 변함없는 기도 속에서 우리들은 살아가게 된다. 이때의 기도는 물론 막연한 대상에 대한 기도가 아니라 절대자를 향한 애절하면서도 절실한 기도에 해당한다.

지금까지 논의한 김남조 시세계를 다시 정리하면 다음과 같다. 우선 범생명론과 진실의 세계를 바탕으로 하는 생명의 예찬을 들 수 있다. 이러한 예찬에는 생명의 진리와 생명의 순수가 포함되어 있다. 다음은 인고의 기다림과 불멸의 사랑을 바탕으로 하는 사랑의 세계를 들 수 있다. 이러한 사랑에는 나무들, 특히 겨울나무들로 대표되는 인고의 기다림과 절대자를 향한 기도를 바탕으로 하는 불멸의 사랑이 있다. 마지막으로 침묵의 기도와 영겁의 세계를 바탕으로 하는 신앙의 세계를 들 수 있다. 그리고 「겨울 바다」는 이러한 요소들에 해당하는 생명, 사랑, 신앙의 세계가 종합되어 있다고 볼 수 있다.

9.5 사랑의 생금(生金) : 그 영원한 사랑의 세계

ㅇ 견고한 사랑

안데르센 동화의 성냥팔이 소녀가 이승의 마지막 밤에 가지고 있던 '일념의 성냥불'—그런 일념으로 시작하는 사랑은 얼마나 아름다운 사랑일까? 「성냥불」에 반영된 이러한 사랑 이야기는 「그 후」에서 다시 '일 천의 밤'을 깨어 있는 모습으로 나타나기도 한다. 한 점 성냥불처럼 사랑을 불 밝히고 살아간다는 것은 참으로 아름다운 삶이 될 것이다. 더구나 그 사랑이 완성되지 못한, 이루어지지 못한 사랑일 때, 그 사랑의 감정은 더욱 애절하고 더욱 간절한 소망으로 남아 있게 될 것이다. 바로 그러한 감정, 아직은 완성되지 못한, 이루어지지 못한 미완성의 사랑을 위한 시가 바로 「마지막 편지」이다. 그러나 이 편지는 언제나 부치지 못한 편지일 뿐이다. "그 하나의 사연을/ 여기 담았으되/ 아직 아니라, 아니라고/ 봉함 속에/ 옷깃 여미고 누웠느니// 아아 너무나 늙고 / 영원히 젊은/ 내 마지막 편지." 부치지 못한 편지에서 비롯되는 안타까움은 「작은 만남」의 후반부에서도 계속된다. "이를 어쩌나 어쩌나/ 작은 만남이여/ 저는 이름도 하나 없이/ 그나마 돌담 저켠을 서성이면서/ 내 눈 밝혀/ 내 마음 밝혀/ 실핏줄 하나까지 알게 하느니// 작은 만남이여/ 놀랍고 가슴 아파라/ 작은 사랑이여."

끊임없는 가슴앓이, 사랑하는 마음을 고백하지 못하는 안타까움은 사랑하는 대상이 떠나고 난 다음에는 「참회」에서처럼 커다란 고통이 되어 다가선다. "사랑한 일만 빼고/ 나머지 모든 일이 내 잘못이라고/ 진작에 고백했으니/ 이대로 판결해 다오// 그 사랑 떠났으니/ 사랑에게도/ 분명 잘못했음이라고/ 준열히 판결해 다오." 사랑의 심판대에서 사랑을 심판하면서 스스로의 잘못까지도 고백하는 사랑—그것은 순수하고 아름다운 사랑일 것이다. 이러한 사랑을 위하여 김남조의 '사랑'에서는 거의 언제나 '겨울'이 등장하고는 한다. 겨울은 계절로서의 겨울

이라기보다는 '사랑'을 견고하게 해 주는 매체로서의 겨울이다. 「겨울
사랑」의 첫 두 연은 다음과 같다.

> 겨울은 성숙한 계절
> 봄에 사랑이라 싶은 한 마음을 만나
> 망월의 바람 부폈더니
> 가을엔 그 심사 깊어만져
> 모진 기갈에 시달렸지
>
> 눈시린 소금밭의 짠맛보다도
> 더 매운 겨울모랫바람
> 수수천만 조각의 삭풍이 기슴 맞대인
> 이 찡한 돌거울에
> 설화 송이송이 흩날리고
> 눈부시며 눈부시며
> 그대 보이옵느니

'돌거울'에 비유된 깨어질 수 없는 겨울의 사랑 속에 시적 자아는 사
랑의 대상을 눈부시게 바라본다. 그러한 눈부심은 물론 겨울 눈 때문이
겠지만 여기에서의 눈부심은 눈꽃으로 빛나는 사랑 때문이다. 사랑은
그렇게 남모르게 하늘에서부터 내려와 시적 자아 앞에 말없이 서 있다
사라진다.

o 침묵의 사랑

'사랑한다'라고 말할 때에는 이미 '사랑의 감정'은 사라져 버린다. 사
랑은 말없음에 있다. 말하지 않는 사랑, 그러면서도 말하는 것 이상으
로 강한 사랑을 알릴 수 있는 것, 그것은 침묵의 사랑에 있다. 이 침묵
의 사랑의 세계를 보여주는 시가 바로 「고요」이다. 이 시의 마지막 연
은 다음과 같다. "소리내는 모든 건/ 내 하늘에서/ 석양으로 저물어 가

고/ 징징한 고요 하나/ 남은 삶의/ 실한 고임돌였으면 싶네.” 고요한 침묵을 바탕으로 하여 ‘남은 삶’을 살고 싶다는 이 시의 마지막 구절에 나타나는 ‘말하기’의 필요 없음은 이 시의 첫 연에 이미 암시되어 있다. “이젠 말을 버릴까 싶네/ 몇백 년 늙어 버린/ 말과 울음에게/ 가서 쉬어라/ 가서 쉬어라고/ 거대한 하늘 물뿌리개/ 봄비 적시는 이 날에/ 작별하고 싶네.” 사실 말로 인해서 얼마나 많은 사랑이 가치 없어지고 천박스러워지고 순식간에 사라져 버리고는 하는 것일까? 말로 인한 사랑의 덧없음을 안타깝게 파악하고 있는 이 시에서 시적 자아는 이제 ‘말없음,’ ‘고요,’ ‘침묵’의 사랑을 찬미하게 된다. 이와 같은 침묵의 사랑은 「비파 소리」에서는 “고요하지 않으면/ 이 비파 소리 아니 들리리/ 바람 자지 않으면/ 이 기름 등잔/ 불도 꺼지리”로 시작하게 된다. 시 「화답」에 이르면 모든 소리, 모든 말하기, 모든 드러내기를 대신하는 침묵 혹은 고요 속에서 사랑은 ‘느낌’과 ‘뜻’과 ‘침묵’으로 형성되어 있음을 강조하기도 한다. “고요하여라/ 소리내는 순서들은/ 저만치 지나가고/ 느낌과/ 뜻과/ 대답으로 간절한/ 침묵뿐이로다.”

그리고 이와 같은 침묵의 사랑이 가장 분명하게 드러나는 시가 바로 “사랑은/ 말하지 않는 말”로 시작되는 「사랑의 말」이다. 이 시에서 강조되고 있는 구절, 즉 “예 동양의/ 조각달과/ 금빛 수실 두르는 별들처럼/ 생각만 깊고/ 말하지 않는 말,/ 사랑 하나”에서 사랑을 위한 침묵의 의미는 절정을 이루게 된다. 사랑은 함부로 말하지 않는 법, 사랑은 아무렇게나 고백하지 않는 법, 사랑은 부질없이 표현하지 않는 법—사랑에 관련되는 이러한 몇 가지 사실을 바탕으로 하는 시 「나무들」에서 ‘나무들’은 우리들 인간의 사랑의 순간성보다는 영원성을 강조한다. “보아라/ 순진무구/ 나무들의 사랑을 보아라/ 머잖아 잎은 떨어지고/ 가지는 남게 될 일을/ 이들은 알고 있어/ 알고 있는 깊이만큼/ 사랑하고 있어.” 나무들로 대표되는 사랑의 깊이는 가지를 사랑하는 잎, 잎을 사랑하는 가지, 그리고 나무뿌리를 사랑하는 잎과 가지처럼 사랑은 어느 혼자만의 힘에 의해서 이루어지는 것이 아니라 우리 모두의 연관에 의해서 이루어진다는 사실을 이 시는 강조하고 있다. 우리는 이 시를 통해서 사랑은 야단스럽게 드러내는 것이 아니라 수줍은 듯 감추는 데 그 아름다움이 있는 것이며 사랑은 또 모든 희생을 감수하면서 감추어진 부분까지도 사랑할 때에 가장 가치 있다는 점을 알게 된다.

o 부치지 못한 사랑의 편지

  사랑하는 마음을 전달하는 방법은 여러 가지가 있을 것이다. 말하자면 흔히 말하는 전화나 무선 호출 또는 휴대전화 등에서부터 전보나 편지에 이르기까지. 김남조 시에서 사랑을 전달하는 방법은 편지쓰기에 있다. 그러나 그 편지는 언제나 미처 보내지 못한 채 편지 그 자체로 남아 있을 뿐이다. 그것을 우리는 「마지막 편지」, 「편지」, 「옛날 봉서」, 「밤 편지」 등에서 찾아 볼 수 있다. "그대만큼 사랑스러운 사람을 본 일이 없다 그대만큼 나를 외롭게 한 이도 없었다. 이 생각을 하면 내가 꼭 울게 된다// 그대만큼 나를 정직하게 해준 이가 없다. 내 안을 비추는 그대는 제일로 영롱한 거울. 그대의 깊이를 다 지나가면 글썽이는 눈매의 내가 있다. 나의 시작이다." 「편지」의 전반부에 해당하는 이 인용시에서 우리는 시적 자아가 왜 편지를 부치지 않는지 알게 된다. 그것은 편지를 쓰는 대상이 바로 옆에 있다고 생각하기 때문이다. 가장 가까이에 있는 사람에게 쓰는 편지는 사실 부칠 필요가 없을 것이다. "그대에게 매일 편지를 쓴다/ 한 구절 쓰면 한 구절을 와서 읽는 그대, 그래서 이 편지는 한 번도 부치지 않는다." 애써 마련한 편지를 부치지 못하는 것은 사랑하기 때문에, 사랑의 감정을 오래도록 간직하기 위해서, 그리고 무엇보다도 사랑이 소중하기 때문일 것이다. 따라서 편지를 쓰는 행위 그 자체가 중요한 것이지 쓴 편지를 부쳤느냐 부치지 않았느냐 하는 것은 중요한 것이 아니다.

   편지를 쓰게 해 다오

   이날의 할말을 마치고
   늙도록 거르지 않는
   독백의 연습도 마친 다음
   날마다 한 구절씩
   깊은 밤에 편지를 쓰게 해 다오

   —(중략)—

   눈 오는 날엔 눈발에 섞여
   바람 부는 날엔 바람결에 실려
   땅 끝까지 돌아서 오는
   영혼의 밤외출도
   후련히 털어놓게 해 다오

   어느 날 밤은
   나의 편지도 끝날이 되겠거니
   가장 먼
   별 하나의 빛남으로
   종지부를 찍게 해 다오.

　　위의 인용시는 「밤 편지」의 처음과 마지막 부분이다. 이 인용 부분을 통해서 우리가 알 수 있는 것은 '편지 쓰기' 그 자체가 중요한 것이지 '편지 부치기'가 중요한 것은 아니라는 점이다. 그리고 그러한 편지쓰기가 끝나는 날은 바로 "가장 먼/ 별 하나의 빛남으로/ 종지부를 찍게 해 다오"에 나타나는 바와 같이 '나의 생명'이 다하는 날임을 암시하고 있다. 우리들의 일상생활에서 중요한 것은 '사랑하기'이지 '사랑의 확인하기'가 아닐 것이다. 그런 것처럼 편지를 쓴다는 행위 그 자체가 중요한 것이지 쓴 편지를 부쳤느냐 부치지 않았느냐가 중요한 것은 아닐 것이다. 편지를 쓰는 동안 사랑의 대상을 그리워할 수도 있고 '나'의 사랑의 감정을 여러 가지로 드러낼 수도 있을 것이기 때문이다. 나아가 그러한 복합적인 감정을 포함하고 있는 한 통의 편지의 겉봉에 주소와 이름을 쓰고 우표를 붙여 보내버리고 나면 편지를 쓴 '나의 사랑'도 부쳐지는 편지와 함께 사라져 버리게 될 것이다. 따라서 김남조 시에서 사랑의 편지는 언제나, 언제까지나 부치지 못한 채 남아 있게 된다.

"설날엔 오세요/ 세배 손님 주안상에/ 낡은 문갑 곁들이어/ 그 안에 옛날 봉서/ 호호백발 누웠는 거/ 이젠 펴보셔도/ 괜찮겠지요/ 괜찮겠지요." 「옛날 봉서」의 마지막 부분에 해당하는 이 인용시에서도 그러한 감정의 이유, 편지를 부치지 않은 이유가 잘 드러나 있다. 세월을 따라서 낡아 버린 문갑 안에서 세월과 함께 호호백발 되어 누워 있는 봉서는 사실 어느 먼 옛날 젊은 시절에 써놓고는 부치지 않은 편지일 것이다. 여기서 중요한 점은 우연히 부치지 않은 것이 아니라 써놓고서도 의도적으로 부치지 않았다는 점이다. 그것은 앞에서 언급한 바와 같이 사랑의 소중함 때문에 그랬을 것이다. 그래서 「마지막 편지」는 "내 마지막 편지는/ 못 보낸 봉서/ 사계절 몇 둘레가/ 젖은 맨발로 이슬 털며 다녀가도/ 아직 아니라/ 흰 살결 먹물 문신/ 옷 벗을 날 그 아니라"라고 시작하여 "아아 너무나 늙고/ 영원히 젊은/ 내 마지막 편지"라고 끝맺는다. 다시 말하면 '너무나 늙고'에서 암시된 바와 같이 맨 처음의 편지는 세월이 지나도 못 보낸 마지막 편지가 되지만 그러나 '영원히 젊은'에 암시된 바와 같이 그것의 사연은 세월의 흐름에 관계없이 젊은 날의 감정을 그대로 간직하고 있는 셈이다.

o 그리스도를 향한 사랑의 기도
작은 사랑, 침묵의 사랑, 못 부친 사랑의 편지 등으로 나타나는 김남조의 '사랑 세계'는 신을 향한 '사랑의 기도'에서 절정을 이룬다. 가장 높은 곳에 존재하는 신, 모든 행위의 판단의 기준이 되는 신, 지고의 사랑을 베푸시는 신을 향한 사랑의 기도—그것은 가장 순수하고 가장 깨끗한 사랑의 순간이 될 것이다. "주님,/ 아직도 제게 주실/ 허락이 남았다면/ 주님께 한 여자가 해 드렸듯이/ 눈물과 향유와 미끈거리는 검은 모발로써/ 저도 한 사람의 발을/ 말없이 오래오래/ 닦아주고 싶습니다// 오늘 아침에/ 이 한 가지 소원으로/ 기도드립니다." 「아침 기도」의 마지막 부분인 이 인용 부분에서 중요한 점은 '세족례,' 곧 발을 닦아주는 의식일 것이다. 예수가 열 두 제자의 발을 닦아준 것처럼 거룩하면서도 겸허한 마음으로 사랑하는 '한 사람'의 발을 오래오래 닦아주고 싶은 심정—그것이 바로 주님의 사랑을 실천하는 첫 걸음일 것이다. 그래서 다음에 인용하는 시 「안식을 위하여」처럼 신을 향한 기도는 언제나 간절하면서도 경건하다. "안식의 정령이여/ 산 이와 죽은 이를/ 한 품에 안아 주십사 비노니/ 겨울바람의 풍금/ 느릿느릿 울려 주십사고 비노니/ 큰 촛불, 작은 촛불처럼/ 겨울나무와 내가/ 나란히 기도한다 하니라."

이와 같은 간절한 기도와 경건한 마음 그리고 거룩한 은총을 간결하게 보여주고 있는 시가 전부 10개의 부분으로 이루어진 「상심 수첩」이다. 특히 이 시의 여섯 번째 부분은 기도와 은총의 관계를 아주 잘 설명하고 있다.

"기도란/ 사람의 진실 하늘에 바침이요/ 저희의 진실 오늘은 어둠이니/ 이 어둠 바치나이다// 은총은 하늘의 것을 사람에게 주심이니/ 하늘나라 넘치는 것/ 오늘 혹시 어둠이시면/ 어둠 더욱 내려 주소서." 이 인용시에는 세 개의 명제가 나타나 있다. 하나는 '기도는 사람의 진실을 하늘에 바치는 것이다'라는 명제이고, 다른 하나는 '사람의 진실은 오늘의 어둠이다'라는 명제이고, 또 다른 하나는 '은총은 하늘의 것을 사람에게 주는 것이다'라는 명제이다. 이러한 세 개의 명제는 서로 변별적으로 존재하는 것이 아니라 상호 연관되어 하나의 명제, 즉 '나는 기

도한다'라는 명제에 수렴된다. '나의 기도'는 물론 '나만을 위한 기도'
가 아니라 '우리 모두를 위한 기도'이다. 이렇게 유추할 수 있는 것은
제3행의 복수형 '저희' 때문이다. 그리고 '오늘은 어둠'은 현실이 안고
있는 여러 가지 어려움에 관계된다. 그러한 어둠을 밝혀 주는 것이 바
로 하늘의 은총, 곧 '하늘의 것을 사람에게 주시는 것'이다. 그래서 「아
침 은총」에서는 "은총이여/ 생금(生金)보다 귀한// 아침 햇살에/ 그 분의
온몸이 성하고 빛나심을/ 날이 날마다/ 고맙게 지쳐 본다"로 끝난다. 다
시 말하면 하늘의 주심에 해당하는 은총을 통해서 기도자는 그분, 곧
예수 그리스도의 모습을 파악하게 된다.

우리 주 예수 그리스도는 어떤 모습일까? 그의 모습은 「예수의 얼굴」
제3연에 나타나는 바와 같이 평범한 얼굴이다. "바라보면 볼수록/ 땅위
의 사나이들처럼/ 어머니를 원하시고/ 사랑을 원하시는/ 사람의 마음이
시네/ 서른셋의 건장한/ 외로움이시네." 이 부분에 이르면 신과 사람은
하나가 된다. 말하자면 동일한 감정을 가진 동일한 존재가 된다. 그러
한 것은 무작정 그렇게 되는 것이 아니라 간절하고 경건한 끊임없는
기도를 통해서만 가능한 것이다.

사랑하는 마음은 아름다운 것이다. 더구나 그것이 작은 존재에서부
터 아주 크고 위대한 신의 존재에 이르기까지 모든 것을 감싸 안는 김
남조 시의 '사랑 세계'는 진실 되고 가치 있는 세계이다. 그리고 그러한
사랑은 언제나 변함없는 진실을 바탕으로 한다. 사실 진실 아닌 사랑이
어디 있을까 마는, 신앙의 진실을 바탕으로 하는 사랑의 진실이야말로
김남조 시어에서 가장 아름다운 '생금'보다도 더욱 찬란하고 영원불변
한 것이다.

제10장
한국 현대시의 두 영역
완결의 세계와 실험의 세계

10.1 완결의 세계

10.1.1 김종길 시 「오천년」과 삶, 죽음, 시간

《창작과 비평》(1996 겨울)에 수록된 선생님의 시 「오천년」을 의미 있게 읽었습니다. 원로시인이자 영문학자로서 평생을 교육에 애쓰신 선생님의 이 시를 정확하게 이해하기 위해서는 이 시와 함께 수록된 「야경」과 「병실」을 먼저 읽을 필요가 있습니다. 왜냐하면 이 두 편의 시는 선생님의 최근의 정황을 소상하게 밝히고 있기 때문입니다. 선생님을 가장 최근에 뵙게 된 것은 지난 11월 말경에 있었던 '현대시학사' 주최 1996년 송년회 겸 시제에서였습니다. 올 해에 신인으로 등단한 시인들과 새 시집을 상재한 시인들을 축하는 자리에서 선생님께서는 자신의 건강에 대해서 소상하게 말씀하였고, 그러한 소상한 설명이 바로 「야경」과 「병실」에 집약되어 있다고 볼 수 있습니다. 「야경」에는 병실에 입원해 있는 선생님의 모습이, 「병실」에는 시쓰기의 약속의 소중함이 진솔하게 밝혀져 있습니다다.

우선 「야경」은 콜라병 1.5배의 피를 쏟고 살아남은 선생님께서 새삼스럽게 생각하시는 '목숨'의 소중함과 낯선 병실 풍경 그리고 그러한 병실에서 바라보는 야경에 대한 감회를 내용으로 하고 있습니다. 여기에서 읽는 이를 감동케 하는 부분은 이 시의 후반 부에 해당하는 마지막 두 연이지요.. "자정을 넘은 시간인데도/ 창밖은 불빛 누비는 거리, 이것이 설사 내가 보는 마지막 야경일지라도,// 누구에게 하소연 하랴./ 조금은 슬프고 아름다운 세상—/문득 흐려지는 심야의 병실 유리창." 인용부분의 마지막 구절로 미루어 볼 때 선생님께서는 아마도 눈물을 머금고 있었던 같습니다. 조금도 흐트러짐 없고 조금도 시류에 휩싸이지 않고, 언제나 빈틈없고 언제나 지조 곧은 조선선비의 모습으로 계시는 선생님께서 흘리고 있는 남 몰래 흐르는 눈물은 "누구에게 하소연 하랴"라는 구절에 집약되어 있습니다.

「야경」이 선생님의 내밀한 내면세계를 드러내고 있다면, 「병실」은 선생님의 올곧은 정신세계를 읽는 이에게 드러내고 있습니다. 이 시는 「야경」에서 밝히고 있는 사경을 헤매는 수술과 절대요양에도 불구하고, 병상에서 심사해야만 할 시집을 읽고 청탁받은 시를 쓰고 있는 선생님의 모습과 그러한 선생님을 어이없다는 듯이 바라보는 의사의 표정 그리고 약속과 사랑의 소중함을 내용으로 하고 있습니다. 이 시에서도 감동적인 부분은 역시 후반부에 해당하는 마지막 두 연이라고 생각합니다. "딱한 일이다, /그러나 저버릴 수 없는 약속이/ 내게는 절대적인 명령인 것을!// 나는 사랑이란 말을 함부로 쓰지 않지만/ 삶이란 결국 사랑 때문에 사는 것이 아닌가,/ 그리고 사랑이란 결국 책임이라는 멍에를 지는 것이 아닌가." 약속, 약속에 대한 사랑, 사랑에 대한 책임, 책임에 대한 멍에—이 모든 우리들의 삶을 삶답게 해주는 요소들이라고 볼 수 있습니다. 왜냐하면 '삶이란 결국 사랑 때문에 사는 것'이기 때문이겠지요.

「오천년」에 대한 선이해로서 앞에서 살펴본 「야경」과 「병실」을 바탕으로 하여 「오천년」의 내용을 살펴보면 다음과 같습니다. "최근 인스브르크 근방 빙하에서 오천년 전의 중년 남자의 시체가 거의 원형대로 발견되어 과학자들의 부검을 받은 바 있다."라는 부연설명에서 알 수 있듯이, 이 시는 만년설이 뒤덮인 알프스 빙하에 냉동되었다가 이제야 그 실체를 드러낸 오천년 전의 중년 남자에 대한 것으로 선생님 시의 전문은 다음과 같습니다.

사슴을 쫓다
한 발 헛디딘 것일까.
유황불 지글거리는 지옥은 아니지만
눈굴형 서른 길이면 숨 거두기엔 족했으리라.

그로부터 오천년,
너는 육신으로 버젓이 부활했다.
마흔 다섯 살의 멀쩡한 사지,
동굴 모닥불 연기에 그을린 허파.

인스브르크 근방 어느 골짜기,
푸른 어름 속이 오히려 따스했으리.
티롤의 솔바람에 감기운 너의 동공이
마지막으로 바라보았을 알프스의 노을!

오천년도 너에겐
한나절 낮잠에 불과했던가.
네게도 소리칠 마지막 절규는 있었던가.

위 인용시에서 우리는 일상인의 운명을 좌우하는 아주 사소하면서도 아주 중대한 일을 만나게 됩니다. "한 발 헛디딘 것일까"라는 구절은 앞에서 살펴본 바 있는 「야경」과 「병실」에서처럼 삶과 죽음을 구별 짓는 요인이 됩니다. 그리고 그러한 헛디딤으로 인해서 이 시의 주인공은 죽음의 나락으로 떨어지게 됩니다. 그러나 그 죽음의 나락은 일상적인 의미의 죽음의 세계와는 정반대이지요. 여기서 정반대라고 말씀드릴 수 있는 것은 '유황불'과 '눈굴형' 때문입니다. 전자가 보통 우리들이 말하는 지옥의 세계라면 후자는 이 시의 주인공의 죽음의 세계입니다. 그리고 그러한 죽음의 세계는 썩지 않는 육신의 부활을 전제합니다. 사실 유황불 지글거리는 지옥에서라면 육신은 타버리고 말았을 것이지만, 빙하의 계곡에서 숨을 거둔 육신은 오천년이 지난 지금도 생생한 모습으로 남아 있습니다.

「오천년」에는 삶의 세계와 죽음의 세계 그리고 시간의 부단한 흐름과 갑작스러운 정지가 집약적으로 요약되어 있습니다. 삶의 세계는 '사슴, 마흔 다섯, 모닥불, 푸른얼음, 솔바람, 동공, 절규'와 같은 시어에 의해서, 죽음의 세계는 '유황불, 눈굴형, 그을린 허파, 알프스의 노을'같은 시어에 의해서, 시간의 부단한 흐름은 "그로부터"같은 시어에 의해서, 시간의 갑작스러운 정지는 "한나절 낮잠"같은 시어에 의해서 드러난다고 볼 수 있습니다. 이 시는 제1연의 "사슴을 쫓다/ 한 발 헛디딘 것일까."라는 시적 자아의 추측에서 시작되어 맨 마지막 연, 마지막 행에 해당하는 "네게도 소리칠 마지막 절규는 있었던가."라는 의문으로 끝나고 있습니다. 그러나 이처럼 추측에서 시작되어 의문으로 끝나고 있음에도 불구하고, 제2연과 제3연은 분명한 확신과 철저한 목격을 바탕으로 하고 있습니다. 다시 말씀드리면 제1연과 제4연, 제2연과 제3연이 한 짝으로 이루고 있다고 볼 수 있습니다. 이를 좀더 구체적으로 살펴보면 다음과 같습니다.

생존을 위한 투쟁이라고 할 수 있는 "사슴을 쫓다"와 그러한 과정에서 죽음으로 이르게 되는 "한 발 헛디딘 것일까"라는 두 구절은 이 시의 전체적인 의미를 요약하고 있습니다. 사실 장년의 원시인에게 있어서 사슴을 좇는 행위는 먹을 것을 찾기 위한 원초적인 행위라고 볼 수 있습니다. 그러나 그러한 원초적인 행위에서 자칫 '한 발 헛디딤'으로 인해서 삶을 위한 행위는 죽음으로 전환되어 버리지요. 그 헛디딤이 바로 '눈굴헝 서른 길'로 떨어지게 되는 원인이 됩니다. 제1연에 함축되어 있는 바와 같이 그것이 물론 "유황불 지글거리는 지옥은 아니지만" 사슴을 좇던 장년의 원시인이 숨을 거두기엔 충분한 깊이라고 볼 수 있습니다. 그러나 다행스럽게도 그는 그로부터 오천년 동안 고스란히 냉동되어 현재 육신으로 부활된 것이지요. 여기서 남의 죽음을 '다행스럽다'고 말할 수 있는 것은 자칫 자취도 없이 소멸될 수도 있었지만 정말 다행스럽게도 냉동됨으로써 제2연에서처럼 부활될 수 있기 때문입니다.

"마흔 다섯 살의 멀쩡한 사지," 오천년 전이나 오천년 후나 이 나이는 사회적으로 그리고 가정적으로 가장 많은 책임을 져야 하는 나이라고 볼 수 있습니다. 그러한 책임과 사회적이고 가정적인 노력의 흔적은 "연기에 그을린 허파"에 대변되어 있습니다. 서른 길 눈 속에 냉동되었다가 고스란히 그 모습을 드러내는 육신에 대한 찬양은 제3연으로 이어집니다. 말하자면 눈 속의 죽음이 오히려 더 다행스럽다고도 볼 수 있습니다. 육신으로 부활한 이 장년의 원시인에게 추정할 수 있는 아름다움은 "너의 동공이/ 마지막으로 바라보았을 알프스의 노을!"로 나타납니다.

마지막 연에 해당하는 제4연은 앞에서 살펴본 바와 같이 물론 의문으로 끝나고 있지만, 그 의문은 오히려 시적 자아의 부러움으로 전환된다고 볼 수 있습니다. 짧지만 달콤한 낮잠으로 축약된 오천년의 긴 죽음을 두고 시적 자아인 선생님께서는 되묻고 있습니다. "네게도 소리칠 마지막 절규는 있었던가"에서의 '절규'는 여러 가지 의미를 담고 있습니다. 오천년 전에 사슴을 좇다 비명에 간 한 장년 사나이의 절규일 수도 있고, 그동안 인류의 역사에서 있었던 온갖 아비규환일 수도 있고, 세상을 바라보는 시적 자아의 절규일 수도 있습니다.

「오천년」이라는 시를 읽으면서 문득 부귀영화와 반목질시와 사후세

계의 우려 등이 덧없다는 생각을 하게 되었습니다. "한 발 헛디딘 것일
까"라는 시적 자아의 추측처럼, 이 세상을 살아가면서 우리는 한 발 헛
디딤으로써 전혀 다른 길로 접어드는 경우를 얼마나 많이 갖게 되겠습
니까? 그러면서도 절규 한 번 제대로 하지 못하고 이 시의 원시인처럼
죽어가는 것은 아닐까라는 생각을 합니다. "네게도 소리칠 마지막 절규
는 있었던가." 그러나 이 세상을 살아가면서 아무나 절규하지는 않습니
다. 아무나 소리치지도 않습니다. 설익은 절규, 설익은 소리침으로 군림
하는 사람들 앞에서 정말로 절규하고 싶고 정말로 소리치고 싶은 사람
은 침묵할 뿐입니다. 가족을 위해서 사슴을 좇다가 서른 길 눈굴형으로
나가 떨어져 숨을 거둔 장년의 사나이처럼 말입니다. 선생님께서 더욱
강건하시기를 기원하면서 선생님 시에 대한 감상을 마칩니다. 안녕히
계십시오.

10.1.2 성찬경 시 「조립완구」와 실재의 세계

성찬경 선생님, 선생님께 우선은 감사의 말씀을 드려야할 것 같습니
다. 며칠 전에 보내주신 선생님의 귀한 시집 『논 위를 달리는 두 대의
그림자 버스』(2005)와 『민족문학대계 18』(1979)에 수록된 선생님의 장
편 서사시 「추사 김정희 선생」을 보내주신 데 대해서 감사의 말씀을
드립니다. 더구나 손수 복사하여 제본까지 해서 보내주신 「추사 김정희
선생」은 제가 연구하고 있는 '시와 그림의 비교연구'에서 귀중한 자료
이기에 아주 잘 보관하고 있습니다.

저는 선생님의 이 번 시집을 아주 천천히 읽어보게 되었으며, 말미에
수록된 선생님의 「용어 풀이와 팔레트 걸어놓기」도 읽어보았습니다. 거
기에서 선생님께서는 그동안 '밀핵시'→'요소시'→'일자일행시'→'일자
시(절대시)'→'순수절대시' 등을 추구해왔다는 점을 강조하셨습니다. 그
리고 선생님의 이러한 언급은 '상상력의 영역'과 '실재의 영역' 중에서

선생님께서는 전자를 시에서 철저하게 배제하고 실재만을 제시하는 것
이라고 생각했습니다. 그것은 또 칸트의 '자연의 영역'과 '자유의 영역,'
괴테의 '자연의 세계'와 '인간의 세계,' 실러의 '감성의 시인'과 '이성의
시인,' 아놀드의 '감성의 언어'와 '아이디어의 언어,' I. A. 리처즈의 '정
서의 언어'와 '지시의 언어,' 노스럽 프라이의 '과학의 세계'와 '언어의
세계' 등 한 짝을 이루는 이러한 영역과 언어에서 때로는 두 가지 모두
에 관계되기도 하고 때로는 어느 하나에만 관계된다는 생각도 하게 되
었습니다. 그리고 이 모든 요소들은 선생님께서 강조하고 계신 '밀핵시
론(密核詩論)'에도 긴밀하게 관계되며, 선생님 시 「밀핵(密核)」에서도
그러한 점을 찾아볼 수 있으며, 이 시의 전문은 다음과 같습니다.

나의 심부(深部)를 밀항(密航)하다 쐐기쐬서
사시(斜視)가 된 유감(遺憾)의 별똥들이
윤창(輪唱)하는 태양의 털에 그슬리고
등허리에 누전(漏電)되는 암흑교감(暗黑交流)에 자지러져
공룡의 비늘 내 나는 삼진시간(三辰時間)의 사타구니에 몰려
도리 없이 자살하고 부활해서 탄생한 것이 너다.
오막(五幕)짜리 짠 거품에 거꾸로 저려져서 썩을수록
너는 돈사(頓死) 않고 자란다.
이윽고 백색위성(白色矮星)만큼 영글어서 어느 금환일식(金環蝕
日)에 독립하는 너.
팽기고 돌고드름 열린 것이 이끼 낀 종유동(鍾乳洞).
피리 구멍 나고 바람 들랑거리는 것이 떠는 삼반규관(三半規管).
굴절의 비수차고 오무렸다 늘어날 땐 퍼런 신기루.
허나 언제나 나의 오미(五味)의 유령(幽靈)을 버릇없이 만끽하고
대전(帶電)되어
아린 심술부리는 미립(微粒) 응어리.
하느님의 정자(精子)와 할머님의 사골(死骨)을
한 대롱에 소화하는 정교(精巧)한 충동(蠢動). 용쓰는
십이파(十二派)의 팔씨름을 승부 없이 끌고 가는 궁자건(弓子腱).

네가 약 오른 영혼의 뇌관을 토닥거릴 땐 위험하다
장미와 무후녀(無垢女)가 너무 오래 입 맞추고, 수정사변(水晶思
辨)이
피를 빨기 좋아하고, 도깨비가 순하게 곡(哭)하고,
심장이 황금비(黃金比)의 금속관(金屬棺)을 그리워한다.
결국 너의 본업(本業)은 차진
연정(戀情)의 맥질이다. 희한한 효험(效驗)과
역 효과에 암 수 바위 금슬이 뻐개지기도 하고 달라붙기도 한다.
그러나 아아, 방랑하는 고아. 쾌미(快美)의 의적(義賊)
귀여운 밀핵(密核)이여.
스스로의 구조에 집혀 불확정성원리(不確定成原理)모양 앙감질하며
한 광주리의 심해어(深海魚)를 이미 유화(孵化)해 낸 지금의 너
의 좌표는
아슬아슬한 접선(接線)의 서슬.
날이 저문다. 환등(幻燈) 황혼(黃昏)이 풍악을 친다. 꽹매기의 틈
서리로
이제 기웃거리는 것은 눈매 콧날이 흡사 너를 닮은
동그래미의 심연. 그 속에는 휘휘 맴도는 무시무시한 정점(靜點)이
사리고 있다. 너는 그것을 마저 해내기 위해서
더욱 무섭타는 기술(技術)을 가는 매친 틀이다.

이런 생각을 하면서 선생님 시 「조립완구」를 읽게 되었습니다만, 이 시를 읽으면서 저는 언젠가 아주 재미있고 흥미롭게 읽었던 선생님의 또 다른 시 「나사」를 떠올리게 되었습니다. 「나사」를 처음 읽었을 때나 지금이나 이 시를 읽다보면 길을 가다가 나사를 줍는 모습, 그런 나사를 줍고는 즐거워하는 모습, 댁에 돌아와 암나사와 수나사의 짝을 맞추는 모습, 한 쌍이 된 열 쌍 가량의 나사를 창틀이나 선반에 놀려놓고 흐뭇해하는 모습 등, 선생님의 다양한 모습들이 떠오르게 됩니다. 선생님 시 「나사」의 전문은 다음과 같습니다.

길에서 나사를 줍는 버릇이 내게는 있다.
암나사와 수나사를 줍는 버릇이 있다.
예쁜 암나사와 예쁜 수나사를 주우면 기분 좋고
재수도 좋다고 느껴지는 버릇이 있다.
찌그러진 나사라도 상관은 없다.
큼직한 수나사도 쓸만한 건 물론이다.
나사에 글자나 수자(數字)나 무늬나
음각이나 양각이 돼 있으면 더욱 반갑다.
호주머니에 넣어 집에 가지고와서
손질하고 기름칠하고
슬슬 돌려서 나사를 나사에 박는다.
그런 쌍이 이젠 한 열 쌍은 된다.
잘난 쌍 못난 쌍이
내게는 다 정든 오브제들이다.
미술품이다.
아니, 차라리 식구 같기도 하다.

　　이와 같은 「나사」에서의 나사가 '정든 오브제'이고 '미술품'이고 '식구 같기도'하였다면, 선생님의 이 번 시집에 수록된 「조립완구」(p. 102)에서의 나사는 한 짝을 이루는 한 쌍으로서의 나사가 아니라 선생님의 '밀핵시론'에서 강조하고 있는 '밀핵시'에서부터 비롯되었을 뿐만 아니라 지금 이 순간에도 진행되고 있는 시적 실험의 결과라고 생각합니다. "나는 시에서의 실험은 시의 호흡 같은 것이라 생각한다. 시시각각 새로운 시간인 미래가 밀려옴으로써 우리 생존의 환경과 조건이 조금씩 조금씩 바뀌고 있다. 새 상황에 대응하는 새 정서를 담기 위해서는 표현상의 '새 틀'이 필요하다. 이 '새 틀'을 찾으려는 노력이 실험과 결부되는 것이다. 엄밀히 따져 본다면 한 편 한 편의 시가 모두 새 실험의 장(場)이 아닐 수 없다."라는 선생님의 말씀처럼, 선생님 시 「조립완구」는 그러한 실험의 결과에 해당하는 '순수절대시'의 한 유형이라고 볼 수 있습니다. 이렇게 말씀드릴 수 있는 까닭은 이 시에는 제시어만 있을 뿐 그 어떤 설명도 없고 비유도 없기 때문이지요.

이제 선생님 시 「조립완구」의 세계로 들어가 볼까 합니다만, 선생님께서 '밀핵(密核)'에서부터 '반투명'까지 이르는 대상들을 한꺼번에 조립완구처럼 쌓아놓은 후에 그것들을 '막 나사'로 조여 묶어 놓으셨는지, 아니면 '반투명'에서부터 '밀핵(密核)'까지 하나씩 '막 나사'를 돌려 조여 차례대로 쌓으셨는지가 궁금합니다. 아무리 생각해도 후자 쪽일 것 같다고 생각하는 까닭은, 그 많은 대상들을 한꺼번에 쌓아놓은 후에 '막 나사'를 돌려 뚫기란 용이하지 않을 것 같기 때문입니다. 여기서 중요한 요소는 물론 '막 나사'이지요. '막'은 물론 선생님의 말씀처럼 사물과 사물을 분리시키는 '막,' 머리의 뇌를 의미하는 '막,' 무대장치로서의 '막' 등 명사로서의 의미가 있습니다만, 저는 '나사'와 결합된 '막 나사'로 파악하고자 합니다. 이런 의미의 '막 나사'가 없다면, 이 시에서의 모든 대당을 한 자리에 모을 수 없기 때문이지요. 선생님 시 「조립완구」의 맨 위에 자리 잡고 있는 '막 나사'는 아무리 생각해도 일자드라이버보다는 십자드라이버로 돌려 조여야만 더 많은 힘과 탄력을 받아 앞에서 말씀드린 수많은 대상·요소들을 하나씩 단단하게 뚫고 들어가 견고하게 조립할 수 있을 것입니다. 이렇게 중요한 역할을 하는 '막 나사'이지만, 그것은 사실 선생님 시 「나사」에서 애지중지하시던 "글자나 수자(數字)나 무늬나/ 음각이나 양각이 돼 있으면 더욱 반갑다."고 하시던 그런 나사는 아니지요. 볼품없이 크고 길고 강해서 대부분의 경우 두꺼운 판자나 철판을 뚫어 붙들어 매거나 조일 수 있는 나사가 '막 나사'이지요. 여기서 간과할 수 없는 점은 바로 그 '막 나사'에 사용된 '막'의 의미이며, 그것은 '아무렇게나,' '거칠게,' '대충'등을 뜻한다고 볼 수 있습니다. 이상과 같은 의미로 파악되는 선생님 시 「조립완구」의 전문은 다음과 같습니다.

막
나사
반투명
모세관 현상
미적(微積) vector
도플러의 효과
호몽쿨루스 동사 먹다
파이 궁(宮) 괄호 그물
고리 접속사 벽돌 결정(結晶)
금강석 점묘(點描) 방울 사랑 초록
슬기 벽개(劈開) 프리즘 벌레소리 밀핵(密核)

이와 같은 의미의 '막 나사'에 의해 차례로 조여져 한 자리에 쌓아올려진 선생님 시 「조립완구」의 내용을 살펴보면 다음과 같은 의미를 파악할 수 있습니다. ① 선생님께서 맨 마지막으로 조립한 것은 '밀핵(密核)'이며 그것은 선생님께서 강조하시는 '밀핵시'의 핵심부분에 해당합니다. ② 다음은 '요소시(要素詩),' '기소시(氣素詩),' '기시(氣詩)' 등의 방법론적인 과정에서 비롯된 2음절의 우리말, 선생님 말씀대로 '모두가 깊은 뜻과 뜻의 향기를 지니는 보옥 같은 우리말'에 해당하며 그것은 '슬기,' '방울,' '사랑,' '초록,' '고리,' '그물' 등과 같은 시어에서 찾아볼 수 있습니다. 선생님께서 강조하였듯이 "낱말들을 서투르게 꿰매어 누더기를 만들 것이 아니라 본래 청정한 우리말을 있는 그대로 모아서 시의 자리에 앉히는 것," 그것이 바로 '메타시'에 해당하겠지요. ③ 아울러 "금이 가서 갈라지거나, 광물·암석 등이 일정한 방향으로 결을 따라 쪼개지는 것"을 의미하는 '벽개(劈開),' "창작에서 사물 전체를 묘사하지 않고 그 사물의 작은 부분을 각각 떼어서 따로따로 묘사는 방법"을 의미하는 '점묘(點描,' "축적된 무형물이 어떤 형태를 갖추게 되는 것"을 의미하는 '결정(結晶),' "수학에서 어떤 함수의 독립 변수의 값의 미소한 변화에 응하는 함수 값의 변화"를 의미하는 '미적(微積)' 등 한자어에는 작고 미세한 부분에 대한 선생님의 남다른 애정이 깃들어 있습니다. ④ "생명체의 씨앗에는 그것의 완전한 개체가 들어 있어서 그것이 성장하면서 완전한 성체(成體)가 될 수 있다는 전성설(前成說)"을 의미하는 '호뭉쿨루스,' "관측자의 위치에 따라서 파동의 원체의 진동과 소리가 다르게 나타나는 것"을 의미하는 '도플러 효과,' "가느다란 관을 물속에 넣었을 때에 관내의 물높이가 관외의 물높이보다 낮아지거나 높아지는 현상"을 의미하는 '모세관 현상,' "속도·힘·가속도처럼 크기 외에 방향을 가진 양(量) 또는 개체내부의 긴장에 의해서 생긴 추진력"을 의미하는 'vector' 등 역시 선생님께서 강조하고 있는 철저하게 설명을 배제한 '절대시'의 한 측면을 보여주고 있습니다. ⑤ 선생님께서 '막 나사'를 십자드라이버로 돌려 조여 맨 마지막에 조립한 것으로 추정되는 '반투명'은 백지 혹은 공백에 접맥되어 있으며, 그것은 선생님의 이 번 시집 맨 마지막에 수록된 시 「흙」(pp. 130-31)에서 찾아볼 수 있습니다. 「흙」에는 '흙'이라는 제목만 있고 그 내용은 여백으로 남겨두셨지요. 그것을 선생님께서는 "일자시의 경우 한 글자의 낱말이 은유의 한 쪽 항이라면 그 한 글자를 둘러싸고 있는 넓은 백지의 여백이 은유의 또 하나의 항을 맡게 된다. 예를 들어 '흙'이라는 일자시가 있다면 '흙=백지,' 또는 '백지=흙'의 은유적 관계가 성립되며 이런 관계를 놓고 독자는 각자 자유로운 상상의 날개를 펼 수 있다."라고 설명하였습니다.

선생님 시 「조립완구」에는 이상에서 말씀드린 여러 가지 의미 외에도 더 많은 의미들이 암시되어 있습니다만, '프리슴'에 대해서 살펴보고자 합니다. "빛의 분산이나 굴절 따위를 일으키는 데 쓰는, 유리 또는 수정의 삼각기둥"으로 '삼릉경(三稜鏡)'이라고도 불리는 '프리슴'의 표준어는 물론 '프리즘'이지만, 선생님께서는 지금은 소멸된 한글의 고어(古語)를 사용하여 '프리슴'이라고 표기하셨습니다. 그것은 유리로 된 삼각 프리즘의 삼각형을 모양 그대로 형상화시킨 것이라고 파악할 수도 있고, 소멸되어 버린 한글의 자모에 대한 애정으로 파악할 수도 있습니다. 오랜 기간동안 평생을 대학에서 영문학을 강의하셨던 선생님께서 더 잘 아시는 문제이기는 합니다만, 한글표기에서 'ㆆ, ㅿ, ㆁ, ㅸ, 퐁'과 같은 표기가 소멸됨으로 인해서 오늘날 우리들은 'p, f, b, v, z'등의 발음을 혼동하게 되었다고 생각합니다. 말하자면, /ㅂ/은 /b/, /ㅸ/은 /v/, /ㅍ/은 /p/, /퐁/은 /f/, /ㅿ/은 /z/ 등에 상응하는 음가를 지니고 있었지만 그 구분이 사라져 버린 결과로 인해서, 예를 들면 /boys/와 /voice/를 동일하게 발음하게 되었습니다. 선생님께서 표기하신 '프리슴'을 통해서 원래의 한글자모가 가지는 음가의 우수성을 되새겨 보게 되었습니다.

각각 다르게 굴절하는 백색의 빛을 스펙트럼으로 분리할 수 있는 '프리슴'은 잠망경, 쌍안경, 망원경 등의 원리에 적용되기도 하지요. 그러한 원리를 근간으로 하고 있는 '프리슴'은 선생님 시 「조립완구」의 의미를 다양하면서도 변화 있게 굴절시키기도 하고 새로운 의미를 창출하기도 하는 역할을 하기도 하며, 그것은 또 시적 콘텍스트에 긴밀하게 부응하기도 합니다. 그러한 결과로 인해서 선생님 시 「조립완구」에서는 생명체와 비-생명체, 한국어와 외국어, 인문과학과 자연과학, 고어와 현대어 등이 제 몫의 역할을 다하게 될 뿐만 아니라, 이 시는 또 선생님의 이 번 시집의 시형식과 내용 및 선생님의 사유체계를 종합하고 있다고 볼 수 있습니다.

선생님께서는 선생님 시 「경악선(驚愕選)」 4부에서 "영국 옥스퍼드의 성 알로이시우스 성당에서/ 천상모후이신 성 마리아께 기구 드리고/ 기구가 제법 잘 됐다 싶은 기분으로/ 돌아서려는 순간…칼날처럼 예리한 소리…내 신 고무창이 마찰하는 소리"로 인해서 "그 후로는 혼자서 그 성당에서 기구 드리는 일이/ 무서워지는 것이었다."라고 말씀하셨습니다만, 깊어가는 이 겨울에 선생님께서 더욱 강건하시기를 주님과 성모님께 기도드리겠습니다. 그리고 저 또한 아기 예수님의 탄생을 기다리는 '대림절'을 준비해야 될 것 같다는 점을 말씀드리면서, 선생님 시 「조립완구」에 대한 읽기를 마치려고 합니다. 안녕히 계십시오.

10.1.3 김영태 시 「비명」과 죽음의 춤

죽음, 누구에게나 다가오는 죽음, 누구나 죽을 수밖에 없는 죽음, 어느 누구도 거부할 수 없는 죽음, 누구에게나 평등하게 찾아오는 죽음— 이러한 죽음의 부름으로부터 해방될 수 있는 생명체는 아무것도 없을 것입니다. 모든 생명체는 죽게 되어 있으니까요. 갓 태어난 어린 아기의 말없는 죽음에서부터 절대 권력자의 소란스러운 죽음까지, 초식동물에게 뜯기 우는 풀잎의 소리 없는 죽음에서부터 그러한 동물의 비명에 찬 죽음까지, 차가운 피 흘리며 죽어가는 파충류의 죽음에서부터 더운 피 흘리며 죽어가는 포유류의 죽음까지 죽음의 형태는 다양하지만 그것이 죽음이라는 사실, '죽는다'라는 진리에는 변함이 없습니다. 죽음 앞에서 모든 생명체는 평등하니까요.

그러나 죽음이 평등하다 하더라도 그것이 '어떠한 유형의 죽음이냐'를 묻게 된다면 죽음이 반드시 평등한 것만은 아니라는 생각이 들기도 합니다. 자연사, 병사, 전사, 자살, 타살 등으로 죽음은 나뉘어 지고 이들 각각의 죽음은 더 세분되어 집니다. 자살의 경우를 세분한다면 생활고에 의한 가족 동반자살이 있습니다. 이러한 경우에 있어서 죽음을 선택한 부모보다는 그러한 부모의 뜻을 따라서 선택의 여지없이 죽을 수밖에 없는 어린아이의 죽음은 윤리적으로 문제가 되겠지요. 사랑에 빠진 자살도 있습니다. 그 대표적인 예를 우리는 로미오와 줄리엣의 죽음에서 찾아 볼 수 있을 것입니다. 다음은 세상에 대한 번민에서 비롯되는 자살, 인생에 대한 좌절에서 야기되는 자살, 결백을 증명하기 위한 자살, 명예를 위한 자살, 무조건적으로 살기 싫어서 죽는 자살 등으로 분류되기도 합니다. 자살의 방법에도 여러 가지가 있습니다. 투신자살,

분신자살, 할복자살, 목매달기 등 그 방법은 수없이 많습니다.

　이러한 죽음의 세계, 사실은 아직은 죽지 않은 세계, 그러나 죽을 수밖에 없는 운명의 세계를 포착하여 그것의 처절한 몸짓의 순간을 춤추기로 미화시킨 선생님 시, 《현대시》(1997. 2)에 수록된 「비명」을 읽게 되었습니다. 이 시에서 주목해야 될 부분은 "필사의 질주, 그것은/ 춤이었다."일 것입니다. 죽을 수밖에 없는 순간에 하게 되는 삶을 위한 몸짓을 춤으로 파악할 수 있는 선생님의 남다른 시선과 냉철한 사유를 고려하면서 이 시를 의미 있게 읽었으며, 선생님 시의 전문은 다음과 같습니다.

　　　강화도 가는 갯벌에
　　　제각기 성장한 의상을 입은
　　　오리들이 평화롭다
　　　사육장에 온 손님이
　　　주인과 홍정을 하자
　　　눈치 챈 오리들이
　　　필사적으로 도망친다
　　　이미 제정신이 아닌
　　　필사의 질주, 그것은
　　　춤이었다
　　　삼삼오오 흩어지다
　　　서로의 날개쭉지 속에 긴 목을 묻는…

　선생님의 이 시를 읽노라면 가축과 주인과의 관계는 어떤 관계일까? 라는 생각을 하게 합니다. 강아지, 돼지, 닭, 고양이, 소, 오리 등 시골집에서 흔히 볼 수 있는 이러한 가축들은 주인과 특별한 관계에 있습니다. 그것은 그저 동물이라기보다는 식구와도 같은 위치를 갖기 때문입니다. 그리고 세월이 지남에 따라서 그것은 이제 더 이상 가축이 아닌 존재로 되었습니다. 그것은 돈벌이를 위해서 집단 사육됨으로써 가축도 더 이상 주인을 주인으로 인식하지 않게 되었습니다. 그것들은 알고 있습니다. 언제 자신들이 죽어 가는지를. 마치 나치당원이 나타나면 수용소의 누군가가 죽어야 한다는 것을 알고 있던 유태인들처럼. 그래서 오리들은 필사적으로 도망을 칩니다. 그러나 그러한 필사적인 도망침은 결국 우리 안에서의 도망침일 뿐입니다. 체념할 수밖에 없는 도망침, 죽을 수밖에 없는 도망침, 어찌할 수 없는 도망침 앞에서 오리들은 '서로의 날개쭉지 속에 긴 목을' 묻고 맙니다. 죽음을 기다리면서. 누군가가 잡혀가기를 기다리면서.

이제 선생님의 이 시를 처음부터 찬찬히 읽어나가기로 하겠습니다. 첫 번째 부분은 "강화도 가는 갯벌에/ 제각기 성장한 의상을 입은/ 오리들이 평화롭다" 입니다. 강화도 가는 갯벌—그 갯벌 가에는 오리사육장만 있는 것이 아니지요. 민물장어집도 있고, 바다 장어집도 있고 흑염소집도 있고 하여튼 무지하게 많은 음식점들이 있어서 하루에도 죽어가는 생명들이 수없이 많을 것입니다. 좀더 여유 있고 좀더 멋지고 좀더 강력하게 살려는 사람들의 욕망 앞에서 잔인하게 죽어가는 생명들이 수없이 많을 것입니다. 오리도 그러한 무고한 죽임을 당하게 되는 생명체 중의 하나일 뿐이지요. 성장한 의상을 입은 오리—성장을 할 때에 우리는 무엇인가 좋은 일이 있기를 바라거나 좋은 일이 있는 날에 성장을 하게 됩니다. 결혼식이나 회갑연이라든가, 입학식이나 졸업식이라든가, 승진기념이나 정년퇴임식이라든가, 이럴 때에 우리는 성장을 하게 된다. 무슨 좋은 일이 있기라도 하듯이, 아름다운 깃털로 성장을 한 오리들과 평화로운 강화도 길은 썩 잘 어울릴 것입니다. 아무것도 모르면서 시작하는 우리들의 삶이 그러하듯이, 우리들의 하루의 시작이 그러하듯이, 우리들의 첫 직장생활이 그러하듯이, 우리들의 첫사랑이 그러하듯이, 무엇인가 좋은 일이 있기를 기대하면서 우리들도 성장을 하고는 합니다.

그러나 현실은 그렇지 않지요. 우리들의 성장과는 무관한 현실이 바로 이 시의 두 번째 부분으로 "사육장에 온 손님이/ 주인과 흥정을 하자/ 눈치 챈 오리들이/ 필사적으로 도망친다" 까지 입니다. 주인은 물론 한 마리에 얼마라고, 수놈보다 암놈이 더 비싸다고, 잡아주는 데 얼마라고, 탕은 얼마, 백숙은 얼마, 구이로는 얼마라고 말했을 것입니다. 그리고 손님은 물론 비싸다고, 싸게 하자고, 덤으로 무엇을 더 주느냐고 말했을 것입니다. 그 손님이 처음 온 손님이라면 어떻게 먹는 것이, 어떻게 잡는 것이 더 맛있느냐고 물었을 것입니다. 때로는 산 채로 목을 자르기도 하고, 때로는 산 채로 털을 뽑기도 하고, 때로는 산 채로 불 위에 올리기도 하니까요. 정력을 위한 인간의 잔인함은 기발하고 끝이 없습니다. 세상에! 벌 받지! 하늘이 무섭지도 않나? 멀쩡하게 살아 있는 오리들, 성장을 하고 무엇인가 좋은 일이 있기를 기대하는 오리들 앞에서 무례하게 이렇게 오리의 죽음을 흥정을 하다니. 주인은 이제 더 이상 주인이 아닙니다. 죽음의 사자일 뿐이지요.

사람이 살아가는 현실도 이와 대동소이하다고 볼 수 있습니다. 우리들은 얼마나 많은 죽임을 당하면서 살아가는 것일까요. 직장상사로부터, 동료로부터, 후배로부터, 눈뜨면 만나게 되는 사람들로부터, 생면부지의 사람들로부터 알게 모르게 죽임을 당하면서 살아가게 되지요. 죽임을 당하고 있다는 사실조차도 모르면서 하루하루를 정직하게 살려고 노력하기도 합니다, 성장한 오리들처럼. 그러나 깨끗한 삶, 아름다운 삶, 욕심 없는 삶, 소박한 삶, 나름대로의 올바른 삶은 더 이상 삶의 대열이 끼이지 못합니다. 같이 모함하고, 같이 죽이고, 같이 패거리를 지어야만 살아남게 됩니다. 올곧은 선비의 정신은 사라지고 시정잡배의 추악한 정신만이 남아 있는 사회에서 타협해서는 안 되는 선비의 삶은 내동댕이쳐질 뿐입니다. 저놈으로 하지요? 아뇨. 저놈 말예요? 저놈 깃털이 곱고 윤기 나는 놈 말이에요? 손님은 아마도 이렇게 주문했을 것입니다. 대부분의 사육장에서 통용되는 언어는 '놈' 입니다. 수놈도 놈, 암놈도 놈 입니다. 여기서는 그 말 많은 성차별이 없지요. 손님에 의해서 선택되기 전에 오리들은, 성장을 한 오리들은 되도록이면 멀리멀리 도망쳐야 합니다. '필사적으로 도망친다.' 영악하고 똑똑한 오리들—죽음의 사자인 주인 말고 어느 누군가 낯선 이가 오면 도망쳐야만 합니다. 오리 무리 중에서 어느 한 마리는 반드시 죽게 되어 있으니까요. 오리의 세계에서는 다같이 도망치지만 인간의 세계에서는 다같이 도망치지 않습니다. 시정잡배의 떼거리들은 오로지 살아남기 위해서 무고한 선비를 음해하기도 합니다. 선비는 떠납니다, 말없이. 시정잡배들과의 타협보다는 죽음을 선택하기도 하지요. 그러한 예는 한국의 역사에서 수없이 발견할 수 있습니다. 아름다운 죽음을 선택하는 선비가 많을수록 그 사회의 양심은 살아있는 것입니다만 현실을 그 정반대지요.

'이미 제정신이 아닌'이라는 부분도 상당한 의미를 지니는 부분이지만, 동물의 세계에서는 그 어떤 의연함을 찾아 볼 수 없습니다. 그저 몰지각하게, 그저 염치없이, 그저 화들짝 놀라면서 온갖 추태를 내보이게 됩니다. 어떻게든 살아남기 위해서, 어떻게든 목숨을 유지하기 위해서. 인간의 세계에서도 시정잡배들은 동물이나 다름없습니다. 염치없이 목숨을 보전하기 위해서, 가족을 부양하기 위해서, 호구지책을 마련하기 위해서, '이미 제정신이 아닌' 오리들 이상으로 의연함을 내동댕이쳐 버립니다. 그들에게서 체면이나 올곧은 정신을 찾는다는 것은 연목구어나 다름없는 것입니다. 그러나 혼줄 나간 후의 내달림, 정신없는 상태의 몸짓은 아름다울 수밖에 없습니다. 거짓 없는 진면목을 보여주는 순간이니까요.

마지막 부분은 "필사의 질주, 그것은/ 춤이었다/ 삼삼오오 흩어지다/ 서로의 날개쭉지 속에 긴 목을 묻는…" 까지 입니다. 각각의 생명을 보전하기 위해서 각개약진 하다가 다같이 만나게 되는 사육장안은 어디쯤일까요? 그것은 주인과 손님이 흥정하는 곳에서 가장 먼 곳, 우리로 한정되어 있는 먼 곳에 해당합니다. 그곳까지 필사적으로 도망쳐 달려온 오리들은 다같이 모여 서로의 체온을 감지하면서 어느 누군가의 죽음을 기다리고 있습니다. 서로의 날개 속에 긴 목을 묻고 죽음을 기다리고 있습니다. 설령 그것이 나의 죽음이라 하더라도. 혼비백산하여 삼삼오오 흩어지다가 결국은 다시 모여 누군가의 죽음을 기다리는 오리들의 태도는 시정잡배들의 태도보다 훨씬 더 훌륭하고 가치있어 보입니다. 다같이 모여 기다리다가 손님에게 선택되어 맞이하는 죽음은 어쩔 수 없는 죽음일 것입니다. 그것은 운명이니까요. 선택의 여지가 없는 죽음이니까요. 그러나 인간세계는 머저리들이 살아남기 위해서 멀쩡한 사람이 죽임을 당하기도 합니다. 떼거리들의 음해로 만신창이가 되어버린 사람들에게는 더 이상의 분노도 없습니다. 그저 아름다운 춤만이 있을 뿐입니다. 나를 위한 춤, 자신을 위한 춤, 자신처럼 억울한 사람들을 위한 춤, 그런 춤추기만이 있을 뿐입니다. 원한이 사무친 죽은 자의 영혼을 위한 씻김굿 이상으로 간절한 소망이 담긴 춤사위가 있을 뿐입니다.

그래서 선생님의 이 시는 말없음으로 끝나고 있습니다. 말없음의 끝남은 끝남이 아니지요. 그것은 또 다른 시작입니다. 새로운 손님, 혹은 같은 손님의 또 다른 방문이 있을 때마다 오리들은 혼비백산하여 도망치다가(그것은 도망이 아니지요. 우리안의 도망은 도망이 아닙니다) 다시 모여 앉아 어느 누군가의 죽음을 기다리는 처절한 몸짓의 반복을 나타냅니다. 점점이 끝나버리는 아니 끝나지 않는 이 시의 마지막 부분을 읽으면서 말없이 떠나버린 어느 올곧은 지식인의 마음을 헤아려보게 되었습니다. 도망치던 오리들이야 서로의 '날개쭉지' 속에 긴 목을 묻을 수 있겠지만 그런 동료조차도 없이 혼자 떠나야 했던 그 올곧은 지식인의 마음은 얼마나 차디찼을까 라는 생각을 하게 되었습니다. 그의 그러한 차가움을 바탕으로 하여 선생님의 시의 마지막 부분에 해당하는 말없음표를 따라 다시 읽어봅니다. 맨 첫 부분부터, '오리들이 평화롭다.' 평화와 살벌, 살벌과 평화가 반복된다. 끊임없이.

10.1.4 정진규 시 「본색(本色)」과 자연의 섭리

"'몸은 시간 속의 우리 존재와 영원 속의 우리 존재를 함께 지니고 있는 실체'란 나름대로의 깨달음을 실물화(實物化)하려는 나의 간절함을 스스로 느끼고 있을 따름이다."라는 선생님의 「자서(自序)」의 언급처럼, 선생님 시집 『본색(本色)』(2004)에는 자연의 섭리로서의 '생명의 힘,' '말의 힘,' '질문의 힘'이 중심축을 형성하고 있습니다. 이러한 점은 『마른 수수깡의 평화(平和)』(1965)에서부터 이번 시집까지 열 두 권의 시집을 상재한 바 있는 선생님께서 한국 현대시단에서 구심력으로서의 역할을 하고 있는 점에서도 확인할 수 있습니다. 그리고 언젠가 읽었지만 여전히 제 기억에 생생하게 남아 있는 선생님 시 「들판의 비인 집이로다」를 떠올려 보았습니다. 선생님의 이 시 전문은 다음과 같지요.

어쩌랴, 하늘 가득 머리 풀어 울고 있는 빗줄기, 뜨락에 와 가득히 당도하는 저녁나절의 저 음험한 비애(悲哀)의 어깨들. 오, 어쩌랴, 나 차가운 한 잔의 술로 더불어 혼자일 따름이로다. 뜨락엔 작은 의자(椅子) 하나, 깊이 젖고 있을 따름이로다. 전재산(全財産)이로다.

어쩌랴, 그대도 들으시는가. 귀 기울이면 내 유년(幼年)의 캄캄한 늪에서 한 마리의 이무기는 살아남아 울도다. 오, 어쩌랴, 때가 아니로다. 때가 아니로다, 때가 아니로다, 온 국토(國土)의 벌판을 기일게 기일게 혼자서 건너가는 비에 젖은 소리의 뒷등이 보일 따름이로다.

어쩌랴, 나는 없어라. 그리운 물, 설설설 끓이고 싶은 한 가마솥의 뜨거운 물. 우리네 아궁이에 지피어지던 어머니의 불, 그 잘 마른 삭정이들, 불의 살점들. 하나도 없이 오, 어쩌랴, 또다시 나 차가

운 한 잔의 술로 더불어 오직 혼자일 따름이로다. 전재산(全財産)이
로다, 비인 집이로다, 들판의 비인 집이로다. 하늘 가득 머리 풀어
빗줄기만 울고 있도다.

위에 인용한 선생님 시는 지금 읽어도 여전히 감동적입니다. 그런 감
동과 기억을 되살리면서 선생님의 이번 시집『본색(本色)』을 읽어보았
습니다. 예외적인 경우가 있기는 하지만, 언제부터인가 선생님의 시에
서 사라져버린 문장부호와 행갈이, 서사중심의 진술, 고전의 현대적 해
석과 현대의 고전적 해석, 동서 문학이론의 접목과 한자어, 비유와 설
명의 과감한 생략, '…다'로 이어지는 문장 등에 유의하면서 선생님의
이번 시집의 '표제시'에 해당하는「본색(本色)」(p. 50)을 읽게 되었고 이
시의 전문은 다음과 같습니다.

 그는 굴비낚시라는 말을 쓸 줄 안다 그는 죽은 물고기를 살려낸
다 그것도 이미 소금으로 발효시킨 짜디짠 조기 한 마리가 퍼들퍼
들 낚싯줄에 매달린다 팽팽하다 그는 질문을 아주 잘하려는 궁리에
골몰한다 생각의 비늘들을 번득인다 예정된 답변 말고 누구도 모르
던 본색(本色)을 탄로시킬 줄 안다 이 봄날엔 나무들이 꽃으로 초
록 눈엽(嫩葉)들로 본색(本色)을 탄로시키고 있다 하느님의 질문에
어쩔 수 없이 정답이 나온다

이 시의 제목과 본문에서 세 번 강조되고 있는 '본색(本色)'은 '본래
부터 지니고 있는 빛이나 본바탕'을 의미합니다. 당(唐)나라 최영흠(崔
令欽)이 자신의『교방기(敎坊記)』에서 '해수기의본색(皆隱其衣本色)'으
로 파악했고 송(宋)나라 진사도(陳師道)가『후산시화(後山詩話)』에서
'퇴지이문위시 자담이시위사 여교방뇌대사지무 수극천하지공 요비본색
(退之以文爲詩 子膽以詩爲詞 如敎坊雷大使之舞 雖極天下之工 要非本
色)'이라고 파악했던 바로 그 '본색(本色),' 그것을 선생님께서는 '하느

님의 질문'에서 비롯되는 '자연의 섭리'로 파악하고 있습니다. 선생님께
서 더 정확하게 아시는 것이기는 하지만, 저의 인용문에서 '퇴지(退之)'
는 한유(韓愈)의 자(字)이고 '자담(子膽)'은 소식(蘇軾)의 자(字)이지요.

"그는 굴비낚시라는 말을 쓸 줄 안다"라는 선생님 시의 시작부분에
서 '그,' '굴비낚시,' '쓸 줄 안다'는 선생님 시 전체에서 어떤 상관성을
지니고 있는지를 생각해 보았습니다. 우선 '그'는 죽음의 세계를 삶의
세계로 전환시켜 생명력을 부여하는 전지전능한 '하느님'으로 구체화
되고 있습니다. 이러한 점은 '살려낸다,' '탄로시킬 줄 안다,' '탄로시키
고 있다'에서 확인할 수 있습니다. 다음은 '굴비낚시'에서 '굴비'는 물
론 '소금에 좀 절이어서 통째로 말린 조기,' '건석어(乾石魚),' '가조기'
등 살아있는 생명체와는 무관한 것이지만 그것이 '낚시'와 결합되면서
생명력을 획득하게 되며, '퍼들퍼들 낚싯줄에 매달린다 팽팽하다'에서
그렇게 파악할 수 있습니다. 마지막으로 '쓸 줄 안다'에서 '쓰다'에는
'기록하다'와 '사용하다'가 중첩되어 있지만, 이 시에서는 후자 쪽이 더
설득력을 지닙니다. 이와 같이 시작되는 이 시 전체에는 '생명의 힘,'
'말의 힘,' '질문의 힘'에 대한 선생님의 남다른 사유행위가 전개되어
있으며 그것은 궁극적으로 '눈엽(嫩葉)'으로 수렴됩니다. 조화천(趙花
川)이 『봉황정(鳳凰亭)』에서 "욱일초승제경선 숙기염양천 자동눈엽고강
상 녹죽치손택수일(旭日初昇霽景鮮 淑氣艶陽天 紫桐嫩葉高崗上 綠竹稚
孫澤水逸)"이라고 언급했던 바로 그 '눈엽(嫩葉)'—그것은 선생님 시의
출발점이자 선생님의 사유행위의 발원지이며, "하느님의 질문에 어쩔
수없이 정답이 나온다"에서 강조하고 있는 바와 같이 오늘의 현대시가
나아가야 할 '지표'에 해당한다고 볼 수 있다는 점을 말씀드리면서, 선
생님 시에 대한 감상을 마치려고 합니다. 안녕히 계십시오.

10.1.5 오탁번 시 「아기 공룡 발자국」과 영겁의 세계

60년대 후반과 70년대 초반, 그저 그렇고 그런 강의를 썰렁하고 삭막한 강의실에서 수강하면서 문학에의 열정을 잠재워야만 했던 스스로에 대한 배신감과 좌절로 방황하던 시절, 그러니까 벌써 한 25여 년 전 반짝이는 지성의 눈빛과 문학에 대한 열정으로 무장한 선생님의 등장과 열강. 강의를 마친 선생님께서는 저를 연구실로 불러 『순은이 빛나는 이 아침에』라는 시집을 주셨습니다. 사관생도로서 애숭이 시 지망생이었던 저는 그 시집을 받아 들고 얼마나 가슴 두근거렸는지 모릅니다. 그리고 틈나는 대로 선생님 연구실을 들락거리면서 문학의 세계를, 시의 세계를, 문학을 공부하는 기쁨을 조금씩 터득하게 되었습니다. 한동안 선생님을 뵙지 못하다가 어느 시전문지 모임에서 우연히 선생님을 뵙게 되었지요. 25여 년 전이나 지금이나 늘 '빤짝'거리는 선생님의 눈빛—그 눈빛에 주눅 들어 있는 제게 선생님께서 "더 열심히 해야 돼. 자만하지 말고."라고 작은 거인답게 큰 소리로 말씀하셨습니다. 저에겐 언제나 큰 산맥처럼, 큰 대양처럼, 큰 창공처럼 느껴지는 선생님, 《현대시》(1997. 1)에 수록된 선생님의 시 「아기 공룡 발자국」을 읽으면서 거인의 모습 뒤에 숨겨진 또 다른 큰 모습을 발견하게 되었습니다. 선생님의 이 시의 전문은 다음과 같습니다.

경남 고성군 하이면 덕명리 바닷가에 1억년 전 중생대 백악기 공룡의 발자국 화석이 100여 개가 있다. 대체로 너비는 24cm, 길이는 32cm이며 70cm 간격으로 퇴적암 위에 선명하게 찍혀 있다. 이 가운데 아기 공룡의 발자국인 듯한 자그마한 화석도 여러 개가 있다.

바닷가 퇴적암에
커다란 발자국 화석으로 남아 있는
1억 년 전 공룡의 꿈이

밀물 때는 바닷물에 잠기고
썰물 때 되어서야 모습을 드러낸다
아장아장 걸어 다닌 아기공룡은
엄마 공룡의 발자국 사이에
또렷한 자욱만 남긴 채
다가올 절멸의 날은 짐작도 못하고
영겁의 우주 속으로 몸을 숨겼을까
아기공룡이 뛰놀던 바닷가
공룡 발자국 선명한 퇴적암 위에 서서
1억 년 전의 파도소리
듣는다
아아 제천에서 원주까지
천등산에서 치악산까지
나는 무슨 꿈꾸며 걸어 다녔을까
청량리역에서 첫걸음 내딛은
서울살이의 내 발자국은
지금 어디쯤에서
비바람에 지워지고 있을까
다가올 내 운명
가늠도 못하면서
아기공룡 발자국 화석 위에
내 작은 발자국 놓아본다.

위 인용시는 크게 세 부분으로 나뉘어 집니다. 하나는 제1행부터 10행까지이고, 다른 하나는 제11행부터 제14행까지이고, 또 다른 하나는 제15행부터 마지막 행인 25행까지 입니다. 여기서 중요한 부분은 물론 두 번째 부분으로 "아기공룡 뛰놀던 바닷가/ 공룡 발자국 선명한 퇴적암(堆積岩) 위에 서서/ 1억 년 전의 파도소리/ 듣는다"이지요. 1억 년 전이나 지금이나 변함없는 파도소리—엄마 공룡도 들었을 것이고, 아기공룡도 들었을 파도소리를 1억년 후인 지금 들으면서 시적 자아로서의 선생님께서는 문득 지나온 날을 뒤돌아보고 계십니다. 말하자면, 이 부분은 생각의 전환을 가능하게 하는 부분이라고 볼 수 있지요. 그리고 이러한 전환을 분명하게 하는 것이 바로 '파도소리'일 것입니다. 선생님의 뇌리에 섬광처럼 스쳐 지나가버린 과거의 순간을 일깨워주는 파도소리, 그 소리는 물론 1억 년 전이라는 아주 먼 과거와 몇 십 년 전이라는 가까운 과거를 넘나들고 있습니다. 여기서 '아주 먼 과거'는 선생님이 아닌 아기공룡이 살았던 과거를 의미하고 '가까운 과거'는 아기공룡이 아닌 선생님이 살았던 과거를 의미합니다.

그러나 이 두 유형의 과거는 별개의 존재가 아니라 하나의 존재로 합쳐집니다. 그러한 합일의 부분이 바로 세 번째 부분의 마지막 두 행에 해당하는 "아기공룡 발자국 화석 위에/ 내 작은 발자국 놓아본다"입니다. 공룡과 선생님의 이와 같은 합일을 가능하게 하는 부분은 여러 곳에서 찾아 볼 수 있습니다.

우선 제6행부터 제10행까지의 "아장아장 걸어 다닌 아기공룡은/ 엄마공룡의 발자국 사이에/ 또렷한 자욱만 남긴 채/ 다가올 절멸의 날은 짐작도 못하고/ 영겁의 우주 속으로 몸을 숨겼을까"라는 부분과 제15행부터 제17행까지의 "아아 제천에서 원주까지/ 천등산에서 치악산까지/ 나는 무슨 꿈꾸며 걸어 다녔을까"를 비교할 수 있습니다. 앞부분은 찰나의 순간의 영원한 죽음 속으로 사라질 자신의 운명도 가늠하지 못한 채 엄마 공룡 곁에서 아장아장 걸었을 아기공룡의 모습을, 뒤의 부분은 선생님의 어린 시절을 설명하고 있습니다. 그러나 두 부분 모두 그 돌아다님의 정체를 분명하게 하지는 않습니다. 그저 엄마 곁에 있었다는 사실만을 암시하고 있을 뿐이지요.

그러나 그러한 암시와 감춤은 제18행부터 21행까지의 "청량리역에서 첫걸음 내딛은/ 서울살이 내 발자국은/ 지금 어디쯤에서/ 비바람에 지워지고 있을까"로 분명하게 드러납니다. 1억 년 전에 살았던 아기 공룡의 발자국은 비록 그것이 밀물에 감추어지고 썰물에 드러나기는 하지만 그러나 분명히 발자국 화석으로 남아 1억년 후인 지금도 선생님께 그 모습을 드러내지만, 몇 십 년 전 아마도 '중앙선'을 타고 상경하여 서울살이를 시작한 선생님의 발자국은 어디 있는 것일까요? 그것은 비단 이 시에서 신생님으로 대표되는 시적 자아의 비탄만은 아닐 것입니다. 1950년대 말이나 1960년대 초 그 힘들고 어려웠던 시절에 무엇인가 큰 꿈을 안고 서울로 상경했던 수많은 젊은이들의 발자국은 지금 정말 어디쯤에서 사라지고 있는 것일까요? 혹은 성공의 기쁨을 안고, 혹은 패배의 좌절을 안고 지나온 날을 더듬어 볼 때, 정말 아기공룡의 발자국처럼 지나온 날의 발자국이 화석(化石)으로 남아 있다면, 그것은 우리들에게 아주 큰 기쁨일 것입니다. 그러나 우리들 사람의 발자국은 그 어디에도 남아 있지 않습니다. 깨끗하게 지워지고 사라져 버립니다. 엄마 공룡을 따르던 아기공룡이 '다가올 절멸의 날'을 짐작도 못한 채 '영겁의 우주 속으로 몸을' 숨겼듯이, 우리들 역시 "다가올 내 운명/ 가늠도 못하면서/ 아기공룡 발자국 화석 위에/ 내 작은 발자국 놓아본다." 처럼 지나온 날들을 회상할 뿐이지요.

그러나 이 마지막 부분은 슬픔과 좌절 혹은 절망과 패배만을 의미하는 것은 아닙니다. 아기공룡 못지않게 커다란 족적을 남기고자 하는 선생님의 큰 뜻을 의미하기도 합니다. 그러한 자취를 남기고 있는 선생님에게 있어서 아기공룡의 발자국 화석과 선생님의 발자국을 일치시켜보는 행위는 상당한 의의를 지닙니다. 그것은 1억년 후에 화석화된 선생님의 시세계를 가늠해 보고 1억년 후에도 변함없는 화석처럼 남게 될 선생님의 족적을 예견해 보는 행위라고 볼 수 있습니다. 그것이 바로 이 시의 제3행에 나타나 있는 "1억 년 전 공룡의 꿈"을 1억년 후의 선생님의 꿈으로 전환시키고자 하는 또 다른 꿈꾸기 행위에 해당합니다. '누구나 꿈을 꾸지 않는가?' '누구나 그 꿈을 실현하고자 하지 않는가?' 라는 생각을 하게 됩니다.

중생대 백악기에 전세계를 지배했던 거대동물 공룡은 지금 완벽하게 사라졌지만, 화석으로 남은 그 발자국의 흔적은 남아 1억 년 전의 모습을 우리들에게 전해주고 있습니다. 흔적을 남기는 것은 모든 사람들의 꿈일 뿐입니다. 아기 공룡의 발자국 화석과 선생님의 작은 발자국의 일치가 바로 흔적의 남김에 해당할 것입니다. 그러나 확언하지는 않습니다. 그저 암시할 뿐입니다. "다가올 내 운명/ 가늠도 못하면/ 아기공룡 발자국 화석 위에/ 내 작은 발자국 놓아본다."

지난 해 가을 어느 날 저는 선생님의 연구실을 방문했었지요. 변함없이 '빤짝'이는 선생님의 눈빛에 주눅 들어 있는 저에게 "힘내. 좌절하지 말고 당당하게 살아야 돼."라고 격려해주시던 선생님의 시, 「아기 공룡 발자국」을 읽으면서 저는 많은 생각을 하게 되었습니다.

그 많은 생각들은 사실 지금의 저의 심정을 반향하기에 충분한 것은 아니지만, 그 중에서도 '또렷한 자욱,' '다가올 절멸의 날,' "내 운명/ 가늠도 못하면서"와 같은 시구가 전해주는 우울한 사연들은 지금의 '저'를 위로하기에 좋은 구절들입니다. 나아가 '영겁의 우주 속으로 몸을 숨겼을까,' '나는 무슨 꿈꾸며 걸어 다녔을까,' '비바람에 지워지고 있을까'같은 시구는 '살아있음'의 의미에 대해서, 하루하루를 살아가고 있는 절박성에 대해서, 그리고 사후의 일들에 대해서 많은 것들을 암시하고 있습니다. 선생님의 이 시를 읽고 또 읽으면서 처음에는 그 해학적인 시구의 배치에 미소 지었고, 그 다음에는 선생님의 '빤짝'이는 눈빛 이상으로 심오한 시적 의미에 숙연한 마음을 갖게 되었습니다.

사실 얼마나 많은 시들이 양산되고 있습니까? 또 얼마나 많은 시인들이 시를 쓰고 있습니까? 그러나 '마음의 울림'을 새롭게 하는 시를 읽기는 쉽지 않은 것이 현실이기도 합니다. 가끔 그리고 종종 저를 문학의 길로 인도해 주신 훌륭한 분들의 좋은 시를 읽게 될 때에 가지게 되는 기쁨은 기쁨 이상의 숨이 막히는 울림으로 전달되고는 합니다. 선생님의 시 「아기 공룡 발자국」을 읽는데서 비롯되는 커다란 울림을 마음속에 간직하면서 제 글을 마치려고 합니다. 안녕히 계십시오.

10.2 실험의 세계

10.2.1 이만식의 시세계

불혹의 나이에 접어든 이만식 시인의 삶은 깨끗함 바로 그 자체이다. 세상살이의 간교함이라든가 능수능란한 처세술에 오염되지 않은, 그러한 간교함이라든가 처세술이 체질에 맞지 않는 삶의 깨끗함을 지키고 있다. 그의 이러한 삶의 자세는 첫 번째 시집 『시론』(1994)에도 이미 나타난 바 있지만 그의 두 번째 시집 『하느님의 야구장 입장권』(1997)을 읽어보면 그러한 점이 더욱 분명하게 드러난다. 그의 두 번째 시집은 전부 4부로 이루어져 있다. ① 제1부에 수록된 「그네」에서부터 「굶어 죽은 사람」까지 16편의 시에는 어리석을 정도로 세상사와 타협하지 않으면서 정신세계의 고고함을 지키고 있는 순수주의자의 나의 존재 확인하기가 아름답게 펼쳐져 있다. ② 제2부에 수록된 「얼굴은 풀어지고」에서부터 「나는 필요없다/하다」까지 16편의 시에는 성찰주의자의 세상 바라보기가 드러나 있다. ③ 제3부에 수록된 「손을 번쩍 들자」에서부터 「정신 차려!」까지 10편의 시에는 이 세상을 살아가는 사람들의 생활태도에 대한 일종의 비판과 경고가 담겨져 있다. ④ 마지막으로 제4부에 수록된 「내가 시집을 만들게 되면」에서부터 「시란 무엇인가/ 도대체 어떻게 쓸 수 있을까」까지 13편의 시는 이만식 자신의 시론에 해당한다고 볼 수 있다.

○ 순수주의자의 나의 존재 확인하기

아무것도 할 줄 모르는 사람, 그네도, 자전거도, 스케이트도 탈 줄 모르고 수영도 할 줄 모르는 사람이 할 수 있는 일은 무엇일까? 그 대답은 바쁜 세상살이에 있다. 그리고 그러한 바쁜 세상살이에서 비롯되는 일상화된 나를 찾아나서는 '나,' 정신없이 바쁜 '나,' 그러나 해방되고 싶은 나의 솔직한 모습은 「그네」에 잘 나타나 있다. "난 정말 그네를 탈 줄 모른다/ 어려운, 정신없는 시간을 보낸/ 우리는 대부분 잘 모른다, 자전거/ 탈 줄도 모르고, 수영할 줄도/ 스케이트 탈 줄도 모른다,/ 그저// 그런 내가 그네에 앉아 있다." 이 인용구절에서 중요한 점은 "정신없는 시간을 보낸/ 우리는 대부분 잘 모른다"이다. 지극히 개인적인 '나'가 보편화된 '우리'로 전환되는 까닭은 무엇인가? 그것은 이 인용시의 첫 구절에서 찾아 볼 수 있다. "나이 사십이 되도록/ 편안한 마음으로 그네를/ 타 본 적이 없다, 그저 분노하고/ 아니 그저 살아 있다는 사실을 확인하는 데/ 너무 바빴을 것이다." 사십대 언저리의 사람들—인원 감축이다, 명예퇴직이다, 뭐다 뭐다 해서 가장 위험스러운 자리에서 주눅 들어 있는 사람들, 그들 대부분은 사실 한 번도 행복한 적이 없던 사람들이다. 아니 행복이 무엇인지조차도 모르고 살아 온 사람들이다. 한국전쟁의 후유증 속에서 그저 그렇게 사는 것이 일상적인 삶이거니 생각하면서 어린 시절을 보낸 사람들이다. 이 시속의 '나'는 그런 사람들을 대신하고 있다. 아무도 말하고 싶지 않은 속상한 것들, 아무도 기억하고 싶지 않은 아픈 생각들을 그는 거침없이 말하고 있다. '난 정말 그네를 탈 줄 모른다'라는 처절한 절규 속에서 우리는 하나의 공감대를 형성하게 된다.

이만식의 두 번째 시집에 수록된 첫 번째 시 「그네」에서 파생되는 첫 번째 특징은 자의식의 파괴에 있다. 저녁식사 후 아내와 아이들과 함께 산책을 하다가 앉아 본 그네, 그네를 탈 줄 모른다는 사실이 두렵기도 하고 부끄럽기도 하지만 그러나 '기필코 한번쯤은 반드시 꼭' 타보겠다고 마음먹었던 그네, 언제나 호기심의 대상이었던 그네에 '나'는 과감하게 앉게 된다. "아이들과 산책을 하는데/ 여느 때처럼 그들은 그네를 탄다. 난/ 아내와 그저 의자에 앉아 그들을 보다가/ 우리밖에 없는 놀이터라서 그랬는지 조금/ 걸어가 그네에 앉았다 세 개의 그네가 매달려/ 있다, 저 멀리 작은 딸이/ 바로 옆에 아들이/ 그리고 내가 앉아 있다, 내가/ 바라보는 자리에 아내가 서 있다." 이 부분을 자세하게 읽어

보면 산책을 나온 공간은 바로 아파트 단지 내의 어린이 놀이터라는
점, 아이들은 아이들 나름대로 그네를 타느라고 신바람 나 있다는 점,
아빠이자 남편인 '나'의 처음 그네에 앉아보는 눈빛과 그러한 눈빛을
받아주는 아내의 다정한 눈빛을 살펴볼 수 있다. 나아가 "우리밖에 없
는 놀이터라서 그랬는지 조금/ 걸어가 그네에 앉았다"라는 구절에는
'나'의 자의식에 강하게 암시되어 있다. '우리밖에 없는 놀이터,' 식구들
이라고 할 수 있는 아들과 딸과 아내 외에는 아무도 없는 놀이터에서
시 속의 '나'는 주저하지도 않고 망설이지도 않고 아주 오랫동안 마음
속에 벼르고 벼르던 그네타기를 거침없이 마침내 시도하게 된다. 그리
고 그러한 시도를 가능하게 하는 것은 그의 곁에 언제나 아내가 서 있
기 때문이다. 그네타기의 성공으로 인해서 그는 세상사는 바른 이치를
터득하게 된다. "가만히 있다가, 조금 올라가면/ 다리를 쭉 뻗었다가,
활짝 펴야 하는/ 그네, 그렇게 나는 활짝 편다, 이제, 활짝 편다." 불혹
의 나이에 터득하게 되는 그네타기의 지혜는 그동안 그가 얼마나 올곧
고 바르게 세상을 살아왔는가를 보여준다.

두 번째 특징은 아내, 아들, 딸 그리고 식구에 대한 가족애이다. 늦은
나이에 그네타기의 재미를, 그 묘미를 터득하게 되는 이만식, 시적 자
아인 동시에 그와 같은 또래의 우리들의 곁에는 '아내'가 서 있다. "오
래 살았는데/ 가끔 화를 내는 이유는/ 정말로 화가 날 때도 있지만/ 어
디가 이 억울함을 하소연 하는가/ 터덜거리며 집에 오면 그래도 아내가
/ 있다." 「고목나무에 매미」에서 인용된 이 구절에 등장하는 아내는 40
대 언저리의 사람들에게 있어서 휴식의 대상이자 화풀이의 대상이고,
인생의 상담자이자 생활의 안내자이다. 그러한 아내의 모습은 「웃는 아
내의 얼굴을 보다」에서는 잠자는 딸의 모습에 비교되기도 하고, 「머리
가 아프다」에서 '나'는 아내를 도와 담요를 정리하기도 한다. 제1부에
수록된 시편들은 「그네」에 그 발원지를 두고 있으며 대부분 가족사적
인 측면에 중점을 두고 있다. 아들이 교통사고를 당했다는 소식을 듣고

달려가는 심정을 그린 「그리고 말이 있었다」, ‘미녀와 야수’를 듣고 있는 딸아이를 보면서 혼자라는 생각에 사로잡히게 되는 절대고독의 세계를 그린 「점점 더 혼자다」 등은 모두 가족의 범주를 벗어나지 않는다. 그의 이러한 가족에는 “살아 숨쉬는 모습 보이는 식구는/ 거북이, 강아지 그리고 사람이다”라고 규정하고 있는 「식구」에서처럼 살아 숨쉬는 실체이면서 나름대로의 끼니를 챙겨 먹이는 것으로 되어 있다. “나름대로 끼니는 다르지만/ 끼니마다/ 거북이는 하루 한 번/ 강아지는 하루 두 번/ 사람은 하루 두 번 또는 세 번/ 먹는다, 짭짭거린다, 꿀떡거린다.”

　「그네」에서 파생되는 세 번째 특징은 여전히 혼자일 수밖에 없는 떠밀림의 세계, 혹은 떠나버리기의 세계이다. 떠밀림의 세계는 그네타기의 반복행위에서, 떠나버리기의 세계는 발을 쭉 펴고 차고 올라가는 행위에서 그렇게 말할 수 있다. 그러한 점은 「그네」의 마지막 부분 ‘이제, 활짝 핀다’와 「점점 더 혼자다」에 암시되어 있으며 「섬 밖으로」, 「굶어 죽는 사람」, 「마이크」와 같은 시에 구체화 되어 있다. 제1부의 마지막을 장식하고 있는 이들 세 편의 시에서 중요한 시어는 물론 ‘섬’ 이다. 섬―그것은 육지로부터 떠밀려 나간, 혹은 스스로 떨어져 나간, 다시 말하면 본체로부터 분리되어 버린 존재이다. 그것이 어느 경우에 해당하든 섬으로 대표되는 시인의 존재는 ‘혼자일 수밖에 없는 존재’이다. 사실 이 마지막 세 편의 시는 이만식 자신이 ‘나’의 존재를 확인하는 시들이기도 한다. “내가 섬에 있다/ 또는 내가 섬이라면/ 나는 섬 밖으로 나가려 한다/ 적어도 나의 일부가 나가려 한다”로 시작되는 「섬 밖으로」에서 시인이 추구하는 것은 ‘나’를 잡아 줄 수 있는 ‘누군가의 손’ 이다. 그러나 그러한 손은 현실에 존재하지 않는다. “조용히/ 팔을 뻗어/ 누군가의 손을 잡으면/ 마음이 편할 것이다. 그것을// 누구는 희망이라고 부르고/ 누구는 사랑이라고 부르고/ 누구는 자유라고 부르겠지만// 섬 밖으로 나간 뒤/ 이름을 알 수 있겠지.” 육지로부터, 본체로부터 떠

밀려 나간, 떨어져 나간 섬에서도 안주하지 못하고 다시 그러한 섬으로 부터 벗어나고자 하는 끊임없는 탈출—그것이 첫 번째 '나의 존재 확인하기' 이다.

이 시속의 나, 이만식 자신, 혹은 이 시를 읽는 우리들 자신은 안주하기를 거부한다. 왜? 불화하기 때문에, 모든 것들과 친화할 수 없기 때문에, 주변의 어떠한 것들도 수용할 수 없기 때문에, 그 어떤 것들도 용서할 수 없기 때문에, '나'로 대표되는 우리들은 본체로부터, 육지로부터 이미 벗어나 버린 '섬' 그 자체에 만족하지 못하고 또 다시 '섬 밖'으로 나가기를 꿈꾼다. "내가 섬에 있다면/ 나는 선주와 불화할 것이다/ 나는 이장과 불화할 것이다// 내가 섬이라면 나는/ 내 속의 선주나/ 내 속의 이장과 불화할 것이다// 굶어 죽지 않는다면/ 나는 선주와 불화할 것이다/ 나는 이장과 불화할 것이다// 내가 섬이라면/ 나는/ 내 속의 선주나/ 내 속의 이장이 굶어 죽을 것이다." 「굶어 죽는 사람」에서 파악할 수 있는 이러한 비장한 결의, 굶어 죽더라도 남과 타협하지 않으려는 고고한 삶의 자세—그것이 두 번째 '나의 존재 확인하기' 이다.

나의 진실 된 말을 아무도 들으려고 하지 않을 때, 나의 참다운 생각을 아무도 인정하려고 하지 않을 때, 우리들은 보통 어떻게 하는가? 소리치든가 아니면 체념하든가 할 것이다. 육지로부터 떨어져 나간 섬 속에서, 본체로부터 분리된 섬 속에서, 무리로부터 고립된 섬 속에서 시 속의 나는 '마이크'를 잡고 있는 힘을 다해서 소리치고 싶어 한다. "고립된 섬마을에/ 마이크가 하나 있다면/ 마이크를 잡고 있는 사람이 왕이다//…내가 섬에 있다/ 혹은 내가 섬이다// 이런 생각이/ 나를 떠나지 않는다/ 문학 이야기가 아니다." 문학 이야기가 아닌 현실 이야기를 전제로 하는 「마이크」라는 시에 나타나는 이만식의 남모르는 분노, 다시 말하면 소리 없는 소리 지르기, 함성 없는 함성지르기, 말없는 말하기—그것이 세 번째 '나의 존재 확인하기' 이다.

끊임없는 탈출, 고고한 삶의 자세, 말없는 말하기처럼 고독하고 외롭고 처절한 마음가짐도 없을 것이다. 언제나 혼자인 '나,' 언제나 타협하지 않는 '나,' 언제나 포기할 수 없는 '나'—그러한 '나'를 지키는 작업은 세상살이의 간교함이라든가 능수능란한 처세술에 익숙하지 않은, 아니 그러한 간교함이나 처세술이 있다는 사실조차 모르고 살아가는 순수주의자에게나 가능한 작업일 것이다. 그리고 그러한 작업을 시인은 철저하게 수행하고 있다.

○ 성찰주의자의 세상 바라보기

세상을 살아가면서 마주치게 되는 무수한 대상들을 아무것도 아닌 듯이, 아무 일도 없는 듯이 지나치지 못하는 섬세한 시인의 눈, 그 어떤 대상도 그의 눈을 그저 스쳐지나갈 수는 없다. 거미를 죽이는 아이의 잔인함, 소에게 뜯겨 먹히는 풀이나 곡식의 비명에서부터 버스 속에 서 있는 한 소녀의 슬픈 모습까지, 아파트에 침입한 쥐의 눈동자에서부터 소풍가는 아이들의 호기심 어린 눈동자까지, '숙녀 찾음'이라는 열차 안의 낙서에부터 포장마차 안의 남들의 대화까지, 도로 위의 자국에서부터 사람의 죽음까지—그 모든 것들을 하나도 놓치지 않기 위해서 이만식의 눈과 귀는 무진장하게 바쁘다. 바쁘다기보다는 그러한 사소한 것들을 놓치지 않는 것이 습관화되어 있는 성찰주의자의 모습을 그는 지니고 있다. 사실 그를 만난 사람이라면 그의 거침없는 대화에, 어느 유형의 화제에도 관여하는 그의 해박한 지식에, 그리고 그 순간순간에 짬짬이 책을 읽는 집중력에 놀라게 된다. 하여튼 그의 눈, 그의 귀, 그의 손은 잠시도 쉬지 않는다. 쉬지 않는 그의 움직임은 바로 주변에 대한 성찰적인 태도에서 비롯된다고 볼 수 있다.

우선 그는 아주 사소한 행위에서 아주 커다란 의미를 파악해 낸다. 그것을 잘 보여주는 시가 바로 「아이는 잔인하다」에 나오는 "소가 불쌍해서 고기를 먹지 않는다면/ 뜯기는 풀이나 곡식의 비명은 어떤가/

그런 소리는 들리지 않는가"이다. 사실 어느 생명은 소중하고 어느 생명은 하찮을 수 있는가? 이 시는 그러한 물음에 대한 답을 이렇게 하고 있다. '아니, 생명은 잔인하다'—살아있음으로 인해서, 살아가기 위해서, 살아 있는 생명체가 죽여야 하는 다른 생명체의 죽음은 또한 얼마나 많을 것인가? 소의 죽음은 불쌍하고 그런 소가 살아 있는 동안에 죽였을 풀이나 곡식의 소리 없는 비명은 불쌍하지 않은가? 이에 대한 답은 물론 '불쌍하다' 이다. 그럼에도 불구하고 우리들 대부분은 아무렇지도 않게 지나쳐버린다. 우리들 일상인이 사소한 일로 치부해버리고 지나쳐버리고 언급조차 하지 않는 부분을 이만식은 포착한다. 그의 이러한 포착력은 「슬픔의 힘」에도 잘 반영되어 있다. "슬픔이 서 있었다// 낡은 가방을 비스듬히 들고/ 목이 긴 검은 구두를 신고/ 머리를 땋아 앞으로 늘어뜨리고// 평범한 얼굴의 소녀가/ 사람이 많은 버스 뒷좌석에 않은/ 내 앞에 그저 서 있었는데/ 나는 악착같은 슬픔을 보았다." 그가 파악하는 소녀의 슬픔은 겉으로 드러난 슬픔이 아니라 내면화되어 있는 슬픔, 그러니까 세상을 살아가는 과정에서 소녀 자신도 모르게 배어 있는 슬픔을 의미한다. 그러한 슬픔은 이만식의 눈에 어김없이 포착된다. 그는 아주 사소한 것들에서 아주 거대한 의미를 파악해 낸다. 소에게 뜯기는 풀의 비명소리도 듣고 싶어 하고 그저 그렇고 그런 한 소녀의 얼굴에서 발견한 감당하기 어려운 슬픔의 발전과정을 상상하기도 한다. "그 슬픔이 천천히 손을 들어/ 따뜻하게 한 남자를 품에 안는다/ 가슴을 열어 한 아이이게 젖을 먹인다." 어떻게 보면 소녀의 슬픔은 여인네들의 슬픔이기도 하다. 남자를 만나고 결혼을 하고 아이를 낳고 그 아이를 뒷바라지 하는 동안에 소녀 자신은 그저 그렇고 그런 중년여인으로 늙어가게 된다.

　다음은 그의 눈 놀림만큼이나 바쁘게 경계하는 쥐의 눈빛과 그의 눈빛만큼이나 천진무구한 그러나 위력 있는 아이들, 소풍가는 아이들의 눈동자를 살펴볼 필요가 있다. 쥐—누가 쥐를 좋아하겠는가? 그것도 깨끗한 폐쇄공간인 아파트에 침입한 한 마리 쥐를. 그러나 이만식은 쥐를 관찰한다. 그리고 쥐를 통해서 아파트의 부실공사까지 유추한다. "쥐 한 마리가 살고 있다/ 아파트에 쥐가 살다니/ 부실공사 부분이 있구나/ 어딘가 엄청난 구멍이 있구나." 그러면서 '쥐덫을 사 올까 쥐약을 사 올까'하고 망설이는 사이에 쥐는 도망쳐버린다. 여기서 중요한 점은 쥐에 대한 애정, 생명체에 대한 애정이다. 그러한 애정의 크기로 인해서 '어딘가 엄청난 구멍'이 있는 아파트의 부실공사는 감추어져버린다.

눈빛의 아름다움은 동물의 눈이나 사람의 눈이나 매한가지이다. 그리고 그러한 눈빛이 때로는 위력을 발휘하기까지 한다. 「위력 있는 눈동자」에는 지저분한 돼지 운반차에서 발견하게 되는 돼지의 '호기심 어린 눈동자'와 소풍가는 아이들의 천진스러운 '눈동자'가 마치 한 편의 우화(寓話)처럼 접맥되어 있다. "무심코 고개를 돌리다 만나는/ 두 개의 순수한 눈동자/ 여기저기 녹이 슨 작은 트럭 위에/ 툭 튀어나온 코나/ 복스럽게 넉넉한 몸짓 때문이 아니겠지/ 우연히 만난 그 호기심 어린 눈동자"는 돼지의 눈에 관계되고, "어젠, 먼지 심한 어느 백화점 건물에서/ 느닷없는 축복으로 소풍 가는 아이들을 만났다/…그 아이들의 눈동자"는 어린 학생들의 눈에 관계된다. 그러나 이만식에게 있어서 눈동자는 그저 천진난만한 눈동자일 뿐이다. 그리고 그러한 눈동자로 인해서 그는 '냉랭하고 이기적인' 백화점 건물과 "치밀한 계산속의 계단이나 에스컬레이터가/ 갑자기 그 위력을 잃어버리는 장면"을 만나게 된다. 현대화된 건물, 기계화된 건물, 비틈 없이 설계된 건물이 갖는 위력을 압도하는 위력—그것이 바로 천진난만하고 호기심어린 눈빛의 위력이다.

그러나 시인의 눈빛이 언제나 아름다운 것에만 머무는 것은 아니다. "91년 6월 29일 (土) 오후 6시경 춘천 발 청량리 행 열차 내 잠시 대화 나눔 본인 헝겊 포장한 그림 한 점과 수첩 소지 차내 소란으로 다른 칸으로 옮기려 하지 마세요 마지막 말 남긴 분임 키 160 내외 춘천 승차

손지갑만 소지 쥐색 투피스 반바지 착용 (02) 723-05XX 오후 8시 이후”
로 시작되는 「숙녀 찾음」에서 정말로 찾고 있는 대상은 여성으로서의
숙녀가 아니라 20여 년 전의 ‘강촌,’ 개발이라는 이름을 내세워 막무가
내로 파헤쳐 버리기 이전의 ‘강촌’이다. 그 때의 강촌은 “안경을 벗어
도. 저 커다랗고 아름다운 바위 밑에 당연히 있을 어제의/ 삼양라면 봉
지를 보지 못하면 시인도 아니다, 라는/ 고백보다 더 아름다운 것”이다.
하지만 아름다운 기억 속의 ‘강촌’은 이제 더 이상 아름다운 ‘강촌’이
아니다. 그것은 마치 우연히 읽게 된 석간신문 조각광고 혹은 열차안의
낙서처럼 그저 그렇고 그렇게 개발되어 버린 여느 시골의 마을처럼 변
해버린 강촌이다.

 ‘희망의, 사랑의 나라’로 건너가기 위해서 들리곤 하던 ‘강촌’을 배경
으로 하는 「숙녀 찾음」에서 시인이 때 묻지 않은 깨끗한 과거와 만나
게 된다면, 「포장마차」에서는 바로 오늘의 현실과 만나게 된다. 포장마
자 여자 주인과 그 포장마차를 찾아 온 여자 손님의 대화를 엿듣기 위
해서 시 속의 나는 ‘온몸이 귀가 된다.’ 결혼생활 3년, 아이 없음, 잠실
올림픽 아파트로 이사감, 술도 마시고 담배도 피움—이런 것들이 표장
마차를 찾아온 여자 손님의 특징에 해당한다. 그러한 특징들을 거리낌
없이 수다 떠는 그 여자의 곁에서 시인 자신이 느끼는 것은 아마도 이
시대의 남자의 무력감, 이 시대를 살아가는 남편의 무능력일 것이다.
“맞아요. 한 사람은 안 먹으면 되죠. 우리 남편은 아니에요. 남자가 술
도 하고 담배도 피우면 누가 무어래요…그저 집에 있어요. 한 번 들어
가면 그만이죠. 자꾸 나만 보면 울어요. 문제예요. 내가 그러죠. 이렇게
안 맞아서는 못살겠다. 이, 이혼이라도 생각해 보아야겠다고요.” 아내
앞에서 우는 남편, 아내로부터 이혼하자는 으름장을 듣는 남편, 술도
못하고 담배도 못피우는 남편, 아내가 술 취하면 운전해서 데려오는 남
편—그녀의 남편의 이러한 특징은 이 시대의 거의 모든 남편의 특징에
해당할 것이다. 사회로부터, 직장으로부터, 가정으로부터, 아내로부터,

친구들로부터 소외될 수밖에 없는 남편들의 서글픔을 아는 여자들은 아무도 없을 것이다. 그래서 시적 자아는, 이만식은, 이 시를 읽는 독자는 그 수다스러운 여자 손님의 이야기를 더 듣고 싶어져서 '조용해지면서 온몸이 귀가' 되는 순간 그 여자 손님은 '나, 가요'라는 말과 함께 잽싸게 가버리고 만다. 더 지껄여대기를 기대하는 순간, 바람처럼 가버리는 그 여자 손님처럼 우리들도 그렇게 살 수 있기를 기대해보자. 분노하지 말고 분해하지 말고 우울해하지 말고 서글퍼하지 말고 숨기지도 말고 그 여자 손님처럼 마음 내키는 대로 지껄여대다가 '나, 가요' 하면서 속병 없이 살수 있기를 기대해보자.

그러나 문학은, 시는 우리들을 그렇게 살지 못하게 한다. 우리들로 하여금 분노하게 하고 분해하게 하고 우울하게 하고 서글퍼지게 한다. 그러한 감정을 드러내고 있는 시가 "참지 마/ 무엇이든 해/ 참지 마/ 사랑해, 욕해"로 끝맺음하는 「참지 마」이다. 우리들을 경악케 하던 그 많은 사건들—'이 나라는 사고백화점인가'라고 통분해하던 어느 일간신문의 글귀처럼 "다리 무너져/ 아침 일찍 학교 가던/ 버스 타고 학교 가던/ 여학생 한강에 떨어지고/ 백화점 무너져/ 오층부터 지하 심층까지/ 저녁 반찬 사러 가던" 그 많은 선량한 사람들의 죽음으로 인해서 우리는 분노할 수밖에 없다. 사실 우리가 살아가는 과정은 「도로 위의 자국」에 등장하는 '어떤 고양이'의 죽음처럼 아무런 의미도 없는 것이겠지만, "인생의 의미, 전혀 이해되지 않는 무의미한 인생을 숙고하려고 산책하다/ 만난 대답"—그것이 바로 흔적으로 남겨진 고양이의 죽음이다. "무슨 일이었는지 갑자기/ 튀어나와, 범퍼에 둔탁한 충격을 남기고 사라져버린 존재의/ 흔적을 몇 시간 뒤에 내가 본다고, 인식한다고 해서 무슨 차이가 있을까." 고양이의 죽음은 '존재의 소멸을 준비'하는 것이 아니라 우연한 죽음, 죽음을 향한 느닷없는 돌진에서 비롯되는 "인생의 사연(事緣), 왜 느닷없이 그 자리에 뛰어들게 되었을까"하는 의구심을 자아내게 한다.

죽음에 대한 성찰, 이만식이 죽음에 대해서 성찰을 하는 순간, 그것은 죽음 그 자체만이 아니라 죽음이 남기고 간 '흔적'을 고통스럽게 성찰하는 순간에 해당한다. 그는 자신이 마주치는 것이 무엇이든지 그것을 무심하게 지나치는 법이 없다. '왜?'라는 부단한 질문을 함으로써 구체적인 대상이나 추상적인 상황을 불문하고 그것을 되도록이면 정확하게 포착하려고 노력한다. 정확한 포착을 한 후에는 그 자신의 예외 없는 질문에 의해서 존재의 근원을 규명하고자 한다. 그러한 규명작업은 대상이나 상황뿐만 아니라 '자기 자신의 존재'에 대한 실험으로 나아가기까지 한다. 그러한 시가 바로 「나는 필요없다/하다」이다.

> 나는 말한다 나는 필요없다 큰소리로 말한다 먼지 같은 나는 필요없다 바닷가 모래알 같은 나는 필요없다 저 넓은 우주에서 나는 필요없다 나는 먼지가 될 것이다 먼지보다 못한 먼지가 될 것이다 나는 필요없다 나는 죽을 것이고 나는 필요없을 것이다 나는 말한다 나는 큰소리로 말한다 그러다가 나는 말한다 작은 목소리로 말한다 속으로 말한다 혼자 말한다 그런데 나는 필요하다 지금 나는 월급을 받는 나는 필요하다 아직 내 아내에게 나는 필요하다 내 아들에게 나는 필요하다 아니 나는 필요하겠지 내 딸에게 물어본다 나에게 물어본다 내 아내에게가 아니라 아니라고 대답할지도 모르는 내 아내나 내 딸에게가 아니라 나에게 물어본다 나는 필요하다 물어보지도 않았는데 나는 대답한다 나는 말한다 나는 필요하다 나는 필요할 것이다 그러다 지친다 아니 아닐 것이다 나는 필요없을 것이다 나는 필요없다 나는 말한다 나는 필요없다/하다

전문을 인용한 위 시는 크게 두 부분씩으로 나뉘어 진다. 필요 없는 나/필요한 나, 큰 소리/작은 소리, 나/가족들, 필요 없다/필요하다 등이 그것이다. 우선 시속의 나는 자신이 필요 없다는 점을 확신하고 아주 큰소리로 외쳐댄다. 그것이 바로 '나는 말한다'에서부터 '나는 큰 소리로 말한다'까지 이다. 자학(自虐)처럼 들리는 처절한 절규들—먼지 같고

모래알 같고 먼지보다 못한 나—은 그렇게 외쳐대는 나 자신을 화나게
하고 분노하게 한다. 왜냐하면 '지금 나는 월급을 받는 나는' 아내와 딸
과 아들 같은 가족들에게 필요한 존재이기 때문이다. 나를 위한 존재가
아니라 가족을 위한 존재라는 점에서 시적 자아는 화나기 시작한다.
"나는 대답한다 나는 말한다 나는 필요하다 나는 필요할 것이다 그러
다 지친다 아니 아닐 것이다." 정작 자기 자신에게는 필요 없는 '나'이
지만 그런 내가 책임져야 하는 가족들에게는 필요한 '나'—그래서 이
시는 이렇게 끝난다. "나는 필요없을 것이다 나는 필요없다 나는 말한
다 나는 필요없다/하다." '필요없다/하다'라는 마지막 절규에서 중요한
점은 '필요없다'가 언제나 먼저라는 사실이다. 다시 말하면 나를 위해
서는 정말로 필요 없지만 그러나 가족을 위해서는 필요한 존재인 까닭
에 '필요없다/하다'로 끝맺음하고 있다. 사실 '필요없다'라는 말에 기생
하는 '(필요)하다'라는 말은 시속의 '나'와 그의 가족들의 관계와 유사
하다.

o 정의주의자의 세태 비판하기

　세상을 살다보면 분노할 일들과 자주 마주치게 된다. 사실 아무것도
아닌듯하지만 그러나 때로는 굉장히 소중한 듯한 일들과 마주치게 된
다. 예를 들자면 양다리를 쫙 벌리고 앉아 있는 사람 옆에 앉게 될 때
에 무엇인가 손해 보는 듯한 느낌, 손님을 거들떠도 안보는 가게주인에
게서 느끼는 불쾌감, 내 집을 드나들면서도 아침저녁 꼬박꼬박 먼저 인
사를 올려야만 인사를 하게 되는 아파도 경비원, 내리기도 전에 타려고
엘리베이터 입구에 턱 버티고 서서 꼼짝도 안하는 젊은 아가씨, 들어서
려고 문을 여는 순간 그 열린 공간으로 냉큼 나와 버리는 아낙네들, 비
보호 도로에서 한 번 양보했다 하면 줄줄이 끊임없이 좌회전해 버리는
자동차들의 행렬—이처럼 일상인들이 아무렇지도 않게 지나치는 일들

을 아주 소중하게 취급하고 있는 시인, 그가 바로 이만식 자신이다. 그의 시에서 그 자신은 남들이 쓸모없다고 버리는 것들을 아주 소중하게 간수한다, 한 마리 개미가 되어. 그의 시에서 그 자신은 어처구니없는 사건들에 대해서 분노한다. 그의 시에서 그 자신은 정의를 위해 분연히 일어선다.

"개미 한 마리, 생각해보면, 우연히 만난 횡재 하나, 며칠 지나 말라 비틀어진 밥풀, 어쩌다 만나, 오늘 운 좋다, 재수 좋다, 하고 메고 가다, 갑자기 만난 큰 강물, 심심한 동네 개구쟁이가 만든 엄청난 강물, 넘실거리면, 아는 길은 이 강물 밑에 있던, 어제도 동료들과 같이 다니던, 눈 감고 갈 수 있던 길, 집에 가는 길, 앞에서, 갑자기 만나는 정신 차려!…나 같은 개미야, 개미 같은 족속이야, 운명을 믿을 수밖에, 저 도도한 강물 밑에, 있던 길을 따라, 그 길속으로, 오늘의 횡재, 오늘의 운, 오늘의 재수 믿고, 달려 들어갈 수밖에." 이 인용부분은 제3부의 마지막 부분을 장식하고 있는 시 「정신 차려!」의 후반부에 해당한다. 익숙해진 생활을 방해하는 것들, 습관화된 길가기를 방해하는 것들은 개미 앞에 나타나는 느닷없는 물줄기만이 아니다. 개미와 같이 미물화(微物化)된 인간들의 세상은 어떠한 세상일까? 평화롭게 혼자서 풀을 뜯다가 사자떼에게 물려 죽음의 직전까지 가게 된 한 마리 물소를 다른 물소들이 몰려와 구출하는 장면을 텔레비전의 동물의 세계에서 본 적이 있다. 같은 종족의 생명을 위해서 힘을 합친다는 사실이 동물의 세계에도 존재하는데, 만물의 영장이라는 인간의 세계는 그렇지 않다. 그렇지 않음을 비꼬아 주는 시가 바로 「유혹의 학교, '서울 요지경' 스포츠 서울, 1993년 7월 21일」이다. "바보같이 착하고 마음이 약한 개는 싫다는 말도 못하는 거야. 아니야 오히려 호기심이 가득한 얼굴로 손은 잡히고 있는거 있지 (아이고, 이 바보야, 그러니 넌 맨날 그 모양이지. 남자는 다 늑대야, 늑대! 여자는 늑대를 목이 빠지게 기다리는 여우고. 이 바보야, 넌 아직도 사람이구나, 속상해!)"

일상화된 주변의 작을 일들에서 벗어난다고 해서 더 좋은 일이 있는 것은 아니다. 세상은 온통 사고로 얼룩져 있다. 그리고 그러한 예고 없는 사고에서 희생되는 사람들은 정말로 순진무구하고 정직하게 살아가는 일상인들뿐이다. 제3부 첫머리를 장식하고 있는 시가 바로 「손을 번쩍 들자」이다. 느닷없는 사고로 느닷없는 죽음을 몰고 온 1993년 3월 28일 일요일 오후 구포역 북쪽 2.5 킬로미터 떨어진 지점에서의 열차사고와 1875년 12월 7일 월요일 런던에서 뉴욕으로 가던 '도이칠란드호의 난파' 사건을 접맥시킨 이 시에서 시인은 다음과 같은 몇 가지 질문을 던지고 있다. 하나는 팔공산에서 불공을 드리고 돌아오다 죽은 것으로 추정되는 김성식씨 일가족과 '주여, 어서 오소서'라고 환영하면서 죽음을 맞이한 프란체스코 수녀 5명의 죽음이고, 다른 하나는 부처님과 하느님의 전지전능성이고, 또 다른 하나는 '나는 왜 문자를 사용하는가' 이다. 물론 여기서 가장 중요한 질문은 마지막 질문이다. 그리고 그 결론은 차라리 손을 드는 것, 손을 번쩍 드는 것이 더 정확하다는 것이다. "나는 왜 문자를 사용하는가 이제 더 이상 진지하게 취급되지 않는 그 존재들을 위해 몸뚱이 거의 전부 땅 속에 묻힌 채 느닷없이 툭 튀어나온 운동화 신은 두 발로 나에게 인사한 그 존재를 위해 부상자들 아직 고함을 지르거나 신음소리라도 내는 조금이라도 살아 있는 자를 위해 추적추적 내리는 빗속에 바쁘게 뛰어다니는 구조대의 발길에 차이는 맨땅 위에 아무렇게나 누워 있던 자들 벌써 잊혀지기 시작한 존재들을 위해 그들을 대표해서 손을 번쩍 들고 싶다 문자여 하지만 같이 손을 번쩍 들자 손을." 손을 드는 것은 죽음의 순간에서 삶의 순간으로 구조될 수 있는 가장 중요한 행위에 해당한다.

사실 이러한 행위, 손을 드는 행위는 부질없는 것일 수도 있지만 그러나 상당한 의미를 자아내는 행위이기도 하다. 불의에 항거해서, 부정에 대항해서, 부패의 척결을 위해서, 억울한 죽음을 위해서, 깨끗하고 정직한 삶을 위해서, 개미의 생활같이 되어버렸지만 그러나 여전히 가치 있는 인간으로서의 생활을 위해서 분연히 일어서는 행위를 강조하는 시가 바로 「손을 번쩍 들자」이다. "일요일 오후 각자의 사연을 안고 돌아오던 선한 사람들이었다는데 그러니까 어린이도 많았다는데 다들 바쁘다 누가 나쁜 놈이냐 지루한 한낮의 여행이 끝나기 기다리던 맥없이 운명의 도착을 기다리던 무슨 이유로 땅이 무너지는 형벌을 받아야 했는지 질문할 수 없어서 어느 놈이냐 누구의 잘못이냐 날카롭게 가리키는 손가락이 어지럽다."

사소한 일상에서 시작되는 분노의 순간은 열차사고 같이 수많은 인명을 앗아가는 어처구니없는 순간으로 확장되고 그러한 분노는 다시 역사속의 기행에서 다른 형식의 분노로 자리 잡게 된다. 아주 지나가버린 과거의 시간이 유물이라는 이름으로 가시화되어 전시되는 박물관, 「역사 기행—국립중앙박물관」이라는 시에서 시인의 관심은 '금관, 기와, 토기, 장신구, 갑옷'같은 것에 있는 것이 아니라 사소한 것들, 일상화된 사소한 것들, 가령 '내 모자, 내 술잔, 내 밥그릇, 내 혁대 장식, 내 만년필, 내 숟가락이나 젓가락'같은 것에 있다. '국립중장박물관'이라는 아주 거대한 구조물 속에서 그리고 그 어마어마한 시간을 뛰어 넘어 전시되고 있는 어마어마한 유물 앞에서 그는 자신의 죽음 다음에 남게 될 자신의 유품들을 생각한다. '한 잔 하지'로 끝맺는 이 시에서 나의 유품을 생각하는 것은 부질없는 일이다.

이러한 점을 개탄하는 시가 통일을 주제로 하는 일련의 세 편의 시 「우리의 소원」, 「즐거운 일도 있다」 및 「언젠가 또 한 손바닥이 있어」이다. 「우리의 소원」에서는 온 국민의 염원이자 소원인 '우리의 소원은 통일'이 이루어지는 날에 현실화 될 수 있는 온갖 유형의 꿈에 대해서 언급하는 한편, 다른 한편으로는 그러한 꿈의 실현이 곧 모든 욕망의 끝이 될 수 없다는 점을 강조하고 있다. 그것을 말하는 부분이 바로 괄호 속에 처리한 '결혼만 하면 되는 연인처럼 행복할 거야'라는 부분이다. 사랑하는 연인들의 꿈은 물론 행복한 삶, 행복한 결혼생활이겠지만 결혼하고 나면 또 얼마나 많은 난관들이 앞에 놓이게 되는가? 그러한 난관을 극복하지 못하고 갈라서게 되는, 이혼하게 되는 사람들은 또 얼마나 많은가? 꿈의 실현이 곧 욕망의 끝이 아니다. 새로운 욕망이 시작되고 새로운 불행이 기다리게 된다. "우리의 소원은 통일처럼/ 우리의 소원은 통일처럼/ 남북분단은 한낱 꿈이 될 거야/ 가난도 빈곤도 한낱 꿈이 될 거야/ 결혼만 하면 되는 연인처럼 행복할 거야."

시적 자아의 우울이나 이만식의 불만은 통일이 된다는 사실에 있는 것이 아니다. 그도 물론 다른 사람들처럼 이 지긋지긋한 분단의 시대가 어서 빨리 끝나고 통일의 시대가 새 해 첫 날처럼 도래하기를 간절하게 바라고 있다. 그가 우울해지는 것은 「즐거운 일도 있다」의 중간 부분에 나타나는 바와 같이 "푸념 같지만, 5,000년 유구한 역사 속에서 이렇게 산지는 몇 년 안 된다"라는 사실을 망각하고 있기 때문이다. 그래서 그는 툭하면 정치적인 문제로 불거지고는 하는 독도만이 아니라 만주 땅과 안시성이 한 때는 우리의 영토였다는 사실을 까마득하게 잊고 그저 하염없이 "우리의 소원은 통일, 꿈에도 소원은 통일, 이 목숨 바쳐서 통일, 통일을 이루자"라고 초등학교 시절에 배운 이 노래를 어디에서든지 목메어 부르는 데 대해 분통을 터트리다가도 그러한 울분을 다 독거리게 된다. "생각해보면 즐거운 일도 있다. 당장 죽어 꺼꾸러지더라고, 통일 된다면/ 즐겁지 않은가,/ 우리 동포들 한 2,000년 전 조상 닮아갈 것이니, 그러면/ 비좁은 종로거리, 전철역 입구에서 서로 밀고 당기며 얼굴 붉히는 현대사/ 이놈의 세상은 우리 5,000년 한국사에 좁쌀일 따름, 티끌일 따름."

그래서 시적 자아는 「언젠가 또 한 손바닥이 있어」에서 통일이 너무 빨리 될까봐 잠을 못 잔다. "생명이나 환경이나 자연의 보호나 존중은 너무 소극적입니다. 무언가 통일 민족을 힘차게 달려가게 할 그걸 생각해내야, 느껴내야 합니다"처럼 '통일 민족'으로서의 자부심이나 자긍심을 느낄 수 있는 그 무엇을 통일 시대를 대비해서 정책적인 차원에서 준비하지 않는 것을 그는 개탄하게 된다. 시적 자아가 통일 시대에 두려워하고 염려하는 것은 바로 투기이다. 남한 사람들은 수단과 방법을 가리지 않고 북쪽으로 올라가서 "땅을 사든지, 아니면 온천을 시작하든지, 해수욕장을 개발하든지, 콘도 지을 곳을 물색하든지, 중국이나 소련 국경에 슈퍼마켓을 차리든지" 할 것이고, 북한 사람들도 수단과 방법을 가리지 않고 남쪽으로 내려와서 "자식들 공부시키고, 무슨 일이라도 할 수 있겠죠." 그래서 통일시대는 아수라장이 된다. "야, 다들 보따리 싸, 내려가자, 올라가자, 아이고 삼촌, 아이고 고모, 우글우글, 왁자지껄…금강산 가자, 서울 가자." 통일이 되었어도 꼼짝 않고 그냥 자기 자리에 있는 독일인들과는 틀린 상황을 한국인들은 연출하게 될 것이라는 점을 이 시의 시적 자아는 염려하고 있다. 따라서 통일 그 자체보다는 통일시대를 맞이할 수 있는 현명한 방법을 연구해야만 한다. "이게 바로, 해야 할 일, 바로 지금부터 열심히, 적극적으로, 최선을 다해, 생각해내야, 느껴야 할 일이라는 말씀입니다, 제 말씀은!"

현 세태를 이렇게 날카롭게 꼬집어내는 작업은 역사적 사실에 대한 어떤 긍정적인 평가에 대해서도 계속된다. 그러한 작업은 "칼이 아니라/ 정신이 사람을 죽입니다"로 시작되는 「정신의 힘」으로 집약되어 나타난다. 이 시에서는 어떤 동일한 대상이 정신이라는 이름으로 얼마나 다르게 지칭될 수 있는지를 강조하고 있다. "그래서 4·19라는 정신의 힘이/ 5·16이라는 정신의 힘에 무너졌다고/ 대학 4년 동안 실패한 혁명, 실패한 혁명, 되뇌이는데// 그러다가 다른 정신의 힘 때문인지는 잘 몰라도/ 북한산에 가끔 올라가서 최근 4·19 공원묘지가/ 충무공 묘지처럼 성역화 되는 공사를 구경합니다."

동일한 사건에 대한 다른 평가작업은 비단 4·19에 대한 평가만이 아닐 것이다. 그것은 임진각에서 산 북한산 소주 한 병에 담긴 의미를 시적 형식으로 설명한 「순하고 착한」이라든가 「무사 귀환」에도 나타나 있다. "나이 64/ 국군묘지에/ 중위 조창호로 되어 있는 자"─그 조창호가 43년 만에 북한을 탈출하여 "포병 소위 조창호/ 군번 212966/ 국방 장관님께/ 무사 귀환을 신고합니다."라고 원대 복귀 신고를 하게 된 원동력은 무엇일까? 그것은 아마도 정신의 힘일 것이다. 자유라든가, 조국이라든가, 승리라든가 하는 것을 확신하는 신념에 찬 정신의 힘일 것이다. 그래서 "정신은 사람을 죽입니다/ 그리고 죽은 사람도 살립니다"로 끝맺는 「정신의 힘」과는 다른 의미의 정신의 힘을 시인은 「무사 귀환」에서 강조하고 있다.

o 해체주의자의 시쓰기

전부 14편의 시가 수록되어 있는 제4부는 크게 두 부분으로 나뉘어진다. 하나는 이만식 자신의 시론에 해당하는 시쓰기 이론이고 다른 하나는 다른 시인과의 교감을 시형식으로 설명한 것이다. 「내가 시집을 만들게 되면」, 「시인의 이름」, 「시론」, 「틈」, 「잡초」, 「시란 무엇인가: 도대체 어떻게 쓸 수 있을까」 등 6편의 시는 전자에 해당하고, 나머지 7편은 김수영, 최승호, 박찬일, 이승훈, 박상배, 조병화, 유종호 같은 시인들의 시에 대한 그 자신의 견해를 시형식으로 설명한 것이다.

이만식의 시쓰기 이론의 핵심은 언어의 해체에 있다. 언어의 해체라고 말할 수 있는 것은 그가 대상에 대해서, 대상의 본질에 대해서 끊임없이 질문하고 있으며 나아가 그러한 대상을 언어로 엮어내는 작업 자체에 대한 되물음에 근거한다. 이러한 질문과 되물음에서 그가 파악해 낸 실체—그것이 바로 '틈의 미학' 혹은 '틈의 시학'이다. "물, 불, 공기, 흙/ 이런 것들의 시가 있다/ 나도 이런 것들의 시를 쓰고 싶었다/ 그런데 시는 안나오고 자꾸 자꾸/ 갈라진 틈만 보인다 그 사이로/ 불이 올라오고 물이 흐르고/ 공기가 지나가고 흙이 들어온다"라고 끝맺는 그의 시 「틈」에는 그가 대상의 포착을 가능한 것으로 파악하기보다는 불가능한 것으로 파악하고 있음을 엿보게 한다. 특히 마지막 부분에 해당하는 '흙이 들어온다'는 이 시의 전반부 끝부분에 해당하는 "갈라진 틈 사이로/ 내 송장을 메우는 흙이 들어온다"의 반복이며, 이러한 흙은 대상을 인식하는 주체인 시인 자신의 육신—죽어버린 육신—을 메우는 역할을 하게 된다. 따라서 그의 시에서는 인식의 주체는 물론 그 대상마저도 사라지게 되고 그러한 대상을 대신하는 틈만이 존재하며 그러한 틈마저도 흙에 의해서 채워져 버리게 된다. 그러나 흙 그 자체를 들여다보면 거기 어딘가에 또 다른 틈이 존재하는 것을 알 수 있다.

가장 기본적인 고대의 원소이자 만물의 근원이 되기도 하는 물, 불, 공기, 흙을 핵심으로 하는 이만식 시 「틈」에서 불은 올라오고, 물은 흐르고, 공기는 지나가고, 흙은 들어온다. 사실 올라오고 흐르고 지나가고 들어오는 각각의 행위는 그것이 변별적으로 일어나는 것만큼 대상 그 자체를 종합적으로 구체화하기도 한다. 이들 네 가지 요소의 이러한 점을 들어 프랑스와 조스트는 물은 문학운동을, 불은 문학적인 주제와 모티프를, 공기는 모든 생물세계를, 흙은 문예운동에 관계된다고 파악했다. 이렇게 본다면 이만식이 「틈」에서 물, 불, 공기, 흙을 주제로 하는 시보다는 그러한 것들의 틈에서 파악되는 것들을 주제로 하는 시를 쓰고자 의도하는 것은 상당한 의미를 지닌다. 그래서 그는 자신의 「시론」에서 자신의 시를 '잔혹시' 혹은 '잔혹 서정시'라고 규정하고 싶어 한다. 여기서 우리는 '잔혹'이라는 말에 주목할 필요가 있다. 왜냐하면 그는 '무엇이건 간에, 생명의 마지막 꼴딱에' 관심이 많고 '죽어 나자빠질 때'에 관심이 많기 때문이다.

살아 있는 대상보다는 죽어가는 대상에, 대상의 겉모습보다는 철저하게 분해 되어 버린 대상의 내면세계에, 대상 그 자체보다는 대상과 대상사이의 틈새에 지대한 관심을 보이는 그에게 있어서 대상은 '결국 썩는다'는 사실이다. 그러한 점을 우리는 "결국, 썩을 어머니, 결 국썩을 아버지, 결 국썩을 아들, 결 국썩을 딸, 결 국썩을 아내, 뜸을 들이는 이유는 결국 썩을 나, 나의 썩음"이라고 고백하는 「결국 썩는다」에서 엿볼 수 있다. 대상은 썩고 대상의 흔적만이 남게 된다. 그리고 그러한 흔적마저도 틈과 틈 사이에서나 나타나게 된다. 그래서 그는 자신의 시가 남들이 주목하지 않는 것들, 남들을 돋보이게 하는 것들, 말하자면 꽃다발에서 장미꽃을 돋보이게 하는 안개꽃 같은 것이 되기를 간구한다. 그러한 견해가 바로 「잡초」에 나타나 있다. "내 시의 배경에는/ 아니 내 시 속에는/ 잡초가 무성무성하기를." 누구나 주목받은 삶이고 싶어 할 때 기꺼이 주변적인 삶이 되고자 하는 이만식 시인, 누구나 자신의 시가 최고로 돋보이고 싶어 할 때 그 주변에 서고자 하는 이만식의 시, 아무도 아끼지 않는 잡초 같은 시이기를 바라는 시, 그러나 주목받는 시인, 주목받는 시, 아끼는 시를 돋보이게 하는 보조역할로서 만족하는 시인과 시는 오히려 그 반대의 역할을 한다. 말하자면 중요한 것은 중요하지 않게 되고 중요하지 않은 것(사실은 중요하지만 그것이 중요하다는 점을 무식한 사람들이 미처 생각하지 못했던 것)이 중요하게 되는 시대의 시—그것이 바로 해체시대의 시쓰기 이론이다. 그리고 이러한 이론을 종합하는 시가 바로 「시론」, 「틈」 및 「잡초」이다.

그러면 이처럼 철저하게 무장한 시쓰기 이론에 의해서 쓰게 되는 '시'의 정체는 과연 무엇일까? 그것을 이만식은 「시란 무엇인가/ 도대체 어떻게 쓸 수 있을까」에서 시는 감정이 아니라 경험이라는 점을 강조하고 있다. 김수영의 말과 릴케의 말이 적절하게 인용된 이 시에서 그는 다음과 같이 확언한다.

그래도 그래도
최고급의 독자가 읽고
그 독자의 가슴을 열고
내가 몰래 아무도 보지 않는 곳에서
다들 잠을 자는지 확인하고 울면서
때로는 웃으면서 쓴 바로 그 자리에서
누군가 세상 어느 곳에 한 사람이 있어

그가 가슴을 열고 울거나 웃어 준다면
아니 그렇게 내 경험을 만나 준다면
아, 나는 시를 쓴 것이다
이제 죽어도 좋다

시인으로서의 자신의 경험과 독자로서의 타인의 경험이 일치되기만 한다면, 그래서 자신의 남모르는 경험세계를 독자들이 이해하게 되기만 한다면 '나는 시를 쓴 것이다'라고 자랑스럽게 소리치는 이만식의 시에는 사소한 것들이란 있을 수 없다. 모든 것이 중요하면서도 의미심장하게 자리 잡게 된다. 그러한 의미심장함은 바로 다름 아닌 거짓의 죽임, 디오니소스로 대표되는 시인의 진실된 축제를 방해하는 자가 있다면 그는 거짓으로 고발당해 죽임을 당하게 된다. "혹시 만에 하나 무심하게도 방해를 하는 자가 있으면/ 그가 임금님이든 아들이든 남편이든 길길이 날뛰는/ 여인네들 날카로운 손톱을 드세우고 달려들어/ 갈기갈기 찢어 죽였다는데 그 통쾌한 마음이 이해가/ 되지 않아 더 이상 살아 있지 않아도 좋은 그런 통쾌함," 그것이 바로 그가 그토록 진실 되게 추구하는 시의 세계이다.

시적 대상을 발기발기 분해하여 해체하고 자신의 진실된 시세계를 거부하는 것은 지위고하를 막론하고 갈기갈기 찢어 죽이고자 하는 이만식의 시세계에서 또 하나 죽임을 당하는 것은 「시인의 이름」에 등장하는 '이만식'이라는 그 자신의 이름이다. 모두들 시인이 되려면, 시인이 되고 나면, 아니 시인으로 등단하려면 그럴싸한 이름을 작명하여 전혀 다른 모습으로 등장하고자 한다. 그러한 예를 우리는 멀리는 고전시인에서부터 가깝게는 오늘날의 시인까지 손쉽게 찾아볼 수 있다. 촌스러운 이름, 자신이 처음 태어나자마자 생년월일과 집안의 항렬 등을 고려하여 할아버지나 아버지가 그 유명한 작명가로부터 받아온 이름, 자손만대 부귀영화를 누릴 수 있다는 그 이름, 호적에도 오르고 학적부에도 오르고 주민등록에도 오르고 모든 재산권 행사에서도 실명으로 사용되는 그 고유한 이름을 시인이 되기 위해서 헌신짝처럼 팽개쳐버리는 요즈음 세상에, 이만식은 고집스럽게 그 고유의 이름, "시인의 이름으로는 어울리지 않는다/고 누가 말했는데, 사실이다"라고 자기 자신도 인정하는 이름을 우직하게 여전히 사용하고 있다. 대학 때의 '만돌이'나 유학 시절의 '맨'같이 친구들이 놀려대던 그 이름, 이만식. 그는 자신의 이름을 조만식, 채만식, 홍만식과 같은 대열에 올려놓아 보기도 하지만 속으로는 언제나 자문하고는 한다. '왜, 이런 이름이지.'

스스로 인정하고 스스로 반문하는 시인 같지 않은 자신의 이름을, 뭐니 뭐니 하는 필명으로, 시인 같은 이름으로 바꾸지 않는 이유는 무엇일까? 그것은 그의 순수성 때문이다. 그에게 있어서 이름은 그렇게 중요한 것이 아니다. 그에게 있어서 어떤 대상의 이름은 그렇게 중요한 것이 아니다. 이름이나 명칭보다는 그러한 이름이나 명칭 뒤에 감추어진 본질이 더 중요하고, 그러한 본질을 해부하여 규명하는 것이 더 중요하다. 그래서 철저한 해체주의자인 그는 자신의 이름—이만식이라는 이름까지도 철저하게 해부하여 규명하려고 한다.

o 한국시의 새로운 역할을 위하여

앞에서 살펴 본 바와 같이 이만식 시의 중심에는 언제나 언어에 대한 성찰이 자리 잡고 있다. 그의 그러한 언어관은 시선에 잘 들어오는, 바라보려고 하지 않아도 바라보게 되는 거대한 구조물에 있는 것이 아니라 바라보려고 노력해야만 시선에 들어오게 되는 작은 사물들에 대한 관찰에서 비롯된다. 그의 남다른 관찰력은 생명체나 무생명체에게 똑같이 작용한다.

그의 시의 중심을 형성하는 언어관 다음으로 그의 시에서 중요한 역할을 하는 것은 경험이다. 경험으로서의 시를 그는 강조한다. 그리고 그는 자신의 이러한 경험을 똑같이 경험할 수 있는 독자가 자신의 시를 읽기를 간절하게 바란다. 그의 시세계에서 자주 등장하게 되는 이러한 경험의 세계는 그의 등산, 주로 북한산을 오르고는 하는 등산에 그 바탕을 두고 있다.

언어에 대한 성찰, 경험으로서의 시 다음으로 그의 시에서 빼놓을 수 없는 영역이 바로 순수성의 유지이다. 이 시대에, 이 간악한 시대에 자신의 순수함을 유지하는 일이란 그렇게 용이하지 않을 것이다. 그럼에도 그는 자신의 순진무구함을 어리석을 정도로 유지하고 있다. 타협 없는 깨끗한 삶의 자세를 그는 강조하고 있다.

날카로운 성찰, 부단한 경험, 깨끗한 순수를 바탕으로 하는 그의 시에는 세상에 대한 섬뜩한 비판정신이 깔려 있다. 그러한 비판정신은 물론 겉으로 드러나는 것이 아니라, 직설적으로 표현되는 것이 아니라 행과 행간에, 의미와 의미 사이에 간간히 유효적절하게 드러나게 된다.

하고 싶은 일만 하라고, 쓰고 싶은 글만 쓰라고, 말하고 싶은 것만 말하라고, 절대로 눈치 보지 말라고, 참지 말라고―시인인 그를 가끔 만날 때 마다 간곡하게 제안하고는 하는 그의 시에는 이 모든 사실들이 빠짐없이 깃들어 있다. 자유로운 시의 세계를 구축하고 있는 그가, 그의 시가 한국시의 새로운 역할을 할 수 있게 되기를 기대한다.

10.2.2 신현림의 시세계

호라티우스는 자신의 『시론』에서 시와 그림의 관계를 언급했다. 그가 시와 그림과의 관계에 관심을 기울인 까닭은 색채예술인 그림을 언어예술인 시로 설명하기 위해서라기보다는 시의 다양성을 제시하기 위해서였다. 그 결과 그는 시적 다양성에 대해서 이렇게 언급했다. "그림과 마찬가지로 시도 가까이서 볼 때에 효과적인 작품이 있고 멀리서 볼 때에 효과적인 작품이 있다. 말하자면 밝은 곳에서 볼 필요가 있는

작품이 있고 어두운 곳에서 볼 필요가 있는 작품이 있다.” 이 말에 의
한다면 신현림의 시집『세기말 블루스』(1996)는 어두운 곳에서 볼 필요
가 있는 작품들로 채워져 있다. 이렇게 말할 수 있는 것은 이 시집의
제목에 암시되어 있는 중압감 때문이다. 이러한 중압감은 ‘세기말’이라
는 말이 지니고 있는 암담한 종말과 ‘블루스’라는 말이 지니고 있는 우
울한 선율과 몸짓에서 비롯된다. 아울러 그녀의 시집에 삽입되어 있는
몇 장의 누드 사진과 삽화들로 인해서 그러한 중압감을 온 몸으로 버
티어 서는 연약한 그러나 연약할 수 없는, 일상인의 그러나 일상인이라
고 할 수 없는 일상인의 삶을 엿볼 수 있게 된다. 글의 시작을 그림과
시의 관계에서부터 출발한 것은 수용의 몸짓보다는 거부의 몸짓을 바
탕으로 하는, 다가올 세기에 대한 환희의 함성보다는 끝나가는 세기에
대한 처절한 절규를 바탕으로 하는 자기 자신의 시세계를 몇 장의 누
드 사진과 삽화로 형상화시키고 있기 때문이다.

o 격랑의 세월을 살아야 했던 ‘나’의 자서전

「프롤로그」, 「제1부/사랑한 자가 아는 진실」, 「제2부/황혼 아리랑」,
「제3부/당신의 참 쓸쓸한 상상」, 「제4부/세기말 블루스」, 「에필로그」 등
으로 구성되어 있는 신련림의 시집『세기말 블루스』에는 우선 과거의
‘나’를 드러내기, 현재의 ‘나’를 반성하기 그리고 미래의 ‘나’를 찾아가
기가 질서정연하게 나타나 있다. 과거의 ‘나’를 드러내기는 「오백 원
대학생」에 잘 집약되어 있다. 이 시에서 시인의 하루하루의 대학생활은
500원으로 압축된다. “왕복 전철 비 이백 원/ 점심 라면값 이백 원/ 커
피 값 백 원/ 대학 때 하루 생활비는 오백 원이었다.” 하루를 500원‘만’
으로 살아가야만 했던 그 시절의 체험은 현재의 ‘나’에게도 변함이 없
다. “오른 물가만 빼면 그때나 지금이나 다를 바 없네/ 가난의 역사를
바꾸고 싶은 서러운 오백원 인생/ 까짓거 허기진 채 일렁이며 흘러가죠

/ 그러나 못 살겠다 갈아보자 오백 원 인생."

그러나 정작 읽는 이를 숙연하게 하는 구절은 '신경정신과 의사한테 비싸다며 울어서 약값 깎던 오백 원 인생'이라는 대목이다. 이러한 대목은 그녀의 시 「신경정신과 병원으로부터」로 이어진다. 이 시의 제3연은 다음과 같다. "그건 사는 게 아니었다 너무나 긴 장례식이었다/ 이쁘고 발랄할 이십대에 죄수만 같다니/ 치욕스러워라 더이상 시간을 잃고 싶지 않아라/ 모래구름 속에 발이 떠다니며 경련하는 병/ 어리석고 부질없는 병 아닌 병." 치유불가능한 병—그러나 이쁘고 발랄할 이십대의 여대생에게 병이라고 하기에는 억울한 병을 치료하기 위해서 약값을 깎아야만 했던 처절한 삶은 그러한 삶을 살아보지 않은 사람은 그 심정을 헤아리기 어렵다고 생각된다. 그것은 가난 때문이기도 하고 꼿꼿한 자존심과 암울한 시대에 대한 항변 때문이기도 하다.

만19세인 1980년부터 30세 때까지를 자전적으로 기록한 시 「나의 이십대」에는 다음과 같은 서두부분이 자리 잡고 있다. "나는 의지박약증 환자였고 지지리도 못난 울보였다/ 나와 식구들은 야당정치가 아버지 운명의 새끼줄에 끌려 다닌/ 궤짝 안의 고달픈 사과였다 이제 뭐든 끝장을 보는/ 집요증 병자가 되기까지 부끄러움을 무릅쓰고/ 80년대의 바다와 격랑 속의 나의 이십대를 메모한다." 이 시를 읽어 보면 신현림의 부친이 13대 통일 민주당 국회의원이라는 점, 그녀 자신은 시보다 그림에 더 열중했다는 점, 결핵을 앓았다는 점, 본의 아니게 사수를 한 끝에 국문과에 입학했다는 점, 가톨릭신자라는 점, 많은 사람들의 죽음을 목격했다는 점 등을 알 수 있다.

사실 아주 젊은 시절부터 그녀 자신이 겪어야만 했던 이러한 일들은 비단 그녀 자신의 가정 사정 뿐만은 아니다. 그것은 우리민족의 비애로까지 확산된다. 그것을 우리는 「아, 가고 싶은 평북 선천」에서 찾아볼 수 있다. "내 어머니, 김정숙은 평북 선천군 선천면 일신동 국수고개 아랫마을에 사셨다/ 천도교 신자셨던 외조부모님 존함은 김영상, 정후옥

이시다/ 어머니의 송모, 학모, 정력, 원순 형제를 찾는다/ 기다림의 봉화불로 밝히는/ 아, 통일이 올 그날에,” 이 인용구절에서 중요한 점은 마지막 구절 ‘아, 통일 올 그날에,’가 쉼표로서 끝나고 있다는 점이다. 그러나 아직은 끝나지 않은 셈이다. 왜냐하면 ‘쉼표’는 어떠한 행위가 여전히 지속되고 있음을 의미하기 때문이다. 이러한 구문의 활용은 1990년대 한국 현대시의 한가지 특징을 이루고 있다. 어머니로 대표되는 이산가족의 아픔은 신현림 자신의 시 ‘가족’에서 또 다른 형식의 이산가족으로 나타나게 된다. “추워요 무서워요/ 다신 떠나지 마세요”라는 애원으로 끝맺는 이 시에서 우리는 풍운의 아버지와 그러한 아버지를 대신하여 ‘홀로 감자알 같은 자식을 다스리는 어머니’의 외롭고 긴 삶의 여정의 그려져 있다.

이러한 세상에 맞서야 하는 ‘나, 신현림’에게 있어서 싸움은 무엇을 의미하는가? 그것은 바로 자신과의 싸움, 망가져 가는 자신과의 싸움에 해당한다. 56쪽에는 「나의 싸움」이, 57쪽에는 흑백의 여성 누드 사진, 정확하게 말하면 머리 없는 뒷모습뿐인 누드사진이 대칭을 이루고 있는 이 부분이 그녀의 지금 심정을 집약하고 있다고 볼 수 있다. 이 시의 전문은 다음과 같다.

삶이란 자신을 망치는 것과 싸우는 것이다

망가지지 않기 위해 일을 한다
지상에서 남은 나날을 사랑하기 위해
외로움에 지나쳐
괴로움이 되는 모든 것
마음을 폐가로 만드는 모든 것과 싸운다

슬픔이 지나쳐 독약이 되는 모든 것
가슴을 까맣게 태우는 모든 것

실패와 실패 끝의 치욕과
습자지만큼 나약한 마음과
저승냄새 가득한 우울과 쓸쓸함
줄 위를 걷는 듯한 불안과

지겨운 고통은 어서 꺼지라구!

위 인용시에서 내가 싸워야 하는 대상은 위대한 그 무엇이 아니라 사소한 일상적인 것이다. 그것들은 주로 내 '마음을 폐가로 만드는 모든 것'에 해당한다. 가령 외로움에서 비롯되는 괴로움, 슬픔에서 비롯되는 독약, 실패에서 비롯되는 치욕, 나약한 마음, 우울, 쓸쓸함 그리고 불안이 그것이다. 그러나 무엇보다도 시인을 괴롭히는 대상은 고통이다. 왜냐하면 고통이야말로 앞에 열거된 모든 요소를 집약하고 있기 때문이다. 그래서 절규한다. '어서 꺼지라구!' 그렇다고 꺼질 수 있는 고통은 없다. 왜냐하면 그것이 바로 '나의 시'의 주제이기 때문이다. "세상을 향해 품을 열어놓고/ 나는 돌아본다. 뭣보다 진하게 느끼는 세기말을/ 도시의 우울과/ 슬픔 열정의 그림자를/ 사람의 욕망과 쓸쓸함을/ 솔직하게 비춰내고자/ 괴로움을 넘고자 내 노래는 출렁인다/ 거침없이 일렁이며 흘러가고자// 사무치는 아리랑처럼 결정의 록처럼/ 푸근한 재즈, 블루스처럼."

위 인용시의 맞은 편 쪽에 게재된 흑백 누드 사진에는 온몸으로 세상에 버티어 서야만 하는, 따라서 치열한 몸짓으로 세상에 맞서야만 하는 이 시인의 모습이 담겨져 있다. 사진은 물론 순간의 정지를 바탕으로 하지만 이 흑백 누드사진은 정지보다는 과감한 행동을, 순응보다는 과감한 반역을, 여성다움보다는 과감한 변신을 보여준다.

세상에 대한 불만과 질타, 주변에 대한 경멸과 멸시, 그리고 자신에 대한 끊임없는 질책과 분노에도 불구하고 '나는 나 자신'일 뿐, 그 누구도 될 수 없는 까닭에 격랑의 세월을 살아야 했던 신현림 역시 자신에게로 돌아간다. 이러한 모습은 그녀의 시 「나는 나에게로 돌아간다」에 반영되어 있으며, 이 시의 후반부는 다음과 같다.

> 청춘의 횃불이 꺼져간다
> 괴로워야 할 치욕도 상처의 저수지도 잊어가고
> 우리의 숙명인 열정도 식어간다
> 근근이 살아가는 고달픔이란,
> 너는 허기져 삽살개를 찹쌀개로 헛발음하고
> 시계 사준다는 말이 나는 시체 사준다는 말로 들리고
>
> 혼자가 싫어 드라큐라라도 함께 있고픈 주말
> 사나운 날씨를 못 견뎌 헤매는 오후 네 시
> 울지 않으려고 웃으면서
> 나는 나에게로 돌아간다

　모든 것을 상실해야만 하는 시대, 그것은 굳이 못 먹어서 배고픔으로 대변되는 시대가 아니라 혼자 있기 때문에 느끼게 되는 외로움으로 대변되는 시대이다. 그래서 누구라도 좋다, 드라큐라라도 좋다, 나와 같이 있어주기만 한다면, 나의 이 외로움을 같이해 주기만 한다면, 설령 그것이 죽음이라도 좋다. '혼자가 싫어 드라큐라라도 함께 있고픈 주말,' 이 주말에 같이 있을 수 있는 그 누구도 없이 '나는 나에게로 돌아간다.' 그러나 돌아가면 또 다른 고독과 외로움과 괴로움이 있을 뿐이다. 누구나 세기말을 살아가고 있기 때문에.

　ㅇ 세기말에 맞서는 절규와 몸짓
　신현림 시집에는 '세기말 블루스'라는 제목의 시가 전부 다섯 편 수록되어 있다. 첫 번째 세기말 블루스의 첫 번째 부제는 '곧 잊을 수 없는 저녁이 올거야'이고 두 번째 부제는 '보다 혹독한 날들이 다가오고

있다'이다. 첫 번째 부제는 다름 아닌 종말을 두려워할 필요가 없다는 것, 즉 '지옥에 살면서 뭐 하러 종말을 두려워하니?'처럼 이 지겨운 세상, 그러니까 세기말을 살아야만 했던 '나'의 자서전에서 살펴본 바와 같은 세상의 종말을 환영할 일이지 두려워해서는 안 된다는 점을 강조한다. 두 번째 부제는 '허무주의'와 '체념'에 대한 경고에 관계된다. 이 두 요소는 「세기말 블루스 1」의 서두부분을 장식하고 있는 합성사진에 나타나는 인간의 처절한 모습과 황폐한 자연환경에 이미 암시된 것들이다. 그러나 신현림, 시적자아, 서정적 자아, 독자는 이러한 세기말을 적극적으로 맞이하고자 한다. "오느냐 오거라 저승의 숨결을 내뿜으며/ 쓰레기와 눈물로 고통의 오대양을 넓히고. 식은 잠과 밥으로 희망을 부르고/ 그놈의 정 그놈의 돈 때문에 아픈 가슴 짓밟으며/ 오느냐 오거리 세기말이여 서기 2000년이여."

「세기말 블루스 2」(신현림 시집 목차에는 이렇게 되어 있지만 실제 112쪽에는 「세기말 블루스 1」로 되어 있다. 이 글에서는 앞에서 살펴본 「세기말 블루스 1」과의 혼동을 피하기 위해서 「세기말 블루스 2」로 파악하고자 한다)의 부제는 '행복과 불행'이라는 반의어이다. 이러한 반의어를 바탕으로 하는 이 시에서 신현림이 추구하는 것은 자신에 대한 위로이다. 제1연에 나타나는 바와 같이 "후손도 없이 불행한 삶을 살다간/ 백년전의 랭보씨와 보들레르 시를 읽었다"처럼 행복과 불행의 이원법을 이 시에서는 거부하고 있다. 그러한 거부의 일면을 보이는 부분이 '씨'와 '시'이다. 사실 우리말로 했을 때 'ㅅ'이 있느냐 없느냐에 따라서 전자가 되고 후자가 되는 것처럼 "행복과 불행은/ 해바라기와 달맞이꽃 차이가 아닐까." 그러한 의문은 발전되어 만약에 '내가 남자로 태어났다면,' 나는 아름다운 연애를 하고 아름다운 페니스를 가지고 있으며, "나의 페니스는 촛불처럼 아름다웠을까?"에 반영된 의미는 자못 해학적이고 냉소적이고 이중적인 의미를 지닌다. 또한 돈과 사랑에 강한 그러한 사람으로서의 '나' 자신을 행복하게 할 수도 있다. 그러나 이에 대한 해답은 '아니다'이다. 왜냐하면 행복과 불행은 차이가 없다는 것을 이 시인 자신이 이미 터득하고 있기 때문이다. 그것은 "인생에서 많은 것을/ 기대 말아야 하는 것쯤은 아는데/ 왜 모든 게 힘들까? 힘들다고만 느낄까? 바보같이"라는 마지막 연에 압축되어 있다.

「세기말 블루스 3」(신현림 시집 목차에는 이렇게 되어 있지만 실제 113쪽에는 「세기말 블루스 2」로 되어 있다. 이 글에서는 앞에서 살펴본 「세기말 블루스 2」와의 혼동을 피하기 위해서 「세기말 블루스 3」으로 파악하고자 한다)의 부제는 '나중이란 없다'이다. 따라서 당연히 오늘, 지금 이 순간, 순간적인 것에 대한 집착을 이 시는 강조하고 있다. "시간이 안 아까운 영화와 책을 보렴/ 시간이 안 아까운 일을 찾아 정열을 쏟으렴/ 시간이 안 아까운 좋은 사람을 만나/ 사랑의 쇠못에 네 전부를 걸으렴// 나중이란 없으니까!" 소문난 예언자나 점쟁이처럼 '나중이란 없다'라고 절규하는 이러한 태도는 세기말에 대한 확신에서 비롯된다. 그러나 그러한 확신은 절망과 불안과 초조를 치환시킬 수 있는 '오래 남는 쾌감'과 '오르가즘'처럼 순간적일 뿐이다.

「세기말 블루스 4」의 부제는 '망할 놈의 차'이다. 사실 자동차는 20세기의 대표적인 산물이라고 볼 수 있다. 그것은 인간에게 편의성을 부여하고 시도 때도 없는 나다님을 가능하게 하고 여가선용이라는 고급스러운 시간 활용을 부추기고 아울러 인구의 순간적인 대이동을 야기하기도 한다. 그러나 그것은 이제 체증과 불편과 대기오염과 소음과 소비의 대명사로 전락했다. 그럼에도 자동차 판매는 해마다 급증하고 있다. 이러한 현실에서 누구나 경험하게 되는 답답함과 짜증을 이 시에서는 솔직하게 토로하고 있다. 그리고 그것은 세기말의 한 가지 현상에 해당된다. "차가 밀리고 밀리는 동안/ 우울의 경적을 울리며/ 잠과 짜증도 밀리고 밀려/ 밀리고 밀리는 일이 사는 거라고/ 지겨워도 뜰 수 없는 서울을 떠나는 게 꿈이라고// 갑시다 어서 갑시다/ 망할 놈의 차." 서울뿐만이 아니라 세계 도처의 세기말에 처한 도시는 차량의 홍수로

'밀리고 밀리는 일이 사는 거'에 해당한다. 인간은 짐짝처럼 취급되고 생각할 겨를도 없이 승차하고 내리고 달리고 뛰고 그리고 밀리다가 귀가하게 되는 일상인이 될 뿐이다.

「세기말 블루스 5」의 부제는 '슬픔은 슬픔을 넘지 못하고'이다. 그리고 이 다섯 번째 시의 주제는 앞에서 살펴본 다른 시의 주제와는 사뭇 다른 느낌을 준다. 그것은 우선 부실공사와 대기업의 사리사욕으로 인해서 그리고 정부당국의 무책임한 감독소홀로 인해서 어이없이 죽어간 선량한 사람들의 삶을 애도하고 있기 때문이다. "얼마나 더 아파야 따뜻한 길이 보이나/ 얼마나 더 잃어야 안 무너지는 세상이 오나"로 시작되는 이 시에는 세기말처럼 모든 것이 끝장나 버렸던 지난 90년대 부정적인 의미의 한국사회상이 집약되어 있다. 말하자면 삼풍백화점 붕괴, 마포의 도시가스 저장소 폭발, 대구 지하철 공사장에서의 도시가스 폭발, 건설 중이던 행주대교 붕괴, 출근길의 성수대교 붕괴, 여객선 침몰, 여객기 추락, 열차의 전복, 그리고 지존파의 인명경시 풍조와 막가파의 생매장 등 어느 일간지의 '이 나라는 사고 백화점인가'라는 자조 섞인 질타처럼 일상인으로 만족하며 살아가는 사람들을 전율시키는 일들이 정말로 이 나라에서 일어났었다. 그것도 세기말에. "정든 이는 정든 순간으로 돌아가고/ 흐르는 눈물은 관을 덮어주고/ 뜨거운 흙으로 얼굴을 뭉개며/ 슬픔은 슬픔을 넘지 못하고/ 불행은 불행을 빠져나가지 못하고."

물론 세기말 사상이라든가, 세기말 위기감이라든가, 세기말 분위기 등은 비단 20세기에만 한정된 것은 아니다. 그러한 사상과 위기감과 분위기는 이미 19세기말에도 팽대했었다. 그러나 이러한 요소들이 이 시대에 더욱 절실하게 느껴지는 것은 그 이전 시대와는 사뭇 다른 요소들, 말하자면 신현림의 일련의 '세기말' 시에 나타나는 바와 같이 망각과 기억, 행복과 불행, 지금과 나중, 자동차로 대표되는 편리와 불편 그리고 건설과 붕괴라는 이원법이 사라지는 시대에 우리가 살고 있기 때문이다.

 이러한 시대에서 우리가 추구하는 것은 무엇인가? 그것은 '황혼의 기도' 1과 2에 나타나는 간절한 기도와 소생이다. 기도와 소생은 이미 앞에서 살폈듯이 신현림이 가톨릭 신자라는 점과 무관하지 않다. 그리고 그것은 진정한 인간으로 돌아가기 위한 마지막 절차이기도 한다. "기도한다는 것은 미신도 아니며/ 하느님에게만 의지하는 것도 아니다/ 오로지 그지없는 연약함과/ 서러움을 지닌 인간으로 돌아가는 것이다"라는 소노 아야꼬의 시구를 인용하고 있는 「황혼의 기도 1」에서는 남의 슬픔을 듣기 위해서, 시들어가는 자신을 되살리기 위해서 기도하게 된다. "깊은 우물 환한 두레박 내려 깨우듯/ 내게 손을 내미소서 남의 슬픔을 듣게 하소서/ 가을바람에 단풍나무 불붙듯/ 힘없는 마음에 불을 지르소서."

 이러한 간절한 기도와 소생에의 희망이 「황혼의 기도 2」에서는 이 시대에 대한 저주와 애도로 바뀌어 버린다. '지구의 거대한 초록색 수박'이라는 대자연이 황폐해가는 것을 용서해 달라는 대전제하에 시작되는 시대에 대한 저주는 다음과 같다. "전 농산물의 수입화, 전 제품의 외제화의 격랑 속에/ 우릴 굳게 보전하소서/ 배꼽티 입은 황진이 같은 햄버거족마다/ 빠다냄새 나는 간판 이름마다/ 코끝에 국산 고추가루를 잠시 뿌려주시든가/ 탄광 같은 검은 강과 물고기들에게 희망의 산소호흡기를 대주시고/ 대중교통을 이용하도록 자가용 바퀴란 바퀴 종종 얼게 하시고/ 환경의식이 없는 주부의 손목을 잠시 호른처럼 꼬이게 하시고/ 더도 말고 삼년간만 생계엔 지장없이/ 대통령에서부터 노점상 할머니, 한글 깨친 아기까지/ 문화의 전염병을 앓게 하소서." 세기말로 이름 지은 「황혼의 기도 2」에서 모색하는 것은 다름 아닌 외래문화에 의해서 사라져가는, 정말로 세기말처럼 사라져가는 자국문화에 대한 마지막 애정과 통곡이다. "황혼녘이면/ 온 국민이 하루의 사망을 애도하며/ 삼분간만 일제히 통곡하게 하소서"로 끝맺는 이 시에서 우리는 지나간 식민지 시대의 망령을 되살리게 된다. 그것은 이제 영토의 식민지화가 아니라 문화의 식민지화이며, 일상생활 곳곳에 깊숙이 배어 있는 외래문화는 우리가 미처 그것을 인식하기도 전에 우리의 생활을 지배하기 시작한 것이다.

  ○ 세상에 대한 연민과 불확실의 세계
 "기나긴 밤마다/ 아무 위로 없이 남겨진 나의 너여/ 더이상 탄식의 나팔을 불지 마라/ 현세가 지옥인 때는 슬픔의 독을 품고 가라/ 무자비한 세상, 지옥의 슬픔을 월경하기 위하여"로 시작되는 「슬픔의 독을 품고 가라」에서부터 "지금 중요한 건/ 여기 우리 함께 있다는 것/ 마지막 춤…/ 천천히 마지막 춤을"로 끝맺는 「마지막 춤」까지, 『세기말 블루스』에서 추구하는 것은 세상에 대한 연민과 불확실의 세계이다. 그것은 세기말에 처해 있다는 의식을 가지고 있는 사람들에게 있어서 필연적인 것일 수도 있다. 그러나 그것에 어떻게 대처하느냐의 문제는 상이할 것이다. 신현림이 추구하는 이 두 가지 세계는 '장미빛'으로 요약된다. 화려한 내일을 기약하는 빛깔로서가 아니라 사라져버리는 순간의 빛깔로서 요약된다. "모든 클라이맥스는 장미빛이다/ 모든 절정 모든 절벽은 장미빛/ 사람들은 장미빛을 사랑한다/ 그러나 그 붉은빛을 견디지 못한다/ 장미빛은 닿는 순간 사라진다"라는 「장미빛으로 끝나는 시」처럼, 성취의 모든 순간은 순간일 뿐 지속되지 않는다. 말하자면 순간의 성취에 실패, 순간의 사랑과 이별, 순간의 희망과 좌절이 있을 뿐, 영원불변한 것이란 존재하지 않는다고 볼 수 있다. 그리고 그러한 순간성은 세기말의 시대에 더욱 절실하게 느껴지게 된다. '1999년 12월 31일 자정'이 지난다고 해서 일상인이 자신의 피부에 느낄 수 있는 그 무슨 새로운 것이 도래할 것인가?는 미지수이다. 종말과 시작은 사실 아무런 차이가 없다.
 그러나 어느 시대를 살든 일상인으로서의 우리에게 필요한 것은 따뜻한 마음씀씀이이다. 그것은 바로 「따뜻한 다리를 꿈꾸며」에 나타나 있다. "사람과 사람이 손을 잡듯/ 삶을 이어주고 만나게 하는/ 부드러운

다리를 만들라 한다/ 따스해서 끊어지지 않는 다시/ 헤어져도 헤어지지 않는 다리를// 뭐든 다시 시작돼야 한다." 피동태로 끝나는 '시작돼야 하는 그 무엇'의 주체는 물론 사람들이다. 이들이 함께 있을 때에 불확실한 세계에 대한 두려움도 사라지게 된다. 하지만 이들은 함께 하지 않는다. 죽음에 의해서든 다른 어떤 요인에 의해서든 사람들은 언제나 혼자 있고 싶어 한다. 이 점을 안타까워하는 시가 「자화상」이다. 물론 그 맞은쪽에는 아홉 개로 구분된 신현림의 자화상이 흑백으로 수록되어 있다. 이 시의 전문은 다음과 같다.

울음 끝에서 슬픔은 무너지고 길이 보인다
울음은 사람이 만드는 아주 작은 창문인 것을

창문 밖에서
한 여자가 삶의 극락을 꿈꾸며
잊을 수 없는 저녁 바다를 닦는다

10.2.3 김신용의 시세계

o 시읽기를 시작하면서

지금은 정간된 《현대시사상》에서 마련한 어느 모임에서 시인 김신용을 처음 만났던 10여 년 전의 기억을 떠올리면서 그의 최근 시집 『환상통』(2005)을 읽게 되었다. 물론 그동안 간간히 혹은 자주 이런 저런 문예지에 발표되는 그의 시편들, 특히 「풍경」은 적어도 이 글을 쓰고 있는 필자에게 많은 감동을 주었다. "쓰린 목구멍에 아세틸렌 불꽃을 켜며/ 토막 난 꼼장어를 씹는,/ 갈퀴처럼 오그라진 닭의 다리/ 족발을 물어뜯고 있는/ 관절이 빠져버린 사람들/ - 그 정리 해고자들"로 끝맺고 있는 「풍경」에서의 언어들은 사뭇 가슴 저미는 것들이어서 이 시를 읽고 있으면 그 때나 지금이나 그 아픔의 크기에 가위눌리고는 한다. 누가 알 수 있으랴? '정리 해고자들'의 절망과 슬픔과 분노와 좌절을, 참담한 마음을, 그들의 눈빛에 다가서는 검은 색 뿐인 세상의 풍경들을. 이처럼 「풍경」에서 비롯되는 절망, 슬픔, 분노, 좌절은 김신용의 이번 시집을 지탱하고 있는 하나의 원천으로 작용하고 있지만, 그는 사신이 마주쳐야만 하는 험난한 세상과 당당하게 맞서기 위해서 바로 그 원천들을 '삶의 원동력'으로 전환시키고 있으며, 그러한 원동력에 의해서 자신이 겪어야만 하는 참담한 좌절들을 하나씩 극복해 나가고 있다. 이러한 점을 고려할 때에 김신용의 이번 시집에는 ① 삶의 원동력으로서의 시쓰기와 읽기, ② 처절한 삶을 위한 또 하나의 몸짓, ③ 우는 모래와 시인의 절규의 세계가 펼쳐져 있다고 볼 수 있다.

ㅇ 삶의 원동력으로서의 시읽기와 시쓰기

시에 대한 열정, 시쓰기와 읽기에 대한 열정은 김신용으로 하여금 살아 있게 하는, 자신이 살아 있음을 확인하게 하는 삶의 원동력으로 작용하고 있으며, 그러한 점을 우리는 그의 시 「그 불빛」에서 확인할 수 있다. 일용직 근로자로서의 하루 일당에 맞먹는, 지불해야 할 방값과 밥값에 버금가는 문예지 값이지만, 시인은 수많은 망설임 끝에 언제나 바로 그 문예지를 구입하고는 한다. 김신용 시 「그 불빛」 전문은 다음과 같다.

> 그 불빛
> 회현동 굴다리 밑에서 새어 나오던 그 불빛
> 나무판자로 얼기설기 엮은 진열대 위에 책 몇 권 올려놓고
> 내 늦은 밤의 귀가 길을 멈추게 하던,
> 흐린 진열창에 비쳐진 그 책들을 보며, 들어갈까? 말까?
> 호주머니 속 그날 벌이를 가늠하며, 내 발걸음을 망설이게 하던
> 그 불빛
> 그렇게 망설이다가 지고 있던 지게를 벗어 굴다리 벽에 세워두고

유리문을 들어서면, 졸리운 듯 앉아 뜨개질을 하고 있던 여자
언제나 내가 보고 싶던 그 달의 문예지 같은 얼굴로, 나를 맞아
주곤 했었다
그 문예지를 손에 들고, 사야 하나? 말아야 하나? 또 망설이다가
기어코 책을 사, 그날 지불해야 할 양동의 방세와 밥값 걱정 때
문에 더 무거워진
등에, 다시 지게를 얹고 저만큼 걸어가면
그런 내 뒷모습을 무슨 희귀동물처럼 바라보던 그 불빛
언젠간 호기심 어린 눈빛으로 혹시 글을 쓰세요? 작가 지망생이
에요? 하고 물어와
나를 당황하게 했던―,그리고 그 날은 눈이 내렸던가?
거리마다 송년(送年)의 불빛들로 반짝이던 그 날
청계천 노점에서 막걸리 몇 잔에 얼큰해져 돌아오는 길
꼭 거쳐야 할 경유지인 것처럼 그 불빛을 찾아 들어, 글을 쓰면
배가 고파진다고
하루 벌어 하루 먹고 사는 주제에 글을 써야 하느냐고―, 술주정
같은 푸념을 했을 때
그 서점 여자는 묵은 책의 먼지를 털 듯 말했었다, 쓰고 싶은 사
람에게 글을 쓰게 하세요―,라고
그 말을 듣는 순간, 내 머리 속은 하얗게 비어 왔었고
눈앞이 아득히 흐려졌었다
그 불빛,
아무리 배가 고파도 쓰고 싶은 사람에게 글을 쓰게 하라는―, 그
전언(傳言).
마치 죽비처럼 내 등짝을 후려쳐, 부끄럼으로 눈 내린 밤길을 더
비틀거리게 했던―,
지금도 글을 쓰다가 문득 눈앞이 아득히 흐려질 때, 꺼내보고는
하는
회현동 굴다리 밑의
그 불빛.

위에 전문이 인용된 「그 불빛」이 김신용의 이번 시집에서 중요한 까

닭은 이 시에는 그의 삶의 역정과 시에 대한 열정이 종합되어 있기 때문이기도 하고, 바로 그 제목에 해당하는 '그 불빛'은 그가 시의 길로 들어서는 출발점이자 그의 시세계를 지켜주고 이끌어주고 있는 길잡이로서의 역할을 하고 있기 때문이기도 하다. 시인의 삶의 역정을 나타내는 시어 '지게'는 시인이 생계를 꾸려가기 위한 유일한 수단이자 방법일 뿐만 아니라 그로 하여금 문예지를 구입할 수 있는 매개체에 해당한다. 지게를 지고 일한 경험이 없는 사람들은 그것이 지난 시절의 한낱 장식물에 불과하겠지만, 적어도 김신용에게 있어서 바로 이 지게는 그의 이번 시집의 첫 번째 시 「환상통(幻想痛)」에 나타나 있는 바와 같이 시인 자신의 몸의 일부분이자 전부에 해당한다. "한때,/ 지게는, 내 등에 접골된/ 뼈였다/ 목질(木質)의 단단한 이질감으로, 내 몸의 일부가 된/ 등뼈// 언젠가/ 그 지게를 부수어버렸을 때, 다시는 지지 않겠다고 돌로 내리치고 뒤돌아섰을 때/ 내 등은, 텅 빈 공터처럼 변해 있었다." 지게 가득 짐을 싣고 가느다란 작대기에 의지해서 일어서는 일이란 쉽지 않은 일이며, 걸을 때마다 어깨와 등짝과 허리에 점점 더 집요하게 가해지는 무게는 가히 위력적인 것이어서 결국은 걷기 위해서 안간힘을 쓸 수밖에 없는 지게질—거기에 익숙해진 시인이 어느 날 그 지게를 벗어버렸을 때, 그 고통은 사라진 것이 아니라 여전히 그의 어깨와 등짝과 허리에 고스란히 남아 하나의 '환상통'이 되어 시인 자신의 잠재의식을 괴롭히고 있다. 지게에 대한 이러한 아픈 기억은 "한 때, 나도 은유의 달팽이였다./ 지게를, 달팽이의 집처럼 등에 얹고, 세상의/ 배춧잎을 기어오르던—."에 나타나 있는 「물렁해, 슬픈 것들」을 거쳐 「벌거벗은 관(棺)」에 나타나 있는 "시인이 되기 전에는 떠돌이 지게꾼이었으므로 지게 모습을 할까?/ 그러나 지게꾼일 때, 제 흐르고 싶은 데로 흐르는 구름을 늘 꿈꾸어 왔으므로/ 혹시 구름 모양은 아닐까?"처럼 사후(死後)의 모습으로까지 이어지고 있다.

지게를 지고 문예지를 구입하는 모습은 어떻게 보면 어설퍼 보이기도 한다. 그러나 그 모습은 위에 인용된 시에서 하나의 '불빛'을 따라 지게에서 문학으로 이행될 수 있는 계기를 마련해 주고 있다. 그로 하여금 시인이 되게 했던 그 불빛의 또 다른 모습은 "아내의 재봉틀은/ 물 위의 부레 옥잠처럼 파르라니 눈 뜬다/…/ 그 부레 옥잠처럼 눈을 떠,/ 맨발의 빗소리 같은 따가운 침묵의 바늘로/ 가계(家計)의 지울 수 없는 역사(役事)를 역설한다."는 「아내의 재봉틀」, "내게도/ 어머니가 있었다. 맑은 하늘보다/ 흐릿한 저녁 어스름 속에서 더 아프게 떠오르는/ 얼굴이 있었다. 밥을 짓고 남은 아궁이의 숯불에 뜨겁게 구운/ 기왓장을 배 위에 올려놓고, 위종양이었을까?/ 그 가난한 치료법으로 아픈 배를 달래던―/ 그 수척해진 젖을 내 입에 물리면, 내 죽으면 안 되는데―/내 죽으면 안 되는데―하는 소리를/ 주문(呪文)처럼 되뇌이던―"으로 시작되는 「박모(薄暮)에 부침」 등에서 시인의 기억 속에 견고하게 자리 잡고 있는 '가난의 불빛'으로 전환되어 나타난다.

가난? 가난하고 싶은 사람은 아무도 없겠지만, 김신용의 이번 시집에는 가난을 안고 숙명처럼 살아가는 사람들의 외로운 절규가 곳곳에 드러나 있으며 그것을 우리는 「참 지루하게 변하지 않는…」에서 확인할 수 있다. 이러한 점은 "참 지루하게 변하지 않는다. 지난날의 산 일번지처럼/ 지친 어깨뼈 맞댄 낮은 판잣집들의 골목/ 새끼줄에 꿴 구공탄 하나, 자반고등어 한 마리 꽁무니에 매달고/ 비탈길을 오르며, 창문에 고인 바알간 불빛에 몸 익히던 사람들"과 그들의 '낮은 삶,' 가난, 가난한 사람들, 그들의 삶터였던 판잣집과 골목길의 모습들은 "지난 날, 변방에서 변방으로 쫓겨나던 무허가 판자촌의 철거민처럼"의 「환(幻)?」으로 이어진다.

○ 처절한 삶을 위한 또 하나의 몸짓

일용직 근로자로 하루 벌어 하루 먹고 사는 고단한 삶을 이끌어 오다 쓰러지기 다반사였던 시인 김신용―그는 그러한 순간마다 아내와 어머니를 떠올리기도 하고 「비문증(飛蚊症) 2」에 나타나 있는 바와 같이 자신을 돌봐주던 수녀의 얼굴을 떠올리기도 한다. "하얀 제복을 입은 수녀의 얼굴이다," "주여 이 사람을 도우소서—보살펴 주소서—기도해주던, 그 수녀의 얼굴이다," "그런데 그 기억이, 까맣게 지워버린 그 얼굴이, 그렇게 뭉클 떠오르다니!"처럼 시인의 기억 속에 감동적인 모습으로 그 수녀의 얼굴이 떠오르고는 하는 까닭은 무엇 때문일까? 이러한 점을 알려주는 시가 「비문증 2」이며, 이 시의 후반부는 다음과 같다.

이제 밤하늘의 별들이 천체불멸설처럼 반짝이고 있다는 뜻일까?

타오르는 노을에 젖어, 나를 흘려보낼 때가 되었다는 의미일까?

마리아 수녀원병원—, 모든 떠도는 행려병자들을 둥지처럼 품어주던

그러나 내겐 콘크리트로 딱딱히 조립된, 내 또 하나의 시멘트 침대였을 뿐이었던

흰 병실이, 그렇게 선연히 눈앞에 떠오른다는 것은—,
그래도 아직은 그 기억을 묻어두고 싶은 날
발끝에 채인 돌멩이를 또 아무렇게 걷어차 버리듯, 지워버리고 싶은 날

내 동공이 눈꺼풀을 잠그는 단추이듯 아무리 눈을 감아도

발길에 채이는 그 돌부리이듯, 잠긴 눈꺼풀을 비집고 돋아나는

지금 쓰고 있는 내 시가, 그 기도일 수가 있을까?

아, 그런 기도일 수가 있을까? 후회하는 날의 눈물 한 방울이기라도 하듯—,

행려병자들의 안식처인 '마리아 수녀원병원'에서 시인은 난생 처음으로 자신을 위해서 간절히 기도해주던 그 수녀의 기도를 외면해 버리고 만다. 자신의 삶이 너무 고단해서였을까? 그 병원 자체까지도 하나의 사치라고 생각해서였을까? 아니면 신앙에 대한 거부감 때문이었을까? "나는 생애 처음으로 만난, 나를 위한 그 기도를 외면했었다./ 내 치부를 들쑤시는 가시 같아, 오랜 방황이 만들어준 공황 속으로 의식을 침몰시키고 말았었다." 그러나 시인은 '지금 이 순간' 자신을 위해서 간곡하게 기도해주던 그 수녀의 얼굴을 떠올리면서 가슴 뭉클해지기도 하고, 자신이 쓰고 있는 바로 시 그 자체가, 수녀의 기도처럼 될 수 있기를 기대하기도 한다. 시인이 그렇게 생각하는 까닭은 이번 시집에 암시되어 있는 바와 같이 아마도 그 자신의 건강이 좋지 않기 때문일 것이다.

위에 인용된 시에서의 '수녀의 얼굴'과 '기도'를 출발점으로 시인은 세상의 어두운 곳, 자신이 체험했던 어두운 곳과는 또 다른 의미의 어두운 곳을 연민의 눈빛으로 섬세하게 파악하고는 한다. 이러한 점은 "밤바다의 해파리처럼 머리 풀고 발광체(發光體)가 되던 여자/ 끝내 마약 같은, 그 다량의 신경 안정제에 전신이 마비되어/ 숨을 거둔 날/ 마치 풍장처럼, 그 행려병자의 시신을 경찰 앰뷸런스가 싣고 가는/ 빈민굴의, 그 길바닥에서의 장례를 통해 사라져 버린 여자/ 흔적도 없이, 뿌리 채 뽑혀 사라져 버린 여자// 비가/ 비가(悲歌)여서, 그 비가"로 끝맺고 있는 「그 꽃에 물은 누가 주나?」, "실종 신고도 없이,/ 실종 되어버린/ 결코 아기 예수를 안아 본 적이 없으므로, 흰색이 아닌/ 아프리카의 흑인의 마리아는 물론 검은 마리아이겠지만/ 제3세계, 전쟁과 기아로 병든 아프리카의 검은색도 아닌/ 가난이 세습되는 공(空)의 나라에서 태어나지도 않은, 이 땅의 흙색이면서도, '검은 마리아'라고 불렸던/ 눈물겹게도, 푸줏간에 놓인 고기 한 점도 못된."으로 끝맺고 있는 「검은 마리아」, "나는 처음, 그 말이 그녀의 울음인지 몰랐다/ 나는 배가 고파요ㅡ. 오늘 밤, 잠잘 곳이 없어요ㅡ. 하는, 신음인지도 몰랐다/ 한 불구의, 공원을 떠돌아다니며 몸을 파는 어린 창녀의, 남자를 유혹하는/ 눈웃음인 줄만 알았다"로 시작되는 「짜장면 한 그릇만 사주실래요?」 등에서 확일 할 수 있다.

이상과 같은 참담한 현실, 그러한 현실 속에서 버림받은 듯 살아가야만 하는 사람들의 저장물을 비워버린 '깡통'과 같은 삶을 김신용 시인은 자신의 시로 개선하고자 하며 자신의 시쓰기로 그들의 상처받은 마음을 치유하고자 한다. 그러한 점을 온건하게 드러낸 시가 바로 "한 때/ 우리 모두 가난했을 때/ 판잣집의 쭈그러진 그릇처럼 헐벗었을 때/ 깡통은,/ 우리들의 삶의 일부였다/ 속은 텅 비우고 껍질만으로 굴러 다녀도/ 깡통은/ 초라한 꽁초의 집이 되어 주었고/ 천정에서 떨어지는 빗물의 그릇,/ 뚫린 벽의 바람막이가 되어 주었다"로 시작되는 「깡통을 위하여」이고, 다른 하나는 다음에 그 후반부가 인용된 「이제 물구나무서서 보라」이며, 이 시의 마지막 부분은 다음과 같다.

> 물구나무서서 보면
> 우리가 잃어버린, 우리가 잊어버리고 싶은 무수한 시간의 얼굴들
> 이 보인다
> 그 창백한 관(棺)의 표정들
> 길바닥에서 우울히 시간들을 장례하던, 그 무덤 같던 얼굴들
> 이 땅에서 이방인이 되어 있던 그 얼굴들
> 그 얼굴의 피부 한 꺼풀만 벗기면, 똑같이 뜨거운 피가 흐르는
> 얼굴이 있다
> 똑같이 심장이 뛰며, 똑같이 눈물을 흘리며
> 슬퍼할 줄 아는, 그 얼굴이 있다
> 걸코 가면이 아닌,
> 맨 얼굴이
> 바로, 그들의 얼굴인
> 얼굴이 있다.

‘마리아 수녀원병원’에서 난생처음으로 자신을 위해서 기도해 주던 수녀의 얼굴을 어느 날 문득 가슴 뭉클하게 떠올리게 된 시인은 앞에서 살펴 본 바와 같이 세상의 잡초처럼 살아가는 사람들, 자신이 살아온 삶만큼이나 힘들고 버겁고 고단한 사람을 살아가는 사람들의 세계를 자신의 시로 승화시켜 나가게 되며, 그 중의 하나가 위에 인용된 「이제 물구나무서서 보라」이다. 이 시에서 시인은 동족이기는 하지만 이방인처럼 살아가야만 했던, 그렇게 살아갈 수밖에 없었던 자신의 얼굴과 오늘의 노동자들의 얼굴을 오버랩시키고 있다. 그렇게 함으로써 그는 조금도 달라지지 않은 노동자들의 현실, 그 아픈 현실을 모든 사람들에게 알리려고 노력하게 된다.

ㅇ 우는 모래와 시인의 절규

완도, 지금은 텔레비전 드라마 ‘해신(海神)’과 그 세트장으로 더욱 유명해진 완도에는 천연 그대로의 숨결이 청정해역 남해와 함께 고스란히 간직되어 있는 곳이다. 완도읍 바로 앞에 초록빛 보석처럼 떠 있는 ‘주도’(그곳 사람들은 ‘주섬’이라고 부른다)에는 상록자연림이 태고의 숨결을 그대로 간직하고 있는 곳, 주먹크기만한 자갈들이 밀려왔다 밀려가는 파도에 서로 부딪치면서 청량한 소리를 내고는 하는 ‘갯돌밭“(그곳 사람들은 ’깨돌밭‘이라고 부른다)이 있는 곳, 지금이야 연육교가 놓여져 왕래가 훨씬 자유로워졌지만, 완도읍에서 배를 타고 십 여분쯤 바다를 가르고 가면 거기에 신지도의 그 유명한 명사십리(鳴沙十里) 해수욕장이 비단처럼 끝없이 펼쳐져 있는 곳—시인 김신용은 이번 시집에서 바로 이 ‘명사십리’의 아름다움을 ‘우는 모래’로 파악하고 있으며 그것을 우리는 그의 시 「명사(鳴沙)에서」와 「명사(鳴沙)」에서 확인할 수 있으며, 「명사(鳴沙)」 전문은 다음과 같다.

우는 모래,
명사(鳴沙)를 걷는다
신기루도 없는, 가시투성이의 선인장 한 구루 없는
불모의 사막을 걷는다
벌거벗은 몸이 감옥인 사람들
그 벌거벗은 몸 속에 갇힌 죄수인 사람들
몸 속에 가득 모래를 출렁이며, 핏줄 속으로 불어가는 모래바람
을 견디며
우는 모래,
명사(鳴沙)의 모래바다를 흘러간다
별자리 하나 없는,
어디로 걷는지, 어디로 흘러가는지도 모르는 발자국들
혹도 없는 낙타처럼 물끄러미 굽어보며
혹도 없는 낙타가 되어, 몸 속으로 균사(菌絲)처럼 뻗어가는
그 발자국의 우주율을 따라
없는 길,
모래 폭풍 속의 길을 꾸벅꾸벅 걸어간다
몸이
우주인 사람들,
벌거벗은 몸이
존재의 집인 죄수들,
끊임없이 결핍으로 가는, 그들만의 실크로드를 걸어간다
신기루마저 지워진, 온몸 가시 돋은 선인장 한 그루 없는 새벽
저 지하도, 인력 시장의 사람들

위에 인용된 시에서 '벌거벗은 몸'은 다의성(多義性)을 지니며 그것
은 해수욕을 즐기는 사람들에게 관계되기도 하고 바로 그 명사십리 백
사장의 모래에 관계되기도 하고 시인 자신에게 관계되기도 하며 이 모
든 것들은 마지막 행의 '인력 시장의 사람들'로 수렴된다. 은빛 모래사
장이 길이 3.8km, 폭 150여 미터에 걸쳐 펼쳐져 있는 명사십리, 비바람
이 몰아치는 밤이면 모래우는 소리가 십리 밖까지 울려 퍼진다고 해서

오랜 옛날부터 '울모래등'이라고 불리고는 했던 '명사십리'에는 다음과 같은 설화가 깃들어 있는 곳이기도 하다. 조선시대 철종의 종제(從弟)였던 경평군(慶平君) 이세보(李世輔, 1832~1895)는 1860년 판중추부사 김좌근(金左根), 영은부원군 김문근(金汶根) 등 안동김씨(安東金氏)의 세도를 비난하다가 대사헌 서대순(徐戴淳)의 상소에 의하여 성밖으로 축출되었고, 다시 대간의 탄핵을 받아 속적(屬籍)을 끊기고 작호를 빼앗긴 후에 신지도(薪智島) 송곡리에 '위리안치' 되었다. 유배의 설움과 울분을 삭이지 못한 이세보는 달 밝은 밤이면 가까운 해변의 모래밭에 나가 북녘하늘을 바라보며 피 맺힌 설움을 모래톱에 시로 읊고는 했다. 수년을 매일같이 손가락이 닳도록 통한과 울분을 모래톱에 시로 읊던 이세보는 1863년 고종 즉위 후 대원군에 의하여 유배에서 풀려나고, 1865년 신정왕후 조씨(神貞王后趙氏)의 명에 따라 종정경에 임명되었다. 이때부터 이곳 모래밭에서는 비바람이 치는 날이면 '우-웅'하는 울음소리가 십리 밖까지 울려 퍼져 이세보의 한 맺힌 서러움을 전했다고 하며 그가 이곳에서 읊은 시 77수가 전해지고 있다.

이처럼 대장부의 한 맺힌 서러움이 '모래 울음'이 되었던 곳, 신지도의 명사십리를 걸으면서 시인 김신용도 자신의 슬픔을 모래 울음에서 찾고 있던 것일까? 그는 자신의 시 「명사(鳴沙)에서」의 마지막 부분에서 다음과 같이 절규하고 있다.

보이지 않는 목을 생각해 본다. 저 기린의 목보다 더 길어진

머리 위에 없는 뿔도 돋아나게 하는, 더 높은 곳의 나뭇가지의
잎을 향해

끝 모르게 돋아나던 내 용불용설(用不用說)의 목을 떠올리면

물결에 쓸리고 있는 발밑의 빈 조개껍질들이, 그 빈 시간들의 두

개골 같아

그 무수한 세월의 발자국들이 찍힌 내 몸의 모래밭이 꼭 납골당
같이

전라남도 완도군 신지면 임촌리

고요한 날이면, 해변에 부서지는 파도소리가 십리 밖까지 들린
다는

우는 모래, 그 명사(鳴沙)의 모래밭을 다시 걷는다

라마르크(Lamarck)가 1809년 자신의 『동물철학』에서 생물학사상 처음으로 생물의 진화에 대한 이론을 체계화하여 "개체에서 자주 사용되는 기관은 발달하고, 반대로 그다지 사용되지 않는 기관은 차츰 퇴화한다."고 파악했던 '용불용설'은 위에 인용된 시에서 시인 자신의 '목'과 사슴의 '목'에 비유되어 있다. 사슴의 목은 초식(草食)을 위해 길어질 대로 길어졌지만, 시인 자신의 목은 그렇게 많은 것들을 추구했지만 추구하는 것만큼 길어지기보다는 원래 그대로의 모습으로 남아있다는 점으로 인해서 시인은 자신의 그 많은 추구와 모색이 한낱 허상에 지나지 않았다는 사실을 발견하게 된다. 이러한 점에서 이 시에서 김신용의 슬픔은 이세보의 울분에 접맥되며 그의 이 시 역시 이세보의 시에 접맥된다고 볼 수 있다.

o 시읽기를 마치면서

김신용의 이번 시집에는 앞에서 살펴본 바와 같이 몇 가지로 요약되지만, 그 바탕에는 언제나 일상화된 노동에서 비롯되는 깊은 슬픔과 시에 대한 열정, 세상사에 대한 연민어린 눈빛과 그늘진 곳의 삶에 대한

애정, 그리고 무엇보다도 시인 자신의 삶의 역정(歷程)이 고스란히 집약되어 있다고 볼 수 있다. 한 권의 시집을 짧은 지면에서 모두 종합하는 일이란 쉽지 않음을 새삼 깨달으면서 김신용 시 「숯불의 시」 마지막 부분을 인용해 본다. "마음의 빈 밭에라도 씨앗 하나 묻어 둔 적 없는/ 내 삶의 경작지(耕作地)가 너무 황량해/ 한 끼의 공복을 메울, 그 묵언의 재 속에 남겨진/ 사유 앞에 내민 내 텅 빈 두 손이 시리다/ 숯불 꺼지고 나면, 또 어둠의 재 속에 묻혀버릴 이 저녁." 숯불이 꺼지기 전에, 저녁이 오긴 전에 시인 김신용의 건강이 하루빨리 회복되어 그의 시를 아끼는 사람들의 마음을 '숯불'처럼 따뜻하게 감싸 안을 수 있기를 주님과 성모님께 기도드리고 싶다. 아울러 여기에서 미처 다루지 못한 부분들, 가령 '벌레'라든가 '드므'든가 '여'라든가 하는 부분에 대해서는 다음 기회에 살펴보기로 하면서 글을 마친다.

10.2.4 박유라의 세계

o 시읽기를 시작하면서

자연은 언제나 사람들에게 하나의 가르침을 주는 정신적인 역할을 하고 있으며, 시인들은 이러한 정신의 세계를 노래해 왔다고 볼 수 있다. 그리고 그러한 정신적인 역할은 문명이 발달해 가는 과정에서 때로는 절실하게 수용되기도 했고, 때로는 무관심하게 배척되기도 했다. 절실하게 수용되었을 때는 자연의 변함없는 위대한 숭고성을 강조해 왔고, 무관심하게 배척되었을 때는 문명의 찬란한 위대성을 강조해 왔다. 박유라의 '자선 대표시' 여덟 편에는 이와 같은 자연의 세계와 문명의 세계의 경계선에서 그 두 세계를 동시적으로 관조하고 성찰하는 세계가 나타나 있으며, 그것은 ① 티벳 : 원시의 만년설과 원형으로서의 자연 ② 자연의 언어와 문명의 언어 : 첨단과학 시대의 풍경의 언어, ③

기호의 세계 : 음악과 삶의 정체성과 차별성, ④ 유년의 기억과 동심의
세계 : 불변의 진리 등으로 나뉘어 진다.

　o 티벳 : 원시의 만년설과 원형으로서의 자연

　세계 최고봉에 해당하는 히말라야, 자연의 장엄미를 원형 그대로 간
직하고 있는 히말라야의 만년설은 원시의 원형이자 자연의 중심에 해
당하며, 거기에는 변종되지 않은 원시상태 그대로서의 종자(種子)들이
원형 그대로 보존되어 있어서 생물학적으로 하나의 보고(寶庫)에 해당
하기도 하고, 수많은 산악인들에게는 극복의 대상에 해당하기도 한다.
박유라 역시 자신의 시 「점멸하는 겨울 오전 10시 15분」에서 이러한
점을 파악하고 있으며 이 시의 전문은 다음과 같다.

> 햇빛을 탁탁 털어 청소한다. 락스를 뿌려대면 무균의 햇살 알갱
> 이들이 비수처럼 반짝인다. 텔레비전에서는 '히말라야 통신'이 디지
> 털 시험방송 중이고 강아지는 제 그림자를 보며 엎드려 있다. 눈부
> 신 방의 한 순간, 눈썹과 눈썹 사이에서 장면들이 잘게 떨린다.
> 1000분의 1초쯤, 화면 속 티벳의 흰 돌집과 화면 밖 강아지 숨소리,
> 그 아리아리한 것들을 포를 뜨듯 살짝 저며 낸다면, 30도 각도로
> 칼집 넣는 소리는 나지 않게, 피 한 방울도 나지 않게, 겨울 오전
> 10시 15분의 적막이 난자당한다. 소리 없이 점멸하는 나날들.

> 날 선 햇살이 눈물나게 한다.

　위에 인용된 시에는 박유라 시세계에서 하나의 특징으로 자리 잡고
있는 자연세계의 요소와 문명세계의 요소가 분명하게 대립적으로 나타
나 있으며, 그것을 우리는 '히말라야'로 대표되는 '티벳의 흰 돌집'과
'텔레비전'에서 확인할 수 있다. 이러한 점은 다시 '무균,' '강아지,' '햇
살,' '락스,' '디지털 시험방송' 등에 의해서 구체화된다. 그러나 여기서
중요한 매개체에 해당하는 '햇살'은 자연세계와 문명세계에 동시적으로

걸쳐 있다. 다시 말하면 원시의 원형에 해당하는 티벳의 만년설에도 관계되고 가장 보편화된 문명의 이기(利器)에 해당하는 '텔리비전'에도 관계된다. 더 나아가 햇살은 이 시의 시적 공간에 해당하는 광역(廣域)으로서의 세계 최고봉 히말라야 산정에도 쏟아져 내리고 소역(小域)으로서의 방안에도 쏟아져 내린다. 이처럼 대립되는 공간의 세계는 '30도 각도'에 의해서 시간의 세계로 전환되고 그것은 다시 '1000분의 1초쯤'으로 전환되어 '찰나'의 순간이 된다. 이 시에서 '아리아리한 것들'은 이처럼 찰나에서 찰나로 이어지는 순간들, 말하자면 원경(遠景)으로서의 티벳과 근경(近景)으로서의 방안, 만년설에 반사되는 눈부신 햇빛과 세탁제 '락스' 거품에 난반사 되는 햇빛, '흰 돌집'의 침묵과 '강아지의 숨소리' 등이 교차적으로 대립되어 있으며, 시인이 '오전 10시 15분'이라고 구체화시켜 놓은 이러한 시간의 적막은 "포를 뜨듯 살짝 저며낸다"에 의해서 공간성으로 환원된다.

「점멸하는 겨울 오전 10시 15분」에 나타나 있는 자연세계와 문명세계의 경계에 대한 시인 자신의 관조와 성찰은 「푸른 책」으로 이어지며, 이 시의 전문은 다음과 같다.

> 늦가을 부부까치가 나뭇가지 베란다에 앉아 있다
> 아침을 한 페이지씩 넘기며 글을 읽는
> 투명하고 깊은 거기,
>
> 아파트 9층 높이에서 잘게 부서지는 햇빛과
> 달그락거리는 그릇 소리, 물 내리는 소리,
> 풍경은 풍경끼리 소리는 소리끼리 아른거리며 떠올라
> 저 창 너머 푸른 책 속에 쟁여지겠다
>
> 내가 한 페이지 가뿐히 넘겨지는 찰나,

「점멸하는 겨울 오전 10시 15분」이 원경과 근경의 관계를 중심으로 한다면, 위에 인용된 시에서는 근경과 근경의 관계를 중심으로 한다. 이 때의 근경은 서로 차이 나는 것이기는 하지만 시인의 시선은 이 두 가지 근경, 주방에서의 그릇 씻기와 아파트 베란다 밖의 부부까치의 행위를 동시적으로 바라보고 있기 때문이다. 이 시에서 창밖의 풍경과 창안의 풍경을 연결짓는 하나의 매개체 역할을 하고 있는 '햇빛,' "아파트 9층 높이에서 잘게 부서지는 햇빛"은 창밖 나무높이와 아파트의 높이, 까치의 시선과 시인의 시선, 까치로 대표되는 자연의 세계와 아파트로 대표되는 문명의 세계처럼 창밖의 풍경과 창안의 풍경을 연결짓는 하나의 매개체 역할을 하고 있다. 그리고 그러한 햇빛은 궁극적으로 한 권의 '푸른 책'으로 수렴되지만, 이 때의 '푸른 책'은 '푸른'에 암시되어 있는 바와 같이 문명을 포함하는 자연의 책에 더 가깝다고 볼 수 있다. 따라서 "저 창 너머 푸른 책 쟁여지겠다"와 "내가 한 페이지 가뿐이 넘겨지는 찰나,"에서 파악할 수 있는 바와 같이, 문명의 세계는 자연의 세계로 수렴된다. 말하자면, 현대문명의 거대한 주거공간이라고 할 수 있는 '아파트'와 인간의 세계는 천지창조 이래 변함없는 까치의 주거공간이라고 할 수 있는 나뭇가지로 만든 '까치집'과 조류(鳥類)의 세계로 응축된다고 볼 수 있다.

o 자연어와 문명어 : 첨단과학 시대의 풍경의 언어

사람들의 꿈은 물론 여러 가지가 있을 수 있지만, 그 중에서도 가장 큰 꿈은 아마도 새처럼 하늘을 날 수 있는 꿈이었을 것이며 그 결과는 비행기, 비행기 중에서도 가장 쾌적한 환경의 보잉기일 것이다. 그리고 그것은 사람들에게 세계 곳곳을 가장 **빠른** 시간에 왕래할 수 있는 계기를 마련해 주었다. 박유라 시 「흘러가는 서울, 북위 38°」 역시 비행기 탑승에서 경험할 수 있는 이러한 장면이 반영되어 있으며 이 시의 전문은 다음과 같다.

비행기가 흘러간다
흘러가는 난바다 푸른 거북을 따라잡지 못하는 토끼처럼
구름 한 덩이 가물가물 졸면서 가고
기내방송이 반복적으로 흘러나오는 12000m 캄차카 상공
활주로를 한 번 이륙한 것들은 쉼없이 어딘가로 가야만 하리라고,
각기 다른 시각에 출발선을 떠난 것들을 결코 따라잡지 못하리
라고,
수십 번을 굽이치며 산맥들이 솟았다 가라앉는다

구름 깊숙이 가라앉은 밤 저 너머
다섯 시간 앞에서 또 흘러가고 있을
서울, 나의 북위 38°
벗어두고 온 나의 외로움만이 한 장 희게 펄럭이고 있을 그곳
비어 있는 방 한 칸이 가고 있다
마시다 남은 물과 옷과 체취와 자주 듣던 애절한 노래 한 곡과
침대 위 머리카락 몇 올이 함께 가고
캄차카에서 서울까지 다섯 시간
그 희미하게 남은 빛 속에 무수히 쪼개져 흩날리는 시간의 먼지들
바람에 엎혀서라도 내가 기어이 닿고 싶은 그곳
저 멀리 지금도 사그락사그락 가고 있을
서울, 흘러가는 나의 고도

위에 인용되는 시는 "캄차카에서 서울까지 다섯 시간"이라는 구절에
언급되어 있는 바와 같이 동남아 어느 공항을 이륙한 항공기를 타고
서울에 오기까지의 과정, 아무것도 보이지 않는 12000m 상공의 어두운
밤하늘에서 보내야만 하는 '다섯 시간'의 여정과 상념들이 드러나 있
다. 그 시간 동안에 시인이 상상하는 것은 첨단과학의 산물이라고 할
수 항공기의 편리성이 아니라 자신이 떠나왔다가 다시 돌아가는 '서울,
나의 북위 38°'이고 그 중에서도 자신의 방안에 관한 것이다. 말하자면
아주 사소하지만 자신에게는 소중한 것들, 가령 '비어 있는 방 한 칸,'

'마시다 남은 물과 옷과 체취와 자주 듣던 애절한 노래 한 곡,' '침대 위 머리카락 몇 올' 등이며 이 모든 요소들을 집약하고 있는 것이 바로 '벗어두고 온 나의 외로움'이다. 그 외로움이 비록 '시간의 먼지들'처럼 보잘것없고 하잘것없는 것이라 하더라도, 시인이 '기어이 닿고 싶은 그 곳'에 해당하는 가장 익숙한 '자신의 방'을 차지하고 있는 그것들은 먼 여행에서 돌아오는 시인을 가장 반갑고 편안하게 맞아주게 될 것이라는 점을 시인은 확신하고 있다. KTX로 전국이 일일생활권에 들어오고, 초고속 항공기에 의해서 전 세계를 불과 며칠에 걸쳐 여행할 수 있다 하더라도, 우리들의 일상을 가장 편안하게 해 주는 것은 낯선 것이 아니라 낯익은 것, 편리한 것이 아니라 불편하지만 손에 익숙한 것이라는 점을 이 시는 강조하고 있다고 볼 수 있다.

원거리 혹은 장거리의 여행과 시인 자신의 일상생활을 연결짓는 「흘러가는 서울, 북위 38°」가 야간고공 비행기 안에서의 상념들에 관계된다면, 「풍경을 다운받다」는 가장 편리한 문자메시지 중의 하나에 해당하는 이메일을 매개체로 하여 일상의 풍경을 형상화하고 있다고 볼 수 있으며, 이 시의 전문은 다음과 같다.

축축한 풍경을 비질하고 있다
휘슬러 호숫가 나무 한 그루
지나던 바람이 이 광경을 오래 들여다 본다

네가 전송해오는 안개와 나무와 비
지구 반대편 열여섯 시간 시차 너머
사진 파일 속에서
빗방울들이 흩날리는 거기에 나는
리플을 잔뜩 매단다
보,고,싶,다,보,고,싶,다,떨,리,는,말,

혹시 그거 아니?
그곳에 비가 오는 동안
이곳 내 검은 봉투 속에서 감자 싹이 돋는다는 거
빨랫줄에 걸린 네 형상기억합금 연둣빛 브래지어에서
사르륵사르륵 젖먹이는 소리가 난다는 거

천 년 전부터
바람이 들여다 보는 풍경 환하게
깊고도 오랜 마당에서는
누군가가 신내림이라도 받고 있겠다

위에 인용된 시에서 우리는 두 가지 사실, 비가 내리고 있는 실제상의 풍경과 그러한 풍경에 오버랩 되고 있는 컴퓨터에서의 이메일과 첨부파일이나 사진파일을 연상할 수 있다. 어떻게 보면 박유라 '자선 대표시' 여덟 편에서 가장 값진 시라고 볼 수 있는 이 시가 감동적인 까닭은 자연의 산물로서의 풍경의 언어와 문명의 산물로서의 컴퓨터의 언어가 겹쳐 있기 때문이기도 하고, 자연에서 문명을 연상하기도 하고 문명에서 자연을 연상하기도 하기 때문이다. 말하자면 '축축한 풍경'은 자연에 관계되고 "네가 전송해 오는 안개와 나무와 비"는 문명의 이기(利器)인 컴퓨터에 관계된다고 볼 수 있다. 다시 말하면, '사진 파일'과 '리플' 등은 다분히 이메일에 관계되지만, '나무,' '바람,' '빗방울,' '감자' 등은 자연에 관계된다. 그리고 이 모든 것을 하나로 수렴하고 있는 것이 바로 '천 년 전부터…깊고도 오랜 마당'이며, 이 때의 '마당'은 그것이 보통은 사각형이라는 점에서 컴퓨터 화면을 암시하고 있는 셈이다. 이렇게 볼 때에 위에 인용된 시에서는 자연과 문명이 하나로 통합되어 있다는 점을 알 수 있다.

○ 기호의 세계 : 음악과 삶의 정체성과 차별성
기호는 물론 현대문명에서 빼놓을 수 없는 요소이지만, 그것은 이미 원시시대부터 존재해 왔으며, 그것을 우리는 고대의 여러 유적에서 찾아볼 수 있을 뿐만 아니라 문자로서의 문학, 소리로서의 음악, 색채로서의 그림 등에서 확인할 수 있다. 박유라 시 「카페에서 책읽기」에는 이러한 기호의 세계가 반영되어 있으며, 이 시의 전문은 다음과 같다.

카페 '블루'에서 흘러내리는 바코드 길게,
장맛비가 내린다
출렁이는 수평선에 빨대를 꽂고
책을 읽는 밤

어디선가 삐걱이는 문, 바람에 슬리는 파도
그런 것들로 내가 지쳐 잠든 사이
－나는 혹시 물고기가 꾸는 꿈이 아닌지
알 수 없는 문자들이 카피되는 카페
우울한 음악이 흐르는 저 바다 멀리
바디바바디바(-D-/-D-)혈액형*의 산모가
꿈을. 꾸고 있다 꿈은 꿈에 잇닿아 있고
어쩌면 음악파일 'Ocean Blue'는 끝나지 않을지도 모른다
내가 알지 못하는 곳에서 누군가는 저 음악을 듣겠지
바다에 나가 흘러오고 흘러가는 밤을 오래 바라보겠지

빨대에서 흘러내리는 시큼한 맛의 바다
오렌지빛 동이 터온다
오늘은 어제 마시다 남은 음료 같은 것일까
－낡고 얼룩진 필사본을 버리고**나는 이제
－저 뜨겁고 비린내나는 바다에서
－바코드 한 장 뽑아들고 어디로든 문 밖으로 가야할 텐데
－가-야-할-텐-데-

*바디바바디바(-D-/-D-)혈액형; Rh혈액형은 항원 C, D, E가 있다.
이 가운데 항원 D가 없으면 Rh음성, 있으면 Rh양성이다. 바디바바

디바는 D는 있지만 일반인들이 대부분 갖고 있는 C, E가 없는 혈
액형이다.
　　**라마 규르미의 티벳음악 앨범 리뷰에서 이미지 차용

위에 인용된 시의 핵심은 "알 수 없는 문자들이 카피되는 카페/ 우울
한 음악이 흐르는 저 바다 멀리/ 바디바바디바(-D-/-D-)혈액형의 산모"
에 있다. 희귀 혈액형의 산모가 아마도 산후의 출혈로 인해서 자신과
같은 혈액형을 찾는다는 긴급 뉴스를 접하면서, 시인은 자신이 지금 카
페에서 마시고 있는 음료에 새겨진 '바코드'를 연상하기도 하고 내리는
빗줄기를 바로 그 바코드에 비유하기도 하고 카페에 흐르는 음악을 바
로 그 희귀혈액형의 이름에 연관짓기도 한다. 이처럼 현대문명의 모든
것들, 예를 들면 음료에서부터 혈액형까지 모든 것은 기호로 일관되어
있으며 이제 그러한 기호가 없으면 의사소통조차 불가능할 정도로 일
상화되어 있다는 점을 이 시에서는 강조하고 있다. 따라서 시인은 "바
코드 한 장 뽑아들고 어디로든 문 밖으로 가야할 텐데"라고 결론지을
수밖에 없는 자신을 안타까워하게 된다.
　기호화된 현대문명에 대한 시인의 이러한 안타까움은 다음에 인용하
는 시 「허공의 집」에도 드러나 있다.

　　　끊임없이 음악이 흘러나온다
　　　잠그지 않은 꿈
　　　자꾸만 주름지는 땡땡이 무늬 커튼 자락 사이로
　　　낱낱이 내리는 봄눈을 바라보며
　　　눈을 쓸고 있는 늙은 경비원을 바라보며
　　　메타세콰이아 꼭대기층 집단장을 하는 까치를 바라보며

　　　지난 가을 그 자리

　　　눈 오고 눈 녹고 햇빛 비치고

> 땡땡이 무늬 커튼을 걷어 올린다
> 유리창에 펼쳐지는 '태양의 서커스'
> 그 음악을 듣는다
> 무한반복 CD플레이어
>
> 잠그지 않은 꿈
> 내가 한 점 발아되려는지
> 머리꼭대기가 가렵다

위에 인용된 시에는 앞에서 살펴본 자연과 문명이 대립되어 있지만 다분히 문명의 산물에 해당하는 'CD플레이어'에 치중되어 있으며, 그 것은 물론 무한반복 되거나 무한복제 되는 음악을 전제로 한다. "끊임 없이 음악이 흘러나온다/ 잠그지 않은 꿈"이라는 첫 연에서부터 "잠그 지 않은 꿈/ 내가 한 점 발아되려는지/ 머리꼭대기가 가렵다"로 끝맺는 마지막 연까지 이 시에서는 무한반복 되는 음악, CD플레이어의 음악처 럼 시인 또한 '잠그지 않은 꿈'에 의해서 다시 태어나기를 반복하고자 하는 일종의 욕망이 강조되어 있으며, 그것을 우리는 "머리꼭대기가 가 렵다"에서 확인할 수 있다. 모든 씨앗이 씨방을 열고 새싹을 틔워 두 장의 떡잎을 지상으로 내미는 모습을 비유한 이 구절은 의미 있으면서 도 신선하게 느껴지는 부분이기도 하다.

○ 유년의 기억과 동심의 세계 : 불변의 진리

앞에서 살펴본 세 개의 범주와는 별도로 박유라의 '자선 대표시' 여 덟 편에서 마지막 범주는 유년의 기억과 동심의 세계라고 볼 수 있으 며, 이 범주에는 「언덕 위의 염소」와 「또또야」가 포함된다. 전자는 염 소를, 후자는 버들강아지를 매개체로 활용하고 있는 이 두 편의 시는 적어도 시인과 같은 동년배의 독자들에게는 많은 감동으로 다가설 수 있을 것이다. 「언덕 위의 염소」마지막 부분은 다음과 같이 되어 있다.

> 산사나무꽃은 하염없이 지고
> 부는 바람 하루, 이틀, 사흘,…
> 내가 매일 목을 놓아먹이는 것은 무엇일까
> 옴,마,니,밧,메,훔,아,주,공,갈,염,소,똥,십,원,에,열,두,개,떽,떼,굴,
> 염소 엉덩이께에서 흘러나오는 따끈한 구름들

위에 인용된 부분에서 "옴,마,니,밧,메,훔,아,주,공,갈,염,소,똥,십,원,에,열,두,개,떽,떼,굴,"은 어린 시절 불렀을 법한 동요라고 볼 수 있지만 그것이 의미하는 바를 파악하기란 용이하지 않다고 볼 수 있어서 부연설명이 필요하다는 생각을 하게 된다. 아울러 「또또야」에서는 봄이 되어 피어오른 '버들강아지'가 동물로서의 강아지에 비유되어 있는 시로서 이 시의 중간부분은 다음과 같다.

> 구름 한 장 무게로 휘어진 가지 쯤은 잊어버리고
> 공중에 던져올린 꽃일랑은 잊어버리고
> 너도 요 몇 생 동안을 좀 까불고 싶은 게지
> 공공
> 한 번 던져보낸 공은
> 돌아오지 않는단다

동요는 물론 유년기의 기억과 동심의 세계에 밀접하게 관련되며, 그것은 성인이 된 지금도 우리 모두를 행복하게 해주는 요소라는 점에서 언제나 행복의 원천으로 작용하게 마련이다. 이런 점에서 이 두 편의 시는 바람직하고 아름다운 것이다.

○ 시읽기를 마치면서

한 시인의 시세계를 조명하는 일은 용이하지 않다. 그것이 용이하지 않은 까닭은 시인의 사유세계에 접근해야 되기 때문이기도 하고 암호화되고 응축된 시어와 의미를 해독하고 설명하는 일이 쉽지 않기 때문

이기도 한다. 더구나 그것이 '자선 대표시'일 경우에는 더욱 난감할 수밖에 없다. 말하자면 'encode' 된 것을 한 번 더 'encode' 시킨 것이 '자선 대표시'라고 생각되기 때문에 그것을 'decode'하는 일 또한 읽기의 반복과 생각의 반복을 요구하기 때문이다. 그러면서도 박유라의 '자선 대표시'를 읽으면서, 최근의 한국시단에 형성되어 있는 어떤 흐름, 말하자면 부단하게 자신만의 세계를 형성해 나가고 있는 시인의 남모르는 노력과 열정을 엿볼 수 있었다.

제3부 문화주의 시대의 문학연구

제11장

시와 역사 그리고 시인과 고뇌

11.1 시적 가능성과 역사적 사실성

플라톤은 자신의 『공화국』에서 시인을 추방해 버렸다. 그가 시인을 추방해 버린 것은 시인은 대중으로 하여금 진실로부터 점점 더 멀어지게 하기 때문이었다. 그의 철학에서는 세 가지 범주의 아이디어를 강조한다. 하나는 영원하고 불변적인 아이디어의 범주이고, 다른 하나는 자연적이든 인위적이든 이러한 아이디어를 반영하는 감각세계의 범주이며, 또 다른 하나는 이러한 감각세계를 반영함으로써 음영이라든가 물과 거울에 비친 이미지라든가 또는 예술작품에 나타나는 것들을 종합하는 범주이다. 첫 번째 범주는 신의 아이디어이고 두 번째 범주는 자연물 또는 인공물의 아이디어이며 세 번째 범주는 예술가의 아이디어이다. 예술의 본질을 논의하는 과정에서 소크라테스는 플라톤의 아이디어에 대한 세 가지 범주에 대해서 침대를 예로 들어 다음과 같이 설명했다. 세 가지 유형의 침대가 있다. 하나는 신에 의해서 형성된 '침대의 본질'에 대한 아이디어로서의 침대가 있고, 다른 하나는 이러한 개념으로서의 침대를 바탕으로 하여 목수가 구체적으로 제작하여 생산하게 되는 실제상의 침대가 있고, 또 다른 하나는 화가의 그림에서 발견되는 허구로서의 침대가 있다. 이러한 아이디어를 일목요연하게 설명한 것이 바로 플라톤의 『공화국』 제10권으로 여기에는 소크라테스와 글라우콘의 대화가 등장하며 이들의 대화 중에서 가장 잘 알려진 부분이 바로 다음에 인용하는 부분이다.

> 내가 생각하기로 그는 우리들이 그 자신을 다른 사람들이 만들어 내는 것에 대한 모방자라고 공정하게 구분할 수도 있다고 말했던 것으로 생각됩니다.
> 그렇다고 나는 말했다. 그렇다면 당신은 자연으로부터 세 번 멀어진 사람을 모방자라고 부릅니까?
> 분명히 그렇다고 그는 말했다.
> 그리고 비극시인은 모방자이고 따라서 다른 모든 모방자들과 마찬가지로 그 역시 제왕으로부터 또 자연으로부터 세 번 멀어지는 것입니까?
> 그런 것 같다.

소크라테스와 글라우콘의 이러한 대화에서 예술의 문제는 언제나 진리, 정의 및 가치의 문제와 무관할 수 없다는 점이다. 이들의 대화에서 소크라테스는 이렇게 결론짓는다. "친애하는 글라우콘, 인간이 선하든 악하든 겉으로 나타나는 것보다는 더 위대하다는 점, 그것이 중요하기 때문이다. 그리고 명예나 돈이나 권력의 영향으로 인해서 그리고 시의 열광적인 흥분으로 인해서 정의와 가치를 소홀하게 취급하는 사람이 있다면, 그러한 사람은 무엇을 얻게 되겠는가?" 이러한 결론은 완벽한 국가사회와 인간사회를 성취하는 것을 근간으로 한다.

플라톤이 예술가의 입장에서가 아니라 정치가의 입장에서 시인을 평가하고 모방의 대상을 정적 대상이나 개념적인 것에만 한정했다면, 플라톤에 뒤이어지는 아리스토텔레스는 자신의 『시학』에서 이러한 모방의 영역에 행동을 포함하는 것은 물론 상상력까지도 포함시켰다. 예술가의 입장에서 시인을 평가한 아리스토텔레스에게 있어서 모방은 플라톤과는 다른 양상을 띠게 되었다. "서사시와 비극은 물론 희극과 주신찬가(酒神讚歌)—일정한 형식이 전혀 없이 상당히 열광적으로 또 즉흥적으로 음송되는 시—및 대부분의 플루트 연주와 리라 연주까지도 전반적으로 모방의 한 양식으로 파악된다." 그가 말하는 모방의 범주는 물론 플라톤과의 범주와는 다르다. 그에게 있어서 모방의 범주는 매개체, 대상 및 방법으로 나뉘어 진다. 그에 의하면 모방은 우선적으로 그 매개체인 리듬, 언어 및 조화에 의해서 이루어진다. 그것이 변별적이든 종합적이든 이들 세 요소에 의해서 모방이 형성된다. 다음은 모방의 대상은 행동에 있기 때문에 모방은 궁극적으로 인간의 행동을 모방하게 되고 따라서 인간을 실제보다 우아하게 설명하든가 열등하게 설명하든가 또는 대등하게 설명하게 된다. 마지막으로는 동일한 매개체와 동일한 대상에 대해서 시인은 자신의 모방방법, 즉 극적 모방, 서사적 모방, 극적이거나 서사적인 모방에 의해서 서로 다르게 모방하게 된다. 그러한 서사는 시인 자신과는 다른 개성적인 인물에 의하든가 시인 자신과 동일한 유형의 인물에 의하든가 아니면 실제상의 살아 있는 인물에 의해서 전개된다. 자기 자신의 이러한 모방범주에 의해서 아리스토텔레스는 시를 포함하는 모든 문학과 다른 예술을 구별했으며 문학의 장르를 서사시와 극시, 비극과 희극 등으로 나누었다.

이상에서 살펴 본 바와 같이 아리스토텔레스의 『시학』에서 중요한 점은 인간의 행동을 모방의 범주에 포함시켰고 그것을 세분화했다는 점이다. 인간의 행동에 대한 모방을 특징으로 하는 그의 문학론에서는 예술을 보편적인 범주로 정의했고 모방되는 인간의 행동의 유형을 예술적인 유형에 대한 중요한 차별성으로 간주했다. 왜냐하면 그 자신이 『시학』에서 강조하는 바와 같이 "하나의 모방은 언제나 완결된 모방 그 자체이며…시에 있어서 행동의 모방으로서의 이야기는 언제나 하나의 행동, 곧 완결된 행동이기" 때문이다. 그에게 있어서 예술의 역사적 근원은 언제나 모방하고자 하는 자연인의 본능에 관계되고 또 모방에서 어떤 기쁨을 찾고자 하는 자연스러운 경향에 관계된다. 이렇게 볼 때에 '시와 시의 역사적 상상력'에 관계되는 한, 우리는 플라톤의 『공화국』보다는 아리스토텔레스의 『시학』에서부터 출발하게끔 되어 있다.

아리스토텔레스의 『시학』에서 시와 역사의 관계를 언급한 가장 중요한 부분은 제9장일 것이다. 여기에서 그는 이 두 영역의 차이점을 아주 분명하게 언급했으며 시를 역사의 상위개념으로 파악했다.

> 발생했던 일을 관련짓는 것이 시인의 역할은 아니다. 시인의 역할은 발생할 수도 있는 것—가능성의 법칙이나 필연성의 법칙에 의해서 발생할 수도 있는 것을 관련짓는 데 있다. 시인과 역사가가 다른 점은 운문으로 쓰느냐 산문으로 쓰느냐에 있는 것이 아니다… 진정한 차이점은 역사가는 발생했던 것만을 관련짓지만, 시인은 발생할 수도 있는 것을 관련짓는다. 따라서 시는 역사보다 더 철학적이고 더 상위에 속하는 분야이다. 왜냐하면 시는 보편적인 것을 언급하는 경향이 있고 역사는 특정한 것을 언급하는 경향이 있기 때문이다.

위 인용문에서 구분하고 있는 보편적인 것과 특수한 것의 차이점을 아리스토텔레스 자신의 말을 참고하여 정리하면 다음과 같다. 보편적인 것이란 무엇인가? 어떤 특정한 유형의 일개인이 때때로 가능성이나 필연성의 법칙에 따라서 말하게 되거나 행동하게 되는 것, 그것이 바로 보편적인 것이다. 시는 이러한 보편적인 것을 어떤 개인적인 특성에 부여하는 것을 목적으로 한다. 특수한 것이란 무엇인가? 그것은 어떤 유명인의 행동하기나 말하기에 관계된다. 특수한 것과 보편적인 것에 대한 아리스토텔레스의 이러한 구분은 에른스트 카시러에 이르면 그 의미가 반대로 전환되어 버린다. 카시러는 자신의 『예술론』에서 예술은 특수한 것을 표현하고 과학은 보편적인 것을 표현한다고 파악했다.

11.2 시적 상상력과 유기체 세계관

아리스토텔레스가 시의 세계를 역사의 세계보다 상위개념으로 파악한 것은 시가 지니고 있는 가능성의 세계 때문이었다. 이러한 가능성의 세계를 콜리지는 상상력으로 파악했다. 그는 상상력과 공상을 구분했으며 시에 있어서 전자를 후자의 상위개념으로 보았다. 18세기 낭만주의 시대에 있어서 콜리지의 상상력 이론은 상당한 영향을 끼쳤으며 그의 관심분야는 크게 세 가지로 나뉘어 진다. 첫째, 보편성과 특수성에 대해서 관심을 기울인 콜리지에 의하면 예술작품에서 보편성은 특수성 속에 존재하며 특수성은 그저 단순히 보편성을 나타내는 것이 아니다. 플로티누스를 비롯한 수다한 신학자들의 견해를 종합하는 그의 이러한 관점은 "아름다운 것은 통일성을 형성하고 있는 다양성"이라는 그의 정의에서 절정을 이루게 된다. 둘째, 그는 자신이 상징이라고 부르는 것 속에 보편적인 것과 특수한 것의 매개체를 배치했다. 그의 이러한 구분은 대다수 낭만주의 이론가들이 구분했던 바와 같이 상징과 알레고리를 구분하는 계기를 마련했다. 이들에게 있어서 상징은 다양한 방법으로 나뉘어져 있는 사물들을 하나로 종합하는 시적 방법이다. 아름다운 것이 다양성과 통일성을 종합하고 있다는 점에서 상징은 아름다운 것의 매개체 역할을 한다. 셋째, 그는 창조심리에 관심을 두었다. 그에게 있어서 예술작품은 예술가의 활동에 관련되며 대상과 주체를 결합하는 예술가의 활동은 신의 창조행위에 비견되는 것이었다. "시인의 마음과 지성은 자연 속의 위대한 모습과 결합되어야만 하며 긴밀하게 결합되고 통일되어야만 하는 것이지 자연의 모습에서 단순한 해결책을 모색하고 또 형식적인 직유에 의해서 아무렇게나 자연의 모습과 결합되어서는 안 된다." 자연과의 긴밀하고 통일된 결합에 의해서 시인의 마음은 자연과 화합하게 되며 예술은 지식의 특별한 형식이 된다는 점을 콜리지는 강조했다. 그리고 그러한 지식의 특별한 형식을 가능하게 하는 것이 바로 그가 제안했던 시적 상상력이다.

콜리지에 의하면 시적 상상력은 공상과는 다른 것이다. 전자가 유기체 시세계에 관계된다면 후자는 기계적 시세계에 관계된다. 예술작품은 그 자체 내에서 유기체적으로 발전해야만 한다. 그리고 그러한 질서의 원칙은 언제나 내적으로 형성되는 것이지 외적 요인에 의해서 형성되는 것이 아니다. 상상력과 공상에 대해서 콜리지 자신이 강조하는 이러한 견해를 그의 『문학평전』을 중심으로 인용하면 다음과 같다.

> 상상력은 1차적이거나 2차적이다. 1차적 상상력은 살아 있는 힘이고 인간의 모든 인지의 중요한 대행체이며 무한한 '나의 존재' 속에 있는 영원한 창조행위에 대한 유한한 마음속의 반복이라고 생각된다. 2차적 상상력은 1차적 상상력의 반향으로 의식적인 의지와 공존한다. 그렇지만 여전히 그것의 대행체 유형에 있어서는 1차적 상상력과 일치하지만 작용의 정도나 방법에 있어서는 1차적 상상력과 다르다. 2차적 상상력은 재창조하기 위해서 용해되고 확산되고 분산된다. 그러나 이러한 과정이 불가능한 곳에서 2차적 상상력은 모든 사건을 이상화하고 통일하려고 투쟁하게 된다. 모든 대상이 (대상으로서) 본질적으로 고정되어 있고 죽어 있는 것이라면 2차적 상상력은 본질적으로 활력적이다.
>
> 이와 반대로 공상은 함께 작용할 다른 대행체가 없으며 고정되어 있고 제한되어 있다. 실제로 공상은 시간과 공간의 질서로부터 벗어난 기억의 한 가지 방법일 뿐이며 우리들이 '선택'에 의해서 표현하는 경험적인 의지의 현상과 혼합되든가 또는 그것의 제재를 받는다. 그러나 일상적인 기억과 똑같이 공상은 결합의 법칙에 의해서 이미 형성된 기존의 모든 대상들을 수용해야만 한다.

위 인용문에서 콜리지가 강조하는 시적 상상력은 시인의 의지와 이해에 의해서 행동으로 옮겨지며 대립적이거나 어울리지 않는 요소들을 균형 있게 하거나 조화롭게 배치한다. 예를 들면 동질성을 이질성으로, 일상성을 특수성으로, 아이디어를 이미지로, 개인성을 대표성으로, 낡고 진부한 대상을 고상하고 참신한 감각으로, 보편적 상태 이상의 정시를 보편적 상태 이상의 질서로, 용의주도한 판단 및 점진적인 자체 수용을 열정 및 심오하거나 열광적인 감정으로, 자연성을 인위성으로 전환시킨다. 이러한 역할을 하는 콜리지의 상상력에서 궁극적으로 강조되는 것은 시적 세계의 유기체 세계관이다. 여기서 말하는 유기체 세계관은 우리들이 상상력이라는 이름으로 전적으로 수긍하게 되는 종합적이고 마술적인 세력에 의해서 형성되는 시의 세계, 곧 통일된 조화로운 정신세계를 말한다. 그것은 공상보다는 상상력을, 육신보다는 정신을, 형체보다는 이미지를, 분리보다는 종합을, 감정보다는 지성을 강조하는 세계이다. 이러한 세계를 바탕으로 하는 낭만주의 시인 워즈워스는 좀더 포괄적인 시세계를 위해서 정치현장에 참여하게 된다.

 "시는 자연발생적 감정의 발로다."라는 말에 의해서 우리들이 기억하고 있는 워즈워스의 시세계는 그 자신의 개인세계에 의해서 변화무쌍하게 변모한다. 젊은 시절에는 누구나 혁명가를 꿈꾼다는 말처럼 그 자신도 스무 살 초반에 두 번에 걸쳐서 프랑스를 방문하게 된다. 한 번은 그가 스무 살 되던 해인 1790년이고 또 한 번은 바로 그 이듬해이다. 두 번째 방문에서 그는 파리와 오를레앙에서 2년을 보내게 된다. 그가 프랑스에 2년간 머물게 된 것은 우선적으로 프랑스의 정치적 변화를 지지하고자 했기 때문이며 그가 지지했던 지롱드당은 패배하게 된다. 그는 프랑스의 정치적 변화에 대한 자신의 열정이 절정에 달했던 시기에 프랑스 소녀 안네트를 사랑하게 되지만 자신이 지지한 지롱드당이 패배하자 그 소녀를 저버리고 영국으로 돌아오게 된다. 말하자면 시적 상상력이 지니는 유기체 세계관에 의해서 그는 프랑스의 정치적 현실에 관여하게 되고 그러한 현실이 패배로 끝나버리자마자 다시 원래의 시적 상상력으로 되돌아오게 된다고 볼 수 있다. 우리는 워즈워스의 그러한 측면을 그의 시집 『서시』에서 찾아볼 수 있다. 이 시집에 나오는 무수한 대문자, 당당한 모습의 대문자 중에서 우리들의 주의를 끄는 어휘는 자유, 사랑, 열정 같은 어휘이다. "과거는 지나가 버린 것일 뿐인가?/ 아니면 결코 발생하지 않았던 단순한 허구였던가?/ 이처럼 선량한 우주와 사랑에 빠지고 신성한 열정에 빠질 때에/ 사려 깊은 지성인은/ 그러한 역사를 하루하루의 단순한 사건으로 파악하기 때문이다." 그래서 그는 이렇게 결론짓는다. "사랑하는 자유여! 기쁨을 신성케 하는/ 재능이 없다면 무슨 소용이 있겠는가?"

자유의 성취는 개인적인 시적 상상력을 유기체 세계관으로 전환시킬 수 있는 바탕을 마련해 주기 때문이다. 그리고 그러한 성취는 언제나 정치적 현실에 관련된다. 프랑스 소녀 안네트를 사랑하게 되었던 평화로운 시기에 워즈워스는 "내가 보았거나 느꼈던 모든 것들은/ 유순하고 평화로워 보였다."라고 기술했지만, 교황이 나폴레옹에게 황제의 왕관을 수여했다는 말을 전해 들었을 때에는 "우리들이 어떤 사람을 볼 때, 이러한 최후의 비난/…개에게서 교훈을 배워라/ 자신의 구토물로 되돌아가라."라고 기술했다. 그의 시에 등장하는 이러한 시구들은 그의 유년시절의 추억에 관계되며, 유년시절의 시간은 곧 순수한 상상력 혹은 시적 상상력의 시간이기 때문이다. 그래서 그는 유년의 상상력을 '자연의 영혼'이라고 파악했다. 여기서 말하는 '자연'은 가시적인 외적 대상이 아니라 불변적이고 순수한 영원한 진리에 관계된다.

낭만주의 시인, 호반시인, 혹은 순수 서정시인으로 알려진 워즈워스가 이웃 나라 프랑스에서의 정치적 변화에 대해서 민감한 반응을 보인 것은 무슨 이유 때문인가? 그것은 다음 몇 가지로 추론될 수 있다. 우선은 지롱드당에 대한 워즈워스 자신의 개인적인 관련과 자코뱅당의 제도체계에 대한 그의 반감을 들 수 있다. 다음은 가톨릭 보수 세력의 포괄적 보편주의에 대한 워즈워스의 진보적이고 진취적인 청교도주의를 들 수 있다. 셋째는 군대의 힘을 바탕으로 하는 나폴레옹의 혁명적 독재주의에 대한 순수 서정을 바탕으로 하는 자유주의자의 우려와 염려를 들 수 있다. 마지막으로 프랑스인의 패권주의에 대한 영국인의 애국주의를 들 수 있다. 이렇게 네 가지로 요약되는 워즈워스의 시적 상상력은 뒤이어 살펴보게 될 시의 역사적 상상력의 근간을 형성한다.

11.3 시적 세계와 역사적 상상력

시는 그것이 서정시든 극시든 서사시든 정말로 역사로부터 무관할 수 있는가? 시인은 정말로 플라톤이 추장해 버린 것과 같이 무모한 존재인가? 분명한 답은 '그렇지 않다'이다. 아리스토텔레스의 행위 모방 이론과 콜리지의 상상력 이론 및 그것을 행동으로 제시한 워즈워스의 경우에서 우리는 시인, 시, 역사가 서로 별개의 것이 아니라 상상력이라는 울타리 안에서 '상호작용적'이라는 점을 확인할 수 있었다. 그렇다면 상상력은 전지전능하고 편리한 하나의 도구인가? 이에 대한 분명한 답도 '그렇지 않다'이다. 시적 상상력은 필연적인 시적 도구이지 편리하고 일상적인 도구는 아니다. 그러한 상상력이 역사적 현실과 결합할 때에 한 편의 시가 비롯된다고 볼 수 있다. 이 때의 '역사적'이라는 말에는 역사적 사건, 다시 말하면 한 사회의 대변화를 촉진시키는 대사건이 포함되는 것은 물론 개인적인 작은 사건까지도 포함된다. 왜냐하면 큰 사건이든 작은 사건이든 그것은 언제나 개인을 바탕으로 하기 때문이다.

'시'를 중심으로 하는 문학에서는 역사를 어떻게 반영하는가? 이 때의 '시'라는 용어는 플라톤이나 아리스토텔레스가 강조하는 문학전반으로서의 '시'일 수도 있고 산문에 대립되는 운문으로서의 '시'일 수도 있고 장르론 특히 시중심의 장르론에서 언급되는 특별히 세분화된 '서정시'일 수도 있다. 그러나 그것이 어느 유형에 속하든 '시'는 민족적 정서에 대한 유기적 창조, 즉 어떤 사회와 시대와 민족정신에 대한 종합적이고 응축적인 표현이라고 볼 수 있다. 여기서 '종합적'이라고 말할 수 있는 것은 시가 국가라는 공동체를 형성하여 살고 있는 구성원 개개인의 정서를 대표하고자 하기 때문이며, '응축적'이라고 말할 수 있는 것은 시가 그들 구성원의 정서를 경제적으로, 다시 말하면 그 구성원이 사용하는 언어에 의해서 절약적으로 표현하고자 하기 때문이다. 시와 민족정서와의 관계에 대해서 칼라일은 다음과 같은 체계논리를 마련했다.

> 한 나라의 시의 역사는 그 나라의 정치적이고 과학적이며 종교적인 역사의 핵심이다. 시에 대한 완벽한 역사가는 이 모든 것에 능통해야만 한다. 그러한 역사가에게 있어서 민족적 형상, 즉 가장 훌륭한 형적에 있어서 그리고 지속적인 발전단계를 통해서 이루어지는 형상은 분명하게 드러나게 될 것이다. 그는 각 시대마다의 위대한 정신적 경향을 간파하게 될 것이다. 그러한 정신적 경향이 바로 각 시대마다의 인류의 지고의 목표이자 열정이었으며 각 시대가 다른 시대로부터 스스로 발전하게 된 방법이었다. 시에 대한 완벽한 역사가는 한 나라의 지고의 목표, 즉 성공적인 방향과 발전에 있어서의 목표를 기록해야만 한다. 왜냐하면 이러한 지고의 목표에 의해서 한 나라의 시는 그 자체를 형성하게 되기 때문이다. 이러한 시가 바로 한 나라를 대표하는 시이다. 그리고 그것이 바로 시가 진정으로 역사에 대해서 가지게 되는 최우선적인 핵심에 해당한다.

위 인용문에서 칼라일이 시와 역사와의 관계, 시인과 국가와의 관계, 개인과 민족과의 관계를 파악하여, 시의 역사를 국가의 역사의 본질이자 원동력으로 파악했다면 생트뵈브는 시와 시인의 불가분의 관계를 강조했다. 그는 이렇게 말했다. "나에게 있어서 문학, 문학적 산물은 작가의 전체조직으로부터 구분될 수 있는 것이 아니다. 물론 작품 자체만을 즐길 수도 있지만 작가 자신을 고려하지 않고서는 그러한 작품을 판단하는 것이 어렵다는 점을 알고 있다. 나는 주저하지 않고 '그 나무에 그 열매'라고 말할 수 있다. 따라서 문학연구는 윤리문제로 나아가게 된다." 시인은 자신이 처한 역사적 상황과는 무관하게 시를 쓸 수 없다는 것, 그것이 바로 생트뵈브의 논지이다. 그의 이러한 논지는 테느가 강조하는 '인종, 시대, 환경'에 관계된다. 민족적 특성으로서의 인종, 역사적 순간으로서의 시대, 사회적 여건으로서의 환경은 물론 드라이든이 강조했던 '시간, 장소, 행위'를 바탕으로 한다. 그리고 드라이든의 이러한 세 가지 요소는 사무엘 존슨이 제시했던 "현재를 올바로 평가하기 위해서는 그것을 과거와 대조시켜야만 한다."라는 명제에 영향을 끼쳤다.

우리는 시에 있어서의 역사적 연구방법과 역사적 상상력을 혼돈해서는 안 된다. 전자는 다분히 전기적이고 정치·사회적인 측면에 관계되지만 후자는 그러한 것과는 무관하게 시인의 상상력에 관계된다. 이 말은 시적 상상력이 반드시 역사적 사건의 사실성 여부에만 치중하는 것이 아니라는 것을 의미한다. 시적 상상력은 어디까지나 가능성의 세계에 관계된다. 다시 말하면 일단 시의 영역으로 끌어들인 사건들—그것이 사실에 근거하든 가능성에 근거하든—은 '있을 법한 이야기'로 전환되어 버린다는 것을 의미한다.

역사적 상상력을 바탕으로 하는 시의 이러한 영역확장에 대해서 라이오닐 트릴링은 「과거의 의미」에서 다음과 같이 세 가지로 정리했다. 첫째, 전통적으로 시인은 스스로를 역사가, 어떤 사건에 대해서 신뢰할 만한 기록자라고 생각했다. 아리스토텔레스를 추종하는 그는 문학의 영역은 대부분의 경우 개인적이고 민족적이며 범세계적인 사건을 기록하고 해석하기 때문에 역사적이라는 점을 강조한다. 역사가 지나간 사건을 '기록'할 뿐이라면 시는 '기록과 해석'을 병행한다는 것이 그의 주장이다. 둘째, 시는 그것이 처한 역사적 상황을 필연적으로 인식할 수밖에 없다.

　트리링의 이러한 견해는 「전통과 개인적 재능」에서 T. S. 엘리엇이 강조하는 전통의 변용에 관계된다. 전통을 바탕으로 하는 문학의 역사는 시인의 재능여부에 따라서 지속적이지 않을 수도 있고 부수적인 발전이 아닐 수도 있다. 트릴링에 의하면 새로운 시대는 과거에 지배적이었던 요소들을 쉽게 망각하고 새로운 대응물을 발견함으로써 또 다른 유형의 지배적 패턴을 형성한다. 그러한 패턴의 반복이 가능한 것은 우리들이 변화무쌍한 역사적 요소를 근간으로 하여 시를 읽게 되기 때문이다. 마지막으로 시의 역사적 상상력은 시의 '부수 미학적' 권위에 관계된다. 트릴링이 가장 관심을 가졌던 '부수미학'은 바로 시의 역사성, 시의 과거성을 바탕으로 하며, 역사성이나 과거성은 시가 미학적으로 존재할 수 있는 기본적인 요소이다. 그에 의하면 장시(長詩)나 소설이나 연극과는 다른 짧은 서정시라 하더라도 거기에는 역사성과 미학적 경험이 존재한다. "서정시까지도 역사성의 요인은 미학적 경험의 일부분이 된다. 그것은 시의 운율이나 어조 같은 다른 요소에 대해서 단순히 부정적인 조건이 되는 것이 아니라…다른 미학적인 요인들에 대한 가능하고 유쾌한 관계에 의해서 긍정적인 그 자체가 긍정적인 요인이 된다."

　니체는 '인간의 여섯 번째 감각'으로, 마르크스는 '진보의 개념'으로 각각 파악한 바 있는 '역사적 의미'를 트릴링은 '비판적 의미'로 결론지었다. 말하자면 삶이 그 자체를 시험하기 위해서 사용하게 되는 감각과 같은 것, 그것이 역사적 의미이자 비판적 의미인 것이다. 역사의 이러한 의미를 미셸 푸코는 '논쟁의 현장'으로 확장했다. 그에 의하면 논쟁의 현장은 개인의 표현활동에 해당하는 아이디어, 욕망, 이미지에 의해서 형성되는 것도 아니고 추론과정에서의 논리적인 사고도 아니며 화자의 능력, 즉 문법적으로 타당한 문장구사 능력에 관계되는 것도 아니다. 그것은 "역사규칙의 실체로서 주어진 시대를 규정짓는 시간과 공간 속에서 언제나 결정되며 주어진 사회분야, 경제 분야, 지리분야, 혹은 언어분야에 대한 명명기능의 작용조건이다.”

푸코의 이러한 언급에서 중요한 점은 언어분야이며 그것은 말해진 언어이든 쓰여진 언어이든 언어가 공동체를 이루는 한 나라의 문화를 가늠하는 척도가 된다는 퍼스의 언급에도 관계된다. 퍼스의 언급을 요약하면 시를 연구하는 것은 언어를 연구하는 것이고 언어를 연구하는 것은 역사를 연구하는 것이며 역사를 연구하는 것은 한 나라의 문화를 연구하는 것이다. 따라서 시는 궁극적으로 문화에 관계된다. 바로 이러한 점으로 인해서 아리스토텔레스에게 있어서 시는 역사보다 우월한 개념이었고, 콜리지에게 있어서 시는 언어의 단순한 기계적인 관계가 아니라 그러한 언어에 관계되는 유기체적인 관계이며 공상의 세계가 아니라 상상력의 세계였고, 니체와 마르크스의 언어와 역사와 문학의 관계를 바탕으로 하는 트릴링에게 있어서 시는 역사적이고 비판적인 정신에 관계되었고, 나아가 푸코에게 있어서 시는 역사적 상상력을 바탕으로 하는 논쟁의 현장을 형성하게 되었다.

11.4 시인의 존재와 고뇌

플라톤의 『공화국』에서는 추방당했지만 아리스토텔레스로부터는 지지를 받은 시인은 모방자이자 창조자이다. 아리스토텔레스에게 있어서 시인은 있었던 사실뿐만 아니라 있을 수도 있는 가능성도 제시할 수 있는 유일한 존재이다. 이 때의 ‘시인’은 지금 사용되는 ‘시’라는 장르에 적용되는 제한적 의미의 시인을 의미하기보다는 문학전반에 적용될 수 있는 시인을 의미한다. 예언자로서의 이와 같은 시인의 존재는 필립 시드니 경, 토머스 홉스, 비코, 셸리, 칼라일, 랭보, 에머슨 및 앨런 테이트에 의해서 새롭게 정의된다. 셸리의 『시의 옹호』를 중심으로 하는 낭만주의 시세계와 예이츠 시 「내전기의 명상」에 나타나는 문화유산에 대한 애정과 예언자로서의 시인을 살펴보면 다음과 같다.

11.4.1 언어창조와 시의 유기체론 : 낭만주의와 셸리의 고뇌

종합으로서의 상상력과 분석으로서의 이성에 대한 구분에서부터 출발하는 셸리의 『시의 옹호』는 상상력의 산물인 '시'와 그러한 시의 창조자인 '시인'을 정신적이면서도 문화적인 거대한 세력으로 파악하고 있다. 그가 구분하는 상상력과 이성의 관계는 다음과 같다. "이성은 이미 알려진 수량의 열거이며, 상상력은 이러한 수량의 가치에 대한 인식이다. 이성과 상상력은 별개인 동시에 전체이다. 이성은 사물의 차별성을 존중하고 상상력은 사물의 유사성을 존중한다. 이성이 상상력에 대해서 가지는 관계는 제도가 대행자에 대해서, 육신이 정신에 대해서, 음영이 실체에 대해서 가지는 관계와 같다."

셸리에게 있어서 시인은 언어의 재창조자이다. 그의 논지에 따르면 시인이 언어를 재창조하지 않을 때에 언어 그 자체는 부패하게 되고 그 결과 문화적 부패를 야기하게 된다. 새로운 언어의 가능성을 창조하는 시인은 언어의 제정자이자 예언자이다. 이러한 언어의 세력을 보강하는 시인의 역할은 일상인인 우리들로 하여금 세상을 새롭게 파악할 수 있게 하는 데 있다. 셸리가 설명하는 시인과 시와 언어와 세상과의 관계를 보면 다음과 같다.

> 한 사회의 초창기에 있어서 모든 작가는 필연적으로 시인이 된다. 왜냐하면 언어 그 자체가 시이기 때문이다. 그리고 시인이 된다는 것은 말 속에 존재하는 진리와 아름다움을 이해하는 것이고 관계, 우선적으로는 존재와 개념의 관계이고 다음으로는 개념과 표현의 관계 속에 존재하는 좋은 점을 이해하는 것이다. 그 자체의 원천에 가까운 모든 최초의 언어는 그 자체가 순환적인 시의 혼란에 해당한다. 사전의 풍부한 어휘와 문법의 구분은 후대(後代)의 작업

일 뿐이며 시의 창조에 대한 단순한 목록이자 형식일 뿐이다. 그러
나 시인 혹은 이와 같은 파괴 불가능한 질서를 상상하고 표현하는
사람은 언어, 음악, 무용, 건축, 조각 및 그림의 작자일 뿐만 아니라
법규의 창시자이고 시민사회의 형성자이고 인생의 예술의 창조자
이며 선생이다.

셸리에게 있어서 시인은 종합적 인간형에 해당한다. 그의 이러한 견
해는 앞에서 언급한 바 있는 워즈워스의 활동에도 관계된다.

낭만주의 시인들의 이러한 반체제적 열정은 셸리를 비롯한 바이런과
키츠의 관계에서도 재확인 할 수 있다. 이들 낭만주의자들과 정치적 혁
명과의 관계는 루소의 근본사상인 "자연으로 돌아가라"에서 찾아볼 수
있다. 이 말의 의미는 '자연'이 외계로서의 자연이 아니라 인간 본래의
성질을 의미한다는 점, 인간의 죄악은 문명사회의 산물이라는 점, 문명
사회는 인간의 불평등을 초래한다는 점, 따라서 인간 본래의 성질이 타
락하게 된다는 점, 인간을 문명사회의 구속으로부터 해방시켜야 한다는
점 등으로 나뉘어 진다.

절름발이였던 바이런은 결혼 1년 만에 부인과 이혼했을 뿐만 아니라
반도덕적이고 순간적인 환락을 추구하는 돈 주앙을 주인공으로 하는
일련의 16편의 시를 종합한 「차일드 해럴드의 편력」을 발표함으로써
영국 사회에 충격을 가했다. 아울러 그는 터키의 속박으로부터 벗어나
려는 그리스를 돕기 위해 그리스 군에 가담했으나 말라리아에 걸려 36
살이 되던 1824년에 세상을 떠났다. 셸리는 옥스퍼드대학교 재학시절
무신론의 필연성을 강조함으로써 퇴학당했을 뿐만 아니라 그의 아내의
자살로 인해서 영국 사회를 떠들썩하게 만들었다. 그는 자신의 친구인
키츠를 만나고 오는 도중 이탈리아의 스페치아에서 폭풍우를 만나 익
사였다. 그의 나이 30살 때였다. 고전적인 형식에 치중했던 키츠는 26
살에 결핵으로 이탈리아에서 세상을 떠났다.

셸리는 또한 낭만주의 시인들이 심취했던 시의 유기체론을 강조했다. 이러한 '시의 유기체론'은 신비평의 근간을 형성했다. 그에 의하면 "시인의 생각은 꽃의 세포이며 최근의 열매이다." 그리고 "시는 우리 자신의 존재에 대한 경이로움을 차단했던 익숙해진 장면들을 우리들의 내면세계로부터 제거해 버린다. 시는 우주를 새롭게 재창조한다. 시는 사회 혁명의 씨앗을 잉태하고 있다." 셸리뿐만 아니라 콜리지와 워즈워스 및 키츠 등이 강조했던 시의 유기체론은 정지용에 의해서 우리나라에 소개되었다.

> 시가 시로서 온전히 제자리가 돌아빠지는 것은 차라리 꽃이 봉오리를 머금듯, 꾀꼬리 목청이 제철에 트이듯, 아기가 열 달을 차서 태반을 돌아 탄생하듯 하는 것이니, 시를 또 한 가지 다른 자연현상으로 돌리는 것은 시인의 회피도 아니요 무책임한 죄로 다스릴 법도 없다…이러한 시적 기밀(詩的機密)에 첨가하야 시가 충동과 희열과 능동과 영감을 기다려서 겨우 심혈과 혼백의 결정을 얻게 되는 것이므로.

그는 시적 기밀이 있기까지의 온갖 부분의 역할을 '유기적 통일의 원리'로 종합했다.

셸리를 중심으로 하는 낭만주의 시인들에게 있어서 시인은 시의 유기체적 생산자로서, 사회의 기존규범에 대한 혁명적 거부자로서 작용했다. 이들에게 있어서 시인은 또 언어의 재창조자라는 데에 인식을 같이 했다고 볼 수 있다. 여기서 말하는 언어의 재창조는 상징주의 시, 특히 랭보가 자신의 시에서 강조하는 언어의 연금술과 그 맥을 같이 한다고 볼 수 있다.

11.4.2 시인의 목격과 증언 : 내전기의 예이츠의 고뇌

잘 형성된 한 편의 시는 읽는 이에게 특별하고 다양한 감정을 야기하며 그러한 감정은 새로운 의미를 창출하는 원동력으로 작용한다. 여기서 살펴보고자 하는 예이츠 시 「내전기의 명상」은 전부 7편의 서정시로 구성되어 있으며, 그 각각은 독립된 주제를 가지고 있지만 전체적으로 볼 때는 잘 종합된 통일된 주제를 이루고 있음을 알 수 있다. 이 시를 '시인-증인'과 '시인-목격자'로 파악할 수 있는 근거는 내전 중에 군인들에 의해서 철저하게 파괴되는 문화유산을 바라보는 고뇌에 찬 예이츠의 관찰에 있다. 다른 하나는 현재로서는 파괴를 목적으로 하는 무력(武力) 앞에 하나의 허약한 존재일 수밖에 없는 시인의 개탄에 있다. "성숙한 시인의 마음은 미숙한 시인의 마음과는 다르다."라는 T. S. 엘리엇의 말처럼, 「내전기의 명상」은 전체적으로 하나의 주제로 종합된다. 이 말은 이 시가 하나로 종합되었을 때에 '더 많은 것을 의미한다'는 것이 아니라 '더 많은 의미를 생산 한다'는 것을 뜻한다.

　사려 깊은 시인으로서 W. B. 예이츠는 자신이 소속된 사회가 내전에 의해서 철저하게 파괴되는 것을 목격하게 된다. 그 결과 그는 역사, 사회, 예술 및 인간이 지니고 있는 대립적인 관계를 파악한다. 이러한 대립의 한 쪽은 위대성, 영원성, 불멸성 및 불변성이고 다른 한 쪽은 그 반대가 되는 왜소성, 순간성, 숙명성 및 가변성이다. 상실한 것과 남아 있는 것, 과거와 미래 등 이 모든 요소들이 바로 「내전기의 명상」이라는 시에서 순환적으로 등장하게 된다. 이러한 대립의 관계는 이 시의 제목에 이미 암시되어 있다. 여기서 '성찰'은 종교적이고 철학적인 주제에 관련되는 성찰적이고 수동적인 실천을 의미하지만, '전쟁'은 혼란과 투쟁과 혼동이라는 즉흥적이고 능동적인 실천을 의미한다. 전쟁 동안에 군인들은 어둠 속에서 나와 교량을 폭파하면서 "우리가 그들에게 교량을 주기하도 한 듯이, 밤이여, 안녕, 고맙다"라고 말하면서 다시 어둠 속으로 사라진다. 이와 같이 혼란스러운 상황에서 예이츠는 예술작품의 진정한 의미, 시인의 인생과 존재 및 시인의 역할에 대해서 성찰하게 된다.

첫 번째 시 「조상의 집」은 과거의 영광과 풍요로움과 사치스러움에 대한 성찰이다. 이러한 생활을 예술가의 관점에서 파악함으로써 그는 넘쳐흐르는 샘물의 이미지를 과거로부터 물려받은 '부의 영광'으로 요약한다. 여기에서의 샘물은 그것이 원하는 것은 무엇이든지 형성하고 또 그 어떤 유혹에도 넘어가지 않는 지속성에 관계된다. 이러한 유형의 상징을 우리는 그의 시 「망루」에서 찾아 볼 수 있다. "이제 내 의지를 기록할 때./ 샘물 솟는 곳까지 개울을 거슬러 올라가/ 새벽녘엔 솟아오르는 물방울을 떠받드는/ 정직한 인간이 되어야지./ 그 물방울은 나의 자긍심,/ 사람들의 자긍심을 물려받으리./ 원인도 될 수 없고 언급도 될 수 없는 그러한 자긍심을." "샘물은 상류사회에서 자유를 의미하며 그것은 궁극적으로 아름다움, 즉 절대예술에 대한 예이츠의 상징을 야기한다."라고 마이클 노스는 언급했다. 이 시에서 샘물이 형성해 내는 수많은 이미지와 상징은 풍부하고 충분하며 유쾌할 뿐만 아니라 위대하기까지 한 과거를 형성하게 된다. 그러나 조상들이 유지하고 있던 과거의 이러한 영광은 현재의 후손들에게는 하나의 거추장스러운 존재에 불과할 뿐이다. "인류의 가장 위대한 유산/ 가장 거대하고 축복받았다고 생각하라./ 그러나 우리들의 영광은 우리들의 절망이지 않는가?" 과거의 영광은 조개껍질처럼 현재의 허무만을 남겨놓는다. "조개껍질은 풍요로움에 대한 사랑스러운 허무만을 상징한다." 말하자면 조개껍질은 이 시에 나오는 18세기의 대저택에 거주하는 시인에게 잃어버린 과거만을 이야기해 줄 뿐이다.

「조상의 집」에 나타나는 과거의 영광과 몰락은 두 번째 시 「나의 집」에서 개인적인 현재의 주제로 전환된다. 말하자면 옛날의 저택과 정원은 두 번째 시의 "옛날의 교량과 좀더 옛날의 망루"에 의해서 현재로 전환된다. 이러한 망루에서 예이츠는 인간의 또 다른 측면, 즉 깊고 어둡고 음산한 측면을 성찰하게 된다. 외부세계로부터 스스로를 차단시킨 채 개인적인 망루에 올라앉아 "상징적인 장미가 한 송이 꽃으로 피어날 수 있기"를 기대한다. 이 때의 장미는 자연 상태의 식물로서의 장미가 아니라 신비로운 장미로서, 그것은 후손들에 의해서 상실되어 가는 '존재의 허무'를 의미한다. 두 번째 시에서 예이츠는 능동적인 군인과 피동적인 시민을 발견하게 된다. 전자는 망루에 얽힌 투쟁과 모험의 역사를 이야기하고 후자는 자신과 시인을 동일시할 뿐만 아니라 현재의 세계로부터 스스로를 고립시키고 있다. 「내 집 앞의 길」에서 다시 등장하는 군인은 망루를 군대 요새로 활용하고자 하는 반면, 피동적인 시민은 망루에 남아서 현재 세상에서 일어나고 있는 것, 말하자면 시적 열정, 현재의 대혼란, 과거 영광의 상실, 현재의 불확실성 등을 증언하고 목격하고자 한다. 그러나 피동적인 시민으로서의 예이츠의 이러한 만족스러운 고독과 외로운 작업은 갈등을 맞게 된다. 그것은 그가 능동적인 군인들의 적극적인 생활을 부러워하고 있기 때문이다. 바로 이 점에서부터 시인으로서의 존재와 고뇌가 시작된다.

W. B. 예이츠가 시인으로서 망루에서 가지는 명상은 일본인 사업가 사토가 1920년에 예이츠에게 선물한 일본검이 놓여 있는 「탁자」로 향하게 된다. "이 일본검은 예이츠가 미국에서 순회강연을 하던 중 오리건의 포틀랜드에 들렸을 때에 일본인 사업가인 사토가 그의 강연을 들은 후에 선물한 것이다. 사실 이 검은 사토 집안에서 대대로 내려오는 가보였다. 이 선물에 대해서 예이츠는 처음에 상당히 당황했었다." 이 일본검의 이미지를 초승달의 이미지와 결합함으로써 예이츠는 그것을 전쟁의 의미로 확장시켰다. 예이츠는 이렇게 생각했다. 위대한 모든 것은 전쟁의 산물이다. 예를 들면 위대한 국가와 계층, 가시세계에서의 교전과 비가시세계에서의 위대한 시와 철학, 그리고 전쟁의 승리와 개인적 희생이라는 마음속의 내분으로 나뉘어 진다. 예이츠의 이 시에서 위대한 예술작품은 전쟁에 관련된다. 말하자면 내전기간이라는 암울한 시대로 인해서 그 자신은 「내전기의 명상」이라는 시를 창작할 수 있다고 파악했던 것이다. 그가 선물로 받은 일본검은 그 자체만의 불멸의 영혼을 지니고 있는 한편, 다른 한편으로는 그와 같은 예술품을 만들어

내기까지 감수하게 되는 예술가 자신의 고통과 갈등을 암시하고 있다. 말하자면 이 시에서의 일본검은 조상에서 자손으로 이어지는 가계의 위대성을 의미할 뿐만 아니라 오랜 기간의 시련과 역사적 고통에 의해서만 강한 전통과 예술이 탄생한다는 것을 의미한다.

따라서 전쟁과 예술품과의 관계에 대한 예이츠의 성찰은 다섯 번째 시 「내 집 앞 도로」에 잘 나타나 있다. 이 시에서 그는 인간의 성격에 나타나는 이중적인 의미, 즉 적극적인 측면과 소극적인 측면을 강조하고 있다. 전자는 군인에게 관계되고 후자는 그러한 적극성을 두려워하는 시인 자신에게 관계된다. "총알을 맞고 숨지는 것,/ 그것은 태양아래에서의 멋진 놀이이다."라고 농담하는 군인들을 부러워하며, 시인으로서의 예이츠는 망루 위에 앉아서 복숭아나무가 폭풍우에 부러졌다고 불평한다. 그렇게 함으로써 그는 군인들의 폭력으로부터 자신을 보호하고 나아가 암울한 시대의 증인이자 목격자로서 남을 수 있게 된다. 전쟁은 시인에게 파괴만을 남겨 놓지만, 그러한 파괴의 시대에 살아남는 것 또한 중요하다는 점을 인식함으로써 시인의 시선은 자신의 집으로 옮겨진다.

전쟁은 인류의 위대한 유산을 파괴하고 나아가 인간 그 자체를 파괴해버린다. 거리에 산재해 있는 시신, 불타버린 집, 처절한 절규, 절망, 파괴와 황폐, 이런 것들이 바로 내전의 결과이다. 전쟁의 공포와 전율 속에서 예이츠는 질서와 평화의 시대가 도래하기를 원하면서 다시 망루에 올라간다. 그 망루에서 그는 전쟁에서 비롯된 무질서를 질서화하고 사토가 자신에게 선물한 바 있는 일본검의 영원한 예술성을 다시 한 번 더 찬양한다. 이와 같은 과정을 거치면서 지금까지 고려한 각각의 시에서는 전쟁과 예술품, 군인과 시민, 전통의 파괴와 재건 등이 언급되어 있다. 그리고 「나의 집」에서는 무기를 가진 군인과 아무것도 갖지 못한 시인이 대조적으로 나타나 있다. 전자는 과거로부터 물려받은 영광의 파괴자이고 후자는 불변의 예술을 보전하고자 하는 유지자이다. 그리고 W. B. 예이츠가 내려오고 올라가고는 하던 '망루'는 이 시에서의 중심점으로, 그곳에서는 모든 것이 복합적으로 작용한다.

시인의 성찰은 조상의 집에서부터 망루의 일반적인 풍경까지, 망루의 안을 거쳐 다시 자신의 집안으로, 그리고 마침내 일본검을 발견함으로써 전쟁과 예술품의 관계를 파악하게 된다. 이 일본검은 예이츠에게 혼란과 명상, 참여와 고독, 순간성과 영원성을 암시한다. 그 결과 그는 예술품은 예술가의 일시적인 열광에서 비롯되는 것이 아니라 부단한 성찰과 고통과 전념에서 비롯된다는 점을 강조하고 있다. 그리고 이러한 유형의 예술품만이 일반적인 논리를 능가하는 초자연적인 세력을 형성하게 된다. 그 다음에 시인의 성찰은 정신적으로나 육체적으로 집 밖으로 이어지면서, 거기에서 시인은 자신의 존재와 후손의 무관심을 염려하게 된다. 한 시대의 증인이자 목격자로서의 시인이 죽은 후에 누가 그를 기억할 것인가? "아무도 없다"—그것이 그의 대답이다. "올빼미만이 황량한 하늘을 향해 울부짖을 것이고 말없는 돌멩이만이 세상의 진리와 시인의 고통을 대변할 것이다."

11.4.3 시인으로서 존재하기와 생활하기

어느 시대의 시인이든지 시인으로 존재한다는 것은 소속된 공동체로부터의 소외와 단절을 전제로 한다. 그것은 셸리를 비롯한 낭만주의 시인들이 그랬고 보들레르를 비롯한 상징주의 시인들이 그랬으며 예이츠를 비롯한 20세기 초의 시인들이 그랬다. 그들은 공동체와 자신들을 분리시킴으로써, 자신들이 소속된 공동체를 객관적으로 조명할 수 있었던 것이다. 객관적인 조명뿐만 아니라 그러한 사회가 안고 있는 여러 가지 사항들을 개선하고자 노력했다. 말하자면 낭만주의 시인들에게 있어서 시는 시인의 이상과 꿈과 사랑을 실천하는 도구에 머무르지 않고 한 사회의 변혁을 주도하는 수단으로 작용했다고 볼 수 있다. 그러한 예를 우리는 워즈워스 시에서 찾을 수 있다.

이들과는 달리 W. B. 예이츠에게 있어서 시인은 자신이 소속된 사회
에서 발생하고 있는 것의 증인이자 목격자이다. 그러나 그는 증인이자
목격자일 뿐이지 발생한 사건에 대해서 어떻게 대처하지 못하는 소극
적인 자세를 취한다. 말하자면 현상을 인식하지만 인식한 현상을 행동
으로 전환시키지는 못한다. 앞에서 인용한 예이츠 시에서 시인은 군인
의 난폭한 행동을 경멸하면서도 그렇게 하지 못하는 자신의 처지를 개
탄하기도 한다. 그러나 궁극적으로 그는 문화유산의 파괴에 분노하게
되고 그것을 보전하는 일이 얼마나 힘들고 중요한 것인가를 인식하게
된다. 예이츠 시가 지니고 있는 시인으로서의 고뇌는 군인과 시민, 전
쟁과 파괴, 능동성과 피동성 사이에서의 고뇌라고 불 수 있다.

시인으로서 예이츠가 갖게 되는 정신적인 고뇌는 이성부 시 「우리들
의 양식」에도 잘 나타나 있다. 생활인으로서의 무력한 지식인이 가지게
되는 냉소적이고 비판적인 태도는 사회적인 시대상황과 맞물림으로써
섬뜩한 풍자로 전환되어 나타난다. 그러나 그것도 어디까지나 풍자의
영역에 머무를 뿐이지 사회를 개혁하는 실천적인 힘이 되지는 못한다.
부조리한 사회현실의 인식과 인식한 것을 실천으로 옮기지 못하는 상
황 속에서 시인의 존재는 고통스러운 모습을 띠게 된다.

사실 이 시대에 직업이 시인인 시인은 거의 없다. 그것은 이상적인
시인으로서 시인은 존재할 수 있지만 생활인으로서의 시인은 존재할
수 없다는 뜻이 된다. 시쓰기가 곧 생활을 위한 주업이 될 수 없는 시
대에서 '시인은 어떤 모습으로 존재해야 하는가?' 이 물음 속에 곧 시
인의 존재와 고뇌가 깃들어 있다고 생각된다.

제12장

연애시의 뿌리

12.1 성애시로서의 연애시 : 연애시의 발단

연애시와 성애시는 동일한 것인가? 아니면 차이 있는 것인가? 차이가 있다면 어떠한 점에서 서로 다른 것인가? 대부분의 경우 연구자들은 이 두 가지 형태의 시를 구분하고자 한다. J. A. 커돈은 그 차이점을 다음과 같이 설명했다. "연애시에서는 성애적인 측면을 되도록이면 구체적으로 묘사하지 않으려 하고 좀더 고상하고 높은 정신적인 차원에서의 사랑의 감정을 표현하고자 하는 반면, 성애시에서는 남녀관계에 대한 구체적인 설명을 하려하고 애욕적이고 육체적인 차원에서의 사랑의 행위를 좀더 적나라하게 표현하고자 한다."

이러한 차이점으로 인해서 연애시는 헌신적인 종교시나 기사도적인 연애시나 금욕적인 형이상학파 시와 같은 맥락에서 발전하게 되었고 성애시는 외설시와 같은 맥락에서 발전하게 되었다. 그러나 이와 같은 연애시와 성애시라는 두 가지 형태의 시의 뿌리가 서로 다른 것은 아니다. 그 바탕은 언제나 사랑에 있기 때문에 사랑의 어느 측면을 강조하느냐에 따라서 연애시가 되기도 하고 성애시가 되기도 했던 것이다.

아울러 사랑에 대한 비유법의 효과적인 성공과 실패 및 사회적인 규범의 허용과 제약에 의해서도 이 두 가지 시 형태의 명칭이 좌우되었던 것이다.

그렇지만 시대가 발전함에 따라서 성애시가 점점 더 은밀한 것으로 되어 사회의 배후에 숨어 버리게 되었다면, 연애시는 점점 더 공공연하게 사회의 전면에 드러나게 되었다고 볼 수 있다. 여기서 말하는 시대의 발전이란 서구에 끼친 인도문화와 아랍문화의 영향, 그리스 로마 시대, 중세의 라틴 시대, 문예부흥 시대 및 상징주의 시대로의 발전을 의미하며, 여기서 다루고자 하는 연애시도 이러한 발전과 더불어 성행하게 되었으며 그 시적 의미도 점차 정신적인 사랑으로 변화하게 되었다.

12.2 페트라르카의 연애시 : 로라에 대한 정신적 사랑

페트라르카는 단테 및 보카치오와 더불어 이탈리아 문학을 대표하는 세 사람 중 한 사람이다. 그의 『연가곡집』은 로라에게서 받은 그의 영감을 서정시로 표현한 대표적인 연애시로 평가되고 있다. 로라의 정체에 대해서는 여러 가지 추측만이 있을 뿐이다. 첫째, 정확한 이름이 로라 드 노베스인 그녀는 유구에스 드 사드의 부인이었다는 점을 들 수 있다. 이러한 주장은 로라가 남의 부인이었기 때문에 페트라르카가 그녀에 대한 사랑을 이상적으로 표현할 수밖에 없었다는 점을 암시해 준다. 둘째, 로라는 페트라르카의 열렬하면서도 한결같은 순수한 사랑의 감정을 대표할 수 있는 시적 대상일 뿐이라는 점을 들 수 있다. 이러한 주장은 그의 연애시를 미학적으로 설명하게 하는 바탕이 된다. 셋째, 로라는 페트라르카가 그렇게도 집요하게 추구하던 시인으로서의 영광에 해당하는 월계관을 추상화한 것이라는 주장이 있다. 이러한 주장은 그가 이탈리아에서 시인으로서의 최고의 자리를 추구하고자 했던 야망에 그 바탕을 두고 있는 것으로 생각된다. 마지막으로 단테가 베아트리체를 연애의 대상으로 이상화했던 바와 같이 페트라르카도 로라를 이상화했을 것이라는 점이다. 그리고 그러한 것은 이탈리아 고전문학에서 하나의 전통으로 자리 잡게 되었다는 것이다. 이러한 주장 중에서 둘째와 셋째가 페트라르카 연애시의 대상인 로라를 가장 잘 설명해 준다. 페트라르카의 말에 의하면 그는 로라를 1327년 성(聖)금요일에 만났으며 21년이 지난 후 1348년 같은 날에 그녀는 페스트로 사망하게 된다. 그가 처음 그녀를 만났을 때 그녀는 이미 결혼한 상태였다. 어떻든 페트라르카는 로라와의 만남으로 인해서 시인이 되었다고 고백하고 있다. 그리고 로라에 대한 그의 연애시는 주로 이루어질 수 없는 사랑, 성취 불가능한 사랑을 정신적으로 노래한 것들이다.

위에서 언급한 자신의 『연가곡집』에서 페트라르카는 생전의 로라와 사후의 로라에 대한 자신의 사랑을 총 366편의 시로 형상화했다. 이러한 시편은 다양한 형식으로 나타나 있는 데, 그 중에서 가장 많이 사용된 형식이 바로 소네트 형식이다. 그의 소네트 형식은 서구유럽문학에서 가장 아름다운 운문형식을 띠고 있는 것으로 평가되고 있다. 다음에 인용하는 페트라르카의 소네트는 그의 마음속의 연인이었던 로라가 죽은 후에 쓴 것이다.

> 내 열렬한 찬사를 자아내던, 그 눈빛,
> 그 가슴, 그 팔, 그 발, 그 얼굴,
> 사랑에 빠진 나를 이방인이 되게 하고
> 늘 걷던 오솔길도 못 걷게 했어라.
>
> 반짝이는 금빛 곱슬머리 결,
> 미소 짓는 천사의 눈빛의 순간적인 섬광,
> 세상을 춤추는 낙원으로 만들었었지만,
> 이제는 한줌의 티끌, 아무런 감동도 없어라.

나만 살아남았네, 슬픔과 모멸 속에,
그토록 사랑하던 한 줄기 빛도 없이,
태풍 속에서 낡은 수의만을 걸치고 살아남았네.

그토록 아끼던 사랑노래를 더 이상 하지 않으리라,
내 낡은 재주는 자꾸만 더 보잘 것 없게 되고,
내가 타는 하프 소리에만 귀 기울이네.

　위에 인용한 시는 에드윈 모간 이 영역(英譯)한 페트라르카 시를 필자가 우리말로 옮긴 것이다. 이 시의 제목은 첫 행을 따서 「내 열렬한 찬사를 자아내던, 그 눈빛」으로 되어 있다.

　로라에 대한 자신의 연애시에서 페트라르카는 언제나 사랑이라는 무대의 중심에 자리 잡고 있으며, 복잡 미묘한 자신의 모든 감정을 집요하게 추구하고 있다. 그의 이러한 정감은 감각과 영혼, 육신과 정신, 육감적인 사랑과 정신적인 사랑사이의 부조화에서 비롯되는 것이다. 이러한 두 요소 중에서 그는 언제나 전자를 강조하지만 그러한 강조의 배후에서 그는 후자에 대한 강렬한 열망을 억제하고자 노력한다. 미학적인 것과 육감적인 것 사이에서 그가 겪게 되는 내적 갈등은 섬세하면서도 반어적인 표현에 잘 반영되어 있다. 말하자면 자신의 내적 갈등을 해소하고자 투쟁하든가 거부하는 것이 아니라 애절한 어조, 정확한 표현, 분명한 묘사 및 달콤한 감정 등에 의해서 자신의 내부의 우울한 심정을 시로 형상화했던 것이다.

　이 시에 나타난 음악적인 특징 또한 굉장한 감성으로 유발되었다. 위에 인용한 소네트를 비롯하여 페트라르카의 대부분의 연애시는 그것이 지니고 있는 분위기, 이미저리 및 압운법으로 인해서 유럽 연애시에서 하나의 전형으로 자리 잡게 되었다. 아울러 페트라르카와 로라는 정신적인 사랑에 의해서 열정적인 사랑을 극복하는 상징적인 존재로 파악되었다.

여기서 우리는 소네트의 의미를 살펴볼 필요가 있다. 이탈리아어로 '작은 노래'라는 뜻을 지닌 소네트는 페트라르카적인 이탈리아 소네트와 셰익스피어적인 영국 소네트로 대별된다. 전자의 압운법은 abba, abba, cde, cde를 지키고 후자의 압운법은 abab, cdcd, efef, gg를 지킨다. 주제의 표출 방법에서도 이탈리아 소네트와 영국 소네트는 차이를 보이고 있다. 우선 이탈리아 소네트에서 앞의 '8행 연'에서는 문제점이나 의혹이나 질문을 제기하고 뒤의 '6행 연'에서는 제기되었던 문제를 해결하고 의혹을 풀어주고 질문에 답을 하며 아울러 추상적인 언급에 의해서 결론에 도달한다. 그러나 영국 소네트의 마지막 6행은 경구적인 언급과 요약으로 끝난다. 균형 잡힌 구조, 통일된 압운법, 형식과 내용의 균형 등으로 인해서 소네트는 가장 인기 있고 가장 정확한 시형식으로 자리 잡게 되었다. 그리고 그러한 소네트의 기원을 말할 때에 언제나 이탈리아의 페트라르카가 쓴 『연가곡집』을 언급하게 된다.

이상에서 살펴본 바와 같이 페트라르카의 연애시는 언제나 다른 시인의 성애시와 구별되는 것으로 평가되어 왔다. 존슨은 카울리의 성애시를 설명하는 자리에서 카울리가 페트라르카의 연애시를 모델로 하고는 있지만 이 두 시인의 시에는 다음과 같은 차이점이 있다는 점을 강조했다. "모든 훌륭한 것의 바탕이 되는 것, 그것은 진실이다. 페트라르카는 사랑이란 그것의 위대한 힘을 느끼는 데 있다는 점을 고백하고 있다. 그는 진정한 연인이었고 그의 애인이었던 로라는 분명히 그의 다정한 사랑을 영원히 간직했다. 반스가 언급한 바와 같이 카울리는 오로지 단 한 번 사랑에 빠지며 자신의 심정을 갈라놓는 주인공에 대한 열정을 말하기는 하지만 결코 그 열정을 어떻게 해결할 것인지에 대해서는 말하지 않는다." A. W. 슐레겔은 페트라르카가 로라를 비유한 구절을 들어 그가 자신의 연인을 극도로 미화시키고 있다는 점을 제시했다. 말하자면 페트라르카는 로라(Laura)라는 이름을 '미풍'을 의미하는 'l'aura'로, '월계관'을 의미하는 'lauro'로, '황금'을 의미하는 'l'auro'로 비유적으로 불렀던 것이다.

12.3 존 던의 연애시 : 형이상학파의 지성과 열정

존 던의 연애시 대부분은 페트라르카의 지나치게 이상화된 연애시에 대립되는 것이었다. 여기서 대립적이라는 말은 그의 연애시가 육감적이라는 것을 의미하는 것이 아니라 드라이든이 강조한 바와 같이 기존의 기사도적인 연애시의 전통을 거부하고 있음을 의미한다. 말하자면 던의 연애시에서는 성(性)에 대한 올바른 인식을 강조하기는 하지만 직접적으로 강조하는 것이 아니라 철학적 명상에 의해서 간접적으로 강조하고 있다고 볼 수 있다.

던의 서정시는 두 가지로 대별된다. 하나는 신학적인 영역에 해당하는 것으로 여기에는 영혼의 전개와 풍자 및 성시(聖詩)가 포함된다. 다른 하나는 세속적인 풍자시, 소네트, 연가곡 및 만가로서, 이러한 시편에서 던은 해박하고 재치 있고 따뜻하면서도 냉소적인 태도로 인간의 마음을 철저하게 규명하고자 했다. 이처럼 후자에 속하는 시 대부분은 여기에서 논의하고자 하는 '연애시'에 해당한다. 던은 이러한 시에서 육신과 영혼 혹은 신체와 정신같은 사랑의 이중성을 강조하는 한편, 다른 한편으로는 사랑의 미묘한 열정과 냉소적인 괴로움을 강조했다. 따라서 그의 연애시에서는 지속적인 영원 불멸의 사랑보다는 불연속적이고 단절적인 사랑이 많이 나타난다. 그리고 그러한 사랑은 놀랍고도 순수한 지성과 열정의 병치에 의해서 강조되어 있다.

던은 우선적으로 전통적인 시적 이미지를 거부했다. 그에게 있어서 이미지는 표피적인 장식물이 아니라 시적 구조의 본질을 형성하는 요소였으며, 그는 시의 주제가 이러한 이미지의 확장과 중첩에 의해서 발전된다고 믿었다. 왜냐하면 그는 지성의 작용은 열정적인 경험이라고 파악했기 때문에, 그는 자신의 해박한 지식을 바탕으로 하여 과거와는 다른 전혀 다른 이미지를 창출해 내었다. 그 중의 하나가 형이상학파 시의 근간을 형성했다. 그의 형이상학파 시에서는 철학적이고 심리학적이며 신학적인 사상에서 비롯된 여러 가지 요소들이 놀랍도록 하나로 통일되어서 연애시의 새로운 영역을 열어 놓았던 것이다. 하나의 예를 든다면 던은 애인이 벼룩을 죽이지 못하도록 한다. 왜냐하면 벼룩은 자신의 피와 애인의 피를 빨아 먹었음으로 그것은 바로 신방에 있는 침대와도 같고 결혼식을 올린 사원과도 같기 때문이다. 누구나 혐오하는 미물인 벼룩을 신방의 침대나 결혼식을 올리는 신성한 사원에 비유하는 던의 이러한 비유법은 무리하면서도 역설적이었고 또 당대로서는 상당히 충격적인 것이었다.

> 이 벼룩, 이 벼룩 좀 보시오.
> 그대 날 거부하는 것은 얼마나 부질없는가.
> 내 피를 빨았던 벼룩은 이제 그대 피를 빨고 있나니.
> 벼룩 속에 우리들의 두 피가 뒤섞여 있다오.
> 그것은 죄악도, 부끄러움도, 처녀성의 상실도
> 아니라는 것을 그대는 알고 있으리라.
> 아, 이 벼룩은 구애하기 전에 즐기나니,
> 두 가지 피로 된 한 가지 피로 부풀어 올라
> 아, 우리들보다 더 좋지 않은가.
>
> 아 잠깐만, 한 마리 벼룩 속에 세 생명이 있다오,
> 벼룩 속에는 결혼 이상의 의미가 있다오.
> 이 벼룩은 그대와 나, 그리고 이 벼룩은
> 우리들의 신방 침대, 우리들의 결혼 사원이라오.
> 부모님께서 싫어할지라도, 그대와 나 서로 만나
> 살아 있는 이 칠흑의 벽 속에 갇혀 있나니.
> 습관대로 그대 날 죽일 수도 있지만

그러지 말아요, 자살일 수도 있다오.
신성모독이고 생명 셋을 죽이는 죄악 셋이리.

갑작스럽게 잔인하게도 그대의 손톱은
순진무구한 피로 붉게 물들어 버렸나?
이 벼룩이 그대 피를 빨았다는 것 말고
무슨 큰 죄악을 저질렀나요?
아, 그대는 승리했네, 그대가 찾은 것은
그대 자신도 나도 아니고 이 힘없는 벼룩뿐.
그것은 사실이라오. 두려움은 얼마나 거짓인가.
그대 내게 복종할 때에, 명예도 사라지리라,
이 벼룩의 죽음이 그대의 생명을 가져가듯이.

이 시에서 우리는 사랑의 완벽한 합일체로서 벼룩을 비유하게 되는 던의 기발한 착상에 당황하게 된다. 그러나 '나의 피'와 '그대의 피'를 함께 간직하고 있는 '벼룩의 피'는 완벽한 사랑의 표현이라고 볼 수 있다.

신성한 사랑과 세속적인 사랑, 천국에 대한 기대와 지옥에 대한 두려움, 또는 이러한 모든 이미지를 한 편의 시에서 종합하기도 하는 던의 시 중에서 위의 시가 사랑의 종합을 살아있는 생물체인 벼룩에 비유했다면 그의 「시성(諡聖)」은 완벽한 사랑을 '잘 빚은 항아리'로 비유했다. 이 구절은 클리언스 브룩스의 『잘 빚은 항아리』의 제목이 되었으며, 이 저서의 제1장 「역설의 언어」에서 브룩스는 존 던 시 「시성」을 상세하게 논의했다. 잘 빚은 항아리는 타버린 연인의 재를 담고 있으며 또 그것은 왕자의 드넓은 묘지보다 못하지 않다는 점을 강조하고 있다. 사랑하는 두 사람에게 있어서 사랑은 불사조와도 같이 영원무궁한 것이다.

존 던이 「벼룩」이나 「시성」에서 완벽한 합일체로서의 지상에서의 사랑을 노래했다면, 「고별 : 금지된 슬픔」에서 그는 '지상의 연인'과 '천상의 연인'을 비교했다.

점잖은 이들은 조용히 세상을 떠나며,
영혼보고 가라고 속삭이지만,
그들의 슬픈 친구 중 어떤 이는 숨결이 멎었다
하기도 하고 어떤 이는 아니라고 하기도 하네.

그렇게 우리들도 사라지자, 아무 소리도 없이,
빗물 같은 눈물도, 태풍 같은 한숨도 없이.
우리들의 사랑을 세상 사람들에게 전하는 것,
그것은 우리들의 기쁨을 더럽히는 것이지.

지진은 굉장한 손상과 무서운 공포를 야기하지만,
사람들은 그것이 무엇이고 무슨 뜻인지 생각하지.
그러나 지축의 전율은 순수한 것이지,
그것이 아무리 먼 거리에 있다 하더라도.

지상의 연인들의 지루한 사랑은
(그 영혼이 느끼듯이) 없음을 인정 못하지,
그러한 사랑은 사랑을 이루었던 요소들을
제거해 버렸으니까.

그러나 사랑으로 인해서 우리들은 사랑이
무엇인지 몰랐던 것을 꽤 많이 알게 되었지.
서로의 마음에 대한 상호 확신과 그렇게
걱정하지 않는 그리운 눈빛과 입술과 손길.

우리들의 두 영혼은 하나가 되어,
나 이제 가야 하지만, 순간이 아닌
영원을 기다려야만 하네.
가냘픈 바람결에 부딪치는 황금처럼.

우리들의 영혼이 둘이라면, 그것은
캠퍼스의 두 다리처럼 둘이지.

> 고정된 다리인 그대의 영혼은 움직일 기미가
> 없지만, 다른 다리가 움직이면 움직이지.
>
> 그대의 다리는 중앙에 자리 잡고 있지만
> 다른 다리가 멀리 돌 때마다
> 그 다리에 기대어 경청하게 되고
> 그 다리가 되돌아 올 때는 곧바로 일어서지.
>
> 캠퍼스의 두 다리와 같은 그대와 나,
> 나는 돌게 되어 있는 다른 다리이지.
> 꼼짝 않는 그대는 나의 회전을 가능하게 하고,
> 시작했던 곳에서 나를 멈추게 하지.

위의 인용시는 사랑하는 두 연인의 관계를 캠퍼스의 두 다리에 비유한 것으로 유명한 시이다. 클리언스 브룩스의 설명을 참고하여 이 시에서의 시적 자아가 자신의 연인에게 말하고 있는 것을 정리하면 다음과 같다. 우리들의 이별이 죽음 때문이기는 하지만 점잖은 이들이 그렇게 하듯이 조용히 죽도록 하자. 그러나 죽어서 해체되어 버리는 것은 일종의 녹아서 사라지는 것이나 다름없으며 녹는다는 것은 눈물을 암시하고 그 눈물은 대홍수와 폭풍우에 비유된다. 시적 화자는 또 연인에게 이별을 서러워하며 소리 내어 울지 말라는 또 다른 당부를 한다. 왜냐하면 이들은 사랑의 사도이기 때문에 일반인들에게 자신들의 이별을 알리는 것은 일종의 모독일 수도 있기 때문이다. 따라서 이들의 사랑의 가치는 침묵에 있는 것이다. 이러한 점은 그 자체로는 충분히 큰 것이지만 우주에 비하면 그지없이 작은 지구에서 지진이 발생할 때의 소음과 훨씬 더 큰 우주가 움직여도 아무 소리 없는 조용한 침묵에 비유된다. 말하자면 사랑의 사도로서의 사랑은 천상의 사랑에 비유되고 그렇지 않은 사랑은 지상의 사랑에 비유되는 것이다. 전자는 조용하고 우아하며 남의 모범이 되는 사랑이고 후자는 시끄럽고 천박하며 자신만의 사랑인 것이다.

이러한 사랑을 좀더 분명하게 해 주는 요소가 바로 황금과 그것을 간직하고 있는 원광석이다. 이러한 비유에서 인간이 가치 있게 여기는 것은 물론 황금이며 그것은 사랑하는 두 연인의 사랑이 변함없다는 점을 나타낸다. 변함없는 사랑을 강조하는 또 다른 요소는 바로 두 개의 다리를 지니고 있는 캠퍼스이다. 캠퍼스에서 중심축이 되는 다리는 연인을 의미하고 그러한 중심축의 주변을 회전하는 다른 다리는 시적 화자를 의미한다.

이러한 비유는 지상에 남게 되는 연인과 죽어서 지상을 떠나 천상으로 나아가는 시적 화자를 의미하기도 한다. 다시 말하면 캠퍼스의 두 다리는 이 두 연인의 사랑이 언제 어디에 있든 간에, 살아서 지상에 존재하든 죽어서 천상에 존재하든 한결같이 이어져 있다는 점을 암시한다.

존 던의 연애시의 영향은 크게 두 가지로 나뉘어 진다. 하나는 그의 시대인 17세기에 끼친 영향이고 다른 하나는 20세기에 끼친 영향이다. 우선 17세기에 끼친 영향을 세 가지 측면에서 살펴볼 수 있다. 하나는 연애시의 시인들이 사랑에 대한 열정을 직접적으로 표현하기보다는 사려 깊고 심오하게 시로 형상화하게 되었다는 점을 들 수 있다. 다른 하나는 종교시의 시인들이 자신들의 시에서 던의 형이상학파 연애시의 기교를 활용하게 되었다는 점을 들 수 있다. 또 다른 하나는 던의 연애시에서 비롯된 풍자가 드라이든이나 알렉산더 포프의 시에서 절정을 이루게 되었다는 점을 들 수 있다. 그밖에도 콜리지, 브라우닝, 홉킨스를 거쳐 20세기의 시인들에게 끼친 영향을 들 수 있다. 이들 시인들은 우선적으로 던이 자신의 시에서 전개하는 내용에 매혹되었고 그 다음에는 기존의 시어와 태도를 거부하는 그의 혁신적인 정신에 매혹되었다.

12.4 보들레르의 연애시 : 상징주의 시의 열정과 상상

상징주의 시라고 했을 때 우리들은 우선 보들레르 시집 『악의 꽃』을 떠올리고, 거기에 속하는 시인들로 보들레르를 비롯하여 베를렌, 랭보, 말라르메를 기억하게 되며, 아울러 상징주의 시의 주제로서 추상적인 요소들을 생각하게 된다. 그러나 이러한 선입견들은 보들레르가 자신의 시집에서 인간의 타락과 신비주의와 기독교적인 사랑을 종합하고자 했다는 점, 그가 최후의 낭만주의자이자 최초의 상징주의자로서 이 두 가지 문예사조의 교량적 역할을 하고 있다는 점, 상징주의 시인들이 베를렌의 경우처럼 '시의 음악성'과 말라르메의 경우처럼 '암시적인 상징'을 강조했다는 점 등을 고려한다면 곧바로 수정된다. 보들레르는 한편으로는 신성한 사랑에 대한 무한한 가능성을, 다른 한편으로는 외부세계에 대처할 수 없는 자신의 무능력을 직감했다. 전자로부터는 그의 이상이 비롯되었고 후자로부터는 그의 우울함이 비롯되었다. 이상—그것은 가장 멀고도 가장 아름다운 세계로 나아가고자 하는 인간의 욕망이며 그러한 곳에서 인간은 순수해지고 아무런 부끄러움도 느낄 수 없게 된다. 보들레르 시 「여행으로의 초대」에 나타나 있는 바와 같이 그에게 있어서 '이상'은 바다의 여행 이미지, 즉 이동함으로써 자유롭게 되는 것을 의미한다. 우울—그것은 주변 환경에 대한 절망이며 시인 자신이 자신의 내부세계로부터 벗어날 수 없는 무능력에 관계된다. 그의 시에서 '우울'은 밀폐된 방안이나 지하실의 이미지 혹은 밀폐된 두뇌나 육신의 의미지, 즉 이동할 수 없음에 대한 두려움과 구속되어 있다는 데 대한 공포에 관계된다.

보들레르의 연애시는 육감적이라기보다는 정신적이며, 그것의 표현은 시적 매개체에 의해서 상당히 고양되어 나타나 있다. 사랑에 대한 그의 시를 종종 성애시로 평가하게 되는 이유는 그 대상이 거리의 여자들이라는 점에 있다. 여기서 말하는 시적 대상 중에서 한 사람은 '검은 비너스'라고 불렸던 잔느 두발이고 다른 한 사람은 '하얀 비너스'라고 불렸던 사바티에 부인이고 또 다른 한 사람은 '초록 눈의 비너스'라고 불렸던 마리에 도부런이다.

보들레르가 잔느 두발을 통해서 얻으려고 했던 것은 육감적인 사랑의 성취라기보다는 알렉스 드 존지가 자신의 보들레르 전기『보들레르 : 구름의 왕자』에서 설명한 바와 같이 그녀와의 사랑에 대한 명상과 상상 및 미학적인 경험이었다. 보들레르는 육체적인 사랑은 사랑의 파멸이라고 생각했으며 사랑의 감정 혹은 사랑의 과정에서 얻게 되는 기대와 상상의 세계를 가치 있게 여겼던 것이다. 한 때는 크래머의 애인이었던 잔느 두발에게서 보들레르는 완벽하게 조화를 이룬 건축물처럼 아름다움에 대한 하나의 이상주의를 발견했다. 그녀에 대한 탁월한 시「얼굴의 약속」에서 그는 그녀의 부드러운 곱슬머리결을 찬양하고 있다.

> 아 이 많은 양털, 그것은 정말로
> 곱슬머리결의 자매로구나,
> 부드럽고도 곱슬곱슬한, 그대의 머리결과도 같아라,
> 아 별 하나 없는 밤, 아 칠흑 같은 밤!

위의 시에서 보들레르는 잔느 두발의 머리결을 설명하는 한편, 다른 한편으로는 그녀의 불임을 상상하고 있다. 사실 보들레르의 사랑의 시는 대부분 그녀에 대한 것이다. 그러한 예로는 「보석」, 「이국의 향수」, 「춤추는 뱀」, 「시체」, 「흡혈귀」, 「망각의 강」, 「고양이」, 「발코니」, 「머리결」등 수없이 많다. 이 중에서 「이국의 향수」를 살펴보면 다음과 같다.

> 불타는 가을 저녁 두 눈을 꼬옥 감은 채
> 그대의 그 따뜻한 가슴의 향내를 맡을 때,
> 출렁이는 행복한 바닷가를 보았네,

한결같은 붉은 햇빛으로 빛나는 바닷가를.

할 일 없는 섬 위에 자연은 마련했네,
낯 설은 나무와 달콤한 열매를.
남자들의 육체는 길고도 힘에 차 있고,
여자들의 눈빛은 그들의 대담성에 놀랐네.

그대의 그 향내를 따라 매혹적인 곳을 찾아 갈 때,
돛과 닻으로 뒤덮인 항구를 보았네,
여전히 바닷가 파도에 부딪치는 그것들을,

초록빛 타마린느 나무 향기가
바람결에 나부끼어 내 후각을 자극할 때,
사공의 노래 소리와 함께 내 영혼 속에 뒤섞이었네.

위의 시에서 우리들은 물론 시적 자아가 그 대상인 여성의 아름다움
이 육체적인 아름다움이든 정신적인 아름다움이든 그러한 아름다움을
찬양하고 있음을 알 수 있다. 그리고 그러한 찬양을 가능하게 하는 요
소가 바로 '향내' 혹은 '향기'이다. 여인의 향내와 자연의 향기는 시적
자아에게 있어서 등가물이며 그것으로 인해서 그는 모든 것이 혼합된
하나의 통일체, 곧 여인의 몸의 아름다움을 상상하게 된다. 여인의 몸
에서 풍기는 향내, 곧 체취는 행복한 한 순간을 형성해 준다. 할 일 없
는 섬, 낯 설은 나무, 길고도 힘찬 남자들의 육체, 그 대담성에 놀라는
여자들의 눈빛 등, 이 모든 구절에 비롯되는 이미지는 뒤이어지는 매혹
적인 곳으로 안내하는 향내, 항구, 타마린느 나무의 향기에 연결된다.
그렇게 함으로써 시적 자아는 꿈길에서나 찾을 수 있는 이국적인 사랑
에 눈뜨게 된다.

잔느 두발이 보들레르에게 있어서 '검은 비너스'라면 사바티에 부인
은 '하얀 진주'였다. 그녀에 대한 그의 사랑은 다분히 플라톤적인 사랑

이었다. 1850년대 초반 사바티에 부인을 알게 된 보들레르는 그녀에게서 친절하고 다정하고 매력적이며 지나치게 금욕적이지도 않고 지나치게 천박스럽지도 않은 완벽하게 균형을 이루고 있는 아름다움을 발견했던 것이다. 그리고 사바티에 부인에 대한 자신의 사랑을 고백한 한 편지에서 보들레르는 이렇게 말했다. "제가 당신께 말씀드리는 모든 것을 꼭 간직해 주십시오. 당신은 저의 동반자이고 저의 비밀입니다…저의 모든 것을 바쳐 사랑합니다." 이러한 편지 끝에 그는 자신의 『악의 꽃』 84번부터 105번까지의 시가 사바티에 부인에 대한 것이라고 밝히고 있다. 다음은 그 중의 하나에 해당하는 「저녁의 조화」라는 시이다.

그 줄기 위에 흔들리는 때가 되었네,
꽃들은 향기를 발산하는 감지기와도 같네,
소리와 향기는 저녁의 어스름 속에 떠도네.
우울한 왈츠와 고단한 현기증!

꽃들은 향기를 발산하는 감지기와도 같네,
바이올린은 절망의 가슴처럼 흐느끼네.
우울한 왈츠와 고단한 현기증!
드높은 제단 같은 하늘은 슬프고도 사랑스럽네.

바이올린은 절망의 가슴처럼 흐느끼네,
다정한 가슴은 거대한 검은 허무를 증오하네.
드높은 제단 같은 하늘은 슬프고도 사랑스럽네,
태양은 아직도 식지 않은 핏속에 빠져버렸네.

다정한 가슴은 거대한 검은 허무를 증오하네,
지나간 모든 흔적을 모으는 것은 빛나는 것인가!
태양은 아직도 식지 않은 핏속에 빠져버렸네,
그대의 추억은 성체(聖體)처럼 내 속에서 빛나네!

위의 인용시에서 드러나는 것은 사바티에 부인과의 이루어질 수 없는 사랑에 대한 애절한 호소이다. 그것은 마치 그녀와의 추억, 혹은 그녀에 대한 기억을 떠올리는 것만도 '성체'와도 같이 신성한 것으로 치장되어 있기 때문이다. 보들레르가 자기 스스로를 낮추면 낮출수록 사바티에 부인은 그만큼 더 높은 위치로 나아가고, 그녀의 위치가 높아지면 높아질수록 그의 사랑 또한 애절한 것으로 고양된다.

사바티에 부인을 대상으로 하는 보들레르의 시에는 이 외에도 「전환」과 「정신의 벽」이 있다. 전자에서 보들레르는 그토록 건강하고 아름다운 자신의 천사이자 하얀 비너스가 어떻게 고통과 절망과 인생의 두려움을 알고 있는지를 질문하고 있으며, 후자에서는 사바티에 부인을 만나기 전에는 자기 자신이 저녁마다 얼마나 방탕과 사악에 물들었는가를 회상하면서 스스로에 대한 부끄러움을 억제하면서 떠오르는 태양을 맞이하듯이 그녀를 바라보는 자신의 심정을 읊고 있다. 이 두 편의 시 외에 한 편을 더 든다면 「고백」이라는 시를 들 수 있다. 이 시는 아름다운 여인의 심리상태에 대한 것이다. 다시 말하면 보들레르 스스로가 만들어 낸 이상화된 여인의 초상으로부터 물러서서 그녀의 아름다움이 그녀의 태도에 얼마나 합당한지를 상상하는 시이다. 아름다운 여인은 보들레르에게 미인으로서 산다는 것이 얼마나 힘든 일인지를 고백한다. 언제나 미소 지어야 하고 스스로에게 엄격해야만 하는 것 등은 스스로를 기만하는 행위에 해당한다. 아름답다는 것은 모래 위에 집을 짓듯이 곧 잊어버리고 말게 되는 순간적인 존재일 뿐이다. 사바티에 부인에 대한 보들레르의 연애시는 다분히 정신적이고 현학적이다. 그것은 그녀와의 관계가 긴밀했다기보다는 언제나 일정한 거리를 유지하고 있었다는 점에 기인하며 논자에 따라서는 '검은 비너스'인 잔느 두발만큼 그렇게 손쉬운 상대가 아니었기 때문이라는 점을 들기도 한다. 그러나 사바티에 부인은 당대의 시인이 자신을 영원불멸의 존재로 미화시켜 주는 데에서 유일한 위안을 찾고는 했다. 말하자면 굉장히 솔직하고 친절하고

관대하지만 정서적으로 볼 때에 책임감이 너무 강했기 때문에 사바티에 부인은 보들레르의 사랑을 수용하지 못했던 것이다. 사바티에 부인에 대한 사랑에서 비롯된 보들레르의 연애시는 이루어질 수 없는 로라에 대한 사랑을 노래한 페트라르카의 연애시와 유사한 것이다.

'초록 눈의 비너스'라고 불렸던 마리에 도브런에 대한 보들레르의 연애시를 살펴보면 「돌이킬 수 없는 것」이 있다. 이 시는 '금빛 머리결의 미인'이라는 구절로 잘 알려졌으며 시인을 먹어치워 버린 한 마리 벌레의 통한에 의해서 시인 자신의 사랑을 절망적으로 설명한 것이다. 「독약」에서는 자신의 모든 고통, 모든 통한을 위로해 주는 여인의 열정을 찬양했다. 이러한 유형의 시로는 「여행에로의 초대」가 있다. 이 시는 물론 서정시의 형식을 취하고 있지만 그 내용은 다분히 육감적이다. 이국적인 항구에서 바위에 부딪치는 선박의 비유라든가 낡은 가주라든가 두 연인을 기다리는 보석과 향기 같은 것들이 모두 여성의 아름다운 육체를 비유하고 있다. "그곳은 질서정연하고 아름다운 곳/ 사치스럽고 조용하며 쾌락이 있는 곳"—이러한 구절은 보들레르가 다분히 마리에 도브런을 염두에 두고 썼다는 점을 암시한다. 「가을의 노래」의 노래에서는 우울하고 서글프기는 하지만 시들어가는 사랑의 장엄함을 강조하고 있다. 도브런에 대한 이러한 사랑이 결별되었을 때에 보들레르는 「마돈나」라는 시를 지었다. 이 시는 일곱 개의 단검에 의해서 산산조각 나버린 신성한 심장의 이미지를 담고 있다. 그리고 이 시에서의 마돈나는 세속적인 마돈나이며, 시적 자아는 단검을 들어 끔찍스러운 죄악을 범하고 주인공 마돈나를 살해하게 된다.

12.5. 연애시의 특징 : 하나의 결론

연애시와 성애시를 구분 짓는 일은 외설과 예술을 구분 짓는 것만큼이나 모호한 것이다. 앞에서 살펴본 바와 같이 굳이 구분한다면 연애시에서는 되도록이면 적나라한 육감적인 측면을 배제하고 정신적인 측면을 강조하는 반면, 성애시에서는 정신적인 측면보다는 육감적인 측면을 솔직하고 대담하게 설명한다고 볼 수 있다. 지금까지의 논의를 중심으로 하여 연애시의 특징을 정리하면 다음과 같다. ① 불가능한 사랑을 이야기 한다. 시적 대상이 시적 자아와 함께 할 수 없을 때에 연애시의 어조나 의미는 애절할 수밖에 없다. ② 짧은 서정시 형식을 취한다. 그것은 물론 서정시가 사랑의 감정을 담기에 가장 좋은 형식이기도 하지만 운율과 사랑의 감정이 조화를 이룰 수 있기 때문이다. ③ 사랑의 감정을 전달하는 매개체는 반드시 아름다운 사물만은 아니다. 형이상학파의 시에서처럼 알레고리적이고 유추적일 수가 있다. 아울러 작은 미물에서 사랑의 커다란 진리를 발견하기도 하고 지상의 사랑을 천상의 사랑으로 확장시키기도 한다. ④ 현란한 수사에 의존하기보다는 직설적인 글쓰기에 의존한다. 이 말은 바로 앞에서 언급한 알레고리와 유추의 효과에서 비롯되는 것이라고 볼 수 있으며, 많은 것을 생각할 수 있는 가능성의 세계를 독자에게 제시해 준다. ⑤ 사랑에 대해서 명상하고 상상하고 대상을 미학적으로 관조한다. 이러한 요소 때문에 연애시는 명상의 시, 상상의 시, 혹은 철학의 시라고 불릴 수도 있는 것이다.

물론 페트라르카나 존 던이나 보들레르로 이어지는 연애시가 전부는 아니다. 페트라르카의 소네트에 담긴 연애시와 셰익스피어의 소네트를 살펴보아야 하고, 존 던을 비롯한 형이상학파 시인들의 시세계를 종합해야 하며, 상징주의 시인들의 연애시도 구별되어야 한다. 말하자면 같은 상징주의 시인이라도 보들레르의 연애시와 베를렌의 연애시는 이들 시인의 전기를 참고할 때에 다분히 다를 밖에 없는 것이다. 아울러 20세기 이후의 연애시도 점검을 해야 한다. 예이츠의 시와 엘리엇의 시 등에서 연애시의 요소를 파악할 수 있기 때문이다. 아울러 연애시의 현황과 그 가능성도 점검해야만 한다.

제13장
글로컬리즘시대의 문화적 특성
전환기 한국문학의 방향

문화의 영역은 문학이론 연구와 비교문학 연구에 있어서 가장 다양하게 논의되는 분야가 되었다. 그것은 문화의 영역이 전적으로 새로운 분야이기 때문이 아니라 지난 20여 년에 걸쳐서 가장 강력한 영향력을 행사하고 있는 분야이기 때문이다. 따라서 문화는 인류학, 경제학, 정치학, 지리학, 민족주의 및 식민주의와 탈식민주의를 거쳐 언어학, 문학, 예술, 음식 및 패션은 물론 모더니즘과 포스트모더니즘 및 글로벌리즘(globalism)과 글로컬리즘(glocalsim) 등 모든 분야에서 다양한 형태로 등장하게 되었다. 문화의 이러한 역할의 중요성을 파악한 각 국에서는 정부차원에서의 전문위원회를 설치하여 21세기의 문화전략과 그 수립에 총력을 기울이고 있다. 예를 들면 미국의 '창조적 미국' 보고서와 '미국의 2천년 맞이 계획,' 영국의 '밀레니엄 위원회,' 프랑스의 국가문화정책연구위원회의 '문화정책의 재정립,' 일본의 '문화입국을 향한 긴급 제언' 및 한국의 문화비전 2천년 위원회의 '2천년 기념사업계획' 등을 들 수 있다.

　문화라는 어휘가 어떤 어휘에 결합될 때에 이 두 어휘의 결합은 특별한 특권을 지닌 전혀 새로운 의미를 지닌 용어를 만들어 낸다. 다시 말하면 문화라는 어휘가 다음과 같이 대립되는 두 어휘에 결합될 때에 그것은 의미의 단순한 대립이 아니라 계층, 계급, 신구사상 등의 철저한 대립으로 나아간다. 지배와 피지배, 노동과 지성, 젊은 세대와 기성세대, 원시사회와 현대사회, 선진국과 후진국, 원주민과 이주민, 유색인과 백인, 모더니즘과 포스트모더니즘 등에서 그러한 예를 찾을 수 있다. 이러한 점은 문화에 대해서 정확하고 한정적인 정의를 내릴 수 없다는 점을 제기하는 한편, 다른 한편으로는 문화에 대한 모든 논의에서는 언제나 다양하고 격렬한 논쟁이 수반된다는 점을 전제로 한다. '문화에 대한 논의는 필연적으로 논쟁을 유발한다.'고 볼 수 있다. 이러한 점을 전제로 할 때에 다음과 같이 세 가지에 중점을 두어 문화의 영역을 파악하는 것이 효과적이라고 생각한다. 하나는 사회 역사적인 전후 관계에서의 문화의 위상이고, 다른 하나는 영향으로서의 '문화글로벌리즘'(cultural globalism)과 수용으로서의 '문화글로컬리즘'(cultural glocalism)이고, 또 다른 하나는 탈문화화된 포스트모던 사회에 나타나는 민족 정체성으로서의 문화적 특성이다.

13.1 문화 : 윌리엄스의 부조화에서 바르트의 조화까지

　문화에 관련되는 용어나 사전이나 서적이나 논문을 읽기 될 때에 우리들이 맨 먼저 발견하게 되는 것은 이 용어에 결합되는 수많은 다양한 어휘일 것이다. 이처럼 수많은 다양한 어휘가 문화에 결합되어 있는 것은 레이먼드 윌리엄스가 언급한 바와 같이 문화가 그만큼 한 사회에서 선도적인 역할을 해왔기 때문일 것이다. 그는 사회와 문화의 '부조화'의 결과는 물론 고등문화와 일상생활의 부조화를 비판했다. 일상생활은 레이먼드 윌리엄스가 자신의 『문화와 사회』(1958)에서 강조하는 "전 생애에 있어서의 각 요소 사이의 관계"에 관련되지만, 고등문화는 사이먼 듀링이 자신의 『문화연구』(1993)에서 강조하는 "시간과 공간을 초월하여 불변의 가치를 유지하는 것"을 전제로 한다. 윌리엄스와 그의 추종자들에 의하면 이와 같은 '문화적 부조화'로 인해서 현대사회는 E. P. 톰슨이 『영국 노동자 계급의 형성』(1968)에서 설명하는 특별한 세력, 능력 및 지성을 성취하기 시작했고 그 결과 사회개혁의 필요성을 인식할 수 있게 되었다. 윌리엄스에게 있어서 문화적 부조화는 엘리트중심의 고등문화의 우월성을 벗어 던지기 위한 투쟁이자 경제생산과 정치사회적인 관계의 축을 급진적으로 전환시키기 위한 비장한 결의에 관련된다. 윌리엄스가 강조하는 문화적 부조화의 문제는 1960년대 이후부터 좌익주의 미학, 페미니스트 미학 및 소수민족 미학에서 탄압과 차별대우에 대한 항의수단 등으로 다양하게 발전되었다.

이상의 논의를 잠정적으로 정리하면 문화는 하나의 축을 형성하되 모든 불평등을 포함하여 계층과 계급, 성별 및 인종을 대표하고 중립화할 수 있는 축을 형성한다는 점, 문화는 피지배계층이 어떤 세력을 성취하여 자신들의 굴종과 예속에 저항할 수 있는 수단이라는 점, 문화는 발전이라는 이름으로 계층, 계급, 성별, 인종 및 문화 등에서 우월권을 행사하는 지배계층에 의해서 자행되는 권력의 결투장이라는 점 등을 들 수 있다.

문화비평가, 특히 언어학, 미학 및 가치의 축에 역점을 두는 문화비평가에게 있어서 문화는 더 이상 계층간의 차별이나 이데올로기의 실천이 아니라 사회적으로 서로 다르게 유형화되는 온갖 담론을 총괄하는 일목요연한 안내지도에 해당한다. 이와 같은 문화비평가들의 노력에 의해서 문화와 문화연구는 심도 있는 이론적인 연구로 나아가게 되었다. 감각과 의식의 사회적 생산으로서 문화는 그 자체를 스스로 특정화시켜야만 하게 된 것이다. 왜냐하면 문화는 한 사회의 존재여부에 관련되는 가장 고양되고 민감하며 본질적이고 값진 요소에 해당하기 때문이다. 이러한 의미에서 볼 때에 문화는 한 사회에는 속하지만 다른 사회에는 절대로 속하지 않는 공통 정체성을 형성할 수 있는 정신적인 세력에 해당한다.

롤랑 바르트는 윌리엄스가 사용하는 '일상생활'이라는 어휘를 똑같이 사용하고는 있지만, 바르트는 자신이 의도하고 목적하는 것을 이룩하기 위해서 '일상생활'이라는 어휘에 잠재되어 있는 모든 의미를 규명하려고 노력했다. 왜냐하면 그의 문화연구의 바탕은 소쉬르의 현대 언어학에 그 근거를 두고 있기 때문이다. 예를 들면 소쉬르 언어학에서 강조되는 기의, 기표, 의미작용 및 자의성과 같은 용어를 차용함으로써, 바르트는 프랑스사회에 팽대해 있는 문화현상의 '자의적' 본질을 밝혀내었다. 『신화론』(1972)에 언급되어 있는 그의 다음과 같은 말은 그의 연구 분야를 종합하고 있다.

> 프랑스사회 전체는 다음과 같은 익명의 이데올로기에 심취되어 있다. 우리들의 신문, 우리들의 영화, 우리들의 극장, 우리들의 문학, 우리들의 의식, 우리들의 정의, 우리들의 외교, 우리들의 대화, 날씨에 대한 우리들의 언급, 살인 공판, 애정어린 결혼, 우리들의 꿈꾸는 음식, 우리들이 입고 있는 의상 등 일상생활의 모든 것은 대표성…인간과 세계의 관계…에 의존하고 있다.

일상생활의 모든 것을 종합하기 위해서 바르트의 문화개념은 언어 이외의 다른 담론의 분야에 적용되었으며 그것은 현대문화연구에 있어서 전적으로 새로운 장을 열어놓는 계기가 되었다. 바르트식의 문화연구에서는 레슬링경기, 손에 들고 있는 와인 잔, 광고 및 잡지표지의 사진이나 그림 등 어느 것이든지 문화적 신화, 다시 말하면 '기호체계의 제2질서'로 전환될 수 있다. 그러한 예를 우리는 《파리마치》지 표지사진에 대한 바르트의 잘 알려진 해석에서 찾아 볼 수 있다. 이 표지에는 프랑스 군복을 입고 프랑스 국기에 거수경례를 하고 있는 흑인병사의 모습이 실려 있다. 바르트의 해석에 의하면 이 사진은 우선 충성심을 의미하고 다음은 "프랑스는 위대한 제국이라는 점, 그리고 모든 프랑스 국민은 피부색에 관계없이 프랑스 국기아래 충실하게 봉사한다는 점"을 나타낸다. 바르트식의 문화연구에서 알 수 있는 것은 언어학에 뿌리를 두고 있는 문화연구는 그 자체를 기호학에 관련지음으로써 문화연구의 새로운 시대를 열게 되었다는 점, 문화는 일상적인 것들과 전세계를 조화롭게 연결지었다는 점, 문화는 사회 역사적인 전후관계에서만 이해되어야 한다는 점 등이다.

13.2 문화연구 : 글로벌리즘에서 글로컬리즘으로

윌리엄스와 바르트가 논의했던 일상생활은 문화글로벌리즘의 기반으로 사용될 수 있다. 위성통신시설과 대중매체의 발전으로 먼 거리의 일상생활은 더 이상 먼 거리의 일상생활이 될 수 없게 되었다. 다시 말하면 시간과 공간의 차별성이 사라지고 모든 것은 동시다발적으로 발생하게 되었다. 1980년대 이후부터 비평의 영역으로 자리 잡게 된 문화글로벌리즘은 다국적 기업, 시장 및 협력은 물론 지성의 상호교환에서 비롯되었고 확장된 것이다.

그러나 문화글로벌리즘은 일반적으로 문화제국주의와 구별되고는 한다. 전자가 덜 조직적이고 더 복잡하며 총체적인 동시에 비지배적이라면 후자는 강력하게 조직적이고 더 단순하고 부분적이며 지배적이라고 에드워드 W. 사이드는 자신의 『문화와 제국주의』(1993)에서 강조했다. 문화글로벌리즘은 전세계의 모든 민족성을 포함한다. 풍요와 권력을 앞세우는 선진국과 상대적으로 빈곤하고 무력한 저개발국 사이의 경계선을 초월하여 모든 국가의 정체성을 종합하고자 한다. 이에 비해서 문화제국주의에서는 그것이 비록 상이한 국가 사이의 인간적인 가치에 대한 균등한 기회를 제안하고는 있지만, 발전된 지배국의 현실, 예를 들면 생활스타일, 언어, 관습, 생산과 소비에서부터 음식, 패션, 예술품 등에 이르는 현실이 미개발의 피지배국으로 일방적으로 유입된다는 점을 강조한다. J. 톰린선의 『문화 제국주의』(1990)에 의하면 이와 같은 일방적인 전환에 의해서 미개발의 피지배국은 지배적인 외국문물의 부정적인 영향을 수용하게 된다.

문화글로벌리즘은 '세계문화'와 그것의 구성요소인 민족문화에 대한 논의에 직접적으로 관련된다. 오늘날을 흔히 문화의 시대라고 할 때에 그것은 다음과 같은 두 가지 사실, 즉 자국문화의 고양과 외국문화의 수용에 관련되며, 문화글로벌리즘은 자국문화의 정체성의 발전과 다른 나라에 대한 그 영향을 강조한다. 이러한 의미에서 문화글로벌리즘이라고 했을 때에 그것은 당연히 분산적이고 확산적이며 원심적인 힘, 다시 말하면 자국문화의 생산과 그것의 국제화를 강조하는 힘에 관련된다. 그렇게 함으로써 자국문화는 또 다른 자국문화에 이식되게 된다.

20세기의 마지막 20여 년 동안 포스트모더니스트 작가와 학자들의 도움으로 문화글로벌리즘의 경험은 국가의 경계선과 영역의 변화에 결정적인 역할을 했다. 이러한 관점에서부터 그 이전의 글로벌리즘과는 서로 다른 전혀 새로우면서도 결정적인 문화의 영역이 20세기 말에 등장하게 되었으며 대부분의 연구자들은 그러한 영역을 주저 없이 '문화글로컬리즘'이라고 명명한다. 이 용어는 글로벌리즘의 'glo-balism'과 로컬리즘의 'lo-calism'이 결합된 신조어이다. 문화글로벌리즘과는 달리 문화글로컬리즘은 수렴적이고 수용적이며 구심적인 힘, 다시 말하면 외국문화의 재생산과 탈국가화에 관계된다. 문화글로벌리즘을 대체할 수 있는 21세기의 강력한 세력으로서 문화글로컬리즘은 세계문화시대에 있어서 자국문화를 보호하고 또 세계화할 수 있는 방안으로 활용되고 있다. 이것은 M. 페더스턴이 『글로벌 문화』(1990)에서 강조한 말이다. 지배문화에 의한 침입에 의해서든 또는 비지배문화의 보호에 의해서든, 문화글로컬리즘은 사회적으로 상호문화적인 현실의 다양한 형태에 비롯되는 충격을 완화시키고 또 그러한 충격에 능동적으로 대처할 수 있는 가장 좋은 방안으로 각광받게 되었다.

13.3 문화적 특성 : 문화의 의미구조

앞에서 논의했던 바와 같이 국제화시대이자 지역화시대인 오늘날의 포스트모던 시대에 있어서 어느 문화가 자국문화이고 어느 문화가 외국문화인지를 구별하는 일은 쉽지 않다. 왜냐하면 '문화'라는 바로 그 용어자체가 어떤 마술적인 힘, 다시 말하면 그것과 결합된 어휘를 합리화시키고 정당화시키며 또한 논리화시키기 때문이다. '문화'라는 용어자체는 정신성, 자국성 및 존엄성 같은 삶의 영원한 가치를 강조할 뿐만 아니라 물질성, 국제성 및 편의성 같은 삶의 물질적인 가치도 강조하기 때문이다. 따라서 우리들은 문화가 모든 사람들의 궁극적인 정신의 축이라는 점, 즉 원시사회에서부터 현대사회까지, 부족사회에서부터 국제화된 포스트모던 사회까지 하나의 공동체 속에 살고 사람들의 정신의 축이라는 점을 이해할 수 있다.

동일한 공동체에 살고 있는 구성원들의 정신적인 축은 '문화적 특성'을 형성하며 그러한 특성을 우리는 문화의 의미구조라고 정의할 수 있을 것이다. 문화적 특성은 개인적인 영감과 상상력이 합성된 것으로 파악되고는 한다. 원시부족사회에서 문화는 지배의 수단으로 족장에 의해서 통제되고 조절되었다. 이에 대해서 J. 월프는 『예술의 사회적 생산』(1981)에서 이렇게 설명했다. "오늘날 문화는 정부차원에서 취급되는 경향이 많으며 그것은 지배의 수단이 아니라 자국문화의 보전과 선전 및 관광 상품으로서의 개발에 관련된다. 문화상품은 이제 장구한 역사를 지닌 국가의 재정적 원천이 되었다.”

소외계층에서는 소위 말하는 지하문화를 발견할 수 있다. 예를 들면 스킨헤드족, 펑크족, 히피족, 오토바이족, 롤러스케이트나 마운틴스케이트족, 브리이크댄스족, 성적취향의 소수그룹과 같이 주로 문화의 주도적인 현장에서 벗어나 자신들만의 문화를 창조해 가는 저항적인 사람들의 문화를 발견할 수 있다. 여기에서의 문화적 특성은 분명히 기성문화에 대한 강력한 저항을 바탕으로 한다. 따라서 문화적 특성은 ‘문화의 의미구조’이자 문화를 살아 있게 하는 ‘숨구멍’ 혹은 숨쉴 수 있는 ‘최소 공간’이라고 볼 수 있다.

문화글로벌리즘과 문화글로컬리즘에 관련지어 볼 때에, 전자에 연관되는 문화적 특성은 민들레꽃씨처럼 자국문화의 민족성의 분산에 해당하고 후자에 연관되는 문화적 특성은 꿀벌집처럼 외국문화의 특성의 축적에 해당한다. 모든 곳으로 흩어지는 민들레꽃씨이든 모든 꽃에서 꿀을 모으는 꿀벌집이든 문화적 특성은 상호문화와 탈문화라는 두 개의 축 사이를 영원히 진동하게 되어 있는 진자(振子)와 같다고 볼 수 있다. 이러한 진자의 축이 20세기에는 상호문화를 강조하는 문화글로벌리즘의 시대로 치우쳤었다면, 21세기에는 탈문화를 강조하는 문화글로컬리즘의 시대로 치우치게 되어 있다.

지금까지의 논의를 정리하면 다음 도표와 같이 된다. 이 도표에서 알 수 있는 바와 같이 수용과 거부, 긍정과 부정의 과정에 의해서 문화에 관련되는 네 가지 영역을 파악할 수 있다. 이러한 네 가지 영역은 수직적인 축과 수평적인 축 및 그러한 축 사이에 형성된 네 개의 영역으로 이루어져 있다. 영역1은 주로 서구문화에 관련되는 문화글로벌리즘이자 상호문화에 관련된다. 영역2는 의도적이든 비의도적이든 외국문화의 침입에 관련되는 문화글로벌리즘이자 탈문화에 관련된다. 영역3은 비의도적이든 의도적이든 자국문화의 보호에 관련되는 문화글로컬리즘이자 상호문화에 관련된다. 영역4는 주로 동양문화에 관련되는 문화글로컬

글로컬리즘시대의 문화의 상호관계

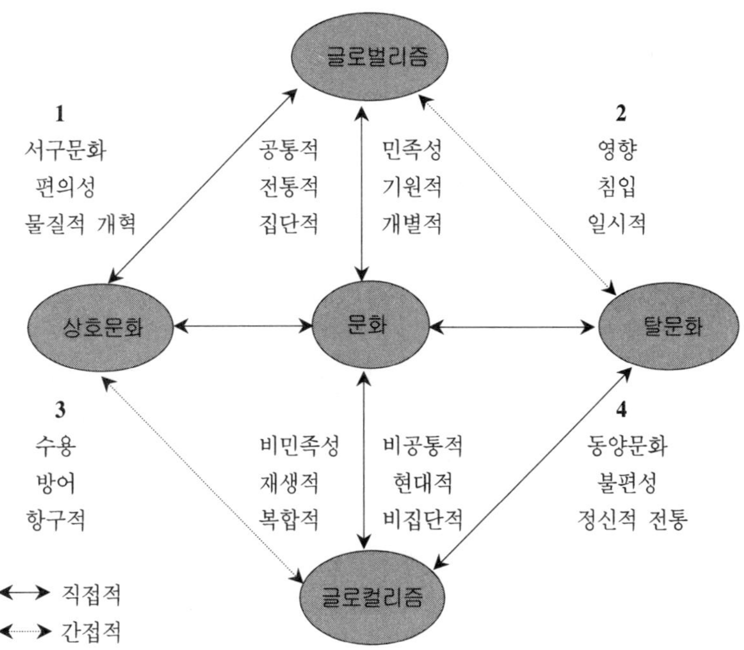

리즘이자 탈문화에 관련된다. 그러나 이들 네 영역은 변별적이 아니라 직접적이든 간접적이든 상호작용적이다.

13.4 21세기의 한국문학 : 문화글로컬리즘의 시대

앞에서의 도표에 요약된 바와 같이 21세기는 문화의 시대이자 문화글로컬리즘의 시대이다. 여기서 문화글로컬리즘이 강조되는 까닭은 애국주의적인 착상 때문이 아니라 문화를 취급하는 데 있어서 그것이 지니고 있는 유연성과 편의성 및 국제성 때문이다. ① 문화글로컬리즘은 우선 외국문화에 대해서 배타적이거나 적대적이지 않다. 다시 말하면 선진문화이든 후진문화든 기꺼이 수용하여 자국문화의 영역을 확상시키고 발전시키고자 한다. ② 그것은 또 문화의 정도나 수준을 강조하기보다는 문화의 차이를 강조한다. 이러한 점은 옥타비오 파스가 『진흙 속의 아이들』(1974)에서 강조한 바와 같다. ③ 마지막으로 그것은 비자국적인 요소를 수용하여 그것을 자국문화로 전환하고자 한다.

이렇게 볼 때에 21세기의 한국문학의 방향은 당연히 문화글로컬리즘에 걸맞게 발전되어야 할 것이다. 그렇게 하기 위해서는 '가장 한국적인 것이 가장 세계적이다'라는 명제에 충실하기보다는 '가장 세계적인 것이 가장 한국적이다'라는 명제에 충실해야 한다고 본다. 하나의 예를 든다면 주제나 소재의 '한국적인 것'을 극복하고 '세계적인 것' 혹은 '미지의 것'을 한국화 할 때에만 한국문학은 세계문학 속에 자리 잡을 수 있을 것이다. 그것이 바로 문화종속주의나 문화피지배주의가 아니라 문화우월주의와 문화지배주의로 나아가는 길이기 때문이다. 이렇게 볼 때에 《조선일보》(1997. 10. 7) '사설'의 다음과 같은 주장은 상당한 설득력을 지닌다.

> 정부가 진정 21세기를 문화의 시대로 인식한다면 문화의 달에 기념식이나 하고 훈포장이나 주고 말게 아니라, 문화비전 2천년 위원회안을 토대로 범국가적인 2천년 문화 종합계획을 짜는 것이 급선무다. 문화재원을 확보해 문화 인프라 구축에 나서는 것은 물론 문화전쟁에 싸워 이길 전사를 양성할 전략을 수립해야 한다. 그런 대비야말로 미래의 자산을 축적하는 길이며 문화를 생활 속에 뿌리 내리게 하는 원동력이 될 것이다.

지금까지 논의한 것을 결론지어 요약하면 다음과 같다. ① '문화'는 한 국가에 공통된 정신적 정체성이다. ② '문화적 특성'는 그러한 정체성의 의미구조이다. ③ '문화글로컬리즘'은 자국문화의 보호뿐만 아니라 외국문화의 자국화에도 관계된다. 문화글로컬리즘 시대에 있어서 모든 견고한 외국문화는 자국문화 속에서 용해되어 새로운 자국문화의 요소가 된다. 따라서 문화의 정도나 수준을 언급하기보다는 문화의 차이나 대등성을 언급하는 것이 더 합당할 것이다. 왜냐하면 모든 자국문화는 모든 외국문화와의 교류에 의해서 그 정체성을 확인할 수 있을 뿐만 아니라 과거에서부터 현재를 거쳐 미래로 나아가는 한 민족의 정신적 축이기 때문이다.

제14장

21세기를 위한 한국문화의 비전

양보와 겸양의 정신문화와 조화의 아름다움

문화민족이라든가 문화인이라고 했을 때 그러한 말을 듣고 언짢아하는 민족이나 사람은 아무도 없을 것이다. 그만큼 문화라는 말은 모든 것을 아름답게 정당화시키는 역할을 한다. 나아가 '찬란한'이라든가 선진이라는 접두어가 문화라는 말 앞에 사용된다면 그러한 정당화는 더욱 타당한 것으로 보이게 될 것이다. 그러나 문화의 범주에 들어와서는 안 되는 것들까지도 문화라는 접두어나 접미어에 의해서 당당하게 문화의 범주에 들어오는 경우도 있다. 이 때의 문화는 그 대상을 주로 부정적인 의미로, 거부적인 의미로, 비판적인 의미로 진단한다.

크리스 젠크스는 문화를 인식으로서의 문화, 구체적 집합체로서의 문화, 지적 작업의 총체로서의 문화, 사회적 범주로서의 문화 등으로 나누었다. 이 글에서는 주로 세 번째 항목에 역점을 두어 '21세기를 위한 한국문화의 비전,' 다시 말하면 그 현상을 진단하고 그것의 발전적인 방향에 대한 정책을 제안하고자 한다.

지적 작업의 총체로서의 문화에는 모든 유형의 문화개념이 종합되어 있다. 말하자면 한 사회를 구성하는 구성원들의 정신세계를 가늠할 수 있는 예술영역에서부터 주거환경까지, 그러한 구성원들의 준법정신에서부터 언어사용까지, 구성원의 생활을 종합하는 행정당국이나 정부당국의 문화정책에서부터 세계화까지, 그러한 정책과 세계화에 대한 각국의 인식에서부터 각 국민의 수용까지 여러 가지가 종합되어 있다.

14.1 예술영역과 주거환경 : 예술혼과 자연혼의 재현

문화의 영역에서 예술이라고 했을 때 그것은 음악, 미술, 무용, 연극에만 한정되는 것은 아니다. 거기에는 주거환경, 말하자면 건물의 구조나 배치, 건물에 딸린 정원과 정원수와 꽃, 건물과 자연물과의 조화 등이 포함된다. 도시와 농촌을 막론하고 어디에서나 치솟아 오르는 아파트 지역이 있는가 하면 전통가옥의 보전이라는 명목으로 이 시대에, 21세기를 바라보는 이 시대에 여전히 재래식 부엌과 화장실을 사용해야 하고 비가 새도 보수작업조차 할 수 없는 다소 의아스러운 문화정책을 가끔씩 접하게 되기도 한다.

도시나 농촌을 방문할 때에 맨 먼저 마주치게 되는 것은 건물이다. 먼저 도시의 건축물들은 거의가 유아독존식으로, 독불장군식으로 오만하게 서 있다. 이렇게 말할 수 있는 것은 한 번쯤 '서울역 광장에 서본다'면 금방 알 수 있을 것이다. 아름답고 멋진 남산과의 조화를 무시해 버린 그 육중한 철근 콘크리트 건물들에 의해서 왜소하게 되어버린 남산, 불쌍한 남산을 바라본다면 누구나 조금쯤은 분노하게 될 것이다.

외국인 아파트를 철거한 것만으로는 부족하다. 남산의 외양을 가로막은 것은 사실 시내 쪽의 거대한 건물군이다. 이들 건물들은 모두 재질, 높이, 창틀, 색감 등에 있어서 다른 건물과의 조화를 조금도 고려하지 않은 채 제멋대로 서 있을 뿐만 아니라 그 자체 내에서도 아무런 변화를 엿볼 수 없다. 건물의 외벽은 햇빛의 반사와는 무관하게, 시간의 흐름과는 무관하게 한결같이 회색만으로 일관되어 있다.

농촌의 경우도 마찬가지이다. 그저 그렇고 그런 서양식의 가옥들이 주변 경관을 무시한 채 버티고 서 있을 뿐이다. 파헤쳐버린 산봉우리 위에 뻔뻔스럽게 들어선 공장들, 어디를 가든지 밤낮없이 전등불을 휘황찬란하게 밝히고 있는 주유소들…시선이 편할 수 있는 그러한 건물은 시골 어디에도 없다.

이러한 불편한 시선에 익숙해져 있는 사람들에게 있어서 예술은 조화의 아름다움보다는 부조화의 아름다움에 해당할 것이다. 그 놀라운 현실이 지금 예술의 거리, 전통의 거리, 문화의 거리라고 할 수 있는 '인사동'에서 일어나고 있다. 안국동 쪽에서 걸어들어 오다 보면 철저하게 서구화된 빵집과 커피숍을 만나게 된다. 빵집이라든가 커피숍 자체도 그렇지만 그 상호까지도 완전하게 서구화되어 있다. 조금 더 들어서서 걷다보면 이상하게 치장한 건물들을 만나게 된다. 그러한 부자연스러움은 인사동 사거리까지 이어진다. 한 발짝만 뒷골목으로 들어서면 그곳은 완전한 먹자골목으로 변질되어있음을 금방 알 수 있다. 문화민족이자 문화인이 꿈꾸는 그러한 예술은 더 이상 존재하지 않는다. 한국의 현실을 가장 잘 대표하는 인사동 골목에서 지금 일어나고 있는 일들에 대해서 어느 누구도 가슴아파하지 않는다. 그것은 마치 개발이라는 이름으로, 좀더 잘 살아보겠다는 이름으로 아무 곳에나 치솟아 오르는 아파트를 아무도 염려하지 않는 것과 똑같다.

자연의 섭리에 순응하면서 그것과의 조화를 강조하던 조상들의 치열한 예술정신을 되살릴 수 있을 때에 우리는 진정한 의미의 문화민족이나 문화인이라고 할 수 있을 것이다. 그렇게 하기 위해서 우리는 우리들 자신의 주거환경 속으로 예술을 끌어들여야 한다. 말하자면 예술의 생활화, 생활화된 예술이 되도록 노력해야 할 것이다. 이러한 말이 값비싼 예술품이나 골동품을 사 모으자는 것을 뜻하는 것은 아니다. 그렇게 하기보다는 누구나 자신의 처지에 알맞는 아름다운 생활공간, 조화로운 생활공간을 마련하되 주변경관을 고려하여 마련해야 할 것이다. 여기서 말하는 주변경관은 반드시 자연적인 경관만을 의미하는 것이 아니라 인위적인 경관까지도 의미한다.

인위적인 경관을 가장 잘 대표하는 것은 간판이다. '간판문화'라고 부정적으로까지 말할 수 있는 한국거리의 간판은 가히 경악을 금치 못할 지경이다. 한국 도시의 건축물이 독불장군식으로 서 있듯이 간판도 유아독존식으로 매달려 있다. 뻘겋고 퍼렇고 누렇게, 가게 자체보다도 더 크게 건물 벽과 인도에 툭툭 아무렇게나 삐져나와 있다. 정신의 혼란스러움을 가중시키는 간판을 체계적으로 아름답게 정리할 수 있을 때에 한국의 거리는 진정한 의미의 세계의 거리로 발돋움할 수 있을 것이고, 한국의 예술은 진정한 의미의 세계적 예술로 발전할 수 있을 것이며, 한국의 건물도 세계적 의미의 건물로 자리 잡을 수 있을 것이다.

14.2 준법정신과 언어사용 : 양보와 겸양의 미덕

한국에서 공부하고 있는 한 일본인 여학생의 수기에는 그녀가 얼마나 어렵게 한국사회에 적응하게 되었는지가 밝혀져 있다. 그녀는 특히 지하철을 탈 때 절대로 영보하지 않기로 굳게 결심했으며 또 그렇게 하고 있음을 꼬집어서 말하고 있다. 일본에서처럼 차례로 줄을 서서 기다리다가 번번이 지하철을 놓치거나 아니면 내릴 곳을 지나쳐서 내리게 된 당혹스러운 경험을 서울 지하철에서 수없이 경험한 후에, 그녀는 막무가내로 타고 내리기로 결심했고 또 그렇게 실천하고 있다는 것이다.

양보할 줄 모르는 사회, 겸허할 줄 모르는 국민 앞에서 우리는 '문화'라는 말을 언급하기가 부끄러워진다. '비-양보의 문화,' '비-겸양의 문화'라고 한다면 그것은 이미 바람직한 선도적인 의미의 문화가 아닐 것이다. 지키지 않는 준법정신과 난폭한 언어사용 그것이 얼마나 폭력적인가를 인식하지 못하는 사이에 우리 사회는 낙후된 사회로, 한국문화는 발전할 수 없는 문화로 전락해버리고 만다. 언어의 사용은 한 사회를 가늠하는 잣대가 된다. 훌륭하고 아름답고 정확한 언어를 구사하는 것만큼 이 세상을 멋지고 신명하고 살맛나게 하는 것도 없을 것이다. '절대로 양보하지 말라'는 원칙은 너무 어린 나이부터 시작된다. 마치 모든 과정이 대학에 가기위해서인 듯, 소위 말하는 일류대학에 가기 위해서인 듯이 닦달 받으며 살아가기 때문일 것이다. 대학지원 비율과 각 대학의 수석합격자를 대중매체에서 대대적으로 보도하는 나라는 아마 '한국' 밖에 없을 것이다. 건국 50년이 넘도록 아직도 정착되지 못한 이러한 정책을 두고 나라의 백년대계의 근본을 걱정하는 사람들도 많이 있다.

법을 지키면 손해 보는 나라, 불법이 성행하는 나라 그래서 다리가 무너지고 백화점이 붕괴되고 도시가스가 폭발하고 지하철 공사장이 무너져 내렸을 때 '이 나라는 사고백화점인가'라는 자조어린 글귀가 대서특필되기도 했다. 그것은 법을 지키는 사람들보다 법을 지키지 않는 사람들이 더 많은 사회, 법을 지키지 않아도 되는 사회, 구호는 요란하지만 실천은 빈약한 사회에서나 볼 수 있는 기사이다. 그리고 그런 부끄러운 사실이 바로 한국이라는 현실에서 비롯되었다는 데 문제가 있는 것이다. 고지식하게 자기 일에 충실한 사람들이 몰락하는 사회는 준법정신이 불필요한 사회일 것이다. 그러나 더 중요한 점은 대부분의 사람들이 무감각해진다는 점이다. 분노할 줄도 모르고 자신의 권익을 주장할 줄도 모르고 살아간다는 점이다.

문화를 '사회적 유산'이라고 파악했던 폴란드계의 영국 자연과학자 말리노프스키에 의하면 문화연구는 "인간의 육체적인 욕구와 환경의 영향 그리고 그것들과 문화적 연관성을 병행하여 연구해야만 한다."고 한다. 미국의 사회인류학에 대립되는 영국의 문화인류학파를 형성했던 그는 사회학, 심리학, 역사 및 인류학을 통합할 수 있는 학제간의 연구가 문화연구에 있어서 가장 바람직하다는 점을 강조했다.

그의 이러한 견해를 바탕으로 할 때, 준법정신의 소멸은 상당한 우려를 자아내기에 충분한 것이다. 왜냐하면 그것은 나와 남과의 공존관계를 거부하는 것이고 학문과 학문 사이의 연결고리를 차단하는 것이며 더 나아가 국제관계의 고립을 자초하는 것이기 때문이다. 이미 준법정신의 소멸에서 나타고 있는 한 현상이 바로 '세계 야생동물 보호단체'들로부터의 거센 항의이다. 북미 야생 곰의 밀렵행위, 동남아의 보신관광, 세계도처의 관광명소에 자랑스럽게 써놓은 한글 낙서들…이 모든 것들은 한국인의 준법정신의 소멸을 증명하고도 남을 것이다.

우리를 답답하게 하는 것은 준법정신의 소멸만이 아니다. 어디를 가든지 간에 '빨리빨리, 시간 없어'라면서 재촉하는 소리와 옆 사람은 아랑곳하지 않고 떠들어 대는 소리를 듣게 된다. 이것을 필자는 '소음문화'라고 꼬집고 싶다. 조용하고 사색적이며 남을 먼저 생각하던 조상들의 아름다운 태도는 사라져버리고 '빨리빨리' 정신만 남아서 우리들 자신은 왜 바쁜지도 모르면서 하루하루를 바쁘게 살아가는데 익숙해져 있다. 그 원인은 오랜 기간의 문화적 외침에서 비롯되었다고 생각되며 프레이리의 다음과 같은 말은 그것이 시사하는 바가 매우 크다고 할 수 있다.

> 문화침략은 침략당한 민족의 문화적 고유성을 앗아가 버린다. 피침략 민족은 침략자들의 가치, 기준, 목표 등에 반응하기 시작한다. 문화침략이 성공하려면 피침략 민족에게 그들이 본래부터 열등하다는 것을 확신시키는 것이 필수적이다. 한편으로 문화침략은 지배의 도구이며 다른 한편으로 지배의 결과이다. 따라서 지배자의 문화적 행동은 신중하게 계획된 것일 뿐만 아니라 다른 의미에서 보자면 단지 억압적 현실의 산물일 뿐이다.

말하자면 해방 이전의 일본문화의 지배, 그 이후의 미국문화의 지배

그리고 국적 불명의 다양한 외국문화의 지배가 지금의 한국문화를 우스운 모습으로 만들어버린 것이다.

그 결과 어원도 불명확한 언어들이 나무하게 되었다. 그리고 그러한 난무는 특히 여성의류와 패션계에서 두드러지게 나타나 있다. 왜냐하면 언어는 한 사회의 문화를 가늠하는 지표가 되기 때문에 국적불명의 언어의 난무는 심각한 현상을 초래하게 되기 때문이다. 언어와 시, 언어와 역사, 언어와 문화의 관계는 별개의 것이 아니라 상호호환적인 것이다. 이렇게 볼 때에 잘못된 언어의 사용은 그 사회의 문화를 잘못된 방향을 흘러가도록 할 것이다. 따라서 정확하고 아름다운 언어의 사용이 올바른 문화를 형성하는 데 있어서 가장 중요한 역할을 한다는 점이 분명해진다.

그렇다면 한국인의 한국어 사용은 얼마나 정확하며 얼마나 아름답게 사용하고 있는가? 이에 대한 대답은 물론 '그렇지 않다'이다. 말구절마다 섞여 나오는 외국어의 혼용도 문제지만 그것이 외국어인 줄도 모르고 사용하는 경우가 허다하기 때문이다. 나아가 자국어인 한국어의 발음이 듣기 거북할 정도로 어색한 경우를 우리는 대중매체를 통해서 자주 접하게 된다. 특히 이와 같은 한국어 구사능력을 조금도 부끄러워하지 않을 때, 한국문화도 그만큼 부끄러운 자리로 물러설 수밖에 없다는 사실이 우리들을 더욱 참담하게 만든다.

이와 같은 준법정신을 고양시키고 효과적인 언어사용을 위해서 우리는 우선 양보와 겸양의 미덕을 갖추도록 노력해야 하고 아울러 부단한 자기 노력을 해야만 한다. 그렇지 않는다면 부끄러움이 부끄럽지 않게 되고 범법행위가 정당화되며, 한국어는 다른 사람이 아닌 바로 한국인인 우리들 자신에 의해서 천박스러운 언어로 전락하고 말 것이며, 한국문화의 기준은 상당히 낮아질 수밖에 없을 것이기 때문이다.

14.3 정부차원의 문화정책 : 한국문화의 세계화

오래전 뉴욕에서 유학생활을 할 때 그 곳 교포신문에 '메트로폴리탄 박물관 내의 한국관이 대폭 보완 증설되었다'는 보도를 접하고 그 박물관을 들렀을 때에 많은 실망을 할 수 밖에 없었다. '대폭 보완 증설된 한국관'은 거대한 규모의 중국관과 그만은 못하지만 그러나 한국관보다는 월등하게 많은 물품이 전시된 일본관 옆의 한 구석에 정말로 초라하기 그지없게 자리 잡고 있었다. 그리고 필자가 실망한 것은 글 읽는 도련님과 그 옆에서 바느질 하는 여인이 전부였기 때문이었다. 특히 일본관의 유물전시와 지원은 소니 회사가 전폭적으로 지원하고 있다는 사실이 부럽기만 했다.

한국문화의 세계화를 언급할 때마다 붙는 수식어가 바로 '아직은'이다. 이 '아직은'이라는 말은 10년 전에도, 20년 전에도, 30년 전에도 정부의 '합리화'를 위해서 사용되고는 하는 어구이다. 그리고 한국문화의 세계화가 '아직은 어렵다'고 언급될 때마다 남의 나라의 지배를 받았다는 점, 동족상잔의 전쟁을 치렀다는 점, 독재정권하에서 민주화를 위한 투쟁에 바빴다는 점 등을 그 이유로 들어 독립의 성취와 전후복구사업 그리고 만주주의의 쟁취가 우선이었음을 강조했다. 그러나 국민소득 1만 달러를 상회하는 지금도 한국문화의 세계화는 먼 거리에 있는 느낌이 든다. 한국문화의 세계화는 정말로 그렇게도 먼 거리에만 있는 것일까? 물론 그렇지 않다. 한국문화의 세계화를 위해서는 세계문화유산으로 지정된 석굴암, 팔만대장경, 종묘, 창경궁 및 수원성 등에 대한 정확한 지식을 터득하는 일부터가 중요할 것이다. 말하자면 해외관광 홍보자료로 제공되는 부채춤이라든가 김치보다는 이상과 같은 자료를 상세하고 분명하게 전달할 수 있는 체계적인 작업들이 정부차원에서 이루어져야 할 것이다.

폴란드의 옛 수도였던 야겔로니아에 가면 시가지 전체가 세계문화유산으로 지정되었을 뿐만 아니라 폴란드인 모두가 세 가지 사실, 즉 코페르니쿠스, 쇼팽, 퀴리 부인이 폴란드에는 있다는 사실을 아주 자랑스럽게 언급하는 한다. 한국인으로서 우리의 문화유산을 세계에 가장 자랑스럽게 전달할 수 있는 것은 여러 가지가 있겠지만 그 중에서도 '한글'이 가장 으뜸일 것이다. 한글은 그 창제연대가 정확하고 발음과 표기가 과학적이며 그것을 제작한 이유가 분명하고 세계 어떤 나라의 언어라도 한글로 표기할 수 있기 때문이다. 그러나 그저 한글날에나 한글의 우수성을 입증하는 행사가 열릴 뿐, 한글을 외국인에게 체계적으로 가르칠 수 있는 교재조차도 개발되어 있지 않은 상태이다. 이탈리아어의 경우를 든다면 사실 한글만큼이나 복잡하기 그지없는 그 언어를 외국인에게 가르치기 위해서 영어의 기본문장 다섯 가지 유성으로 분류하고 있음을 볼 수 있다. 그렇게 함으로써 외국인이 자국어를 손쉽게 터득할 수 있도록 했던 것이다. 한글을 세계화하지 않고서는 한국문화를 세계화하는 것은 쉬운 일이 아니다.

다음으로 정부 차원에서 반드시 해야 될 일은 세계 각국에 한국학과를 설치하고 그것을 지원하는 일일 것이다. 물론 지금까지 지원이 없었던 것은 아니지만 그러한 지원이 소위 말하는 이름 있는 외국대학에 치중됨으로써 명목상으로는 한국학을 지원하지만 실질적으로는 한국학이 아닌 중국학이나 일본학을 지원하게 되는 웃지 못 할 해프닝들이 벌어져서는 안 될 것이다. 말하자면 동양학이라는 이름을 내걸고 있는 이름 있는 대학의 경우 거개가 중국학이나 일본학 위주이기 때문에 한국학을 지원한다하더라도 그러한 지원금이 한국학을 위해서 활용된다고 확신할 수 없기 때문이다.

한국학과의 설치와 학과목의 개설에서도 정부당국은 다각적으로 관여할 수 있어야 한다. 외국인들이 가장 손쉽게 접할 수 있는 것은 한국의 정치, 경제, 역사가 아니라 문학과 문화이다. 따라서 한국문학과 문화를 우선적으로 강조함으로써 외국인들에게 한국에 대한 친근감을 갖도록 하는 것이 중요하다. 왜냐하면 문학과 문화에는 정치, 경제, 사회 등 제반 요소들이 종합적으로 포함되어 있기 때문에 문학에는 실제상의 현실은 물론 가공적인 현실까지도 설정되어 있기 때문에, 문학과 문화를 연구하는 것이 곧바로 한국의 정치, 경제, 사회 전반을 연구하는 첫걸음에 해당한다고 볼 수 있다. 그러나 현실은 그렇지 않다. 가장 우수한 학생들은 자랑스럽게 외국어문학과를 선호하고 취직시험에서도 영어는 필수이며 심지어 어느 국립학교의 입학시험에서는 영어의 배점이 국어보다 월등하게 높은 경우도 있다. 현실이 이러한데 어떻게 애국애족을 강조할 수 있으며 문화민족임을 자부할 수 있을 것인가? 문학이라고 했을 때 우리는 자신의 초중고시절의 지식만으로 문학을 평가하고자 한다. 그리고 그러한 평가는 아주 초보적인 단계에 지나지 않는 것이다. 예를 들면 「처용가」를 아주 상스러운 치정사건으로 간주하여 교양국어에서 가르치지 못하게 한 '알려지지 않는 사건'도 있기 때문이다. 다시 강조한다면 한 나라의 문학은 그 나라의 지성을 대표하는 역할을 하며 그 나라 언어예술의 총체라고 할 수 있다. 이러한 문학인이 대접받는 사회가 될 수 있도록 정부차원의 지원과 정책이 필요한 것은 물론이고, 문학인들 자신도 문학의 위상을 고양시키기 위해서 살을 깎는 노력을 해야만 한국문학, 한국문화가 세계적인 문학, 세계적인 문화로 발돋움할 수 있을 것이다.

　한국학 다음으로 정책적으로 개설되고 지원되어야 할 분야가 바로 비교문학, 비교문화 분야이다. 세계 각국의 유수한 대학에는 이 두 분야는 물론 문학이론학과가 절대적인 위치를 차지하고 있으며 거기에서는 많은 수의 외국인 학생과 연구자들을 수용하고 있다. 비교문학이나 비교문화가 한국사회에서는 자칫 편의위주의 문학이나 문화로 오해되어 왔다. 여기서 '편의위주'라고 말하는 것은 '비교'라는 말이 한국문학 연구자들에게는 외국 지향성에 대한 갈망을 해소하는 방편으로 활용되었고 외국문학 연구자들에게는 안이한 영역으로 자리 잡았기 때문에 그렇게 말할 수 있다. 그러나 현실은 그렇지 않다. 특히 80년대 중반 이후 외국에서 비교문학이나 비교문화를 성공적으로 연구하고 돌아온 대다수 소장학자들은 많이 있지만 그들을 수용할 수 있는 여건은 마련되어 있지 않다. 그 결과 이들 학자들은 자신들의 연구 분야와는 전혀 무관한 통역이나 번역, 교양국어나 교양영어를 가르치면서 학문의 뒷전으로 밀려나 있는 것이 우리의 현실이다. 예를 들면 국문학자가 외국문학을 강의한다는 것은 절대적으로 불가능한 진실로 받아들이면서도 비교문학이나 비교문화를 한 번도 연구한 적이 없는 학자들이 대학에서 비교문학이나 비교문화를 강의하는 것은 묵인되고 있을 뿐만 아니라 그러한 것을 당연한 것으로 받아들이고 있다. 취미로서의 비교문학, 관심만으로의 비교문학이 이 나라 각 대학에서는 성행하고 있으며 정작 비교문학, 비교문화를 전공한 연구자들에게는 그 문호가 철저하게 차단되어 있는 것이 우리의 현실이다.

말하자면 관심이 있어서 비교문학이나 비교문화를 강의하는 것은 가능하다고 여기면서도 관심이 있어서 외국문학을 강의하는 것은 불가능하다는 논리가 성립되는 것이다. 그만큼 비교문학이나 비교문화는 한국 사회에서 제구실을 못하고 있다. 그 원인은 그 많은 대학 어디에도 비교문학과가 설치된 곳이 없기 때문일 것이다. 물론 극소수의 대학원에서 협동과정으로 비교문학 석박사과정이 개설되어 있기는 하지만 학과 차원에서는 한국의 그 어느 대학에도 개설되어 있지 않다. 따라서 학문의 뿌리를 형성하는 저변, 즉 학생이 없는 영역으로 비교문학이나 비교문화는 전락하고 말았다. 그러나 많은 수의 학자들과 학생들은 비교문학과나 비교문화학과가 개설되기를 바라고 있다. 그들은 여전히 이 두 영역에 대해서 지대한 관심을 가지고 있으며 국제화와 세계화의 시대에 한국문학이나 한국문화를 세계에 알릴 수 있는 전령사와도 같은 역할을 비교문학이나 비교문화가 담당해야만 한다는 신념을 가지고 있다. 훌륭한 연구와 전문지식은 물론 국제적으로 상당한 명성을 지니고 있음에도 불구하고 한국 대학사회로부터 철저하게 외면당하고 있는 한국의 비교문학자들의 이와 같은 열망이 정부차원에서 수용될 수 있기를 바란다. 그리고 수용될 수 있으리라고 생각한다. 왜냐하면 스포츠 관련 분야나 취미에 관련되는 분야까지도 엄연하게 '학과'라는 이름으로 각 대학에 개설되는 이 시점에서 비교문학이나 비교문화가 개설되지 않은 이유가 없기 때문이다. 더구나 이 분야나 영역은 한국적인 것을 세계적인 것으로 전환시킬 수 있는 원동력이 되기 때문이다.

14.4 한국문화의 세계화를 위한 과제와 전망

자국문화가 외국문화와 어깨를 나란히 한다든가 또는 그보다 우위에 있을 때에 자국민은 상당한 긍지와 자부심을 갖게 될 것이다. 그리고 그러한 자부심과 긍지는 하루아침에 이루어지는 것이 아니라 이웃나라와의 선의의 부단한 경쟁을 통해서만 이루어지는 것이다. 그러한 예를 우리는 프랑스와 영국의 경쟁에서, 프랑스와 독일의 경쟁에서 찾아볼 수 있다. "상징주의에 의해서 프랑스 문학은 비로소 피레네 산맥을 넘게 되었다."라는 발레리의 말을 우리는 음미해 볼 필요가 있다. 남의 문화에 대한 경멸이나 폄하 혹은 수입금지 등을 강조하기보다는 그러한 문화의 장벽을 뛰어넘을 수 있는 자국문화를 부단하게 지원하고 발전시킬 필요가 있기 때문이다.

과거 없이는 현재가 없고 현재 없이는 미래도 없다. 그러나 과거의 영광이나 분노에만 얽매일 때 현재의 우리에게 발전이란 있을 수 없을 것이다. 외국문화 지향적이 되지 않아도 될 수 있을 정도로 자국문화를 창달해야만 하고 발전시켜야만 한다. 그러기 위한 몇 가지 정책을 앞에서의 논의를 중심으로 하여 다음과 같은 제안을 할 수 있다. 우선 주거환경에 대한 철저한 규제가 마련되어야만 한다. 건물의 외관, 높이, 색상, 인접 건물과의 조화 등을 심의할 수 있는 위원회와 법규가 마련되어야만 할 것이다. 그렇게 안 하고는 한국의 도시와 농촌은 그저 그렇고 그런 전혀 조화롭지 못한 부조화의 경관만이 존재하게 될 것이다. 그러한 부조화의 예를 우리는 거리의 간판에서 찾아볼 수 있다. 그 하나하나는 크고 화려하고 독특한 모양새를 가지고 있지만 전체적으로 산만하고 어리둥절하게 배치되어 있음을 알 수 있다. 주거환경의 아름다움은 자연스럽게 주민들을 예술의 세계로 이끌게 될 것이다. 서울에 오지 않아도 되는 음악회, 서울에 오지 않아도 되는 미술전람회, 서울에 오지 않아도 되는 연극제, 서울에 오지 않아도 되는 대형서점, 서울에 오지 않아도 되는 문화공간이 경향각지에 마련되어야 할 것이다.

다음은 도서관과 박물관의 건립을 제안하고 싶다. 그것이 반드시 '국립'일 필요는 없다. 사설 도서관과 박물관이 건립될 수 있도록 지원하다면 더욱 좋을 것이다. 한 지방의 지성을 가늠하는 잣대로 고을마다 특색 있는 도서관이 자리 잡고 한 지방의 역사를 한 눈에 간파할 수 있는 공간으로 고을마다 박물관이 자리 잡는다면 더 이상 바람직한 일은 없을 것이다. 그러나 도서관과 박물관이 영리나 유행을 따라서 이루어져서는 안 될 것이다. 그것은 뜻있는 기업의 후원 하에 뜻있는 사람들의 의견을 수렴하여 미련 되어야 한다고 본다.

세 번째로 제안하고 싶은 것은 양보와 겸양의 정신이다. 이 정신이 살아 있지 않은 한, 한국사회는 삭막하고 무감각한 사회가 될 것이다. 마주쳐도 미소 짓지 않는 사람들, 부딪쳐도 미안하다고 말하지 않는 사람들, 지하철이나 엘리베이터에서 내리기 전에 먼저 타려는 사람들, 재촉할 줄만 알지 기다릴 줄 모르는 사람들, 쓰레기를 주울 줄 모르는 사람들, 소리쳐야만 직성이 풀리는 사람들, 아주 작은 일로 살인을 저지르는 사람들, 부정과 부패에 익숙해 있는 사람들, 일류 병에 시달리는 사람들, 학맥과 인맥에 매달리는 사람들, 이런 사람들로 가득 찬 사회는 발전하기를 스스로 거부하는 사회이다. 학맥은 있고 학파가 없는 사회, 본교출신 교수가 100%를 차지하는 사회, 학문의 외도를 서슴지 않는 사회, 학회만 있고 연구 활동은 없는 사회, 국제학회 참석과 논문발표보다는 관광과 친지방문이 목적인 사회, 이러한 사회에는 학문의 죽음만이 있을 뿐이다. 이 모든 병은 양보와 겸양의 정신만이 치료할 수 있을 뿐이다.

마지막으로 비교문학, 비교문화학과의 개설을 강력하게 제안하고자 한다. 이 두 영역이야말로 자국민에게는 외국문학이나 문화를 섭렵할 수 있는 계기를 마련할 것이고 외국인에게는 한국문학이나 문화를 손쉽게 접할 수 있는 계기를 마련할 것이기 때문이다. 나아가 이 두 분야는 바로 요즈음 강조하는 '국제화와 세계화'에 걸맞기 때문이다. 그리고 그것은 세계적인 추세기이기도 한다. 1994년 여름 제14차 '국제비교문학회' 대회가 캐나다 에드먼트에서 열렸을 때에 일본의 비교문학자이자 동경대학교 교수를 지낸 하가 도루 교수는 필자에게 이렇게 말했다. "내가 가르친 학생 중에서 가장 우수한 학생들은 한국학생들이지만 그들은 내 추천서로 한국사회에서 취직할 수 없는 것 같다. 그들이 한국에서 어느 대학을 졸업했느냐에 따라서 취직하는 것 같다." 그것은 비교문학과나 비교문화학과가 한국사회에 없기 때문이기도 하겠지만 비교문학이나 비교문화는 누구나 관심만 가지면 할 수 있다는 잘못된 생각을 하기 있기 때문일 것이다.

비교문학이나 비교문화는 그것을 철저하게 연구하고 공부한 학자들만의 고유한 영역이다. 그러나 그러한 영역이 한국에는 없다. 다시 말하면 영문학이 영문학자의 영역이고 독문학이 독문학자의 영역이듯이 비교문학은 비교문학자의 영역이어야 한다. 그러나 현실은 그렇지 않다. 누구나 비교문학을 할 수 있다고 생각하고 또 관심과 취미로서의 비교문학을 대학에서 강의하고 있다. 따라서 이 두 분야가 개설된다면 한국사회에서 공부하는 그 많은 외국학생들을 흡수하게 될 것이고 그들이 각자 본국으로 돌아갔을 때에 그들 각자는 당연히 세계 각국에서 한국문화의 전령사로서 최선을 다할 것이다. 한국문화를 세계화할 수 있는 가장 멋진 방법이 바로 비교문학과 비교문화임을 다시 한 번 더 강조하고자 한다.

● 윤호병

　저자 윤호병은 육군사관학교(1973), 서울대학교 인문대학 국어국문학과(1977)를 졸업했다. 동 대학원에서 석사학위를 취득했으며(1981) 뉴욕주립대학교(스토니부룩) 대학원에서 비교문학전 공으로 박사학위를 취득했다(1986). 대표 저서로는 『비교문학』(1994, '문화체육부 선정' 우수도 서), 『아이콘의 언어』(2001, '출판인회의'신징 9월의 우수도시), 『네오-헬리콘시학』(2004, '대한민 국 학술원' 제정 기초학문육성 우수도서), 『현대시의 아가니페』(2005, '한국예술발전위원회' 저 술/비평 부문 수상 도서) 외 10여권이 있으며, 대표 역서로는 『포스트모더니즘』(1992), 『반미학』 (1993), 『현대성의 경험』(1994), 『문학과 철학의 논쟁』(2000), 『서정시의 이론과 비평』(2003), 『비 평의 이론』(2005) 외 10여 권이 있다. '국제비교문학회(ICLA)'산하 '문학이론위원회(Committee on Literary Thoery)'에서 상임위원(1994~2000)으로 활동했으며, 제5회 시와 시학상 평론상(2000) 과 제3회 '한국예술발전위원회 저술/비평 부문'(2005)을 수상했다. 현재 추계예술대학교 교수로 재직하고 있다.

문학이라는 파르마콘

발행일　초판 1쇄　2006 년 2 월 27 일
인쇄일　초판 2쇄　2014 년 5 월 25 일
발행일　초판 2쇄　2014 년 5 월 28 일

지은이　윤호병
발행인　정진이
발행처　새미
등록일　2005. 3. 15 제17-423호

서울시 강동구 성내동 447-11 현영빌딩 2층
Tel : 442-4623~4, Fax : 6499-3082
www.kookhak.co.kr
E-mail : kookhak2001@daum.net

ISBN 978-89-5628-204-8
가 격 22,000원

·저자와의 협의하에 인지는 생략합니다.
·새미는 국학자료원의 자회사입니다.